SOPHIE MARTALER
Die Erben von Seydell
Das Gestüt

Sophie Martaler

Die ERBEN von SEYDELL

Buch 1

Das Gestüt

Roman

GOLDMANN

Sollte diese Publikation Links auf Webseiten Dritter enthalten,
so übernehmen wir für deren Inhalte keine Haftung,
da wir uns diese nicht zu eigen machen, sondern lediglich auf
deren Stand zum Zeitpunkt der Erstveröffentlichung verweisen.

Dieses Buch ist auch als E-Book erhältlich.

Verlagsgruppe Random House FSC® N001967

1. Auflage
Deutsche Erstveröffentlichung November 2020
Copyright (c) 2020 by Wilhelm Goldmann Verlag, München,
in der Verlagsgruppe Random House GmbH,
Neumarkter Str. 28, 81673 München
Gestaltung des Umschlags und der Umschlaginnenseiten:
UNO Werbeagentur, München
Umschlagmotiv: Haus:© picture alliance/xim.gs
Redaktion: Christina Riemann
Karte: © Peter Palm, Berlin
BH · Herstellung: kw
Satz: Uhl + Massopust, Aalen
Druck und Bindung: CPI books GmbH, Leck
Printed in Germany
ISBN: 978-3-442-49122-3
www.goldmann-verlag.de

Besuchen Sie den Goldmann Verlag im Netz

*Für die, die vor uns da waren
und deren Wünsche und Träume wir in uns tragen*

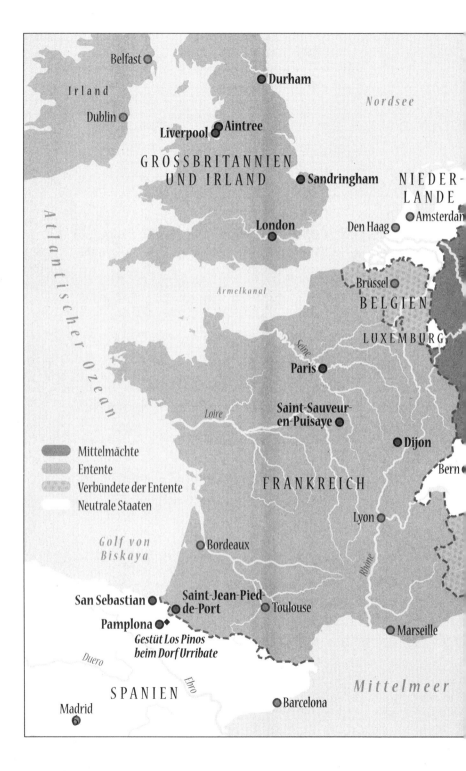

Kapitel 1

London, November 1947

Elisabeth Clarkwell beerdigte ihren Mann an dem Tag, an dem ihre Namensvetterin, die zukünftige Königin von England, ihre große Liebe heiratete. Es war ein kalter, nebliger Novembermorgen, ein scharfer Wind wehte über den Friedhof von Highgate und ließ Elisabeth unter ihrem zerschlissenen Mantel frösteln.

Sie war allein gekommen, niemand sonst gab Hugh Clarkwell das letzte Geleit. All ihre Bekannten hatten sich entschuldigt, sie versuchten lieber, einen Blick auf das glückliche Brautpaar in der prächtigen Kutsche zu erhaschen. Elisabeth konnte es ihnen nicht verdenken, jeder sehnte sich nach dem Anblick von etwas Schönem in dieser hässlichen, vom Krieg ausgezehrten Stadt. Einzig ihr Onkel Robert hätte ihr gern zur Seite gestanden, doch er war inzwischen zu schwach, um das Bett zu verlassen, ganz zu schweigen davon, dass er sich auf die beschwerliche Zugreise von Norfolk nach London hätte machen können.

Die Zeremonie war kurz und schlicht. Elisabeth konnte sich keine aufwändige Feier leisten und schon gar keinen teuren Sarg. Die Kosten für die Beerdigung hatten ohnehin schon einen Großteil ihrer eisernen Reserve aufgebraucht. Wie in Trance ließ sie alles über sich ergehen und kam erst wieder zu sich, als sie sich auf den Heimweg machte und die Highgate Road hinunter in Richtung Chalk-Farm lief. Je mehr sie sich dem alten Gospel-Oak-Bahnhof näherte, desto grauer und schmutziger wurde es rechts und links von ihr. Gebäude mit vernagelten Fenstern säumten die Straße, von den Fassaden bröckelte der Putz, und wo Bomben niedergegangen waren, klafften hässliche Löcher in den Häuserzeilen. Über allem lag der Gestank der Kohleöfen und der ewige, allgegenwärtige Staub, der sich in den Falten der Kleidung festsetzte, in Nase und Ohren eindrang und einen widerlichen Geschmack auf der Zunge hinterließ.

Schlagartig überfiel Elisabeth ein Gefühl von Einsamkeit, so übermächtig, dass ihr schwindelig wurde. Sie musste einen Augenblick stehen bleiben und sich an eine niedrige Mauer lehnen, sonst wäre sie gestürzt.

»Alles in Ordnung, Miss?«, hörte sie eine Stimme.

Sie hob den Kopf. Vor ihr stand ein junger Mann, kaum zwanzig, in einem abgetragenen Anzug. Sein Kinn war frisch rasiert, sein Haar akkurat zurückgekämmt. Es glänzte so tiefschwarz, als hätte er Schuhcreme statt Pomade benutzt.

»Mir geht es gut«, erklärte sie rasch. »Nur ein kleiner Schwindel.«

»Ich kann einen Arzt rufen.«

»Nein, nicht nötig.« Sie zwang sich ein Lächeln auf die Lippen. »Ich habe wohl zu wenig gegessen.« Sie straffte die Schultern und lief weiter, noch bevor der Mann etwas erwidern konnte. Ein weiteres freundliches Wort, und sie hätte die Tränen nicht länger zurückhalten können.

Als sie ihre Hände in die Manteltaschen schob, stieß sie mit den Fingern an den kleinen Gegenstand, den sie heute Morgen eingesteckt hatte. Es war ein winziger Vogel aus Porzellan, kunstvoll bemalt. Dem armen Tier fehlte ein Flügel, doch je nachdem, wie man ihn hielt, war der Defekt nicht zu sehen. Die Figur war einer der wenigen Gegenstände, die Elisabeth vor mehr als zwanzig Jahren aus ihrer Heimat mitgebracht hatte. Das Vögelchen, eine alte Puppe, eine Spieluhr und die Kette mit dem Medaillon, die sie um den Hals trug und die sie von ihrer Großmutter zur Geburt bekommen hatte.

Als sie Hugh im Herbst 1944 zur Feier ihrer Verlobung zum ersten Mal in ihre Wohnung in den St Ann's Gardens hinaufgebeten hatte, war ihm das kleine Porzellantier auf dem Kaminsims sofort aufgefallen.

»Wir haben beide etwas einbüßen müssen in diesem verfluchten Krieg«, hatte er zu dem Vogel gesagt. »Aber wir lassen uns nicht unterkriegen, nicht wahr, mein Freund?«

Elisabeth hatte ihn nicht berichtigt. Die Porzellanfigur war nämlich nicht bei einem Bombenangriff vom Sims gefallen, sondern schon beschädigt aus Deutschland angereist, im Juli 1926, als man Elisabeth als Dreijährige nach dem Tod ihrer Eltern zu ihrem Onkel Robert brachte. Sie selbst hatte den Vogel einmal wütend zu Boden geworfen, als sie ein Kleid anziehen sollte, das sie nicht mochte, weil es am Hals kratzte. Das war anlässlich einer anderen Beerdigung gewesen. Aber daran wollte sie nicht zurückdenken.

Hugh war wie dieser Vogel gewesen, versehrt, aber standhaft, und deshalb hatte Elisabeth ihm die Figur mitgeben wollen auf seine letzte Reise. Und dann hatte sie es doch nicht fertiggebracht, sie stattdessen in der Manteltasche festgehalten, sich an sie geklammert, als würde ein Teil von Hugh bei ihr bleiben, wenn sie das Tier nie wieder losließ.

An jenem Abend 1944 hatten sie gemeinsam eine Flasche Wein geleert und auf die Zukunft angestoßen. Elisabeth war trotz des Krieges voller Zuversicht gewesen. Mit Hugh an ihrer Seite würde sie alles durchstehen, davon war sie fest überzeugt. Er würde ihre Familie sein, wenn Onkel Robert nicht mehr da war, ihr Freund, ihr Gefährte in dieser zunehmend bedrohlichen, lauten und verwirrenden Welt.

Elisabeth war nie besonders gesellig gewesen, schon als kleines Mädchen nicht. Sie kam besser mit Tieren zurecht als mit Menschen, darin glich sie ihrem Onkel. Und seit ihre Schulfreundin Margaret, mit der sie die Wohnung in den St Ann's Gardens gemeinsam angemietet hatte, zu Beginn des Krieges nach Durham zu ihrer Familie zurückgekehrt war, hatte sich ihr gesellschaftliches Leben auf einen gelegentlichen Plausch mit ihrer Vermieterin beschränkt, bei dünnem Tee in deren enger Küche im Erdgeschoss des Hauses.

Mit ihren Kolleginnen auf der Arbeit verband Elisabeth nicht viel. Die vergnügten sich am Wochenende bei Musik und Tanz mit den GIs im Rainbow Corner, dem amerikanischen Rotkreuzclub in der Nähe des Piccadilly Circus. Die Amerikaner waren spendabel mit Zigaretten und Cola und hatten Zugang zu unbegrenzten Mengen irischen Whiskeys, doch nicht alle Frauen, die den Club besuchten, waren von untadligem Ruf. Viele arbeiteten dort als bezahlte Hostessen.

Elisabeth konnte mit derartigen Vergnügungen nichts anfangen. Sie zog den Geruch nach Heu und Leder dem Duft eines exklusiven Parfüms vor. Und sie saß lieber im Sattel als auf einem Barhocker, auch wenn sie in letzter Zeit kaum Gelegenheit dazu gehabt hatte.

Hugh Clarkwell war ihr auf Anhieb sympathisch gewesen, weil er ähnlich menschenscheu zu sein schien wie sie. Er würde sie nicht auf Partys oder in Nachtclubs schleppen, sondern wie sie einen ruhigen Abend am Kamin mit einem Buch auf dem Schoß vorziehen.

Der Wein, mit dem sie auf ihre Verlobung angestoßen hatten, hatte sauer geschmeckt, aber sie waren froh gewesen, überhaupt eine Flasche aufgetrieben zu haben. Während sie an den Gläsern nippten, gingen im Osten von London Brandbomben nieder, und das Rattern der Luftabwehrgeschütze zerriss die abendliche Stille.

Das trübte Elisabeths Stimmung jedoch nicht. Hugh wachte die ganze Nacht an ihrer Seite, genau wie zwei Wochen zuvor, als sie sich im Camden-Town-Luftschutzkeller zum ersten Mal begegnet waren, und sie fühlte sich sicher und geborgen.

An dem Tag, an dem sie sich kennengelernt hatten, war Elisabeth wie immer spät dran gewesen, weil sie von ihrem Arbeitsplatz bei der Midland Bank in der Poultry, wo sie als Stenotypistin tätig war, mehr als eine Stunde für den Heimweg nach Camden brauchte. Als der Alarm losging, hatte sie gerade ihr Abendessen beendet und wollte es sich mit einem Buch im Sessel bequem machen. Die Fenster ihrer kleinen Wohnung hatte sie bereits verdunkelt, und sie freute sich auf einen ruhigen Abend.

Sie überlegte kurz, einfach zu Hause zu bleiben. Wirklich sicher war man ohnehin nirgendwo, auch in den unterirdischen Schutzräumen nicht. Zwei ihrer Arbeitskolleginnen waren beim Einschlag einer Bombe in den U-Bahnhof Bank in der Londoner City im Januar 1941 ums Leben gekommen.

Aber dann griff sie doch nach ihrer Handtasche, klemmte sich Decke und Kissen unter den Arm und eilte nach draußen. Die Batterie ihrer Taschenlampe war schwach, sodass sie kaum etwas sah. Als sie die Buck Street erreichte, wo in einem trutzigen Backsteingebäude der Eingang zum Camden Town Luftschutzkeller lag, sah sie gerade eine Familie mit fünf Kindern die Treppe hinunterstolpern. Das jüngste weinte und schrie, bestimmt hatte man es aus dem Schlaf gerissen. Sie eilte auf den Eingang zu.

Doch der Luftschutzwart hielt sie zurück. »Alles voll, Miss, ich darf niemanden mehr reinlassen. Versuchen Sie es in der U-Bahn-Station.«

»Aber ich habe ein Ticket«, protestierte Elisabeth und öffnete ihre Handtasche.

In die U-Bahnhöfe gelangte man mit der Bahnsteigkarte, doch für die tiefer gelegenen Luftschutzräume, in denen es Stockbetten gab und man die Nacht nicht auf dem Boden verbringen musste, brauchte man eine Eintrittskarte.

»Tut mir leid, Miss. Ich habe meine Befehle. Voll ist voll.«

Schon war das Dröhnen der Motoren zu hören, und die Scheinwerfer der Flugabwehr zerschnitten die Finsternis der Nacht.

»Aber...« Hektisch sah Elisabeth sich um. Wäre sie doch nur zu Hause geblieben! Wo sollte sie jetzt hin? Wieder einmal dachte sie, dass es besser gewesen wäre, auf ihren Onkel zu hören, der sie immer wieder beschworen hatte, zu ihm nach Norfolk zu kommen, wo man vom Krieg so gut wie nichts mitbekam. Aber dann hätte sie ihre Wohnung und ihre Arbeitsstelle verloren.

»Gibt es ein Problem?«, hörte sie eine Stimme.

Elisabeth drehte sich wieder zum Eingang um und entdeckte einen hochgewachsenen, gutaussehenden Mann, der neben dem Schutzwart stand und sie freundlich anlächelte.

»Ich habe ein Ticket, aber der Herr hier lässt mich nicht ein.«

»Es ist alles voll, Sir«, verteidigte sich der Mann. »Bitte treten Sie zurück.« Der Fremde zog eine Karte aus dem Jackett und hielt sie dem Luftschutzwart hin. »Das geht in Ordnung, die Dame gehört zu mir.«

Der Luftschutzwart blickte irritiert zwischen Elisabeth und dem fremden Mann hin und her, schaute auf die Karte und zuckte dann mit den Schultern. »Meinetwegen, Sir. Wenn das Ihre Frau ist, dann darf sie natürlich hinein. Aber beeilen Sie sich, es geht gleich los.«

Benommen folgte Elisabeth dem Fremden die Stufen hinunter. Er bewegte sich ein wenig unbeholfen, zog das Bein nach, als wäre es steif. Am Fuß der Treppe blieb er stehen und drehte sich zu Elisabeth um.

»Kommen Sie, Miss, wir haben es gleich geschafft.« Er griff nach ihrem Arm und führte sie behutsam vorbei an endlosen Reihen von Stockbetten, zwischen herumtollenden Kindern, Koffern und Bündeln hindurch, bis er vor einem Bett stehen blieb. Ganz oben lag eine Frau, den Kopf auf einen Stoffbeutel gebettet, in der mittleren Etage kuschelten sich zwei kleine Mädchen aneinander. Auf dem unteren Bett stand eine kleine Reisetasche.

Der Mann nahm sie herunter. »Machen Sie es sich bequem, Miss.«

»Aber das ist doch bestimmt...«

»Ich kann ohnehin nicht schlafen. Wenn Sie erlauben, lasse ich mich vor Ihnen auf dem Boden nieder.«

»Das ist wirklich sehr freundlich, Mr...?«

»Clarkwell. Hugh Clarkwell, zu Ihren Diensten.«

»Freut mich, Mr Clarkwell. Ich bin Elisabeth von Seydell.«

»Deutsche?« Er hob eine Braue.

»Meine Eltern waren deutsch. Ich bin in England aufgewachsen. Mein Onkel, Robert von Seydell, ist Pferdemeister Seiner Majestät im königlichen Gestüt Sandringham.«

Hugh Clarkwell deutete eine Verbeugung an. »Es ist mir eine Ehre, Miss Seydell.«

»Ihre Frau...«

Hugh Clarkwell beugte sich herunter zu ihrem Ohr. »Ich habe keine Frau«, flüsterte er. »Aber nicht weitersagen.«

In jener Nacht wich Hugh nicht von ihrer Seite. Und am Morgen gingen sie zusammen in einem Café in der Queen's Crescent frühstücken, bevor er sie nach Hause geleitete. Es war ein Sonntag, und sie musste nicht arbeiten. Zehn Tage später machte er ihr einen Antrag. Elisabeth, die nicht ohne die Zustimmung ihres Onkels heiraten wollte, begab sich mit Hugh auf die Zugreise nach Norfolk. Sie stellte ihren Verlobten ihrem Onkel vor, der in einer Dienstwohnung über den Stallungen lebte.

Robert von Seydell war alles andere als angetan von den überstürzten Heiratsplänen seiner Nichte. Er prüfte Hugh Clarkwell auf Herz und Nieren, fand jedoch nichts an ihm auszusetzen. Ganz im Gegenteil. Hugh besaß nicht nur einen untadligen Charakter, er war zudem ein Kriegsheld.

Am 30. Mai 1940 hatte Hugh sich westlich von Dünkirchen eine schwere Verletzung zugezogen. Er hatte sich mit einigen anderen freiwillig gemeldet, um den Vormarsch der Deutschen zu stoppen und so Tausenden Kameraden die Flucht über den Kanal zu ermöglichen. Am zweiten Tag der Operation hatte ihm eine Granate den Unterschenkel weggerissen. Er war sicher, dass er verbluten würde, doch einer seiner Kameraden schleppte ihn auf den Schultern hinter die Linien. Hugh hatte sein Bein verloren, aber sein Leben behalten. Der junge Soldat, der ihn gerettet hatte, war zwei Tage später gefallen.

Da Hugh nicht mehr kämpfen konnte, versuchte er, sich auf andere Weise in der Heimat nützlich zu machen, aber mit seinem Handicap konnte er weder einen Wagen fahren noch als Brandschutzwache auf Dächern herumklettern. Und eine Arbeit am Schreibtisch lag ihm nicht. Vor dem Krieg hatte er bei einem exklusiven Herrenschneider in der Savile Row gearbeitet, doch das Geschäft gab es nicht mehr. Eine Brandbombe hatte es zerstört, zudem war der Bedarf an maßgeschneiderten Anzügen während des Krieges nicht besonders hoch.

Also hatte Elisabeth nach der Hochzeit ihre Anstellung bei der Bank behalten. Hugh war aus dem kleinen Zimmer in Islington, wo er zur Untermiete wohnte, in ihre Wohnung gezogen und hatte Gelegenheitsjobs angenommen, wann immer sich eine Möglichkeit dazu bot. Es hätte auch feste Stellen für ihn gegeben, Arbeitskräfte wurden überall händeringend gesucht, sogar Herrenschneider. Doch Hugh hielt es nicht aus, stundenlang am selben Platz zu sitzen, genau wie er es nicht aushielt, stundenlang im Bett zu liegen und zu schlafen. Er sagte immer, die Front säße ihm im Nacken, und wenn er zu lange stillhielte, hole sie ihn ein, dann wäre er wieder mitten in der Schlacht, röche den Gestank des Todes, höre die Schreie der Verwundeten, das Rattern der Maschinenpistolen und das Donnern der Granaten.

Also arbeitete er mal hier, mal da, um seine spärliche Rente aufzubessern, und nach dem Krieg investierte er in verschiedene Geschäfte, hatte jedoch eine Pechsträhne, sodass am Ende auch Elisabeths Ersparnisse aufgebraucht waren.

Hugh hatte immer gesagt, dass er in Dünkirchen dem Tod nur ein Schnippchen auf Zeit geschlagen habe und dass dieser eines Tages kommen würde, um sich zu holen, was rechtmäßig sein war. Genau so kam es. Und es war ausgerechnet sein Bein, das ihm zum Verhängnis wurde. Als er die Malden Road überqueren wollte, bog ein Auto mit hoher Geschwindigkeit um die Ecke, und Hugh schaffte es nicht, schnell genug auszuweichen.

Er war sofort tot.

Der Fahrer des Unfallwagens ließ Hugh auf der Straße liegen und fuhr davon. Er wurde nicht gefasst.

Elisabeth hatte die Queen's Crescent erreicht, es war nicht mehr weit bis nach Hause. Als sie in die St Ann's Gardens bog, bemerkte sie zwei Männer, die vor ihrem Haus standen. Der eine war schlank und elegant gekleidet, der andere breit und grobschlächtig, trug aber ebenfalls einen gut geschnittenen Anzug. Sie schienen auf etwas oder jemanden zu warten.

Verunsichert ging Elisabeth weiter. Als sie die Haustür erreichte, trat der schlanke Mann vor.

»Mrs Clarkwell?« Er hatte eine kleine Narbe über der Oberlippe, die unnatürlich weiß glänzte.

»Ja?«

»Schön, dass ich Sie antreffe.« Er lüftete seinen Hut.

»Wer sind Sie?«

Er lächelte, die Narbe zuckte. »Ein, hm, Geschäftsfreund Ihres verstorbenen Gemahls. Nennen Sie mich Mr Smith. Mein Beileid, übrigens.«

»Danke.« Elisabeth runzelte die Stirn. Hugh hatte nie einen Mr Smith erwähnt.

»Möchten Sie uns nicht hineinbitten? Wir haben eine delikate Angelegenheit zu besprechen.«

Irritiert sah Elisabeth ihn an. »Ich fürchte, ich verstehe nicht, Mr Smith.«

»Sicherlich wissen Sie, dass der verstorbene Mr Clarkwell uns noch eine gewisse Summe Geld schuldig ist.«

Elisabeth erschrak. »Eine gewisse Summe? Worum geht es überhaupt?«

»Vielleicht sollten wir das nicht hier draußen besprechen.« Der Mann blickte die Straße auf und ab.

Elisabeth drückte die Schultern durch. »Ich habe gerade meinen Mann beerdigt. Wenn Sie mir etwas zu sagen haben, tun Sie es hier und jetzt!«

»Wie Sie meinen.« Wieder zuckte die Narbe. Der Mann sah kurz zu seinem Begleiter, der noch kein Wort gesprochen hatte, bevor er fortfuhr: »Hugh Clarkwell hat sich eine große Summe Geld bei uns geliehen. Mit Zinsen belaufen sich seine Schulden auf eintausendfünfhundertfünfunddreißig Pfund.«

Elisabeth schlug die Hand vor den Mund. »Tausendfünfhundert Pfund? Aber … das ist nicht möglich!«

Der Fremde zog ein Papier aus der Tasche und hielt es ihr hin. »Erkennen Sie die Unterschrift?«

Elisabeth warf nur einen flüchtigen Blick darauf. Ihr war schon wieder schwindelig, die Buchstaben und Zahlen verschwammen vor ihren Augen, doch die Unterschrift erkannte sie. »So viel Geld, wie kann das sein?« Nicht in zehn Jahren würde sie genug verdienen, um auch nur die Zinsen zurückzuzahlen. »Ich verstehe das nicht. Um was für ein Geschäft handelt es sich denn?«

»Geschäft?« Der Mann grinste. »Ihr Gatte hatte eine Schwäche fürs Pokerspiel, Madam.«

Elisabeth fasste sich an die Kehle. »Spielschulden? Aber Hugh hat doch …« Sie brach ab. All die Abende fielen ihr ein, an denen Hugh nicht nach Hause gekommen war. Das Geld, um das er sie gebeten hatte, weil angeblich ein gutes Geschäft winkte, über das er jedoch nicht reden wollte. Manchmal hatte er tatsächlich ein hübsches Sümmchen mit nach Hause gebracht. Dann hatte er ihr neue Strümpfe oder Stoff für ein Kleid spendiert und ihr vorgeschwärmt, dass alles bald besser würde, weil die Geschäfte jetzt liefen. Aber weit häufiger war sie morgens aufgewacht, und Hugh hatte im Sessel gesessen, das Gesicht versteinert, und ihr etwas von einem gestohlenen Lkw oder einem betrügerischen Geschäftspartner erzählt. Sie war nie auf die Idee gekommen, seine Worte anzuzweifeln.

»Sie verstehen sicherlich, dass ich auf eine so große Summe nicht einfach verzichten kann«, platzte Mr Smith in ihre Gedanken. »Schließlich habe auch ich Verpflichtungen, denen ich nachkommen muss.«

»Aber ich ... ich habe das Geld nicht.« Elisabeth ließ den Kopf hängen. Sie könnte mit Mühe und Not zehn Pfund zusammenkratzen. Wenn überhaupt.

»Sie haben doch einen vermögenden Onkel, Mrs Clarkwell. Ist er nicht königlicher Pferdemeister?« Viele dachten, dass Robert von Seydell reich war, weil er lange Jahre eine so hohe Position innegehabt hatte. Aber das stimmte nicht. Ihr Onkel hatte genug verdient, um seinen Lebensunterhalt zu bestreiten und ein wenig zur Seite zu legen. Mehr nicht. Dass er noch in Sandringham wohnen durfte, obwohl er zu krank war, um noch zu arbeiten, war allein der Güte des Königs zu verdanken, der ihren Onkel wie einen Freund behandelte.

»Ich gebe Ihnen eine Woche.« Mr Smith fasste sie am Kinn und zwang sie, ihn anzusehen.

Elisabeth wich zurück.

Der Mann hob die Hände. »Aber, aber, Madam. Glauben Sie etwa, ich würde Ihnen etwas antun? Sie beleidigen mich, ich bin ein Ehrenmann.«

Elisabeth antwortete nicht. Sie hatte Mühe, sich aufrecht zu halten.

»Eine Woche, dann will ich das Geld haben. Und wenn Sie nicht zahlen können ...«

Elisabeths Blick schoss zu dem Muskelprotz, der seine Finger knetete.

»Keine Sorge, Madam. Wir rühren keine Frauen an«, sagte Mr Smith mit einem amüsierten Lächeln. »Sollten Sie das Geld nicht zusammenbekommen, geben wir Ihnen die Möglichkeit, es abzuarbeiten. In einem unserer Clubs. Mein Freund hier würde Sie einweisen, es ist ganz leicht.« Der belustigte Ausdruck verschwand aus seinem Gesicht. »Ach, noch etwas. Keine Polizei. Sonst sehen wir uns gezwungen, unsere guten Manieren zu vergessen.«

Bevor Elisabeth etwas erwidern konnte, hob Mr Smith seinen Hut, verneigte sich und wandte sich ab. Mit seinem stummen Kompagnon im Gefolge bog er in die Queen's Crescent und war verschwunden. Elisabeth taumelte zur Haustür und lehnte sich dagegen. Tausendfünfhundert Pfund! Niemals würde sie in einer Woche so viel Geld zusammenbekommen, selbst wenn sie alles verkaufte, was sie besaß, und all ihre Bekannten anpumpte.

Sie hatte gedacht, Hughs Tod wäre das Schlimmste, was ihr zustoßen konnte. Sie hatte sich geirrt.

Eine Weile stand sie da, zu kraftlos, um auch nur einen Finger zu rühren. Als sie endlich aus ihrer Erstarrung erwachte, schaffte sie es kaum, den Schlüssel ins Schloss zu stecken, so sehr zitterten ihre Hände. Sie stolperte in den Flur und schleppte sich die Stufen hinauf. In ihrer Wohnung ließ sie sich auf einen Küchenstuhl fallen. Sie vermisste Hugh, und gleichzeitig war sie wütend auf ihn. Wie hatte er sie so zurücklassen können, mit einem riesigen Berg Schulden bei einem zwielichtigen Kerl, der sie ohne Skrupel auf offener Straße bedrohte?

Elisabeth wusste nicht, wie lange sie schon dasaß, als es plötzlich klopfte. Sie erschrak zu Tode. Hatten die Männer es sich anders überlegt? Wollten sie das Geld sofort haben?

Es klopfte erneut. Dann ertönte die Stimme ihrer Vermieterin. »Mrs Clarkwell, alles in Ordnung?«

Elisabeth riss sich zusammen. »Ja. Danke, es geht mir gut.«

»Lust auf eine Tasse Tee? Ich könnte Ihnen erzählen, wie

das Brautkleid aussah. Eine Pracht, sage ich Ihnen. Prinzessin müsste man sein.«

»Danke, nein. Ich bin müde. Morgen vielleicht.«

»Dann ruhen Sie sich aus, Mrs Clarkwell. Wenn Sie es sich anders überlegen, wissen Sie ja, wo Sie mich finden.« Elisabeth hörte Schritte auf der Treppe, dann war es wieder still. Sie vergrub das Gesicht in den Händen und weinte, bis sie vor Erschöpfung am Tisch einschlief.

Sandringham, drei Tage später, November 1947

Drei Tage waren vergangen, seit Elisabeth Hugh beerdigt hatte und von den beiden zwielichtigen Männern aufgesucht worden war. Manchmal dachte sie, es wäre alles nur ein Albtraum gewesen, und atmete erleichtert auf. Aber dann fiel ihr Blick auf den Esstisch, auf dem die Spielkarte lag. Eine Herzdame.

Mr Smith, oder wie auch immer er wirklich hieß, musste sie durch den Briefschlitz geworfen haben, denn als Elisabeth am Tag nach der Beerdigung von der Arbeit heimgekommen war, hatte sie zusammen mit zwei Briefen hinter der Tür gelegen. Die Botschaft war unmissverständlich. Die Karte spielte nicht nur auf die Art von Hughs Schulden an, sondern auch darauf, wie Elisabeth sie würde zurückzahlen müssen, wenn sie das Geld nicht auf andere Weise zusammenbekam. Und sie war der Beweis dafür, dass Elisabeth nicht bloß schlecht geträumt hatte. Der Fremde und die Bedrohung, die von ihm ausging, waren leider allzu real.

In den vergangenen Tagen hatte sie mehrfach mit ihrem

Onkel telefoniert, dem ihre gedrückte Stimmung natürlich aufgefallen war. Doch er hatte sie auf die Trauer um Hugh zurückgeführt. Er ahnte nicht, dass Elisabeth längst nicht mehr traurig war, sondern aufgebracht und verzweifelt. Wie hatte Hugh ihr das antun können? Und wieso hatte sie nichts bemerkt? Hätte sie nicht zumindest ahnen müssen, dass etwas an den nächtlichen Geschäften ihres Mannes faul war?

Sie hatte das dringend nötige Gespräch mit ihrem Onkel immer wieder aufgeschoben. Er war so schwach, sie wollte nicht, dass er sich aufregte. Aber so sehr sie sich den Kopf zerbrochen hatte, ihr war keine andere Lösung eingefallen. Und die Zeit rann ihr durch die Finger, sie musste endlich handeln.

Zwar besaß ihr Onkel kein Vermögen. Aber er hatte mächtige Freunde. Der König selbst nannte ihn seinen lieben Robert. Vielleicht wusste er ja einen Ausweg. Er würde ihr helfen. Er musste. Wenn nicht … daran mochte sie gar nicht denken.

Also machte Elisabeth sich am Sonntag nach Hughs Beerdigung auf den Weg nach Norfolk. Im Zug überlegte sie noch einmal hin und her, sie erwog sogar, aus London zu verschwinden, unterzutauchen, sich einen neuen Namen zuzulegen und irgendwo weit weg neu anzufangen. Aber wovon sollte sie in der Fremde leben? Und wohin sollte sie gehen?

Je weiter sie nach Norden fuhr, desto unwirklicher erschien ihr das vom Krieg gezeichnete London. Hier draußen auf dem Land gab es keinen Schutt, keine zerstörten Häuser, keine hässlichen Bombenkrater.

Auch in Sandringham schien die Zeit stehen geblieben zu

sein. Gesäumt von alten, mit goldenem Herbstlaub bedeckten Bäumen, akkurat gestutzten Hecken und gepflegten Rasenflächen reckte sich der mächtige rote Backsteinbau mit den vielen Erkern und Türmchen ehrfurchtgebietend wie eh und je in den Himmel. Trotz der Kälte grasten die Stuten mit ihren Fohlen auf den weitläufigen Koppeln. Statt nach Staub und Dreck roch die Luft nach frisch geschnittenem Gras und vom Regen getränkter Erde.

Die Stallungen lagen abseits des Herrenhauses am östlichen Rand des großen Parks. Als Elisabeth das Schlafzimmer in der kleinen Dienstwohnung ihres Onkels betrat, erschrak sie, so sehr hatte er abgenommen, seit sie zum letzten Mal bei ihm gewesen war. Er verschwand fast in dem großen Bett, und sein Gesicht war ebenso weiß wie das Laken. Der einst so stolze Mann mit dem aufrechten Gang und den breiten, muskulösen Schultern war nur noch ein Schatten seiner selbst. Der Tod hatte ihn bereits gezeichnet, das war nicht zu übersehen.

Als er sie erblickte, verzogen sich seine blassen Lippen zu einem breiten Lächeln. »Elisabeth, mein Kind.« Seine Stimme, die immer volltönend gewesen war, klang rau und kratzig.

»Onkel, wie geht es dir?« Elisabeth setzte sich behutsam auf die Bettkante.

»Der Krebs ist gierig, er frisst mich von innen her auf.« Robert machte eine wegwerfende Handbewegung. »Aber scher dich nicht um mich, Kind, ich bin ein alter Mann. Was ist mit dir? Kommst du zurecht?«

Elisabeth senkte den Blick. Durfte sie ihn wirklich mit ihren Sorgen belasten? Was, wenn der Schock ihm zu sehr zusetzte? Wenn er sich die Schuld an ihrem Unglück gab, weil er Hughs wahren Charakter nicht erkannt hatte? Durfte sie wirklich so egoistisch sein?

Robert griff nach ihrer Hand. »Was bedrückt dich, mein Kind? Trauerst du so sehr um Hugh? Oder ist da noch etwas anderes?«

O Gott, o Gott, was sollte sie nur sagen?

»Ich möchte dich nicht auch noch verlieren, Onkel Robert. Du bist alles, was ich habe.«

Er sah sie ernst an. »Du bist stark, Elisabeth.«

Sie holte Luft. Sie musste es wagen. »Onkel, ich …«

In dem Augenblick begann Robert zu husten. Er keuchte, rang nach Luft, wurde von einem Anfall geschüttelt, der nicht enden wollte.

Elisabeth half ihm, sich aufzurichten, und stützte ihn, so gut es ging, hielt ihm ein Taschentuch vor den Mund, das sich rot färbte vom Blut. Als der Anfall allmählich abebbte, griff sie nach dem Wasserglas, das auf dem Nachttisch bereitstand, und setzte es ihm an die Lippen.

Robert nippte einige Male, dann ließ er sich erschöpft zurück ins Kissen sinken. »Gib mir einen Augenblick«, bat er und schloss die Augen.

»Lass dir Zeit, Onkel.« Elisabeth tätschelte seine Hand und wandte den Blick zum Fenster. Erinnerungen stiegen in ihr auf. Sandringham war fast ihr ganzes Leben lang ihr Zuhause gewesen. Hier in den Ställen, zwischen den wertvollen Zuchtstuten, mit dem Geruch nach Zaumzeug, Schweiß und Stroh in der Nase, war sie groß geworden. Später, als sie aufs Internat ging, hatte sie immer die Schulferien hier verbracht, und ihr Onkel hatte sie alles gelehrt, was es über die

Zucht von Rennpferden zu wissen gab. Sie hatte alle Stuten und ihre Fohlen beim Namen gekannt, noch bevor sie ihren eigenen hatte schreiben können. Und sie kannte die Eigenarten eines jeden Tieres, wusste, wie man am besten mit ihm umging.

Ihr Onkel hatte ihr auch das Reiten beigebracht, obwohl er sich stets um sie zu sorgen schien und sie nie allein ausreiten ließ. Immer musste sie einen Begleiter mitnehmen, der darauf achtete, dass sie nicht in unebenem Gelände galoppierte oder zu hohe Hindernisse nahm.

Einer der Stallknechte hatte einmal angedeutet, dass es einen Grund dafür gab, dass Robert sich solche Sorgen um sie machte, wenn sie im Sattel saß, doch weder ihm noch einem der anderen Bediensteten waren mehr als ein paar Andeutungen zu entlocken gewesen. Und ihren Onkel selbst hatte Elisabeth nicht zu fragen gewagt.

Doch auch mit dieser Einschränkung hatte Elisabeth sich in Sandringham so frei und glücklich gefühlt wie an keinem anderen Ort. Sie liebte die Pferde, und die Pferde schienen auch sie zu lieben. Selbst die launischen, eigenwilligen Tiere entspannten sich, wenn Elisabeth in ihrer Nähe war. Sie hatte das Gespür für die Pferde im Blut, hatte Robert ihr erklärt. Es lag in der Familie.

Sie hätte gern an seiner Seite gearbeitet statt in einem Büro in London. Aber als Frau war ihr diese Laufbahn verwehrt.

»Elisabeth?«

Sie löste den Blick vom Fenster. »Ja, Onkel. Fühlst du dich besser?«

»Mein ganzer Körper schmerzt. Mein Brustkorb fühlt

sich an, als wäre er in einen Schraubstock eingezwängt, jeder Atemzug ist eine Tortur. Ich fürchte, mein Kind, es geht bald zu Ende mit mir.«

»Sag so etwas nicht, Onkel. Du bist zäh und unverwüstlich, das hast du selbst immer gesagt.«

»Ich wollte doch, dass meine kleine Lizzy sich sicher und geborgen fühlt. Das ist jetzt nicht mehr nötig.«

Elisabeth presste die Lippen zusammen.

»Du schaffst es ohne mich, nicht wahr?« Wieder hustete er, doch diesmal war der Anfall rasch vorüber.

Elisabeth tupfte ihm das Blut aus dem Mundwinkel. »Onkel?« Sie wollte sagen, dass sie ihn mehr brauchte als je zuvor, dass er ihr helfen musste, aber sie brachte es nicht übers Herz.

»Ja, mein Kind?«

»Ach, nichts.« Die Verzweiflung trieb Elisabeth die Tränen in die Augen, hastig wischte sie sie weg.

Robert schien nichts bemerkt zu haben. Er streckte die zittrige Hand aus und deutete in die Zimmerecke. »Dort in der obersten Schublade der Kommode liegt ein Umschlag. Bitte sei so gut und bring ihn her.«

Elisabeths Herz schlug höher. Vielleicht brauchte sie ihren Onkel gar nicht um Geld zu bitten, vielleicht besaß er einige Ersparnisse, die er ihr übergeben wollte. Im gleichen Augenblick schämte sie sich fürchterlich für diesen Gedanken. Wie konnte sie an Geld denken, während ihr Onkel im Sterben lag?

Wenn nur die Last der Schulden nicht so erdrückend wäre, wenn sie nur einen anderen Ausweg wüsste!

»Lizzy, mein Kind?«

»Verzeih, Onkel, ich war in Gedanken.« Sie stand auf, ging zur Kommode und nahm den Umschlag heraus, der zuoberst auf den frisch gebügelten Taschentüchern lag. Er war flach, schien nicht mehr als einen oder zwei gewöhnliche Briefbögen zu enthalten. Sie kehrte ans Bett zurück.
»Dieser hier?«
Robert nahm den Umschlag entgegen und fuhr mit den Fingern über das vergilbte Papier. »Ich habe diesen Brief vor Jahren verfasst, aber nie abgeschickt. Ich habe auf den richtigen Moment gewartet, und irgendwann war es zu spät.«
Elisabeth runzelte die Stirn. »Es steht keine Anschrift darauf.«
»Ich weiß.« Er drückte ihr den Umschlag in die Hand. »Mein Vater, ich habe ihm großes Unrecht getan.«
»Was für ein Unrecht? Wovon sprichst du?« Elisabeth erinnerte sich nicht an ihren Großvater, der starb, als sie noch ein Kind war. Sie hatte nie mit ihrem Onkel über ihre Familie in Deutschland gesprochen. Sie wusste nichts über ihre Eltern, besaß nicht einmal ein Foto von ihnen. Bloß eins ihrer Großmutter als junge Frau, in dem Medaillon, das sie um den Hals trug. Wann immer sie das Thema angeschnitten hatte, war Robert ihr über den Mund gefahren. So sanftmütig und gütig ihr Onkel gewesen war, wenn das Thema auf Deutschland, auf seinen Vater und seinen Bruder kam, wurde er barsch und blockte ab.
»Sie sind alle tot«, pflegte er zu sagen. »Lass sie ruhen. Vielleicht haben sie ja ihren Frieden gefunden.«
Irgendwann hatte Elisabeth es aufgegeben zu fragen und versucht, das Loch zu ignorieren, das der Verlust ihrer Familie in ihr Herz gerissen hatte.

»Nimm den Brief. Und entscheide, was damit geschehen soll, wenn ich nicht mehr bin.«

»Aber ich weiß doch gar nicht...« Elisabeth fuhr über die Kante des Umschlags.

»Du wirst es wissen, wenn es so weit ist. Du wirst das Richtige tun, da bin ich sicher.« Robert schloss die Augen, sein Atem zischte leise.

»Ja, Onkel.« Sie drückte seine Hand.

Er öffnete die Augen wieder. »Noch etwas, mein Kind. Es ist alles niedergeschrieben, aber du sollst es jetzt erfahren, aus meinem Mund.« Er holte einige Male tief Luft, jedes Wort schien ein Kraftakt zu sein.

»Was denn?«

»Seydell. Du erinnerst dich nicht. Du warst zu klein, als man dich fortbrachte. Einst war es das schönste Gestüt im ganzen Reich.« Er lächelte, dann versteinerte sein Gesichtsausdruck. »Doch das ist lange her.« Sein Blick ging in die Ferne, wieder schloss er die Augen.

Elisabeth drückte seine Hand, doch er erwiderte den Druck nicht. O nein! »Onkel Robert? Bitte verlass mich nicht«, flüsterte sie.

Ein Pfeifen entfuhr seiner Kehle. »Seydell. Ihr beide... werdet es erben. Ein neuer Anfang... nach all dem Zwist und Leid.«

Elisabeths Herz schlug schneller. Sie wusste, dass es einmal ein Gestüt im Besitz der Familie gegeben hatte. Irgendwo im Norden Deutschlands. Sie selbst war dort geboren. Aber sie war immer davon ausgegangen, dass es längst nicht mehr existierte. »Ich verstehe nicht, Onkel. Wovon sprichst du? Und wen meinst du mit ›ihr beide‹?«

Robert antwortete nicht. Reglos lag er da, die Augen geschlossen, die Arme schlaff auf der weißen Decke. Nur das unruhige Auf und Ab seiner Brust und das leise Pfeifgeräusch, das dabei zu hören war, verrieten, dass er noch atmete.

Elisabeth war mit einem Mal nicht sicher, ob er lediglich fantasierte. Ob er in die Vergangenheit abgedriftet war, den Bezug zur Realität bereits verloren hatte und sich bloß einbildete, dass es das Gestüt noch gab.

Sie wartete, aber er öffnete die Augen nicht wieder. Noch einmal bewegte er die Lippen, murmelte etwas Unverständliches, im nächsten Augenblick war er eingeschlafen.

Elisabeth wartete noch eine Weile, dann drückte sie ihrem Onkel einen Kuss auf die Stirn und erhob sich vom Bett. Der Kloß in ihrer Kehle war so groß, dass sie fürchtete, daran ersticken zu müssen. Sie trat ans Fenster und sah auf die Koppeln hinunter. Ein Gestüt in Deutschland, war das wirklich möglich? Sie versuchte sich zu erinnern, wie es ausgesehen hatte, schließlich hatte sie die ersten drei Jahre ihres Lebens dort verbracht. Doch ihr Gedächtnis war leer.

Trotzdem ließ der Gedanke sie nicht los. Ein Hoffnungsschimmer, ein möglicher Neuanfang. Vielleicht sogar die Erfüllung ihres Traums. Irgendwo in ihrer fremden Heimat. Auf Seydell.

Lüneburger Heide, August 1889

»Nicht da hinunter, Luise! Der Abhang ist zu steil!«
»Sei nicht so ein Hasenfuß, Alexander von Seydell!« Luise trat ihrer Stute in die Seite und preschte los. Erde spritzte, Steine flogen.

Alexander hielt den Atem an. Er zögerte nur kurz, dann lenkte er seinen Wallach ebenfalls auf den steinigen Pfad. Er war kein Feigling, weiß Gott nicht. Und er war ein ausgezeichneter Reiter. Doch es lag nur ein schmaler Grat zwischen Mut und Leichtsinn. Ein Grat, den Luise Capellan nur allzu gern überschritt, gerade so, als wollte sie das Schicksal herausfordern.

So schnell es ging, galoppierte Alexander ihr hinterher, darauf bedacht, zwischen den Steinbrocken den sichersten Weg für seinen Wallach zu finden. Als er den Fuß des Hügels erreicht hatte, war er ebenso schweißgebadet wie sein Tier. Ohne das Tempo zu drosseln, schaute er sich um. Von Luise keine Spur. Doch er wusste, in welche Richtung sie geritten war. Er trieb das Pferd zur Eile an, setzte über die Hecke, die zwischen ihm und seinem Ziel lag, und schon tauchte am Rand des Birkenwäldchens die alte Schäferhütte mit dem halb eingefallenen Dach auf. Ihr geheimer Treffpunkt.

Als Alexander näher kam, sah er, dass Luises Stute ohne Reiterin vor der Hütte stand und unruhig den Kopf schüttelte.

Gütiger Himmel! Hatte das Tier Luise abgeworfen? War sie gestürzt?

Alexander zog die Zügel an und sprang aus dem Sattel. »Luise!«

»Ich bin hier.« Sie stand im Türrahmen, das Haar vom Wind zerzaust, der weite Rock schmutzig vom Schlamm, die dunklen Augen blitzend. »Du hast doch nicht etwa gedacht...«

»Herrgott, Luise, eines Tages brichst du dir den Hals.«

»Unsinn. Sei nicht so eine Memme, Alexander.«

Er band die beiden Pferde an und trat zu ihr. »Ich habe Angst um dich, kannst du das nicht verstehen?«

»Du bist süß, wirklich.« Sie strich ihm über die Wange. »Und du bist die tollkühnste Reiterin, die die Welt je gesehen hat. Wenn Frauen beim Grand National zugelassen wären, würdest du alle Mitstreiter um Längen schlagen.« Er nahm ihre Finger, presste sie an seine Lippen.

»Beim Grand National? Was ist das?«

»Ein Hindernisrennen in England. Man sagt, es sei das gefährlichste Rennen der Welt.«

»Klingt nach etwas, das mir Spaß machen könnte. Aber jetzt will ich dich.« Sie zog ihn ins Innere der Hütte. »Komm rein, mach schon, ich will nicht länger warten.«

Kaum hatten sie die verwitterte Tür hinter sich zugezogen, nahm Alexander sie in die Arme und küsste sie. Er ließ seine Lippen über ihren Hals wandern, über die Stelle unterhalb ihrer Schulter, wo die Haut so zart und weich war, und zerrte dabei ungeduldig an den Bändern ihres Mieders.

»Ach, jetzt hast du es plötzlich eilig, Alexander von Seydell«, neckte Luise und nestelte an seiner Hose.

»Du treibst mich in den Wahnsinn, Luise«, stöhnte er.

Sie ließen sich ins Heu fallen, Alexander schob ihre Röcke hoch, und in dem Moment, als er sich mit ihr vereinigte, war alles andere vergessen. Es gab nur Luise und ihn, und was sie verband, war so groß, so allumfassend, dass es seine ganze Welt umspannte.

Erst nachher, als er atemlos auf dem Rücken neben ihr lag, den Geruch ihrer Haut noch in der Nase, dachte er wieder daran, wie sie den Abhang hinuntergaloppiert war.

»Ich habe Angst, dich zu verlieren, Luise. Ich könnte es nicht ertragen, ohne dich zu sein.«

Sie drehte sich zu ihm, stützte den Kopf auf die eine Hand und ließ die Finger der anderen über seinen nackten Bauch gleiten. »Ist das wahr, Alexander?«

»So war es immer schon, und das weißt du auch.«

Seit sie als Kinder auf ihren Ponys durch die Heide geritten waren, war Luise der Mittelpunkt seines Lebens gewesen. Und schon damals hatte er sich ständig um sie gesorgt. Die jüngste Tochter des strengen Pfarrers Wilhelm Capellan war bereits als kleines Mädchen ein Wildfang gewesen. Zu Hause fügte sie sich, dort blieb ihr keine Wahl, doch sobald sie den Fängen ihres unerbittlichen Vaters entkam, schlug sie über die Stränge, kletterte auf die höchsten Bäume und sprang von der Brücke in die Seyde. Am waghalsigsten gebärdete sie sich, wenn sie im Sattel saß. Niemand ritt so tollkühn wie sie. Nicht einmal Alexanders Vater, der alte Otto von Seydell, hatte es in seinen jungen Jahren so wild getrieben, obwohl man ihm nachsagte, dass er damals der beste Reiter im ganzen Landstrich gewesen sei.

Alexander betrachtete Luise, die sich aufgesetzt hatte und ihre Bluse zuknöpfte. Sie sah plötzlich ernst aus. Fort war die furchtlose Reiterin, die leidenschaftliche Geliebte.

Er erinnerte sich daran, wie sie sich zum ersten Mal geliebt hatten. Es war Luise gewesen, die ihn in die Hütte gezogen, die seine Hand geführt hatte, während er selbst bloß auf ein paar scheue Küsse aus gewesen war.

Für einen kurzen, schrecklichen Augenblick dachte er, dass es für sie nicht das erste Mal war, so zielstrebig hatte sie ihm gezeigt, was sie wollte.

Jetzt stand sie auf und klopfte sich das Heu aus dem Rock. Alexander erhob sich ebenfalls. »Musst du schon fort?«

»Vater denkt, dass ich nur eben ein paar Briefe aufgebe. Wenn ich zu spät zurückkehre ...«

»Diese Heimlichkeit muss ein Ende haben, Luise.«

»Und wie stellst du dir das vor?«

»Heirate mich.«

Sie senkte den Kopf. »Ach, Alexander.«

Er fiel auf die Knie, ergriff ihre Hand. »Luise Capellan, seit ich denken kann, liebe ich dich. Ich will jeden Tag neben dir aufwachen, ich will für dich sorgen, dich beschützen, dir jeden Wunsch erfüllen. Werde meine Frau, und du machst mich zum glücklichsten Mann der Welt.«

»Steh auf, Alexander.« Ihre Stimme klang merkwürdig tonlos.

Er erhob sich, sein Herz klopfte so wild, dass er glaubte, es müsse ihm aus der Brust springen. Er würde mit Luise glücklich sein. Nicht auf Seydell, dort konnte er nicht bleiben. Wenn Ludwig eines Tages das Gestüt erbte, musste er fortgehen, das war unvermeidlich. Doch bei seinem Geschick mit Pferden bekäme er überall eine Anstellung, er würde für Luise sorgen können, wohin auch immer das Schicksal sie verschlug.

»Was ist, Luise?« Er sah in ihre unergründlichen, dunklen Augen. »Sag Ja, worauf wartest du?«

»Ich kann nicht.« Sie senkte den Blick.

»Aber warum nicht?«

»Weil ich verlobt bin.«

Ein glühender Dolch durchbohrte sein Herz. »Das ist nicht wahr!«

»Doch, Alexander.« Sie sah ihn an. »Ich werde deinen Bruder heiraten.«

»Ludwig? Aber…«

»Ich bin die Tochter eines armen Landpfarrers, Alexander. An Ludwigs Seite werde ich eines Tages Herrin von Seydell sein, dem angesehensten und schönsten Gestüt im ganzen deutschen Kaiserreich.«

»Aber du liebst ihn doch gar nicht. Und er liebt dich nicht.«

Sie schüttelte den Kopf. »Du verstehst das nicht.«

»Ludwig ist kein guter Mensch, Luise. Er wird dir wehtun. Er wird dich unglücklich machen.«

»Das wird ihm nicht gelingen.« Sie lächelte. »Denn ich habe ja dich.« Sie umfasste sein Gesicht. »Für uns muss sich nichts ändern, Alexander.«

Er schob sie weg, wich zurück. »Das ist nicht dein Ernst.«

»O doch, das ist es«, sagte sie, und mit einem Mal lag Bitterkeit in ihrer Stimme. »Was verstehst du schon davon? Du bist ein Träumer, du weißt nichts vom Leben. Für dich gibt es nur deine Pferde. Aber das ist nicht alles, es existieren noch mehr Dinge da draußen, und ich möchte daran teilhaben, ich möchte nicht bis in alle Ewigkeit die arme Pfarrerstochter bleiben. Ich will ein Leben. Ich will Kleider, ich will reisen, ich will etwas von der Welt sehen. Ludwig kann mir all das bieten. Von dir habe ich nichts zu erwarten, außer ein paar leidenschaftlichen Augenblicken mit einem Landburschen, der nach Stall riecht.«

Alexander schluckte hart. »Ich wusste nicht, dass du das so siehst, Luise.« Er verschränkte die Arme. »Dann solltest du jetzt wohl besser gehen.«

Sie sah ihn traurig an.

»Geh!«, fuhr er sie an. »Scher dich fort. Ich will dich nicht mehr sehen.«

»Das also ist deine ganze Liebe? So schnell lässt du mich fallen?« Sie schüttelte den Kopf. »Also gut, wie du meinst. Lebe wohl, Alexander.« Sie wandte sich ab und ging nach draußen, ohne sich noch einmal umzudrehen.

Alexander hörte ein Pferd schnauben, kurz darauf ertönte Hufschlag, der allmählich leiser wurde. Kaum war er ganz verklungen, lehnte Alexander sich mit dem Rücken gegen die Stallwand. Er betrachtete seine Hände, die noch immer nach Luise dufteten. Sie waren schmutzig und rau von der Arbeit mit den Pferden. Niemals hätte er gedacht, dass Luise sich daran stören könnte. Er ballte die Faust und rammte sie ins Holz. Einmal. Zweimal. Wieder und wieder.

Sandringham, Dezember 1947

Sandringham, 23. Oktober 1942

Lieber Vater,

bitte entschuldige, dass ich so lange gebraucht habe, um Dir zu antworten. Deine Zeilen haben mich derart aufgewühlt, dass ich mich erst fassen musste. Um die Wahrheit zu sagen, war mein erster Impuls, auch diesen Brief unbeantwortet zu lassen. Aber das kann ich nicht, nicht mehr. Du hast recht, wir sollten unseren Zwist begraben, uns endlich versöhnen.
Es gibt so viel, was ich Dir sagen will, doch wo beginnen?
Ich war nie ein Mann großer Worte, und ich glaube, das trifft auch auf Dich zu. Einige Dinge jedoch müssen niedergeschrieben werden…

Elisabeth ließ das Blatt sinken. Sie brachte es nicht über sich, den ganzen Brief noch einmal zu lesen. Sie hatte es getan, wieder und wieder, und dennoch blieb seine Bedeutung ihr verborgen. Welches Geheimnis hatte ihr Onkel gehütet? Was für einen Zwist hatte er mit seinem Vater gehabt? Und wieso hatte er ihm neun Jahre nach dessen Tod einen Brief geschrieben, als würde er noch leben?

Sie faltete das Papier und schob es in ihre Manteltasche, dann tätschelte sie der Schimmelstute den Hals. Sie hieß Snow Queen und war Elisabeth seit Kindertagen vertraut. Oft war sie als junges Mädchen in Snow Queens Box geschlüpft und hatte bei ihr Trost gesucht, wenn sie Kummer gehabt hatte oder einsam gewesen war. Die Stute hatte sie immer verstanden.

Snow Queen stupste sie sanft mit dem Maul an.

»Ich wünschte, du könntest reden«, sagte Elisabeth und vergrub das Gesicht in ihrem warmen Fell. »Dann könnte ich dich um Rat bitten.« Tränen stiegen in ihr auf, sie weinte still.

Onkel Robert war nicht mehr aufgewacht, nachdem er ihr den Brief überreicht und von der Erbschaft gesprochen hatte. Elisabeth hatte sich in einer kleinen Pension in King's Lynn eingemietet und von morgens bis abends an seinem Bett gewacht. Wieder und wieder hatte sie den Brief hervorgeholt und die Zeilen überflogen, in der Hoffnung, einen Sinn darin zu finden, der ihr bisher verborgen geblieben war. Sie hatte gehofft, Robert würde noch einmal das Bewusstsein wiedererlangen, um ihr zu erklären, was das alles zu bedeuten hatte. Vergeblich. Noch zwei Tage hatte er gelebt, dann hatte sein Herz aufgehört zu schlagen.

Das war eine Woche her. Vorgestern war Robert von Seydell auf dem Friedhof von King's Lynn beerdigt worden, und vor einer Stunde hatte ein Anwalt das Testament verlesen. Es war, wie ihr Onkel gesagt hatte, sie erbte das Gestüt Seydell, gelegen bei einem Dorf namens Birkmoor in der Lüneburger Heide, bestehend aus einem Herrenhaus, Stallungen und weiteren Nebengebäuden sowie mehreren Hektar Weideland. Sie teilte sich die Erbschaft mit einem gewissen Javier de Castillo y Olivarez, einem Spanier, der irgendwo in der Nähe von Pamplona lebte, wo auch immer das sein mochte. Wer dieser Señor de Castillo sein mochte, war ihr ein Rätsel. Ihr Onkel hatte den Namen nie erwähnt.

Der Funke Hoffnung, der aufgeglommen war, als Robert das Gestüt bei ihrem letzten Gespräch erwähnt hatte, war rasch verloschen. Ja, es war ihr Traum, ein Leben mit Pferden zu führen. Aber ganz bestimmt nicht in Deutschland, dem Land, das ihnen diesen Krieg mit all seinem Leid beschert hatte, das ihren Hugh zerstört und ihren geliebten Onkel und dessen Vater entzweit hatte.

Zwar sprach sie Deutsch, denn Robert hatte immer in seiner Muttersprache mit ihr geredet, wenn sie beide allein gewesen waren, aber davon abgesehen verband sie nichts mit dem Land, in dem sie zur Welt gekommen war. England war ihre Heimat, ihr Zuhause, hier wollte sie leben.

Und selbst wenn sie bereit gewesen wäre, nach Deutschland zu gehen, wäre es nicht möglich gewesen. Sie musste Hughs Schulden zurückzahlen, das konnte sie nur, wenn sie ihr Erbe verkaufte. Zumal sie ja auch noch diesen Javier auszahlen müsste, wenn sie Seydell behalten wollte.

Es gab also nur einen Weg. Sie musste den Spanier ausfindig machen, so schnell es ging, und das Gestüt verkaufen. Dann hätte sie ausreichend Geld, um Mr Smith loszuwerden. Und vielleicht wäre auch noch genug übrig, um aus London fortzuziehen, irgendwo aufs Land, wo es Pferde gab, weite Landschaft und frische Luft und wo sie noch einmal von vorn anfangen konnte.

Elisabeth löste ihr Gesicht von Snow Queens Hals und wischte die Tränen fort. Ein leiser Schauder durchlief die Stute. Elisabeth strich ihr dankbar über das samtweiche weiße Maul. Was hätte Onkel Robert wohl gesagt, wenn er gewusst hätte, dass sie Seydell verkaufen würde? Bestimmt hätte er sich gewünscht, dass sie das Gestüt behielt. Er hatte ja nichts geahnt von der schrecklichen Schuldenlast. Zum Glück hatte sie seine letzten Stunden nicht mit diesem Wissen belastet.

Ein letztes Mal klopfte Elisabeth Snow Queen auf den Hals, dann trat sie aus der Box und verriegelte sie. Morgen früh ging ihr Zug nach London. Sie hatte auf der Arbeit Bescheid gegeben und auch ihre Vermieterin angerufen. Die hatte ihr berichtet, dass ein Mr Smith sich nach ihr erkundigt habe. Der würde sich hoffentlich für eine Weile vertrösten lassen, wenn Elisabeth ihm von dem Erbe berichtete und erklärte, dass es einige Wochen dauern konnte, bis der Verkauf in die Wege geleitet war.

Es dämmerte, als Elisabeth aus dem Stall auf den Hof trat. Ein Knecht mit einer Schubkarre voller Stroh kam vorbei und grüßte sie mit einem Kopfnicken. Elisabeth blieb einen Moment lang stehen, ließ den Blick über die hufeisenförmig angeordneten Stallgebäude schweifen, das schmiedeeiserne Eingangstor, den Uhrturm über dem Haupthaus. Wehmut erfüllte ihr Herz. Das hier war ihr Zuhause gewesen, so viele Jahre lang. Sie würde es wohl nie wiedersehen.

Bevor ihr erneut die Tränen kamen, straffte sie die Schultern und schritt auf das Tor zu. Sie musste nach vorn schauen, nicht zurück. Die Vergangenheit war für immer verloren, was ihr blieb, war die Zukunft.

 **Kapitel 2**

Lüneburger Heide, August 1889

»Sieh nur, wie gut sie sich entwickelt hat.« Otto von Seydell deutete auf ein schwarzbraunes Fohlen, das munter über die Weide sprang. »Sie ist schon fast so groß wie die anderen, sie wird eine prachtvolle Stute werden, schau dir ihre Beine an, wie elegant sie sich bewegt.«

Alexander murmelte eine Zustimmung und betrachtete das Fohlen nicht ohne Stolz. Es war zu früh auf die Welt gekommen, Alexander und sein Vater hatten es mit vereinten Kräften aus der Mutter herausziehen müssen, und dann hatte es zitternd im Stroh gelegen, zu schwach, um aufzustehen und zu trinken. Sie hatten überlegt, es rasch von seinen Leiden zu befreien. Doch dann hatte Alexander beschlossen, wenigstens einen Versuch zu wagen, das Kleine aufzupäppeln. Viele Stunden hatte er bei dem Tier im Stall verbracht, um ihm beim Trinken zu helfen und es mit Extraportionen zu versorgen, damit es zu Kräften kam. Die Mühe hatte sich gelohnt.

»Wir sollten überlegen, sie zu behalten und nicht mit den anderen Fohlen zu verkaufen«, sagte er und dachte unwillkürlich, was für ein schönes Reittier aus dem Fohlen werden würde, wie perfekt es für Luise wäre. Das glänzende Fell war von der gleichen Farbe wie ihr Haar und das Temperament genauso ungezähmt.

Er ballte die Faust. Zwei Wochen waren vergangen, seit Luise ihm eröffnet hatte, dass sie Ludwig heiraten wollte. Seither hatten sie sich nicht gesehen, und Alexander hatte sich immer wieder gefragt, ob er sich ihre Worte und den Streit danach bloß eingebildet hatte, ob er sich falsch erinnerte, ob seine Angst davor, Luise zu verlieren, ihm den Verstand raubte. Er hatte bisher nicht gewagt, seinen Bruder darauf anzusprechen, das hätte es zu real gemacht. Andererseits war es lächerlich, die Augen vor der Wahrheit zu verschließen. Wenn es stimmte, wäre es besser, sich nicht länger Illusionen hinzugeben. Alexander sah seinen Vater an. Ob er von der heimlichen Verlobung wusste?

»Was ist los, mein Sohn?« Otto zog die Brauen zusammen. Er war blass heute Morgen, und beim Absitzen vom Pferd hatte er kurz das Gesicht verzogen, als hätte er Schmerzen.

»Nichts, Vater.« Alexander ließ seinen Blick schweifen. Sie standen bei einer der Koppeln am Westufer des kleinen Flüsschens Seyde. Etwas weiter flussaufwärts lag die Mühle mit dem Mühlteich und jenseits der Seyde, hinter einer schmalen Holzbrücke, das mächtige Hoftor, rechts und links gesäumt von einer Mauer, hinter der die reetgedeckten Dächer der Stallungen aufragten. Wie alle Gebäude auf Seydell war auch die Mauer aus rotem Backstein gebaut.

Vom Tor aus verlief in beide Richtungen eine Allee, die einerseits zum Herrenhaus, andererseits parallel zur Seyde auf das kleine Dorf Birkmoor zuführte. Im Frühsommer blühten dort die Linden und verbreiteten ihren betörenden

Duft. Doch jetzt, Ende August, erkannte man bereits die leichte Gelbfärbung der Blätter, die den nahenden Herbst ankündigte. Am Morgen hatte noch die Sonne geschienen, doch nun näherte sich vom Dorf her eine graue Wolkenwand. »Wir sollten uns sputen«, sagte Alexander. »Ich glaube, es zieht Regen auf.«

»Wie du meinst, Junge. Lass uns noch rasch nach der Koppel hinter der Mühle sehen, bevor wir zurückreiten.« Otto griff nach den Zügeln seines Wallachs, um wieder aufzusitzen, hielt jedoch mitten in der Bewegung inne und rieb sich über den linken Oberarm.

»Geht es dir nicht gut, Vater?«, fragte Alexander besorgt.

»Nur ein Stechen, das ist gleich vorüber.« Schwer atmend wischte Otto sich mit dem Ärmel über die Stirn.

»Du solltest dich setzen«, sagte Alexander. »Ich kann ins Dorf reiten und den Arzt holen.«

»Unsinn.« Sein Vater winkte ab. »Ich bin nur etwas müde.«

»Ich kann allein bei der anderen Koppel nach dem Rechten sehen.«

Otto nickte. »Ich weiß, mein Sohn.« Wieder rieb er sich die Stirn, kleine Schweißperlen glänzten unterhalb des grauen Haaransatzes.

Zum ersten Mal bemerkte Alexander, wie stark sein Vater in den letzten Jahren gealtert war. Er war im fünfundsechzigsten Lebensjahr, und man sah ihm die Bürde der Verantwortung an, die er seit Jahrzehnten trug. Früher hatte Alexander geglaubt, sein Vater wäre unbesiegbar. Er hatte die Zügel immer fest in der Hand gehalten, die seiner Familie ebenso wie die des Gestüts. Doch in letzter Zeit hatte Alexander ein ums andere Mal beobachtet, wie schwer seinem Vater manche Aufgaben fielen, die er früher nebenher verrichtet hatte. Anders als andere Gestütsbesitzer hatte Otto von Seydell es sich nie nehmen lassen, selbst im Stall Hand anzulegen, beim Ausmisten zu helfen oder nach den Tieren zu sehen. Zwar hatte er ausreichend Personal für alle Arbeiten, die auf dem Gestüt anfielen, aber einerseits liebte er den Umgang mit den Pferden viel zu sehr, als dass er darauf verzichtet hätte, und andererseits machte es ihm niemand wirklich gut genug. Niemand außer Alexander.

»Was würde ich nur ohne dich machen, mein Sohn?«, sagte er nun.

»Du hast auch noch Ludwig«, erinnerte Alexander ihn.

Otto winkte ab. »Wir wissen beide, dass er mit Mühe unterscheiden kann, wo beim Pferd der Kopf und wo das Hinterteil ist.«

»Sei nicht ungerecht, Vater. Ich glaube, dass er mehr von der Pferdezucht versteht, als du ihm zutraust. Du musst ihm nur eine Gelegenheit geben, es dir zu beweisen.«

»Du siehst in allen Menschen nur das Gute, Alexander.«

»Und?« Alexander klopfte seiner Stute auf den Hals. »Ist das denn falsch?«

Sein Vater schüttelte den Kopf. »Nein, mein Sohn. Aber du solltest nicht blind sein gegenüber den Schwächen deiner Mitmenschen. Sonst wirst du zu oft enttäuscht.«

Alexanders Gedanken schossen zu Luise. Vielleicht hatte Vater recht, vielleicht war er zu gutgläubig. Er fasste sich ein Herz. »Wusstest du, dass Ludwig ... dass er eine Braut gefunden hat?«

Otto von Seydell hob die Brauen. »Hat er das?«

»Luise Capellan.«

»Blödsinn.«

»Ich glaube, es ist ihm ernst. Sie haben sich die Ehe versprochen.« Alexander verschluckte sich beinahe an den Worten.

Sein Vater sah ihn lange an, bevor er antwortete. »Luise Capellan ist keine gute Frau, mein Junge. Sie ist selbstsüchtig, oberflächlich und eigensinnig. Mal ganz davon abgesehen, dass sie bloß eine Pfarrerstochter ohne jede Mitgift ist. Sie mag gut sein für ein wenig Zerstreuung, soll Ludwig sich ruhig die Hörner an ihr abstoßen. Aber sie taugt nicht für die Ehe. Eine solche Frau bringt Unglück ins Haus, glaube mir.«

Empörung wallte in Alexander hoch. »Wie kannst du nur so etwas sagen, Vater? Du kennst sie doch gar nicht!«

»Ich bin nicht blind, mein Junge.« Otto klopfte Alexander beschwichtigend auf die Schulter.

»Du täuschst dich, sie ist...« Alexander wandte den Blick ab, er wollte nicht preisgeben, wie viel ihm Luise bedeutete. Mit zusammengepressten Lippen schaute er über die Koppeln hinweg in Richtung Birkmoor. Das Dorf war von hier aus nicht zu sehen, nur die schnurgerade Allee zog sich entlang der Seyde bis zum Horizont. Die Sonne war endgültig hinter der Wolkenwand verschwunden, unter dem grauen Himmel wirkte die Landschaft trist und abweisend. Die Fohlen, die den nahenden Wetterumschwung witterten, drängten sich unter einer Eiche zusammen.

»Ludwig wird Luise Capellan nicht heiraten«, verkündete Otto von Seydell in einem Ton, der keinen Widerspruch duldete. »Dafür werde ich sorgen. Er wird sie sich aus dem Kopf schlagen, darauf kannst du dich verlassen.« Er zögerte kurz, dann fügte er hinzu: »Und das solltest du auch.«

Alexander fuhr herum. »Was redest du da, Vater, was soll das heißen?«, stieß er wütend hervor.

»Das heißt, dass du ...« Otto von Seydell riss die Augen auf. »Dass du ... O Gott!« Er presste die rechte Hand auf seine Brust, wankte.

»Vater, um Himmels willen, was fehlt dir?« Alexander sprang zu ihm und griff ihm unter die Arme. »Setz dich, komm, ich helfe dir.«

Otto von Seydell stöhnte. »Ich kann nicht.«

Panisch blickte Alexander in alle Richtungen, suchte die Allee und die Weiden ab. Er musste Hilfe holen, aber er wollte seinen Vater nicht allein lassen. Wo war die Magd, die er eben noch mit einem Korb Wäsche unter den Apfelbäumen gesehen hatte? Wo der Futtermeister, der heute Morgen aufgebrochen war, um mit dem Pferdeknecht das Heu einzuholen? Mussten sie nicht längst zurück sein?

Behutsam bettete Alexander seinen Vater ins Gras. »Halte durch, ich hole Hilfe.«

»Nein.« Otto von Seydell griff nach seiner Hand. »Ich muss mit dir reden.«

»Du brauchst einen Arzt, Vater.«

»Halt den Mund und hör zu.« Otto atmete schwer, sein Gesicht war schmerzverzerrt.

Alexander tupfte ihm mit einem Taschentuch die Stirn ab.

»Versprich mir ...«, flüsterte er heiser, »versprich mir, dich mit Ludwig zu vertragen. Er wird nicht verstehen ... Großer Gott, ich bekomme keine Luft mehr!« Er stöhnte laut auf.

Alexanders Herz krampfte sich zusammen. »Halte durch, Vater. Alles wird gut.«

»Ich hoffe es, mein Sohn.« Otto drückte Alexanders Hand.

»Große Verantwortung lastet auf dir. In meinem Sekretär... O Gott, o Gott!«

»Bitte, Vater, quäl dich nicht.«

»Mein Junge, versprich es mir! Wenn ich nicht mehr da bin... Ludwig...«

Alexander spürte, wie etwas Eiskaltes seine Brust einschnürte. Tränen schossen ihm in die Augen. »Rede nicht so einen Unsinn, Vater. Du wirst wieder gesund.«

»Versprich...«

Alexander drückte die zitternden Hände seines Vaters. »Ich verspreche es. Ich werde mit Ludwig Frieden halten, wir werden uns gemeinsam um das Gestüt kümmern, sei unbesorgt.«

Ein Lächeln breitete sich auf dem schmerzverzerrten Gesicht seines Vaters aus. »Ja, das werdet ihr«, murmelte er. Sein Atem ging schwer und stoßweise. »Luft«, flüsterte er kaum hörbar. »Ich bekomme keine Luft.«

Hastig riss Alexander ihm den Hemdkragen auf.

»Es ist so dunkel hier«, röchelte Otto von Seydell. »Ich sehe nichts. Alexander, wo bist du?«

»Ich bin bei dir, Vater.« Wieder griff Alexander nach Ottos Händen. »Ich verlasse dich nicht.«

»Mein Sohn.« Ein letztes Mal flog ein Lächeln über Otto von Seydells Gesicht, dann stöhnte er auf, und sein Körper erschlaffte.

Einen Moment lang war Alexander wie vom Donner gerührt. Dann brach er schluchzend über dem toten Körper seines Vaters zusammen.

Vier Monate später, Dezember 1889

Der Weihnachtsbaum füllte die gesamte Eingangshalle des Herrenhauses aus, und die bunten Kugeln funkelten und glitzerten im Licht der Kerzen. Der große Stern auf der Spitze ragte bis über das Geländer der Galerie im ersten Stock und war Luises ganzer Stolz. In den vergangenen Jahren, in denen es keine Hausherrin auf Seydell gegeben hatte, waren die Weihnachtsbäume eher mickrig ausgefallen, so hatte man ihr erzählt, und Luise wollte, dass alle, die auf dem Gestüt lebten, wussten, was es hieß, dass nun wieder eine Frau dem Haushalt vorstand.

Sie presste ihre Hand auf den Bauch, während sie mit ihrem Mann, ihrem Schwager und dem gesamten Gesinde, das sich unter dem Baum versammelt hatte, *Stille Nacht, Heilige Nacht* anstimmte. Unter ihren Fingern spürte sie, wie das Kind in ihrem Leib strampelte. Vor ein paar Tagen hatte sie die sanften Bewegungen zum ersten Mal wahrgenommen und war freudestrahlend zu Ludwig gelaufen, der jedoch nichts davon hatte hören wollen. Er würde sich erst für das Baby interessieren, wenn es geboren war. Und auch dann wohl nur, wenn es sich um einen Sohn handelte.

Verstohlen sah Luise zu Alexander hinüber, der neben seinem Bruder stand, den Blick auf etwas gerichtet, das nur er sah. Die beiden Brüder sahen sich ähnlich, sie hatten das gleiche kastanienbraune Haar und dieselben markanten Gesichtszüge, auch wenn die von Alexander etwas weicher waren und seine Augen heller. Die von Ludwig waren braun, die von Alexander von einer undefinierbaren graugrünen Färbung. Trotz dieser Unterschiede sah man sofort, dass sie Brüder waren.

Doch so ähnlich sich die beiden äußerlich waren, so verschieden waren sie in ihrem Wesen. Ludwig war verschlossen, harsch und aufbrausend, Alexander sanft, friedfertig und gefühlsbetont. Luise vermisste seine Nähe. Denn obwohl sie mit ihm in einem Haus wohnte, bekam sie ihn außerhalb der Mahlzeiten kaum zu sehen. Seit sie seinen Bruder geheiratet hatte, keinen Monat nach Otto von Seydells Tod, ging Alexander ihr aus dem Weg. Er verbrachte fast den ganzen Tag in den Ställen oder auf den Koppeln, schien die Gesellschaft der Tiere der der Menschen vorzuziehen.

Luise hatte gehofft, dass er ihr früher oder später vergeben würde und sie wieder dort anknüpfen konnten, wo sie aufgehört hatten. Doch bisher sah es nicht danach aus. Dabei wünschte sie so sehr, dass er ihre Entscheidung verstand. Er war in einem großen Herrenhaus aufgewachsen, hatte alle Freiheiten genießen dürfen, die ihm das Leben als herrschaftlicher Sohn bot. Eine gute Bildung, erlesenes Essen, feine Kleidung, an nichts hatte es ihm gemangelt. Er verstand einfach nicht, was es für Luise bedeutete, dem Pfarrhaus entflohen und Herrin auf Seydell geworden zu sein.

Die vergangenen Wochen waren wie im Rausch verflogen. Eben noch hatten sie den alten Otto von Seydell zu Grabe getragen, der aus heiterem Himmel an einem Herzinfarkt dahingeschieden war, und bereits drei Wochen später hatten Ludwig und sie sich das Jawort gegeben. Kaum war ihr Zeit geblieben, nach Lüneburg zu fahren, um Schuhe und Stoff für das Brautkleid auszusuchen. An ihrem Hochzeitstag hatte sie sich gefühlt wie eine Königin. Alle hatten sie bewundert, die glückliche, strahlende Schönheit, die den begehrtesten Junggesellen im ganzen Landstrich geehelicht hatte. Als die Kutsche nach der Trauung die Lindenallee hinaufgefahren war und schließlich vor dem Herrenhaus gehalten hatte, wäre sie beinahe in Tränen ausgebrochen vor Freude. Das prächtige dreischiffige Gebäude aus roten Ziegeln mit den bodentiefen Fenstern im Erdgeschoss und der breiten Treppe zum Eingangsportal war das Märchenschloss ihrer Kindheit gewesen, ein Ort, an dem Träume wahr werden konnten, und ab nun wäre es ihr Zuhause.

Nur die Hochzeitsnacht war eine herbe Enttäuschung gewesen. Ludwig war ein unsensibler, rücksichtsloser Liebhaber. Er mochte sich selbst für leidenschaftlich halten, doch Luise wusste, wie sich echte Leidenschaft anfühlte, und ein bitteres Gefühl der Reue durchfuhr sie, als sie an Alexander dachte, der nur wenige Schritte entfernt in seinem kalten Bett lag. Aber sie ließ nicht zu, dass die Bitterkeit in ihr Wurzeln schlug, und widmete sich in den darauffolgenden Wochen der Aufgabe, das Herrenhaus erstrahlen zu lassen. Sie ließ überall neue Vorhänge anbringen und einige neue Küchengeräte anschaffen, lud Damen aus anderen herrschaftlichen Familien zum Kaffee ein und veranstaltete Abendgesellschaften.

Nur für die Pferdezucht konnte sie sich nicht begeistern, dafür waren die Männer zuständig. So gern Luise ritt, wenn Ludwig und Alexander über Fohlenrosse, Trächtigkeitsuntersuchung und Stutbuch sprachen, vertiefte sie sich lieber in ein Modejournal und studierte die neuesten Kleiderschnitte. Ihr war bekannt, dass die Seydells gut vier Dutzend Trakehnerstuten besaßen sowie zwei edle Araberzuchthengste und dass sie damit zuverlässige und zugleich temperamentvolle Reittiere züchteten, die einen hervorragenden Ruf genossen. Mehr musste sie nicht wissen. Neben den Zuchttieren gab es eine Anzahl Kaltblüter für die Kutschen und die Feldarbeit sowie einige Reitpferde, die von der Familie genutzt wurden. Letztere waren die einzigen Pferde, für die Luise sich interessierte.

Eine fuchsbraune Stute hatte es ihr besonders angetan. Sie hieß Morgana, und in ihr schien das gleiche Feuer zu lodern wie in Luise. Wenn sie auf Morgana ausritt, fühlte sie sich so frei und glücklich wie als junges Mädchen, wenn sie auf der Stute des Tierarztes ausgeritten war. Oder wie sie sich früher in Alexanders Armen gefühlt hatte.

Luise scheuchte die Erinnerung fort und ließ ihren Blick über die Gesichter der Bediensteten schweifen, während sie die letzte Strophe des Liedes sang. Mit den meisten kam sie gut zurecht, lediglich Fräulein Kirchhoff, die Hauswirtschafterin, schien es zu missbilligen, dass der Erbe des Gestüts, immerhin ein Adliger, wenn auch untituliert, die Tochter eines Landpfarrers geheiratet hatte. Zumindest nahm Luise an, dass Fräulein Kirchhoffs Abneigung darin begründet lag. Denn es war unwahrscheinlich, dass sie eins der heiklen Geheimnisse ihrer Herrin kannte. Darüber wusste nur Martha Bescheid.

Luise streckte die Schultern durch. Abgesehen von Otto von Seydells Tod, war es ein gutes Jahr gewesen, sowohl für das Dorf als auch für das Gestüt. Die Scheunen waren zum Bersten voll mit Hafer und Heu, die Pferde waren alle kräftig und gesund. Im Dorf hatte man eine weitere Dreschmaschine angeschafft, um des Getreides Herr zu werden, so reichhaltig war die Ernte gewesen. Und das Einbringen der Feldfrüchte hatte sich bis in den November hingezogen. Anfang Dezember hatte dann Frost eingesetzt, der noch immer andauerte.

Das Lied endete, Ludwig räusperte sich. »Dies ist das erste Weihnachtsfest ohne meinen Vater«, begann er seine Ansprache. »Und uns allen fehlt er. Seydell ist nicht mehr so, wie es unter seiner Führung war. Aber das bedeutet nicht, dass mit allen Traditionen gebrochen wird. Ganz im Gegenteil: Wie nicht zu übersehen ist, hat meine Frau keine Mühen gescheut und den höchsten Weihnachtsbaum der gesamten Lüneburger Heide aufstellen lassen.« Er lächelte Luise an. »Und sie hat natürlich auch an ein Geschenk für jeden gedacht. Dennoch ist für uns alle eine neue Zeit angebrochen. Es hat Veränderungen gegeben, weitere werden folgen. Nicht nur auf Seydell. Das Reich hat seit dem vergangenen Jahr einen neuen Kaiser, Seydell einen neuen Herrn. Das Leben geht seinen Gang. Altes vergeht, Neues wächst. Mit etwas Glück habe ich im kommenden Sommer bereits einen Erben, der an meiner Seite das Gestüt ins neue Jahrhundert führen wird. So steckt in jedem Ende auch ein neuer Anfang. In diesem Sinne wünsche ich uns allen ein gesegnetes Weihnachtsfest.« Er nickte Luise zu.

Hocherhobenen Hauptes schritt sie an den Tisch, auf dem die Geschenke für die Bediensteten bereitlagen. Sie hatte es sich nicht nehmen lassen, sie höchstpersönlich auszusuchen und zu verpacken. Die Mägde bekamen Stoff für ein neues Kleid, Minna, die Köchin, zudem ein paar Schuhe, die Luise ausgemustert hatte. Für Fräulein Kirchhoff hatte Luise ein Paar Handschuhe und einen Hut ausgesucht. Den Knechten überreichte sie Zigaretten und warme Socken. Der Verwalter, der mit seiner Frau in einem eigenen kleinen Häuschen neben dem Gestütstor wohnte, erhielt eine Flasche Cognac, eine neue Pfeife und für seine Frau einige Ellen feinster Spitze.

Als alle versorgt waren, klatschte Ludwig in die Hände und schickte das Gesinde zurück an die Arbeit. In einer halben Stunde würden Luise, Alexander und er zu Abend essen, und sie mussten sich noch umziehen.

Luise begab sich nach oben. Auf Seydell gab es getrennte Schlafzimmer für den Hausherrn und seine Gemahlin, zu denen auch jeweils ein eigenes Bad gehörte. Martha, Luises Zofe, begleitete sie. Luise hatte das zwei Jahre jüngere Mädchen aus dem Haushalt des Pfarrers mitgebracht. Dort hatte Martha in der Küche gearbeitet, doch da es auf Seydell keine Zofe gab, hatte es keine Einwände gegeben, als Martha diese Aufgabe übernommen hatte. Lediglich Fräulein Kirchhoff hatte missbilligend die Brauen gehoben. Eine Küchenmagd als Zofe war ihr noch nicht untergekommen. Doch sie hütete sich, den Mund aufzumachen.

Luise war froh, Martha an ihrer Seite zu haben. Das Mädchen war vertrauenswürdig und verschwiegen, und Luise wusste, dass sie sich auf sie verlassen konnte.

Im Zimmer angekommen nahm Luise am Frisiertisch Platz und zog eine Schublade auf.

»Soll ich Ihnen das Haar für das Abendessen hochstecken, gnädige Frau?«, fragte Martha.

»Ja, bitte. Aber erst musst du das hier öffnen.« Luise zog ein Päckchen aus der Schublade. »Für dich, Martha. Frohe Weihnachten.«

»Oh! Aber ich habe doch schon ein Geschenk erhalten.«

»Das ist von mir persönlich.«

»Aber das wäre doch nicht nötig gewesen.« Martha knickste. »Danke, gnädige Frau.«

»Nun mach es schon auf!«

Martha wickelte das Geschenk aus. Zum Vorschein kam eine Schachtel, in der sich eine kleine silberne Brosche befand. Luise hatte sie von ihren vorweihnachtlichen Einkäufen aus Lüneburg mitgebracht. Sie war nicht besonders teuer gewesen, denn sie war nicht sehr groß und recht schmucklos. Dennoch war sie für eine Kammerzofe von unschätzbarem Wert.

»Wie wunderbar!«, rief Martha aus. Dann wurde sie ernst. »Aber sie ist viel zu kostbar für mich.«

»Unsinn, Martha. Sie sieht wunderschön aus zu deinem braunen Haar.«

»Aber...«

»Du sollst sie ja nicht bei der Arbeit tragen.« Luise überlegte. »Am besten erzählst du niemandem davon. Sonst werden die anderen neidisch. Trag sie, wenn du deinen freien Tag hast und niemand sie sieht.«

»Das mache ich. Danke, gnädige Frau.« Wieder knickste Martha, dann ließ sie die Brosche hastig in ihrer Schürze verschwinden.

Nachdem Martha ihr ins Abendkleid geholfen und das Haar frisiert hatte, schickte Luise sie fort. In ihrer Schublade lag ein weiteres Päckchen, das sie persönlich überreichen wollte. Sie nahm es heraus und trat nach draußen. Die Galerie, an der die Schlafzimmer lagen, war leer. Rasch lief Luise auf eine Tür zu, die am anderen Ende lag. Sie warf einen Blick über die Schulter. Anders als im Pfarrhaus fühlte sie sich auf Seydell ständig beobachtet. Obwohl das Haus viel größer war, war sie fast nie allein. Überall waren Bedienstete damit beschäftigt, Betten aufzuschlagen, Feuer im Kamin anzuzünden oder Wäsche über die Hintertreppe in die Waschküche zu tragen.

Als Luise sich überzeugt hatte, dass niemand in der Nähe war, klopfte sie, schlüpfte durch die Tür und zog sie hinter sich zu. Das Päckchen hinter dem Rücken versteckt, blieb sie stehen und sah sich mit klopfendem Herzen um. Sie war noch nie in Alexanders Zimmer gewesen, hatte nur einige Male im Vorbeigehen von der Tür aus einen Blick hineingeworfen. Alexander war zum Glück allein. Er stand neben dem Bett und war dabei, sich die Manschettenknöpfe anzulegen.

Überrascht sah er sie an. »Luise?«

»Ich wollte dir frohe Weihnachten wünschen, Alexander.«

»Dafür hättest du nicht extra herkommen brauchen«, erwiderte er kühl und widmete sich wieder den Knöpfen. »Wir sehen uns doch gleich unten beim Essen.«

»Aber da sind wir nicht allein.« Luise trat näher und hielt ihm das Geschenk hin. »Für dich.«

»Ich ... oh.« Er presste die Lippen zusammen, machte keinerlei Anstalten, nach dem Päckchen zu greifen.

Sie versuchte in seinen Augen zu lesen, was er dachte. Doch er wich ihrem Blick aus, musterte stattdessen argwöhnisch das Päckchen, als könnte es eine giftige Spinne enthalten. Seine Ablehnung verletzte sie viel mehr, als sie sich eingestehen wollte. »Willst du mein Geschenk etwa nicht annehmen?«

Er schluckte. »Doch. Natürlich.«

Mit einer raschen Bewegung nahm er das Päckchen entgegen. Als sich ihre Finger dabei kurz berührten, kribbelte es wie tausend Nadelstiche. Obwohl sie mit ihm in einem Haus lebte, vermisste sie ihn so sehr, dass es körperlich schmerzte. Sie vermisste seine Stimme, die ihr Zärtlichkeiten ins Ohr flüsterte, sie vermisste das Gefühl seiner Hände auf ihrer Haut, sie vermisste die selbstverständliche Vertrautheit, die zwischen ihnen geherrscht hatte.

»Mach es auf«, drängte sie. »Los, beeil dich!«

Er sah sie mit unergründlicher Miene an, dann riss er das Papier ab und öffnete den Deckel der Schachtel, die darin eingewickelt war, und betrachtete den Inhalt.

»Und? Wie findest du sie?«, fragte Luise ungeduldig.

Sie hatte ihm eine goldene Taschenuhr gekauft und seinen Namen in den Deckel eingravieren lassen, zusammen mit einem galoppierenden Pferd mit fliegender Mähne. Ihr gefiel die Vorstellung, dass er die Uhr in seiner Westentasche tragen würde, ganz dicht an seinem Herzen. Wenn sie ihm schon nicht nah sein konnte, dann konnte es wenigstens dieser Gegenstand, den sie für ihn ausgesucht hatte.

»Sie ist wunderschön. Danke.« Er stellte die Schachtel mit der Uhr auf dem Nachttisch ab und blieb mit dem Rücken zu ihr stehen.

»Gefällt sie dir auch wirklich?«

»Ja.« Er drehte sich zu ihr um. »Aber du hättest das nicht tun sollen. Du musst mir nichts schenken.«

»Aber ich möchte es gern. Und ich möchte, dass du immer an mich denkst, wenn du auf die Uhr schaust.« Luise trat auf ihn zu und umschlag seine Taille.

Er schob ihre Arme weg und wich zurück. »Bitte lass das.«

»Ach, Alexander! Warum kann es nicht sein wie früher? Warum stößt du mich weg?«

»Du hast deine Wahl getroffen.«

Sie sah ihn traurig an. »Und du hasst mich dafür.«

»Nein, ich hasse dich nicht. Ich könnte dich niemals hassen, Luise.« Sein Blick wurde weich.

»Dann küss mich.« Sie sah zu ihm auf.

»Du bist die Frau meines Bruders.«

»Aber ich liebe dich, Alexander.«

Er verzog schmerzerfüllt das Gesicht. »Warum hast du ihn dann geheiratet? Warum hast du uns das angetan?«

»Du weißt, warum.«

Er schüttelte den Kopf. »Wir hätten zusammen glücklich werden können.«

»Wir können es noch immer.«

Wieder schlang sie die Arme um seine Taille, und diesmal ließ er es geschehen. Mehr noch, er beugte sich zu ihr hinunter und küsste sie. Erst sanft, dann mit solcher Leidenschaft, dass es ihr den Atem raubte. Einen Moment lang war Luise so glücklich, dass sie glaubte, aus dem Zimmer zu schweben, an einen Ort, wo es nur Alexander und sie gab und wo nichts sie auseinanderbringen konnte.

Doch dann stieß er sie abrupt von sich fort. »Ich kann das nicht«, presste er zwischen den Zähnen hervor.

»Aber warum nicht?«

»Weil es nicht richtig ist. Geh jetzt.«

»Nein.« Sie stemmte die Hände in die Hüften. »Du kannst mich nicht einfach fortschicken.«

Er fasste sie am Kinn. »Ich kann dir nicht geben, was du willst, Luise. Sosehr ich es auch will.« Er ließ sie los, wandte sich ab und stürzte aus dem Zimmer.

Wie vor den Kopf geschlagen starrte Luise auf die Tür, die hinter ihm zugefallen war. Sie spürte noch den Geschmack seiner Lippen auf den ihren und seine Finger an ihrem Kinn. Und sie spürte die Kälte, die den Raum erfüllte, dort, wo er zuvor gestanden hatte.

Zwei Monate später, Februar 1890

»Ganz ruhig, mein Guter, ganz ruhig«, raunte Alexander mit sanfter Stimme, während er dem Hengst behutsam über die Stirn strich.

Das Tier tänzelte noch immer mit angelegten Ohren hin und her, doch es schien seinem Herrn aufmerksam zu lauschen. Sein Atem ging schnell und flach, die aufgerissenen Augen sahen Alexander flehentlich an.

Jakob kam in den Stall gerannt. »Sie haben nach mir gerufen, gnädiger Herr?«

Alexander drehte sich zu dem Knecht um. »Du musst sofort ins Dorf laufen und den Tierarzt holen. Es eilt. Admiral ist krank.«

»Jawohl, gnädiger Herr.«

»Und lass dich nicht auf später vertrösten, Doktor Merten muss sofort aufbrechen.«

»Wie Sie meinen, gnädiger Herr.«

Jakob wollte losflitzen, doch in dem Augenblick tauchte Ludwig in der Stalltür auf und versperrte dem Jungen breitbeinig den Weg. »Nicht so hastig, Bürschchen«, stieß er ärgerlich hervor. »Was ist los? Wo willst du hin?«

»Ich habe ihn zum Tierarzt geschickt«, antwortete Alexander an seiner Stelle.

»Ach, und warum?«

»Admiral geht es nicht gut. Ich fürchte, es ist eine Kolik.«

»Eine Kolik? So ein Unsinn! Als ich heute Morgen im Stall war, ging es ihm noch hervorragend.« Ludwig trat näher, nicht ohne Jakob einen warnenden Blick zuzuwerfen. Der Knecht, ein schmächtiger vierzehnjähriger Blondschopf, der sichtlich darunter litt, zwischen der Loyalität zu seinem einen und der Loyalität zu seinem anderen Herrn hin- und hergerissen zu sein, rührte sich nicht von der Stelle und senkte den Blick auf den strohbedeckten Boden.

Alexander trat zur Seite, damit Ludwig sich ein Bild machen konnte. »Er scharrt mit den Hufen, und sein Atem geht ganz flach«, erklärte er.

»Er scharrt mit den Hufen?« Ludwig lachte auf. »Seit wann rufen wir den Tierarzt, wenn ein Pferd mit den Hufen scharrt? Da könnten wir den Herrn Doktor ja gleich im Stall einziehen lassen.«

Alexander unterdrückte ein Seufzen. »Es ist nicht nur das Scharren, sondern auch die Atmung. Außerdem scheint er erhöhte Temperatur zu haben.«

»Blödsinn.« Ludwig näherte sich dem Hengst und klopfte ihm auf die Kruppe. »Er ist ein bisschen nervös, weil ich vorhin einige Stuten an der offenen Stalltür vorbeigeführt habe. Kann es wohl gar nicht abwarten, der Schwerenöter!« Wieder lachte er.

Admiral schüttelte unruhig den Kopf und drehte ihn dann ruckartig nach hinten, als wollte er nach Ludwig schnappen.

Fluchend sprang dieser zurück. »Mistvieh.«

Aus der Nachbarbox ertönte ein nervöses Schnauben. Sturmkönig, der zweite Hengst, spürte die aufgeladene Stimmung. Zum Glück befanden sich keine weiteren Pferde in diesem Stall, er war den beiden Zuchthengsten vorbehalten, verfügte über besonders große Boxen und ein dickes Schloss an der Tür, um die wertvollen Tiere vor Diebstahl zu schützen.

Alexander zwang sich zur Ruhe. »Admiral wollte dich nicht beißen, Ludwig. Er hat den Kopf in Richtung Bauch gedreht, weil er dort Schmerzen hat. Es ist eine Kolik, bitte glaube mir. Ich kenne die Anzeichen. Wir müssen ihn aus der Box holen und im Hof herumführen, bis der Arzt eintrifft. Er muss in Bewegung bleiben, darf sich nicht hinlegen.«

»Nichts dergleichen werden wir tun.« Ludwig verschränkte die Arme vor der Brust. »Wann begreifst du endlich, dass ich hier das Sagen habe? Die Zeiten, in denen Vater dich ständig vorgezogen und verhätschelt hat, sind vorbei. Jetzt heißt es nicht mehr ständig ›Alexander hier, Alexander da‹. Seydell gehört mir.« Er breitete die Arme aus. »All das gehört mir. Ich bestimme, was geschieht, und du hast meinen Anordnungen Folge zu leisten.«

Alexander fuhr sich durch das Haar. »Herrgott, Ludwig. Hier geht es nicht um dich und mich. Ein Tier ist krank, einer unserer wertvollen Zuchthengste. Begreifst du nicht, wie ernst die Lage ist?«

»Du musst mir nicht erklären, wie wertvoll Admiral ist. Vergiss nicht, dass ich dabei war, als Vater ihn gekauft hat. Ich bin mit ihm nach Andalusien gereist, ich habe ihn ausgesucht.«

Sieben Jahre war es her, dass Otto von Seydell beschlossen hatte, einen eigenen Zuchthengst anzuschaffen, statt weiterhin teures Deckgeld zu zahlen, um seine Stuten decken zu lassen. Er hatte Admiral, einen prächtigen Araberschimmel, auf einem Gestüt im Süden Spaniens gekauft. Der Erfolg war so durchschlagend gewesen, dass er zwei Jahre später einen zweiten Araber erstanden hatte, Sturmkönig, ein fast schwarzes Tier mit einer kleinen weißen Blesse auf der Stirn.

»Dann sollte dir sein Schicksal umso mehr am Herzen liegen«, beschwor Alexander seinen Bruder. »Bitte, lass Jakob den Arzt holen. Sollte ich mich irren, nehme ich es auf meine Kappe.«

Ludwig verzog verächtlich das Gesicht. »Jakob bleibt hier. Und du verlässt sofort den Stall. Geh!«

»Aber...«

»Raus mit dir!« Ludwig baute sich drohend vor Alexander auf.

Alexander zögerte. Doch dann gab er nach. Es würde Admiral nicht helfen, wenn er sich mit seinem Bruder prügelte. Sollte Ludwig doch sehen, wie er klarkam. Es war sein Gestüt, wie er ganz richtig bemerkt hatte. Wenn der Hengst starb, wäre es sein Verlust.

Ohne ein weiteres Wort marschierte Alexander aus dem Stall. Draußen empfingen ihn eisige Kälte und glitzernder Schnee. Es war Februar, und der Frost, der im Dezember eingesetzt hatte, dauerte noch immer an. Inzwischen war es dunkel, Sterne funkelten am klaren Nachthimmel.

Luise kam vom Herrenhaus her in seine Richtung gelaufen. »Alexander, weißt du, wo Ludwig ist? Ich wollte...« Sie brach ab, als sie sein Gesicht sah. »Gütiger Himmel, was ist los?«

»Frag deinen Mann.«

»Alexander, bitte sprich mit mir!« Sie fasste ihn bei den Armen und sah ihn beschwörend an.

Alexander vermied es, ihr in die Augen zu sehen, fixierte stattdessen ihren gewölbten Bauch. Er presste die Lippen zusammen. Ludwigs Kind. Oder seins? Er wollte es gar nicht wissen. »Lass mich«, stieß er gereizt hervor. »Dein Mann ist hier der Herr; wenn du etwas willst, sprich mit ihm. Ich bin nur der dumme Stallbursche.«

Er machte sich los und stapfte davon, ohne auf ihre Rufe zu achten. Er lief durch das Seitentor zwischen den Stallungen nach draußen, überquerte die Brücke und hielt auf die schneebedeckten Koppeln zu. Als er schließlich schwer atmend innehielt, bemerkte er, dass er genau an der Stelle stand, wo ein halbes Jahr zuvor sein Vater gestorben war. Otto von Seydells letzte Worte kamen ihm in den Sinn, und Bitterkeit erfüllte sein Herz.

Vater, dachte er, warum hast du mich so früh verlassen? Und warum hast du mir diese schwere Bürde aufgelastet? Wie kann ich mit Ludwig Frieden halten, wenn er so stur ist? Wie kann ich das Gestüt in deinem Sinne weiterführen, wenn mein Bruder sich ständig querstellt?

Er griff in den kalten Schnee, formte einen kleinen, harten Ball und schleuderte ihn gegen einen Baum. Erinnerungen stiegen in ihm auf an den Tag, als Vater und Ludwig mit Admiral heimgekehrt waren. Das edle Tier hatte nervös getänzelt, war erschöpft gewesen von der langen Reise und verunsichert von der fremden Umgebung. Ludwig hatte bald die Geduld verloren und sich mit anderen Dingen beschäftigt, doch Alexander hatte Stunden an der Box des Hengstes verbracht, beruhigend auf ihn eingeredet und ihn mit kleinen Leckereien versorgt, bis er schließlich Vertrauen zu ihm gefasst hatte.

Kurz entschlossen drehte Alexander sich um und lief zurück zur Brücke. Sollte Ludwig doch toben, Alexander würde den Hengst nicht im Stich lassen. Außerdem hatte sein Bruder nur untersagt, dass Jakob den Tierarzt holte. Alexander würde sich keiner direkten Anordnung widersetzen. Er rannte durch das Tor und auf den Stall zu, wo die Reittiere standen. Niemand war dort, also sattelte er seinen Wallach Jupiter selbst. Kaum hatte er ihn auf den Hof geführt, saß er auch schon auf und sprengte auf die Allee zu. Als er den Hengststall passierte, sah er Ludwig herauskommen, der winkte und etwas rief, das Alexander nicht verstand. Was auch immer es war, es scherte ihn nicht.

Im gestreckten Galopp ging es über die verschneite Allee bis Birkmoor und dann über die einsame Dorfstraße zum Haus von Doktor Merten. Der Tierarzt wohnte gegenüber der Kirche, zu der es von der Dorfstraße ab einen kleinen Hügel hinaufging. Als Alexander den unbefestigten Weg dorthin einschlug, musste er das Tempo drosseln, damit das Pferd auf dem glatten Untergrund nicht ausrutsche.

Wenige Augenblicke später pochte er an Doktor Mertens Tür. Eine Magd öffnete.

»Gnädiger Herr!« Sie riss überrascht die Augen auf.

»Ist der Doktor da? Er muss sofort mitkommen.«

»Mein Herr ist bei einer Kuh, die Schwierigkeiten beim Kalben hat.«

»Wo?«

»Auf dem Lemckehof, gnädiger Herr.«

Alexander fluchte innerlich. Der Hof lag an der Landstraße nach Egestorf etwa auf halber Strecke. Mindestens acht Kilometer waren es bis dorthin. »Wie lange ist er schon fort?«

»Seit Mittag ungefähr.«

Alexander überlegte. Er konnte dem Arzt entgegenreiten oder nach Seydell zurückkehren und alles tun, was in seiner Macht stand, um Admiral beizustehen, bis Hilfe kam. »Sag deinem Herrn, er möchte sofort nach Seydell kommen, wenn er zurück ist. Unser Zuchthengst hat eine Kolik.«

»Ja, gnädiger Herr.«

»Vergisst du es auch nicht? Es geht um Leben und Tod.«

Das Mädchen riss die Augen auf. »Ich werde es ihm sagen, Herr, ganz bestimmt.«

»Gut. Ich verlasse mich auf dich.« Alexander wandte sich ab, saß auf und ritt zurück nach Hause, so schnell es ging.

Als er auf den Hof kam, herrschte dort helle Aufruhr. Laternen waren aufgestellt worden, Mägde und Knechte liefen aufgeregt durcheinander, Pferde wieherten unruhig, der Hofhund bellte laut.

Im Zentrum des Durcheinanders stand Ludwig, hielt Admiral am Zügel und versuchte das Tier mit Peitschenhieben gegen die Beine daran zu hindern, sich hinzulegen. Admiral wieherte panisch und rollte mit den Augen. Immer wieder trat er mit den Hinterhufen nach seinem Bauch, was ihm jedes Mal einen zusätzlichen Hieb mit der Peitsche einbrachte. Auf Hals und Flanken des Tieres glänzte der Schweiß.

Erschrocken sprang Alexander aus dem Sattel. »Halt ein, Ludwig, halt ein!« Er rannte zu seinem Bruder und riss ihm die Peitsche aus der Hand.

Ludwig fuhr herum. Sein Gesicht war ebenso schweißnass wie Admirals Fell, in seinen Augen funkelte nackte Angst. »Aber er soll doch ...«

»Bei einer leichten Kolik ist Laufen gut. Doch in diesem Fall ...« Alexander warf einen Blick auf Admiral, der schnell und flach atmete. »Bei einer so heftigen Kolik ist es zu gefährlich. Sein Kreislauf könnte zusammenbrechen. Er muss sich hinlegen, aber nicht hier draußen im Schnee; wir müssen ihn dazu bringen, in den Stall zurückzulaufen.«

Widerstandslos ließ Ludwig sich die Zügel aus der Hand nehmen. Seine Finger zitterten, Alexander wusste nicht, ob vor Wut, vor Anstrengung oder vor Angst.

»Doktor Merten?«, fragte er. »Hast du mit ihm gesprochen?«

»Er ist auf dem Lemckehof, er kommt her, sobald er dort fertig ist.«

Mit vereinten Kräften halfen sie dem Tier zurück in den Stall, wo es sich entkräftet fallen ließ und auf dem Stroh hin und her wälzte. Ludwig scheuchte alle, bis auf den Pferdemeister und die beiden Pferdeknechte, fort und ließ auch Sturmkönig in einen anderen Stall bringen, damit er nicht so viel von der Unruhe mitbekam. Gemeinsam versuchten sie, Admirals Leiden, so gut es ging, zu lindern, bis endlich

Hufschlag zu hören war und der Tierarzt zu ihnen stieß, eine abgewetzte Ledertasche in der Hand.

Er machte keine großen Worte, tastete Admirals Bauch ab, maß die Temperatur und den Puls und richtete sich dann seufzend auf.

»Was ist?« Ludwig packte ihn an der Jacke. »Was hat er?«

»Es ist eine sehr schwere Kolik. So, wie es aussieht, leidet er an einem Darmverschluss.«

»Und? Da muss man doch etwas machen können!«

Merten strich sich über den grauen Bart. »Bei einem Darmverschluss kann nur noch eine Operation helfen. Aber die ist äußerst riskant.«

»Und wenn er nicht operiert wird?«, fragte Alexander.

»Dann wird er die Nacht höchstwahrscheinlich nicht überleben.«

Alexander sah Ludwig an, der wortlos nickte. »Wir wagen es. Was brauchen Sie?«

Der Arzt gab Anweisungen, dann machte er sich an die Arbeit. Die Knechte und der Pferdemeister halfen, dem Hengst die Vorder- und die Hinterbeine zusammenzubinden und das Tier festzuhalten, Alexander bettete den Kopf auf seinen Schoß, Ludwig reichte Merten die Instrumente. Sie machten wenige Worte und arbeiteten konzentriert. Nur die gequälten Laute des Hengstes hallten durch den Stall. Der Arzt beeilte sich nach Kräften, um Admiral nicht unnötig lang Schmerzen zu bereiten. Trotzdem tat es Alexander weh, das Tier so leiden zu sehen. Und ihm kamen Zweifel. Vielleicht war es egoistisch, den Hengst um jeden Preis retten zu wollen, vielleicht wäre ein schneller Tod gnädiger gewesen.

Schließlich war es geschafft, Admiral lag benommen im

Stroh, der Arzt wusch sich in einem Eimer die Hände. Alexander taumelte nach draußen und lehnte sich erschöpft gegen die Stallwand. Seine Beine waren zittrig, drohten, unter ihm nachzugeben. Ludwig trat zu ihm, Blut klebte an seinem Anzug.

»Wir haben es geschafft«, sagte er und streckte die müden Glieder.

»Ja, hoffentlich.«

»Und wegen vorhin…« Ludwig sah zur Stalltür. »Ich wusste nicht…«

Alexander winkte ab. »Schon vergessen.«

Der Arzt trat zu ihnen, die Tasche in der Hand. Auch er sah erschöpft aus.

»Großartige Arbeit«, sagte Ludwig zu ihm. »Sie haben unserem Admiral das Leben gerettet.«

Merten blieb ernst. »Noch ist er nicht über den Berg. Die nächsten zehn Tage sind entscheidend. Wenn er die überstanden hat, dürfen Sie hoffen.«

»Er wird es schaffen«, sagte Ludwig. »Da bin ich sicher. Möchten Sie eine Stärkung, bevor Sie sich auf den Heimweg machen?«

»Da würde ich nicht Nein sagen.«

»Großartig, ich werde dafür sorgen, dass man Ihnen etwas zurechtmacht.«

Nachdem Ludwig fortgegangen war, um in der Küche Bescheid zu geben, wandte der Arzt sich an Alexander. »Ich bin nicht ganz so optimistisch wie Ihr Bruder.«

»Das bin ich auch nicht.« Alexander rieb sich mit einem Taschentuch über die Stirn. »Aber hoffen wir, dass er recht behält.«

Fünf Tage später, Februar 1890

Luise warf einen Blick über die Schulter und stellte erleichtert fest, dass die Dächer von Seydell hinter einer Biegung verschwunden waren. Niemand hatte bemerkt, wie sie davongeritten war, niemand außer dem Knecht, der Morgana für sie gesattelt hatte. Sie war frei, endlich.

Sie trat der Stute in die Seite, die fröhlich schnaubte und sanft antrabte, und genoss die Stille der Allee, in der nur das gedämpfte Schlagen der Hufe zu hören war. Viel zu schnell tauchten die ersten Häuser von Birkmoor vor ihr auf. Luise zog an den Zügeln, und Morgana lief im Schritt weiter. Statt durch das Dorf zum Haus ihres Vaters zu reiten, wie sie gegenüber dem Knecht behauptet hatte, bog Luise rechts ab auf die Landstraße nach Egestorf. Sie nickte einer Bauersfrau zu, die einen Korb Eier trug, dann einem jungen Burschen mit einem Bündel Reisig auf den Schultern.

Kaum hatte Luise die letzten Häuser passiert, ließ sie Morgana galoppieren. Jetzt lag alles hinter ihr, was sie einengte. Luise schloss die Augen, genoss den eisigen Wind auf ihren Wangen und das Gefühl, durch die Luft zu fliegen, das immer von ihr Besitz ergriff, wenn sie im Sattel saß.

Ludwig hatte ihr verboten zu reiten, er machte sich Sorgen um das Kind, ein Sturz könnte eine Frühgeburt zur Folge haben. Und nicht nur das, er sah es nicht gern, wenn sie allein unterwegs war, vor allem nicht zu Pferd.

»Nimm die Kutsche, wenn du etwas zu besorgen hast«, sagte er jedes Mal. »Oder schick einen Bediensteten los. Du bist jetzt Herrin eines großen Anwesens, es gehört sich nicht, dass du derlei Aufgaben selbst erledigst.«

Aber Luise hatte keine Lust, den ganzen Tag im Haus zu hocken und sich um nichts weiter als den Speiseplan für die Woche und frische Blumen für das Esszimmer zu kümmern. Sie hatte Ludwig nicht geheiratet, um von ihm genauso eingesperrt zu werden wie früher von ihrem Vater. Warum begriff er nicht, dass sie reiten musste, um nicht den Verstand zu verlieren? Alexander hätte das eingesehen. Ihm hätte sie nicht erklären müssen, warum sie nur im Sattel wirklich glücklich war.

Doch Alexander hütete sich davor, sich einzumischen. Zudem hielt er sich noch immer von ihr fern. Auch wenn er etwas gelöster wirkte, seit er vor fünf Tagen gemeinsam mit seinem Bruder das Leben des Hengstes gerettet hatte. Seit die Brüder die halbe Nacht zusammen im Stall verbracht hatten, um dem Arzt zur Hand zu gehen, schienen sie sich deutlich besser zu verstehen. Und gestern beim Essen hatte Alexander ihr zugelächelt, fast so wie in alten Zeiten, und ein prickelndes Hochgefühl hatte von ihr Besitz ergriffen. Vielleicht wurde ja doch noch alles gut.

Wenn nur Ludwig nicht ständig etwas an ihr auszusetzen hätte. Er missbilligte nicht nur, dass sie schwanger ritt, sondern auch, wie sie es tat. Aber das würde sie sich von niemandem verbieten lassen. Luise liebte es, über Bäche und Zäune zu springen. Und im Damensattel wäre das viel zu gefährlich. Also hatte sie sich ein Kleid umnähen und mit Schlitzen versehen lassen, sodass sie mehr Bewegungsfreiheit hatte. Zum Glück waren die grässlichen Krinolinen, in denen man sich kaum bewegen, geschweige denn auf ein

Pferd setzen konnte, endgültig aus der Mode gekommen, auch wenn einige Damen stattdessen nun ihre Roben am Hinterteil rafften wie einen Gockelschwanz. Unter dem Reitkleid trug Luise eine weite Hose, damit ihr niemand Unschicklichkeit vorwerfen konnte. So zurechtgemacht, ritt sie im Herrensattel über die Heide. Sollte sich doch das Maul darüber zerfetzen, wer wollte. Was diese Madam Chinon in Paris konnte, konnte sie schon lange. Eines Tages würden Frauen nicht nur ganz selbstverständlich im Sattel sitzen wie Männer, sondern auch Hosen dabei tragen, da war sie sicher.

Schon erkannte Luise die ersten Dächer von Egestorf. Bald wäre sie am Ziel. Viel Zeit hatte sie nicht für ihre heimliche Verabredung, denn noch immer dämmerte es früh, und nach Einbruch der Dunkelheit wollte sie nicht mehr auf der Straße unterwegs sein, das wäre zu gefährlich. Aber besser kurz als gar nicht, sie hatten sich schon viel zu lange nicht gesehen. Luise ließ Morgana in den Schritt zurückfallen, um das letzte Stück des Weges zu genießen, da hörte sie hinter sich Hufgetrappel.

Rasch zog sie die Zügel an und drehte sich um. Zwei Reiter näherten sich in halsbrecherischem Tempo, sodass der Schnee aufspritzte. Luise wollte schon Platz machen, als sie die Reiter erkannte. Ludwig und Alexander. Erst war sie überrascht, dann begriff sie, dass die beiden ihr hinterhergeritten sein mussten.

Dass Ludwig ihr das antat, sah ihm ähnlich. Es erstaunte sie nicht sonderlich. Aber dass Alexander sich gegen sie auf die Seite seines Bruders schlug, tat weh. Wie konnte er ihr das antun? Sich mit Ludwig zu verbünden, um ihr das zu verwehren, was sie mehr als alles andere liebte! War das seine Rache dafür, dass sie ihn zurückgewiesen und seinen Bruder geheiratet hatte? Oder war er letztlich nicht besser als Ludwig und davon überzeugt, dass eine Frau ins Haus gehörte, wo sie sich brav dem Klavierspiel, einem Buch oder einer Stickarbeit zu widmen hatte?

Trotzig reckte sie das Kinn, als die Brüder die Zügel anzogen und die Pferde schnaubend vor ihr zum Stehen kamen.

»Luise, bist du wahnsinnig geworden?«, fuhr Ludwig sie an. »Ich hatte dir untersagt zu reiten. Und noch dazu auf diese ordinäre Weise.« Er blickte abschätzig auf das geschlitzte Kleid. »Ich dulde nicht, dass meine Frau mich derart lächerlich macht.«

»Ich wüsste nicht, was du ...«

»Wir sind froh, dass es dir gut geht, Luise«, unterbrach Alexander sie. »Ist es nicht so, Ludwig?«

Ludwig starrte seinen Bruder finster an, doch er nickte. »Natürlich sind wir das. Ein Glück, dass du in Birkmoor gesehen wurdest, als du auf die Landstraße abgebogen bist, sonst hätten wir dich nie gefunden. Was willst du überhaupt in Egestorf?«

»Das geht dich nichts an, Ludwig.«

Ludwigs Gesicht wurde rot. »Und ob mich das etwas angeht. Du bist meine Frau.«

»Das gibt dir noch lange nicht das Recht, mir hinterherzuspionieren.«

»Ich habe jedes Recht der Welt zu wissen, was meine Frau treibt. Und jetzt komm mit nach Hause!«

»Aber ich ...« Luise fing Alexanders warnenden Blick auf

und biss sich auf die Unterlippe. In ihr brodelte es. Warum durften die beiden herumreiten, wie es ihnen beliebte, nach Lüneburg und nach Hamburg fahren, alles machen, was sie wollten, und sie war in dem Herrenhaus gefangen wie eine Puppe in einer Puppenstube? War es wirklich nur die Sorge um das Kind und den guten Ruf der Familie Seydell? Oder wusste Ludwig, was sie in Egestorf wollte?

»Was ist?«, fragte Alexander. »Können wir? Es wird bald dunkel, und es sind fast zwanzig Kilometer zurück nach Seydell.«

Mit zusammengepressten Lippen wendete Luise Morgana und ritt zwischen Ehemann und Schwager zurück in Richtung Birkmoor. Alexander bemühte sich, sie in ein Gespräch über Belanglosigkeiten zu verwickeln, doch sie hatte keine Lust, so zu tun, als wäre nichts geschehen, und auch Ludwig brütete düster vor sich hin.

Als der Lemckehof vor ihnen auftauchte, kam Luise eine Idee. Kurz hinter dem Hof führte ein schmaler Feldweg in den Wald. Dort stieß er auf einen Holzweg, der, wenn man rechts abbog, in Birkmoor endete. Es gab jedoch auch noch eine Abkürzung, die direkt in die Allee nach Seydell mündete, doch um die zu nehmen, musste man sehr gut reiten können.

Kaum hatten sie den Hof passiert, ließ Luise Morgana angaloppieren und lenkte sie in den Feldweg. Hinter sich hörte sie die Brüder fluchen und ihr nachsetzen. Sie waren ebenfalls gute Reiter, vor allem Alexander, aber ihre Pferde konnten sich nicht mit Morgana messen. Ludwig und Alexander blieben ihr auf den Fersen, aber es gelang ihnen nicht, sie einzuholen. Und sobald der Wald sie umfing, wusste Luise, dass sie vorrübergehend aus dem Blickfeld ihrer Verfolger verschwunden war.

Als der Holzweg auftauchte, bog Luise rechts ab, und nachdem sich der Wald nach wenigen hundert Metern wieder gelichtet hatte, ließ sie die Stute über ein schneebedecktes Stoppelfeld sprengen. Es wurde am anderen Ende von einer Weißdornhecke begrenzt, die etwa mannshoch und mindestens ebenso breit war.

Luise trieb die Stute an, noch schneller zu laufen, und machte sich für den Sprung bereit. Mit ihrem dicken Bauch würde sie sich nicht so weit vorbeugen können, wie es eigentlich nötig war, doch Morgana und sie waren ein eingespieltes Gespann, es würde schon gehen.

Und so war es. Leichtfüßig setzte die Stute über das Hindernis. Sie streifte die Hecke mit den Hufen, doch sie kam sicher auf der anderen Seite auf. Erleichtert zog Luise die Zügel an, lenkte Morgana zurück und blieb dicht hinter der Hecke stehen. Keine Sekunde zu früh. Donnernder Hufschlag näherte sich. Ein Pferd schnaubte.

»Verflucht, wo steckt sie?« Ludwigs Stimme. Er musste direkt hinter der Hecke sein.

»Sie muss doch den Holzweg weitergeritten sein.« Alexander klang verwirrt. »Allerdings sind hier Hufspuren im Schnee, siehst du?«

»Unsinn, das sind unsere eigenen. Oder glaubst du etwa, sie hat über die Hecke gesetzt?«

»Ich weiß nicht. Möglich wäre es.« Leder knirschte, offenbar hatte Alexander sich im Sattel aufgerichtet. »Aber auf der anderen Seite ist niemand zu sehen.«

»Lass uns zurückreiten.« Die mühsam unterdrückte Wut

in Ludwigs Stimme war nicht zu überhören. »Vielleicht hat sie sich im Wald versteckt. Wir finden sie, keine Sorge. Irgendwo muss sie ja sein. Und dann kann sie sich auf was gefasst machen.«

Luise verharrte mucksmäuschenstill. Und auch Morgana rührte sich nicht. Die Brüder beratschlagten noch eine Weile, wohin sie geritten sein könnte, dann hörte sie, wie die beiden sich entfernten. Erst als alle Geräusche verklungen waren, ließ Luise Morgana weitertraben, querfeldein auf Seydell zu. Sie wusste, dass Ludwig rasen würde vor Wut. Doch das war es allemal wert gewesen.

Besorgt blickte Alexander in den Himmel. Bis vor wenigen Augenblicken war er noch hellblau gewesen, doch nun ballten sich graue Schneewolken zusammen. »Wir sollten heimkehren«, rief er seinem Bruder zu. »Das Wetter schlägt um.«

Ludwig, der den Waldboden nach Spuren abgesucht hatte, sah zu ihm auf. »Und Luise? Wir müssen sie finden, bevor der Schneefall einsetzt.«

Alexander trat zu ihm. »Ich glaube, dass sie längst zu Hause ist. Sie ist über die Hecke gesprungen und über die Felder heimgeritten, glaub mir.«

»Unmöglich, die Hecke ist viel zu hoch.«

»Luise ist eine exzellente Reiterin. Und sie saß auf Morgana. Nicht auf einer unserer braven Trakehnerstuten.«

»Und wenn nicht?«

»Dann brechen wir sofort wieder auf, mit mehr Männern, und suchen die ganze Gegend ab. Aber ich bin sicher, dass das nicht nötig sein wird.« In Wahrheit war Alexander alles andere als sicher. Er wusste, wie waghalsig Luise ritt, und ihm war klar, dass das nicht immer gut gehen konnte. Doch er wollte Ludwig nicht beunruhigen.

»Also gut.« Ludwig schwang sich in den Sattel. »Ich hoffe sehr, dass du recht hast.«

Alexander saß ebenfalls auf. Schweigend ritten sie den Holzweg entlang in Richtung Birkmoor. Alexander dachte daran, wie wütend Luise ausgesehen hatte, als Ludwig und er sie auf der Landstraße eingeholt hatten. Er hatte sich schlecht dabei gefühlt, sie wie ein ungezogenes Kind zu behandeln. Aber gleichzeitig ärgerte er sich über Luise, weil sie ein solches Risiko einging. Warum musste sie hochschwanger ausreiten? Und warum so weit weg von Seydell? Wenn sie in der Nähe des Gestüts geblieben wäre und einen Knecht zur Begleitung mitgenommen hätte, hätte wohl auch Ludwig nichts dagegen gehabt. Aber so konnte Alexander seinen Bruder gut verstehen. Mehr noch, er fühlte ebenso. Und er sorgte sich nicht nur um sie, sondern auch um das Ungeborene.

Noch immer war er nicht sicher, wessen Kind Luise unter dem Herzen trug. Er hatte gerechnet, aber er war zu keinem eindeutigen Ergebnis gekommen. Sie sah weiter aus als im fünften Monat, aber das musste nichts bedeuten. Vielleicht lag es am Schnitt der Kleider, die sie trug. Alexander hätte es nicht sagen können. Bei einer Stute hätte er Bescheid gewusst, aber mit Frauen kannte er sich nicht aus.

Als sie auf der Lindenallee waren, setzte der Schneefall ein. Dennoch ließen sie die Pferde weiterhin traben. Plötzlich zog Ludwig die Zügel an und ritt einige Meter zurück. Er sprang aus dem Sattel und lief zu einem Gestrüpp, wo sich etwas Silbernes verfangen hatte.

»Was ist es?«, fragte Alexander, obwohl er den Gegenstand sofort erkannt hatte.

»Luises Medaillon. Das mit dem Bildnis ihrer Mutter.«

»Dann ist sie hier vorbeigekommen.«

»Aber wie konnte sie das Medaillon verlieren?«

»Ich weiß es nicht.« Zweifelnd betrachtete Alexander das Gestrüpp. War Luise hier hindurch auf die Allee gelangt? Er hielt nach abgebrochenen Zweigen oder Spuren auf dem Boden Ausschau, aber der Schnee fiel inzwischen so dicht, dass nichts mehr zu erkennen war. »Wir sollten heimreiten, dann haben wir rasch Gewissheit.«

»Das werden wir.« Ludwig schob das Medaillon in seine Tasche und saß auf.

Auf dem Gestüt schien alles seinen gewohnten Gang zu gehen. Ludwig saß ab, sobald sie vor den Wirtschaftsgebäuden angekommen waren, und rannte in den Stall mit den Reittieren.

Alexander folgte ihm. Morgana stand vor ihrer Box, Jakob war damit beschäftigt, sie trocken zu reiben.

»Wo ist deine Herrin?«, fuhr Ludwig ihn an.

»Ins Haus gegangen, gnädiger Herr.«

»Hast du Morgana für sie gesattelt?«

»Ich … ähm …«

Alexander legte Ludwig die Hand auf die Schulter. »Das hat Zeit. Wir sollten nach Luise schauen.«

»Wir sprechen uns noch, Bürschchen.« Ludwig funkelte den jungen Knecht böse an, dann stapfte er aus dem Stall. Kurz vor dem Herrenhaus holte Alexander ihn ein und griff nach seinem Arm. »Wir sind froh, dass Luise heil angekommen ist, ist es nicht so?«

Ludwig blieb stehen und starrte ihn an. »Eine Tracht Prügel hat sie verdient.«

»Da stimme ich dir zu. Aber das wäre nicht gut in ihrem Zustand.«

Ludwig blinzelte. Er schien zu überlegen, ob Alexander es ernst meinte oder ihn auf den Arm nehmen wollte.

»Keine Sorge«, brummte er dann. »Ich werde sie nicht anrühren.«

Sie fanden Luise in ihrem Schlafzimmer, wo sie sich von Martha beim Umkleiden helfen ließ. Ludwig schickte die Zofe hinaus, dann trat er zu Luise, die einen hastigen Blick zu Alexander warf, bevor sie ihrem Mann mit störrisch vorgerecktem Kinn entgegentrat.

»Es ist mir egal, was du mir androhst, Ludwig. Du kannst mich nicht einsperren, ich ertrage es nicht, wie ein Vogel im Käfig zu hocken, ich muss ...«

Weiter kam sie nicht. Ludwig zog sie in seine Arme und presste sie an sich. »Ich habe mir solche Sorgen um dich gemacht, Luise! Ich dachte, du wärst gestürzt und lägst hilflos im Schnee, halb erfroren und mit gebrochenen Gliedern.«

Überrumpelt erwiderte Luise seine Umarmung. »Mir geht es gut, du Dummkopf«, murmelte sie.

Er küsste ihr Haar. »Ich hätte es nicht ertragen, wenn dir etwas zugestoßen wäre, meine Liebste. Ich kann mir ein Leben ohne dich nicht vorstellen.«

»Rede keinen Unsinn, Ludwig.« Luise blickte zu ihm auf. »Mir passiert nichts.«

Alexanders Herz krampfte sich zusammen. Er hätte es ertragen, wenn sein Bruder Luise geohrfeigt und sie ihn beschimpft hätte. Aber diese Zärtlichkeiten konnte er nicht mit ansehen. Alles in ihm schrie, dass es falsch war, dass er dort stehen und Luise in den Armen halten sollte.

Lautlos trat er den Rückzug an. Er warf einen letzten Blick auf das Paar, das eng umschlungen dastand, dann zog er leise die Tür hinter sich zu und traf eine Entscheidung. Er würde sich Luise endgültig aus dem Kopf schlagen. Nicht nur vorrübergehend, aus Eifersucht und verletztem Stolz, sondern für alle Zeiten. Luise war die Frau seines Bruders, und Ludwig liebte sie aufrichtig, so viel war klar.

Wenn Alexander in Frieden mit seinem Bruder zusammenleben wollte, musste er das akzeptieren, selbst wenn Luise dazu nicht bereit war. Und das würde er tun. Nur so konnte er das Versprechen halten, das er seinem sterbenden Vater gegeben hatte.

Als Alexander am nächsten Morgen das Frühstückszimmer betrat, saßen Ludwig und Luise bereits am Tisch. Luise frühstückte gewöhnlich im Bett, nur selten ließ sie sich zu so früher Stunde unten blicken. Überrascht wünschte Alexander den beiden einen guten Morgen.

Luise lächelte ihn an, ihre Wangen hatten einen rosigen Farbton, sie sah glücklich aus. »Guten Morgen, Alexander.«

Ihr strahlendes Aussehen versetzte ihm einen Stich, doch er zwang sich zurückzulächeln.

Ludwig grinste hinter der Zeitung hervor. »Hast du schon die Schneemassen gesehen, die in der Nacht heruntergekommen sind? Eigentlich dachte ich, dass der Winter allmählich vorbei wäre.«

Alexander schaute aus dem Fenster. »Das kann noch bis April so gehen. Ein Glück, dass die Ernte im vergangenen

Jahr besonders reichhaltig ausgefallen ist. An Futter mangelt es jedenfalls nicht.«

Er setzte sich und schenkte sich aus der bereitstehenden Kanne Kaffee ein. Morgens warteten keine Bediensteten beim Essen auf, so wie bei den anderen Mahlzeiten. Sie stellten lediglich alles bereit und räumten später ab, wenn die Familie gegessen hatte. Alexander war das sehr recht. Obwohl er es nicht anders gewohnt war, war es ihm gelegentlich unangenehm, ständig bedient zu werden. Er war durchaus in der Lage, sich sein Fleisch selbst auf den Teller zu legen oder sich Wein nachzuschenken.

Ludwig, der ihm gegenübersaß, stieß einen unwilligen Laut aus.

»Was ist los?«

»Dieser verfluchte Schmierfink lässt sich über Distanzritte aus.« Empört klopfte Ludwig auf die Zeitung. »Er behauptet, sie wären eine unmenschliche Tierquälerei und müssten gesetzlich verboten werden. Was für ein Unfug.«

»Aber es ist Tierquälerei«, entgegnete Alexander ruhig. »Das musst du ihm zugestehen.«

Alexander hatte von diesen Rennen gehört, die über Hunderte von Kilometern führten und mehrere Tage dauerten, und er hielt nichts davon. Im vergangenen Herbst hatte eins stattgefunden, das als eine Art Wettstreit zwischen der deutschen und der österreichischen Armee ausgetragen worden war. Beide Seiten hatten verschiedene Prämien ausgelobt, dem Sieger winkten zwanzigtausend Mark Preisgeld. Österreicher und Deutsche ritten in entgegengesetzter Richtung, von Wien nach Berlin und umgekehrt. Es war darum gegangen, die Strecke einschließlich aller Pausen in möglichst kurzer Zeit zu schaffen, ein Wechsel der Pferde war nicht erlaubt gewesen.

»Es ist ein Wettbewerb, der allen Beteiligten Höchstleistungen abfordert«, widersprach Ludwig. »Nicht nur den Tieren, auch den Reitern. Wenn wir uns alle immer nur schonen würden, könnten wir nie über uns selbst hinauswachsen.«

»Aber welchen Sinn soll ein solches Rennen haben?«

»Es ist Werbung für uns, begreifst du das nicht? Beim Distanzritt im vergangenen Herbst von Berlin nach Wien hat ein Hengst aus unserer Zucht eine exzellente Figur gemacht. Sein Reiter, Premierleutnant von Kronenfeldt, kam als dritter Deutscher ins Ziel. Er war einer der wenigen Deutschen, die sich einen der oberen Plätze sichern konnten. Die Österreicher schnitten viel besser ab, weil sie das schwierige Gelände am Anfang des Ritts hatten, als die Pferde noch frisch waren. Trotzdem war Kronenfeldt einer der wenigen, die die Strecke von fast sechshundert Kilometern in unter achtzig Stunden schafften. Eine gute Werbung für die Qualität der Reittiere aus unserer Zucht.«

»Und sein Hengst verendete wenige Stunden nach der Ankunft, genau wie die meisten Pferde der zuvorderst Platzierten«, gab Alexander bitter zurück.

»Aber der Name Seydell ist seither in aller Munde.«

»Ein hoher Preis für ein wenig Werbung.« Alexander nahm einen Schluck von seinem Kaffee, er schmeckte bitter. Er fing einen bittenden Blick von Luise auf und beschloss, das Thema ruhen zu lassen.

Aber Ludwig war noch nicht fertig. »Die Pferde sind da, um uns zu dienen, als Reittiere, als Zugtiere vor der Kutsche und auf dem Feld. Sie sind die Grundlage unseres Lebensunterhalts. Und wenn eins davon sterben musste, um den Namen Seydell im Reich noch bekannter zu machen, dann war es das wert.«

»Wie du meinst, Ludwig.« Alexander vermied es, seinen Bruder anzusehen.

»Ich weiß, was du denkst. Du hältst mich für kaltschnäuzig und rücksichtslos. Aber das ist unfair. Ich sehe die Dinge lediglich etwas nüchterner als du. Ich bin Besitzer eines Gestüts, ich muss darauf achten, dass die Einkünfte stimmen, ich kann mir keine Sentimentalitäten erlauben, keine Schwärmereien von Menschlichkeit und Brüderlichkeit und all dem Unsinn. Du würdest doch am liebsten alle Sättel wegwerfen und den Pferden die Freiheit schenken. Und dann würdest du die Domestiken an den Tisch holen und mit ihnen zusammen speisen. Das sind die albernen Flausen eines verwöhnten Jungen, der keine Verantwortung tragen muss.«

Alexander schob seinen Stuhl zurück und stand auf. Er hatte genug gehört. Zum Glück war keiner der Bediensteten Zeuge dieser Unterredung. Und er selbst würde sich das auch nicht länger anhören. Er würde sich nicht auf einen Streit mit Ludwig einlassen: Für Luise und wegen des Versprechens, das er seinem Vater gegeben hatte, würde er die Entgegnung herunterschlucken, die ihm auf der Zunge lag. Aber er würde sich nicht weiter beschimpfen lassen.

»Was ist los, Alexander?«, fragte Ludwig mit schneidender Stimme. »Läufst du vor der Auseinandersetzung davon?«

»Nein, Ludwig. Mir ist lediglich der Appetit vergangen. Außerdem gibt es eine Menge Arbeit zu erledigen. Die tut sich nicht von allein.«

»Du warst immer schon ein Feigling, Alexander.«

»Bitte gib Ruhe, Ludwig.« Luise sah ihren Mann an, die Hand auf den Bauch gepresst. »Mir zuliebe. Ich ertrage es nicht, wenn ihr streitet.«

»Halt du dich da raus, Luise! Das geht nur mich und meinen Bruder etwas an.«

Alexander wandte sich zur Tür. »Ich begebe mich jetzt in den Stall, wenn du nichts dagegen hast. Ich möchte nach den trächtigen Stuten sehen. Schließlich bin ich auch bloß einer deiner Domestiken und sollte nicht länger faul am Tisch herumsitzen.«

Ludwig machte den Mund auf, doch er kam nicht dazu, eine Antwort zu geben. Denn in dem Augenblick stürzte Jakob ins Zimmer.

»Was willst du, Junge?«, herrschte Ludwig ihn an. »Weißt du nicht, wo dein Platz ist? Du hast im Herrenhaus nichts zu suchen.«

»Pferdemeister Sevenich schickt mich.« Jakob blieb bei der Tür stehen und drehte seine Mütze in den Händen, sichtlich um Fassung bemüht. »Es ist wegen Admiral.«

Ein eiskalter Schreck durchfuhr Alexander. »Was ist mit Admiral? Sprich schon!«

Jakob senkte den Kopf und sprach so leise, dass Alexander ihn kaum verstehen konnte. »Er ist tot, gnädiger Herr.«

Alexander erstarrte. Schmerz und Wut ergriffen von ihm Besitz, er wagte nicht, zu Ludwig hinüberzuschauen, so sicher war er, dass ihm seine Gefühle ins Gesicht geschrieben standen. Admiral war tot. All die Stunden, die sie verzweifelt um sein Leben gekämpft hatten, waren vergebens gewesen. Sie hatten den Hengst verloren. Und mit ihm war auch das zarte Band endgültig durchtrennt, das die Nacht im Stall zwischen Ludwig und ihm geknüpft hatte. Das Ringen um Admirals Leben hatte sie für eine kurze Zeit geeint, sein Tod riss sie wieder auseinander.

Kapitel 3

Lüneburger Heide, März 1890

Luise schnalzte mit der Zunge, und die beiden Ponys trabten los, zogen die zweirädrige Gig aus dem Hof des Gestüts auf die Lindenallee. Eigentlich war es noch zu kühl, um offen zu fahren, aber die Sonne schien von einem makellos blauen Himmel und wärmte Luises Gesicht, zudem hatte sie sich eine Decke über die Beine gelegt. Obwohl die Bäume noch kahl waren, duftete es nach Frühling, Krokusse und Narzissen steckten ihre Köpfe aus der Erde. Die Welt schien kurz davor zu stehen, in bunten Farben zu explodieren.

Ludwig hatte Luise gnädig gestattet, mit der Kutsche einige Besorgungen im Dorf zu machen und danach den Schneider in Egestorf aufzusuchen, der, wie Luise ihm vehement versichert hatte, viel besser war als der in Birkmoor. Er hatte lediglich verlangt, dass sie vor Einbruch der Dunkelheit zurückkehrte.

Luise warf den Kopf in den Nacken und genoss das warme Gefühl auf der Haut. Seit Admiral gestorben war, herrschte frostige Stimmung zwischen den Brüdern. Vorbei war es mit dem brüchigen Frieden. Ludwig und Alexander warfen sich gegenseitig vor, den Tod des Tieres verschuldet zu haben, und belauerten sich wie zwei kampfbereite Hähne. Ständig kam es zu Auseinandersetzungen, und Luise war der unzähligen Schlichtungsversuche müde. Nun gab es nur noch einen Zuchthengst auf Seydell, Sturmkönig, der in den kommenden Wochen die Stuten decken würde, sobald alle ihre Fohlen gesund zur Welt gebracht und eine kurze Schonfrist genossen hatten.

Die lebhafte Geschäftigkeit rund um die Niederkunft der Tiere rückte die Zwistigkeiten vorerst in den Hintergrund. Es gab einfach zu viel zu tun, als dass genug Zeit für Streit geblieben wäre. Über zwanzig Fohlen waren bereits gesund geboren, die anderen würden in den nächsten Wochen kommen. Außerdem hatten die Einjährigen in der vergangenen Woche zum ersten Mal nach dem langen Winter auf die Koppel gedurft und waren ausgelassen herumgetollt. Obwohl Luise sich nichts aus der Zucht machte, hatte sie Freude an den vielen Fohlen und, so zumindest hatte der Pferdemeister ihr bescheinigt, ein gutes Auge für die Qualität der Tiere.

Birkmoor kam in Sicht. Luise musste warten, bis der Schäfer seine große Herde vom Tödter Hof, der am Ortseingang lag, über die Straße getrieben hatte. Dann fuhr sie weiter zum Sellhornschen Hof, wo sie Honig bestellte. Sie wimmelte die Bäuerin ab, die gern noch ein wenig mit der Pfarrerstochter geplaudert hätte, mit der sie früher zur Schule gegangen war, und machte sich auf den Weg nach Egestorf. Als sie bei der Stelle ankam, wo Ludwig und Alexander sie wenige Wochen zuvor eingeholt hatten, drehte sie sich unwillkürlich um. Doch niemand folgte ihr.

Kurz bevor sie Egestorf erreichte, fuhr sie die Gig unter einen Baum am Straßenrand und stellte die Bremse fest. Sie hoffte, dass niemand das Gefährt erkannte. Sonst würde man womöglich auf die Idee kommen, dass ihr etwas zugestoßen sein könnte, und nach ihr suchen. Anfangs hatte sie überlegt, tatsächlich zunächst den Schneider aufzusuchen, den Plan dann aber verworfen. Wenn sie erst Stoffe aussuchen und Maß nehmen lassen musste, würde ihr nicht genug Zeit für ihr eigentliches Anliegen bleiben.

Obwohl sie ein schlichtes Kleid angezogen hatte, würde sie in dem Dorf auffallen wie ein schwarzes Schaf in einer Herde weißer Tiere. Deshalb näherte sie sich von hinten über die Felder ihrem Ziel. Der Hof lag etwas außerhalb. Kühe standen auf der Weide hinter der Scheune, und ein Knecht fuhr mit einer Schubkarre Mist aus dem Stall. Vorsichtig schlich Luise näher, bis sie das Gesicht des Mannes erkennen konnte.

»Georg!«, rief sie mit verhaltener Stimme hinter einem Busch hervor.

Der Mann setzte die Schubkarre ab und schaute sich verwundert um.

»Georg, ich bin's, Luise.« Sie winkte ihm.

Überrascht stemmte er die Hände in die Hüften. »Gütiger Gott.« Er warf einen Blick über die Schulter, dann eilte er zu ihr.

Luise zog ihn hinter den Busch und schlang ihre Arme um ihn. »Ach, Georg, es tut mir so leid, dass ich es nicht früher geschafft habe. Ludwig bewacht mich besser als einen teuren Zuchthengst.«

Georg strich ihr über die Wange, zog dann jedoch abrupt seine Hand weg und wischte verlegen darüber. »Ich hätte mir die Finger waschen sollen.«

»Unsinn.« Luise ergriff seine Hände und sah ihm in die Augen. »Du weißt genau, dass mir das nichts ausmacht.«

Er betrachtete sie, sein Blick glitt über ihren gewölbten Bauch. »Wie geht es dir? Was macht das Kleine?«

»Alles bestens.« Luise strahlte. Dann wurde sie ernst. »Ich hoffe, dass es ein Junge wird und dass es Ludwig ein wenig milder stimmen wird, seinen Erben in den Armen zu halten.«

»Warum das? Was ist los? Behandelt er dich etwa nicht anständig?«

»Doch, das tut er«, beeilte Luise sich zu sagen. »Es ist nur der ewige Zwist zwischen ihm und seinem Bruder. Warum können die beiden sich nicht einfach vertragen?«

Georg legte den Kopf schief. »Der eine erbt alles, der andere geht leer aus, und du fragst dich, warum es Spannungen zwischen den Brüdern gibt?«

»Aber Alexander neidet Ludwig das Erbe nicht. Er wusste ja von klein auf, dass sein Bruder das Gestüt eines Tages übernehmen würde.«

»Bist du sicher?«

Luise seufzte. »Ich dachte es zumindest.«

»Man erzählt sich im Dorf, dass es der jüngere Bruder ist, der viel mehr von Pferden versteht. Einige reden offen davon, dass es besser gewesen wäre, wenn er das Gestüt geerbt hätte. Vielleicht sind diese Äußerungen Ludwig zu Ohren gekommen.«

Luise hob hilflos die Schultern. »Eine Weile sah es so aus, als würde es sich einrenken. Aber dann starb einer der Zuchthengste.«

»Davon habe ich gehört.«

Luise drückte Georgs Hände. »Genug von mir erzählt. Sag, wie es dir geht.«

»Ich bin zufrieden. Ich habe mein Auskommen, ein Dach über dem Kopf, mehr brauche ich nicht.«

»Ist das auch wahr?« Luise suchte seinen Blick, doch er senkte den Kopf. Sie tat es ihm nach, betrachtete seine schwieligen Hände. Dann stockte sie, schob ihm den rechten Ärmel hoch. »Lieber Himmel, was ist das?«

Georg zog hastig den Ärmel wieder herunter. »Nichts.«

»Diese Striemen sind nichts?«

»Eine harmlose Verletzung.«

»Bitte lüg mich nicht an, Georg.«

Er seufzte. »Ein Missgeschick im Stall. Eine der Kühe hat sich verletzt. Mir wurde die Schuld gegeben.«

»Und die Striemen?«

»Ein Gürtel. Zehn Schläge auf die Unterarme, damit ich daran denke, beim nächsten Mal besser achtzugeben.«

»Gütiger Gott.« Luise strich ihm sanft über die verschorfte Haut. »Ich muss dich hier wegholen.«

»Es ist nicht so schlimm, wie es aussieht.«

»Ich besorge dir eine Stelle auf Seydell.«

»Hältst du das für eine gute Idee?«

»Willst du etwa hierbleiben?«

»Anderen ergeht es viel schlechter als mir.«

»Die anderen sind mir egal.« Luise sah zu ihm auf. »Oder möchtest du nicht in meiner Nähe sein?«

»Ich könnte mir nichts Schöneres vorstellen. Aber es wäre auch riskant. Was, wenn man uns zusammen sähe und alles ans Licht käme?«

Luise fuhr ihm mit der Hand über die stoppelige Wange.

»Sei unbesorgt, ich lasse mir etwas einfallen. Aber du musst Geduld haben, ich kann nicht aus heiterem Himmel einen zusätzlichen Knecht anschleppen. Versprich mir, dass du gut auf dich aufpasst.«

»Ich verspreche es. Und du musst ebenfalls auf dich achtgeben. Auf euch beide.« Er deutete auf ihren Bauch.

In dem Augenblick erscholl vom Hof her ein Rufen. »Georg! Wo steckst du, Bursche?«

»Ich muss zurück an die Arbeit.«

»Auf bald.« Luise schlang die Arme um seinen Hals.

»Georg! Warte nur, du fauler Lump, wenn ich dich erwische…«

»Ich muss wirklich los«, flüsterte er und drückte ihr einen Kuss auf die Schläfe. »Gehab dich wohl, und sorge dich nicht um mich.«

Er rannte davon, und kurz darauf hörte Luise ihn rufen: »Ich bin hier, Herr, ich hatte die Mistgabel im Stall vergessen.«

Der Bauer grummelte etwas, dann wurde es still.

Luise riskierte einen Blick und sah gerade noch, wie Georg mit der Schubkarre hinter dem Misthaufen verschwand. Als sie sich umdrehte, bemerkte sie, dass die Sonne schon tief über dem Horizont stand. Sie musste sich beeilen, wenn sie rechtzeitig zu Hause sein wollte.

Zwei Monate später, Mai 1890

Schweigend saß Alexander neben Ludwig und starrte aus dem Fenster des Landauers, den der Kutscher durch die wolkenverhangene Heidelandschaft lenkte. Vor einer halben Stunde waren sie mit dem Zug in Jesteburg angekommen, wo die Kutsche bereits gewartet hatte. Die Reise, von der Alexander gehofft hatte, dass sie neben einem neuen Zuchthengst auch Versöhnung mit Ludwig bringen würde, war ein komplettes Desaster gewesen.

Bei der Auktion auf dem Gestüt eines Halters von Vollbluthengsten in der Nähe von Lüneburg hatten sich die Brüder erneut gestritten. Diesmal war es um die Eigenschaften gegangen, die der neue Zuchthengst mit sich bringen sollte, und um den Preis, den man dafür veranschlagen musste. Zwar hatte Ludwig freimütig zugegeben, dass er nicht genau wusste, worauf er beim Kauf eines Hengstes achten musste, und seinem Bruder die Vorauswahl überlassen. Doch dann hatte er an jedem Tier, das Alexander ihm gezeigt hatte, etwas auszusetzen gehabt. Mal waren ihm die Beine zu kurz, mal der Kopf zu schmal, mal der Hals zu dünn gewesen. Und bei der Vorführung der Tiere unter dem Sattel hatte der Hengst, den Alexander gern gekauft hätte, unruhig getänzelt, sodass Ludwig kategorisch abgelehnt hatte, ihn auch nur näher anzusehen. Dabei hatte Alexander sofort erkannt, dass es der Reiter gewesen war, der das Pferd nervös machte.

Bei der Auktion selbst waren Ludwig die Preise zu schnell in die Höhe geschossen, und er hatte zu zögerlich agiert. So waren ihnen alle guten Tiere von anderen Käufern vor der Nase weggeschnappt worden.

Auf der Rückfahrt im Zug hatten sie kaum ein Wort gewechselt, und auch jetzt herrschte eisiges Schweigen. Alexander hatte versucht, Ludwig davon zu überzeugen, ihm den Kauf eines neuen Zuchthengstes allein zu überlassen, bis zu einem vorher festgelegten maximalen Betrag. Aber darauf hatte sich Ludwig keinesfalls einlassen wollen.

»Glaubst du, ich merke nicht, was du vorhast?«, hatte er Alexander angefahren. »Du willst durch die Hintertür die Leitung des Gestüts an dich reißen. Dich unentbehrlich machen, bis ich ohne dich nicht einmal mehr ein Fohlen auf die Koppel führen kann. Aber dazu wird es nicht kommen. Ich brauche dich nicht, ich komme sehr gut allein zurecht.«

»Das ist doch Unsinn, Ludwig«, hatte Alexander widersprochen. »Ich will dir lediglich Arbeit abnehmen, die dir nicht liegt. Dafür verstehst du mehr von dem ganzen Papierkram. Warum soll nicht jeder das machen, was er am besten kann?«

»Du findest also, dass ich nur etwas von Zahlen verstehe, aber nichts von Pferden, ja?«

»So habe ich das doch nicht gemeint.«

»O doch, genau so hast du es gemeint. Ich weiß, dass du glaubst, ich hätte Admiral auf dem Gewissen. Aber du vergisst, dass wir beide uns gemeinsam für eine Operation entschieden haben. Das lasse ich mir von dir nicht anhängen.«

Alexander hatte nicht darauf geantwortet. Er gab Ludwig tatsächlich die Schuld am Tod des Hengstes, aber nicht wegen der Entscheidung für den riskanten Eingriff, sondern wegen seines Verhaltens davor, das diesen erst nötig gemacht hatte. Mehr noch aber gab Alexander sich selbst die Schuld, weil er Admiral aus verletztem Stolz seinem Schicksal überlassen und nicht sofort den Arzt gerufen hatte. Das jedoch würde er Ludwig nicht auf die Nase binden.

Alexander blieb nur zu hoffen, dass Ludwig früher oder später ein Einsehen haben würde. In ein paar Tagen vielleicht. Oder in ein paar Wochen.

Der Landauer erreichte Birkmoor und bog kurz darauf in die Lindenallee, die nach Seydell führte. Regen hatte eingesetzt und trommelte auf das Kutschdach.

Als sie auf den Hof fuhren, stürzte Martha, Luises Kammerzofe, ihnen aus dem Haus entgegen. Das sonst so stille und schüchterne Mädchen wirkte aufgeregt. Ludwig wartete nicht ab, bis der Kutscher ihnen öffnete, sondern stieß den Schlag selbst auf und sprang nach draußen.

»Ist etwas geschehen, Martha?«, rief er ihr entgegen.

»Ihre Frau ist niedergekommen, gnädiger Herr«, verkündete die Zofe mit einem Stolz in der Stimme, als hätte sie persönlich dieses Wunder vollbracht.

»Großer Gott, ist das wahr?« Ludwigs Augen leuchteten auf.

»Ja, gnädiger Herr. Es ist ein Junge. Groß, kräftig und kerngesund.«

Das Leuchten in Ludwigs Augen verschwand, argwöhnisch kniff er sie zusammen. »Aber wie ist das...« Er brach ab. Eine steile Falte hatte sich auf seiner Stirn gebildet. Er schaute erst Alexander und dann Martha mit finsterer Miene an, bevor er ohne ein weiteres Wort durch den Regen auf das Haus zustapfte.

Alexanders Herz schlug wild. Er wusste, was Ludwig hatte

sagen wollen. Eigentlich hätte das Kind erst im nächsten Monat zur Welt kommen sollen. Es war mehr als vier Wochen zu früh dran. Natürlich kam es vor, dass Säuglinge vor der Zeit geboren wurden, aber die waren dann nicht groß und kräftig, sondern klein und kränklich. Alexander war plötzlich sicher, dass es sein Sohn war, den Luise heute zur Welt gebracht hatte. Es musste einfach so sein. Und Ludwig hegte zumindest einen Verdacht. Sonst hätte er nicht so irritiert reagiert. Zum ersten Mal fragte Alexander sich, wie viel Ludwig über Luise und ihn wusste und ob dieses Wissen etwas damit zu tun hatte, dass sie nicht friedlich zusammenleben konnten. Doch dann fiel ihm ein, dass sie schon als kleine Jungen wie Feuer und Wasser gewesen waren. Es hatte immer Zwist zwischen ihnen geherrscht, lange schon, bevor Luise in ihr Leben getreten war.

»Ist mit dem Kind wirklich alles in Ordnung?«, fragte er die Zofe, die noch immer neben ihm stand und dem Hausherrn verdattert hinterherblickte.

»Es ist ein wunderschöner, kerngesunder Bursche, gnädiger Herr. Ganz der Vater.«

Alexander schluckte trocken, und ihm kam der Gedanke, dass womöglich nicht nur Ludwig, sondern auch die Kammerzofe über das Vorleben ihrer Herrin Bescheid wusste. »Und meine Schwägerin?«, presste er hervor. »Hat sie alles gut überstanden?«

»Sie ist wohlauf, gnädiger Herr. Geschwächt, aber guter Dinge.«

»Das freut mich zu hören.« Alexander straffte die Schultern. »Geh doch wieder hinein, du bist ja schon ganz nass. Und sag der Köchin, sie möchte einen leichten Imbiss richten. Wir hatten keine Gelegenheit, unterwegs etwas zu essen.«

»Sehr wohl, gnädiger Herr.«

Kaum war die Zofe fort, trat der Pferdemeister aus einem der Nebengebäude auf den Hof, kam auf Alexander zu und schaute ihn fragend an. »Und? Erfolg gehabt?«

Alexander schüttelte den Kopf. »Leider war kein geeigneter Hengst dabei.«

»Das ist bedauerlich, gnädiger Herr.«

»Zum Glück haben wir Sturmkönig.« Alexander fuhr sich durch das durchnässte Haar. »Wir sprechen uns später, jetzt möchte ich mich umziehen und meiner Schwägerin gratulieren.«

»Selbstverständlich, gnädiger Herr. Es ist ein Junge, habe ich gehört.«

»So scheint es, ja.«

Alexander wandte sich ab und lenkte seine Schritte in Richtung Herrenhaus. Er musste sich zwingen hineinzugehen. Die Angst vor dem, was ihn erwartete, schnürte ihm die Kehle zu. Dabei wusste er nicht einmal, was er mehr fürchtete: dass der Junge ihm ähnlich sah oder dass er Ludwig wie aus dem Gesicht geschnitten war. Beides würde ihm das Herz brechen.

Er nahm die goldene Uhr aus der Tasche, Luises Weihnachtsgeschenk. Er trug sie immer bei sich, holte sie jedoch nie in Anwesenheit anderer hervor. Er presste die geschlossene Hand mit der Uhr darin an seine Lippen, stellte sich vor, wie Luise die Gravur mit seinem Namen geküsst hatte, bevor sie das Geschenk in den Karton gelegt hatte. Dann steckte er sie hastig zurück in die Tasche.

Was auch immer ihn erwartete, er durfte sich nicht anmerken lassen, was er fühlte. Und er musste jeden Verdacht, das Kind könnte von ihm sein, im Keim ersticken, wenn er Luise und ihren Sohn nicht in Gefahr bringen wollte.

Einen Monat später, Juni 1890

Mit einem mulmigen Gefühl im Bauch stieg Martha die schmale Gesindestiege im hinteren Teil des Herrenhauses hinunter ins Erdgeschoss. Dort lag gegenüber der Küche die Kammer, in der die Hauswirtschafterin die Bücher führte, die Löhne auszahlte und allerlei andere Aufgaben erledigte, von denen Martha nur eine vage Vorstellung hatte.

Fräulein Kirchhoff wollte sie sprechen, und dem Gesicht des Hausmädchens Lotte nach zu urteilen, das Martha die Botschaft überbracht hatte, erwartete sie nichts Gutes. Sie war sich keiner Schuld bewusst, doch in einem großen Haus wie diesem gab es viel falsch zu machen für die Tochter eines Flickschusters. Obwohl sie inzwischen fast ein Jahr auf Seydell lebte und arbeitete, war Martha noch immer unsicher, zumal sie zusammen mit dem Umzug aus dem Pfarrhaus vom Küchenmädchen zur Kammerzofe aufgestiegen war. Im Haushalt von Pfarrer Capellan hatte es nur drei Dienstboten gegeben, die Hauswirtschafterin, die zugleich Köchin war, Martha, die ihr in allem zur Hand ging, von der großen Wäsche bis zum Einkochen von Obst und Gemüse, sowie einen Knecht für die groben Arbeiten wie Holzhacken oder das Anspannen des Esels vor das Fuhrwerk.

Nachdem Luise Capellan sich mit dem Erben von Seydell verlobt hatte, hatte der Pfarrer Martha offenbart, dass er sie nun nicht mehr brauchen würde, zwei Bedienstete wären mehr als genug für einen bescheidenen alten Mann, und dass er ihr ein gutes Zeugnis schreiben würde, damit sie bald eine neue Stelle bekäme.

Martha war es angst und bange geworden, denn im Dorf wurde keine Magd gesucht, und sie hatte schon befürchtet, nach Lüneburg oder gar nach Berlin gehen zu müssen, um sich dort im Haushalt einer reichen Bürgerfamilie zu verdingen. Martha liebte die Heide, und im Gegensatz zu ihren drei älteren Schwestern, die in die Stadt gezogen waren, sobald sich ihnen die Gelegenheit geboten hatte, hatte sie nie in die Fremde gewollt.

Umso mehr hatte sie sich gefreut, als die junge Herrin ihr eröffnet hatte, dass sie sie als Kammerzofe mit nach Seydell nehmen würde. Zwar hatte ihr ein wenig vor dem riesigen Haus und vor dem strengen Fräulein Kirchhoff gegraut, doch mit Luise an ihrer Seite, so glaubte sie, hatte sie nichts zu befürchten. Die junge Herrin vertraute ihr, hatte sie in der Vergangenheit in so manches Geheimnis eingeweiht. Immer dann etwa, wenn sie verbotenerweise ausgeritten war. Oder wenn sie ein heimliches Treffen gehabt hatte, von dem ihr Vater keinesfalls etwas wissen durfte.

Seit der Hochzeit mit Ludwig von Seydell gab es zwar weniger derartige Heimlichkeiten, aber ganz auf verbotene Ausflüge hatte Luise auch als Herrin von Seydell nicht verzichten wollen. Und mehr als einmal hatte sie Martha dafür ins Vertrauen gezogen.

Martha erreichte die Tür von Fräulein Kirchhoffs Schreibzimmer, sammelte Mut und klopfte.

»Herein!«

»Guten Morgen, Fräulein Kirchhoff. Sie wollten mich sprechen?«

»Mach die Tür hinter dir zu.«

Martha gehorchte und blieb erwartungsvoll vor der Hauswirtschafterin stehen, die mit unergründlicher Miene an ihrem Schreibtisch saß. Sie trug wie immer eine schwarze Bluse, die sich eng über ihren üppigen Busen spannte, und einen langen schwarzen Rock. Das glatte aschblonde Haar hatte sie zu einem Knoten am Hinterkopf frisiert. Die Aufmachung ließ sie beinahe alterslos erscheinen, und wenn Martha nicht gewusst hätte, dass sie Ende vierzig war, hätte sie in ihren Augen ebenso dreißig wie sechzig sein können.

Fräulein Kirchhoff zog einen kleinen Gegenstand aus der Schreibtischschublade und legte ihn vor sich ab. Martha erschrak, als sie ihn erkannte.

»Das hier wurde bei deinen Sachen gefunden. Hast du dafür eine Erklärung?«

Martha schluckte hart. Irgendwer hatte ihre Habseligkeiten durchwühlt. Doch wer? Und warum? Und wie sollte sie Fräulein Kirchhoff begreiflich machen, dass sie nichts Unrechtes getan hatte?

»Was ist, fehlen dir die Worte?«

»Nein, Fräulein Kirchhoff.«

»Dann erklär mir doch, wie diese Brosche in deinen Besitz kommt. Und erzähl bitte nicht, dass sie dein rechtmäßiges Eigentum ist. Dafür ist sie viel zu wertvoll. Ein Mädchen wie du besitzt so etwas Kostspieliges nicht.«

»Sie ... sie ist ein Geschenk«, stammelte Martha. Lieber Himmel, was sollte sie sagen? Sie hatte doch der gnädigen

Frau versprochen, nicht zu verraten, von wem sie die Brosche bekommen hatte.

»Und wer bitte macht dir solche Geschenke?«

»Das möchte ich nicht sagen.«

»Ist sie von einem Mann?« Fräulein Kirchhoffs Blick schien sie durchbohren zu wollen.

»Nein, natürlich nicht.« Martha spürte, wie ihr die Hitze ins Gesicht schoss.

»Ach, wirklich nicht? Warum dann der hochrote Kopf, mein Kind?« Fräulein Kirchhoff musterte sie abschätzig. »Nach meiner Erfahrung gibt es nur zwei Möglichkeiten, wie ein Mädchen wie du an ein solches Schmuckstück kommen kann: Entweder hast du dich mit einem wohlhabenden Burschen eingelassen, warst ihm zu Willen, und das war seine Entlohnung für deine Freizügigkeit. Oder du hast es gestohlen. Ich weiß nicht, was ich schlimmer fände. So oder so kann ich dich nicht weiter auf Seydell beschäftigen. Ich wusste gleich, dass nichts Gutes dabei herauskommt, wenn eine einfache Magd mir nichts, dir nichts zur Kammerzofe aufsteigt, und das auch noch auf einem herrschaftlichen Anwesen von dieser Bedeutung. Dein Aufstieg ist dir wohl zu Kopf gestiegen, und jetzt hältst du dich für etwas Besseres.«

Martha schossen die Tränen in die Augen. »Aber die gnädige Frau hat doch ...«

»Die gnädige Frau hat nichts dazu zu sagen. Über das Hauspersonal entscheide ich. Seit die Gemahlin des alten Otto von Seydell von uns gegangen ist, Gott hab sie selig, habe ich derartige Entscheidungen getroffen, und die Herrschaft war froh, nicht damit behelligt zu werden. So wird es auch weiterhin sein, zumal die junge Herrin wohl kaum weiß, was es dabei alles zu beachten gibt, bei ihrer Herkunft.« Fräulein Kirchhoff verzog missbilligend das Gesicht. Offenbar war sie auf die neue Hausherrin nicht sonderlich gut zu sprechen. Martha fiel ein, dass sie einige Male mitbekommen hatte, wie Fräulein Kirchhoff sich beim gnädigen Herrn beschwert hatte, weil seine Frau sich in Angelegenheiten einmischte, die zu Fräulein Kirchhoffs Aufgabengebiet gehörten, und damit die Abläufe auf Seydell durcheinanderbrachte.

»Und was geschieht nun?«, fragte sie beklommen.

»Du musst gehen, Kind.«

»Sie wollen mich fortschicken?« Wieder kamen Martha die Tränen. Hastig tupfte sie ihre Augen mit dem Ärmel trocken. Sie würde der Hauswirtschafterin nicht auch noch die Genugtuung bereiten, vor ihr in Tränen auszubrechen.

»Ich sehe keinen anderen Ausweg. Selbstverständlich werde ich die gnädige Frau davon in Kenntnis setzen müssen. Es könnte sich um ihre Brosche handeln. Auch wenn sie dafür ein wenig schlicht ist. Andererseits, bei einer Pfarrerstochter, wer weiß.« Fräulein Kirchhoff spitzte die Lippen. »Du wirst uns gleich morgen verlassen. Und bilde dir nicht ein, dass du so einfach woanders eine Stelle bekommst. Ich werde dich nicht ohne einen entsprechenden Eintrag ins Gesindebuch fortgehen lassen.«

»Fräulein Kirchhoff, bitte glauben Sie mir, ich habe nichts Unrechtes getan.« Martha kämpfte gegen die Panik an. Sie wusste nur zu gut, dass es oft nicht genügte, nichts Unrechtes getan zu haben. Vor allem, wenn einem niemand glaubte.

»Wenn dem so wäre, hättest du mir doch wohl erzählen können, woher die Brosche stammt.«

Martha senkte den Blick. Die gnädige Frau war am Morgen nach Lüneburg aufgebrochen. Hoffentlich blieb sie nicht über Nacht! Wenn sie Martha von ihrem Versprechen entbinden würde, könnte sie Fräulein Kirchhoff alles erklären. Sie durfte ihre Stelle nicht verlieren. Vor allem nicht ohne Aussicht darauf, irgendwo etwas Neues zu finden.

»Pack deine Sachen und halte dich bereit, Mädchen.«

»Sehr wohl, Fräulein Kirchhoff.«

»Und bleib auf deinem Zimmer. Ich möchte nicht, dass du noch mehr Unheil anrichtest.«

»Sie haben *was* getan?« Luise glaubte, sich verhört zu haben.

Fräulein Kirchhoff hatte an ihre Zimmertür geklopft und um eine Unterredung gebeten, kaum dass Luise aus Lüneburg zurückgekehrt war. Die Hauswirtschafterin hatte darauf bestanden, sofort mit ihr zu sprechen, obwohl nur wenig Zeit bis zum Abendessen blieb und Luise sich noch nicht umgezogen hatte.

Nicht einmal nach ihrem Sohn hatte sie schauen können, so einen Wirbel hatte Fräulein Kirchhoff um die Sache gemacht. Nun ja, der kleine Robert schlief sicherlich, wie meistens, wenn Luise nach ihm sah. Die Amme, eine kräftig gebaute junge Frau aus einem der Nachbardörfer, schwärmte in den höchsten Tönen von dem lieben Jungen, der von so sanftem, freundlichem Gemüt sei, dass er ihr kaum Arbeit mache. Ganz der Vater, dachte Luise jedes Mal, wenn die Amme so von dem Kind sprach, und schluckte den schalen Geschmack hinunter, den dieser Gedanke ihr bereitete. Sie hatte erreicht, wovon sie immer geträumt hatte, führte ein Leben, das ihr als sechstes Kind eines einfachen Landpfarrers niemand an der Wiege prophezeit hätte – wie also hätte sie nicht überglücklich sein können?

Luise hatte dem Drängen der Kirchhoff nicht nur aus Neugier nachgegeben. Sie wollte keinesfalls, dass die Hauswirtschafterin zu Ludwig lief, wenn sie bei ihrer Herrin kein Gehör fand. Denn dann würde Luise nie die Kontrolle über diese herrschsüchtige Person erlangen. Mit ihrer Neuigkeit hatte die Kirchhoff ihr schlagartig die Laune verdorben. Dabei hatte sie sich so über die neuen Stoffe gefreut, die sie in Lüneburg ausgesucht hatte. Endlich hatte sie wieder ihre alte Figur und konnte Kleider nach der neuesten Mode tragen, wie lange hatte sie darauf gewartet! Und dann so etwas.

Obwohl sie auf eine Hiobsbotschaft gefasst gewesen war, hätte Luise ausgerechnet das niemals erwartet. Sie bebte vor Zorn und musste sich beherrschen, um der Hauswirtschafterin nicht die Genugtuung zu bereiten, aus der Rolle zu fallen und sie unflätig anzuschnauzen wie eine Küchenmagd.

Zitternd vor Wut zog sie die Handschuhe aus und warf sie aufs Bett. Fräulein Kirchhoff hatte sie überfallen, noch bevor sie ihre Reisekleidung hatte ablegen können. »Sie haben in meiner Abwesenheit meiner Kammerzofe gekündigt? Was fällt Ihnen eigentlich ein? Haben Sie den Verstand verloren?«

»Ich hatte keine andere Wahl«, gab Fräulein Kirchhoff mit säuerlicher Miene zurück. Sie wirkte nicht im Geringsten beeindruckt von Luises Empörung. »Man hat eine kostbare Brosche unter den Sachen des Mädchens gefunden.«

Luise schüttelte ärgerlich den Kopf. »Ja und? Sicherlich konnte sie erklären, woher das Schmuckstück stammt.«

»Bedauerlicherweise nicht, gnädige Frau. Deshalb musste

ich davon ausgehen, dass sie es sich auf unrechtmäßige Art beschafft hat.« Fräulein Kirchhoff griff in ihre Tasche und hielt Luise das Corpus Delicti hin wie eine Trophäe. »Oder sehen Sie das anders?«

Luise warf nur einen kurzen Blick darauf. »Das tue ich in der Tat«, erklärte sie, um einen kühlen Tonfall bemüht. »Ich habe ihr diese Brosche nämlich zu Weihnachten geschenkt, aus Dankbarkeit für ihre treuen Dienste. Sie ist nicht so wertvoll, wie sie aussieht. Dennoch war mir bewusst, dass das Geschenk für Unfrieden sorgen könnte. Deshalb bat ich sie, Stillschweigen gegenüber den anderen Bediensteten zu wahren.«

Fräulein Kirchhoff sah Luise ungläubig an. »Sie haben einer Zofe eine Brosche geschenkt? Finden Sie das nicht reichlich unüberlegt?«

»Und finden Sie es nicht reichlich vermessen, gegenüber Ihrer Herrin einen solchen Ton anzuschlagen? Sie sind wohl kaum berechtigt, mein Handeln zu beurteilen. Vergessen Sie nicht, welche Stellung Sie in diesem Haus innehaben und wo Ihre Befugnisse enden.« Luise ließ es nicht an angemessener Schärfe im Ton fehlen.

»Das vergesse ich ganz bestimmt nicht, gnädige Frau.« Fräulein Kirchhoff reckte trotzig das Kinn. »Allerdings sind Sie verständlicherweise, nun ja, unerfahren, was die Führung eines großen Haushalts angeht, und ich würde …«

»Gar nichts würden Sie«, unterbrach Luise die Hauswirtschafterin barsch. Ständig versuchte Fräulein Kirchhoff, sie zu bevormunden, damit musste endgültig Schluss sein. »Bis auf eine Sache: Sie werden Martha persönlich das Schmuckstück zurückgeben und sich bei ihr entschuldigen.«

Die Hauswirtschafterin wurde bleich. »Das können Sie nicht von mir verlangen, ich habe nichts falsch gemacht.«

»Sie haben meine Kammerzofe des Diebstahls bezichtigt, und dafür werden Sie sie um Vergebung bitten.«

»Sie hätte sich erklären können, anstatt verstockt zu schweigen!«

»Sie fühlte sich an ihr Wort gebunden, und das ist für mich der Beweis, dass Martha fest zu mir steht. Ich gehe davon aus, dass dies auch für meine anderen Untergebenen gilt. Oder täusche ich mich etwa?«

Fräulein Kirchhoff schnappte nach Luft. »Ganz wie Sie meinen, gnädige Frau. Ich nehme an, das ist alles?« Sie drehte sich auf dem Absatz um, ohne eine Antwort abzuwarten.

Doch Luise war noch nicht fertig. »Eine letzte Frage, Fräulein Kirchhoff.«

Die Hauswirtschafterin, die bereits die Hand nach der Türklinke ausgestreckt hatte, hielt mitten in der Bewegung inne und wandte sich noch einmal um. »Gnädige Frau?«

»Wer hat Ihnen die Brosche gebracht?«

Fräulein Kirchhoff sah sie trotzig an. »Was spielt das für eine Rolle?«

»Wenn Sie es mir nicht verraten, muss ich annehmen, dass Sie selbst die persönlichen Habseligkeiten des Hauspersonals durchsucht haben. Trifft das zu?«

Empört riss Fräulein Kirchhoff die Augen auf. »Selbstverständlich nicht.«

»Nun gut. Wer hat es dann getan?«

»Niemand. Das Schmuckstück wurde in der Schmutzwäsche zwischen den Kleidungsstücken des Mädchens gefunden.«

Luise überlegte. Martha wäre wohl kaum so nachlässig, die Brosche zwischen ihre schmutzige Wäsche zu legen. Also hatte irgendwer sie entwendet und gezielt dort deponiert, wo sie mit Sicherheit entdeckt würde. Fräulein Kirchhoff? Nein, trotz ihrer Verachtung für die Frau traute Luise ihr das nicht zu. Die Maßstäbe, die sie an andere anlegte, galten auch für sie selbst, sie würde niemanden auf diese niederträchtige Art und Weise anschwärzen.

Also hatte die arme Martha einen anderen Feind auf Seydell. Ein Mädchen vielleicht, das auf ihre enge Beziehung zur Hausherrin neidisch war oder das sich berechtigte Hoffnungen gemacht hatte, anlässlich der Hochzeit des Herrn zur Kammerzofe aufzusteigen.

Luise schickte Fräulein Kirchhoff mit einer ungeduldigen Handbewegung nach draußen. Sie würde Martha fragen, ob sie eine Ahnung hatte, wer ihr schaden wollte. Und sie würde dafür sorgen, dass niemand wagte, ihrer Zofe noch einmal so etwas anzutun.

Zwei Monate später, August 1890

Alexander wischte sich den Schweiß von der Stirn und blickte in den Himmel. Am Horizont standen dunkle Wolken, die ein Ende des schwülen Wetters verhießen. Höchste Zeit, denn Tier und Mensch litten gleichermaßen unter der extremen Hitze, bei der jede Bewegung eine Qual war.

Seit Wochen ging das schon so. Selbst nachts kühlte es kaum ab, und bereits in den frühen Morgenstunden stiegen die Temperaturen so stark an, dass alle, die konnten, in den

Schatten flüchteten. Die trächtigen Stuten litten besonders. Sie wurden tagsüber in ihre Boxen gebracht, wo die Temperaturen halbwegs erträglich waren, und durften nachts auf die Koppeln. Mehrmals täglich kontrollierte Alexander, ob alle genug Wasser hatten. Gerade war er mit seiner Runde fertig und durch das Tor nach draußen getreten, in der Hoffnung, dass außerhalb der Mauern des Gestüts eine frische Brise wehte. Doch dem war nicht so. Blieb nur zu hoffen, dass die Wolken hielten, was sie versprachen.

Alle brauchten dringend Abkühlung. Die Menschen noch mehr als die Tiere. Beim Frühstück hatten Luise und Ludwig sich gestritten, weil er sie nicht mitnehmen wollte, wenn er in der kommenden Woche nach Berlin reiste, um Bankgeschäfte zu erledigen und potentielle Kunden zu treffen. Sie hatte ihm wieder einmal vorgeworfen, sie einzusperren.

»Nie komme ich hier weg«, hatte sie sich beschwert. »Seydell ist schlimmer als ein Gefängnis.«

»Ach ja?«, hatte Ludwig ihr entgegnet. »Wenn das so ist, kannst du ja ins Pfarrhaus zurückkehren. Bestimmt hast du dort mehr Freiheiten, ich schätze, dein Vater lässt dich liebend gern zum Einkaufen nach Berlin fahren.«

»Das ist unfair, Ludwig. Ich möchte doch nur mal etwas anderes sehen als immer nur Heide und Pferde. Und ein paar Dinge kaufen, die es hier nicht gibt.«

»Es dreht sich aber nicht alles um neue Kleider und Tand. Auch wenn in deinem hübschen Köpfchen nur dafür Platz zu sein scheint.«

Luise sprang vom Tisch auf. »Du wagst es, so mit mir zu sprechen?«

»Ich bin dein Mann, und ich spreche mit dir, wie ich will,

vor allem, wenn du mein Geld ausgeben willst. Vergiss nicht, wo du herkommst! Du hättest auch als Küchenmagd statt als Herrin auf Seydell enden können.«

Luise schnappte entsetzt nach Luft.

Alexander beschloss einzugreifen. »Lass es gut sein, Ludwig«, bat er seinen Bruder. »Sag nichts, was du später bereust. Wir sind alle dünnhäutig wegen der Hitze.«

»Halt dich da raus!« Ludwig starrte ihn finster über den Tisch hinweg an. »Und du ...« Er wandte sich wieder Luise zu, die bebend vor Wut dastand. »Du wirst ...«

»Gar nichts werde ich, Ludwig«, unterbrach sie ihn mit schneidender Stimme, »bevor du dich bei mir entschuldigt hast.« Mit diesen Worten hatte sie sich abgewandt und war aus dem Zimmer gestürmt. Ihre Schritte polterten auf der Treppe, eine Tür knallte, dann kehrte Stille ein.

Alexander hatte sich ebenfalls rasch nach draußen verzogen und den Arbeiten auf dem Hof gewidmet. Das Haus wollte er erst wieder betreten, wenn sich abendliche Kühle darübergelegt hatte.

Er kehrte durch das Tor zurück auf den Hof, lief zur Pumpe und erfrischte sich mit kaltem Wasser. Als er sich wieder aufrichtete, hörte er wütendes Schimpfen, gefolgt von einem knallenden Geräusch. Ein Pferd wieherte panisch, gleich darauf knallte es erneut.

Der Lärm kam aus einem der Stutenställe. Alexander rannte los. Als er näher kam, erkannte er Ludwigs Stimme.

»Verfluchtes Viech, dir werd ich's zeigen!«

Alexander stürzte in den Stall. Eine der Boxentüren stand offen, Ludwig hieb mit einer Peitsche auf eine trächtige Stute ein. Immer wieder schlug er gegen ihren Bauch. Das

Tier hatte die Ohren angelegt und wieherte verängstigt, das Halfter, mit dem es an einem Eisenring an der Wand festgebunden war, hinderte es daran, den Schlägen seines Herrn auszuweichen.

»Um Gottes willen, Ludwig! Hör auf!«

Ludwig fuhr herum. An seinen glasigen Augen erkannte Alexander, dass er getrunken hatte. Sein Gesicht war hochrot und zu einer wutverzerrten Fratze entstellt.

»Verschwinde, oder es ergeht dir nicht besser als diesem Gaul!« Drohend ließ Ludwig die Peitsche durch die Luft zischen.

Alexander hob beschwichtigend die Arme. »Verflucht, Ludwig, was ist denn los?«

»Dieses Drecksstück hat mich getreten. Aber das wird sie nicht noch einmal tun.« Wieder schlug Ludwig zu.

Die Stute stieß ein jämmerliches Wiehern aus und versuchte, zur Seite auszuweichen.

»Jammer nur, du dummer Gaul.« Ludwig hob den Arm für einen erneuten Hieb. »Selbst schuld, du kriegst nur, was du verdienst!«

Alexander hatte genug gesehen. Er stürzte sich auf Ludwig und versuchte, ihm die Peitsche zu entwinden. Doch sein Bruder reagierte schneller, als er erwartet hatte. Blitzartig fuhr er herum und hieb Alexander die Faust zwischen die Augen. Schmerz explodierte in Alexanders Gesicht, benommen taumelte er rückwärts und prallte gegen die Stallwand.

Sekundenlang war er orientierungslos, dann wallte unbändiger Zorn in ihm hoch. Er drückte sich von der Wand ab und warf sich auf Ludwig. Gemeinsam stürzten sie zu Boden, neben ihnen tänzelte die Stute nervös hin und her.

Wie von Sinnen drosch Alexander auf Ludwig ein, der wutentbrannt zurückschlug. Sie rollten über den Boden, drohten unter die Hufe des verängstigten Pferdes zu geraten. Schließlich gelang es Alexander, seinem Bruder die Peitsche zu entreißen. Der krabbelte aus der Box. Gerade als er sich aufrichten wollte, stürzte Alexander sich erneut von hinten auf ihn und schlang ihm den Peitschenriemen um den Hals.

»Du verfluchter Idiot«, stieß er schwer atmend hervor. »Wir haben schon ein Tier durch deine Schuld verloren. Diesmal werde ich nicht warten, bis es zu spät ist.«

»Du bist doch nur von Neid zerfressen«, gab Ludwig keuchend zurück, »weil ich alles gekriegt habe.«

»Blödsinn!« Alexander zog fester an dem Riemen, obwohl Ludwig kaum noch Luft bekam.

»Doch, genau so ist es«, röchelte Ludwig. »Mir gehört alles. Alles, was du jeden Tag siehst. Und du besitzt nichts. Das Gestüt, die Pferde und Luise – alles ist meins. Dir gehört nicht einmal das Schwarze unter deinen Nägeln. Du bist bloß ein armer Stallbursche, ein Bettler, ein Niemand.«

»Ach ja?« Außer sich vor Wut zog Alexander den Peitschenriemen fester zu. »Warte nur, gleich gehört dir gar nichts mehr, du mieses Stück Dreck!« All die Gefühle, die er in den vergangenen Monaten heruntergeschluckt hatte, all der Zorn, all die Verachtung und all der Hass brachen sich mit Macht Bahn, barsten aus ihm heraus wie ein Sturm, der alles vernichtete, was sich ihm in den Weg stellte.

Ein ohrenbetäubender Knall riss ihn aus seiner Raserei.

Er fuhr herum. Der Anblick, der sich ihm bot, ließ ihn erstarren.

In der Stalltür stand Luise, eine Schrotflinte in den Händen. Sie hatte in die Decke geschossen, aus der Dreck und Staub herunterrieselten, doch jetzt richtete sie den Lauf auf Ludwig und ihn. »Aufhören! Alle beide!«

Alexander ließ die Peitsche fallen. Scham und Entsetzen über sich selbst, über das, was er beinahe getan hätte, vertrieben die Wut. Er war im Begriff gewesen, seinen Bruder umzubringen. Gütiger Himmel, wie tief war er gesunken! Benommen stand er auf und rieb sich über die schweißnasse Stirn.

Auch Ludwig erhob sich ächzend und legte sich die Hand an den geröteten Hals. Verachtung lag in dem Blick, mit dem er Alexander bedachte.

»Geh mir aus den Augen«, zischte er. »Hau ab.«

»Ludwig, ich ...«

»Ich meine es ernst.«

»Aber lass uns doch ...«

Ludwig hob die Hand. »Spar dir deine Worte. Mein Entschluss steht fest. Ich gebe dir vierundzwanzig Stunden. Nicht eine Minute länger. Wenn du Seydell bis dahin nicht verlassen hast, rufe ich die Polizei und lasse dich wegen versuchten Mordes verhaften. Du wirst meinen Grund und Boden nie mehr betreten. Ich will dich nie wiedersehen. Ab heute habe ich keinen Bruder mehr.«

# Kapitel 4

Lüneburger Heide, August 1890

Ein Blitz zerschnitt die Dunkelheit, unmittelbar gefolgt von einem Donnerschlag. Unwillkürlich wich Luise zurück, obwohl sie sicher unter dem Vordach der Mühle stand. Noch war kein einziger Tropfen Regen gefallen, aber es konnte nicht mehr lange dauern. Schon seit dem Nachmittag hatten dunkle Wolken am Horizont gestanden, und seit dem frühen Abend war ein dumpfes Grollen in der Ferne zu vernehmen gewesen, das erlösende Gewitter hatte jedoch erst vor wenigen Augenblicken eingesetzt.

Nach dem Vorfall im Stall hatte Luise sich zunächst auf ihr Zimmer zurückgezogen. Immer wieder hatte sie der Anblick der beiden Brüder heimgesucht, Alexander, den Peitschenriemen um Ludwigs Hals geschlungen, das Gesicht hassverzerrt. Ludwig unter ihm, die Augen in Todesangst aufgerissen.

Obwohl sie sich fest vorgenommen hatte, ihre Gedanken nicht in diese Richtung wandern zu lassen, hatte sie sich gefragt, ob es ihre Schuld war, ob sie einen Keil zwischen die Brüder getrieben hatte. Bis sie das Gedankenkarussell nicht länger ertragen hatte und nach draußen gegangen war.

Ludwig hatte sich seinen Wallach satteln lassen und war fortgeritten, wie der Pferdemeister ihr berichtet hatte. Niemand wusste, wohin er wollte und wann er vorhatte zurückzukehren. Vermutlich erst nach Ablauf der Frist, die er Alexander gesetzt hatte.

Bei dem Gedanken, dass Alexander weggehen musste, krampfte sich Luises Herz zusammen. Auch wenn er ihr nach wie vor aus dem Weg ging, mehr sogar noch als zuvor, hatte es sich gut angefühlt, mit ihm unter einem Dach zu leben, ihn in der Nähe zu wissen. Es hatte bedeutet, dass sie hoffen durfte, er könne eines Tages seine Meinung ändern und sie wieder in sein Leben lassen.

Doch nun würde er sie verlassen, und sie musste ihn sich aus dem Kopf schlagen und das Leben führen, das sie gewählt hatte. Keinesfalls durfte er auf Seydell bleiben, selbst wenn Ludwig sich umstimmen ließ. Es wäre viel zu gefährlich. Den nächsten Streit würde einer der beiden Brüder womöglich nicht überleben.

Wieder blitzte und donnerte es, erste dicke Tropfen platschten auf den ausgetrockneten Boden. Schritte waren auf der hölzernen Brücke zu hören, im gleichen Augenblick gesellte sich eine Gestalt zu Luise unter das Vordach.

»Alexander, hast du mich erschreckt!«

»Endlich finde ich dich.« Er trat zu ihr und fasste sie bei den Schultern. »Ich habe dich schon überall gesucht. Was machst du hier?«

»Ich habe es im Haus nicht mehr ausgehalten.«

»Was vorhin im Stall geschehen ist...«

»Schon gut, ich kann dich verstehen.«

»Es hätte nicht passieren dürfen. Ich war nicht mehr ich

selbst.« Ein Blitz erhellte sein Gesicht, seine Stirn war kummervoll in Falten gezogen. »Ich kann nicht länger hierbleiben, das verstehst du sicherlich. Selbst wenn Ludwig mich nicht fortgeschickt hätte, wäre ich gegangen. Weiß Gott, ich habe es wirklich versucht, aber auf Seydell ist nur Platz für einen von uns.«

»Das ist leider wahr.«

Er fasste ihre Schultern fester. »Komm mit.« Er hatte die Stimme erhoben, denn der Regen prasselte lärmend auf die Mühle nieder, und noch immer kamen Blitz und Donner in schneller Folge. »Kommt beide mit, Robert und du. Wir können gemeinsam irgendwo neu anfangen.«

»Das geht nicht, Alexander.«

»Aber warum nicht?«

»Ich bin Ludwigs Frau, Robert ist sein Sohn.«

»Ist er das wirklich?«

Obwohl es dunkel war, wandte Luise den Blick ab. »Vor dem Gesetz ist er es.«

»Was schert uns das Gesetz? Wir gehen ins Ausland, nach Frankreich oder Spanien. Ich finde überall Arbeit. Ich sorge für uns.«

»Ich kann nicht.«

Luise flüsterte die Worte nur, trotzdem schien Alexander sie gehört zu haben, denn seine Hände auf ihren Schultern versteiften sich.

»Du liebst ihn nicht, du liebst mich«, beschwor er sie.

»Aber darum geht es nicht.«

»Worum denn dann? Um Geld? Um Luxus? Glaubst du noch immer, dass das Leben an Ludwigs Seite nur aus schönen Kleidern, Abendgesellschaften und Reisen nach Berlin oder Paris besteht?« Er klang verletzt. »Bildest du dir wirklich ein, dass dich das glücklich macht? Willst du dafür wegwerfen, was wir miteinander haben?«

Luise streckte die Schultern durch. Sie musste ihm begreiflich machen, dass sie keine gemeinsame Zukunft hatten, auch wenn es ihr das Herz zerriss. Sosehr sie ihn liebte, sie wollte kein Leben in Armut und auf der Flucht, nicht für sich und erst recht nicht für ihren Sohn. Robert würde eines Tages das Gestüt erben, das durfte sie ihm nicht nehmen.

»Wir haben nichts miteinander, Alexander. Wir haben ein paar nette Stunden in einem alten Stall verbracht, ein wenig Spaß gehabt, bevor es Zeit war, erwachsen zu werden. Du solltest dem nicht zu viel Bedeutung beimessen.«

Er ließ sie los. »Ist das dein Ernst?«

Sie schluckte die Tränen hinunter. »Ja, Alexander. Du bist ein Träumer. Es wird Zeit, dass du aufwachst.«

»Dann ist das also das Ende.«

Sie ergriff seine Hände. »Du wirst irgendwo weit weg von Seydell dein Glück finden, Alexander, davon bin ich fest überzeugt.«

»Aber mein ganzes Glück ist hier.«

»Das war es nie. Klammere dich nicht an etwas, das niemals existiert hat.« Sie drückte seine Hände. »Lebe wohl, Alexander.«

Bevor ihre Gefühle sie überwältigen konnten, wandte sie sich ab und rannte durch den Regen zurück zum Haus und die Treppe hinauf in ihr Schlafzimmer, wo sie sich aufs Bett warf und weinte, bis sie keine Tränen mehr hatte.

Alles war still auf Seydell. Das Gewitter war längst vorübergezogen, der Himmel wieder wolkenlos, Pfützen spiegelten das Mondlicht.

Alexander warf sich seinen Tornister über die Schulter, klemmte die Decke unter den Arm und schloss leise die Tür hinter sich. Zum Stall waren es nur wenige Schritte. Wie immer war die Tür verschlossen. Alexander steckte den Schlüssel ins Schloss, sperrte auf und trat ein.

Sturmkönig begrüßte seinen Herrn mit einem leisen Schnauben. Sanft tätschelte Alexander seinen Hals, kehrte in Gedanken noch einmal zu der Wiege zurück, vor der er eben noch gestanden hatte. Er war ins Kinderzimmer geschlichen, auf die Gefahr hin, die Amme zu wecken, die ebenfalls dort schlief. Aber er hatte nicht gehen wollen, ohne einen letzten Blick auf den Jungen zu werfen, seinen Sohn. Robert würde nie erfahren, dass Ludwig nicht sein Vater war. Und Ludwig hoffentlich auch nicht. Solange er nichts ahnte, da war Alexander sicher, wäre Ludwig ihm ein guter Vater, so gut zumindest, wie er es vermochte. Alexander hätte seinen Sohn gern aufwachsen sehen, er hätte ihm gern alles beigebracht, was er über Pferde wusste, ihn das Reiten gelehrt. Aber das würde nicht geschehen. Alexander musste Robert vergessen und hoffen, dass er ein gutes Leben haben würde. Immerhin floss sein Blut in Roberts Adern, und sein Sohn, nicht Ludwigs, würde eines Tages das Gestüt weiterführen.

Alexander hatte dem friedlich schlafenden Säugling einen Kuss auf die Stirn gedrückt und war lautlos wieder nach draußen geschlichen. Er würde Robert zurücklassen, weil ihm keine Wahl blieb. Für Sturmkönig galt das nicht. Ludwig hatte alles geerbt, Alexander war vollkommen leer ausgegangen. Sicherlich hatte sein Vater das nie so gewollt. Er hatte nicht damit gerechnet, so früh zu sterben, sonst hätte er ein Testament gemacht, das Alexander zumindest eine kleine Apanage zugesprochen hätte. Ein Einkommen, das ihn unabhängig von Ludwigs Launen machte. Aber dazu war Otto von Seydell keine Zeit mehr geblieben.

Nun wäre Sturmkönig das Kapital, mit dem Alexander neu anfing. Er klopfte sich auf die Westentasche, wo er die Papiere verstaut hatte, seine eigenen und das Hengstbuch, das Sturmkönigs Abstammung bewies.

Behutsam legte Alexander Sturmkönig das Zaumzeug an und sattelte ihn. Der Hengst schnaubte erwartungsvoll. Das Klappern der Hufe auf dem nächtlichen Hof dröhnte so laut, dass Alexander fürchtete, jeder auf Seydell müsse davon aufwachen, doch nichts rührte sich, und er erreichte die Lindenallee, ohne aufgehalten zu werden. Rasch saß er auf und ließ Sturmkönig im Schritt losgehen. Als er beim Tor angekommen war, zog Alexander die Zügel an und schaute noch einmal zurück.

Der Anblick des Gestüts versetzte ihm einen Stich. Einundzwanzig Jahre lang war Seydell sein Zuhause gewesen und der Mittelpunkt seines Lebens. Obwohl er trotz des Versprechens, das er seinem Vater gegeben hatte, im Grunde seines Herzens gewusst hatte, dass er nicht dauerhaft mit Ludwig unter einem Dach würde wohnen können, hatte ein Teil von ihm wider jede Vernunft gehofft, dass es doch irgendwie funktionieren könnte. Er hatte davon geträumt, dass alles so bleiben könnte, wie es war, dass er auf Seydell leben und eines Tages auch hier sterben würde. Auch nach

Vaters Tod, auch noch vor wenigen Wochen, ja selbst gestern noch hatte er an diesem Traum festgehalten, trotz aller Differenzen zwischen Ludwig und ihm. Nun wusste er, dass es keine Hoffnung mehr gab. Sein Traum war geplatzt. Er würde fortgehen und niemals zurückkehren.

Alexander wandte sich ab, bevor der Kummer ihn übermannte. Bis die Sonne aufging und Sturmkönigs Verschwinden bemerkt würde, musste er so viele Kilometer wie möglich zwischen sich und Seydell gebracht haben. Spätestens morgen wollte er in Frankreich sein, wo ihm die deutschen Gesetzeshüter nichts mehr anhaben konnten. Dann wäre er sicher vor Ludwigs Rache und konnte anfangen, sich Gedanken über die Zukunft zu machen.

Luise galoppierte über die Heide, Staub wirbelte auf, während die flirrende Sommerlandschaft an ihr vorbeiflog. Sie warf einen Blick auf den Reiter an ihrer Seite, der sie glücklich anlächelte. Doch dann verzog sich sein Gesicht, aus den vertrauten Zügen des Mannes, den sie liebte, wurde das wutverzerrte Gesicht seines Bruders, der plötzlich eine Schrotflinte in der Hand hielt und auf sie zielte.

»Hast du davon gewusst?«, brüllte er sie an.

»Wovon?«, wollte sie fragen, doch ihre Kehle war wie zugeschnürt.

Ludwig spannte den Hahn. »Hast du davon gewusst?«, wiederholte er so laut, dass sich seine Stimme überschlug.

Luise brachte noch immer keinen Ton hervor. Todesangst ergriff Besitz von ihr. Sie versuchte, ihm zu entkommen, aber die Pferde ritten nebeneinander her, als wären sie mit einem unsichtbaren Band aneinandergefesselt.

Jetzt streckte Ludwig die freie Hand nach ihr aus, hielt jedoch die Flinte noch immer auf ihren Kopf gerichtet. Er fasste sie bei der Schulter und schüttelte sie.

»Hast du davon gewusst?«

In dem Augenblick wachte Luise auf. Erschrocken starrte sie in Ludwigs Gesicht, das direkt über ihr war. »Ludwig? Mein Gott, was ist los?«

»Endlich«, knurrte er. »Ich dachte schon, du wachst gar nicht mehr auf. Hast du gewusst, was der verfluchte Mistkerl vorhat?«

Verschlafen rieb Luise sich die Augen. »Was soll ich gewusst haben? Wovon sprichst du?«

»Alexander.« Ludwig spuckte den Namen aus wie ein schimmeliges Stück Brot.

Erst jetzt fiel Luise wieder ein, was am Vortag geschehen war. Der fürchterliche Streit zwischen Ludwig und Alexander im Stall, die Schrotflinte, nach der sie hastig gegriffen hatte, voller Angst, die Brüder könnten sich gegenseitig umbringen. Was für ein Glück, dass Georg ihr den Umgang damit beigebracht hatte! Und ihr Abschied von Alexander unter dem Vordach der Mühle, während um sie herum die Welt unterging. War er wirklich fortgegangen? Für immer aus ihrem Leben verschwunden?

Sie setzte sich im Bett auf. »Ist er fort?«

»Hat sich mitten in der Nacht aus dem Staub gemacht.«

»Aber das wolltest du doch.«

»Dieses miese Stück Dreck hat Sturmkönig mitgenommen. Dafür wird er bezahlen.«

Luise sah Ludwig erschrocken an. »Bist du sicher, dass es Alexander war? Vielleicht ist er…«

»Natürlich bin ich sicher. Aber keine Sorge, er wird nicht weit kommen. Diesmal hat er sich richtig in Schwierigkeiten gebracht.« Ludwig sah mit zusammengekniffenen Augen auf sie hinunter. »Du wusstest wirklich nichts?«

»Natürlich nicht.«

»Ich habe bereits nach der Polizei schicken lassen. Sie werden ihn schnell wieder einfangen, und dann wandert er ins Gefängnis.«

Luise fasste sich unwillkürlich an den Hals. Sie verstand nicht, was geschehen war. Warum hatte Alexander ausgerechnet Sturmkönig mitgenommen? Er musste doch gewusst haben, dass Ludwig ihm das niemals durchgehen lassen würde. Jedes andere Pferd hätte er nehmen können, Ludwig hätte es vermutlich nicht einmal bemerkt. Aber den einzigen verbleibenden Zuchthengst? Damit gefährdete er den Fortbestand des Gestüts, das musste ihm doch klar sein. War das etwa seine Absicht? Wollte er seinen Bruder ruinieren? Und Luise ebenfalls, weil sie nicht hatte mitkommen wollen?

»Was, glaubst du, hat er mit Sturmkönig vor?«, fragte sie Ludwig.

»Vielleicht will er ihn verkaufen. Aber das glaube ich nicht.«

»Was dann?«

»Das lass mal meine Sorge sein, zerbrich dir nicht dein hübsches Köpfchen darüber. Sobald ich mit der Polizei gesprochen habe, breche ich nach Hamburg auf.«

»Hamburg? Denkst du, dass Alexander dort ist? Dass er auswandern will, nach Amerika vielleicht?« Luise spürte, wie etwas ihre Brust zusammenschnürte. Die Vorstellung, dass ein ganzer Ozean zwischen ihr und Alexander liegen könnte, war mehr, als sie ertragen konnte.

»Unsinn.« Ludwig schüttelte unwirsch den Kopf. »Ich werde in Hamburg ein paar Telegramme aufgeben. Ich habe da nämlich einen Verdacht.« Er ballte die Faust. »Glaub nicht, dass ich blöd bin, Luise.«

»Ich verstehe nicht, was du meinst.«

»Sollte ich herausfinden, dass du etwas verschweigst oder dass du irgendwie in Kontakt zu ihm stehst, wirst du es bereuen. Ich lasse mich nicht zum Narren halten, weder von ihm noch von dir.«

»Ich weiß wirklich nichts, Ludwig.«

»Gut. Ich will, dass du im Haus bleibst, bis ich aus Hamburg zurück bin. Sollte die Polizei später am Tag noch etwas von uns wollen, kümmere dich darum. Und rede vorerst mit niemandem über die Angelegenheit. Es wird sich noch früh genug herumsprechen.« Ludwig stürmte aus dem Zimmer.

Sobald er fort war, sprang Luise aus dem Bett. Wenn sie nur eine Sekunde länger liegen bliebe, würden ihre Gedanken zwangsläufig um die Frage kreisen, ob sie in der vergangenen Nacht den größten Fehler ihres Lebens begangen hatte. Und das wollte sie keinesfalls. Ihr graute zu sehr vor der Antwort.

Burgund, eine Woche später, September 1890

Alexander spülte den Blechnapf im Bach aus, wischte ihn trocken und verstaute ihn in seinem Tornister. Dann rollte er die Decke zusammen und machte sie am Sattel fest. Er blickte in den Himmel, der grau und wolkenverhangen war, jedoch zum Glück keinen Regen verhieß.

Mehr als eine Woche war vergangen, seit Alexander mitten in der Nacht von Seydell aufgebrochen war. Bisher hatte er alle Nächte im Freien verbracht, meistens tief im Wald oder verborgen hinter einigen Sträuchern. Nur einmal hatte ihn dabei ein heftiger Regenguss überrascht, die anderen Male war er lediglich mit schmerzendem Rücken aufgewacht. Es war nicht ganz ungefährlich, draußen zu schlafen, deshalb hatte Alexander seine Pistole immer griffbereit unter dem Wams liegen, das er als Kopfkissen verwendete. Doch bisher hatte er sie nicht gebraucht.

In einem Gasthaus zu übernachten war ihm zu riskant erschienen. Anfangs hatte er befürchtet, dass Ludwig die Polizei alarmiert hätte und man nach ihm suchte. Seit er in Frankreich war, wollte er vor allem Sturmkönig vor begehrlichen Blicken schützen. Was, wenn jemand das wertvolle Tier nachts aus dem Stall der Unterkunft stahl? Dann stünde er gänzlich mit leeren Händen da, müsste jede Arbeit annehmen, die man ihm anbot, und würde wohl den Rest seines Lebens als Stallknecht fristen müssen.

Die wenigen Male, als er sich eine warme Mahlzeit in einem Gasthaus gegönnt hatte, hatte er sich so gesetzt, dass er Sturmkönig die ganze Zeit im Auge behalten konnte. Und er hatte sich als Schweizer ausgegeben, nicht nur, um seine wahre Herkunft zu verschleiern, sondern auch, weil die Franzosen nicht sonderlich gut auf die Deutschen zu sprechen waren. Die Schmach des verlorenen Krieges, der gerade einmal zwanzig Jahre zurücklag, saß tief und ließ die alte Erbfeindschaft wieder hochkochen. Selbst im Elsass, wo viele nicht einmal der französischen Sprache mächtig waren, fühlten sich die Menschen als Franzosen und waren unglücklich darüber, nun zum Deutschen Reich zu gehören. Angesichts des Hasses auf die Deutschen war es Alexander lieber gewesen, sich nicht als Feind zu erkennen zu geben. Allerdings hatte er jedes Mal Blut und Wasser geschwitzt, wenn er sich als Eidgenosse ausgegeben hatte, vor lauter Angst, ein vermeintlicher Landsmann könnte auftauchen und mit ihm über die Heimat plaudern wollen. Immerhin sprach er sehr gut Französisch, und der kaum merkliche Akzent war mit der Herkunft aus dem Alpenland ausreichend erklärt.

Alexander saß auf. Bis zum Ziel seiner Reise war es nicht mehr weit. Er hatte bereits gestern Vormittag das Burgund erreicht, einen großen Bogen um Dijon geschlagen und sich nach Nordwesten gewandt. Wäre er schneller geritten, hätte er längst dort sein können, doch er wollte Sturmkönig schonen, so gut es irgend ging. Keinesfalls sollte das Tier sich überanstrengen oder den Knöchel vertreten. Jetzt aber war es nur noch ein kurzes Stück bis Saint-Sauveur, wo ein alter Freund seines Vaters ein Gestüt betrieb. Alphonse Legrand war ein angesehener Mann und ein äußerst erfolgreicher Züchter, der sich auf robuste Pferde für das Militär spezialisiert hatte. Vor dem deutsch-französischen Krieg hatte Legrand regelmäßig Stuten von Seydell bezogen. Das Ausfuhrverbot von Reittieren an den Feind hatte das unmöglich gemacht. Dennoch waren Otto von Seydell und Alphonse Legrand in Kontakt geblieben, und der Franzose hatte anlässlich des Todes seines deutschen Freundes einen anrührenden Kondolenzbrief geschrieben.

Gegen Mittag erreichte Alexander Auxerre. Er überquerte die Yonne, ritt durch die engen, von Fachwerkhäusern gesäumten Gassen der Altstadt und gönnte sich einen Imbiss in einem Gasthaus auf der Rue des Remparts.

Am frühen Abend tauchten die Häuser von Saint-Sauveur in einer Senke auf, deren Hänge mit Weinstöcken bedeckt waren. Das Gestüt lag ein wenig außerhalb des Ortes. Sturmkönig schnaubte, als sie die erste Koppel erreichten, um seine Artgenossen zu begrüßen. Alexander ließ den Hengst durch das große Tor traben, dessen Pfosten genau wie alle Gebäude des Gestüts aus grauem Sandstein gebaut war. Er atmete den vertrauten Geruch nach Pferden und Stroh, und zum ersten Mal, seit er seine Reise angetreten hatte, erfüllte ihn so etwas wie Zuversicht.

Er hatte alles aufgegeben, was ihm wichtig gewesen war. Die Frau, die er liebte, seinen Sohn, seine Heimat. Aber zumindest der Arbeit mit Pferden, die ihm so viel bedeutete, würde er auch anderswo nachgehen können. Und das malerisch gelegene Gestüt Legrand wäre nicht der schlechteste Ort dafür.

Kaum hatte Alexander abgesessen, kam ein Knecht auf ihn zu und nahm ihm die Zügel ab. »Kann ich Ihnen helfen, Monsieur?«, fragte er in schwer verständlichem französischem Dialekt.

»Ich möchte deinen Herrn sprechen. Bitte sag mir, wo ich ihn finde.«

»Sie haben ihn gefunden, Seydell«, ertönte eine Stimme hinter ihm.

Alexander drehte sich um und entdeckte Alphonse Legrand auf der Treppe zum Herrenhaus. Offenbar hatte der

Franzose seine Ankunft bemerkt und war ihm entgegengeeilt. Er wirkte nicht überrascht, fast so, als hätte er Alexander erwartet.

»Legrand! Wie schön, Sie zu sehen.« Alexander trat dem Mann entgegen.

Als Alexander klein gewesen war, war der Franzose häufiger Gast auf Seydell gewesen, auch nach dem Krieg noch. Und vor einigen Jahren hatte sein Vater ihn mitgenommen, als er seinen Freund besucht hatte.

Legrand schüttelte ihm die Hand. »Ich freue mich auch.« Er wandte sich an den Knecht, der im Begriff war, Sturmkönig in den Stall zu führen. »Das wird nicht nötig sein, Jacques. Mein Freund hat nicht viel Zeit, er reitet heute noch weiter. Gib dem Tier zu essen und zu trinken und halte dich bereit.«

Alexander starrte Legrand an, der die Hand hob und auf das Tor deutete. »Lassen Sie uns nach draußen gehen, ich wollte sowieso nachsehen, ob auf den Koppeln alles in Ordnung ist. Sie wissen ja, wie das ist, man kann noch so gutes Gesinde haben, die Verantwortung lastet doch immer auf einem selbst.«

Mit einem unguten Gefühl im Bauch folgte Alexander dem Franzosen durch das Tor. Schweigend liefen sie nebeneinander her, bis Legrand vor einer Koppel stehen blieb, auf der einige Einjährige grasten.

»Wunderbare Tiere, nicht wahr?«, sagte er, den Blick auf die Tiere geheftet. »Ich würde nichts anderes machen wollen, als Pferde zu züchten, selbst wenn man mir Gold und Edelsteine dafür böte.«

»Ich stimme Ihnen zu. Pferde sind die wunderbarsten Geschöpfe, die Gott uns geschenkt hat.«

Legrand drehte sich zu ihm um. »Sie haben sich also mit Ihrem Bruder überworfen.«

Alexander erschrak. »Woher wissen Sie das?«

»Er hat mir telegrafiert. Und nicht nur mir, wie ich annehme.« Legrand seufzte. »Sie hätten nicht ausgerechnet seinen wertvollsten Hengst mitnehmen sollen.«

Alexanders Blick schoss zum Tor, wo der Knecht abwartend stand und Sturmkönig am Zügel hielt. »Sie verstehen das nicht.«

»Doch, doch.« Legrand klopfte ihm auf die Schulter. »Ich verstehe Sie sehr gut. Genau aus diesem Grund werde ich Sie auch nicht verraten.«

Alexander schluckte hart. »Ich hatte gehofft, hier Arbeit zu finden, mit Sturmkönig bei Ihnen einzusteigen. Als Partner, wenn möglich.«

Der Franzose lächelte gequält. »Eine verlockende Vorstellung, in der Tat. Ich würde etwas darum geben, dieses prächtige Tier in meinem Stall stehen zu haben. Und von Ihnen, mein lieber Seydell, weiß ich, dass Sie mit Pferden umgehen können wie kein Zweiter.«

»Aber?«

»Das Risiko ist zu groß. Sie haben den Hengst gestohlen, mögen Sie moralisch noch so sehr im Recht sein. Ich darf den Ruf meines Gestüts nicht gefährden. Und ich fürchte, ehrlich gesagt, auch die Rache Ihres Bruders.«

Alexander senkte den Blick. »Ich verstehe.«

»Ich würde Sie gern über Nacht beherbergen, mein lieber Freund. Aber unter den gegebenen Umständen ist es wirklich besser, wenn Sie schnell weiterreisen. Und mir nicht verraten, wohin.«

»Ich danke Ihnen für Ihre Aufrichtigkeit, Legrand.«

»Ich wünschte, ich könnte mehr tun.«

»Schon in Ordnung. Dann breche ich jetzt auf, damit ich vor Einbruch der Nacht noch ein paar Kilometer schaffe.«

Sie schritten zurück zum Tor, wo Alexander die Zügel von Jacques entgegennahm. Eine Magd kam angelaufen, ein kleines Bündel in der Hand, das sie ihrem Herrn überreichte. Legrand gab es an Alexander weiter.

»Ein wenig Wegzehrung für Sie, Seydell«, sagte er, kaum dass die Magd außer Hörweite war. »Und wenn Sie einen Rat hören wollen: Halten Sie sich von Gestüten fern, zu denen Ihre Familie in der Vergangenheit Kontakt hatte. Ich nehme an, dass Ihr Bruder allen Bescheid gegeben hat. Keiner wird es wagen, Sie aufzunehmen.«

Er reichte Alexander die Hand. »Leben Sie wohl, mein Freund.«

»Sie auch. Und danke, dass Sie mich nicht an Ludwig verraten.«

Der Franzose nickte wortlos.

Alexander saß auf und ritt los. Als er die Landstraße erreicht hatte und sich noch einmal umdrehte, stand Legrand noch immer da und sah ihm nach.

Französisches Baskenland, drei Wochen später, September 1890

Der Regen peitschte Alexander fast waagerecht ins Gesicht und raubte ihm die Sicht. Es wurde Zeit, dass er einen trockenen Platz für sich und seinen Hengst fand. An eine

Nacht unter freiem Himmel war bei diesem Wetter nicht zu denken. Selbst wenn der Regen später nachließ, wäre der Boden völlig durchnässt.

Seit mehr als einem Monat war Alexander inzwischen unterwegs, mittlerweile hatte er Frankreich fast komplett durchquert und näherte sich den Pyrenäen, die die Grenze zu Spanien bildeten. Einige Male war er in brenzlige Situationen geraten, war mehrfach aus Scheunen und Unterständen vertrieben worden, wo er die Nacht verbracht hatte. Nicht selten waren dabei Schüsse gefallen. Einmal hatte er sich gegen Räuber zur Wehr setzen müssen, die sich jedoch so dilettantisch angestellt hatten, dass er sie leicht mit seiner Pistole hatte verscheuchen können.

Nachdem Alphonse Legrand ihn fortgeschickt hatte, war Alexander einige Tage lang ziellos umhergeirrt, hatte sogar erwogen, nach Deutschland zurückzukehren und die Strafe anzunehmen, die ihn dort erwartete. Alles wäre besser als ein Leben als rechtloser Knecht in einem fremden Stall. Doch dann war ihm die rettende Idee gekommen. In Navarra gab es ein Gestüt namens Los Pinos, mit dem Otto von Seydell früher Geschäftsbeziehungen gepflegt hatte. Doch das war Jahre her, damals war Ludwig beim Militär gewesen und hatte sich überhaupt nicht für die Abläufe auf Seydell interessiert. Natürlich war es möglich, dass er trotzdem von der Verbindung zu Los Pinos wusste. Aber Alexander hielt das für ziemlich unwahrscheinlich.

Der Besitzer von Los Pinos, Ernesto de Castillo, hatte sich einmal bei Alexanders Vater beklagt, dass er keinen Sohn habe, der das Gestüt eines Tages übernehmen würde. Wenn sich an dieser Situation nichts geändert hatte, würde er sich vielleicht über einen jungen Mann freuen, der bereit war, bei ihm einzusteigen. Vor allem, wenn er einen so wertvollen Hengst mit in das Geschäft einbrachte.

Alexander ließ Sturmkönig unter einer Eiche anhalten. Der Baum war dünn und krüppelig gewachsen und hielt den Regen nur unzureichend ab, aber ein schlechter Schutz war allemal besser als gar keiner.

Die Hand über die Augen gelegt, suchte Alexander den Horizont ab. Heute Morgen, als der Himmel noch klar gewesen war, hatte er bereits die Gipfel der Berge am Horizont erkennen können. Jetzt jedoch lagen sie hinter den Regenschleiern verborgen. Wenn er den richtigen Weg eingeschlagen hatte, musste bald das kleine Städtchen Saint-Jean-Pied-de-Port auftauchen. So wie die Dinge standen, würde er dort riskieren müssen, sich eine Unterkunft zu suchen. Inzwischen ging es nicht mehr nur darum, den kostbaren Hengst nicht aus den Augen zu lassen, sondern auch um seine Geldreserven, die in den vergangenen Wochen merklich geschrumpft waren, obwohl er äußerst bescheiden gelebt hatte. Da er nur das Bargeld hatte mitnehmen können, das er zum Zeitpunkt seines überstürzten Aufbruchs in seiner Brieftasche gehabt hatte, waren seine Mittel sehr begrenzt, und jede Übernachtung riss ein weiteres Loch in seine Reisekasse. Falls Ernesto de Castillo ihm keine Partnerschaft anbot oder ihn zumindest vorläufig als Knecht anstellte, blieb Alexander nichts anderes übrig, als sich irgendwo bei einem fremden Herrn zu verdingen, um überhaupt etwas zu essen und ein Dach über dem Kopf zu haben. Sturmkönig zu verkaufen kam jedenfalls nicht infrage. Nicht nur, weil der Diebstahl so auffliegen könnte, sondern auch, weil Alexander seinen treuen Gefährten niemals in die Hände irgendeines Fremden geben würde, von dem er nicht wusste, ob er den Hengst auch anständig behandelte. Allein die Vorstellung, Sturmkönig müsste auf irgendeinem spanischen Acker den Pflug ziehen, ließ Alexander schaudern. Lieber litt er selbst Hunger, als dieses edle Tier einem solchen Schicksal zu überlassen.

Alexander ließ Sturmkönig ein wenig grasen und aß selbst von dem Brot und dem Käse, den er am Vortag auf einem Markt erstanden hatte. Dann stieg er wieder auf. Zwei Stunden später erreichte er Saint-Jean-Pied-de-Port. Der Regen hatte aufgehört, und die Nachmittagssonne ließ das nasse Kopfsteinpflaster der Gassen und die Schindeln auf den Dächern glänzen.

Alexander saß ab und machte sich auf die Suche nach einem Schlafplatz für die Nacht, doch überall, wo er nachfragte, war alles belegt. Die Stadt lag an einer viel genutzten Reiseroute und war der Ausgangspunkt für die Überquerung der Pyrenäen über die Passstraße nach Roncesvalles in Spanien, die auch von Pilgern auf dem Jakobsweg genutzt wurde.

Er wollte schon aufgeben und weiterreiten, als ihn eine alte Frau ansprach. »Sie suchen nach einem Bett für die Nacht, Monsieur?«, fragte sie.

»Ja, so ist es. Wissen Sie etwas für mich?«

»Reiten Sie auf der Passstraße aus der Stadt hinaus. Nach etwa einer halben Stunde erreichen Sie einen großen Hof. Der Bauer vermietet Zimmer an Reisende. Er ist mein Großneffe, grüßen Sie ihn von der alten Antoinette.«

Alexander dankte der Alten und machte sich auf den Weg zur Passstraße. Und tatsächlich sah er schon bald ein großes Anwesen am Wegesrand liegen, umgeben von Weiden, auf denen Kühe und Schafe friedlich grasten. Unmittelbar hinter dem Gehöft erhoben sich die Hänge der ersten Pyrenäengipfel in den Abendhimmel.

Erleichtert ritt Alexander auf den Hof. Er war müde und durchgefroren, und auch Sturmkönig brauchte dringend eine Rast. Er traf den Bauern im Stall an, wo er seinem Sohn zeigte, wie man eine Ziege molk. Der Mann war kaum zehn Jahre älter als Alexander, doch sein Haar war bereits von grauen Strähnen durchzogen. Er zeigte sich hocherfreut über den Gast, rieb sich die Hände an der Hose ab und stellte sich als Matthieu Perrin vor. Der Junge an seiner Seite, der etwa acht Jahre alt sein mochte, war Tino, sein Ältester, wie er stolz erklärte, der eines Tages den Hof erben würde.

Perrin sorgte dafür, dass ein Knecht sich um Sturmkönig kümmerte, und führte Alexander ins Wohnhaus, das überraschend groß und mit einfachen, aber soliden Möbeln eingerichtet war. Das Zimmer, das Perrins Frau Bernadette ihm zeigte, war hell und sauber. Frisches Wasser stand bereit, und die Bettwäsche duftete nach Lavendel.

Alexander hatte gerade noch Zeit, sich Gesicht und Hände zu waschen und das trockene Ersatzhemd anzuziehen, bevor er von seinen Gastgebern zum Abendessen gerufen wurde. Die ganze Familie samt Gesinde hatte sich um den riesigen Esstisch versammelt, der sich unter den Speisen bog. Es gab einen Eintopf mit Kohl und verschiedenen Würsten, Brot, Schmalz, Käse, Schinken und Oliven. Alexander bediente sich erst zögerlich, dann jedoch siegte der Hunger, und er langte ordentlich zu.

Matthieu Perrins Kinder, fünf an der Zahl, verloren rasch ihre Scheu angesichts des Fremden und plapperten munter drauflos. Alexander beantwortete bereitwillig alle Fragen, bis ihre Mutter sie schalt, weil der Gast vor lauter Erzählen gar nicht zum Essen kam. Doch Alexander winkte ab. Lange hatte er sich nicht so gelöst gefühlt wie im Schoß dieser Familie. Hätte es doch auf Seydell je so ein Abendessen gegeben! Wie glücklich sie alle hätten sein können.

Besonders der kleine Tino hatte es Alexander angetan. Der Junge wollte alles über Alexanders Reise wissen, über die Orte, durch die er gekommen war, wohin ihn sein Weg als Nächstes führen würde und warum er ganz allein unterwegs war. Alexander ertappte sich dabei, wie er sich vorstellte, dass Robert in einigen Jahren ganz ähnlich wäre, genauso aufgeweckt, an allem interessiert und begierig darauf, Neues zu lernen. Alexander unterdrückte einen Seufzer. Er würde es nie erfahren.

Nach dem Abendessen begab er sich noch einmal in den Stall, um nachzusehen, ob Sturmkönig gut untergebracht war. Der Hengst stand gründlich abgerieben, mit Heu und Wasser versorgt in einer Box und schnaubte zufrieden, als sein Herr sich näherte.

Alexander strich ihm über den Hals. »Na, mein Freund, geht es dir gut? Wir haben es bald geschafft. Morgen geht es hinauf in die Berge, und auf der anderen Seite, in Spanien, wartet ein neues Zuhause auf uns.« Er seufzte. »Ich hoffe es zumindest.«

Sturmkönig stupste ihn sanft mit der Schnauze an.

»Was willst du mir sagen, alter Junge? Dass ich nicht so viel grübeln soll?«

Wieder schubste Sturmkönig ihn an, scharrte mit den Hufen und stieß ein ungeduldiges Schnauben aus.

»Was ist? Hast du etwa noch nicht genug, willst du zurück auf die Straße?« Alexander lachte leise. »Du kriegst den Hals wohl gar nicht voll? Wart's nur ab, morgen bekommst du genug zu tun, so einen Anstieg hast du noch nie bewältigen müssen. Also ruh dich aus. Gute Nacht, alter Junge.« Wieder strich er Sturmkönig über den Hals, dann trat er aus der Box und verschloss sie hinter sich.

Auf dem Weg nach draußen blieb Alexander abrupt vor einer anderen Box stehen. Er starrte den Hengst an, der darin stand, kehrte zu Sturmkönig zurück und dann noch einmal zu dem fremden Tier. Unfassbar, die beiden Pferde sahen sich so ähnlich, als wären es Zwillinge. Farbe, Körperbau, Stockmaß und Kopfform. Alles war nahezu identisch. Selbst Alexander, der Sturmkönig inmitten von Hunderten von Pferden ohne Zögern erkannt hätte, konnte auf den ersten Blick keinen Unterschied ausmachen. Sogar die Blesse auf der Stirn hatte die gleiche Form.

Erst als er die Laterne vom Haken an der Wand nahm und genauer hinschaute, erkannte Alexander die kaum merklichen Abweichungen. So war die Blesse des fremden Hengstes ein wenig schmaler, auch war das Tier wohl einen Zentimeter kleiner als Sturmkönig. Dennoch war die Ähnlichkeit frappierend, und Alexander fragte sich, ob Matthieu Perrin sich darüber im Klaren war, was für ein edles Geschöpf er in seinem Stall stehen hatte.

Am nächsten Morgen wachte Alexander erst spät auf. Ein Blick auf die Uhr verriet ihm, dass es bereits nach neun war. Rasch wusch er sich in der bereitstehenden Schüssel, kleidete sich an und packte seinen Tornister. Da er im Haus niemanden antraf, lief er nach draußen in den Hof, wo zu seiner Überraschung helle Aufregung herrschte.

Pferde wurden gesattelt, Perrin und zwei Knechte saßen eilig auf. Bernadette Perrin stand schluchzend dabei, die übrigen Kinder drängten sich verängstigt aneinander.

»Güter Himmel, was ist geschehen?«, fragte Alexander die Frau.

»Mein armer Tino«, jammerte Madame Perrin. »Er wollte doch nur einmal im Sattel sitzen. Und dann ...« Ihre übrigen Worte gingen in einem Weinkrampf unter.

Stirnrunzelnd sah Alexander zu ihrem Mann hinüber, der sich gerade anschickte loszureiten.

»Ein junger, noch nicht zugerittener Hengst«, erklärte dieser, »ist mit ihm durchgegangen. Mein Knecht wollte heute damit anfangen, das Tier an den Sattel zu gewöhnen. Und der dumme Junge hat die Gelegenheit genutzt, als keiner hinsah, um aufzusteigen. Natürlich ist das Biest sofort losgerannt.« Perrin deutete auf den Horizont. »Wer weiß, wohin es gelaufen ist. Bestimmt hat es ihn längst abgeworfen, und er liegt irgendwo im Graben.«

Kurz entschlossen setzte Alexander seinen Tornister ab. »Ich helfe bei der Suche.«

»Das ist nicht nötig, Monsieur«, wehrte Perrin ab.

»Ich möchte aber. Sie brauchen nicht auf mich zu warten, ich komme nach.«

Perrin nickte. »Wie Sie meinen. Danke, Monsieur.«

Der Bauer und seine beiden Knechte ritten voraus, Alexander sattelte Sturmkönig, so schnell es ging, und preschte hinterher.

Schon bald wurde aus dem breiten sandigen Weg eine

schmale steinige Piste, die sich langsam den bewaldeten Hang hinaufwand. Auf halber Höhe holte Alexander die drei Männer ein, die stehen geblieben waren, um Hufspuren zu begutachten. Sie diskutierten darüber, ob Tino an dieser Stelle noch im Sattel gesessen haben konnte oder ob der junge Hengst ihn längst abgeworfen haben musste.

Alexander, der sich wunderte, dass sie nicht schon wenige Meter hinter dem Hof auf den Jungen gestoßen waren, schaute sich um und entdeckte einige abgebrochene Zweige, wo ein kaum erkennbarer Trampelpfad von der Passstraße abging.

»Sieht so aus, als wäre irgendwer an dieser Stelle vom Weg abgezweigt«, sagte er.

Perrin ritt näher. »Großer Gott«, murmelte er und bekreuzigte sich.

»Was ist los?«

»Der Pfad endet an einer steilen Felskante«, erklärte einer der Knechte.

»Worauf warten wir dann noch?«

»Die Spuren könnten auch von jemand anderem stammen«, wandte Perrin ein.

»Sie sind frisch«, gab Alexander zu bedenken.

Perrin nickte grimmig und wandte sich an die Knechte. »Ihr zwei folgt weiter der Passstraße. Gebt Zeichen, wenn ihr etwas findet. Der Monsieur und ich folgen dem Pfad.«

Die Knechte machten sich sofort auf den Weg. Alexander ritt hinter Matthieu Perrin zwischen den Bäumen hindurch und hielt dabei Ausschau nach weiteren Spuren von dem Jungen und dem durchgegangenen Pferd.

Plötzlich war lautes Knacken zu hören, und ein reiterloser

Schimmel kam ihnen entgegengelaufen. Sein Fell glänzte nass, und er hatte Schaum vor dem Maul.

Perrin stieß einen entsetzten Laut aus und begann, nach seinem Jungen zu rufen. »Tino, wo bist du? Tino!«

Alexander ergriff den Schimmel bei den Zügeln und versuchte, ihn zu beruhigen, indem er besänftigend auf ihn einredete. Allmählich begann das Tier, gleichmäßiger zu atmen, und hörte auf, die Augen zu rollen. Während Alexander sich noch um den Hengst kümmerte, preschte Perrin weiter den Pfad entlang und rief dabei immer wieder den Namen seines Sohnes. Doch niemand antwortete.

Als die Rufe des Bauern allmählich leiser wurden, vernahm Alexander ein anderes Geräusch, das von unterhalb des Pfades kam. Es klang wie ein leises Wimmern. Keine Frage, dort unten war jemand. Alexander saß ab, band die beiden Pferde an einen Baum und kletterte vorsichtig den Abhang hinunter.

Schon nach wenigen Metern entdeckte er den Jungen. Tino Perrin kauerte auf einem Felsvorsprung und rieb sich mit schmerzverzerrtem Gesicht den Knöchel.

»Er hat mich abgeworfen«, jammerte der Junge, als er Alexander entdeckte. »Und dann bin ich den Berg hinuntergerollt.«

Alexander atmete erleichtert aus. »Alles wird gut, jetzt haben wir dich ja gefunden.« Doch in dem Augenblick sah er, wie steil es nur wenige Zentimeter hinter dem Kind in die Tiefe ging. Offenbar wusste Tino gar nicht, in welcher Gefahr er schwebte. Alexander zwang sich, ruhig zu bleiben. »Rühr dich nicht von der Stelle, Tino«, sagte er. »Warte auf mich. Ich helfe dir hinauf.«

»Ich kann nicht laufen, mein Knöchel tut weh.«

»Keine Sorge, ich trage dich.«

Ganz behutsam, Schritt für Schritt, kletterte Alexander hinunter zu dem Kind. Keinesfalls wollte er, dass sich Steine lösten oder gleich ein ganzes Stück des vom Regen aufgeweichten Abhangs in die Tiefe rutschte.

Als Alexander endlich den Jungen erreichte, legte er ihm den Arm um die Schultern, um ihn zu stützen. Dann steckte er zwei Finger in den Mund und stieß einen schrillen Pfiff aus. Oberhalb gab Sturmkönig laut wiehernd Antwort. Alexander pfiff ein zweites Mal, dann beugte er sich zu Tino hinunter, ließ ihn die Arme um seinen Hals legen und nahm ihn auf den Rücken.

Langsam machte er sich mit seiner Last wieder an den Aufstieg. Er hatte schon fast die Stelle erreicht, wo er die Pferde zurückgelassen hatte, als er Hufschlag hörte. Kurz darauf tauchte Perrins Kopf über dem Abhang auf.

»Mein Sohn!«, rief er. »Sie haben ihn gefunden, Monsieur! Ist er verletzt?«

»Nur der Knöchel«, antwortete Alexander schwer atmend. »Er ist den Abhang hinuntergerollt, aber zum Glück kurz vor dem Abgrund liegen geblieben.«

»Dem Himmel sei Dank.« Perrin kam ihm entgegen und half ihm das letzte Stück nach oben.

Gerade als sie es geschafft hatten, tauchten auch die beiden Knechte auf. Nachdem Perrin seinen Sohn erst mit Küssen überhäuft und ihm dann eine gesalzene Strafe angedroht hatte, setzte er ihn vor sich in den Sattel. Den Schimmel führte er am Zügel hinter sich her. Alexander folgte auf Sturmkönig, dahinter die beiden Knechte. Langsam ging es durch den dichten Wald, links erhoben sich die Berge, rechts fiel der Hang steil ab.

Sie hatten die Passstraße schon fast wieder erreicht, als der reiterlose Schimmel heftig zuckte, als hätte ihn ein Insekt gestochen, und im selben Moment mit beiden Hinterbeinen austrat.

Sturmkönig sprang erschrocken zur Seite und trat ins Leere, bevor Alexander die Zügel anziehen konnte. Der Hengst knickte um, Alexander konnte sich nicht halten und fiel aus dem Sattel, rutschte ein Stück den Hang hinunter, bis er gegen einen Baum prallte.

Benommen vor Schmerzen blieb er einen Augenblick liegen. Dann schoss er wie elektrisiert hoch. Sturmkönig!

Einer der Knechte half ihm hoch. Der andere und Perrin beugten sich über Alexanders Hengst, der jämmerlich wiehernd auf der Seite lag.

»Das Bein ist gebrochen«, sagte der Knecht und deutete auf die verletzte Stelle.

Gütiger Himmel, nein! Alexanders Brust schnürte sich zusammen. Er kniete nieder und begutachtete das Bein, tastete behutsam die Stelle ab.

Der Knecht hatte recht, das Bein war gebrochen, der Knochen gesplittert. Alexander schloss die Augen. Was er all die Wochen befürchtet hatte, jetzt war es also passiert. Sturmkönig hatte sich verletzt. Er war verloren. Selbst wenn es eine Möglichkeit gäbe, das Tier mit einem Karren zurück auf den Hof zu schaffen, was auf dem engen Pfad undenkbar war, würde es wochenlang nicht laufen können. Falls es überhaupt jemals wieder auf die Beine käme. Und bis dahin stünde ihm eine Zeit endloser Qualen bevor.

»O Gott, was habe ich dir angetan?«, flüsterte Alexander und vergrub sein Gesicht in Sturmkönigs Hals. Unwillkürlich schossen seine Gedanken zu Admiral, zu der schrecklichen Nacht im Stall, zu dem Leid, das der Hengst hatte ertragen müssen, bevor er trotz aller Bemühungen qualvoll zugrunde gegangen war.

»Bitte vergib mir, dass ich so leichtsinnig und gedankenlos war, mein Freund«, flüsterte er in das weiche, warme Fell. »Dass ich dich, ohne nachzudenken, in solche Gefahr gebracht habe.« Er streichelte Sturmkönigs seidiges Maul, presste seine Wange an den muskulösen Hals des Pferdes und atmete den vertrauten Geruch, bis er eine Hand auf seiner Schulter spürte.

»Monsieur?«

Alexander reagierte nicht.

»Monsieur?« Diesmal war die Stimme eindringlicher.

Alexander zwang sich, den Kopf anzuheben. Sein Gesicht war nass von Tränen, doch er wischte sie nicht weg.

»Monsieur«, wiederholte der Franzose mit belegter Stimme. »Es tut mir unendlich leid, aber das Pferd ist nicht zu retten. Wir sollten es schnellstmöglich von seinen Leiden befreien.«

»Ich weiß«, erwiderte Alexander tonlos.

Er strich Sturmkönig ein letztes Mal über das Fell, stand auf, zog die Pistole aus dem Gürtel und lud durch.

Perrin sah ihn mitfühlend an. »Ich kann Ihnen das abnehmen, Monsieur.«

»Nein, das muss ich selbst tun.« Alexander spannte den Hahn. »Lebe wohl, Sturmkönig«, sagte er leise. »Und verzeih mir. Es war dumm und selbstsüchtig von mir, dich aus deinem sicheren Stall zu rauben und auf diese Reise ins Ungewisse mitzunehmen. Hätte ich dich zu Hause gelassen, dürftest du weiterleben.«

Alexander drückte ab. Ein Zittern durchlief Sturmkönigs Körper, dann lag er still. Alexander wandte sich ab. Die Welt um ihn herum war mit einem Schlag aller Farben beraubt. Er hatte nicht nur den Grundstock für seinen Neuanfang in der Fremde, sondern auch seinen treuen Reisegefährten verloren.

Lüneburger Heide, am selben Tag, September 1890

Die milde Septembersonne, die ins Schlafzimmer schien, ließ die Staubkörnchen in der Luft tanzen und übergoss die wuchtige Kommode, den Schrank und den hohen Spiegel mit einem goldenen Glanz, der Luises Herz mit plötzlicher Wehmut füllte. Rasch trat sie ans Fenster, damit Martha die Tränen nicht bemerkte, die sie nicht schnell genug hatte wegblinzeln können, und sah gerade noch, wie die Amme mit dem Kinderwagen in die Lindenallee bog. Der Anblick versetzte ihr einen Stich. Sollte sie es nicht sein, die mit dem Kind spazieren ging? Die es säugte und wickelte und ihm Lieder vorsang, damit es besser einschlief? Manchmal sehnte sie sich danach, all diese Dinge mit ihrem Sohn zu machen, doch sie wusste, dass es nichts weiter als ein unerfüllbarer Traum war.

In Wahrheit konnte sie mit dem zerbrechlichen, ewig sabbernden Bündel nichts anfangen. Sie wusste nicht einmal, wie sie das Kind richtig halten musste. Geschweige denn, wie man eine frische Windel anlegte. Später, sagte sie sich immer, wenn er älter und verständiger wäre, würde sie ihrem Sohn mehr Zeit widmen.

Es gab aber noch einen Grund, weshalb sie nicht mehr Zeit im Kinderzimmer verbrachte. Robert erinnerte sie schmerzhaft an Alexander, und diese Erinnerungen lösten ein Bündel verworrener Gefühle in ihr aus. Manchmal überschüttete sie das Kind mit Zärtlichkeiten, weil es das letzte verbleibende Band zwischen ihr und Alexander darstellte, dann wieder hasste sie es dafür, dass es sie ständig an die verlorene Liebe erinnerte. Und an die Entscheidung, mit der sie leben musste.

Luise verfluchte die Sonne, die diesen Sturzbach an sentimentalen Gedanken in ihr ausgelöst hatte, wandte sich ab und ließ sich von Martha in ein schlicht geschnittenes graues Alltagskleid helfen.

»Welche Kette möchten Sie dazu tragen, gnädige Frau?«, fragte die Zofe.

»Nur mein Medaillon, danke.«

Luise wollte Gustav Meinrath aufsuchen, den Gestütsverwalter. In der vergangenen Woche hatte sie dies schon einmal getan, nach dem großen Krach, als ihr schlagartig klar geworden war, dass sie nicht länger die Augen verschließen konnte vor der Unfähigkeit ihres Mannes.

Ludwig hatte einen neuen Zuchthengst gekauft, ihn mit großem Getöse nach Seydell gebracht und verkündet, dass er mit diesem Tier noch viel bessere Reitpferde züchten würde, als es mit Sturmkönig je möglich gewesen wäre. Zuvor war er drei Wochen lang mit finsterer Miene herumgelaufen, hatte jeden angefahren, der seinen Weg kreuzte, und sich abends mit einer Flasche Brandwein ins Herrenzimmer eingeschlossen. Aber als er am vergangenen Dienstag mit dem neuen Hengst in den Hof geritten war, hatte er zum ersten Mal seit Alexanders Fortgehen wieder zufrieden ausgesehen. Er hatte den Schimmel, der auf den Namen Nikodemus hörte, allen vorgeführt und erklärt, welch goldene Zukunft dem Gestüt mit diesem edlen Tier bevorstand.

Doch dann hatte der Pferdemeister Karl Sevenich Ludwigs Triumph einen argen Dämpfer verpasst. Er hatte den Hengst eingehend begutachtet und das Gesicht verzogen.

»Auf den ersten Blick mag er ja was hermachen, aber letztlich ist er nicht geeignet für die Zucht«, hatte der kräftig gebaute Hüne lakonisch verkündet.

»Blödsinn«, hatte Ludwig ihn angefahren. »Was verstehen Sie denn davon?«

Sevenich war vollkommen ruhig geblieben. »Sehen Sie sich doch die Hinterbeine an, er steht nicht einmal gerade. Das ist das größte Problem. Kein Wunder, dass er noch nicht gekört ist. Wie wollen sie den durch die Hengstprüfung bringen? Und Muskeln hat er auch nicht, außer einem dicken Hals, der von falschem Beritt herrührt.«

»Blödsinn«, wiederholte Ludwig, ein unsicheres Blinzeln in den Augen. »Und wenn schon. Das kriegen wir wieder hin. Schauen Sie sich die Abstammung an. Die ist einwandfrei.«

»Und der Jüngste ist er auch nicht mehr«, fuhr Sevenich ungerührt mit der Aufzählung fort.

»Jetzt genügt es aber! Was fällt Ihnen ein?«, fuhr Ludwig ihn an, noch immer eher irritiert als verärgert. »Halten Sie mich für einen Idioten? Er ist in den besten Jahren.«

»Er ist fast zwanzig, ein stolzes Alter für einen Deckhengst. Und die Abstammung hilft nicht viel, wenn das Exterieur nicht gut ist. Ich sage nur, wie es ist.« Sevenich bückte sich und nahm die Beine des Hengstes unter die Lupe. »Der Bursche ist nicht schlecht als Reittier, aber er wird niemals ein guter Deckhengst werden, egal, wie viel Arbeit wir in ihn investieren. Gewisse Schwächen kann man nicht korrigieren.« Er richtete sich wieder auf. »Ihr Bruder hätte das sofort gesehen.«

Da war Ludwig puterrot angelaufen. »Was glauben Sie, mit wem Sie reden? Kein Wort mehr! Sie halten jetzt Ihren Mund, oder Sie können sich eine neue Arbeit suchen!«

Sevenich hatte bloß mit den Schultern gezuckt. »Wie Sie meinen.« Er wusste ebenso wie sein Herr, dass dieser ihm nicht kündigen würde, denn Fachkräfte waren rar. So schnell würde Ludwig keinen Ersatz finden.

Ludwig hatte ihm die Zügel zugeworfen. »Kümmern Sie sich um den Hengst und behalten Sie Ihre Ansichten für sich!« Aufgebracht war er ins Haus gestapft, hatte sich ins Herrenzimmer verzogen und war den Rest des Tages nicht mehr herausgekommen.

Selbst der Verwalter, der ihn dringend sprechen wollte, war nicht zu ihm vorgedrungen. Also hatte Luise angeboten, mit ihm zu klären, was keinen Aufschub duldete. Gustav Meinrath hatte gezögert. Er war zwar ein junger Mann, doch seine Auffassung davon, welche Aufgaben einer Frau zuzumuten waren und von welchen sie nichts verstand, war eher traditionell. Allein die Dringlichkeit der zu klärenden Angelegenheiten ließ ihn einknicken.

So beugten sich die beiden in seinem Schreibzimmer über

die Bücher, und Meinrath musste schon bald feststellen, dass Luise zwar keine Ahnung von der Führung eines Gestüts hatte, jedoch von äußerst schneller Auffassungsgabe war und kluge Entscheidungen fällte. Ohne ein einziges Wort über die Gründe dafür zu verlieren, war man übereingekommen, sich eine Woche später erneut zusammenzusetzen.

Luise ließ sich von Martha ihre Handschuhe und einen leichten Mantel reichen und trat aus dem Haus. Sie hatte keine Ahnung, wo Ludwig sich aufhielt, und es interessierte sie auch nicht. Insgeheim freute sie sich sogar ein wenig, dass er seinen Verpflichtungen als Gestütsherr nicht nachkam, denn wider Erwarten hatte es ihr Freude bereitet, endlich etwas zu tun, eine Aufgabe zu haben, die über die Haushaltsführung hinausging. Zumal sie sich auch bei diesem Thema zurückhalten musste, wenn sie nicht ständig mit Fräulein Kirchhoff aneinandergeraten wollte.

Auf der Freitreppe blieb Luise einen Augenblick stehen, blickte die Lindenallee hinunter in Richtung Tor und genoss die wärmende Sonne auf der Haut. Schon bald war Oktober, der Winter nicht mehr fern. Ihr schoss durch den Kopf, dass Alexander in diesem Jahr nicht mit ihnen Weihnachten feiern würde, und sie presste die Lippen zusammen. Er fehlte ihr so sehr, es fühlte sich an, als klaffte ein riesiges Loch in ihrer Brust.

Immerhin war sie nicht die Einzige auf Seydell, die Alexander vermisste. Fast alle Bediensteten waren in den ersten Tagen nach seinem Fortgehen mit Trauermiene herumgelaufen. Einmal hatte Luise sogar ein lautes Schluchzen aus der Küche gehört und Minna, die Köchin, in Tränen aufgelöst vorgefunden. Auf ihre entsetzte Frage hin hatte Minna gestanden, dass sie den jungen Herrn vermisse, den sie doch schon als kleinen Buben gekannt und dem sie immer ein Stück Kuchen zugesteckt habe, wenn er spätabends noch einmal heimlich im Stall gewesen war.

Auch die Stallburschen vermissten Alexander, nicht nur weil er immer mit angepackt, sondern auch, weil er jeden mit Respekt behandelt hatte und zu Mensch und Tier gut gewesen war. Er war die Sonne gewesen, die sie alle gewärmt hatte, und seit er fort war, lag ein Schatten über Seydell oder vielmehr eine eisige Reifschicht, die das Gestüt in Kälte hüllte, als wäre es der Palast der Schneekönigin.

Allein Ludwig schien davon nichts wahrzunehmen. Oder er bemerkte es doch und benebelte deshalb sein Hirn mit Alkohol.

Kapitel 5

Navarra, Oktober 1890

Am frühen Nachmittag erreichte Alexander die Anhöhe und spähte hinunter ins Tal. Eine knappe Woche hatte er über die Pyrenäen gebraucht, immer wieder hatte ihn das Wetter gezwungen, Schutz zu suchen und auszuharren, bis Regen oder Schnee nachließen oder die Sicht besser wurde. Am gefährlichsten war der Nebel gewesen, der manchmal urplötzlich aufgetaucht war. Zu leicht konnte man sich in der milchigen Suppe verlaufen oder durch einen falschen Tritt in den Abgrund stürzen.

Jetzt endlich war es geschafft, und vor Alexander breitete sich die weite Landschaft von Navarra aus. Am Ufer eines Flusses lag eine kleine Siedlung, die aus kaum mehr als einem Dutzend Häuser bestand. Ganz in der Nähe entdeckte Alexander eine weitere Gruppe Gebäude, die alle weiß gekalkt waren. Die Dächer leuchteten rot, und eine ebenfalls weiße Mauer trennte das Anwesen von der Landstraße. Einige der Gebäude waren eindeutig Stallungen und Scheunen, dazwischen gab es Koppeln und Sandplätze, und etwas abseits am Ende einer langen Einfahrt stand ein großes zweistöckiges Haus mit grünen Fensterläden im ersten

Stock. Auf den Koppeln grasten Pferde, ein mit Heu beladener Anhänger stand im Hof neben dem Brunnen.

Alexander drückte die Schultern durch. Das musste Los Pinos sein, das Ziel seiner Reise. Nun würde sich herausstellen, wie weit der Arm seines Bruders reichte, ob er sogar hierher telegrafiert hatte und man bereits über ihn Bescheid wusste. Und ob der alte Ernesto de Castillo ihn überhaupt brauchen konnte. Würde er sich auf Alexanders Vorschlag einlassen, oder wollte er keinen Fremden auf seinem Gestüt haben?

Und dann war da noch die andere, weitaus heiklere Angelegenheit. Alexander hatte hin und her überlegt, aber er wusste keinen anderen Ausweg. Wenn er bei Castillo einsteigen wollte, musste er ihn betrügen, den Neuanfang auf eine Lüge gründen.

Matthieu Perrin hatte darauf bestanden, dem Retter seines Sohnes Pierrot zu schenken, den Vollbluthengst, der Sturmkönig so ähnlich sah.

»Bitte, nehmen Sie das Geschenk an«, hatte er Alexander beschworen. »Sie haben meinem Kind das Leben gerettet. Was ist ein Pferd gegen einen Sohn? Das Tier ist das Mindeste, was ich Ihnen schulde.«

»Der Hengst ist viel zu wertvoll. Geben Sie mir ein gutes Reitpferd, mit dem ich meine Reise beenden kann.« Alexander war in dem Augenblick alles egal gewesen. Er hatte sogar daran gedacht, irgendwo in den Bergen seinem Leben ein Ende zu setzen. Was war es denn noch wert? Er hatte alles verloren, seine Liebe, seinen Sohn, seine Heimat und nun auch noch sein geliebtes Pferd, den Grundstock für einen Neuanfang.

Doch Perrin hatte keinen Widerspruch geduldet. »Ich lasse Sie nicht ohne Pierrot fortgehen, Monsieur. Egal, wie viele Einwände Ihnen einfallen.«

Alexander hatte sich lange gesträubt, doch als schließlich auch noch Perrins Frau und der kleine Tino ihn beschworen hatten, die Dankesgabe anzunehmen, hatte Alexander schließlich nachgegeben. Dabei wussten die drei natürlich nicht, dass es noch einen anderen Grund gab, weshalb Alexander sich gegen das Geschenk gewehrt hatte. Die Versuchung war einfach zu groß. Pierrot sah Sturmkönig so ähnlich, dass es ein Leichtes wäre, das eine Pferd für das andere auszugeben. Einzig das Brandzeichen unter der Mähne hätte verraten können, dass Pierrot aus einer anderen Zucht stammte.

Bei der ersten Rast hatte Alexander sich das Zeichen näher angesehen und festgestellt, dass es nicht korrekt gebrannt worden war und so verwachsen, dass es unmöglich zu identifizieren war. Also würde nur jemand, der Sturmkönig gut kannte, den Unterschied erkennen können. Und alle Menschen, auf die das zutraf, lebten weit weg in der Lüneburger Heide. Da hatte Alexander beschlossen, die Gabe des Schicksals anzunehmen und Pierrot als Sturmkönig auszugeben.

Immerhin war Pierrot ein prachtvolles Tier, und er würde ganz bestimmt wunderschöne, temperamentvolle Nachkommen hervorbringen. Seine Gänge waren zwar nicht ganz so weich wie die von Sturmkönig, dafür war er etwas feuriger als sein Doppelgänger.

Dennoch, wenn der Betrug je aufflog, drohten Alexander drakonische Strafen, ganz zu schweigen von den Schadenersatzforderungen der geschädigten Kunden. Er tätschelte

Pierrots Hals. Es durfte eben nicht herauskommen. Niemals. Außer den Perrins und ihrem Gesinde, die jenseits der Pyrenäen in Frankreich lebten, wusste niemand etwas von dem Tausch. Ganz im Gegenteil, mit seinen Telegrammen hatte Ludwig dafür gesorgt, dass vermutlich jeder Pferdezüchter in Europa davon ausging, Alexander wäre im Besitz des echten Sturmkönigs.

Ein Vogel flatterte aus einem Gebüsch auf, Pierrot schnaubte ungeduldig.

»Schon gut, mein Junge«, sagte Alexander. »Also los, lass es uns wagen. Ab heute heißt du Sturmkönig. Ich hoffe, du nimmst es mir nicht übel. Es ist ein guter Name, und es sollte dir eine Ehre sein, ihn zu tragen.«

Er schnalzte mit der Zunge, Pierrot trabte los, den schmalen Weg den Berg hinab auf das Gestüt zu, wo sich Alexanders Los entscheiden würde.

Kaum eine halbe Stunde später ritt er durch das weiße Tor und erschrak. Was aus der Ferne nicht zu sehen gewesen war, zeigte sich nun überall. Das Gestüt wirkte verwahrlost. Unkraut wucherte im Schatten neben den Stallwänden, Dreck und Mist häuften sich auf dem Hof. Der Wagen voller Heu, der von oben nach emsiger Arbeit ausgesehen hatte, stand ganz offensichtlich schon seit Tagen dort, das Heu war faulig und stank.

Ein junger Bursche, nur wenige Jahre älter als der kleine Tino, der mit zwei Wassereimern aus einem der Ställe kam, warf nur einen desinteressierten Blick auf Alexander, bevor er sich zur Pumpe begab, um die Gefäße zu füllen. Ansonsten war niemand zu entdecken. Dabei sollten auf einem Gestüt dieser Größe mindestens fünf Knechte und ein Pferdemeister beschäftigt sein. Idealerweise zudem noch ein Schmied und ein Futtermeister.

Eine dunkle Ahnung stieg in Alexander auf. Langsam ritt er auf das zweistöckige Herrenhaus zu, nahm dabei die Koppeln in Augenschein, die rechts und links der Einfahrt lagen. Die Pferde schienen gesund zu sein, irgendwer kümmerte sich um sie. Doch entweder gab es nicht genug Personal, um alle anfallenden Arbeiten zu erledigen, oder der Gestütsverwalter war unfähig.

Als Alexander vor das Haus ritt, trat ein Mann heraus, der sich schwer auf einen Stock stützte. Er wurde von einer jungen Frau mit pechschwarzen, zu einem Knoten zusammengesteckten Haaren gestützt. Der Mann hatte ein von Furchen durchzogenes Gesicht, schütteres weißes Haar und einen struppigen Bart. Sein Blick war in die Ferne gerichtet, nicht auf den Neuankömmling.

Alexander saß ab und ging auf die beiden zu, Pierrot am Zügel. Der Alte sah ihn noch immer nicht direkt an, stattdessen schien er aufmerksam zu lauschen. Und da begriff Alexander. Er war blind. Und nun erkannte er auch, dass es Ernesto de Castillo war. Er erinnerte sich vage an die imposante Erscheinung des Spaniers, an das glänzende schwarze Haar, den akkurat gestutzten Bart, die stechenden braunen Augen. Nur noch vage Schemen davon waren in den Zügen des Alten auszumachen.

»Señor de Castillo?«

»Der bin ich«, sagte der Alte. »Und wer sind Sie?«

Alexander sprach nur ein paar Brocken Spanisch. »Ich bin Alexander von Seydell aus Deutschland. Sie haben früher mit meinem Vater Otto von Seydell Geschäfte gemacht.«

»Der kleine Alexander, ist das wahr?«, rief Ernesto in gebrochenem Deutsch aus.

»Der kleine Alexander ist inzwischen ziemlich groß, Vater«, sagte die junge Frau lachend. Auch sie sprach Deutsch mit starkem Akzent.

»So schnell vergehen die Jahre.« Ernesto seufzte. »Nur hier steht die Zeit still.« Er streckte die Hand aus. »Willkommen auf Los Pinos, lieber Freund. Es ist mir eine Freude.«

Alexander ergriff die Hand. »Die Freude ist ganz auf meiner Seite.«

Ernesto de Castillo deutete auf die junge Frau. »Meine Tochter Isabella. Mein ganzer Stolz.«

Alexander nickte der jungen Frau zu. »Zu Recht, Señor de Castillo.«

»Nennen Sie mich Ernesto. Und kommen Sie ins Haus, sicherlich sind Sie müde von der Reise. Isabella lässt Ihnen etwas zu essen richten. Und ein Zimmer. Oder müssen Sie gleich wieder fort?«

»Ich wäre dankbar für ein Bett und eine Mahlzeit.«

Ernesto rief nach dem Jungen, den Alexander im Hof gesehen hatte, und befahl ihm, sich um Alexanders Pferd zu kümmern. Dann gingen sie ins Haus, wo Isabella sie in einen eleganten, in dunklem Holz möblierten Wohnraum führte, der offenbar selten genutzt wurde. Eine feine Staubschicht lag auf der Anrichte, es roch muffig, und die Wände strahlten Kälte aus, die im Sommer bestimmt angenehm war, jetzt aber Alexander frösteln ließ.

Während seine Tochter im hinteren Teil des Hauses verschwand, um in der Küche Anweisungen zu geben, setzten sich die beiden Männer an einen Tisch, an dem gut und gerne ein Dutzend Personen Platz gefunden hätten. Alexander versuchte, Ernesto Informationen darüber zu entlocken, wie es um das Gestüt stand. Doch der Alte plauderte lieber über alte Zeiten, als er noch jung und kräftig gewesen und Rennen geritten war. Nach einer Weile brachte eine ältere Frau mit fleckiger Schürze Brot, eingelegtes Gemüse, Käse und Rotwein.

Alexander schenkte ein, die beiden Männer stießen an und langten zu. Erst als es draußen bereits dämmerte, kehrte Isabella zurück und kündigte an, dass das Zimmer für Alexander nun bereit sei.

Der Raum, in den sie ihn führte, war kärglich möbliert, und auch hier verriet eine dünne Schicht Staub, dass er lange nicht genutzt worden war. Das Bett jedoch war frisch bezogen, und eine Waschschüssel stand bereit. Nachdem Isabella die Tür hinter sich geschlossen hatte, legte Alexander seinen Tornister aufs Bett und trat ans Fenster. Das letzte fahle Licht ließ ihn die Gebäude von Los Pinos gerade noch erkennen. Keine Menschenseele war zu sehen, die Pferde, die als schemenhafte Gestalten über die Koppeln streiften, schienen die einzigen Lebewesen weit und breit zu sein.

Alexander zählte etwa zwei Dutzend Tiere. Womöglich gab es weitere in den Ställen. Fohlen oder Einjährige konnte er nicht ausmachen. Er wandte sich vom Fenster ab. Es war noch nicht spät, doch offenbar begaben sich auf Los Pinos alle früh zur Ruhe. Da er erschöpft von dem langen Ritt war, kam ihm das gelegen.

Gähnend knöpfte er sein Hemd auf und zog es aus. Er trat an die Waschschüssel und benetzte sein Gesicht. Gerade als er nach dem Handtuch griff, klopfte es an der Tür.

»Ja, bitte?«

Isabella trat ein, stockte kurz, als sie bemerkte, dass er kein Hemd trug, und senkte den Blick. »Verzeihung, Señor. Ich wollte Ihnen nur noch eine Lampe bringen.«

»Danke. Stellen Sie sie doch auf der Kommode ab.« Alexander trocknete sich das Gesicht ab.

Isabella lief zur Kommode, ohne den Kopf zu heben. Kaum hatte sie die Lampe hingestellt, eilte sie zur Tür zurück.

»Eine Frage noch, Señorita de Castillo«, bat Alexander.

Jetzt sah sie ihn an. Das flackernde Licht der Öllampe spiegelte sich in ihren dunklen Augen, eine leichte Röte überzog ihre Wangen. »Isabella, bitte nennen Sie mich Isabella.«

»Also gut, eine Frage, Isabella.«

»Ja?«

»Wie steht es wirklich um Los Pinos?«

»Das sollten Sie besser meinen Vater fragen.«

»Aber er weicht mir aus.«

Isabella drehte den Kopf weg. »Es geht uns gut.«

»So gut, dass die Tochter des Hauses eigenhändig das Gästezimmer herrichten muss?«

»Was geht Sie das an?«

»Nichts. Aber ich würde es trotzdem gern wissen.«

Isabella wandte sich wieder ihm zu. »Beantworten Sie mir auch eine Frage?«

»Selbstverständlich.«

»Warum sind Sie hier?«

Alexander schluckte. Hatte es doch ein Telegramm gegeben? Ernesto de Castillo konnte nur davon wissen, wenn seine Tochter es ihm vorgelesen hatte. Vielleicht hatte sie entschieden, ihn nicht damit zu behelligen. Er beschloss, es mit einer bereinigten Version der Wahrheit zu versuchen. »Mein älterer Bruder hat Seydell geerbt. Wir sind sehr verschieden, Ludwig und ich. Deshalb habe ich beschlossen, in der Fremde mein Glück zu suchen.«

Isabella nickte, als hätte sie eine derartige Antwort erwartet. »Ich verstehe«, sagte sie. »Falls Sie dabei jedoch an Los Pinos gedacht haben, muss ich Sie enttäuschen. Das Gestüt ernährt mit Mühe meinen Vater und mich und die wenigen Angestellten, die wir noch haben. Es sind nur drei, die Köchin, die auch bei allen anderen Aufgaben im Haushalt mit anpackt, und zwei Knechte, die sich, so gut sie können, um die Pferde kümmern.« Isabella griff nach der Klinke. »Bitte behelligen Sie meinen Vater nicht damit, er lebt mehr in der Vergangenheit als in der Gegenwart, und ich bin froh darüber. Es würde ihm das Herz brechen, wenn er wüsste, wie schlecht es wirklich um das Gestüt steht.« Isabella griff nach der Türklinke. »Gute Nacht, Señor Alexander.«

In den folgenden Wochen machte Alexander sich ein Bild von Los Pinos. Er ritt mit Isabella durch die ausgedehnten Ländereien des Gestüts, ließ sich zeigen, wo Weideflächen brachlagen und Zäune dringend repariert werden mussten. Auch begutachtete er die Zuchtstuten und die Ställe. Ohne dass einer von beiden auf das Gespräch vom ersten Abend zurückkam, begann Alexander mit anzupacken. Er fuhr Schubkarren mit Futter, besserte zusammen mit dem jungen Knecht Pedro Zäune aus und half dem älteren, einem schweigsamen Kerl namens Cayetano, ein Fuhrwerk zu reparieren, dessen Achse gebrochen war.

Ernesto schien davon nicht viel mitzubekommen. Er saß den ganzen Tag vor dem Haus auf der Bank, rauchte Pfeife und träumte von früher. Offenbar wunderte er sich nicht darüber, dass der Gast aus Deutschland so lange blieb, und er stellte auch keine Fragen. Am Abend kamen sie dann zum Essen zusammen, Ernesto, Isabella und Alexander. Und obwohl Alexander das Thema zu gern angeschnitten hätte, sprach er nicht über den Zustand des Gestüts, so wie er es Isabella versprochen hatte.

Bis er nach etwa vier Wochen entschied, dass es Zeit war, den Stier bei den Hörnern zu packen. Zwar lag viel im Argen auf Los Pinos, doch die Substanz war gut. Die Stuten waren gesund und kräftig und von edler Herkunft, das Land weit und fruchtbar, sodass einem Wiederaufbau des Zuchtbetriebs nichts im Wege stand. Vor allem, wenn keine Kosten für die Deckung der Stuten einkalkuliert werden mussten. Die dafür fehlenden Mittel waren ein Grund, weshalb es seit zwei Jahren keine Fohlen gab, wie Isabella ihm anvertraut hatte. Außerdem fiel das Deckgeld anderer Züchter weg. Woran es nicht mangelte, war das Wissen über Pferde. Isabella hatte alles von ihrem Vater gelernt. Sie war ganz anders als Luise, die zwar reiten konnte wie der Teufel, aber von der Pferdezucht nichts verstand und auch nichts verstehen wollte. Alexander dachte fast jeden Tag an sie, und doch wusste er, dass er sie sich endgültig aus dem Kopf schlagen musste, wenn er nicht verrückt werden wollte. Aber noch konnte er sie nicht loslassen.

»Ernesto, ich möchte etwas mit Ihnen besprechen«, begann Alexander auf Spanisch. Inzwischen beherrschte er die Sprache schon deutlich flüssiger, und sie mussten selten auf

Deutsch ausweichen, um etwas zu klären. Er sah den Alten an, spürte aber zugleich Isabellas beunruhigten Blick auf sich ruhen.

Sie hatte ihm am Vortag anvertraut, dass sie alles bestmöglich am Laufen halten wollte, solange ihr Vater etwas davon mitbekam, doch spätestens nach dessen Tod das Gestüt verkaufen wollte. Nicht, dass sie nicht gern auf Los Pinos geblieben wäre, sie liebte Pferde, und das Gestüt war ihr Zuhause. Aber sie konnte es allein nicht bewirtschaften, und mehr fähige Männer zu finden und vor allem zu bezahlen, war ein Ding der Unmöglichkeit. Um ihrem Vater nicht das Herz zu brechen, hatte sie sogar einige angesehene Heiratskandidaten abgewiesen. Denn keiner von ihnen hatte das Geringste von Pferden verstanden, und ihre Heirat hätte bedeutet, Los Pinos sofort aufgeben zu müssen.

»Was denn, mein Junge?« Ernesto lächelte in seine Richtung.

Inzwischen wusste Alexander, dass er noch nicht vollständig erblindet war, sondern Schemen erkennen konnte. Wie viel er tatsächlich sah, vermochte Alexander jedoch nicht einzuschätzen. Der Alte hatte so manches Geheimnis.

»Ich möchte Ihnen eine geschäftliche Partnerschaft anbieten.«

»Sie wollen Geld in mein Gestüt investieren, Alexander?« Der Alte runzelte die Stirn.

»Geld besitze ich nicht. Aber einen sehr wertvollen Zuchthengst.« Alexander schluckte hart. »Sturmkönig.«

»Von dem habe ich gehört, ja. Isabella spricht von ihm in den höchsten Tönen.«

Alexander warf Isabella einen Blick zu. Er hatte sie nicht

in seine Pläne eingeweiht, um keine falschen Hoffnungen zu wecken, denn bisher hatte er gezögert, hatte sich gefragt, ob Los Pinos wirklich der Ort war, an dem er Wurzeln schlagen wollte. Keinesfalls hätte er Isabella verletzen wollen. Sie war eine wunderschöne, kluge und herzenswarme Frau, für die er sogar mehr als nur Zuneigung hätte empfinden können, wenn sein Herz nicht unwiderruflich vergeben wäre.

Isabellas Augen schimmerten feucht, ungläubig sah sie erst ihn und dann ihren Vater an.

Alexander lächelte. »Was sagen Sie, Ernesto?«

»Gar nichts, bevor ich den Gaul nicht begutachtet habe.«

»Vater!«

»Er hat ganz recht«, sagte Alexander, auch wenn ihm bei dem Gedanken flau im Magen wurde. »Er sollte schon wissen, auf was er sich einlässt, bevor er in das Geschäft einschlägt.«

Also machten sie sich zu dritt auf in den Stall, wo der falsche Sturmkönig in einer Box stand. Alexander hatte den Hengst täglich geritten, damit er Bewegung bekam, allerdings nur im ebenen Gelände, um ihn zu schonen. Für die Ausritte mit Isabella hatte er sich eine der Stuten satteln lassen, immer eine andere, damit er nach und nach einschätzen konnte, wie gut der Bestand wirklich war. Keine hatte ihn enttäuscht.

Je näher sie den Stallungen kamen, desto schneller schlug Alexanders Herz. Sein Gewissen drückte ihn. Er war im Begriff, einen aufrechten alten Mann und seine Tochter zu betrügen, und er wünschte, es gäbe eine andere Lösung. Aber er hatte kein Geld, um Los Pinos zu retten, also blieb nur der Hengst. Und wenn er die beiden nicht ins Vertrauen zog, würde auch nur er die Konsequenzen tragen müssen, wenn der Betrug aufflog. Das zumindest hoffte er.

Sie betraten den Stall, wo Alexander eine zweite Laterne anzündete. Nicht, dass Ernesto mit dem Licht etwas hätte anfangen können. Er wollte nur nicht den Eindruck erwecken, dass er den Alten übers Ohr hauen wollte.

»Ich habe von Sturmkönig gehört«, murmelte Ernesto de Castillo, als er in die Box trat und die Hand nach dem Pferd ausstreckte. »Schon lange bevor Sie ihn hierhergebracht haben. Ein prachtvolles Tier. Wieso hat Ihr Bruder Sie damit ziehen lassen?«

Alexander schluckte. Immerhin wusste er jetzt sicher, dass Ernesto keine Ahnung von seiner Flucht hatte. Rasch sah er zu Isabella hinüber, deren Gesicht nicht verriet, was sie dachte. Nur ihre Wangen waren leicht gerötet, ob vom Spaziergang durch die kühle Abendluft, aus Verlegenheit oder vor Aufregung, war nicht zu erkennen.

»Ludwig hat alles geerbt«, erklärte er nach kurzem Zögern. »Bis auf den Hengst.«

»Verstehe.«

Ernesto de Castillo drückte seiner Tochter den Gehstock in die Hand und begann, das Pferd systematisch abzutasten. Er befühlte die Beine, den Hals und das Maul, tastete nach den Muskeln und nach dem Brandzeichen am Hals. »Verwachsen«, murmelte er, als er es unter den knochigen Fingern spürte. »Das passiert leider immer wieder.«

Alexander begann zu schwitzen. Niemals hätte er gedacht, dass der Alte das Pferd derart gewissenhaft untersuchen würde. Er hatte erwartet, dass Ernesto dem Angebot glücklich zustimmen würde, ohne lange zu zögern. Vielleicht war es ein Fehler gewesen, auf Isabella zu hören und ihm nicht zu verraten, wie schlimm es um Los Pinos tatsächlich stand.

»Natürlich bin ich im Besitz der Dokumente, in denen seine Abstammung verzeichnet ist«, sagte er. »Isabella kann sie überprüfen.«

»Das kann sie, ja«, bestätigte Ernesto. »Aber ich glaube lieber dem, was ich vor mir habe, als einem Haufen Papier.«

»Selbstverständlich.« Alexander wagte nicht, ihn anzusehen.

Endlich klopfte der Alte dem Hengst auf die Kruppe und wandte sich seiner Tochter zu. »Meinen Stock, bitte.«

Sie reichte ihm die Gehhilfe und ergriff seinen freien Arm. »Nun, was sagst du, Vater?«

»Lass uns erst ins Haus zurückkehren.«

Schweigend machten sie sich auf den Rückweg. Alexander trug die Laterne, Isabella führte ihren Vater. Über ihnen funkelten die Sterne und verhießen eine klare, eisige Nacht.

Als sie wieder am Tisch saßen, räusperte sich Ernesto de Castillo. »Glaub nicht, meine liebe Tochter, dass ich blind bin, nur weil ich kaum noch etwas sehe.« Er tätschelte ihre Hand. »Ich weiß sehr wohl, dass Los Pinos dem Untergang geweiht ist, dass seit zwei Jahren keine Fohlen mehr geboren wurden und die zwei Knechte mit der Arbeit kaum hinterherkommen.«

Isabella biss sich auf die Lippe. »Vater, ich ...«

Er hob die Hand. »Lass mich ausreden. Ich weiß auch, dass du Heiratsanträge abgelehnt hast, die dir ein komfortables Leben in Pamplona oder Santander ermöglicht hätten.«

»Aber ich hätte gar nicht in Pamplona leben wollen!«, protestierte Isabella.

»Ja, Kind. Du liebst das Land und die Pferde, genau wie ich. Deine Mutter konnte das leider nie richtig verstehen.« Er seufzte tief.

Für einen Augenblick dachte Alexander, dass der Alte vergessen hatte, worüber er eigentlich sprechen wollte, doch dann fuhr er fort:

»Der Hengst, den Sie uns mitgebracht haben, mein lieber Alexander, ist ein prachtvolles Tier. Und sein Name wird Käufer anlocken, daran besteht kein Zweifel. Mit ihm und mit Ihrer Geschicklichkeit im Umgang mit Pferden kann Los Pinos zu seinem alten Ruhm zurückfinden. Allerdings habe ich eine Bedingung, denn ich muss sicher sein, dass Sie es sich nicht eines Tages anders überlegen, dass Sie nicht plötzlich Heimweh bekommen und nach Deutschland zurückkehren oder weiterziehen, weil irgendwo ein besseres Geschäft lockt.«

»Aber ich…«

»Ich möchte Sie an dem Gestüt beteiligen«, unterbrach Ernesto. »Den halben Besitz werde ich Ihnen sofort überschreiben und Sie als Verwalter einsetzen. Und bei meinem Tod sollen Sie alles erben. Aber ich will Sie nicht einfach nur als Geschäftspartner, sondern als Schwiegersohn. Das ist meine Bedingung. Heiraten Sie Isabella, mein lieber Alexander, und Los Pinos gehört eines Tages Ihnen.«

Lüneburger Heide, am nächsten Tag, November 1890

Martha stand in ihrer Kammer unter dem Dach und betrachtete die Brosche, die sie von ihrer Herrin geschenkt bekommen hatte. Wie viel mochte sie wohl wert sein? Sofort schalt sie sich für diesen Gedanken. Das Schmuckstück war ein Geschenk. Sie durfte es nicht zu Geld machen, auch wenn die Vorstellung noch so verlockend war. Sie musste die Summe auf andere Weise zusammenkratzen. Bisher war es ihr noch immer gelungen. Und so würde es auch dieses Mal sein.

Die Stimme von Fräulein Kirchhoff draußen vor der Tür ließ sie zusammenfahren.

»Martha? Wo steckst du? Wir warten auf dich!«

Vor Schreck ließ sie beinahe die Brosche fallen. Hastig verstaute sie das Schmuckstück wieder in der Schublade, setzte den Hut auf und kontrollierte ihr Aussehen in dem kleinen Spiegel, der darüber hing. Er hatte einen Sprung, der ihr Gesicht in zwei Teile zerschnitt. Wie passend, dachte sie, genauso fühle ich mich. In zwei Teile zerrissen.

Hastig wandte sie sich ab und öffnete die Tür. »Ich komme!«

Fräulein Kirchhoff stand am Ende des Korridors und machte ein säuerliches Gesicht. »Wenn es nach mir ginge, würdest du zu Hause bleiben. Als Strafe für deine Unpünktlichkeit. Dein Glück, dass die gnädige Frau einen Narren an dir gefressen hat. Aber verlass dich nicht drauf, dass es dich immer schützt.«

»Tut mir leid, Fräulein Kirchhoff. An meinem Mantel

hatte sich eine Naht gelöst, und ich dachte, ich könnte ihn noch schnell flicken. Dabei habe ich die Zeit vergessen.« Martha betrachtete die Hauswirtschafterin verstohlen. Wie immer sah sie aus wie aus dem Ei gepellt. Nie saß ihr Rock schief, nie war ihre Bluse falsch geknöpft.

»Du hast genug freie Zeit, um deine Sachen in Ordnung zu bringen«, sagte sie streng. »Kein Grund, uns alle warten zu lassen.«

Martha war sicher, dass sie gerade noch pünktlich im Hof gewesen wäre, wenn Fräulein Kirchhoff sie nicht hier oben abgefangen hätte. Aber sie sagte nichts. Widerworte hätten ihr vielleicht doch noch Hausarrest eingebracht, und sie wollte so gern mitkommen. Auch wenn es schwer werden würde, die ganzen wunderbaren Sachen zu sehen und sich nichts davon leisten zu können.

Die drei Kutschen standen schon vor dem Haus, frisch gewienert und mit angezündeten Lampen, denn es dunkelte bereits. Heute ging es auf den Martinimarkt in Jesteburg. Der jährliche Ausflug des Gesindes hatte lange Tradition auf Seydell, die Mutter des jetzigen gnädigen Herrn, die viel zu früh gestorben war, hatte sie eingeführt, nachdem sie als junge Braut nach Seydell gekommen war. Um ihr zu gedenken, hatte ihr Mann, Otto von Seydell, darauf bestanden, dass die Tradition aufrechterhalten wurde.

Martha eilte hinter Fräulein Kirchhoff her auf den Landauer zu, in dem sich die weiblichen Bediensteten drängten, Minna, die Köchin, die beiden Stubenmädchen Käthe und Anni, die Küchenmagd und das Hausmädchen. Für Fräulein Kirchhoff hatten sie den Platz neben Minna freigehalten, doch für Martha war keiner mehr da.

Fritz Bormann, der Kutscher, beugte sich zu ihr herunter.
»Du hast die Ehre, neben mir auf dem Bock zu fahren.«
»Aber ...«
»Keine Sorge, ich habe eine warme Decke hier oben. Und die Aussicht ist viel besser.«
Martha warf einen fragenden Blick in Richtung Fräulein Kirchhoff, die bereits Platz genommen hatte und ungeduldig nickte. Resigniert kletterte sie neben Fritz auf den Bock. Sie mochte den Kutscher nicht besonders. Er war ein schneidiger junger Mann, nur wenige Jahre älter als sie, und sie war sicher, dass mindestens eins der anderen Mädchen für ihn schwärmte. Aber er hatte etwas an sich, das ihr nicht behagte. Ständig taxierte er sie mit Blicken, bedachte sie mit kleinen Aufmerksamkeiten, mit einem Keks hier, mit einer selbst gepflückten Blume dort. Bei einem anderen Mann hätte sie es vielleicht genießen können. Doch Fritz strahlte dabei etwas so Besitzergreifendes aus, dass es ihr unangenehm war. Seine Blicke erinnerten sie an die des gnädigen Herrn. Auch er sah sie manchmal auf diese Weise an. Und neuerdings ließ er sich hin und wieder von ihr das Frühstück ans Bett bringen, was eigentlich nicht ihre Aufgabe war und sie nervös machte.

»Sitzt du bequem?«, fragte Fritz und stopfte umständlich die Decke um sie herum.

»Wird schon gehen.« Sie faltete die Hände auf dem Schoß.

»Und ob.« Fritz zwinkerte, dann schnalzte er mit der Zunge.

Die Pferde trabten an, mit einem Ruck setzte sich die Kutsche in Bewegung. Als sie in einem Bogen auf die Allee und das große Tor zurollten, konnte Martha einen Blick auf die beiden anderen Gefährte werfen. Die männlichen Bediensteten fuhren in der offenen Wagonette, die vom Pferdemeister gelenkt wurde. Alle schienen sich auf den Ausflug zu freuen, nur der alte Hausdiener Augstein machte ein griesgrämiges Gesicht. Den Abschluss bildete die Victoria-Kutsche, die von dem Pferdeknecht Friedrich gelenkt wurde und unter deren Verdeck es sich das Ehepaar Meinrath gemütlich gemacht hatte. Der Gestütsverwalter war sicherlich ebenso wenig angetan davon, mit den Dienstmädchen und Knechten auf den Markt zu fahren wie Augstein, aber Tradition war Tradition.

Als sie die Lindenallee entlangfuhren, stellte sich bei Martha trotz der trübsinnigen Gedanken Vorfreude ein. Und sie genoss sogar die Kutschfahrt und die kecken Blicke, die Fritz ihr zuwarf. Der Abend war klirrend kalt, die Luft klar, unzählige Sterne funkelten über ihnen.

Eine halbe Stunde später schlenderte sie an der Seite von Lotte, dem Hausmädchen, durch die von Fachwerkhäusern gesäumte Hauptstraße von Jesteburg an den Ständen entlang. Anni und Käthe hatten sich tuschelnd abgesetzt, Minna hatte Else unter ihre Fittiche genommen. Wohin Fräulein Kirchhoff entschwunden war, wusste Martha nicht. Sie hatte genug damit zu tun gehabt, Fritz abzuwimmeln, der sich ihr als Begleiter geradezu aufgedrängt hatte.

Lotte war zwar eher einfach gestrickt, aber sie war eine gute Seele. Martha mochte sie. Gemeinsam bewunderten sie die angebotenen Waren. Stoffe in allen denkbaren Farben und Qualitäten wurden feilgeboten, Kleider, Schuhe, Strümpfe, Nähzeug, Teller, Töpfe, Geschirr, nichts fehlte, was man für den Haushalt brauchte. Aber es gab noch mehr:

Schmuck, Hüte, Tand, einfach alles, was das Herz begehrte. Und jede Menge Leckereien. Über dem Markt schwebte der Duft von Zimt, Backwerk und heißem Branntwein.

Martha unterdrückte einen tiefen Seufzer. »Na, Kindchen«, hatte Minna sie am Morgen gefragt. »Freust du dich schon? Wirst du dir etwas Schönes kaufen?«

Martha hatte geschluckt. »Ich weiß noch nicht. Ich habe ja eigentlich alles, was ich brauche.«

»Du bist ein seltenes Gewächs, mein Kind. Die meisten wollen doch immer nur mehr und mehr, sie kaufen sich lauter sinnlose Dinge, und dann jammern sie, wenn sie kein Geld mehr haben.«

Martha hatte Minna unsicher angelächelt. Was sollte sie darauf antworten? Wenn sie gekonnt hätte, hätte sie einen ganzen Wagen voll nutzlosem Kram erstanden. Kleider, Schuhe und Schmuck. All die wunderbaren Dinge, von denen sie träumte. Vor allem aber hätte sie Bücher gekauft. Sie liebte Bücher. Sie liebte es, in eine Geschichte abzutauchen und sich ganz weit weg von ihrem Alltag auf Seydell zu träumen.

Eine Stimme riss sie aus ihren Gedanken. »Trotzdem ist es ungerecht. Wir rackern uns ab, und sie sitzen im Warmen und lassen sich von uns bedienen«, rief Friedrich empört. Er schien direkt hinter Martha zu stehen, die mit Lotte die bunten Halstücher aus Seide bewunderte, die an einem Stand angeboten wurden.

»Der junge Herr Alexander war sich nie für irgendeine Arbeit zu schade«, entgegnete eine zweite Stimme, die von Erich Grün, dem Futtermeister.

»Aber der hat sich bei Nacht und Nebel verdrückt.«

Martha zuckte zusammen. Der gnädige Herr Alexander hatte sich nicht verdrückt, sein Bruder hatte ihn fortgeschickt. Verjagt wie einen räudigen Hund. Tagelang war die gnädige Frau daraufhin launisch gewesen, mal in Schwermut versunken, mal aufgesetzt fröhlich und voller Tatendrang. Martha hatte in ihr kaum die junge Frau von früher wiedererkannt, die lebenslustige Pfarrerstochter, die einmal fast so etwas wie ihre Freundin gewesen war.

Martha verstand natürlich, dass Luise litt, weil Alexander fort war. Schließlich kannte sie das Geheimnis ihrer Herrin. Aber warum hatte sie auch den Bruder geheiratet? Hatte sie wirklich keine Wahl gehabt?

Hinter ihr diskutierten Friedrich und Erich weiter. Inzwischen ging es um Politik. Friedrich wetterte über die Ungerechtigkeit, die allenthalben herrschte, und behauptete, dass der Kaiser viele Dinge falsch anpacken würde. Martha wunderte sich, dass Friedrich überhaupt etwas davon verstand. Sie hatte keine Ahnung von Politik und war überzeugt davon, dass der Kaiser gut für seine Untertanen sorgte. Schließlich hatte er höhere Löhne für alle festgesetzt, und die Preise stiegen kaum. Sicher, ihre Arbeit war kein Zuckerschlecken, aber anderen ging es noch schlechter, denn was gab es Schlimmeres, als gar keine Arbeit zu haben? Oder kein Dach über dem Kopf? Warum also sich beschweren?

Martha nahm Lotte beim Arm und zog sie fort von den diskutierenden Männern. Sie schlenderten weiter, bis sie auf einen Stand mit gebrauchten Büchern stießen. Marthas Herz schlug schneller. Ganz vorn lagen Romane von ihrer Lieblingsautorin Marlitt. Im Haushalt von Pfarrer Capellan hatte es die *Gartenlaube* gegeben, eine Zeitschrift, die auch Geschichten der Marlitt abdruckte, und Martha hatte immer sehnsüchtig auf jede Ausgabe gewartet, die sie natürlich erst als Letzte nach der Haushälterin lesen durfte.

Sie nahm ein Exemplar des Romans *Die Frau mit den Karfunkelsteinen* in die Hand und strich über den Einband. Das Buch war gelesen, sah aber fast aus wie neu.

Lotte zupfte sie am Ärmel. »Lass uns weitergehen, Martha. Schau, dort drüben gibt es Zuckerwerk!«

Lotte machte sich nichts aus Büchern. Martha hatte den Verdacht, dass sie kaum lesen und schreiben konnte. Jedenfalls trippelte sie ungeduldig hin und her, die Augen sehnsüchtig auf die Leckereien am Stand gegenüber geheftet.

»Ich möchte mir die Bücher anschauen«, sagte Martha.

»Die sind doch langweilig«, maulte Lotte.

»Dann geh schon vor, ich komme nach.«

Glücklich eilte Lotte davon. Lächelnd beugte Martha sich wieder über das Buch, schlug die erste Seite auf.

»Nur eine Mark, mein Fräulein«, sagte der Verkäufer mit weicher Stimme. »Ich mache einen Sonderpreis für Sie.«

»Das ist sehr freundlich, aber leider habe ich nicht genug Geld dabei.«

Der Mann brummte in seinen buschigen Bart. »Ich muss verrückt ein. Es soll Ihnen gehören für achtzig Pfennige.«

Martha kamen fast die Tränen. *Die Frau mit den Karfunkelsteinen* kannte sie noch nicht. Und in der Bibliothek von Seydell standen nur staubige alte Wälzer. Die einzigen neueren Bücher beschäftigten sich mit Pferdezucht. Auch Luise las nichts außer ihren Modezeitschriften. »Sie sind zu gütig, mein Herr, aber leider muss ich dieses großartige Angebot ablehnen, so schwer es mir auch fällt.«

Sie legte das Buch wieder hin. »Danke nochmals.« Verlegen stürzte sie davon. Sie hielt Ausschau nach Lotte, doch in der Menschentraube vor dem Stand mit den Leckereien konnte sie sie nicht entdecken. Dafür erblickte sie Fritz, der mit langen Schritten durch die Menge eilte und den Blick schweifen ließ, als würde er jemanden suchen. Rasch drehte sie sich weg. Keinesfalls wollte sie, dass er ihr seine Gesellschaft aufnötigte. Nicht nur, weil er ihr unangenehm war. Fräulein Kirchhoff würde das sicherlich missbilligen und ihr eine Strafe wegen ungebührlichen Verhaltens aufbrummen.

Eine Weile schlenderte sie ziellos umher, entdeckte einen weiteren Stand mit Büchern, blätterte sehnsüchtig in den Ausgaben. Die Glocke vom Kirchturm riss sie aus ihren Träumereien. Liebe Güte, schon acht Uhr! Sie musste sich sputen, um rechtzeitig bei den Kutschen zu sein.

Martha hastete los, drängte sich durch die Menge auf den großen Platz am Ortseingang zu, wo die Gefährte abgestellt waren. Schon von Weitem sah sie, dass alle bereits versammelt waren. Zum zweiten Mal an diesem Tag kam sie zu spät. Das würde Fräulein Kirchhoff ihr nicht durchgehen lassen.

»Es tut mir leid, dass ich zu spät bin, Fräulein Kirchhoff. Ich hatte mich verlaufen.«

»Was treibst du dich auch allein auf dem Markt herum? Hatte ich euch nicht eingebläut, in Gruppen zu gehen? Was hast du dir dabei gedacht, die arme Lotte allein zu lassen?«

»Aber ich...« Martha stiegen die Tränen in die Augen.

»Das wird ein Nachspiel haben. Und jetzt ab auf die Kutsche!«

Lotte blickte verlegen zu Boden, Anni sah Martha mitleidig an, auf Käthes Gesicht jedoch glaubte sie ein hämisches Grinsen zu erkennen. Schweigend kletterte sie zu Fritz auf den Bock. Diesmal war sie froh, nicht mit den anderen drinnen sitzen zu müssen.

»Mach dir nichts aus dem Gekeife von dem alten Blaustrumpf«, raunte Fritz ihr zu. »Sie kann dir gar nichts.«

Er hatte gut reden, über ihn hatte sie keine Macht.

Zurück auf Seydell ließ Fräulein Kirchhoff Martha in ihr Schreibzimmer kommen.

»Ich fürchte, deine Beförderung zur Kammerzofe ist dir zu Kopf gestiegen, Mädchen«, begann sie ihre Predigt.

»Nein, Fräulein Kirchhoff, ganz bestimmt nicht.«

»Widersprich mir nicht, unverschämtes Ding!«

Martha senkte den Blick. Jedes weitere Wort hätte es nur schlimmer gemacht.

»Du musst lernen, dich einzufügen. Und damit du genug Zeit hast, über deine Verfehlungen nachzudenken, wirst du in den nächsten zwei Wochen das Anwesen nicht verlassen. Kein Ausgang ins Dorf, auch kein Spaziergang über die Weiden. Du bleibst innerhalb der Mauern von Seydell. Und wehe, ich erwische dich auch nur einen Schritt außerhalb.«

Martha senkte den Blick noch tiefer. Verzweiflung schnürte ihr die Kehle zu. Schlimmer hätte es nicht kommen können. Sie konnte nicht auf Seydell bleiben, in vier Tagen hatte sie eine Verabredung. Wenn sie nicht auftauchte… Nein, daran durfte sie gar nicht denken.

Luise blickte auf die Uhr. Kurz vor acht, gleich würde Martha mit dem Frühstück kommen. Rasch setzte sie sich im Bett auf. Immerhin hatte sie heute Nacht gut geschlafen.

Das war in letzter Zeit nicht selbstverständlich. Je mehr sie sich in die Bücher eingearbeitet hatte, desto klarer war ihr geworden, dass Ludwig das Gestüt langsam, aber sicher ruinieren würde. Immer wieder hatte sie Albträume, in denen sie alle auf die Straße gesetzt wurden und sie selbst eine niedere Arbeit annehmen musste, um ihren Sohn, ihren Mann und sich zu ernähren. Dann sehnte sie sich den Moment herbei, in dem sie aufwachte und feststellte, dass sie in ihrem weichen Bett lag. Manchmal begleiteten sie die Schatten der Albträume den ganzen Tag lang.

Es klopfte, die Tür öffnete sich, und Martha trat ein, ein Tablett in den Händen, das sie auf Luises Schoß platzierte.

»Guten Morgen, gnädige Frau, haben Sie gut geschlafen?«

Der Duft nach Kaffee und geröstetem Brot weckte endgültig Luises Lebensgeister. Dazu gab es Marmelade aus Erdbeeren, Holunder und Rhabarber nach einem Spezialrezept von Minna.

Luise griff nach dem Kaffeelöffel. »Guten Morgen, Martha. Wie war dein freier Abend?«

»Sehr schön, gnädige Frau. Wir haben viel Freude gehabt.« Martha senkte den Blick.

Luise runzelte die Stirn. Nach viel Freude sah Martha nicht aus. Nachdenklich gab sie einen Löffel Sahne in ihren Kaffee und rührte um. Die Sahne verteilte sich in hellen Schlieren, die sich schließlich im Kaffee auflösten. Sie seufzte innerlich. Sie hatte wirklich genug Sorgen und keine Lust, sich den Kummer eines Dienstmädchens anzuhören. Andererseits war Martha nicht irgendein Dienstmädchen, und sie schuldete ihr Dankbarkeit für ihre Loyalität.

»Bedrückt dich irgendetwas, Martha?«, fragte sie.

Martha verzog das Gesicht zu einem schiefen Lächeln. »Nein. Es geht mir gut. Ich bin nur müde.«

Luise beschloss, es dabei zu belassen. »Dann ist es ja gut. Ich danke dir.«

Martha neigte den Kopf und verließ das Zimmer. Kaum war sie fort, klopfte es erneut. Diesmal war es Ludwig, der, bereits fertig angekleidet, eintrat.

Rasch schob Luise das Tablett zur Seite, stand auf und streifte sich ihren Morgenmantel über. Nicht dass Ludwig auf die Idee kam, am frühen Morgen seine ehelichen Rechte einzufordern. Dazu hatte sie jetzt überhaupt keine Lust. Zwar kam er in letzter Zeit nur noch selten zu ihr, aber hin und wieder stand er plötzlich in der Zimmertür, meistens spätnachts und nicht mehr ganz nüchtern, und faselte von einem zweiten Sohn. Was darauf folgte, war nicht angenehm, aber zum Glück schnell vorüber.

»Was willst du?«, fragte sie, während sie den Gürtel zuknotete.

»Mit der gnädigen Frau reden, wenn es erlaubt ist.«

Seine Stimme klang nicht ärgerlich, obwohl er Grund gehabt hätte, wütend zu sein, denn sie verhielt sich nicht gerade wie eine gehorsame Gattin.

»Selbstverständlich.« Sie machte eine einladende Geste.

Ludwig ließ seinen Blick über ihren Körper gleiten, doch seine Augen leuchteten nicht, sondern blieben gleichgültig. Anscheinend trieb ihn heute Morgen tatsächlich etwas anderes um als die Aussicht auf ein Schäferstündchen. Er setzte sich aufs Bett und betrachtete das Tablett.

»Bediene dich«, forderte Luise ihn auf. »Hast du noch kein Frühstück bekommen?«

»Doch, doch. Martha ist ein sehr fleißiges und zuverlässiges Mädchen.«

Luise zuckte innerlich zusammen. Seit Kurzem ließ Ludwig sich gelegentlich von Martha das Essen ans Bett bringen, statt es im Frühstückszimmer einzunehmen. Eigentlich gehörte es als Luises Zofe nicht zu ihren Aufgaben, aber Ludwig war der Hausherr. Und da er keinen eigenen Kammerdiener hatte, musste ihn ja irgendwer bedienen, wenn er in seinem Zimmer frühstücken wollte. Trotzdem blitzte in Luises Kopf ein hässlicher Verdacht auf, der erklären würde, warum Martha heute Morgen so bedrückt wirkte. Rasch scheuchte sie ihn weg.

»War es das, was du mir sagen wolltest?«

»Nein. Ich habe mit Meinrath gesprochen.«

Luise versteifte sich. Würde er ihr jetzt erklären, dass sie sich aus den Geschäften heraushalten sollte? Dass sie gefälligst ihre ehelichen Pflichten zu erfüllen hatte und ihre Aufgaben als Hausherrin und sonst nichts? Sie verschränkte die Arme vor der Brust. »Ja und?«

»Er meinte, du hättest Talent für Zahlen. Ein hohes Lob aus dem Mund des Verwalters.«

»Wie schön.« Luises Kehle war ganz trocken. Worauf wollte Ludwig hinaus?

»Solange du deine anderen Pflichten nicht vernachlässigst, habe ich nichts dagegen, wenn du lernst, was es bedeutet, ein großes Gestüt zu führen.«

Luise starrte ihn an.

»Und solange du mir nicht vorschreiben willst, was ich tun und lassen soll. Die Entscheidungen fälle noch immer ich. Aber es kann nicht schaden, wenn du im Bilde bist. Auch wenn du es mir nicht zugetraut hättest, ich bin durchaus der Meinung, dass eine kluge Ehefrau, die etwas von den Geschäften ihres Mannes versteht, von großem Nutzen ist.«

Das war es also. Sie durfte ihm Arbeit abnehmen, aber sie bekam nicht das Recht, Entscheidungen zu treffen. Oder ihm gar Maßnahmen nahezulegen. Ein zweischneidiges Schwert. Denn Letzteres wäre nötig gewesen. Der neue Hengst war sein Geld nicht wert, aber Ludwig wollte es nicht einsehen und setzte darauf, die Stuten mit ihm zu decken. Der Pferdemeister hatte ihm nicht ausreden können, Nikodemus für die Hengstprüfung anzumelden, und prophezeite, dass er krachend scheitern würde. Sie hätten die Anmeldung zurückziehen und einen Hengst mieten müssen, auch wenn das nicht gerade billig war. Es war die einzige Möglichkeit, Seydell zu retten.

»Aber wir sollten zumindest ...«

Ludwig erhob sich und deutete mit dem Finger auf sie. »Hör gut zu, Luise. Ich entscheide, was auf Seydell geschieht. Niemand sonst. Wenn du das nicht akzeptieren willst – bitte schön. Ich kann auch anders. Unterschätz mich bitte nicht. Und bilde dir nicht ein, dass du alles weißt.«

Ein furchtbarer Gedanke schoss Luise durch den Kopf. Hatte seine Suche nach Alexander Erfolg gehabt? War er deshalb so entspannt und siegessicher? Wusste er, dass Sturmkönig bald wieder in seinem Stall stehen würde?

»Hast du etwas herausgefunden über ...«

Ludwig wischte mit der Hand durch die Luft. So dicht an Luises Gesicht vorbei, dass sie zurückzuckte. »Mein Bruder ist mir vollkommen gleichgültig. Soll er doch irgendwo verrotten, samt dem verfluchten Gaul. Ich werde mit Nikodemus eine Zucht begründen, wie sie die Welt noch nicht gesehen hat. Und dann werden sie mir alle aus der Hand fressen und mir die Tür einrennen, mich auf Knien anflehen, ihre Stuten von meinem Hengst decken zu lassen.«

Ludwigs Augen flackerten wie im Wahn. Er glaubte tatsächlich daran. Oder spielte er ihr etwas vor?

»Ludwig, ich…«

»Genug geplaudert«, unterbrach er sie und erhob sich vom Bett. »Ich wünsche dir einen schönen Tag, meine Teuerste. Ich muss los, eine Verabredung, die keinen Aufschub duldet. Wir sehen uns später.«

Er drückte ihr einen Kuss auf den Scheitel und marschierte hinaus.

Ungläubig sah Luise ihm hinterher. Ludwigs Worte ratterten in ihrem Kopf. Irgendetwas stimmte nicht. Ludwig war nicht ohne Grund so großherzig und gut gelaunt. Hatte es mit der Verabredung zu tun? Nun, das ließ sich herausfinden. Luise warf einen Blick aus dem Fenster und entdeckte Ludwig auf dem Weg zu dem Stall, in dem die Reittiere standen. Perfekt.

So schnell sie konnte, zog Luise ihre Reitsachen an und eilte nach unten. Als sie auf den Hof trat, sah sie gerade noch, wie Ludwig durch das Tor trabte. Luise rannte in den Stall, wo Jakob dabei war, eine Box auszumisten.

Der Junge fuhr herum, als er sie hörte. »Gnädige Frau?«, stotterte er überrascht. »Der gnädige Herr ist gerade fort. Sie haben ihn knapp verpasst.« Er schien anzunehmen, dass Luise etwas von Ludwig wollte.

»Das macht nichts, Jakob. Hat er gesagt, wohin er will?«

»Er wollte nach Birkmoor. Sich mit jemandem treffen. Ich

meine, er hätte etwas vom Friedhof gemurmelt, aber sicher bin ich nicht, gnädige Frau.«

Eine Verabredung auf dem Friedhof? Das bestätigte Luises Verdacht, dass Ludwig etwas im Schilde führte. Er hatte sie gewarnt, ihn nicht zu unterschätzen. Nun ja, das galt umgekehrt ebenso.

»Sattle Morgana, Jakob. Und spute dich. Ich habe es eilig.«

Wenige Minuten später ritt Luise durch das Tor. Sobald die Straße vor ihr lag, schnalzte sie einmal mit der Zunge, und Morgana sprengte los. Der Kilometer bis nach Birkmoor ließ die Stute nicht einmal warm werden. Im Schritt ging es durch das Dorf und den Hügel hinauf zur Kirche. Einige Leute schauten ihr verwundert hinterher. Bestimmt hatten sie vor wenigen Augenblicken den Herrn von Seydell dieselbe Strecke reiten sehen und fragten sich, was mit den gnädigen Herrschaften los war. Sollten sie sich doch das Maul zerreißen.

Tatsächlich war Ludwigs Wallach neben dem Friedhofstor angebunden. Luise schmunzelte. Ihr Gatte litt in der Tat an maßloser Selbstüberschätzung. Sie ritt gemächlich weiter, hielt dabei jedoch den Kopf gesenkt. Nicht auszudenken, dass die Haushälterin sie erblickte, wenn sie am Pfarrhaus vorbeikam, und hinausstürzte, um sie freudig zu begrüßen! Doch sie hatte Glück. Ungesehen passierte sie die letzten Häuser von Birkmoor. Am Rand eines kleinen Wäldchens saß sie ab und band Morgana an einen Baum.

Vorsichtig schlich sie den Hügel wieder hinab, bis sie das hintere Törchen des Friedhofs erreichte. Zum Glück gab es reichlich alten Baumbestand, sodass sie genug Deckung hatte, während sie zwischen den Gräbern entlanglief.

Sie entdeckte Ludwig am Grab seiner Eltern und blieb verwundert hinter einem Wacholderbusch stehen. Was hatte das zu bedeuten? Gab es etwa doch einen ganz harmlosen Grund für seinen Besuch? Hatte sie sich in ihm getäuscht?

Doch Ludwig sah nicht aus, als würde er dem Grab einen Besuch abstatten. Sein Blick war in die andere Richtung gerichtet, aus der sich jetzt jemand näherte. Also doch! Als die Person Ludwig fast erreicht hatte, erkannte Luise, dass es ein Mann war. Und noch etwas fiel ihr auf: Der Kerl zog sein Bein nach, als hätte er eine alte Verletzung. Luise kannte niemanden, der so hinkte. Der Mann stammte mit Sicherheit nicht aus Birkmoor.

Der Neuankömmling sagte etwas zu Ludwig, der stumm zuhörte. Dann begann Ludwig zu reden und dabei zu gestikulieren. Der Mann nickte mehrfach.

Luise konnte nicht ein Wort verstehen, dafür war sie zu weit weg. Und sie wagte nicht, näher zu schleichen, zu leicht hätte sie sich durch ein Geräusch verraten können. Jetzt sprach wieder der Mann. Es sah so aus, als hätte Ludwig ihm Instruktionen gegeben, die er jetzt wiederholte. Ludwig klopfte dem Mann zweimal auf die Schulter, dann griff er in seinen Mantel und zog etwas hervor, das der Mann sofort in seiner Tasche verschwinden ließ. Luise war sicher, dass Geld den Besitzer gewechselt hatte. Die Männer gaben sich die Hand, dann machte sich der Fremde mit dem seltsamen Gang auf den Weg zurück zum Friedhofstor. Ludwig wartete noch eine Weile, dann brach auch er auf.

Luise blieb wie gebannt stehen. Die beiden hatten ein Geschäft abgeschlossen, das stand außer Frage. Doch welches? Welchen Handel schloss man auf dem Gottesacker ab? Ging es um Nikodemus? Versuchte Ludwig, bei der Hengstprüfung zu betrügen? War er deshalb so zuversichtlich, mit dem Tier eine erfolgreiche Zucht zu beginnen? Oder ging es um etwas ganz anderes? Um Alexander vielleicht? Ein heißer Schreck durchfuhr Luise. Ludwig hatte keinen Erfolg damit gehabt, Alexander von der Polizei festnehmen zu lassen. Dennoch war es möglich, dass er herausgefunden hatte, wo sein Bruder sich versteckte. Falls ja, würde er sich grausam an Alexander rächen.

Obwohl der Novembermorgen ungewöhnlich mild war, fror Luise plötzlich. Womöglich hatte sie Ludwig doch unterschätzt.

Martha stellte sich auf die Zehenspitzen und warf einen Blick aus dem winzigen Dachfenster. Raureif lag auf den Koppeln, glitzerte in der einsetzenden Morgendämmerung. Ein schmaler Streifen Orange erleuchtete den Horizont. Ein wunderschöner Anblick, doch Martha konnte ihn nicht genießen. Sie hatte kaum geschlafen. Seit Fräulein Kirchhoff ihr Ausgehverbot erteilt hatte, lag sie die halbe Nacht wach und grübelte. Und heute musste sie sich entscheiden. Es war Mittwoch. Der Tag ihrer Verabredung. Sollte sie es wirklich wagen? Was, wenn sie erwischt wurde? Würde sie dann ihre Stelle verlieren und in der Gosse landen, mit einem Eintrag im Gesindebuch, der verhinderte, dass sie je wieder Arbeit fand?

Nein. Sie rief sich zur Ordnung. Die gnädige Frau würde zu verhindern wissen, dass so etwas geschah. Zumindest musste Martha darauf vertrauen.

Sie füllte die Waschschüssel und spritzte sich das kalte Wasser ins Gesicht. Ein wenig half es, das wattige Gefühl aus dem Kopf zu vertreiben. Sie kleidete sich an, prüfte, ob jedes Teil richtig saß und glatt gebügelt war, ob auch kein Fleck zu sehen war. Ihre langen braunen Haare steckte sie hoch und verbarg sie unter der weißen Spitzenhaube. Sie warf einen letzten Blick in den gesprungenen Spiegel und eilte in die Küche, wo Minna bereits mit hochrotem Kopf am Herd stand und allerlei zubereitete: geröstetes Brot für die gnädige Frau, Bratkartoffeln und Spiegeleier für den gnädigen Herrn. Das Frühstück für das Gesinde würde sie später anrichten. Der Kaffee stand in einer großen Kanne auf dem Ofen bereit.

Minna hielt Martha das Tablett für die gnädige Frau hin, ließ es aber noch nicht los. »Kindchen, du siehst ja aus, als hättest du drei Nächte nicht geschlafen.«

Wie recht sie hatte.

»Das muss am Vollmond liegen«, murmelte Martha.

Minna lachte. »Vollmond ist in zwei Wochen.« Sie wurde ernst. »Ich habe bemerkt, dass der Fritz dir schöne Augen macht. Du wirst dich doch nicht…«

Minna ließ den Satz unvollendet, doch Martha wusste, worauf sie anspielte. »Oh, keine Sorge, Minna. Männer interessieren mich nicht.«

»Gut so, mein Kind. Bei den Männern muss man aufpassen. Viel zu viele taugen nichts. Die wollen nur das eine, und wenn sie es bekommen haben, verlieren sie das Interesse und scheren sich nicht um die Folgen ihres Tuns. Und dann sitzt man da und weiß nicht ein noch aus. Das kann dem tugendhaftesten Mädchen passieren, wenn es nicht aufpasst.« Sie warf einen Blick über die Schulter, als hätte sie Angst, jemand könne sie hören. »Ich fürchte, der Fritz ist einer von denen, um die man einen Bogen machen sollte, Kindchen«, fuhr sie mit gesenkter Stimme fort. »Auch wenn er noch so ein hübsches Gesicht hat.«

»Der Fritz ist mir egal«, versicherte Martha und fragte sich, ob Minna aus eigener Erfahrung sprach oder einfach nur besorgt war. »Ich mag ihn nicht einmal sonderlich. Er ist viel zu sehr von sich eingenommen.«

»Ganz recht, Mädchen.« Minna nahm die Hände vom Tablett. »Und nun ab mit dir, nicht dass du wegen mir und meinem Plappermaul einen Rüffel bekommst.« Sie rieb sich das Kinn. »Obwohl, in nächster Zeit stehen die Chancen gut, dass wir ungeschoren davonkommen, wenn wir etwas falsch machen. Fräulein Kirchhoff ist im Morgengrauen aufgebrochen. Sie hat ein Telegramm erhalten, ihre Mutter liegt im Sterben. Fritz hat sie noch vor Tagesanbruch zum Bahnhof gefahren, damit sie den ersten Zug bekommt. Sie wird sicherlich einige Tage fortbleiben.«

Marthas Herz machte einen Sprung vor Erleichterung. Fräulein Kirchhoff war außer Haus. Sie würde ihre Verabredung einhalten können, ohne ihre Stelle zu riskieren. Was für ein Glück!

Dass Fräulein Kirchhoff zu ihrer sterbenden Mutter reiste, passte allerdings so gar nicht zu dem Bild, das Martha von ihr hatte. Die Hauswirtschafterin war immer so steif und unnahbar, dass Martha sie sich nicht im Kreis ihrer Familie vorstellen konnte. Geschweige denn am Sterbebett ihrer Mutter, womöglich in Tränen aufgelöst.

Vielleicht tat sie der Frau ja unrecht, und unter der spröden Schale steckte ein weicher Kern. Falls ja, verbarg die Hauswirtschafterin ihn jedoch gut.

Martha eilte mit dem Tablett nach oben. Wie so oft in letzter Zeit war die gnädige Frau in sehr nachdenklicher Stimmung. Sie aß fast nichts von ihrem Brot und ging auch nicht auf Marthas Versuche ein, mit ihr zu plaudern, was sie sonst oft taten.

Martha nahm an, dass es zwischen Luise und dem gnädigen Herrn wieder einmal Streit gegeben hatte. Beide waren hitzköpfig und stur. Kein Wunder, dass es häufig krachte. Aber wenn es so war, wollte Martha lieber gar nichts davon wissen. Das ließ sie bloß sinnlos grübeln.

Nachdem Martha ihr beim Ankleiden geholfen hatte, ging die gnädige Frau ins Kinderzimmer, um nach ihrem Sohn zu sehen, und Martha räumte das Schlafzimmer auf. Schnell verflog der Vormittag, und die Stunde der Verabredung nahte. Als es so weit war, eilte Martha die Hintertreppe hinauf. Zum Glück hatte sie eine Kammer für sich allein. Die beiden Stubenmädchen Anni und Käthe mussten sich ein Zimmer teilen, ebenso wie Lotte und Else.

Martha schloss die Tür, kniete sich auf den Boden und drückte eine Diele zur Seite, unter der sich ein Hohlraum verbarg. Sie holte die kleine Blechdose heraus, in der ihre gesamten Ersparnisse versteckt waren, entnahm ihr zwanzig Mark und stopfte das Geld in ihre Schürzentasche. Jetzt blieben ihr nur noch fünf Mark als eiserne Reserve. Sie schob die Diele wieder an ihren Platz, erhob sich und strich die Schürze glatt.

Über die Hintertreppe und durch den Dienstboteneingang war sie im Handumdrehen draußen. Ohne jemandem zu begegnen, lief sie quer über den Hof und zwischen den Ställen hindurch auf das Seitentor zu, dann über die Brücke.

Schon von Weitem sah sie eine Gestalt, die unter einer Eiche am Rand der Koppeln stand. Unwillkürlich verlangsamte Martha ihre Schritte. Seit Frau Kottersen in ihr Leben getreten war, lag über allem eine dunkle Wolke. Sie musste es ertragen. Das Geld zusammenkratzen. Irgendwie.

Als sie näher kam, drehte Frau Kottersen sich zu ihr um. »Verflucht noch eins, du hast dir ja Zeit gelassen, du kleine Kröte. Noch mal lass ich mir das nich' gefallen. Glaubst du, ich habe den ganzen Tag Zeit?«

Martha biss sich auf die Zunge, um der Frau nicht entgegenzuschleudern, was sie von ihr hielt. »Entschuldigen Sie bitte, Frau Kottersen. Ich musste den richtigen Augenblick abpassen.«

»Papperlapapp. Verwöhntes Gör. Du weißt doch gar nicht, was richtige Arbeit ist.« Frau Kottersen stemmte die Hände in die breiten Hüften. Sie hatte Pranken wie ein Holzfäller und Schultern wie ein Gewichtheber. Ihre Statur war in ihrem Beruf bestimmt von Vorteil. Aber sie machte Martha auch Angst. Wenn sie sich vorstellte, wie diese groben Hände ihre geliebte Cäcilie betatschten, musste sie schaudern. Wie gern hätte sie eine andere Lösung gefunden. Aber es gab keine. Zumindest keine bessere. Frau Kottersen war zwar derb, aber sie hatte das Herz am rechten Fleck. Darauf zumindest musste Martha vertrauen.

»Es tut mir leid«, sagte sie.

»Genug geplaudert, her mit den Penunzen.«

Martha zog das Geld aus ihrer Schürze und reichte es der Frau.

Fingerfertig zählte diese es durch. »Zwanzig Mark? Mehr nich'?«

»Es ist alles, was ich habe.«

»Das reicht nur für zwei Monate, länger nich', das ist dir doch wohl klar. Und die Zugfahrt hierher muss ich auch davon bezahlen.« Frau Kottersen warf einen Blick über Martha hinweg auf das Gestüt. »Da muss doch mehr zu holen sein, bei den piekfeinen Leuten.«

Martha schluckte entsetzt.

»Schon gut, hab dich nich' so.« Die Frau stopfte das Geld in ihre Tasche. »Dann sehen wir uns in zwei Monaten. Ich freue mich schon.« Sie lachte dröhnend, drehte sich um und stapfte davon.

Martha zitterte vor Wut. Am liebsten hätte sie diese unverschämte Person in ihre Schranken gewiesen. Aber ihr waren die Hände gebunden. Sie war Frau Kottersen auf Gedeih und Verderb ausgeliefert.

Navarra, zwei Monate später, Januar 1891

»Wer ist nur auf die verrückte Idee gekommen, eine Hochzeit im Januar abzuhalten! So was ist mir mein Lebtag noch nicht untergekommen!« Flora, die Köchin, warf die Arme in die Luft. »Draußen ist es viel zu kalt, und wenn es wieder schneit, treffen die Gäste nicht rechtzeitig ein.«

»Heute wird es nicht schneien«, entgegnete Alexander lächelnd. »Der Himmel ist klar.« Er bemühte sich, alle Wörter richtig auszusprechen, sprach langsam, etwas, das die Spanier kaum vermochten. Ernesto und Isabella nahmen Rücksicht, wenn er nicht mitkam, aber Flora vergaß immer wieder, dass er nicht alles verstand, und plapperte wie ein Wasserfall.

Alexander stand in der Küche und bewunderte die Köstlichkeiten, die Flora für das Fest am Abend vorbereitet hatte und die in Töpfen, Schüsseln und Schalen darauf warteten, verzehrt zu werden. Es duftete appetitlich nach gedünsteten Zwiebeln, frisch gebackenem Brot und Zimt. Bevor es morgen zur Vermählung in die Kathedrale von Pamplona ging, stieß die Familie heute mit den engsten Freunden auf das glückliche Brautpaar an.

Sie hatten lange darüber diskutiert, ob sie die Hochzeit wirklich so groß ausrichten sollten. Alexander hätte das Geld lieber gespart, um möglichst schnell alle Reparaturen in den Stallungen auszuführen, aber Ernesto hatte ihn damit überzeugt, dass sie ihren neu gewonnenen Wohlstand zeigen mussten, dass sie ins Gespräch kommen, wieder eine gesellschaftliche Größe werden mussten. Dann hatte er seine Entscheidung verkündet: »Ihr werdet in der Kathedrale von Pamplona heiraten, und wir werden für die Gäste ein Fest ausrichten, wie es die Stadt lange nicht gesehen hat, auch wenn viele darunter sind, die uns in schweren Zeiten nicht beigestanden haben.«

Noch hatte Ernesto das Sagen, und da er es so entschieden hatte, ließ Alexander es sich nicht nehmen, alles aufzubieten, was eine Hochzeit in Spanien nach guter alter Tradition ausmachte: Er hatte Zimmer für alle im Gran Hotel La Perla gebucht, dem besten Haus in Pamplona. Er hatte eine Kutsche mit acht weißen Rössern bestellt. Und er hatte der Kirche eine großzügige Spende zukommen lassen, damit der Bischof sich nicht nur mit den Formalitäten sputete, die nötig waren, damit Alexander zum katholischen Glauben konvertieren konnte, sondern sie auch persönlich traute.

Seit Anfang des Jahres, als er bei einer feierlichen Messe das Glaubensbekenntnis gesprochen und das Abendmahl empfangen hatte, war Alexander nun ein Katholik und durfte Isabella in der Kathedrale zur Frau nehmen.

Die Hochzeit würde einen großen Teil ihrer mit dem falschen Sturmkönig bereits erzielten Einkünfte verschlingen, sodass sie in den kommenden Monaten würden kürzertreten müssen, aber das war es wert. Von dieser Hochzeit würde ganz Navarra noch in zehn Jahren sprechen, denn Ernesto hatte natürlich recht. Ein guter Hengst war wichtig, aber ein guter Ruf war es nicht minder.

Was für ein Glück Alexander gehabt hatte, dass Matthieu Perrin sich so dankbar für die Rettung seines Sohnes gezeigt und ihm Pierrot geschenkt hatte. Ernesto hatte darauf bestanden, dass der Hengst noch einmal vom spanischen Züchterverband gekört wurde, denn seine niedersächsische Körung war in Navarra nichts wert. Erst war Alexander angst und bange geworden, denn er hatte jede unnötige Aufmerksamkeit vermeiden wollen. Und die ging mit einer Körung immer einher. Ganz abgesehen von den anderen Risiken. Dass Pierrot die Prüfung nicht bestehen könnte, befürchtete er zwar nicht, wohl aber, dass irgendwem der Betrug auffallen könnte. Oder, schlimmer noch, dass Ludwig davon Wind bekäme und ihm einen Strich durch die Rechnung machte.

Nächtelang hatte Alexander wach gelegen, bis ihm die rettende Idee gekommen war. Er würde vorschlagen, dass der Hengst im Zuge seiner neuen Körung auch einen neuen, spanischen Namen bekam. Und so war es gekommen. Aus Sturmkönig wurde Rey del Viento. Alexander hatte dennoch Blut und Wasser geschwitzt, aber alles war glattgelaufen. Die Papiere, die Sturmkönigs Herkunft belegten, waren anstandslos akzeptiert und die Namensänderung eingetragen worden.

Schon am Abend nach der Kür, während sie auf den Triumph des neuen Hengstes angestoßen hatten, hatten die Züchter Ernesto mit Anfragen und Aufträgen überhäuft. Alexander hatte sich im Hintergrund gehalten. Das hatte ihm Ernesto geraten, denn die Spanier achteten sehr darauf, wem sie ihr Geld gaben. Lieber kauften sie schlechtere Ware bei einem Landsmann, als die bessere bei einem Fremden zu erstehen, dem sie nicht trauten.

Dennoch hatte sich schnell herumgesprochen, wer Alexander war und dass er Rey del Viento an Ernesto verkauft hatte. Damit gaben sich die Züchter zufrieden. Und da Ernesto nun der offizielle Besitzer war, stand einem guten Geschäft nichts im Weg. Pierrot alias Sturmkönig alias Rey del Viento würde eine Menge zu tun bekommen, das Deckbuch hatte sich bereits bis in den Sommer gefüllt, und die Anzahlungen für die Fohlen, die noch gar nicht geboren waren, reichten aus, um die Hochzeit zu finanzieren und den Betrieb aufrechtzuerhalten, bis die ersten Deckgelder eingingen.

Die Köchin jammerte noch immer. Mit einer melodramatischen Geste zeigte sie auf die Berge von Pasteten, Braten, Kuchen und Flan. »Das wird niemals reichen«, klagte sie. »Die Gäste werden hungrig ins Bett gehen, und der Ruf der Familie Castillo und vor allem der meine wird für immer dahin sein.«

Alexander musste laut lachen. »Heute Abend kommen gerade mal dreißig Gäste, aber du hast für hundert gekocht.«

»Ich hoffe, Sie haben recht, Señor. Ich wäre untröstlich, wenn Don Ernesto meinetwegen in Verlegenheit geraten würde.«

Alexander lächelte. Flora war nicht nur eine hervorragende Köchin, sondern auch eine Seele von Mensch. Sie stammte aus Urribate, dem Dorf, das im gleichen Tal wie Los Pinos lag, arbeitete schon seit mehr als zwei Jahrzehnten für die Familie und hatte manches Mal auf ihren Lohn verzichtet, wenn Ernesto nicht zahlen konnte.

»Das wird er nicht, keine Sorge«, versicherte er ihr. »Wir haben ja noch zwei Schinken in der Räucherkammer und ein Fass Oliven im Keller. Brot haben wir auch genug. Niemand wird verhungern, Flora, glaub mir. Hauptsache, der Wein fließt reichlich.«

Sie seufzte. »Wenn Sie das sagen, Señor, wird es wohl stimmen.« Sie wandte sich ab, um die restlichen Anstecker mit Orangenblüten aus Seidenpapier fertigzustellen, von denen jeder Gast einen erhalten würde.

»Es wird ein großartiges Fest werden, davon bin ich fest überzeugt.«

Sie faltete eine Blüte und nickte. »Ich bin so froh, dass die Kleine endlich einen guten Mann gefunden hat.«

Alexander fühlte sich geschmeichelt. Er konnte selbst noch nicht so recht glauben, dass ihm so schnell ein neues Glück beschieden war. Isabella hätte sich dem Wunsch ihres Vaters niemals widersetzt und ihm einen Korb gegeben, doch das war auch gar nicht nötig. Sie hatte aus vollem Herzen in die Ehe eingewilligt und Alexander gestanden, dass sie sich schon am Abend seiner Ankunft in ihn verliebt hatte.

Für ihn selbst war es nicht so einfach gewesen. Er hatte

sich Bedenkzeit ausgebeten, hatte zwei Nächte nicht geschlafen. War es nicht ein Verrat an beiden Frauen, an Luise ebenso wie an Isabella, wenn er in diese Ehe einwilligte? An Luise, weil sie seine große Liebe war, an Isabella, weil er sie nicht aus Liebe, sondern aus Kalkül heiratete?

Isabella war eine liebenswerte Frau, daran bestand kein Zweifel. Sie war nicht nur eine Schönheit, sondern auch voller Temperament, aber dennoch bescheiden. Sie war fleißig, keine Arbeit war ihr zu schwer oder zu niedrig. Hatte sie nicht einen Ehemann verdient, der sie von ganzem Herzen liebte? Ohne dass der Schatten einer anderen Frau zwischen ihnen stand?

Trotz seiner Zweifel hatte Alexander sich letztlich für die Ehe mit Isabella entschieden. Er war ihr sehr zugetan, und seine Gefühle für sie wuchsen von Tag zu Tag. Vielleicht würde er sie eines Tages sogar lieben. Nicht mit dieser alles verschlingenden Leidenschaft, mit der er Luise liebte. Das niemals. Aber doch so, dass sie miteinander ein gutes Leben führen konnten. Zumindest hatte er sich das fest vorgenommen. Er wollte diese wunderbare Frau glücklich machen.

Er warf einen Blick auf seine Taschenuhr. Es wurde allmählich Zeit, dass er nach vorne ging, die ersten Gäste konnten jeden Augenblick eintreffen. Er klappte die Uhr wieder zu und steckte sie weg, nicht jedoch, ohne einen letzten wehmütigen Blick auf die Gravur zu werfen. Noch immer versetzte ihm die Erinnerung an das Weihnachtsfest vor einem Jahr einen Stich, auch wenn der Schmerz nicht mehr so heiß glühte. Und sobald er Isabella ansah, vergaß er für eine Weile, dass seine große Liebe für immer verloren war.

Immerhin hatte ihn die Uhr auf die Idee für das Geschenk

gebracht, das er, wie es Brauch war, für seinen zukünftigen Schwiegervater hatte anfertigen lassen. Er hoffte sehr, dass es Ernesto gefallen würde: eine Taschenuhr, die mit einem winzigen Läutwerk die vollen, die halben und die Viertelstunden schlug, ganz so wie bei einer Kirchturmuhr. Der Uhrmacher in Pamplona hatte zuerst das Gesicht verzogen, als Alexander ihm seinen Wunsch dargelegt hatte. Als er ihm aber erklärt hatte, dass die Uhr für seinen zukünftigen blinden Schwiegervater Ernesto de Castillo als Geschenk zur Hochzeit gedacht war, hatte der Mann sich mit Feuereifer an die Arbeit gemacht, und das Ergebnis war ein geniales Kunstwerk.

Zusammen mit dem traditionellen Brautgeschenk für Isabella, dreizehn Goldmünzen in einem orangefarbenen Baumwollsäckchen, hatte Alexander so viel ausgegeben, dass er den Kauf eines dringend benötigten neuen Sattels für sich selbst aufschieben musste. Denn neben einem weiteren Knecht hatte er noch einen Pferdemeister einstellen müssen, um die ganze Arbeit, die auf sie zukam, bewältigen zu können. Die ersten Stuten waren bereits trächtig, da wurde jede Hand gebraucht. Und bei vielem, das er eigentlich von Handwerkern hatte erledigen lassen wollen, musste er nun zusammen mit den Knechten selbst mit anpacken. Immerhin hatten sich Pedro, Cayetano und auch der neue Knecht Eduardo als geschickt im Umgang mit jeglichem Werkzeug herausgestellt. Sie wussten, wie man ein Dach deckte, konnten Balken passgenau zusägen und mit Hammer und Nägeln umgehen.

»Alexander!«, rief Ernesto von der Eingangshalle her. »Die ersten Gäste kommen gerade die Einfahrt hinaufgefahren.«

»Bin ich anständig angezogen?«, fragte Alexander Flora. Sie lächelte verschmitzt. »Der Anzug steht Ihnen ausgezeichnet, Señor. Nicht ein Stäubchen oder Fleckchen ist zu sehen, die Schuhe glänzen, wie es sich gehört. Sie beide werden ein wunderschönes Paar abgeben. Und ich hoffe, dass es bald viele Kinder auf Los Pinos geben wird, damit ich sie verwöhnen kann. Denn Kinder sind doch das Wichtigste überhaupt.«

Sie wandte sich ab, und Alexander glaubte Tränen in ihren Augen gesehen zu haben. Eine Hochzeit war geeignet, selbst die stärksten Köchinnen aus dem Gleichgewicht zu bringen.

»Ich komme, Ernesto«, rief er und drückte der verblüfften Flora einen Kuss auf die Schläfe.

Ohne ein weiteres Wort verließ er die Küche und ging den Korridor entlang in die Eingangshalle. Ein Zweispänner stand vor dem Haus, ein älteres Ehepaar, beide elegant in Schwarz gekleidet, stieg soeben die Treppe hinauf und begrüßte Ernesto überschwänglich. Hinter der Kutsche rollte bereits das nächste Gefährt durch das Tor. Der Atem der Rösser dampfte in der kalten Luft, die dünne Schicht Pulverschnee funkelte im letzten Abendlicht. Die Sonne war bereits hinter den Bergen verschwunden, bald würden die ersten Sterne aufleuchten. Hier am Rand der Pyrenäen wurde es im Winter beinahe noch kälter als in der heimischen Lüneburger Heide, wie Alexander zu seiner Überraschung festgestellt hatte.

Er warf einen letzten Blick nach draußen, ließ zu, dass sich beim Anblick des Schnees für einen kurzen Moment seine Brust zusammenzog und ihn eine Welle von Heimweh überrollte. Dann wandte er sich ab und trat zu Ernesto und den beiden Besuchern.

Ernesto hörte ihn, und ein Strahlen breitete sich auf seinem Gesicht aus. »Das ist Alexander von Seydell, der Prachtkerl, der morgen meine Isabella heiraten wird, Doña Margerita«, sagte er zu der Frau, die sicherlich schon die siebzig überschritten hatte. Ihre Haut war dünn wie Seidenpapier, aber ihre Augen leuchteten hellwach.

»Ganz entzückend«, rief sie aus.

Alexander murmelte eine Begrüßung, küsste ihren ausgestreckten Handrücken und reichte ihrem Gatten die Hand, der sie kräftig drückte und Alexander direkt in die Augen sah.

»Ich bin Don Alfonso, ein alter Freund Ihres Schwiegervaters. Wir waren schon viel zu lange nicht mehr hier. Die Reise ist lang und beschwerlich, und wir sind nicht mehr die Jüngsten.« Offensichtlich hatte er das Bedürfnis, sich zu entschuldigen, weil er Ernesto und seine Tochter in den vergangenen Jahren ihrem Schicksal überlassen hatte. Immerhin.

»Leider leben wir in unsicheren Zeiten, man weiß nie, was als Nächstes kommt.« Auch Don Alfonso trug die Zeichen des Alters an den Händen und im Gesicht, aber wie seine Frau machte er einen vitalen Eindruck. Er war schlank wie eine Gerte, seine Haltung gerade.

»Wie wahr«, erwiderte Alexander. »Umso schöner, dass Sie die Mühe auf sich genommen haben, uns mit Ihrem Besuch zu beehren.«

Don Alfonso wandte sich an Ernesto und klopfte ihm auf die Schulter. »Eine gute Wahl, mein Freund. Ein Ausländer zwar, aber ein anständiger Mann. Du hast wirklich Glück.«

Nach und nach trafen die anderen Gäste ein. Alexander kam vor lauter Handküssen, Händeschütteln und Höflichkeiten zu nichts anderem. Alle wollten den neuen Mann auf Los Pinos kennenlernen, und er musste seine Geschichte ein Dutzend Mal erzählen. Anfänglich bereitete es ihm Magenschmerzen, Lügen und Halbwahrheiten zu verbreiten. Aber mit jedem Mal, das er die geschönte Version seiner Flucht durch Frankreich wiederholte, kam sie ihm ein wenig leichter über die Lippen. Mittlerweile kannte er sie fast besser als die Wahrheit, sodass sie sich wie eine echte Erinnerung anfühlte.

Isabella hatte sich, wie es die Tradition verlangte, bis zum Abendessen in ihrem Zimmer aufgehalten. Nun saßen alle an der festlichen Tafel und warteten gespannt auf ihren Auftritt. Die Musiker spielten leise Melodien, die nach weitem Land und Sehnsucht klangen.

Alexander musste die Bilder von Luises Hochzeit aus seinem Kopf verbannen. Zu sehr lasteten sie noch immer auf seiner Seele. Morgen würde er eine andere Frau heiraten, er würde ihr Treue schwören, bis dass der Tod sie scheide, und er würde diesen Schwur niemals brechen. Selbst wenn Luise eines Tages frei wäre – er würde Isabella niemals im Stich lassen. Wenn er morgen Isabella das Jawort gab, würde er Luise für immer entsagen.

Absätze klackten auf dem Steinboden. Alexander hielt die Luft an. Er hatte Isabella im Reitkostüm und in einfachen Arbeitskleidern gesehen und sie ob ihrer Schönheit bewundert. Doch jetzt raubte ihm ihr Anblick den Atem. Sie trug einen schwarzen durchsichtigen Schleier, die Mantilla, die nichts verbarg und alles verhieß. Das Kleid war ebenfalls schwarz und leicht tailliert. Ihr Körper war von einem Ebenmaß, das kein Maler der Welt besser hätte ersinnen können.

Und ihr Gesicht war anmutig und wohlgeformt wie eine Marmorbüste. Ein Raunen ging durch die Reihen der Gäste. Manche hatten Isabella schon mehrere Jahre nicht mehr gesehen und kannten sie nur als Mädchen mit langen Zöpfen, das am liebsten mit Kaninchen, Katzen und Hunden spielte und jedes Pferd ohne Sattel und Zaumzeug ritt.

Auf der Schwelle blieb Isabella stehen, warf einen Blick in die Runde und neigte den Kopf. Damit zeigte sie ihre Freude über die Anwesenheit der Gäste und ihre Ehrerbietung ihnen gegenüber. Alexander erhob sich, nahm sein Glas, in dem schwerer Rotwein schimmerte, und streckte es Isabella entgegen.

»Auf Isabella, die wunderbarste Braut der Welt und der Sonnenschein in meinem Leben.«

Alle Gäste standen auf und stimmten mit ein. »Auf die Braut.«

»Möge sie mit gesunden Kindern gesegnet sein.«

»Möge sie hundert Jahre alt werden.«

Unter Hochrufen kam Isabella an den Tisch und stellte sich neben Alexander. Er sah, dass sie strahlte vor Glück. Behutsam nahm er ihre Hände und küsste sie. Dann überreichte er ihr den Beutel. Worte waren nicht notwendig, jeder wusste, was diese Geste bedeutete. Es war der unausgesprochene Schwur, dass er Isabella versorgen und beschützen würde, so lange er lebte. Dieser Schwur wog schwerer als das Jawort in der Kathedrale. Alle Anwesenden würden ihn bezeugen und Alexander zur Rechenschaft ziehen, sollte er ihn brechen.

Er rückte Isabellas Stuhl zurecht, sie ließ sich nieder. Jetzt durfte auch die Feiergesellschaft wieder Platz nehmen.

Ernesto klatschte in die Hände. »Spielt auf, etwas Fröhliches, denn heute ist ein Tag des Glücks!«

Die Musiker stimmten ein schnelles Hirtenlied an, die Gäste klatschten den Rhythmus mit und sangen aus vollen Kehlen. Der Wein floss, Flora trug mit den Knechten das Essen auf. Alle langten kräftig zu. Immer wieder brachte jemand einen Toast aus, lobte die Braut, den Bräutigam, die Gastfreundschaft, das Essen und den lieben Gott, der alles so wunderbar zusammenfügte. Niemand schien sich daran zu stören, dass Alexander ein Fremder war, ein Ausländer und ein Protestant noch dazu, der erst kürzlich der wahren Kirche beigetreten war.

Ernesto hatte ihm erklärt, dass der heutige Abend friedlich verlaufen würde, doch der morgige Tag versprach, spannend zu werden. Sie hatten auch Familien einladen müssen, deren Söhnen Isabella einen Korb gegeben hatte. Ein Grund, für Generationen brüskiert zu sein.

Isabella beugte sich zu Alexander. »Ich werde dich für alle Zeiten lieben. Und ich werde dir einen ganzen Stall voller Kinder schenken.« Sie zögerte einen Moment. »Wenn du es möchtest.«

Für einen Wimpernschlag tauchte Luises Gesicht vor Alexanders innerem Auge auf. Kummervoll sah sie ihn an, Schmerz durchfuhr ihn. Doch ebenso rasch, wie es erschienen war, verblasste das Bild.

Er lächelte seine Braut an. »Natürlich möchte ich das, Liebste. Ich könnte mir nichts Schöneres vorstellen. Wir werden eine große, glückliche Familie sein.«

Celle, am nächsten Tag, Januar 1891

Luise rüttelte Ludwig an der Schulter. Er zuckte, brummte etwas vor sich hin, aber er wachte nicht auf. Herrgott, wie konnte er an einem solchen Morgen schlafen! Luise versuchte es noch einmal, dann verlor sie die Geduld. Kurz entschlossen nahm sie die Waschschüssel und kippte Ludwig das Wasser über den Kopf. Wie von der Tarantel gestochen, sprang er aus dem Bett und fuchtelte mit den Armen herum. Luise ging sicherheitshalber neben dem Schrank in Deckung.

Plötzlich hielt Ludwig inne, rieb sich die Augen und blickte sich verwundert in dem Hotelzimmer um. Er stöhnte und presste die Hände gegen die Schläfen. Sein Kopf musste donnern wie ein Schmiedehammer, aber Luise hatte kein Mitleid mit ihm. Es geschah ihm ganz recht, er hatte die halbe Nacht durchgezecht. Schließlich nahm Ludwig seine Taschenuhr vom Nachttisch, warf einen Blick darauf und seufzte erleichtert.

Er drehte sich zu Luise um. »Hast du mir das Wasser...«

»Ich habe dich nicht wachgekriegt.« Sie blieb in sicherem Abstand stehen, aber der befürchtete Wutanfall blieb aus.

Seit einer knappen Woche waren sie für die Hengstkörung in Celle. Jeden Tag fanden verschiedene Prüfungen statt. Nikodemus hatte sich bisher zum Erstaunen von Karl Sevenich nicht schlecht geschlagen.

Luise hatte darauf bestanden mitzukommen. Denn sie fürchtete, dass der Zwist zwischen Ludwig und dem Pferdemeister weiter eskalierte. Auch wenn im Moment Waffenstillstand herrschte. Ludwig hatte seinen Streit mit Sevenich vorerst beigelegt, und sie hatten gemeinsam aus dem Hengst herausgeholt, was irgend ging. Dennoch war die Spannung mit Händen zu greifen. Sollte Nikodemus es nicht schaffen, wäre es möglich, dass Ludwig Sevenich vor Wut auf die Straße setzte oder, schlimmer noch, dass dieser von sich aus alles hinschmiss. Das musste Luise um jeden Preis verhindern. Einen neuen Pferdemeister würden sie so schnell nicht finden. Ohne Sevenich wäre Seydell endgültig dem Untergang geweiht.

Heute mussten sie besonders früh aufbrechen, um Nikodemus bei der letzten und entscheidenden Prüfung vorzuführen. Dazu musste Ludwig ihn selbst reiten. Ein Grund mehr, warum Luise nicht verstehen konnte, dass er nicht frühzeitig ins Bett gegangen war.

In den letzten Tagen hatte Luise so viel gebetet, wie sie es seit ihrer Kindheit nicht getan hatte. Sie hatte Gott um Beistand angefleht, ihn gebeten, Nikodemus die Prüfung bestehen zu lassen. Wenn nicht für sie, dann wenigstens für ihren kleinen Sohn. Seydell war Roberts Zukunft. Es durfte einfach nicht sein, dass sein Vater, der nicht einmal sein leiblicher Vater war, ihm das mit seinem Leichtsinn wegnahm. Das durfte Gott einfach nicht zulassen.

Ein wenig Hoffnung hatte Luise noch. Immerhin hatte der Hengst es bis in die letzte Runde geschafft. Vielleicht täuschte sich Sevenich, und das Tier war besser, als der äußere Anschein vermuten ließ. Ludwig und er hatten mit Nikodemus viel gearbeitet, der Hengst hatte ansehnliche Muskeln aufgebaut, sein Hals war jetzt wohlgeformt.

Nur die Fehlstellung der Beine war nicht zu korrigieren.

Ludwig glaubte fest daran, dass dieser Umstand keinen Einfluss auf die Preisrichter haben würde, und tatsächlich hatte er sich in den militärischen Prüfungsdisziplinen bewährt. Er hatte eine ordentliche Kondition, konnte springen und hatte gute Nerven bewiesen. Sollte ein künftiges Fohlen von Nikodemus eine Fehlstellung haben, musste man es eben aussortieren. Das war das Prinzip der Zucht. Die Guten kamen weiter, die Schlechten wurden ausgemerzt.

Ludwig warf einen Blick in die leere Waschschüssel, nahm ein Handtuch und trocknete sich das Gesicht ab. Innerhalb von einer Viertelstunde verwandelte er sich von einem übernächtigten Säufer in einen eleganten Gestütsbesitzer. Diesen Wandel beherrschte er virtuos, das musste Luise ihm zugestehen.

Sie nahmen ein schnelles Frühstück ein, dann machten sie sich auf den Weg. Karl Sevenich war bereits im Stall und striegelte Nikodemus für seinen großen Auftritt. Ludwig griff wortlos zur Bürste und ging ihm zur Hand. Er arbeitete konzentriert und schweigsam. Luise beobachtete ihn verstohlen, und zu ihrer eigenen Überraschung fühlte sie sich ihm plötzlich ganz nah. Das war der Ludwig, den sie geheiratet hatte, der stattliche Mann, der allein durch seine Anwesenheit Ruhe und Kraft ausstrahlte.

Ludwig bemerkte ihren Blick und sah sie mit zusammengekniffenen Augen an. »Hast du etwas auszusetzen an meiner Arbeit?«

Das Gefühl der Nähe verflog, ihr Herz krampfte sich zusammen. »Aber nein. Ganz im Gegenteil. Ich finde, du machst das sehr gut. Nikodemus sieht prächtig aus.«

Er starrte sie einen Moment an, als habe er nicht begriffen, was sie gesagt hatte, dann legte er Nikodemus das Halfter an und führte ihn ohne ein weiteres Wort hinaus.

Luise tauschte einen Blick mit Sevenich, der kurz die Brauen hob, dann jedoch rasch wegsah, als ihm klar wurde, dass dies eine Vertraulichkeit war, die ihm nicht zustand.

»Ich gehe dann auch mal in die Halle«, murmelte er und verdrückte sich.

Luise nahm auf der Empore Platz, die mit Wimpeln, Fahnen und Blumengestecken geschmückt war und wo das Publikum und die Frauen der anderen Züchter saßen. Einige nickten ihr freundlich zu. Zwar kannte sie keine der Frauen näher, aber sie waren sich in den vergangenen Tagen des Öfteren begegnet.

Luise schaute nervös zu den Richtern hinüber. Sie saßen auf einem Podium, das inmitten der Sandbahn errichtet worden war. Diese Männer würden heute über ihre Zukunft entscheiden.

Am Eingang zur Halle warteten die Hengste und ihre Besitzer auf ihren Auftritt. Luise sah Ludwig mit seinen Mitstreitern plaudern. Er versprühte Charme, machte Witze. Er war bei vielen beliebt, auch wenn er nicht unbedingt als Züchter respektiert wurde. Und er sah blendend aus. Wäre *er* heute zur Körung angetreten, er hätte sicherlich den ersten Platz errungen.

Doch das Äußere genügte nicht. Und das musste Nikodemus beweisen. Wenn er trotz der Fehlstellung die Deckgenehmigung bekommen wollte, musste er einen besonders festen Charakter und absolute Nervenstärke zeigen. Heute wurden die Hengste vor allem auf ihre Gelassenheit hin geprüft. Mit Tüchern, Schirmen und Bällen, die man ihnen an den Hindernissen entgegenschleuderte, würde man testen, ob sie standhaft blieben oder sich aus dem Konzept bringen ließen. Auch wenn man einem Pferd bis zu einem gewissen Grad die Angst abgewöhnen konnte, musste ein Zuchthengst die Furchtlosigkeit im Blut haben.

Der vorsitzende Richter erhob sich und rief die Namen der edlen Tiere auf, die heute zur Prüfung anstanden. »Erlkönig!« Ein schwarzer wunderschöner Hengst wurde auf die Sandbahn geführt. »Kasimir! Abanto! Landgraf! Quantino! Nikodemus!«

Ludwig schritt mit seinem Hengst wie ein Sieger zu den anderen. Doch Luise fiel auf, dass Nikodemus die Ohren immer wieder anlegte. Was war da los? Irgendetwas beunruhigte das Tier. Ludwig schien nichts zu bemerken. Er schaute nur nach vorne, heftete seinen Blick auf das Podium mit den Richtern. Luise knetete nervös die Finger und hielt nach Sevenich Ausschau. Er musste Ludwig ein Zeichen geben, damit dieser merkte, was los war, und Nikodemus beruhigte. Doch sie konnte den Pferdemeister nirgendwo entdecken.

Der vorsitzende Richter rief Erlkönig auf, der sein Programm mit Bravour bewältigte. Die Zuschauer applaudierten, Erlkönig und sein Herr verließen die Sandbahn, der Nächste wurde aufgerufen. Alle gaben eine gute Vorstellung ab, wiesen zudem ein perfektes Exterieur auf. Luise war sich sicher, dass diese Hengste gekört werden würden.

Nikodemus war die ganze Zeit über unruhig geblieben, hatte immer wieder die Ohren angelegt und die Lippen nach hinten gezogen. Doch Ludwig hatte es ignoriert.

Endlich wurde er aufgerufen.

Ludwig reagierte nicht.

»Nikodemus!«, rief der Richter ein zweites Mal.

Ludwig schien aus einem Traum zu erwachen. Er stieg in den Sattel, Nikodemus schnaubte und setzte sich in Bewegung. Ohne Mühe nahm er die leichten Hindernisse. Er zeigte recht geschmeidige Gänge, trotz der Fehlstellung seiner Beine. Doch im Vergleich zu den anderen wirkte er wie ein Bauer, der sich im Ballett versuchte. Er war verspannt, und Ludwig vermochte nicht, die Spannung zu lösen. Im Gegenteil. Luise bemerkte, dass auch Ludwig nervös wurde. Hoffentlich verlor er nicht die Geduld. Er trieb Nikodemus an, lenkte ihn auf das letzte, das höchste Hindernis zu. Es war einen Meter zwanzig hoch und einen Meter breit. Wenn Ludwig Nikodemus als Zuchthengst für anspruchsvolle Geländepferde und fürs Militär anbieten wollte, musste er dieses Hindernis nehmen. Luise hätte es mit Morgana ohne Mühe genommen, sie hatte schon weit höhere Hürden mit der Stute gemeistert.

Hinter dem Hindernis lag ein Wassergraben, der nicht übersprungen werden musste. Hier sollte das Pferd beweisen, dass es keine Angst vor spritzendem Nass hatte. Das alles aber war nichts gegen den Ball, der vor dem Hindernis von einem Knecht geworfen wurde.

Noch bevor Ludwig und Nikodemus das Hindernis erreichten, wusste Luise, was geschehen würde. Nikodemus legte mit einem Mal die Ohren an. Er schien den Ball entdeckt zu haben und zu ahnen, was auf ihn zukam.

Luise schlug eine Hand vor den Mund.

Ludwig trieb Nikodemus im gestreckten Galopp auf das Hindernis zu, der Hengst versuchte, den Kopf hochzureißen und dem eisernen Griff der Trense zu entkommen, die ihm umso stärkere Schmerzen zufügte, je mehr er sich auflehnte. Für einen Wimpernschlag sah es aus, als wolle Nikodemus springen, doch als der Ball auf ihn zuflog, rammte er seine Vorderhufe in den Sand. Ludwig flog in hohem Bogen aus dem Sattel. Luise sprang auf, die Zuschauer stöhnten, Stallknechte rannten los, um Ludwig zu helfen und Nikodemus festzuhalten, damit er nicht durchging.

Noch bevor die Knechte ihn erreichten, war Ludwig wieder auf den Beinen. Offensichtlich war er unverletzt. Er packte Nikodemus' Zügel und stampfte mit ihm hinaus aus der Halle, ohne irgendjemanden anzuschauen. Luise hörte die Frauen um sich herum tuscheln. Einige murmelten aufrichtige Worte des Trostes, andere konnten ihre Schadenfreude kaum verbergen. Ob sie einfach nur froh waren, dass ihnen dieses Schicksal erspart geblieben war, oder fanden, dass eine Pfarrerstochter, die sich einen Landadligen geangelt hatte, es nicht besser verdient hatte, vermochte Luise nicht zu sagen. Und es scherte sie nicht.

Hocherhobenen Hauptes bahnte sie sich einen Weg nach draußen. Ihr konnte egal sein, was diese Personen von ihr dachten, sie hatte ganz andere Sorgen. Einem Hengst, der in der Körung verweigerte, wurde die Zuchtgenehmigung verwehrt. Er war erledigt und taugte allenfalls als Ackergaul. Luises schlimmste Befürchtungen hatten sich bewahrheitet. Nur ein Wunder konnte das Gestüt noch retten.

Navarra, am selben Tag, Januar 1891

Alexander schwang sich in den Sattel der Stute, die er für den Ritt nach Pamplona ausgesucht hatte. Rey del Viento würde auf Los Pinos zurückbleiben. Keinesfalls wollte Alexander den wertvollen Hengst den Gefahren der Reise aussetzen.

Einige der männlichen Gäste würden Alexander begleiten, die übrigen kämen in den Kutschen nach. Bis zur Trauung am Nachmittag wären, so Gott wollte, alle wohlbehalten in der Stadt eingetroffen.

Obwohl die Feier bis spät in die Nacht gedauert hatte, war Alexander bereits früh auf gewesen. Flora war aus allen Wolken gefallen, als er noch vor dem Morgengrauen in der Küche aufgetaucht war.

»Jesus, Maria und Josef«, hatte sie ausgerufen. »Was in aller Welt tun Sie hier mitten in der Nacht, Señor Alexander?«

»Am besten gewöhnst du dich daran, Flora«, hatte Alexander erwidert. »Ich schätze, ich werde in Zukunft oft mit den Hühnern aufstehen, denn die Aufgaben, die uns erwarten, sind so zahlreich wie die Zikaden, die uns in den Sommernächten wachhalten.«

»Ein Dichter sind Sie ebenfalls, Señor, schau einer an.« Flora machte sich daran, das Frühstück für die zahlreichen Gäste zu richten, während Alexander eine Karotte stibitzte und im ersten fahlen Licht des Morgens zu den Ställen lief.

»Guten Morgen, Rey«, sagte er mit warmer Stimme, als er sich der Box des Hengstes näherte.

Dieser begrüßte ihn mit einem leisen Schnauben. Alexander strich ihm über die samtene Schnauze und fühlte, wie sehr er dieses Pferd lieb gewonnen hatte. Er war nicht sein Sturmkönig, für den gab es keinen Ersatz. Doch zwischen ihm und Rey del Viento existierte dennoch ein ganz besonderes Band. Dieses Pferd war ein Teil seines neuen Lebens, ein Symbol seines Neuanfangs. Aus seiner Heimat hatte er nichts mitgebracht außer sich selbst, der Taschenuhr, die Luise ihm geschenkt hatte, und einem Sack voller Erinnerungen, die allmählich verblassten. »Leider kann ich nicht auf dir zu meiner Hochzeit reiten, mein Guter«, sagte Alexander. »Es wäre zu riskant. Aber ich bin bald wieder da.«

Rey hatte Alexander an die Schulter gestupst, als hätte er seine Worte verstanden. Aber was er eigentlich wollte, war die Karotte. Alexander hatte sie ihm hingehalten. Der Hengst hatte sie ihm vorsichtig aus der Hand gezupft und genüsslich geknabbert.

Nun also ging es los. Zum Glück ließ das Wetter sie auch heute nicht im Stich, und obwohl eine geschlossene Schneedecke über dem Land lag, kamen die Reiter gut voran. Keine zwei Stunden brauchten sie bis Pamplona.

In der Stadt herrschte das übliche Durcheinander von Kutschen, Karren, Reitern und Fußgängern. Als sie über die Plaza del Castillo kamen, an der das Gran Hotel La Perla lag, wären sie beinahe mit einer Gruppe junger Männer zusammengestoßen, die Fahnen mit einem bunten Wappen darauf schwenkten und laute Rufe ausstießen, die Alexander nicht verstand.

Er fragte einen seiner Begleiter, der ihm erklärte, dass die Fahnen den Zazpiak Bat zeigten, das vereinigte Wappen der sieben baskischen Provinzen, und dass die Männer auf Baskisch den Erhalt ihrer historischen Rechte und die Unabhängigkeit Navarras vom Königreich Spanien forderten. Mit einem beklommenen Gefühl im Bauch lenkte Alexander sein Pferd an den Männern vorbei. Er war froh, als er die Gruppe hinter sich gelassen hatte.

Sie ritten zum La Perla, wo Alexander sicherstellte, dass alle gut untergebracht waren. Nur eine knappe Stunde später trafen die Kutschen mit der restlichen Hochzeitsgesellschaft ein. Isabella verschwand mit zwei jungen Damen auf einem Zimmer, um sich beim Umkleiden helfen zu lassen, Alexander zog sich in die Suite zurück, die er für die Hochzeitsnacht gemietet hatte. Sie war jede Pesete wert. Im Bad gab es Wasserhähne an den Waschbecken, aus denen das Wasser einfach so herausfloss, wenn man sie aufdrehte, und einen Ofen mit einem großen Behälter, der nur dazu da war, Wasser für ein Bad zu erhitzen. Holz lag bereit, ebenso Anzünder. Am liebsten hätte Alexander die Wanne gleich ausprobiert, aber dafür blieb zu wenig Zeit.

Also machte er sich nur schnell frisch und zog sich um. Gerade als er das Zimmer verlassen wollte, hörte er auf dem Korridor Geräusche. Im selben Augenblick klopfte es. Rasch öffnete er die Tür.

»Ernesto! Don Alfonso! Bin ich etwa zu spät?« Alexander tastete nach seiner Uhr.

»Nein, es ist noch ein wenig Zeit«, beruhigte Don Alfonso ihn. »Ihr Schwiegervater möchte mit Ihnen sprechen, ich wollte ihn nur unversehrt abliefern.«

»So ein Blödsinn«, schimpfte Ernesto. »Ich brauche doch kein Kindermädchen.«

An seinem Tonfall erkannte Alexander, dass er es nicht ganz ernst meinte.

»Das stimmt«, erwiderte Alfonso augenzwinkernd. »Du brauchst eine Leine, mit der man dich festbinden sollte. Der Kerl wollte doch tatsächlich allein mit diesem neumodischen Fahrstuhl fahren. Diese Dinger sind mörderisch. Ich konnte ihn gerade noch abfangen und die Treppe hinaufführen.«

Alfonso klopfte seinem Freund auf die Schulter, dann ließ er die beiden allein. Alexander führte seinen zukünftigen Schwiegervater zu einem der Sessel. »Möchtest du etwas trinken, Vater?«

»Nein danke, mein Sohn. Ich habe gerade eine ganze Karaffe Wasser gelehrt, so durstig war ich. Ich bin eine derart weite Fahrt mit der Kutsche nicht mehr gewöhnt. Wenn man mich wenigstens hätte reiten lassen...«

»Das hätte gerade noch gefehlt«, empörte sich Alexander schmunzelnd. »Dann lieber die mörderische Fahrt mit dem Fahrstuhl.«

Er fragte sich, was Ernesto von ihm wollte. Eigentlich sollte er jetzt seine Tochter aus ihrem Zimmer abholen und mit der Kutsche zur Kathedrale geleiten.

»Was gibt es denn?«, fragte er. »Ist mit Isabella alles in Ordnung?«

»Aber ja. Sie ist überglücklich. Sie hat sich diesen Tag so lange herbeigesehnt.« Er schwieg einen Moment. Seine blinden Augen schienen Alexander nachdenklich zu mustern. »Ich weiß nicht viel über dich, mein Sohn, und ich möchte auch nichts wissen, was du mir nicht aus freien Stücken offenbaren willst. Isabella liebt dich, und nur das zählt.«

»Ich weiß dein Vertrauen zu schätzen«, erwiderte Alexander, noch immer verunsichert.

»Das hoffe ich.« Ernesto seufzte. »Ich habe dir keine Wahl

gelassen, ich habe dir meine Tochter förmlich aufgedrängt. Sie ist deine Eintrittskarte in ein neues Leben, weil du aus dem alten aus irgendeinem Grund fliehen musstest. Dessen bin ich mir bewusst. Also kann ich nicht von dir verlangen, dass du Isabella ebenso liebst wie sie dich. Ich hoffe jedoch, dass du sie immer mit Anstand und Respekt behandeln wirst.«

Alexander schluckte hart. Er hatte Ernesto ein weiteres Mal unterschätzt. Der Alte verstand nicht nur außerordentlich viel von Pferden, er kannte auch die Menschen. Er hatte mitbekommen, wie Alexander mit sich gerungen hatte.

Vielleicht war es an der Zeit, Ernesto die volle Wahrheit zu gestehen, über den Zwist mit seinem Bruder, über Sturmkönigs tragischen Tod, über Luise. Noch war es nicht zu spät, noch konnte Ernesto die Hochzeit platzen lassen.

Aber es hätte Isabella das Herz gebrochen. Und dem alten Mann auch. Und wofür? Alexander würde niemals nach Seydell zurückkehren. Seine Sehnsucht nach Luise würde mehr und mehr von seinem Glück mit Isabella verdrängt werden. Allein das zählte.

Und Sturmkönig? Solange Ernesto nichts wusste, war er kein Komplize bei Alexanders Betrug. Wenn die Wahrheit je ans Licht käme, würde Ernesto zwar unter den Konsequenzen leiden, ebenso wie Isabella. Aber nur Alexander würde als Betrüger vor Gericht gestellt werden.

Alexander holte tief Luft. »Es ist wahr, Vater, du hast mir keine Wahl gelassen. Aber selbst wenn, hätte ich nicht anders entschieden. Ich bin Isabella von ganzem Herzen zugetan. Was auch immer in meiner Vergangenheit war, Los Pinos ist mein Zuhause geworden, meine neue Heimat. Gott hat es gut mit mir gemeint, als er meine Schritte nach Navarra lenkte, dafür bin ich zutiefst dankbar.«

Ernesto lächelte, tastete nach Alexanders Hand und drückte sie. »Heute wirst du nicht nur Isabella glücklich machen, sondern auch einen törichten alten Mann, der aus Selbstmitleid fast sein Gestüt zugrunde gerichtet hätte. Seit meine Frau gestorben ist, war ich wie in einem Käfig gefangen. Doch du hast mich daraus befreit, mein Sohn.«

»Und du hast mich befreit, Ernesto.«

»Manchmal müssen wir Menschen loslassen, die wir mehr lieben als unser Leben, und von vorne anfangen.«

Alexander musste erneut schlucken, sein Hals war mit einem Mal ganz eng. Ernesto de Castillo war ein weiser Mann mit einem großen Herzen.

Ohne die Hand des Alten loszulassen, kniete er vor ihm nieder. »Ernesto de Castillo, ich schwöre bei Gott und bei allem, was mir heilig ist, dass ich dir ein guter Sohn sein und deine Tochter lieben und ehren werde, solange ich atme.«

 # Kapitel 6

Lüneburger Heide, April 1891

»Herrgott noch mal!«, brüllte Ludwig. »Was für ein verfluchter Speichellecker, dieser Rittmeister Körner!« Er schleuderte das halb volle Glas an die Wand, Scherben rieselten auf den schweren Teppich, ein Cognacfleck breitete sich auf der Seidentapete aus, mit der der Salon tapeziert war. Dann zerknüllte er den Brief, den er gerade gelesen hatte, und schleuderte ihn in den kalten Kamin.

Luise presste die Lippen zusammen. Schon wieder schlechte Nachrichten. Dass Nikodemus bei der Körung vor drei Monaten durchgefallen war hatte sich erwartungsgemäß wie ein Lauffeuer herumgesprochen. Mit Rittmeister Körner war das Dutzend derer voll, die ihre Bestellungen zurückgezogen hatten.

Ludwig, dieser Narr, hatte schon Wochen vor der Körung Anzahlungen für Fohlen entgegengenommen, die noch nicht einmal gezeugt waren. Und jetzt wollten die Kunden ihr Geld zurück, weil der angeblich beste Hengst von ganz Preußen nichts weiter als ein lahmer Gaul war. Sie hatten Ludwig vertraut, da er der Sohn von Otto von Seydell war, doch dieses Vertrauen war jetzt zerstört.

»Du musst die Leute verstehen«, sagte Luise vorsichtig. »Sie haben das Geschäft unter falschen Voraussetzungen abgeschlossen.«

»Blödsinn! Nikodemus ist kein schlechter Hengst, nur weil er ein einziges Hindernis verweigert hat. Das kann jedem Pferd passieren! Selbst den besten. Es gibt kein Rennen, bei dem nicht Pferde verweigern oder vor Hindernissen ihre Reiter abwerfen. Noch dazu, wenn ein Ball geworfen wird. Wurde etwa bei den anderen ein Ball geworfen? Nein!«

Bei den anderen hatte man Tücher geschwungen und Schirme aufschnappen lassen. Aber auf diese Diskussion wollte Luise sich gar nicht einlassen. Es hatte wenig Sinn, sich über Dinge aufzuregen, die nicht zu ändern waren. Zumal ein Gespräch über den wahren Grund für Nikodemus' Scheitern ohnehin nicht möglich war. Der Hengst hatte die Nerven verloren, weil Ludwig sie verloren hatte. Doch darüber hatten weder Sevenich noch sie auch nur eine Andeutung fallen lassen.

Luise trat ans Fenster des Salons und blickte in den Hof. Es goss in Strömen, doch nicht nur deshalb war es ungewöhnlich ruhig. Es fehlte eine Arbeitskraft. Friedrich Götz, der Pferdeknecht, hatte überraschend gekündigt, um nach Hamburg zu gehen, wo er in einer Fabrik arbeiten wollte. Vor den anderen Bediensteten hatte er damit angegeben, wie viel er demnächst verdienen würde. Mehr als das Dreifache. Dass ein Großteil davon für Kost und Logis draufgehen würde, hatte er wohlweislich verschwiegen. Dafür hatte er erzählt, dass er sich dem Kampf der Arbeiter für gerechtere Löhne und mehr Mitbestimmung anschließen wolle. In die Gewerkschaft wolle er eintreten. Jakob hatte ganz große

Ohren gekriegt. Ebenso wie zwei der Mädchen. Das Stubenmädchen Käthe und Else, die Küchenmagd. Ausgerechnet. Nicht, dass Luise das selbst mitbekommen hatte. Minna hatte es ihr berichtet, als sie den Speiseplan für die Woche durchgesprochen hatten.

Eigentlich konnten sie froh sein, den Unruhestifter los zu sein. Aber so einfach war es nicht. Friedrich war weit mehr als ein einfacher Stallknecht gewesen. Er kannte sich gut mit Pferden aus und hatte dem Pferdemeister beim Zureiten der Jungtiere geholfen. Das konnte Jakob nicht. Sie brauchten dringend Ersatz.

Und Luise hatte auch schon eine Idee. Wenn sie es richtig anstellte, war das die Gelegenheit, auf die sie gewartet hatte.

»Was starrst du so finster vor dich hin?«, fuhr Ludwig sie an. »Gibst du mir etwa nicht recht?«

Luise beschloss, es auf anderem Wege zu versuchen. Sie straffte die Schultern und setzte ein Lächeln auf. »Doch. Natürlich, Ludwig. Eine Frechheit, was da in Celle passiert ist. Aber wir können es nicht rückgängig machen. Wir müssen nach vorn blicken.«

»Ach ja?« Ludwig blinzelte irritiert.

»Wir brauchen einen anderen Deckhengst«, beschwor Luise ihn. »Dann ist dieser ganze Ärger bald vergessen.«

»Unsinn. Drei Stuten sind trächtig, und du wirst sehen, es werden prächtige Fohlen werden, um die uns jeder beneiden wird. Und dann kommen sie alle und wollen Nikodemus als Deckhengst, Körung hin oder her.«

Drei Stuten. Und was war mit den anderen fünfundvierzig? Wie konnte Ludwig nur so stur sein?

»Und wovon sollen wir leben, bis es so weit ist? Wir müssen die restlichen Stuten von einem gekörten Hengst decken lassen. Das bringt uns Gewinn, darauf werden die Kunden auch wieder Anzahlungen leisten.«

Ein Gedanke schoss ihr durch den Kopf, nicht zum ersten Mal: Wie anders wäre alles gekommen, wenn Alexander das Gestüt geerbt hätte! Menschen und Tiere würden wachsen und gedeihen, und sie selbst wäre glücklich an der Seite des Mannes, den sie liebte. Ob der alte Otto von Seydell geahnt hatte, dass Ludwig sein Erbe so schnell herunterwirtschaften würde? Ob er je darüber nachgedacht hatte, Seydell vor diesem Schicksal zu bewahren? Oder hatte er gehofft, dass sein ältester Sohn in die Aufgabe hineinwachsen würde, wenn sie ihm erst übertragen war? Falls ja, hatte er sich furchtbar getäuscht.

»Diese verdammten Franzosen!« Ludwig packte die Cognacflasche, zog den Verschluss ab und setzte sie an die Lippen. Er nahm drei tiefe Schlucke, bevor er sie wieder absetzte.

Luise starrte ihn entsetzt an. So etwas hatte er noch nie getan. Ohne Glas, wie ein Säufer aus der Gosse. »Was haben die Franzosen denn damit zu tun?«, fragte sie, um einen sachlichen Tonfall bemüht. Nicht dass sie die Franzosen besonders gemocht hätte, aber es half ja nicht, jemandem die Schuld zu geben, der mit der Sache nichts zu schaffen hatte.

»Der Händler, der mir Nikodemus verkauft hat, stammte aus dem Elsass. Die sind und bleiben Franzosen. Betrüger. Feiglinge. Verlierer. Bismarck hätte sie im Zaum gehalten, der würde das nicht tolerieren, der würde denen Beine machen. Aber der Kaiser…« Ludwig unterbrach sich.

Luise wollte etwas erwidern, doch Ludwig winkte ab.

»Das ist Politik, davon verstehst du nichts, also halt dich da raus.« Er nahm einen weiteren Schluck, dann stapfte er zur Tür. »Ich habe Geschäfte zu tätigen, erwarte mich nicht vor dem späten Abend zurück.«

»Aber wohin…«

»Das geht dich nichts an!«, fuhr er ihr über den Mund.

Als er die Tür aufriss, stieß er beinahe mit Gustav Meinrath zusammen, der erschrocken zurückwich. Ohne ein Wort marschierte Ludwig an ihm vorbei nach draußen.

Luise biss sich auf die Unterlippe. Hoffentlich hatte der Verwalter nichts von ihrem Disput mitbekommen!

»Sie wünschen?«, fragte sie knapp.

»Eigentlich wollte ich mit Ihrem Herrn Gemahl einige Zahlen durchgehen«, erwiderte Meinrath mit ausdrucksloser Miene. »Aber er scheint nicht abkömmlich zu sein.«

»Ganz recht. Ich fürchte, Sie müssen mit mir vorliebnehmen.«

Der Verwalter nickte, und Luise hatte den Eindruck, dass er fast ein wenig erleichtert war. »Ist es Ihnen recht, wenn ich Karl Sevenich hinzubitte? Wir brauchen Ersatz für Friedrich Götz und außerdem eine Lösung für die Stuten, die noch nicht trächtig sind. Damit kennt er sich am besten aus.«

»Aber gern. Rufen Sie ihn. Ich lasse in der Zeit Kaffee bringen, es könnte eine längere Sitzung werden.«

Die Sonne funkelte durch das noch junge Laub, während sie die Lindenallee hinunterfuhren. Marthas Herz schlug heftig, wie immer war sie nervös, wenn sie sich auf den beschwerlichen Weg in die Stadt machte. Heute war ihr freier Tag, und die gnädige Frau hatte erlaubt, dass Jakob sie in der Gig nach Jesteburg zum Bahnhof fuhr. Angeblich wollte sie ihre Eltern besuchen, die bei Buchholz lebten, wo ihr Vater als Flickschuster eine kleine Werkstatt betrieb. In Wirklichkeit jedoch war ihr Ziel Hamburg.

Am Bahnhof konnte sie Jakob nur mit Mühe davon abhalten, ihr eine Fahrkarte zu besorgen. Er wirkte ehrlich gekränkt, weil sie seine Hilfe nicht annahm.

»Ich komme zurecht, danke«, sagte sie. »Sieh lieber zu, dass du rasch wieder zurückfährst, sonst kriegst du Ärger mit Sevenich.«

Jakob winkte ab. »Der weiß doch, dass die gnädige Frau mich geschickt hat.«

»Trotzdem.«

»Also gut, dann hole ich dich um sechs wieder hier ab, ja?«

»Danke, Jakob. Das ist wirklich nett.«

»Mach ich gerne. Ist eine angenehme Abwechslung.« Er sprang auf die Kutsche. Die Gig hatte nur zwei Räder und eine schmale Bank, die für höchstens zwei Personen ausgelegt war. Sie wurde oft bloß von einem einzelnen Pferd gezogen und meistens von Gustav Meinrath oder der gnädigen Frau benutzt, wenn sie Besorgungen zu machen hatte. Sie konnte sie selbst steuern und brauchte keinen Kutscher. Jakob musste sich fühlen wie ein Grafensohn, wenn er damit unterwegs war. Kein Wunder, dass er Martha gern zum Bahnhof brachte.

Martha eilte zum Schalter und kaufte eine Fahrkarte dritter Klasse. Die vierte Klasse wäre noch billiger gewesen, aber dann hätte sie riskiert, die ganze Fahrt stehen zu müssen, weil es nur wenige Sitzplätze gab, und zudem hätte sie möglicherweise das Abteil mit Hühnern und sonstigem Kleinvieh teilen müssen. In der dritten Klasse gab es immerhin halbwegs bequeme Holzbänke.

Als Martha in Hamburg aus dem Zug stieg, war es bereits Mittag. Schnaufend und dampfend kam die Lokomotive im Venloer Bahnhof zum Stehen. Martha ließ sich mit dem Strom der Menschen treiben, der sich in die riesige Stadt ergoss. Wie immer war sie zugleich fasziniert und abgestoßen. Neben unzähligen Kutschen fuhren auch einige von diesen neumodischen Automobilen herum, die sich von ganz allein zu bewegen schienen und dabei ziemlich viel Lärm machten.

Auch die Menschen bildeten eine bunte Mischung aus Klassen, Berufsständen und Herkunftsländern, wie es sie in Birkmoor oder auf Seydell nicht gab. Wenn Martha es nicht so eilig gehabt hätte, wäre sie gerne ein wenig an der Alster spazieren gegangen und hätte ihren freien Tag dafür genutzt, all die fremden Menschen und Dinge zu bestaunen. Aber sie musste so schnell wie möglich nach St. Pauli. Die Besuchszeit war nur kurz, und Ausnahmen wurden nicht gewährt.

Während sie zur Straßenbahnhaltestelle eilte, fiel ihr auf, wie viel Polizei auf den Straßen patrouillierte. Sogar Soldaten mit blauen Uniformen und Pickelhauben liefen in Vierergruppen umher, und ihren grimmigen Blicken nach zu urteilen, waren sie nicht zum Spaßen aufgelegt. Martha wurde es mulmig zumute. Sie hörte meist nicht zu, wenn Erich, Fritz und die anderen Bediensteten bei Tisch über Politik redeten. Und sie wagte auch nicht nachzufragen, wenn sie etwas nicht verstand, weil die Männer sie meistens auslachten und behaupteten, dass sie mit ihrem hübschen Köpfchen das ohnehin nicht verstehen würde. Sie hätte doch besser zuhören sollen. Womöglich stand schon wieder ein Krieg vor der Tür. Mit den Franzosen, über die der gnädige Herr immer herzog. Martha fasste sich ein Herz, ging auf einen der Soldaten zu und lächelte ihn an.

»Entschuldigen Sie.«

Seine Miene hellte sich sofort auf. Er neigte den Kopf. »Wie kann ich behilflich sein, wertes Fräulein?«

»Martha Vogt ist mein Name. Ich wollte nur fragen, ob vielleicht ein Krieg, ob die Franzosen, ich meine, wegen der vielen Soldaten...« Sie brach verlegen ab.

Der Soldat und seine Kumpane lachten schallend. »Verzeihen Sie mir, Fräulein Vogt, aber die Franzosen werden sich nie wieder mit uns anlegen, da können Sie sicher sein. Die haben ihre Lektion gelernt. Nein, wir sind hier, um die Bevölkerung vor aufständischen Arbeitern zu schützen. Diesem Geschmeiß muss klargemacht werden, wo sein Platz ist.«

»Dann bin ich beruhigt. Vielen Dank, mein Herr.« Hastig wandte Martha sich ab.

»Immer zu Ihrer Verfügung«, rief der Soldat ihr hinterher. »Sollen wir Sie ein Stück begleiten?«

»Danke, aber das ist nicht nötig.« Sie beschleunigte ihre Schritte. Wie dumm sie doch war! Einfach so einen dieser Burschen anzusprechen. Immerhin wusste sie nun Bescheid. Aufständische Arbeiter. Hatte Friedrich nicht davon gesprochen, kurz bevor er gekündigt hatte? Hatte er sich ihnen nicht anschließen wollen?

Martha wurde es eng in der Kehle. Sie sah plötzlich Friedrich vor sich, inmitten einer Schar Arbeiter, die lauthals protestierend durch die Straßen marschierten, und dann die Soldaten, die das Feuer auf die Gruppe eröffneten. Rasch versuchte sie, an etwas anderes zu denken, aber ihre gute Laune war dahin.

Sie erreichte die Haltestelle und reihte sich in die Schlange ein, die auf die Bahn wartete. Schon kam das von Pferden gezogene Gefährt um die Ecke geschossen. Die Menschen drängelten, schubsten und lärmten. Nur ein Teil von ihnen ergatterte einen Platz. Martha musste mit den übrigen auf die nächste Bahn warten, die zum Glück schon bald kam. Als sie endlich im Waggon stand, atmete sie erleichtert auf.

Rasselnd fuhr die Bahn los. Dicht gedrängt zwischen den Menschen klammerte sich Martha an einen Haltegriff. Lieber wäre sie zu Fuß gegangen, aber dafür reichte die Zeit nicht. Die Bahn legte sich in eine Kurve, Martha konnte sich nicht halten und wurde gegen zwei Männer gedrückt, die sie frech angrinsten. In der nächsten Kurve wurde sie in die andere Richtung geworfen und landete beinahe auf dem Schoß einer alten Dame.

Die Bahn überquerte die Brücke, die die Innenalster von der Außenalster trennte, Martha erhaschte einen Blick auf die weite Wasserfläche. Sie hatte noch nie das Meer gesehen, ob es so ähnlich aussah?

Quietschend und bockend kam die Straßenbahn zum Stehen. Ihre Haltestelle, endlich! Martha zwängte sich nach draußen, atmete erleichtert die frische Luft. Die Gegend war nicht die beste, dunkle Hausfassaden erhoben sich rechts und links. Mit gesenktem Blick eilte Martha durch die Straßen. Zum Glück war sie nicht zum ersten Mal hier und kannte den Weg. Ihr Herz schlug immer schneller. Sie hatte Angst, alle möglichen Szenarien spielten sich in ihrem Kopf ab. Mal befürchtete sie, von irgendeiner zwielichtigen

Gestalt angesprochen zu werden, mal war ihr bang vor dem, was sie am Ziel ihres Weges erwartete. Was, wenn man sie nicht einließ? Wenn die Besuchszeit aus irgendeinem Grund verschoben oder verkürzt worden war? Wenn Frau Kottersen sie abfing und erst einmal Geld sehen wollte, bevor sie eingelassen wurde?

Nein, das durfte sie nicht. Martha hatte ein Recht darauf, Cäcilie zu sehen, sich zu vergewissern, dass sie gut versorgt wurde. Sie schob die Hand in die Manteltasche und tastete nach dem Geschenk, das sie in eine kleine Papiertüte gepackt hatte. Nicht viel, bloß ein paar Leckereien. Cäcilie liebte Süßes, vor allem Schokolade. Martha hätte ihr gern mehr mitgebracht, ein paar Kleidungsstücke, warme Socken. Aber sie wusste, dass das vergebens war. Frau Kottersen hätte ihr die Sachen sofort abgenommen. Alle Mädchen in ihrer Obhut mussten die gleichen schlichten Kleider und Schürzen tragen. Sonderbehandlungen gab es nicht.

Schließlich erreichte Martha ihr Ziel. Das Grundstück war von einer hohen Mauer umgeben, das Tor mit spitzen Stacheln bewehrt. Durch die Gitterstäbe war das Haus dahinter zu erkennen, ein schäbiger Kasten, dessen gemauerte Fassade rußgeschwärzt war. Martha fasste sich ein Herz und drückte auf den Klingelknopf.

Es klopfte. Luise, die am Sekretär in ihrem Zimmer über einem Finanzplan brütete, schreckte hoch. »Herein.«

Fräulein Kirchhoff trat ein und blieb in gebührendem Abstand stehen. Wie immer war ihr Mund zu einer missbilligenden dünnen Linie verzogen, doch zupfte ein triumphierendes Lächeln daran, das sie offenbar nur mit Mühe unterdrücken konnte. »Darf ich die gnädige Frau um ein vertrauliches Gespräch bitten?«

Luise hätte sie am liebsten wieder fortgeschickt. Sie hatte wirklich genug Sorgen. Vor zwei Wochen hatte sie mit Meinrath und Sevenich eine Strategie entworfen, wie sie durch den Verkauf einiger Stuten genug Geld zusammenbekommen könnten, um die übrigen von einem guten Zuchthengst decken zu lassen. Doch als der Verwalter und der Pferdemeister Ludwig die Idee vorgestellt hatten, hatte dieser empört abgelehnt. Die Stuten wären ihr Kapital, keinesfalls würde er auch nur eine davon verscherbeln. Alle Überzeugungsarbeit hatte nichts genutzt, Ludwig war eisern geblieben. Mehr noch, er hatte darauf bestanden, es noch einmal mit Nikodemus zu versuchen. Sevenich war daraufhin empört aus dem Raum gestürmt, und Luise hatte jede Stunde mit seiner Eröffnung gerechnet, dass er eine neue Stelle habe und fortgehen würde. Doch bisher war das zum Glück nicht geschehen.

Zu allem Überfluss hatte sie vor einigen Tagen bemerkt, dass Geld aus der Kasse fehlte. Das Vermögen der Seydells lag sicher auf der Bank, darauf hatte Luise keinen Zugriff. Es gab jedoch auch eine Schatulle in Ludwigs Sekretär im Salon, in der eine größere Menge Bargeld aufbewahrt wurde, um die laufenden Barausgaben des Gestüts zu tätigen. Dazu besaß auch Luise einen Schlüssel, um etwa der Köchin Geld für die Einkäufe geben zu können. Zusammen mit dem Geld lag ein Kassenbuch in der Schatulle, in das sämtliche Ausgaben sorgfältig einzutragen waren. Doch die Summe auf dem Papier stimmte nicht mit dem Betrag überein, der sich tatsächlich in der Kasse befand. Es fehlten mehrere Hundert Mark.

Fräulein Kirchhoff räusperte sich umständlich. »Darf ich sprechen?«

Luise wedelte mit der Hand. »Bitte.«

»Nun, es geht um Martha. Mal wieder. Ich habe in dieser Angelegenheit noch nicht mit ihr gesprochen. Ich wollte erst Ihre Meinung einholen, gnädige Frau.«

Luises Blutdruck schoss nach oben. Welche Teufelei hatte sich die Kirchhoff jetzt wieder ausgedacht? Warum hatte sie es ausgerechnet auf Martha abgesehen?

»Das ist sehr gut, Fräulein Kirchhoff«, sagte sie, um einen ruhigen Tonfall bemüht. »Bitte, reden Sie freiheraus.«

»Es ist sehr ernst. Der Ruf von Seydell könnte schwer beschädigt, ja sogar vollends vernichtet werden, wenn es sich herumspräche.«

Welcher gute Ruf, dachte Luise bitter. Ludwig hatte bereits dafür gesorgt, dass der Name Seydell in manchen Kreisen nur noch mit einem mitleidigen Unterton ausgesprochen wurde. »Sparen Sie sich die lange Vorrede. Worum geht es?«

»Ich habe Martha mehrfach dabei beobachtet, wie sie einer zwielichtigen Person etwas ausgehändigt hat. Wenn ich mich nicht sehr täusche, handelte es sich um Geld.«

»Einer zwielichtigen Person?«

»Einer Frau. Schäbig gekleidet. Grobschlächtig. Nicht sehr vertrauenswürdig. Beim ersten Mal kam ich zufällig gerade von einem Besuch zu Hause zurück. Es hieß, meine Mutter wäre todkrank, aber es stellte sich als falscher Alarm heraus. Zum Glück. Ich sah das Mädchen mit dieser – Person bei den Koppeln stehen. Und das, obwohl ich ihr den Ausgang verboten hatte. Sie hatte sich beim Ausflug zum Martinimarkt verspätet und uns alle bei den Kutschen warten lassen.«

Luise schwirrte der Kopf. Martinimarkt. Todkranke Mutter. Person bei den Koppeln. Der Markt war doch schon im vergangenen Herbst gewesen, wovon sprach die Hauswirtschafterin überhaupt?

»Wann war dieses Treffen?«

»Wie ich schon sagte, das erste Mal wenige Tage nach dem Martinimarkt, also im vergangenen November. Das nächste Mal sah ich Martha dann im Januar mit der Frau. Und vor wenigen Tagen wieder. Ich bin jedoch sicher, dass sie sich in der Zwischenzeit weitere Male mit ihr getroffen hat.«

»Und sie hat ihr jedes Mal Geld übergeben?«

»Ja, gnädige Frau. Wenn Sie mich fragen…«

»Ja?«, fragte Luise mit scharfer Stimme.

»Entweder wird Martha erpresst…«

Luise schnappte nach Luft.

»Oder sie zahlt für irgendeine Dienstleistung. Für die Versorgung eines Kindes. Eines Bastards.«

Luise fuhr der Schock in alle Glieder. Martha hatte einen Bastard? War das möglich? Sie kannte das Mädchen seit Jahren, Martha war vierzehn gewesen, als sie im Haushalt von Pfarrer Capellan angefangen hatte, nur zwei Jahre jünger als Luise selbst, und noch keine sechzehn, als sie mit Luise auf das Gestüt gezogen war. Hatte Martha vorher schon ein Kind bekommen? Oder zwischendurch, ohne dass Luise es bemerkt hatte? Luise versuchte sich zu erinnern, ob Martha einmal länger fort gewesen war. Aber sie wusste es nicht mehr.

Sie räusperte sich. »Sicherlich gibt es eine harmlose Erklärung für diese Treffen«, sagte sie, obwohl sie selbst nicht so recht daran glauben mochte.

Fräulein Kirchhoff hob die Augenbrauen. »Die würde mich sehr interessieren.«

»Ich kümmere mich selbst um die Angelegenheit.«

»Aber...«

»Ich danke Ihnen, Sie können jetzt gehen.« Die Enttäuschung stand der Hauswirtschafterin ins Gesicht geschrieben. Doch sie hatte sich im Griff. »Selbstverständlich, gnädige Frau. Ich erwarte Ihre Entscheidung.«

»Schicken Sie Martha bitte zu mir. Ich kläre das sofort.« Fräulein Kirchhoff nickte, wandte sich um und verließ den Raum. Luise atmete erleichtert auf. In Gegenwart der Hauswirtschafterin fühlte sie sich immer wie ein kleines Schulmädchen. Da half es auch nicht, dass sie die Hausherrin war und der Frau Befehle erteilen konnte.

Ihre Gedanken wanderten zu Martha. Hatte die Zofe wirklich ein Kind? Von wem? Und falls ja, wie hatte sie es geschafft, das all die Jahre geheim zu halten? Ein Gefühl der Beklemmung stieg in Luise auf. Schon merkwürdig, dass Martha womöglich das Gleiche getan hatte wie sie selbst, die Folgen jedoch vollkommen andere waren. Hätte sie ebenso enden können, wenn die Dinge anders gelaufen wären? Angewiesen auf eine zwielichtige Person, der sie heimlich Geld zukommen lassen musste?

Luise wurde schlecht bei dem Gedanken, jemand könnte herausfinden, wer Roberts wirklicher Vater war. Ja, die Welt war ungerecht. Sie würde Martha nicht behalten können, wenn Fräulein Kirchhoffs Verdacht sich bewahrheitete. Aber sie würde dafür sorgen, dass der Eintrag im Gesindebuch so formuliert war, dass sie eine neue Stelle finden konnte. Das war sie dem Mädchen schuldig.

Es klopfte leise, Martha trat ein, das Gesicht angstverzerrt. Luise konnte sich vorstellen, auf welche Weise Fräulein Kirchhoff ihr Bescheid gegeben hatte. In strengem Ton und wahrscheinlich mit einer Prophezeiung garniert, die Martha bis ins Mark erschreckt hatte.

Luise kam am besten gleich zur Sache, um sie nicht noch länger auf die Folter zu spannen. »Stimmt es, dass du in regelmäßigen Abständen einer Frau Geld gibst?«

Martha wurde bleich. »Ich … ja, aber …«

Luise nickte grimmig. Es stimmte also. »Wer ist diese Frau? Wozu wird das Geld verwendet?«

Martha knetete ihre Hände. »Ich …«

»Martha, bitte. Du musst mir die Wahrheit sagen. Was immer es ist. Hast du vielleicht«, sie zögerte einen Moment, »eine Dummheit begangen?«

Marthas Gesichtsfarbe wechselte von weiß zu rot. »Eine Dummheit? Wie meinen Sie das, gnädige Frau?«

»Ein Kind. Hast du dir ein Kind andrehen lassen?«

»Gütiger Himmel, nein!« Martha sah ehrlich entsetzt aus. »Wer behauptet so etwas?«

Luise stieß erleichtert Luft aus. Die Empörung war nicht gespielt, da war sie sicher. »Wofür gibst du der Frau dann das Geld?«

Martha zögerte, dann drückte sie das Kreuz durch. »Ich lasse es meinen Eltern bringen. Seit mein Vater das Zittern hat und seinen Beruf nicht mehr ausüben kann, haben sie nicht genug zum Leben.«

»Und die Frau?«

»Eine Nachbarin.«

»Ist das auch wahr?«

Martha senkte den Blick. »Ja. Das Geld ist für meine Familie.«

»Sieh mich an.«

Martha sah auf. »Es ist für meine Familie, gnädige Frau. Ich schwöre es.«

Navarra, drei Monate später, Juli 1891

Wie jeden Morgen seit der Hochzeit vor einem halben Jahr wachte Alexander mit einem Lächeln auf den Lippen auf. Isabella hatte sich als ebenso zärtliche wie leidenschaftliche Ehefrau entpuppt, die sein Herz schneller schlagen ließ und seine Lust immer wieder aufs Neue entfachte. Leider war sie noch nicht schwanger geworden. Alexander hoffte inständig, dass sie bald empfangen würde. Ein Sohn oder eine Tochter würde ihr Glück perfekt machen und auch dem alten Ernesto eine große Freude bereiten.

Manchmal, wenn das Thema aufkam, wurde Isabella schlagartig trübsinnig, und Alexander fragte sich, ob sie aus irgendeinem Grund keine Kinder wollte oder vielleicht vor Schwangerschaft und Geburt Angst hatte. Doch wenn er sie fragte, winkte sie mit einem verkrampften Lachen ab. Vielleicht bildete er sich das aber auch nur ein. Schließlich war es Isabella gewesen, die ihm am Hochzeitsabend einen ganzen Stall voller Kinder versprochen hatte.

Alexander reckte sich. Er musste früh aufstehen, denn er hatte einen langen Ritt vor sich.

Isabella kuschelte sich an ihn. »Liebster«, flüsterte sie ihm ins Ohr. »Müssen wir wirklich schon aufstehen?«

»Der Hahn hat sich bereits die Seele aus dem Leib gekräht. Du weißt doch, dass wir heute mit Rey zum Gestüt Los Olivares de Pereira reiten müssen. Dort fordern acht Stuten ihr Recht ein.«

»Und was ist mit mir?« Sie knabberte an seinem Ohrläppchen. »Habe ich nicht auch Rechte?«

Eine Welle heißer Lust durchlief seinen Körper. »Ich wusste nicht, dass du eine Stute bist, Liebste. Aber vielleicht kann ich Rey überreden…«

Isabella biss ihm ins Ohr und zischte etwas auf Baskisch, das er nicht verstand.

Er schrie auf und hob die Hände. »Ich ergebe mich.«

»Das wirst du büßen, Schuft.« Sie warf sich auf ihn und bedeckte sein Gesicht mit Küssen.

Selbst wenn er gewollt hätte, hätte es gegen diese Leidenschaft keine Gegenwehr gegeben.

Eine Stunde später verabschiedete Alexander sich bei den Ställen von ihr. »Ich bin morgen Abend zurück, mein Schatz. Ich hoffe, dass Rey uns nicht im Stich lässt.«

»Das wird er nicht«, entgegnete Isabella. »Er ist ein starkes Tier, voller Lebenskraft. Genau wie sein Herr.« Sie schlang ihre Arme um seinen Hals und küsste ihn. »Sei vorsichtig, mein Gatte. Ich will dich unversehrt zurück, hörst du? Die Straße zu den Pereiras führt über einen gefährlichen Pass, es gibt schmale Stellen direkt am Abgrund und enge Hohlwege. Zudem hat es geregnet, und vielleicht gehen noch Erdrutsche nieder.«

»Ich habe ja Pedro und Cayetano dabei.« Alexander sah zu den beiden Knechten hinüber, die in einigem Abstand warteten. »Sie werden einen sicheren Weg finden.«

»Gute Reise, mein Geliebter.« Sie ließ ihn los und schob ihn sanft von sich. »Und jetzt mach Los Pinos Ehre. Es sollen die schönsten und stärksten Fohlen werden, die die Pereiras jemals hatten.«

»Ich dachte eigentlich, dass Rey dafür sorgen soll.«

Isabella boxte Alexander gegen den Arm. Er wich lachend zurück und schwang sich auf eine brave Stute. Rey del Viento musste geschont werden, ihn würde er an einem Seil mit sich führen. Er winkte Isabella, dann nickte er den Knechten zu und trabte los. Am Tor drehte er sich noch einmal um. Isabella stand an der gleichen Stelle und schickte ihm einen Handkuss hinterher. Ein warmes Prickeln durchfuhr Alexander. Ja, er hatte sein Glück gefunden. Isabella war temperamentvoll wie Luise, aber nicht so draufgängerisch und leichtsinnig. Und nicht so stur. Aufbrausend konnte Isabella jedoch auch sein. Wenn sie wütend war, übergoss sie ihn mit Schimpftiraden, und einmal war sogar eine Karaffe mit Wasser geflogen, nachdem er sich im Scherz darüber lustig gemacht hatte, wie sie aussah, als sie für die Arbeit im Stall eine alte Hose ihres Vaters angezogen hatte.

Ernesto hatte Alexander am Tag nach der Hochzeit verraten, dass sie das Temperament ihrer Mutter geerbt hatte. Einerseits konnte sie lammfromm sein, doch wenn man sie reizte, war sie bereit, es mit einem Schwarzbären aufzunehmen. Dann zeigte sich ihr spanisches Feuer. Schon längst war Alexander klar geworden, dass die Menschen hier häufig nicht so förmlich waren wie seine Landsleute. Sie klopften sich gegenseitig auf die Schulter, umarmten sich und sprachen offen über Dinge, die in seiner Heimat als unaussprechlich galten. Deshalb wurde es hier auch nicht als unschicklich angesehen, dass Isabella und er vor den Augen des Gesindes Zärtlichkeiten austauschten. Am Anfang hatte ihn diese Offenheit manchmal befremdet, doch inzwischen genoss er den ungezwungenen Umgang der Menschen miteinander.

Alexander bog auf die Landstraße. Sie würden überwiegend im Schritt reiten, deshalb hatten sie einen ganzen Tag bis zum Gestüt der Pereiras veranschlagt. Die Sonne schien, aber noch war es kühl, die Luft war klar, es duftete nach Pinien und Wiesenkräutern. Alexanders Herz schlug höher. So hatte er sich sein Leben vorgestellt. Er besaß zusammen mit seinem Schwiegervater ein gut gehendes Gestüt, er hatte eine kluge, schöne Frau geheiratet und verdiente sein Geld mit der Zucht von Pferden, den wunderbarsten Tieren, die Gott geschaffen hatte. Nichts zog ihn mehr zurück nach Seydell, wo bloß Groll, Missgunst und Feindseligkeit herrschten.

Es ging um eine Biegung, der Weg führte nun den Berg hinauf. Der junge Pedro ritt voraus, dann folgte Cayetano mit einem Packpferd, Alexander und Rey del Viento bildeten den Schluss. Hier und da gab es Stellen, die ganztägig im Schatten lagen und wo der Boden vom Regen durchnässt war, aber es drohte keine Gefahr durch Erdrutsche.

Höher und höher ging es, die Sonne stieg, es wurde immer heißer. Alexander schob seinen Strohhut ein Stück nach vorn, um die Augen zu beschatten. Nach drei Stunden Aufstieg in die Berge erreichten sie einen Bach, an dem die Pferde saufen und sie selbst sich erfrischen konnten. Hunger hatten sie noch nicht, die Hitze vertrieb den Appetit.

Auf der anderen Seite des Berges ging es hinab ins nächste

Tal. In der Ferne konnten sie Los Olivares de Pereira bereits liegen sehen, Ställe, Scheunen und Herrenhaus leuchteten im Nachmittagslicht.

Drei Stunden später saß Alexander mit der Familie beim Abendessen. Die Knechte aßen mit dem übrigen Gesinde in der Küche. Rey del Viento hatte die ersten beiden Stuten gedeckt, die übrigen wären am nächsten Morgen dran, bevor sie sich auf den Rückweg machten. Alexander war müde und hätte sich gern auf sein Zimmer zurückgezogen, doch der Hausherr, Don Basilio, bestand darauf, dass sie gemeinsam eine Zigarre rauchten und ein Glas Sherry tranken. Also zog Alexander sich mit ihm ins Herrenzimmer zurück.

Wie zu erwarten war, kam das Gespräch schnell auf die Politik. Don Basilio erregte sich darüber, dass das Land keinen starken Führer hatte, der die Zügel fest in der Hand hielt, sondern von einer Frau regiert wurde. Wie alle Weiber sei sie schwach und lasse sich von allen Seiten herumschubsen, sodass es der Regentschaft an einer einheitlichen Linie mangele.

Alexander sagte so wenig wie möglich dazu, denn anders als die meisten Männer hielt er Frauen für durchaus in der Lage, verantwortungsvolle Ämter zu übernehmen, und die spanische Regentin war für ihn ein Beweis dafür. Seit fast zehn Jahren führte Maria Christina, die aus Österreich stammende Witwe des Monarchen, die Geschäfte für ihren noch minderjährigen Sohn. Der kleine Alfons war erst Wochen nach dem frühen Tod seines Vaters zur Welt gekommen und noch viel zu jung. Soweit Alexander es mitbekommen hatte, verfolgte Maria Christina eine kluge Politik des Ausgleichs zwischen den Mächten. Sie hatte veranlasst, dass die gegnerischen Lager der Konservativen und der Liberalen sich mit der Regierung abwechselten und so den Frieden erhalten. Aber Alexander behielt seine Ansichten für sich. Er wollte sich nicht mit seinem Gastgeber anlegen, schon gar nicht, wenn es um die Politik eines Landes ging, in dem er erst seit kurzer Zeit lebte. Wäre es um den deutschen Kaiser gegangen, hätte er sich eher dazu berechtigt gefühlt, seine Meinung zu vertreten. Zudem wollte er keinen Kunden verprellen, denn das Wichtigste in seinem Leben war sein Gestüt, von den Ränkespielen der Politik wollte er eigentlich so wenig wie möglich mitbekommen.

Nur manchmal, wenn die politischen Führer der Länder allzu lautstark ihre Machtansprüche herausposaunten oder wenn er wie am Tag seiner Hochzeit in Pamplona mitbekam, wie die Nationalisten für die Abspaltung ihrer Heimat vom Königreich marschierten oder die einfachen Leute gewaltsam gegen ihre Ausbeutung aufbegehrten, überkam ihn das ungute Gefühl, dass er sich letztlich nicht würde heraushalten können und dass auch er davon betroffen wäre, wenn dieser Hexenkessel eines Tages überkochte.

Lüneburger Heide, am nächsten Tag, Juli 1891

Luise trat in den Stall und blickte sich suchend um. Georg war damit beschäftigt, eine Box auszumisten. Er war allein. Als er sie hörte, drehte er sich um, ein Lächeln breitete sich auf seinem Gesicht aus. »Gnädige Frau.«

»Gnädige Frau.« Luise schüttelte den Kopf. »Das klingt merkwürdig aus deinem Mund.«

Er räusperte sich verlegen. »Wir sollten vorsichtig sein«, sagte er leise. »Auch wenn wir allein sind.«

»Natürlich, du hast ja recht.« Luise machte einen Schritt auf ihn zu. »Also, wie gefällt dir deine neue Stelle? Wirst du gut behandelt?«

»Herr Sevenich ist sehr nett«, erwiderte er und schob sich die Mütze in den Nacken. »Alle sind sehr nett, bis auf...« Er brach ab.

»Bis auf wen, Georg?«

»Niemand, gnädige Frau.«

»Wenn dich irgendwer hier nicht gut behandelt, Georg, bekommt er es mit mir zu tun.«

»Alle behandeln mich gut, wirklich. Herr Sevenich hat mich schon mehrfach gelobt. Und seit er weiß, wie gut ich reiten kann, gibt er mir auch die schwierigeren Stuten. Und Minna, die Köchin, steckt mir immer was zu, und Martha...«

»Ja, schon gut.« Luise stemmte die Hände in die Hüften. »Du lenkst ab. Glaubst du, ich merke es nicht?«

Georg griff nach der Mistgabel und stocherte damit im Stroh herum. »Der gnädige Herr«, murmelte er schließlich kaum hörbar. »Er ist unberechenbar. Manchmal steht er plötzlich hinter mir, und ich merke es erst, wenn er mich anspricht. Dann lallt er herum und... und manchmal flucht und schimpft er. Oder er schlägt die Stuten...« Georg schob das Stroh hin und her. »Verzeihung, gnädige Frau, das hätte ich nicht erzählen sollen.«

»Doch, das hättest du.« Luise seufzte. Ludwig wurde immer unberechenbarer. Zum Glück fuhr er in letzter Zeit häufig nach Hamburg. Meistens blieb er mehrere Nächte, oft auch eine ganze Woche. Luise vermutete, dass er sich in den Vergnügungslokalen herumtrieb. Oder eine Geliebte hatte. Sei es drum. Es scherte sie nicht. Wer war sie, ihn dafür zu verurteilen, dass er woanders Zerstreuung suchte? Tat sie das nicht ebenfalls? Zudem gaben seine häufigen Reisen ihr und Meinrath die Möglichkeit, das Gestüt vor dem Ruin zu bewahren.

Bei seiner letzten Abreise drei Tage zuvor hatte Ludwig dem Gestütsverwalter eine schriftliche Vollmacht ausgestellt, die es ihm ermöglichte, in seiner Abwesenheit die Geschäfte weiterzuführen. Es war zwar nur eine einfache Notiz, aber sie war unterschrieben und datiert und somit rechtskräftig. Und da Meinrath nichts entschied, ohne es mit Luise abzusprechen, hatte Ludwig ihr damit quasi die Leitung des Gestüts übertragen.

Ob er sich darüber im Klaren gewesen war? Ob er es vielleicht sogar bewusst getan hatte? Luise hatte keine Ahnung. Und es war ihr egal. Hauptsache, sie war handlungsfähig. Sollte sich Ludwig doch in Hamburg herumtreiben, so lange er wollte. Sie würde dafür sorgen, dass ihr Sohn eine Zukunft auf Seydell hatte.

Robert war schon ein Jahr alt und lief an der Hand der Kinderfrau mit tapsenden Schritten durchs Haus und über den Hof. Sein erstes Wort war »Hohü« gewesen, Hottehü, Pferd. Das hatte Ludwig gefallen, und er hatte den Jungen stolz durch die Ställe geführt und ihm erklärt, dass das alles einmal ihm gehören würde. Zu Weihnachten wollte er seinem Sohn sein erstes Pony schenken, damit er so bald wie möglich mit den Reitstunden beginnen konnte.

Nicht nur seinen Vater wickelte der Kleine um den Finger, Robert war der Liebling des gesamten Gesindes. Die Knechte Jakob und Emil fuhren ihn in der Schubkarre herum, wann immer sie etwas freie Zeit hatten, auch wenn Fräulein Kirchhoff meinte, dass sich das für den jungen gnädigen Herrn nicht schicke. Minna zweigte ständig Leckereien für ihn ab, und die Mädchen hatten ihm aus Stoffresten einen ganzen Zoo genäht. Manchmal fürchtete Luise, dass ihr Sohn zu sehr verwöhnt wurde und sich zu einem verzärtelten Schwächling entwickeln könnte. Doch dann dachte sie daran, wessen Blut in Roberts Adern floss, und sie war sicher, dass er einst ein kluger, starker Mann sein würde. Solange er nicht zu sehr unter Ludwigs Einfluss geriet, zumindest.

Sie suchte Georgs Blick. »Bist du unzufrieden? Wärst du lieber auf dem Milchhof geblieben?«

»Um Himmels willen, nein!«

Luise lächelte. »Dann ist es ja gut.« Sie nahm seine schwieligen Hände in die ihren. »Ich bin so froh, dass du hier bist, Georg.«

»Wenn nur der Herr Pfarrer Capellan es nicht erfährt. Er würde es bestimmt nicht gutheißen.«

»Er hat wohl kaum das Recht, sich in die Angelegenheiten des Gestüts einzumischen.«

»Es wäre mir trotzdem lieber, wenn er es nicht erführe.«

»Das wird er schon nicht«, erklärte Luise energisch, obwohl sie befürchtete, dass ihr Vater es längst wusste. Ein neuer Knecht auf Seydell, das sprach sich sicherlich schnell herum. Schließlich geschah in einem Dorf wie Birkmoor nicht viel Aufregendes. Aber es scherte sie nicht, was ihr Vater über die Angelegenheit dachte. Er hatte ihr nichts mehr zu sagen. Und er würde sich hüten, irgendwem von der Verbindung zwischen Luise und ihrem Knecht zu erzählen. Dafür hatte er selbst zu viel zu verlieren.

»Also dann«, sagte sie. »Ich muss zurück ins Haus.« Sie drückte ihm einen Kuss auf die Wange.

Im selben Moment ließ sie ein Knacken herumfahren. Ihr Herz schlug wild. »Ist da jemand?«

Alles blieb still.

»Bestimmt nur eine der Stuten«, sagte Georg, aber auch er wirkte verunsichert.

»Ja, bestimmt«, bekräftigte sie und verließ mit einem mulmigen Gefühl den Stall.

Navarra, am selben Tag, Juli 1891

Es war schon fast Mittag, als sie von Olivares aufbrachen. Rey del Viento hatte seine Aufgabe zur Zufriedenheit aller erfüllt, und Alexander ritt hinter den beiden Knechten her, mit einer stattlichen Summe in der Tasche und dem guten Gefühl, dass alles bestens lief. Er freute sich auf Isabella, auf sein Zuhause, seinen Alltag auf Los Pinos.

Als sie am Fuß der Berge ankamen, ließ Cayetano anhalten. Er stellte sich in den Sattel und studierte mit gerunzelter Stirn die Berggipfel. »Es wird ein Gewitter geben. Wenn es uns am Kamm erwischt, wird es lebensgefährlich.«

Alexander blickte in den Himmel. Nicht ein Wölkchen war zu sehen. Aber er war klug genug, auf den Knecht zu hören, der in dieser Gegend aufgewachsen war. Die Berge waren tückisch, von einer Sekunde auf die andere konnte das

Wetter umschlagen. Das hatte Alexander in den neun Monaten gelernt, die er inzwischen in Navarra lebte.

Die drei Männer ritten ein Stück weiter, bis sie eine geschützte Stelle unter einem Felsvorsprung fanden, die nicht überschwemmt werden konnte. Dort banden sie die Pferde an und machten es sich bequem, so gut es ging. Keine halbe Stunde später rollte der erste Donner durch das Tal, und dunkle Wolken verdeckten die Sonne. Kurz darauf öffnete der Himmel seine Schleusen. Ein eingetrocknetes Bachbett, das etwas unterhalb ihres Rastplatzes lag, wurde innerhalb von Minuten zu einem reißenden Strom, der alles mitriss, was sich ihm in den Weg stellte.

So schnell, wie er gekommen war, war der Spuk vorüber. Kaum zwanzig Minuten vergingen, da tröpfelte es nur noch, und die Sonne blinzelte bereits wieder durch die Löcher zwischen den Wolken. Die Welt glitzerte und glänzte. Doch der schöne Schein trog. Jetzt war die Gefahr erheblich gestiegen, von einem Erdrutsch erfasst zu werden.

Da es inzwischen später Nachmittag war und eine Überquerung des Gebirges bei Dunkelheit selbst ohne Erdrutsche tödlicher Leichtsinn wäre, beschlossen sie, die Nacht unter dem Felsvorsprung zu verbringen. Sie breiteten die Mäntel und mitgebrachten Decken aus, nahmen ein einfaches Mahl aus Brot, Schmalz und Oliven zu sich und begaben sich früh zur Ruhe.

Am nächsten Morgen brachen sie auf, sobald die Dämmerung einsetzte. Da noch immer alles vom Regen durchtränkt war, mussten sie höchst konzentriert reiten, manchmal sogar absitzen und zu Fuß gehen. Nur langsam kamen sie voran. Immer wieder musste Alexander an Sturmkönig denken, der irgendwo auf der anderen Seite dieses mächtigen Gebirges zu Tode gekommen war, und er schwitzte Blut und Wasser in Sorge um Rey del Viento.

Doch alles ging gut, und endlich sahen sie im weichen Abendlicht Los Pinos vor sich liegen. Alexander atmete auf. Sie hatten es geschafft.

Isabella kam ihnen am Tor entgegengelaufen, Ernesto stand in der Tür zum Herrenhaus.

Sobald Alexander aus dem Sattel gesprungen war, warf sich Isabella in seine Arme und küsste ihn.

»Bist du unversehrt? Ich habe gestern das Gewitter über den Bergen gesehen und mir solche Sorgen gemacht.«

»Ich bin bei bester Gesundheit, Liebste. Uns allen geht es gut.« Alexander winkte Cayetano heran und klopfte ihm auf die Schulter. »Das haben wir unserem großartigen Führer zu verdanken.«

»Ich danke dir, dass du mir meinen Gemahl unversehrt heimgebracht hast.« Isabella lächelte den Knecht an, der verlegen den Kopf senkte.

Alexander rieb sich die Hände. »Wir haben einen Bärenhunger, ich hoffe, es gibt etwas Anständiges zu essen.«

»Und ob. Kommt mit herein. Eduardo wird sich um die Pferde kümmern.«

Im Haus war es kühl, wie immer am Abend, wenn die Berge ihre langen Schatten darauf warfen und die Nacht sich ankündigte, und nachdem Alexander sich frisch gemacht und saubere Sachen angezogen hatte, bestand Ernesto darauf, den Kamin anheizen zu lassen. Sie hatten vor einigen Wochen eine Magd eingestellt, Jorja, ein Mädchen aus einem der Dörfer in der Nachbarschaft. Sie hatte sich als äußerst fleißig und gelehrig erwiesen und machte sich sofort eifrig daran, Holz im Kamin aufzuschichten. Kurz darauf züngelten die ersten Flammen und verbreiteten wohlige Wärme.

Alexander schnupperte. »Wir sollten den Kamin reinigen lassen, es riecht nach Rauch, er scheint nicht richtig zu ziehen.«

»Du hast recht, mein Junge«, sagte Ernesto. »Jorja, gleich morgen machst du dich an die Arbeit.«

»Sehr wohl, Don Ernesto. Allerdings habe ich ihn erst heute Morgen gekehrt.«

»Ist das wahr?« Ein ungutes Gefühl kribbelte in Alexanders Nacken.

»Ja, Señor Alexander.« Das Mädchen knickste.

»Dann kommt der Geruch woanders her.« Alexander stürmte aus dem Raum.

Zuerst lief er in die Küche, wo Flora erschrocken aufschrie, dann hoch in den ersten Stock. Alle Zimmer suchte er ab, hielt Ausschau nach einer rußenden Petroleumlampe oder einem schwelenden Kamin, doch nirgendwo entdeckte er etwas.

Bis er einen Blick aus dem Fenster warf und entsetzt erstarrte. Im gleichen Augenblick vernahm er einen Schrei.

»Feuer!«, rief jemand von den Stallungen her.

Und so war es. Eine dicke Rauchsäule stieg aus einem der Stallgebäude auf, schon schlugen die ersten Flammen aus einem der winzigen Fenster.

Großer Gott! Die Pferde! Alexander stürzte die Treppe hinunter und rannte über die lange Auffahrt zu den Wirtschaftsgebäuden. Unmittelbar hinter ihm hasteten Pedro und Cayetano auf die Ställe zu.

Der Geruch nach Rauch wurde stärker, schwarze Schwaden hingen über den Stallungen. Jetzt hörte Alexander auch verzweifeltes Wiehern.

»Eimer«, schrie Cayetano hinter ihm. »Holt alle her. Schnell!«

Alexander überließ es den Knechten zu versuchen, die Flammen zu löschen. Er musste sich um die Pferde kümmern. Gerade als er um die Ecke bog, sah er eine Gestalt in gebückter Haltung über den Hof laufen. Er stutzte. Der neue Knecht Eduardo konnte es nicht sein, der war viel kleiner, Pedro und Cayetano befanden sich hinter ihm, und der Pferdemeister hatte sich im Herrenhaus aufgehalten, als das Feuer ausbrach.

Alexander hatte keine Zeit, sich weiter Gedanken zu machen. Ohne zu zögern rannte er in den Stall. Unerträgliche Hitze schlug ihm entgegen, Qualm stach ihn in Augen und Nase. Er hielt die Luft an, um möglichst wenig von dem Qualm einzuatmen, und machte sich daran, eine nach der anderen die Boxen zu öffnen und die Pferde mit einem Klaps nach draußen zu jagen. Zum Glück sorgte ihr Überlebensinstinkt dafür, dass sie sofort an die frische Luft stürmten.

Der Qualm war so dicht, dass Alexander kaum etwas sehen konnte. Er musste sich beeilen, er konnte die Luft nicht länger anhalten. Aber noch hatte er Rey del Viento nicht erreicht, der keinen eigenen Stall, sondern nur eine besonders große Box im hinteren, von den Stuten und Reittieren abgetrennten Teil des Stalls hatte.

Endlich waren alle Stuten befreit, und Alexander ertastete die Trennwand zu Rey del Vientos Box. Seine Augen brannten und tränten, seine Haut glühte vor Hitze, seine Lunge fühlte sich an, als müsste sie jeden Augenblick bersten, doch er wagte nicht, Atem zu holen, er hatte Angst, in Ohnmacht zu fallen, wenn der giftige Qualm seine Lunge füllte.

Gerade als er seinen Arm ausstreckte, um die Verbindungstür zu öffnen, krachte es über ihm, und ein brennender Balken stürzte herab. Im letzten Augenblick schaffte Alexander es zurückzuspringen, schon landete der Balken funkenstiebend zu seinen Füßen. Alexander keuchte entsetzt, atmete hechelnd ein und aus und hielt dabei verzweifelt nach einem Weg durch die Wand aus Flammen Ausschau, die sich vor ihm auftürmte. Doch das Inferno war unüberwindbar. Zudem schwindelte ihn, er konnte sich kaum noch auf den Beinen halten.

Stimmen drangen zu ihm, von irgendwo weit her. Er hörte Isabella schreien, einen der Knechte seinen Namen rufen. Wie im Traum vernahm er Schritte hinter sich. Oder bildete er sich das nur ein?

»Señor Alexander!«

Pedro, das war Pedro.

»Ich bin hier«, wollte er antworten, doch nur ein Kratzen entwich seiner Kehle. Ein Schwindel erfasste ihn, alles wurde dunkel.

London, Dezember 1947

Seit zehn Minuten saß Elisabeth auf einem gepolsterten Stuhl im Vorraum der Kanzlei in der Regent Street und wartete darauf, von William Saunders empfangen zu werden, dem Rechtsanwalt, dem ihr Onkel die Nachlassverwaltung übertragen hatte. Mr Saunders besaß auch ein Büro in King's Lynn, weshalb Robert von Seydell ihn für diese Aufgabe ausgewählt hatte. Fast vier Wochen waren seit seinem Tod vergangen, vier Wochen voller Trauer, Unsicherheit und Angst. Obwohl die Kanzlei gut geheizt war, fröstelte Elisabeth. Bestimmt lag es am Schlafmangel. Seit sie erst ihren Mann und nur wenige Tage später ihren Onkel beerdigt hatte, schlief sie schlecht. Oft lag sie stundenlang wach und fragte sich, wie es weitergehen sollte. Mit dem Erbe hätte es so einfach sein können, doch der Spanier stellte sich quer.

Vor dem Fenster graute allmählich der Morgen. Elisabeth schaute auf die Uhr. Es war kurz vor acht, um neun musste sie an ihrem Arbeitsplatz sein. Für heute Abend war die Weihnachtsfeier angesetzt, es waren nur noch vier Tage bis zum Fest. Elisabeth war nicht nach Feiern zumute, aber sie konnte sich schlecht drücken. Sie musste ihrem Vorgesetzten dankbar sein, dass er ihr wegen der beiden Todesfälle in ihrer Familie ohne viel Aufhebens zweimal hintereinander Urlaub gewährt hatte.

Noch immer steckte die Trauer wie ein Dorn in Elisabeths Seele. Ihr ganzes Leben lag in Scherben vor ihr, die Zukunft war ungewiss, die Vergangenheit voller Rätsel. Bei ihrer Abreise aus Sandringham hatte man ihr einen Karton übergeben, der die wenigen Habseligkeiten ihres Onkels enthielt. Die Kleidung hatte Elisabeth der Wohlfahrt gespendet, die Möbel gehörten ihm ohnehin nicht. Der Karton enthielt einige Dokumente aus Roberts Dienstzeit als königlicher Pferdemeister, zudem eine Armbanduhr, eine Pfeife, die Elisabeth ihn nie hatte rauchen sehen, einen schlichten silbernen Ring mit einem kleinen Rubin und ein halbes Dutzend Fotografien. Eine zeigte eine herrschaftliche Familie samt Gesinde auf der Freitreppe eines Herrenhauses. Der Kleidung nach war sie vor dem Ersten Weltkrieg aufgenommen worden. Ob das Haus Seydell war? Und die Menschen davor ihre Familie? Elisabeth hatte mithilfe einer Lupe die Gesichter studiert, jedoch in keinem ihren Onkel wiedererkannt. Sie hatte sich gefragt, ob ihr Vater darauf zu sehen war, ob es der Junge war, der etwas abseits stand und mit ernstem Blick in die Kamera schaute. Sie stellte sich ihren Vater immer dunkelhaarig wie Onkel Robert vor. Ihre Mutter hingegen war in ihrer Fantasie honigblond wie sie selbst, von irgendwem musste sie ja schließlich die hellen Haare geerbt haben.

Ein anderes Foto aus dem Karton zeigte Robert als jungen Mann im schwarzen Anzug an der Seite einer strahlenden Braut. Das Datum auf der Rückseite verriet Elisabeth, dass das Bild 1923 aufgenommen worden war, im Jahr ihrer Geburt.

Robert hatte nie erwähnt, dass er verheiratet gewesen war. Was war mit seiner jungen Braut geschehen? Hatte sie ihn verlassen, war sie gestorben? So viele Fragen, auf die sie vermutlich nie eine Antwort erhalten würde.

Die Fotos, den Ring und Roberts Brief an seinen Vater

hatte Elisabeth in ihre Handtasche gesteckt, vielleicht wusste der Anwalt ja mehr darüber. Allerdings war sie nicht sicher, ob sie ihm die Dinge überhaupt zeigen wollte.

Immerhin hatte sie es geschafft, Mr Smith zu besänftigen. Am Tag nach ihrer Rückkehr von Sandringham hatte er ihr einen Besuch abgestattet und sein Geld gefordert. Sie hatte von dem Erbe berichtet, woraufhin er ihr bis Weihnachten Zeit gegeben hatte. Aber das bedeutete nicht, dass er sie seither in Ruhe gelassen hatte. Erst gestern hatte er sie nach der Arbeit vor dem Haus abgefangen und ihr unmissverständlich klargemacht, dass in vier Tagen die Frist verstreichen würde und seine Geduld danach am Ende sei. Wenn sie ihm bis dahin nicht wenigstens einen Beweis dafür liefern könne, dass sie ihr Erbe auch erhielt und dass es ausreichte, um Hughs Schulden zu begleichen, zuzüglich der aufgelaufenen Zinsen und einem Extrabonus von zehn Prozent, würde er seinen bulligen Freund bitten, sie zu besuchen. Und sie solle nicht glauben, dass sie vor ihm weglaufen könne, denn er würde sie überall finden, selbst am Nordpol.

Sie hatte sich in den Hausflur gerettet, ihr Herz war ihr fast aus der Brust gesprungen, so wild hatte es gehämmert. Selbst jetzt schlug es bei der Erinnerung an die Begegnung schneller.

Hoffentlich hatte Saunders gute Nachrichten, hoffentlich war endlich die Vollmacht aus Spanien eingetroffen! Bisher hatte Javier de Castillo y Olivarez nicht auf die zahlreichen Schreiben reagiert, die Saunders ihm gesandt hatte. Ohne die Unterschrift des Spaniers konnte Elisabeth das Gestüt in Deutschland jedoch nicht verkaufen. In der vergangenen Woche hatte Elisabeth in ihrer Verzweiflung selbst nach

Füllfeder und Papier gegriffen und den Mann beschworen, sich doch wenigstens bei ihr zu melden. Allerdings wusste sie nicht einmal, ob er überhaupt Englisch sprach.

Ein Räuspern riss Elisabeth aus ihren Gedanken. Die Empfangsdame lächelte sie freundlich an.

»Mr Saunders kann Sie jetzt empfangen, Mrs Clarkwell.«

»Oh, vielen Dank.« Elisabeth erhob sich, strich ihr Kleid glatt und folgte der jungen Frau mit der eleganten Kurzhaarfrisur in Mr Saunders' Büro, das von einem riesigen Schreibtisch aus Kirschholz dominiert wurde. Jedes Mal, wenn Elisabeth hergekommen war, hatte außer ihrer Akte und einigen Büroutensilien nichts weiter auf dem Tisch gelegen. Mr Saunders war ein sehr ordentlicher Mensch, und das flößte ihr Vertrauen ein.

Mr Saunders stand vor dem Schreibtisch und streckte Elisabeth die Hand entgegen. Er war klein, schmächtig und hatte eine helle, fast piepsige Stimme. Doch sein Verstand war äußerst scharf, und er kannte anscheinend alle Gesetze auswendig. Bei keinem ihrer Treffen musste er in einem der dicken Folianten blättern, die hinter ihm fein säuberlich in einem mächtigen Bücherregal aufgereiht standen.

Saunders fragte, ob sie Tee wolle, und ließ sie Platz nehmen, bevor er sich selbst hinter dem Schreibtisch niederließ. Bis die Empfangsdame das Tablett brachte, plauderten sie über das bevorstehende Weihnachtsfest und das Wetter, das sich wohl vorgenommen hatte, alle Kälterekorde zu brechen. Ganz London bibberte um die Wette, denn Heizmaterial war rar und teuer. Offenbar gab es aber immer noch genug, um die Stadt in giftigen Qualm zu hüllen. Hinzu kamen der Staub der Bauruinen und die Autos und Omnibusse, die rußgeschwängerte Abgase aus ihren Auspuffen bliesen. Wenn das so weiterging, würde man bald die Hand nicht mehr vor Augen sehen, so dick war die Luft.

Der Tee kam, Mr Saunders schenkte ein und räusperte sich.

»Nun, Mrs Clarkwell«, sagte er. »Ich habe gute und schlechte Nachrichten. Die gute zuerst. Wie ich schon bei der Testamentseröffnung dargelegt habe, erhalten Sie aus dem fest angelegten Vermögen Ihres Onkels eine Summe von monatlich fünfundzwanzig Pfund zur Sicherung Ihrer Lebenshaltungskosten sowie eine einmalige Zahlung von hundertfünfzig Pfund zur freien Verfügung. Ich habe das Geld bereits von der Bank entgegengenommen.« Er reichte ihr einen prall gefüllten Umschlag. »Das ist eine nicht unerhebliche Summe. Wenn Sie einen Teil davon hier in der Kanzlei deponieren wollen, brauchen Sie es nur zu sagen.«

»Danke, das geht schon in Ordnung.« Elisabeth nahm den Umschlag entgegen und steckte ihn in ihre Handtasche. Vielleicht konnte sie sich mit dem Geld etwas Zeit erkaufen, Mr Smith einen weiteren Aufschub abringen. »Und die schlechte Nachricht?«, fragte sie, obwohl sie glaubte, die Antwort bereits zu kennen.

»Javier de Castillo y Olivarez hat sich endlich gemeldet. Leider stellt seine Nachricht keinen Anlass zur Freude dar. Er hat ein Telegramm geschickt, in dem er unmissverständlich mitteilen lässt, dass er kein Interesse an einem wie auch immer gearteten Kontakt zu Ihnen hat. Das Erbe wird gar nicht erwähnt.«

Elisabeth klammerte sich an ihrer Handtasche fest. »Aber was soll ich jetzt tun? Kann ich das Anwesen ohne seine Unterschrift verkaufen und ihm seinen Anteil zukommen lassen?«

Mr Saunders schüttelte den Kopf. »Das ist leider nicht möglich. Sie sind nicht die alleinige Besitzerin, deshalb dürfen Sie ohne das Einverständnis von Mr Castillo nicht darüber verfügen.«

»Aber das ist doch nicht möglich!«

Mr Saunders beugte sich vor. »Selbstverständlich werde ich es weiter versuchen. Ich schätze, es könnte hilfreich sein, einen spanischen Anwalt einzuschalten, der sich direkt mit Mr Castillo in Verbindung setzen kann. Vielleicht liegt ja bloß ein Missverständnis vor, der Mann spricht offenbar kein Englisch.«

Elisabeth knetete den Schultergurt ihrer Handtasche. »Ich verstehe nicht, warum mein Onkel diesem Mann die Hälfte des Gestüts vererbt hat.«

»Dazu kann ich Ihnen leider nichts sagen, Mrs Clarkwell. Vielleicht...« Mr Saunders wirkte mit einem Mal verlegen. »Nun ja, manchmal erinnern sich Menschen an die Fehltritte ihrer Jugend, wenn der Tod an die Tür klopft, und sie wollen Dinge ins Reine bringen.«

»Aber was...« Elisabeth brach ab, als sie begriff, was der Anwalt andeuten wollte. Dieser Spanier war womöglich der uneheliche Sohn ihres Onkels. Hatte das Zerwürfnis mit seinem Vater damit zu tun? Und die Braut auf dem Foto? Welche Rolle spielte sie?

Elisabeth fasste sich an die Stirn. Ihr war plötzlich schwindelig.

»Mrs Clarkwell? Geht es Ihnen gut? Sie sind ja weiß wie die Wand.«

Elisabeth riss sich zusammen. Ein Gedanke kam ihr. »Könnte ich vielleicht einen Kredit aufnehmen, mit dem Erbe als Sicherheit?«

»Einen Kredit?« Mr Saunders runzelte die Stirn. »Haben Sie Geldsorgen? Gibt es Probleme?«

Hastig schüttelte Elisabeth den Kopf. »Nein, es war nur eine Idee.«

»Leider keine gute.« Mr Saunders seufzte. »Keine Bank der Welt wird Ihnen auf dieses Erbe auch nur einen Penny leihen. Selbst wenn Javier de Castillo y Olivarez ein alter Mann wäre, was wir nicht wissen, würden seine Erben nach seinem Tod seinen Anteil erhalten. Zudem könnten Sie, wenn Sie mir die Offenheit erlauben, vor ihm versterben, und damit wäre das Erbe dem Zugriff der Banken entzogen.«

Elisabeth wusste nicht, was sie sagen sollte. Ihr schwirrte der Kopf. Sie hatte einen Berg Schulden geerbt, die sie nicht zurückzahlen konnte, und ein Gestüt in Deutschland, über das sie nicht verfügen durfte. Hysterisches Lachen stieg ihr die Kehle hinauf, hastig erstickte sie es in einem Hustenanfall.

»Alles in Ordnung?«, fragte Mr Saunders besorgt.

»Die trockene Luft.«

»Unangenehm, ja.« Er nickte ernst. »Es tut mir leid, dass ich im Augenblick keine besseren Nachrichten habe. Immerhin verfügen Sie über ein kleines Einkommen aus dem fest angelegten Vermögen, von dem Sie einigermaßen komfortabel leben können. Damit geht es Ihnen besser als vielen anderen.«

»Natürlich. Ich danke Ihnen.«

Elisabeth erhob sich. Taubheit machte sich in ihrem Körper breit. Hugh war tot, ihr Onkel war tot, und sie stand mit dem Rücken zur Wand. Was sollte sie nur tun? Wen konnte sie um Rat fragen?

Mr Saunders trat hinter dem Schreibtisch hervor. »Wir geben nicht auf, Mrs Clarkwell. Sicherlich wird sich alles aufklären. Üben Sie sich in Geduld. Geben Sie Mr Castillo Zeit.«

Zeit war das Einzige, was sie nicht hatte. »Ich danke Ihnen für Ihre Bemühungen, Mr Saunders.«

Wenige Minuten später trat Elisabeth auf die Regent Street und schlug den Kragen ihres Mantels hoch. Inzwischen war es hell, Menschen hasteten an ihr vorbei, Autos und Busse drängelten, hupten und lärmten auf der Straße. Elisabeth lehnte sich gegen die Hauswand. Eigentlich sollte sie sich sputen, damit sie es pünktlich zur Arbeit schaffte. Aber es gelang ihr nicht, sich aufzuraffen. Es hatte ja doch keinen Sinn. Wozu sollte sie sich abstrampeln, wenn sie niemals das Geld zusammenbekäme, um Mr Smith auszuzahlen? Wozu sollte sie überhaupt noch einen Finger rühren?

Plötzlich hatte sie das Gefühl, beobachtet zu werden. Im gleichen Moment nahm sie eine Bewegung wahr und blickte gerade noch rechtzeitig zur Seite, um zu sehen, wie sich eine Gestalt in einen Hauseingang drückte.

Elisabeth erstarrte. Sie hatte die Person nur für einen winzigen Augenblick gesehen, doch sie war sicher, dass es Mr Smiths unheimlicher Freund gewesen war.

Fünf Stunden später schreckte Elisabeth hoch, als der Zug ruckte und stehen blieb. Sie fasste sich an den Kopf, der sich anfühlte, als wäre er mit Sägespänen gefüllt. Sie war schon kurz nach der Abfahrt eingenickt, so erschöpft war sie gewesen, und brauchte einen Moment, bis ihr alles wieder einfiel. Nachdem sie Mr Smiths Handlanger vor der Anwaltskanzlei erblickt hatte, war ihr mit einem Mal klar geworden, was sie zu tun hatte. Kurz entschlossen hatte sie die nächste Telefonzelle aufgesucht und erst ihren Vorgesetzten und dann ihre Freundin Margaret angerufen. Danach war sie auf verschlungenen Wegen zum Bahnhof King's Cross gefahren, hatte dabei so viele verschiedene U-Bahnen und Busse benutzt, wie es nur ging, um ihren Verfolger abzuschütteln.

Während dieser Odyssee durch London hatte sie ständig über die Schulter geschaut und war mehrere Male unvermittelt in einen Hauseingang getreten, um festzustellen, ob ihr jemand folgte. Selbst auf dem Bahnsteig hatte sie jedes Gesicht studiert und sich ständig umgeschaut.

Erst als sie im Waggon Platz genommen und der Zug sich langsam in Bewegung gesetzt hatte, war die Anspannung von ihr abgefallen.

Elisabeth wischte über die beschlagene Scheibe, um einen Blick hinauszuwerfen. Die Sonne näherte sich bereits wieder dem Horizont, die Nacht würde bald hereinbrechen. Der Zug stand mitten auf der Strecke. Gegen die tief stehende Sonne zeichnete sich ein Wald aus Fördergerüsten ab, mindestens ein Dutzend Schlote bliesen Rauch in die Luft. Bis Durham konnte es nicht mehr weit sein, die Stadt lag inmitten des größten Kohlefeldes der Insel. Margarets Vater besaß mehrere Gruben, seine beiden Söhne verwalteten sie als Betriebsleiter unter Tage. Deshalb hatten sie auch nicht in den Krieg gemusst. In den Fabriken hatten die Frauen die Arbeit der Männer übernommen, aber in den Tiefen der Kohleflöze waren sie fehl am Platz.

Endlich setzte sich der Zug wieder in Bewegung. Der Wald aus Fördertürmen wollte nicht enden. Längst nicht alle waren noch in Betrieb. Margaret hatte Elisabeth in einem ihrer letzten Briefe geschrieben, sie mache sich große Sorgen, dass ihr Vater seine Gruben und damit das Familieneinkommen verlieren könnte. In der Hoffnung auf bessere Zeiten hatte Mr Drayton während des Krieges einen großen Teil seines privaten Vermögens aufgewendet, um die Förderung zu gewährleisten. Doch nun stand der Kohleabbau unter der Aufsicht des National Coal Board, und Margarets Vater befürchtete, früher oder später enteignet zu werden.

Der Zug fuhr in Durham ein. Zischend und qualmend kam die Lok zum Stehen. Elisabeth nahm ihre Handtasche und erhob sich. Einen Koffer hatte sie nicht packen können, denn sie hatte sich nicht zurück in ihre Wohnung getraut. Sie würde einen Teil des Geldes, das der Anwalt ihr übergeben hatte, dafür verwenden müssen, sich ein paar Sachen zu kaufen. Doch mehr als ein oder zwei Pfund würde sie nicht benötigen. Und selbst wenn. Hauptsache, sie war erst einmal in Sicherheit. Hier im Norden würde Mr Smith sie nicht so schnell finden. Natürlich konnte sie nicht dauerhaft in Durham untertauchen. Aber wenigstens verschnaufen und sich über die Weihnachtstage in Ruhe überlegen, was sie als Nächstes tun sollte.

Vor dem Bahnhof wartete Margaret. Sie trug einen eleganten grauen Mantel und einen passenden Hut, unter dem ihre braunen Locken hervorquollen, und winkte aufgeregt.

»Lizzy!«

»Mag!«

Die beiden fielen sich in die Arme. Elisabeth wollte die Freundin am liebsten gar nicht mehr loslassen.

Margaret lachte und hielt sie von sich weg, um sie kritisch zu begutachten. »Gute Güte, Lizzy! Du siehst ja aus, als hättest du eine Woche nicht mehr geschlafen. Erst Hugh und nun auch noch dein Onkel. Wie schrecklich! Du musst dich furchtbar fühlen.«

»Jetzt, wo ich hier bin, geht es mir schon deutlich besser.« Elisabeth lächelte schwach.

»Ich werde dich aufpäppeln, Liebes. Wir alle werden das tun. Ein Weihnachtsfest mit der Familie Drayton ist die beste Kur für Leib und Seele. Du wirst sehen.«

»Genau darauf hatte ich gehofft.«

»Ich bin froh, dass du da bist.«

»Das bin ich auch. Danke, dass deine Familie bereit ist, mich über die Weihnachtstage bei sich aufzunehmen, und das auch noch so kurzfristig.«

Margaret wurde ernst. »Hätten wir etwa Nein sagen sollen? Du klangst sehr verzweifelt am Telefon. Was kein Wunder ist. So viel Kummer auf einmal, das hält niemand aus. Doch jetzt lass uns erst mal heimfahren. Du musst ins Warme und etwas essen.« Sie schaute sich um. »Wo ist denn dein Koffer?«

»Ich habe keinen dabei.«

»Du bist ohne Koffer aufgebrochen? So überstürzt?« Margaret runzelte die Stirn. »Himmel, Lizzy, was hat das zu bedeuten? Was ist passiert?«

Elisabeth ergriff die Hand ihrer Freundin. »Ich erzähle dir alles, aber nicht hier, in Ordnung, Mag? Gib mir ein wenig Zeit.«

»Natürlich, verzeih. Komm mit, wir müssen dort drüben entlang.«

Margaret war mit einem schwarzen Ford Anglia gekommen. Sie steuerte das Fahrzeug selbst, sie war schon immer forscher und mutiger gewesen als Elisabeth, der der Straßenverkehr viel zu hektisch und unübersichtlich war, als dass sie sich hinter das Steuer eines Automobils gewagt hätte.

Sie überquerten den River Wear auf der Framwellgate Bridge, von der aus sie die wuchtigen Türme der Kathedrale sehen konnten.

»Erinnerst du dich, Liebes?«, fragte Margaret mit einem Blick auf das Flussufer.

»Wie könnte ich das je vergessen.«

Margaret kicherte. Elisabeth lächelte. Es schien eine Ewigkeit her zu sein, dass sie beide mit zwei Jungen am Ufer des Wear gesessen hatten. Es war Sommer, sie waren vierzehn Jahre alt gewesen. Einer der Jungen war zudringlich geworden, hatte Elisabeth plötzlich auf den Mund geküsst. Als er nicht von ihr ablassen wollte, hatte sie ihn in den Fluss geschubst. Fluchend und nass wie ein Fisch war er mit seinem Freund abgezogen.

In jenem Sommer hatte Elisabeth ausnahmsweise die Sommerferien in Durham verbracht statt in Sandringham. Auf dem Gestüt hatten Umbauarbeiten angestanden, und sie wäre nur im Weg gewesen. Zumindest hatte ihr Onkel ihr das erzählt. Erst als sie ihn in den folgenden Weihnachtsferien besucht hatte, war ihr aufgefallen, dass die Stallungen unverändert waren. Auf ihre Fragen hatte Robert ausweichend reagiert, und sie hatte der Sache keine weitere Bedeutung beigemessen. Erst jetzt, wo sie wusste, dass ihr Onkel mehr als ein Geheimnis vor ihr gehabt hatte, fragte Elisabeth sich, was er wohl in jenem Sommer gemacht hatte.

Die Draytons lebten in Oakley Hall, einem von einem großen Garten umgebenen Anwesen in einer Schleife des Wear im Südosten der Stadt. Wie alle, die ein wenig Land besaßen, hatten auch die Draytons den Großteil ihres Gartens in einen Gemüseacker umgewandelt, auf dem noch ein paar Kohlköpfe der winterlichen Kälte trotzten. Zudem war an das Haus ein Verschlag für Hühner angebaut worden.

Die Familie begrüßte Elisabeth mit großem Hallo. Margarets Mutter staunte, wie erwachsen sie geworden war und wie elegant sie aussah, die junge Dame aus London. Margarets Brüder unterhielten sie beim Abendessen mit Anekdoten über ihre Freunde und Nachbarn, Margarets Vater schimpfte hin und wieder halb im Scherz, halb ernsthaft, weil die beiden den Gast gar nicht zu Wort kommen ließen.

Es tat Elisabeth gut, mit den Draytons zu plaudern und zu lachen und für eine Weile ihre Sorgen zu vergessen. Als sie später in ihrem Bett lag, fühlte sie sich zum ersten Mal seit langer Zeit wieder sicher und geborgen und ertappte sich bei dem Wunsch, einfach hierbleiben zu können und im Kreis dieser warmherzigen, lebensfrohen Familie ein neues Zuhause zu finden.

Als Elisabeth und Margaret am nächsten Morgen vor die Tür von Oakley Hall traten, um sich bei einem Spaziergang in Ruhe zu unterhalten, schlug ihnen eisiger Wind entgegen, und auf den Pfützen hatte sich eine dünne Eisschicht gebildet.

Margaret hakte sich bei Elisabeth unter. »Lass uns zum Fluss laufen. Dort sind wir ungestört.«

Eine gute Viertelstunde lang schlenderten sie nebeneinanderher am Ufer entlang, ohne ein Wort zu reden. Das hatte Elisabeth schon immer an ihrer Freundin gemocht: Sie war viel freimütiger, nahm die Dinge leichter, und doch war sie kein Plappermaul. Und sie spürte, dass Elisabeth Zeit brauchte, um die richtigen Worte zu finden.

Margaret hatte eine Papiertüte mit Brotkrümeln dabei, die sie nun an die Spatzen verteilte, die sich am Ufer versammelt hatten, nicht jedoch, ohne sich vorher umzusehen, ob auch niemand in der Nähe war. Vögel zu füttern war streng verboten, es galt als Verschwendung von Lebensmitteln.

Schließlich brach Elisabeth das Schweigen. »Hugh hat mir einen riesigen Berg Schulden hinterlassen.«

Margaret ließ die Tüte sinken. »Das ist nicht wahr.«

»Doch, leider. Und der Mann, dem er das Geld schuldet, ist nicht gerade ein Gentleman. Ich sitze in der Klemme, Mag, und zwar richtig tief.«

»Lieber Himmel, kann ich dir helfen? Ich habe ein wenig Geld gespart.«

Elisabeth lächelte bitter. »Nicht genug, fürchte ich. Außerdem würde ich es niemals annehmen.« Sie erzählte ihrer Freundin von Mr Smith und seiner Drohung, von dem Brief, den Robert an seinen toten Vater geschrieben hatte, und dem Erbe, an das sie nicht herankam, weil irgendein Spanier sich weigerte, mit ihr zu reden. Als sie geendet hatte, seufzte sie. »Es kam alles so unerwartet. Als der Krieg zu Ende war, dachte ich, wir könnten aufatmen, das Leben ein bisschen genießen nach den vielen Entbehrungen. Doch für mich ist es nur noch schlimmer geworden. Von einem Moment auf den anderen habe ich alles verloren. Ich wünschte, es könnte wieder so sein wie früher.«

»Du weißt doch, dass das nicht möglich ist?«

»Natürlich. Weder Hugh noch mein Onkel werden wieder lebendig werden. Ich meine nur, dass ich keine Angst mehr haben und in Frieden leben will.«

»Und dafür musst du dieses Gestüt in Deutschland verkaufen, ja?« Margaret schüttete den Rest Krümel aus der Papiertüte und steckte sie in ihre Manteltasche.

»Richtig.«

»Was ohne die Einwilligung des Spaniers nicht geht.«

»So ist es.«

»Und du hast keine Ahnung, wer dieser Javier de Soundso ist und warum er partout nichts mit dir und dem Erbe zu tun haben will.«

»Das möchte ich auch gar nicht wissen.« Elisabeth trat näher ans Ufer und sah einem Blatt nach, das ins Wasser gefallen war und nun von der Strömung flussabwärts getragen wurde. »Ich will einfach nur, dass dieser Mr Smith mir nie wieder Angst einjagen kann.«

»Und was es mit deinem Erbe auf sich hat, interessiert dich nicht? Willst du nicht wenigstens einmal nach Deutschland reisen und dir Seydell ansehen? Gütiger Himmel, wenn ich ein Gestüt erben würde, ich wäre am nächsten Tag dort, um es in Besitz zu nehmen.« Margaret breitete die Arme aus. »Saftige grüne Hügel, so weit das Auge reicht, endlose Koppeln voller Pferde. Ein Traum! Ich erbe höchstens ein paar dreckige Löcher voller Kohle, und auch das ist mehr als ungewiss.«

»Ich würde gern mit dir tauschen.«

»Sag das nicht, Lizzy.« Margaret fasste sie bei den Schultern. »Fahr nach Deutschland. Stell dich der Vergangenheit, finde die Wahrheit über deine Familie heraus. Das Geld allein wird dich nicht frei machen.«

»Was verstehst du schon davon?« Elisabeth machte sich los und trat einen Schritt zurück. »Du hast gut reden, in deiner Familie gibt es keine Geheimnisse.«

»Außer einem nicht registrierten Schwein im Keller.« Margaret lächelte.

Aber Elisabeth war nicht nach Scherzen zumute. »Ich fahre ganz bestimmt nicht nach Deutschland, auf gar keinen Fall. In der Vergangenheit herumzustochern bringt nichts als trüben Schlamm zum Vorschein, das hat mein Onkel immer gesagt.«

»Aber er hat am Ende bedauert, sich nicht mit seinem Vater ausgesöhnt zu haben. Das zumindest deutet er in seinem Brief an.«

»Das kannst du nicht wissen.«

Margaret sah sie bloß an.

Elisabeth wandte sich ab und starrte wieder auf das smaragdgrüne Wasser, das träge dahinfloss. Das Blatt hatte sich an einer in den Fluss hineinragenden Baumwurzel verfangen.

»Also gut«, sagte sie. »Was würdest du an meiner Stelle tun, Mag, ich meine, abgesehen davon, nach Deutschland zu reisen? Das kommt nicht infrage.«

Margaret heftete ihren Blick ebenfalls auf den Fluss. »Ich würde nach Spanien fahren und diesen Javier zur Rede stellen. Irgendetwas hat er mit deiner Familiengeschichte zu tun, da bin ich sicher. Wer weiß, vielleicht ist er sogar mit dir verwandt.«

Elisabeth dachte an die Andeutung, die der Anwalt gemacht hatte, doch sie schwieg.

»Ich würde ihn fragen, warum er so verbittert ist«, fuhr

Margaret fort. »Warum er mit dir und dem Erbe nichts zu tun haben will. Nur wenn du sein Motiv kennst, kannst du ihn vielleicht umstimmen.«

Elisabeth betrachtete das Blatt, das sich gerade von der Wurzel löste und weitertrieb. »Ich teile zwar deine Meinung nicht, Mag. Aber in einem Punkt muss ich dir recht geben. Mir bleibt nichts anderes übrig, als mich auf den Weg nach Spanien zu machen, das ist mir jetzt klar geworden. Ich werde mir diesen Señor de Castillo vorknöpfen, ihn zur Rede stellen und notfalls an den Haaren zum Notar schleifen, damit er die Vollmacht unterschreibt.«

Navarra, zehn Tage später, Dezember 1947

Javiers Großvater hatte die Tradition eingeführt, den Jahreswechsel gemeinsam mit dem Gesinde zu feiern. So waren sie auch heute alle versammelt, die Köchin Belen, der Pferdemeister, die Mägde, die Knechte und Javier als Einziger, der von der herrschaftlichen Familie übrig war. Alle waren fröhlich und ausgelassen. Nur Danel Arreola, der Pferdemeister, blickte kummervoll drein. Er trauerte noch immer um seine Schwester, die vor einem halben Jahr gestorben war, als sie im Gefängnis ihr Kind zur Welt gebracht hatte. Eine kleine Tochter, wie Javier zu wissen glaubte.

Maria Arreola war im Widerstand aktiv gewesen, zusammen mit ihrem Mann, der ebenfalls tot war. Zum Glück war ihr Bruder vollkommen unpolitisch. Zumindest nahm Javier das an. Denn der Pferdemeister war ein eher schweigsamer Mensch, der seine Probleme mit sich selbst ausmachte.

Jedenfalls war er zuverlässig und verstand sein Handwerk weitaus besser als die meisten anderen. Und gute Leute waren in diesen Zeiten schwer zu finden. Den Pferdemeister würde Javier so schnell nicht ersetzen können.

Alle waren um den großen Tisch versammelt. Die beiden Knechte schenkten gerade Wein nach. Xabi war fünfzehn, Rami etwa in Javiers Alter. Er stammte aus dem Nachbardorf. Seine Eltern waren spurlos verschwunden. Man munkelte, dass Todesschwadronen sie geholt hatten, denn sie hatten im Bürgerkrieg aufseiten der Republikaner gekämpft.

Der Generalísimo regierte das Land mit eiserner Faust. Kritik oder Widerspruch waren verboten. Angeblich waren Zehntausende seit Ende des Bürgerkrieges ermordet worden, aber Javier war sich nicht sicher, ob die Zahlen stimmten. Womöglich war das einfach nur Gegenpropaganda, um Franco zu diskreditieren.

Sein eigener Vater war ebenfalls bei einem Aufstand gegen das Regime ums Leben gekommen, so hatte sein Großvater es ihm erzählt, bevor er ihm das Versprechen abgenommen hatte, nicht dieselbe Dummheit zu begehen. Nur ein Mal hatte Javier sein Wort gebrochen. Seither hatte er sich nicht mehr in die Politik eingemischt, aber es hatte Situationen gegeben, in denen er sich hatte beherrschen müssen.

Sein Blick fiel auf den Stallburschen Inaki. Er war als Siebenjähriger nach Urribate gebracht worden, um bei seiner Tante zu leben. Er stammte aus Guernica. Zehn Jahre war es her, dass deutsche Bomber sein Heimatdorf dem Erdboden gleichgemacht und seine ganze Familie ausgelöscht hatten. Es hieß, ohne die Hilfe der Deutschen und der Italiener hätte Franco den Krieg nicht gewonnen.

Javier vertrieb die trüben Gedanken und betrachtete den Tisch, der sich unter den Köstlichkeiten bog, die Belen zubereitet hatte: in Apfelwein gekochte Paprikawurst, Porrusalda, ein Eintopf aus Kartoffeln und Lauch, den sein Großvater so geliebt hatte, weil er ihn an deutsche Kartoffelsuppe erinnerte. Darüber hinaus gab es Artischocken mit Schinken, Paella mit Hühnchen und Kaninchen, frisches Brot und Törtchen, einen großen Baskischen Kuchen und natürlich eine Schüssel mit Trockenobst und eine Platte mit verschiedenen Schinken und Würsten sowie ein Brett mit Käse.

Es war schwierig gewesen, die vielen Lebensmittel zusammenzubekommen, und Belen hatte sich selbst übertroffen. Im Land herrschten Hunger und bittere Armut. Zum Glück war die Not nicht ganz so groß wie in den Jahren unmittelbar nach dem Bürgerkrieg, als eines Tages die Männer des Dorfes, mit Mistgabeln und Sensen bewaffnet, nach Los Pinos gezogen waren, um eins der Pferde zu schlachten und so ihre Familien vor dem Hungertod zu bewahren. Javier hatte den Männern von den wenigen Vorräten, die sie selbst besaßen, etwas gegeben und so die Pferde gerettet.

Das war acht Jahre her, und noch immer waren Lebensmittel knapp und streng rationiert. Die Köchin jedoch hatte ihre Quellen, kannte die Bauern, die geheime Vorräte vor den Behörden versteckten, wusste, wo es etwas zu holen gab. Heute begann ein neues Jahr, und das musste gefeiert werden, egal wie schlimm die Zeiten waren. Ein neues Jahr bedeutete Hoffnung, und die aufzugeben, kam nicht infrage.

Javier schaute auf die Wanduhr. Es war Zeit. Er kontrollierte, ob jeder ein bis an den Rand gefülltes Glas hatte und natürlich die zwölf Trauben. In Navarra wurde viel Wein angebaut, und zum Jahreswechsel hingen in einigen Weinbergen noch die Trauben für den Eiswein an den Reben. Die Winzer verdienten etwas dazu, indem sie einen Teil der Früchte für das traditionelle Traubenessen verkauften.

Javier hatte darauf geachtet, dass die Trauben nicht zu groß waren, denn es war Brauch, mit jedem Glockenschlag eine zu essen, und es wäre ein schlechtes Omen für das neue Jahr, wenn das nicht gelang.

Der Sekundenzeiger tickte auf die Zwölf, alle hatten bereits eine Traube an den Lippen. Der erste Schlag erklang, und schon verschwanden die Trauben im Mund. Manche kauten nicht einmal, sondern schluckten sofort. Als der letzte Schlag verklungen war, hatten alle ihre Trauben verspeist.

Rami hob sein Glas: »Auf dass das neue Jahr besser werde als das alte!«

Die anderen wiederholten seine Worte und tranken. Auch Javier nippte am Glas, doch er bezweifelte, dass sich die Lage bald bessern würde. Es gab zu viele drängende Probleme, das Land lag am Boden. Und niemand half, weil niemand Franco unterstützen wollte. Spanien war isoliert. Auch auf Los Pinos hatten sie zu kämpfen, obwohl es dem Gestüt besser ging als den meisten anderen landwirtschaftlichen Betrieben. Wie lange das so bleiben würde, war jedoch ungewiss.

Und dann war da noch diese anmaßende Engländerin samt ihrem Anwalt. Warum ließ sie ihn nicht einfach in Ruhe? Er wollte nichts mit den Seydells zu tun haben und auch nicht mit dem Haufen Steine in Deutschland, der diese Brut hervorgebracht hatte.

Lorea und Itziar, die beiden Mägde, stimmten ein Lied

an. »Gora ta Gora Euskadi«, sangen sie. Voran, immer voran, Baskenland, die verbotene baskische Hymne. Hier oben in den Bergen Navarras waren fast alle Einwohner zweisprachig, viele fühlten sich mehr als Basken denn als Spanier.

Es war riskant, die Hymne zu singen, aber Javier wusste, dass er seinen Leuten das nicht nehmen durfte. Sie sangen aus Stolz auf ihre Heimat, nicht weil sie Franco stürzen wollten.

Einer nach dem anderen stimmte mit ein, nicht zu laut, niemand wollte das Schicksal herausfordern, denn die Franquisten hatten ihre Ohren überall. Javier sah in den Augen seines Pferdemeisters Tränen schimmern. Bestimmt dachte er an seine Schwester und das Kind, seine Nichte, die nun bei fremden Leuten aufwuchs.

Das Lied verklang. Javier erhob sich. Es war üblich, dass der Don eine kurze Rede hielt.

»Liebe Freunde«, begann er. »Ein neues Jahr ist angebrochen und mit ihm auch neue Hoffnung. Wie wir gerade gesungen haben: Voran, immer voran. So werden wir es halten. Nichts soll uns daran hindern, dieses Gestüt, das uns allen Heimat ist, so gut zu bewirtschaften, wie es geht, auch in schweren Zeiten, und die besten Pferde Navarras, ja ganz Spaniens zu züchten. Zur Ehre Gottes, unseres Vaterlandes und unserer Vorfahren. Darauf wollen wir anstoßen!«

Javier hob sein Glas, doch ein Geräusch ließ ihn innehalten. Auch die anderen hatten es vernommen. Die Hunde hatten angeschlagen. Jetzt war auch etwas anderes zu hören. Motorengebrüll. Autos näherten sich, mindestens zwei, vielleicht mehr.

Einen Augenblick lang war Javier unfähig, sich zu rühren.

Die Angst war wie eine Klammer aus Stahl, kalt und hart, die seine Brust einschnürte. Dann erwachte er aus seiner Erstarrung. Er eilte zur Tür, griff im Flur nach der Jagdflinte, überlegte es sich jedoch anders und ließ sie stehen.

Er trat genau in dem Moment nach draußen, als die Fahrzeuge einen Halbkreis vor dem Haus bildeten und anhielten. Drei Kübelwagen. Die Guardia Civil. Javier tauschte einen raschen Blick mit Rami, Xabi und Danel, die ihm nach draußen gefolgt waren. Konnte es sein, dass jemand sie angeschwärzt hatte? War die Polizei gekommen, weil sie die verbotene Hymne gesungen hatten? War das möglich? So schnell?

Türen wurden aufgestoßen, insgesamt acht Männer stiegen aus, alle mit dem Karabiner im Anschlag und dem Tricornio auf dem Kopf, dem dreieckigen schwarz lackierten Hut, der das Markenzeichen der Guardia Civil war. Weil der Tricornio einen sehr markanten Schatten warf, nannte man die Guardia Civil auch »La mala Sombre – der böse Schatten«. Jedoch nur hinter vorgehaltener Hand. Wer es wagte, diese Worte laut auszusprechen, musste bitter dafür büßen.

Ein drahtiger Mann kam auf Javier zu und machte den anderen Männern mit der Hand ein Zeichen, die daraufhin die Läufe ihrer Waffen senkten.

»Männer, ich bitte euch«, sagte der Mann. Er trug einen Schnurrbart, genau wie sein oberster Dienstherr, der Generalísimo. »Wir befinden uns auf Los Pinos, dem Gestüt des ehrenwerten Señor Javier de Castillo y Olivarez. Sein Ruf ist über jeden Zweifel erhaben.«

Javier kannte den Mann. Es war Mayor Jiménez, vierzig Jahre alt, vormals Bürgermeister eines kleinen Dorfes in den Pyrenäen, seit Kurzem Comandante der Guardia Civil in

Pamplona. Man sagte ihm nach, dass er seine neue Machtstellung nutzte, um so manche Rechnung zu begleichen. Bisher hatte Javier nichts mit ihm zu tun gehabt, also gab es auch keine offene Rechnung.

»Nun, verehrter Comandante, was führt Sie denn in der Silvesternacht zu uns? Möchten Sie und Ihre Männer auf ein Glas hereinkommen und mit uns auf das neue Jahr anstoßen?«

Jiménez breitete die Arme aus. »Seht ihr, Männer? Was habe ich euch gesagt? Der Don weiß, was sich gehört.«

Er ließ Javier nicht eine Sekunde aus den Augen, und Javier traute ihm ebenso wenig. Es war ein Machtkampf, wenn auch ein ungleicher.

»Und weil das so ist, bin ich überzeugt, dass er keine Schwierigkeiten machen wird.« Jiménez deutete ein Lächeln an, es sah aus wie eine Grimasse.

»Wobei sollte ich Schwierigkeiten machen, Comandante?«, fragte Javier. Die Klammer um seine Brust zog sich enger zusammen.

Danel trat vor, zwei Männer hoben ihre Gewehre und zielten auf ihn. Diesmal gab Jiménez kein Zeichen, die Läufe zu senken.

»Danel, was zum Teufel…«, setzte Javier an, aber sein Pferdemeister unterbrach ihn.

»Sie sind meinetwegen hier, Don Javier.«

Javier verstand kein Wort. »Aber warum? Was hast du getan?«

»Was er getan hat?«, polterte Jiménez. »Er hat uns beschuldigt, das Kind seiner Schwester entführt zu haben. Das ist eine infame Verleumdung, eine Beleidigung der Staatsmacht. Das Mädchen ist kurz nach der Geburt zur Adoption freigegeben worden, und zwar auf Wunsch der sterbenden Mutter. Obwohl diese Frau eine Verbrecherin und im Maquis organisiert war, obwohl sie gegen unser Vaterland gekämpft hat, haben wir ihren letzten Wunsch respektiert. Und was tut dieser Wurm? Er beleidigt uns.«

Javier schluckte hart. »Sicherlich hat er nur...«

»Kein Wort mehr!« Jiménez' Miene war mit einem Mal nicht mehr jovial. »Die Schwester war eine Verräterin, der Bruder ist bestimmt auch einer. Es liegt in der Familie. Und von dort breitet es sich weiter aus, verstehen Sie, Don Javier? Verrat ist wie ein Schimmelpilz, der überall seine unsichtbaren Sporen verteilt. Erst wenn das Brot nicht mehr zu genießen ist, weil der Pilz es komplett durchzogen hat, bemerken wir den Schaden. Aber dann ist es zu spät. Deshalb müssen wir schneller sein als die Sporen.«

 ## Kapitel 7

Navarra, März 1892

Alexander blinzelte in die tief stehende Märzsonne. Der Himmel war stahlblau, aber die Luft war eisig. Er fasste Isabellas Arm fester, die sich zu ihm wandte und ihn anstrahlte. Sie liefen am Kopf der kleinen Prozession, die dem Pfarrer zum neu erbauten Stall folgte. Hinter ihnen folgte das gesamte Gesinde von Los Pinos. Nur Ernesto war im Herrenhaus zurückgeblieben, er fühlte sich heute nicht wohl.

Acht Monate war es her, dass Alexander in dem Inferno beinahe sein Leben verloren hätte. In letzter Sekunde hatte der tapfere Pedro ihn nach draußen gezerrt. Dort hatte er, kaum dass er wieder zu sich gekommen war, mit ansehen müssen, wie der Stall unter einem Berg lodernder Flammen in sich zusammenbrach. Der Anblick hatte ihn in Tränen ausbrechen lassen, hemmungslos hatte er geschluchzt. Und dann beschlossen, Los Pinos zu verlassen. Ein Fluch lag über ihm, er brachte Unglück über Mensch und Tier. Erst hatte er seinen geliebten Sturmkönig verloren und nun auch dessen Ersatz, den wunderbaren Rey del Viento.

Fest entschlossen, noch in derselben Nacht aufzubrechen, hatte er sich schließlich aufhelfen lassen. Isabella stütze ihn auf dem Weg zurück zum Herrenhaus, während die Knechte und der Pferdemeister zurückblieben, um die geretteten Stuten notdürftig in der Scheune unterzubringen.

Isabella redete tröstend auf ihn ein, doch Alexander sagte nichts. Sein Entschluss stand fest, und jedes Wort des Abschieds hätte den Schmerz nur verschlimmert. Er wusste, dass Ernesto ihm das nie vergeben würde und dass er Isabella todunglücklich machen würde. Doch er vertraute darauf, dass sie eines Tages an der Seite eines besseren Mannes ihr Glück finden würde. Für sich selbst wünschte er gar nichts mehr. Vielleicht könnte er sich der Schutztruppe in Deutsch-Ostafrika anschließen und einen ehrenvollen Tod im Kampf für das Kaiserreich sterben.

Doch dann war alles anders gekommen. Sie saßen auf der breiten Treppe vor dem Herrenhaus, wo Isabella im Licht einer Petroleumlaterne seine Brandwunden versorgte. Er hatte sich unter dem Vorwand, dass seine Lunge die frische Nachtluft brauchte, geweigert, ins Haus zu gehen. Das hatte seine Frau allerdings nicht davon abgehalten, sich um ihn zu kümmern. Er ließ es stumm über sich ergehen, überlegte dabei, welches Pferd er für seine Flucht nehmen würde. Eins der einfachen Reittiere, das keinen großen Verlust für das Gestüt bedeutete, so viel war sicher.

»Gräme dich nicht, mein Liebster«, sagte Isabella, während sie seinen linken Arm verband, wo der Balken ihn gestreift hatte. »Wir bekommen einen neuen Hengst. Alles wird gut. Du lebst. Das ist das Einzige, was zählt.«

Alexander antwortete nicht. Er war in Gedanken schon weg. Bis er plötzlich ein Rascheln aus der Dunkelheit neben dem Haus hörte.

Sein Herz stolperte. Plötzlich fiel ihm der Mann wieder ein, den er aus dem Stall hatte rennen sehen. Über seiner Trauer hatte er die Begebenheit vollkommen vergessen. Doch mit einem Mal war er ganz sicher, dass irgendwer den Stall angezündet hatte, sonst hätte er nicht so schnell so lichterloh gebrannt. Alexander spitzte die Ohren. War der Attentäter etwa zurückgekommen? War er noch nicht fertig mit ihnen? Wollte er nach den Stallungen nun auch das Wohnhaus in Brand setzen?

Alexander sprang auf und schob Isabella schützend hinter sich. In dem Augenblick war Hufschlag zu hören, und eine dunkle Silhouette schob sich in den Lichtkegel der Laterne. Alexander schnappte ungläubig nach Luft.

Rey! Gütiger Gott, es war Rey, kein Zweifel.

Der Hengst trug nur sein Zaumzeug, an das ein Seil geknotet war. Schnaubend trottete er auf Alexander zu und stupste ihn mit der Schnauze an. Und zum zweiten Mal an diesem Abend brach Alexander in Tränen aus, diesmal vor Freude. Weggeblasen waren seine dunklen Gedanken. Rey lebte, alles andere würde sich fügen.

Erst viele Tage später, als er in Ruhe darüber nachdachte, kam Alexander zu dem Schluss, dass das Feuer kein Anschlag auf das Gestüt gewesen war, womöglich von linken Aktivisten, sondern ein versuchter Diebstahl. Der Mann, den er aus dem Stall hatte laufen sehen, hatte Rey offenbar zunächst weggeführt, in der Absicht, ihn zu stehlen. Er hatte den Hengst in sicherer Entfernung angebunden und war dann zurückgekehrt, um Feuer zu legen. Vermutlich, um den Diebstahl zu vertuschen und sich zugleich einen Vorsprung zu verschaffen. Doch höchstwahrscheinlich hatte er

Rey nicht gut genug angebunden, und der hatte sich losreißen können. Als der Attentäter zu der Stelle zurückkehrte, war der Hengst verschwunden. Bestimmt hatte der Verbrecher noch eine Weile nach ihm gesucht, irgendwann jedoch aufgeben müssen. Und Rey, der treue Kerl, war nach Hause gelaufen, als die Luft rein war.

Da er nicht wusste, ob der Brandstifter es erneut versuchen würde, hatte Alexander vier Männer mit Hunden angeheuert, die das Gestüt bewachten. Und beim Neuaufbau des Stalls hatte er darauf bestanden, dass der separate Teil für den Hengst eine eigene Tür bekam, die mit einem dicken Schloss gesichert war.

Und nun wurde dieses Gebäude eingeweiht. Der Pfarrer trug die Statue des Heiligen St. Martin, des Schutzheiligen der Pferde, vor sich her, sprach Fürbitten und flehte Gott um den Schutz des neuen Gebäudes an. Auch Alexander sprach stumm Gebete und bat Gott um Vergebung für die Lügen, auf denen er sein neues Glück aufgebaut hatte.

Dabei warf er immer wieder einen Blick auf Isabella, achtete darauf, dass er den Sonnenschirm so hielt, dass der Schatten sie vollständig bedeckte.

»Keine Bange«, sagte sie, als sie seinen Blick bemerkte. »Ich werde schon nicht verbrennen. Ich bin ja nicht krank. Ich bin guter Hoffnung.«

»Trotzdem würde ich dich am liebsten in Watte packen, Liebste.«

»Der Herr verschone mich!« In gespieltem Entsetzen verdrehte sie die Augen. »Andere Frauen arbeiten hart, bis die Wehen einsetzen. Es besteht absolut kein Grund zur Sorge.«

Sie sagte es leichthin, doch Alexander bemerkte das ängstliche Flackern in ihren Augen. Don Cesáreo, der Hausarzt der Familie, den Ernesto hatte kommen lassen, kaum dass die Schwangerschaft feststand, hatte Isabella strenge Regeln auferlegt. Sie durfte nur bestimmte Dinge essen, durfte sich nicht aufregen, nicht zu viel herumlaufen und auf gar keinen Fall reiten. Angesichts der langen Liste von Verboten hatte Alexander unwillkürlich an Luise denken müssen, die hochschwanger durch die Heide galoppiert war. Vielleicht hatte sie einfach nur Glück gehabt. Oder in Spanien wurde mit Schwangerschaften anders umgegangen. Jedenfalls war Alexander froh, dass Isabella nicht im Traum daran dachte, auf ein Pferd zu steigen, auch wenn sie gelegentlich über die vielen Anordnungen des Arztes schimpfte.

Der Pfarrer besprengte den tragenden Mittelbalken des Stalls mit Weihwasser, alle schlugen das Kreuz und beteten gemeinsam ein Vaterunser. Danach löste sich die Prozession auf. Jeder ging wieder an seine Arbeit, Alexander geleitete Isabella zurück ins Haus. Auf den Stufen zum großen Portal klagte sie plötzlich über Unwohlsein.

»Mir ist ein wenig übel«, sagte sie. »Ich glaube, ich lege mich hin.«

»Ich bringe dich nach oben.«

»Das ist wirklich nicht nötig, Liebster.« Sie küsste ihn auf die Wange.

»Versuch doch, mich daran zu hindern.« Er legte den Arm um sie und führte sie ins Schlafzimmer, wo sie sich bis auf das Unterkleid auszog und ins Bett legte. Alexander setzte sich auf die Bettkante und hielt ihre Hand, bis sie eingeschlafen war.

Ein furchtbarer Schrei ließ ihn einige Zeit später zusammenfahren. Er musste ebenfalls eingenickt sein, jetzt schrak er hoch und sah besorgt zu Isabella hinunter. Ihr Gesicht war schmerzverzerrt.

Er griff nach ihrer Hand. »Großer Gott, Isabella, Liebste, was ist los?«

Als Antwort erhielt er einen weiteren lang gezogenen Schrei, der in Schluchzen endete. Im Zimmer war es dämmrig, weil Alexander die Läden geschlossen hatte. Er entzündete eine Lampe und stellte sie auf den Nachttisch. Isabella hatte sich aufgesetzt und die Decke zurückgeschlagen. Alexander stockte der Atem. Alles war voller Blut.

Im selben Augenblick flog die Tür auf. Flora stürzte herein, warf einen Blick auf Isabellas blutigen Schoß und bekreuzigte sich. »Herr im Himmel, steh uns bei. Du also auch, mein armes Mädchen.«

Alexander hörte kaum hin. »Schick Pedro los!«, befahl er der Köchin. »Er soll den Arzt holen, jetzt sofort.«

Flora wandte sich um und eilte aus dem Zimmer. Verzweiflung ergriff von Alexander Besitz. Was sollte er tun? Bis der Arzt eintraf, konnte über eine Stunde vergehen. Er verfluchte sich dafür, dass er so viel von Pferden und so wenig von Menschen verstand. Dann besann er sich. Was würde er tun, wenn eine Stute so viel Blut verlor? Die Blutung stillen. Also musste er genau das auch bei Isabella tun.

Er trat zur Tür. »Jorja!«

Sie stand bereits im Korridor, hatte wohl ebenfalls Isabellas Schreie gehört und darauf gewartet, dass sie gerufen wurde.

»Was soll ich tun, Herr?«

»Bring saubere Tücher, so viele du auftreiben kannst. Und beeil dich.«

Das Mädchen rannte los. Alexander hastete zurück ins Zimmer, riss ein Hemd aus dem Schrank und stopfte es zwischen Isabellas Beine. Sie ließ es willenlos geschehen, schluchzte nur leise.

Schnell triefte das Hemd vor Blut. Verflucht, warum hörte es nicht auf! Alexander stand der Schweiß auf der Stirn. Isabella war schon ganz blass, sie konnte doch nicht hier vor seinen Augen verbluten, er musste etwas tun!

Endlich kehrte Jorja zurück, einen Stapel weißer Tücher im Arm. Alexander griff das erste, rollte es fest zusammen und schob es sanft zwischen Isabellas Beine.

Flora kehrte ebenfalls zurück, sie hatte eine Schüssel kaltes Wasser dabei. »Pedro ist losgeritten wie der Teufel«, sagte sie, tauchte einen Lappen in die Wasserschüssel, wrang ihn aus und kühlte Isabellas heiße Stirn.

Mit Erleichterung stellte Alexander fest, dass das zusammengerollte Handtuch die Blutung einigermaßen zum Stoppen gebracht hatte. Als er den Kopf hob, um sich mit dem Handrücken über die schweißnasse Stirn zu wischen, bemerkte er, dass Ernesto schweigend am Fußende des Bettes stand.

»Ihre Mutter litt auch darunter«, sagte der Alte nun, gerade so, als hätte er Alexanders Blick bemerkt. »Unzählige Kinder haben wir verloren. Isabella war die Einzige, die überlebt hat. Deshalb hatte ich gehofft, dass es bei ihr anders sein könnte.«

»Du wusstest, dass ...« Alexander schluckte. Dann wurde ihm klar, dass auch Isabella es gewusst hatte. Und Flora. Und der Arzt. Deshalb diese Angst in Isabellas Augen, die Andeutungen, die vielen Vorsichtsmaßnahmen.

»Ich muss dich um Vergebung bitten, mein Sohn. Ich hätte es dir erzählen sollen. Vor der Hochzeit. Ich hatte es vor, glaube mir. Noch am Nachmittag der Trauung. Doch dann habe ich es nicht fertiggebracht. Meine Tochter war so glücklich. Ich wollte dieses Glück nicht gefährden.«

Alexander schloss für einen Moment die Augen. In der Hotelsuite in Pamplona, während er mit der Frage gerungen hatte, ob er Ernesto reinen Wein über sich und Sturmkönig einschenken sollte, hatte dieser ebenfalls einen inneren Disput ausgetragen. Und sie beide hatten sich gegen die Wahrheit entschieden. Was für eine Ironie.

»Du bist so still, Alexander.«

»Ich...« Was sollte er sagen? Er fühlte sich betrogen, keine Frage. Hätte er anders entschieden, wenn er vorher gewusst hätte, dass er vielleicht niemals Kinder mit Isabella haben würde?

»Selbstverständlich könnte ich verstehen, wenn du angesichts der veränderten Umstände in Erwägung ziehen würdest, die Ehe annullieren zu lassen.« Ernestos Stimme klang gebrochen. »Ich würde dir keine Steine in den Weg legen.«

Alexander warf einen raschen Blick zu Flora, die noch immer Isabellas Stirn kühlte und so tat, als würde sie nicht zuhören, dann zu Jorja, die verlegen über die Handtücher strich, die sie auf einem Schemel abgelegt hatte, und schließlich zu Isabella, die halb ohnmächtig vor Erschöpfung dalag, die Augen geschlossen, das Gesicht weiß wie das Kissen, auf dem ihr Kopf ruhte.

»Red keinen Unsinn, Vater«, erwiderte er schroffer, als er beabsichtigt hatte. »Ich habe geschworen, Isabella in guten wie in schlechten Tagen ein guter Ehemann zu sein und sie niemals zu verlassen. Ich werde mein Wort nicht brechen. Wir können auch ohne Kinder glücklich werden.«

Lüneburger Heide, drei Tage später, März 1892

»Was soll das heißen?« Ludwigs Stimme klang aufgebracht. Luise ließ die Klinke los. Gerade hatte sie die Tür zum Herrenzimmer öffnen wollen. Eine Aussprache mit Ludwig ließ sich nicht länger vermeiden. Die Lage auf Seydell wurde von Tag zu Tag prekärer. Und da Meinrath nicht wagte, gegen Ludwigs ausdrücklichen Befehl einen fremden Zuchthengst zu mieten, waren nach wie vor nur drei Stuten trächtig.

Eine zweite Stimme war nun zu hören. Sie war leiser als die erste. Luise presste das Ohr an die Tür. Wenn eins der Mädchen sie so erwischte oder gar der Hausdiener oder, Gott bewahre, Fräulein Kirchhoff, würde sie im Boden versinken vor Scham. Aber sie musste wissen, mit wem Ludwig sprach. Und worüber.

Wenn es nur nicht um Baron von Hadern ging! Vor einigen Wochen hatte Luise ihn bei einem Diner kennengelernt, und seither hatten sie sich dreimal heimlich getroffen. Der Baron war weder besonders geistreich noch so leidenschaftlich wie Alexander, doch er gab Luise das Gefühl, eine begehrenswerte Frau zu sein. Etwas, das sie in Ludwigs Gegenwart schmerzlich vermisste. Sie drückte ihr Ohr noch fester an das Holz, um die zweite Stimme zu verstehen.

»…ich gesagt habe. Er ist immer noch dort.«

»Dieser verfluchte Dreckskerl.« Ludwig spuckte die Worte geradezu aus.

Luise erstarrte. Von wem redete er? Ging es tatsächlich um den Baron? Ihr Herz schlug schneller.

»Das Gestüt floriert wie schon lange nicht mehr. Alle wollen plötzlich Fohlen von Los Pinos.«

»Natürlich! Wegen Sturmkönig. Dieser verfluchte Dieb! Der Teufel soll ihn holen. Mit dem muss er im Bunde stehen. Wie sonst hätte unser Plan scheitern können.«

Großer Gott, sie sprachen von Alexander! Luise fuhr der Schreck in alle Glieder. Ihr Herz stolperte. Welcher Plan, um Himmels willen? Was ging da vor? Los Pinos musste ein Gestüt sein. Dem Namen nach lag es in Spanien. Also hatte Alexander sich mit Sturmkönig dorthin geflüchtet. Aber was hatte Ludwig geplant? Hatte er Sturmkönig zurückstehlen wollen?

Plötzlich kam Luise ein Gedanke. Der Hinkende auf dem Friedhof. Das musste der Mann sein, mit dem Ludwig sprach. Ihn hatte er nach Spanien geschickt.

»Ich komme nicht mehr an den Hengst heran«, sagte die unbekannte Stimme. »Ich habe es versucht, doch das Gestüt wird streng bewacht seit dem Feuer. Da kommt keine Maus rein oder raus.«

Feuer? Der Kerl hatte Feuer gelegt? In Ludwigs Auftrag? Gütiger Himmel! Es ging also nicht bloß darum, Sturmkönig zurückzuholen. Der Unbekannte sollte Alexander und das Gestüt, auf dem er jetzt lebte, ruinieren, das war offensichtlich. Oder war sein Auftrag noch weiter gegangen? Hatte Ludwig dafür bezahlt, dass sein Bruder umgebracht wurde? Hatten die Flammen ihm gegolten? Luise hielt den Atem an. Nein, so weit würde nicht einmal Ludwig gehen. Oder doch?

Unbändige Wut stieg plötzlich in Luise auf. Wie konnte Ludwig so etwas tun? Wie konnte er seinem eigenen Bruder nach dem Leben trachten? Doch da war noch etwas, ein ganz anderes Gefühl. Hoffnung, der Keim einer Idee.

Sie wusste nun, wo Alexander war. Auf einem Gestüt namens Los Pinos. Es wäre bestimmt ein Leichtes herauszufinden, wo genau das lag. Was, wenn sie ihm einfach folgte? Wenn sie das tat, was ihr Herz seit Langem von ihr verlangte? Wenn sie ihren Sohn nahm und zu Alexander ging, dem Mann, den sie liebte? Auf Seydell hatte sie nicht mehr viel zu verlieren. Wenn Ludwig so weitermachte, wäre das Gestüt in spätestens einem Jahr ruiniert. Was also hielt sie noch hier?

Luise schlug das Herz bis zum Hals. Sie stellte sich vor, wie sie bei Nacht und Nebel aufbrach, so wie ihr Geliebter anderthalb Jahre zuvor. Zwar würde Ludwig schäumen vor Wut, und sie musste auf der Hut sein, denn als ihr Mann hatte er das Recht, sie und das Kind, das offiziell sein Sohn war, zurückzuholen. Sie musste darauf gefasst sein, dass er Himmel und Hölle in Bewegung setzte, um sie aufzuspüren. Aber Alexander würde sie beschützen, da war sie sicher.

Luise sah sich bereits über die weiten Ebenen Spaniens galoppieren, Alexander an ihrer Seite, den kleinen Robert vor sich auf dem Pferd, als Ludwigs nächste Worte ihre Träumereien jäh beendeten.

»Und er hat tatsächlich Ernestos Tochter geheiratet?«

Luise erstarrte. Alexander hatte geheiratet? So schnell? Das konnte nicht sein. Das durfte nicht sein. Das würde er ihr niemals antun.

»Schon vor einem Jahr. Es war die größte Hochzeit seit

Jahrzehnten in Pamplona. Eine achtspännige Kutsche mit weißen Pferden, der Bischof hat die beiden getraut, das Fest hat alles in den Schatten gestellt. Und es hat...«

Luise hörte nicht weiter zu. Sie presste die Hände vor den Mund, um nicht laut aufzustöhnen, und sank auf die Knie. Wie dumm sie doch war!

Zwei Wochen später, März 1892

Sehnsüchtig betrachtete Luise das Kleid in der Modezeitschrift. Der Schnitt gefiel ihr gut, schlicht und doch äußerst elegant. Es würde ihr ausgezeichnet stehen. Aber sie würde es nicht tragen. Noch vor zwei Jahren hätte sie darauf bestanden, ein solches Kleid zu bekommen. Woher das Geld dafür kam, hätte sie nicht interessiert. Sie war die Ehefrau eines reichen, adligen Pferdezüchters, es mussten ja wohl Mittel da sein, um sie angemessen auszustaffieren!

Luise löste den Blick von dem Kleid und ließ ihn durch das Zimmer wandern, über das große, weiche Bett, die Kommode, das Schminktischchen mit dem Spiegel, den Sekretär unter dem Fenster, an dem sie jetzt saß. Wie naiv sie gewesen war! Heute hatte sie kaum noch Zeit, in Modemagazinen zu blättern. Von den Kleidern träumte sie noch gelegentlich, mehr nicht. Im Alltag waren sie ohnehin zu unpraktisch.

Zwei Wochen waren vergangen, seit sie an der Tür gelauscht und erfahren hatte, dass Alexander verheiratet war. Noch immer konnte sie nicht fassen, dass er sie so schnell vergessen hatte. Nach dem ersten Schreck hatte sie beschlossen, ihn aus ihrem Gedächtnis zu löschen, was ihr mal mehr, mal weniger gut gelang. Hin und wieder entglitten ihr die Gedanken, und sie stellte sich Alexander vor, wie er auf dem Rücken von Sturmkönig dahingaloppierte, an seiner Seite eine schlanke schwarzhaarige Schönheit mit dunkler Haut und feurigen Augen. Doch je mehr Tage vergingen, desto seltener wurden solche Momente.

Der Schock hatte immerhin bewirkt, dass sie nicht weiterhin tatenlos zusah, wie Ludwig Seydell ruinierte. Statt auf die Vergangenheit konzentrierte Luise ihre Gedanken auf die Zukunft, auf das Gestüt, das ihr Sohn eines Tages erben sollte.

Ludwig war ihr dabei keine Hilfe, aber er stellte sich ihr auch nicht in den Weg. Er war in sich gekehrter als je zuvor, und es war schwer, überhaupt ein vernünftiges Gespräch mit ihm zu führen. Entweder missachtete er sie und schwieg verstockt, oder er lallte besoffen herum, und jedes Wort, das man an ihn richtete, war wie ein Zündholz, das man an eine Lunte legte. Im Winter hatte er nicht viel Gelegenheit gehabt, in der Stadt Zerstreuung zu suchen, doch jetzt, wo die Tage länger und wärmer wurden und kein Schnee das Reisen erschwerte, war er wieder häufiger fort. Worüber nicht nur Luise, sondern der gesamte Haushalt erleichtert schien.

Immerhin ließ er dem Verwalter und somit ihr weiterhin freie Hand, und das nutzte sie, um zu tun, was sie schon vor Monaten hätte tun sollen. Gleich am Tag nach der schrecklichen Erkenntnis, dass Alexander für immer für sie verloren war, hatte Luise ihre Ersparnisse zusammengekratzt und sie zur Verfügung gestellt, um einen erstklassigen Deckhengst für zwanzig Stuten zu mieten, die nun trächtig waren. Meinrath hatte zum Glück nicht protestiert, seine Loyalität zu

Ludwig bröckelte mehr und mehr. Und Ludwig selbst hatte so getan, als würde ihn die Sache nichts angehen. Mit ein wenig Glück wäre unter den Fohlen ein guter Hengst, mit dem sie die Zucht fortsetzen konnten. Oder sie erwirtschafteten genug Gewinn, um ein passendes Tier zu kaufen. Es war noch ein langer Weg, sie standen erst am Anfang. Aber es gab Hoffnung.

Die Fohlen, die mit Nikodemus gezeugt worden waren, würden demnächst zur Welt kommen. Doch daraus würden allenfalls passable Reitpferde hervorgehen, die nicht viel Geld brachten. Zudem waren es bloß drei. Ihnen fehlte ein ganzer Jahrgang. Aber davon würde Luise sich nicht entmutigen lassen. Es ging wieder bergauf mit dem Gestüt. Und sie war nicht allein. Sevenich und Meinrath unterstützten sie, wo es ging. Luise vertraute dem Pferdemeister und dem Verwalter blind. Ohne die beiden würde sie es nicht schaffen.

Und dann war da noch Georg Horitza, der aufgeblüht war, seit er auf Seydell lebte und arbeitete. Georg war gut zu Mensch und Tier, und hier wurde ihm diese Güte hoch angerechnet, anders als auf dem Milchhof. Luise träumte bereits davon, dass er es sein würde, der dem kleinen Robert das Reiten beibrachte. Ludwig hatte seine Ankündigung wahr gemacht und dem Jungen ein Pony zu Weihnachten geschenkt. Am Weihnachtsmorgen hatte er Robert in den Sattel gesetzt und einige Runden über den Hof geführt. Obwohl das Tier nicht groß und der Schnee unter ihm weich gewesen war, hatte Luise mit einem bangen Gefühl im Herzen zugesehen. So tollkühn sie selbst ritt, so groß war ihre Angst, ihrem Sohn könnte etwas zustoßen. Zum Glück hatte Ludwig nach wenigen Minuten die Lust verloren und den

Jungen wieder der Kinderfrau übergeben. Seither hatte er einige Male angekündigt, dass es jetzt bald mit dem Reitunterricht losgehen solle, seine Worte aber bisher nicht in die Tat umgesetzt. Luise hoffte, dass er wenigstens bis zu Roberts zweitem Geburtstag damit warten würde.

Sie legte die Zeitschrift weg und erhob sich. Sie hatte sich nach dem Ankleiden noch ein wenig Muße gegönnt, aber jetzt wurde es Zeit. Sie musste mit Meinrath einige Dinge klären. Normalerweise taten sie das im Herrenhaus, doch gestern Abend war Ludwig von einem Ausflug nach Hamburg zurückgekehrt, und wann immer er zu Hause war, besuchte Luise den Verwalter lieber in dessen Häuschen. Keiner von beiden hatte je ein Wort darüber verloren, dennoch waren sie sich einig darin, dass sie Ludwig so wenig wie möglich in ihre Pläne einweihen wollten, damit er sie nicht sabotieren konnte.

Draußen ertönte Hufschlag. Luise sah aus dem Fenster. Im gestreckten Galopp schoss Ludwig über den Hof und die Lindenallee hinunter zum Tor hinaus, vorbei an drei Herren in einer offenen Mietkutsche, die ihm winkten, als wollten sie ihn aufhalten. Luises Magen rebellierte. Was dachte Ludwig sich? Sie kannte die drei nicht, doch es waren Herren von respektablem Äußeren. Kein Besuch, den man einfach so ignorierte.

Hastig kontrollierte Luise ihr Aussehen vor dem Spiegel, dann setzte sie sich wieder und wartete darauf, dass man ihr den Besuch meldete. Auch wenn sie innerlich zitterte, würde sie sich ihre Angst nicht anmerken lassen.

Es dauerte nur wenige Minuten, dann klopfte Martha an die Tür.

»Gnädige Frau«, sagte sie, nachdem sie eingetreten war. »Im Salon sitzen drei Herren.«

Luise hob eine Braue. »Erwarten wir Besuch?«

»Nein, gnädige Frau, ich glaube nicht.«

»Und der gnädige Herr?«

Martha senkte den Blick. »Fortgeritten, gnädige Frau.«

Luise seufzte demonstrativ. »Haben die Herren sich vorgestellt?«

Martha streckte die Hand aus. »Hier sind ihre Karten. Augstein hat ihnen Kaffee und Gebäck angeboten. Ich nehme an, das ist recht so?«

»Selbstverständlich.« Luise zwang sich zu einem Lächeln und stand auf. »Bitte sag Bescheid, dass ich in wenigen Minuten bei unseren Gästen sein werde.«

Erst als Martha die Tür hinter sich geschlossen hatte, wagte Luise es, die drei Visitenkarten anzusehen. Kommerzienrat von Seggern, seines Zeichens Inhaber der größten Bank in Hamburg, Paul Ostendorf, Richter am Amtsgericht, und Herbert Büsing, der oberste Gerichtsvollzieher.

Ihr sank der Mut. Es musste um die finanzielle Situation des Gestüts gehen. Dabei sah doch alles gerade so gut aus! Und Ludwig hatte sich aus dem Staub gemacht, was für einen Eindruck mussten die Männer von ihm haben?

Luise wurde schwindelig, sie musste sich auf der Platte ihres Sekretärs abstützen. Am liebsten hätte sie Morgana gesattelt, wäre ebenfalls fortgeritten, weit weg, und nie wieder zurückgekehrt. Aber sie war nicht wie Ludwig. Sie war kein Feigling. Sie würde der Gefahr ins Auge sehen.

Sie streckte das Kreuz durch, schritt die Treppe hinunter und betrat den Salon.

»Meine Herren«, sagte sie und blickte in die Runde. »Entschuldigen Sie bitte, dass ich Sie warten ließ. Ich hoffe, Sie sind gut versorgt mit Kaffee und Gebäck?«

»In der Tat, das sind wir.« Einer der Herren, ein schlanker Hüne mit silbergrauen Schläfen, erhob sich, nahm ihre ausgestreckte Hand und hauchte einen Kuss darauf. »Paul Ostendorf. Richter am Amtsgericht in Hamburg.«

»Angenehm.« Luise drehte sich zu den beiden anderen Herren um, die ebenfalls aufgestanden waren. »Kommerzienrat von Seggern?«

»Das bin ich.« Ein Herr um die fünfzig, der eher die kräftige Statur eines Landarbeiters als die eines Bankiers hatte, verneigte sich vor ihr.

»Dann sind Sie Herr Büsing?« Luise betrachtete den dritten Mann. Wie die beiden anderen trug er einen Schnauzer und sorgfältig mit Pomade frisierte Haare. Weil er so klein und ein wenig rundlich war, erinnerte er Luise an eine Robbe.

Sie hütete sich jedoch davor, den Mann deshalb zu unterschätzen. Ganz im Gegenteil, er war der gefährlichste der drei. Als Gerichtsvollzieher lag es in seiner Macht, Luise alles zu nehmen, was sie besaß. Und da er nicht so eine hochgestellte Persönlichkeit war wie Ostendorf und Seggern, stand zu befürchten, dass es ihm eine gewisse Genugtuung bereitete, feine Leute wie die Seydells zurechtzustutzen.

»Bitte nehmen Sie doch wieder Platz, meine Herren.«

Luise setzte sich ebenfalls, sie wählte den Sessel mit dem festen Polster und blieb auf der Kante sitzen, sodass sie nicht zu den Herren aufblicken musste. »Bedauerlicherweise musste mein Mann in dringenden Geschäften fort. Auf einem Gestüt wie dem unseren gibt es immer viel zu tun. Sie müssen also mit mir vorliebnehmen.«

»Das ist in der Tat ärgerlich«, bestätigte Ostendorf. »Wir hatten eine lange Anreise und sind natürlich davon ausgegangen, dass wir den Besitzer des Gestüts sprechen können. Es ist von äußerster Wichtigkeit.«

»Seien Sie versichert, dass ich nicht nur über alle das Gestüt betreffenden Angelegenheiten bestens im Bilde bin, sondern auch eine von meinem Gemahl ausgestellte Vollmacht besitze, dieses während seiner Abwesenheit in seinem Sinne zu führen.« Luise schickte ein Stoßgebet zum Himmel, dass keiner der drei Herren die Vollmacht sehen wollte. Am besten sprach sie rasch weiter und gab ihnen keine Gelegenheit, an dieser Stelle länger nachzudenken. »Nun, wie kann ich Ihnen helfen? Sicherlich gibt es einen gewichtigen Grund für Ihren Besuch, wenn Sie sich extra von Hamburg hierherbemühen.«

Seggern ergriff das Wort. »So ist es, gnädige Frau. Leider, und ich darf Ihnen versichern, dass ich das wirklich sehr bedaure, ist der Grund kein angenehmer. Mein guter Freund Ostendorf und ich kannten Otto von Seydell sehr gut, und wir schätzten ihn als Freund und begnadeten Züchter, der den Ruf des Gestüts über die Grenzen des Reichs hinaus bekannt gemacht hat. Doch leider…« Er nippte an seinem Kaffee und schloss kurz die Augen. »Leider hat sich seit seinem Tod so vieles auf Seydell geändert.«

»Wer wüsste das besser als ich, verehrter Herr Kommerzienrat.« Luise drängte es, endlich zu erfahren, was der Anlass des Besuchs war.

Der Gerichtsvollzieher faltete die Hände vor der Brust.

»Sind Sie denn auch im Bilde, was die Bankgeschäfte Ihres Gatten angeht?«

Luise musste sich beherrschen, um ihren Schrecken zu verbergen. Von Ludwigs Bankgeschäften hatte sie keine Ahnung, ja sie hatte nicht einmal daran gedacht, dass von dieser Seite Probleme drohen könnten. Sie hatte sich ausschließlich auf das Gestüt und das Geld für einen Deckhengst konzentriert. Ihr schwante Übles. Die geplünderte Kasse im Sekretär. Ludwig musste sich daran bedient haben, weil er nichts mehr von der Bank bekommen hatte.

Sie wandte sich an von Seggern. »Wenn Sie die Güte hätten, mich auf den neuesten Stand zu bringen«, bat sie den Bankier.

Von Seggern warf den anderen einen fragenden Blick zu, zog dann ein Blatt aus einem Aktenkoffer, der zu seinen Füßen stand, und reichte es ihr.

»Das sind die Schulden Ihres Gatten, alle Zinsen und Gebühren inkludiert. Wie Sie sehen, sind sämtliche Posten säuberlich aufgelistet.«

Luise warf einen Blick auf die letzte, in roter Tinte ausgeführte Zahl. Vierunddreißigtausend Mark. »Gütiger Gott«, entfuhr es ihr.

Herbert Büsing reichte ihr ein weiteres Blatt. »Leider kommt es noch schlimmer.« Schimmerte da Genugtuung in den Augen des Robbengesichts?

Luises Hände zitterten, sie konnte es nicht verhindern. Sie musste das Blatt auf den Tisch legen, damit sie den Text lesen konnte. In verschnörkelten Buchstaben stand ganz oben: »Vollstreckungsbeschluss für die Zwangsversteigerung des Zuchtgestüts Seydell, gelegen nahe dem Dorfe Birkmoor im Kreis Jesteburg in der Lüneburger Heide.« Es folgten Angaben über Gemarkung, Gebäude, Fuhrpark und Tierbestand.

»Sie wussten nichts von dem Kredit, den Ihr Mann aufgenommen hat, nicht wahr?«, fragte von Seggern.

Luise schüttelte stumm den Kopf. Sie musste aufwachen, das konnte nur ein Albtraum sein, der sich außergewöhnlich real anfühlte.

»Wir haben alles versucht, gnädige Frau«, versicherte von Seggern. »Das können Sie uns glauben, aber Ihr Gatte hat nicht reagiert. Uns blieb keine Wahl.«

Luise kämpfte mit den Tränen. »Gibt es denn keine Möglichkeit…«

»Wenn Ihr Gatte zumindest die Hälfte der Summe begleichen würde, könnten wir die Zwangsversteigerung aufschieben«, sagte Herbert Büsing.

Siebzehntausend Mark! Das war noch immer viel zu viel. Nie im Leben konnte sie das aufbringen, selbst wenn sie all ihren Schmuck versetzte. Sie müssten alle Stuten verkaufen, aber dann wäre das Gestüt ebenfalls ruiniert. Großer Gott, was sollte sie nur tun? Wie hatte Ludwig ihr, wie hatte er seinem Sohn das antun können?

Luises Gedanken rasten. Sie brauchten einen großen Auftrag, einen finanzstarken Kunden, der einen Teil des Betrags für die zu erwartenden Fohlen im Voraus entrichtete. Allein die Aussicht auf einen solchen Gewinn könnte ihr einen Aufschub gewähren. Aber wer in aller Welt würde sich auf ein derartiges Geschäft einlassen?

Natürlich besaß der Name Seydell noch immer ein gewisses Ansehen, auch wenn es seit dem misslungenen Körungsversuch im vergangenen Jahr gelitten hatte. Außerdem gehörte mehr dazu, um jemanden, der über genug Macht und Geld verfügte, zu einem solchen Handel zu bewegen. Luise musste dieser Person etwas Besonderes bieten.

Aber was?

Ein Gedanke begann Gestalt anzunehmen, ein Gedanke, der so ungeheuerlich war, dass sie kaum wagte, ihn zu denken. Das Risiko wäre enorm, nicht nur für das Gestüt, auch für sie persönlich. Aber wenn sie es schaffte …

»Meine Herren, ich bin Ihnen für Ihre Offenheit sehr dankbar, und ich möchte Ihnen einen Vorschlag unterbreiten. Könnten Sie sich vorstellen, die Versteigerung aufzuschieben, wenn ich Ihnen innerhalb der nächsten zwölf Wochen einen großen Auftrag präsentiere, mit einem so hohen Gewinn, dass ich den Betrag in vier Raten bezahlen könnte, beginnend mit dem Oktober dieses Jahres?«

»Und welcher Auftrag sollte das sein, Verehrteste?« Büsings Skepsis war nicht zu überhören. Der Gerichtsvollzieher wollte wohl nicht um seine Aufgabe gebracht werden.

Luise räusperte sich. »Ich werde Seydell zum Hoflieferanten der Königin von England machen.«

Ostendorf hustete, von Seggern zog die Brauen hoch, bis sie fast im Haaransatz verschwanden, Büsing lachte kurz auf.

»Verzeihen Sie, gnädige Frau, aber das ist doch reichlich vermessen«, sagte Ostendorf. »Warum sollte Ihre Majestät, die Königin von England, ausgerechnet von Seydell Fohlen beziehen? Soweit ich weiß, besitzt sie selbst ein Gestüt an der Ostküste ihres Reichs, das ausgezeichnete Jungtiere hervorbringt. Ein solches Unterfangen hat keinerlei Aussicht auf Erfolg.«

Das wusste Luise selbst nur allzu gut. Dennoch gab es eine, wenn auch winzig kleine Chance, dass es ihr gelingen könnte. Denn Luise wusste, dass Königin Victoria eine Schwäche hatte, die sie mit den meisten Engländern teilte. Sie wettete gern, und Luise würde ihr eine Wette anbieten, der sie hoffentlich nicht würde widerstehen können.

»Gewähren Sie mir den Aufschub«, bat sie und legte so viel Zuversicht in ihre Stimme, wie sie vermochte, »und ich beweise Ihnen das Gegenteil.«

Der Gerichtsvollzieher schüttelte den Kopf. »Bei allem Respekt, gnädige Frau, aber dem kann ich nicht zustimmen. Es tut mir leid.«

Ostendorf zuckte die Achseln. »Das ist nicht meine Entscheidung.« Der Richter sah den Bankier an. Jetzt hing es an ihm.

Luise beugte sich vor. »Verehrter Kommerzienrat von Seggern. Sie haben meinen Schwiegervater gut gekannt. Er war Ihr Freund. Sicherlich würde es Ihnen das Herz brechen, dabei zuzusehen, wie Seydell zugrunde geht.«

Von Seggern rieb sich das Kinn. »Was ich jetzt sage, bleibt unter uns.«

Luise nickte, die anderen beiden ebenfalls. Gespannt sah sie den Bankier an.

»Ich muss vielmals um Entschuldigung bitten, wenn ich das so freiheraus sage, aber die prekäre Lage lässt mir keine Wahl: Das größte Problem ist Ihr Gatte, gnädige Frau. Er ist vom Weg abgekommen.« Er sah Luise forschend an. »Diese Vollmacht, die er Ihnen ausgestellt hat, kann er jederzeit widerrufen und damit all Ihre Bemühungen zunichtemachen, das ist Ihnen doch klar?«

»Dessen bin ich mir bewusst, aber ich will es wenigstens versuchen. Für das Gestüt. Für die Menschen, die hier arbeiten, für meinen Sohn.«

Von Seggern nickte. »Sie haben einen starken Willen. Frauen wie Sie können viel erreichen. Ich habe durchaus Respekt vor den Leistungen des schwachen Geschlechts. Erst kürzlich habe ich von dieser amerikanischen Journalistin gelesen, Nellie Bly, die es geschafft hat, in zweiundsiebzig Tagen um die Welt zu reisen. Damit war sie sogar schneller als Jules Vernes Phileas Fogg.« Er rieb sich über den Schnauzbart. »Da es um das Geld meiner Bank geht, trage ich auch die Verantwortung. Ich werde Ihnen den Aufschub gewähren. Beweisen Sie, dass Sie ebenso stark sind wie Nellie Bly. Doch sollten Sie scheitern, ist Seydell verloren. Dann kann ich nichts mehr für Sie tun.«

Vier Wochen später, April 1892

Luise schüttelte den Kopf, als die Kinderfrau sie hereinwinkte. Sie wollte keine Abschiedsszene, sie wollte einfach nur einen letzten Blick auf ihren Sohn werfen, bevor sie abreiste. Immerhin würde sie mindestens zwei Wochen fortbleiben. Und was sie vorhatte, war gefährlich, sie wäre nicht die Erste, die ihre Waghalsigkeit mit dem Leben bezahlte. Es war also gut möglich, dass sie den Jungen zum letzten Mal sah.

Robert war in das Spiel mit einer hölzernen Eisenbahn vertieft. Gerade lud er ein Pferd auf einen Anhänger. Georg hatte es ihm in seiner freien Zeit geschnitzt. Unwillkürlich überlief Luise ein Schauder. Ihr Sohn spielte das, was gleich geschehen würde. Hatte ihm jemand etwas erzählt? Oder war es ein unheimlicher Zufall?

Sie verscheuchte den albernen Gedanken, nickte der Kinderfrau zu und stieg die Treppe hinunter. Im Hof wartete Fritz neben der Kutsche. Er hatte bereits das Gepäck verladen. Martha stand neben ihm und trippelte nervös von einem Fuß auf den anderen. Als der Kutscher Luise erblickte, öffnete er den Schlag, doch sie lief zu Karl Sevenich, der Morgana auf eine Lastenkutsche verlud. Der kräftige rothaarige Mann sprach beruhigend auf das Tier ein, das sich auf dem Gefährt sichtlich unwohl fühlte.

»Wird es gehen?«, fragte Luise bang.

»Sie wird sich daran gewöhnen.« Der Pferdemeister kratzte sich am Kopf. »Hoffe ich. Schließlich ist da noch die Zugfahrt und dann die Überfahrt…«

»Jaja«, unterbrach Luise ihn. »Sie hatte sich beileibe genug Bedenken aus seinem Mund anhören müssen in den vergangenen Tagen. Immer wieder hatte Sevenich sie auf das enorme Risiko hingewiesen, das sie einging. Auf die Gefahr für sich und das Pferd, auf all die vielen Dinge, die schiefgehen konnten. Doch Luise hatte sich nicht darum geschert, ihre Entscheidung war unumstößlich.

»Wenn Sie mir nicht helfen, Sevenich, nehme ich Georg mit«, hatte sie gesagt, als er versucht hatte, ihr das Vorhaben auszureden, und gehofft, dass der Pferdemeister das nicht zulassen würde. Zwar würde sie Georg ihr Leben anvertrauen, und mit Pferden kannte er sich wirklich gut aus. Aber im Vergleich zu Karl Sevenich wusste er nichts. Sie war auf den Pferdemeister angewiesen, und zum Glück hatte er sie nicht im Stich gelassen.

Endlich war Morgana angebunden, und es konnte losgehen. Jakob würde die Lastenkutsche mit der wertvollen Fracht lenken, Sevenich mit Luise und Martha im Landauer fahren. Das gesamte Gesinde hatte sich vor dem Haus aufgestellt, um die Herrin zu verabschieden. Zwar wussten die meisten nicht, wohin es ging und was genau Luise vorhatte, aber alle spürten, dass von dieser Reise auch ihre Zukunft abhing. Nicht einmal Georg hatte Luise Näheres erzählt, denn er hätte bestimmt versucht, sie davon abzuhalten.

Nur Martha hatte Luise notgedrungen eingeweiht, wenn auch zunächst nur in einen Teil des Plans. Sie wusste, dass es für ein wichtiges Geschäft nach England ging und dass Morgana dabei eine entscheidende Rolle spielte. Den Rest würde Luise ihr später erklären. Sie hatte überlegt, gar keine Zofe mitzunehmen, den Gedanken dann aber wieder verworfen. Sie brauchte Hilfe bei den täglichen Verrichtungen, nicht zuletzt beim Ankleiden. Vor allem aber wollte sie vor den Engländern nicht wie eine mittellose Bittstellerin dastehen, die sich kein Personal leisten konnte. Sie war sicher, dass keine der Damen, mit denen die Königin gewöhnlich verkehrte, im Traum daran dachte, ohne Zofe zu verreisen.

Zum Glück war Ludwig wieder einmal für einige Tage weggefahren, sodass er von den Vorbereitungen nichts mitbekommen hatte, ja nicht einmal wusste, dass Luise überhaupt eine Reise plante. Niemals hätte er sie sonst fahren lassen. Und dann wäre Seydell verloren gewesen.

Luise ermahnte noch einmal alle, auch während ihrer Abwesenheit gewissenhaft ihren Pflichten nachzukommen, dann stieg sie in den Landauer. Während sie die Lindenallee entlang-, dann durch Birkmoor und schließlich auf der

Landstraße in Richtung Jesteburg fuhren, wanderten Luises Gedanken zu dem Brief, den sie eine Woche zuvor erhalten hatte.

So lange hatte sie darauf gewartet, und dann hatte sie nicht gewagt, ihn zu öffnen. Denn er enthielt die Antwort von Königin Victoria. Sofort nach dem Gespräch mit den drei Herren, die Seydell hatten pfänden wollen, hatte Luise einen Brief an die Königin von England aufgesetzt und ihr eine Wette vorgeschlagen: Luise forderte den Sieger des diesjährigen Grand-National-Pferderennens heraus. Sie wollte gegen ihn antreten und ihn besiegen. Damit würde sie beweisen, dass das Gestüt Seydell unvergleichliche Reittiere hervorbrachte. Ihr Preis für den Sieg wäre ein Vertrag für das Gestüt Seydell als Hoflieferant der englischen Krone.

Der Brief war vermessen und unverschämt, aber Luise hatte gehofft, dass er die Neugier und die Spiellust der Monarchin entfachen würde. Doch je länger die Antwort auf sich warten ließ, desto größer waren ihre Zweifel geworden. Wahrscheinlich hatte man das Schreiben schon aussortiert, bevor es überhaupt bis zur Königin vorgedrungen war. Oder Victoria hatte den forschen Ton missbilligt und sich deshalb geweigert, auch nur zu antworten. Sicherlich bekam sie Hunderte von Schreiben von irgendwelchen Bittstellern, und womöglich war Luises Wettangebot gar nicht so ungewöhnlich, wie sie sich einbildete.

Dann endlich, fast vier Wochen später, war die Antwort gekommen. Schon am Umschlag hatte Luise erkannt, dass der Brief vom britischen Hof stammte. Er war mit dem Siegel der Königin verschlossen und trug einen englischen Poststempel.

Doch sie hatte nicht sofort gewagt, ihn zu öffnen. Solange der Umschlag geschlossen blieb, war alles möglich. In dem Moment aber, wenn sie ihn öffnete, musste sie der Realität ins Auge sehen. Und plötzlich war es ihr völlig absurd vorgekommen, dass Victoria auf ihre Wette eingehen könnte. Sie, Luise von Seydell, geborene Capellan, in deren Adern nicht ein einziger Tropfen adligen Blutes floss, wagte es, die mächtige Königin von England herauszufordern. Wie dumm von ihr. Wahrscheinlich hatte irgendein Hofbeamter den Brief gelesen, sich köstlich darüber amüsiert und dann, immerhin, eine Absage formuliert.

Ihre Gedanken waren zu Ludwig gewandert. Nicht ein Wort hatte er über den Besuch der drei Herren verloren, hatte nicht einmal gefragt, welches Anliegen sie gehabt hatten. Er hatte es gewusst, daran zweifelte Luise nicht. Deshalb war er Hals über Kopf davongeritten. Wenigstens hatte er Gustav Meinrath nicht die Vollmacht entzogen. Sollte er das tun, würde Luise das letzte Mittel anwenden, das ihr blieb. Sie hatte bereits Erkundigungen eingezogen, was dafür nötig war. Sie brauchte Zeugenaussagen von glaubwürdigen Mitgliedern der Gesellschaft und einen Arzt, der ihr Anliegen unterstützte. Dann könnte sie Ludwig aufgrund seiner schweren Alkoholkrankheit entmündigen lassen. Ein unerhörter Vorgang, der ihr viele Feinde einbringen und sie gesellschaftlich isolieren würde, aber es gab Präzedenzfälle, in denen Frauen damit Erfolg gehabt hatten. Sie hoffte inständig, dass es nicht dazu kommen würde, aber sie war bereit, alles zu tun, um Seydell für Robert zu retten.

Schließlich, nachdem sie sich auf ihr Zimmer zurückgezogen hatte, hatte sie ihren Mut zusammengenommen und den Brief geöffnet. Ein einziger cremefarbener Briefbogen hatte sich in dem Umschlag befunden.

Sehr verehrte Lady von Seydell,

wir haben Ihren Brief erhalten und mit großer Aufmerksamkeit gelesen. Wir müssen zugeben, dass Ihr Anliegen nicht alltäglich ist, sondern dazu geeignet, Uns zugleich zu unterhalten und herauszufordern. Sie wollen den besten Reiter des Königreichs besiegen? Auf der Rennstrecke in Aintree, die nur die Besten der Besten überhaupt bewältigen können? Wir halten dies für vermessen, ja geradezu unverschämt. Aber eins spricht für Sie: Sie sind eine Frau. Und Sie haben Mut. Das nötigt Uns Respekt ab. Deshalb nehmen Wir Ihre Wette an und bitten Sie, sich am 25. April dieses Jahres an der Rennstrecke in Aintree samt Ihrem Pferd und Ihrer Mannschaft einzufinden. Man wird Sie erwarten.

Hochachtungsvoll
Victoria
Königin des Vereinigten Königreichs von Großbritannien und Irland, Kaiserin von Indien

Einen Augenblick lang hatte Luise geglaubt zu träumen. Dann hatte sie innerlich jubiliert. Ein solches Gefühl des Triumphes hatte sie noch nie gehabt. Sie hatte eine Königin herausgefordert, und diese hatte die Herausforderung angenommen. Sie würde gegen den besten Reiter Englands antreten auf der gefährlichsten Rennstrecke der Welt. Alles oder nichts.

Doch das Hochgefühl hatte nicht lange angehalten. Bereits nach wenigen Augenblicken war es in Panik umgeschlagen. Wie sollte sie das bloß schaffen? Bis zum vereinbarten Termin war ihr nur eine knappe Woche geblieben, und es gab unendlich viel vorzubereiten. Und zwar so diskret, dass möglichst niemand außer Karl Sevenich begriff, was genau Luise plante.

Drei Tage dauerten die Vorbereitungen. Luise besorgte Zugfahrkarten und buchte die Überfahrt. Von Hamburg aus würde es mit dem Schiff nach Hull an der Ostküste Englands und von dort mit dem Zug bis nach Liverpool gehen, von wo sie mit einer Mietkutsche weiter nach Aintree fahren würden. Einen Teil der Strecke durch Nordengland würde Luise Morgana reiten, auch querfeldein, damit sie in Übung blieb.

Sie erreichten den Bahnhof von Jesteburg, wo sich Morgana zu Luises großer Erleichterung ohne große Probleme in den Waggon führen ließ. Sevenich sollte während der Fahrt bei ihr bleiben. Martha würde in der dritten Klasse reisen, während Luise im Salonwagen der ersten Klasse noch einmal die Skizze des Parcours in Aintree durcharbeiten wollte, die Sevenich für sie besorgt hatte.

Das Rennen galt nicht umsonst als das gefährlichste der Welt. Der Parcours musste zweimal durchlaufen werden, und das mit der höchsten Geschwindigkeit, die das Pferd zu rennen in der Lage war. Die normalen Hindernisse waren nicht sonderlich schwierig. Sie bestanden aus Zäunen, abgedeckt mit Fichtenzweigen, waren in der Regel etwa einen Meter vierzig hoch und einen halben Meter breit. Bei manchen war der Aufsprung höher als der Absprung oder umgekehrt. Solche Hindernisse nahm Morgana mit Leichtigkeit. Doch zusätzlich gab es drei Hindernisse von beängstigenden Ausmaßen: Becher's Brooke, The Monument Jump und The Water Jump. Wobei Becher's Brooke mit Abstand das schwierigste Hindernis war: Der Zaun maß eineinhalb Meter Höhe und lag sechzig Zentimeter über dem Absprung. Direkt unterhalb des Zaunes musste ein Bach überwunden werden. Der war zwar nur vierzig Zentimeter breit, aber da man das Hindernis sehr steil anspringen musste und auch sehr steil auf der anderen Seite hinunterkam, war die Gefahr groß, dass das Pferd mit den Vorderbeinen in den Bach rutschte. Wenn das geschah, war es vorbei. Viele Pferde hatten sich dort schon die Beine gebrochen, und einige Reiter waren ebenfalls schwer verletzt worden.

Als Luise es sich auf der gepolsterten Bank bequem gemacht hatte und einen letzten Blick aus dem Fenster auf den kleinen Bahnsteig warf, entdeckte sie eine vertraute Gestalt. Erschrocken zog sie den Kopf vom Zugfenster weg. Ludwig! Was in aller Welt machte er hier? War er nicht in Hamburg, um sich seinen Vergnügungen zu widmen?

Ein Gedanke durchzuckte Luise: War es möglich, dass er von ihrem Plan erfahren hatte? War er ihr auf die Schliche gekommen? Hatte irgendwer geplaudert? Sevenich? Oder Martha?

Tausend Szenarien schossen Luise durch den Kopf. Sie sah sich von Ludwig aus dem Zugabteil geschleift wie ein ungezogenes Kind, in aller Öffentlichkeit gedemütigt. Sie sah Sevenich, der ihren Plan von Anfang an abgelehnt hatte, feixend auf dem Bahnsteig stehen.

Ein schriller Pfiff ertönte. Luise schloss die Augen.

Aintree bei Liverpool, drei Tage später, April 1892

Luise tätschelte beruhigend Morganas Hals. Die Stute war unruhig, sie spürte, dass heute ein besonderer Tag war. Sevenich, der bereits auf dem geliehenen Wallach saß, blickte fragend zu Luise hinüber. Sie nickte. Sie war bereit.

Es war der Morgen des Rennens. In der Nacht hatte es heftig geregnet, doch nun war es trocken. Allerdings jagten bleigraue Wolken über den Himmel, die jederzeit eine erneute Regenflut bringen konnten. Bei nassem Gelände wäre der Ritt noch viel schwieriger, als er ohnehin schon war.

Doch jetzt war es zu spät für Bedenken. Luise nickte Martha zu, die sie tapfer anlächelte. Sie würde im Hotel warten. Erst gestern Abend hatte Luise die Zofe in den ganzen Plan eingeweiht. Sie war erschrocken, aber im Gegensatz zu Sevenich hatte sie nicht einen Moment versucht, ihrer Herrin das Vorhaben auszureden. Ob aus unumstößlichem Vertrauen in Luises Reitkunst oder Unwissenheit, war nicht klar.

Am Tag zuvor, nur eine Stunde nach ihrer Ankunft, hatte Luise überraschenden Besuch erhalten. Am Empfang des Hotels, zu dem sie gebeten worden war, warteten zwei Männer um die dreißig, beide in der Offiziersuniform der Dragoon Guards, einer Einheit der britischen Reiterei.

Bei ihrem Anblick waren Luise die Knie weich geworden, aber sie hielt sich aufrecht, lächelte und streckte den Herren die Hand entgegen.

Der Kleinere, Zierlichere der beiden deutete einen Handkuss an. »Lady von Seydell, mein Name ist Captain Roddy Owen. Ich bin entzückt, Sie kennenzulernen.«

Zu Luises Überraschung sprach er gut Deutsch. Ein Glück, denn sie selbst beherrschte die englische Sprache nicht annähernd so gut.

»Ganz meinerseits«, entgegnete sie. »Es ist mir eine Ehre, dem Gewinner des diesjährigen Grand National leibhaftig gegenüberzustehen.«

Der andere Offizier grinste. »Ja, man könnte bei Roddy manchmal wirklich glauben, der Leibhaftige stehe einem gegenüber.«

Beide lachten herzhaft, Luise fiel es schwer, ihren Humor zu begreifen. Verwirrt runzelte sie die Stirn.

»Er reitet wie der Teufel«, erklärte der Offizier, als er Luises Gesichtsausdruck bemerkte. »Da liegt dieser Titel doch nahe.«

Luise rang sich ein Lächeln ab. Sie war nicht zu Scherzen aufgelegt. Ihr war plötzlich flau im Magen. Der Champion der Champions persönlich würde gegen sie antreten, gegen eine Frau, die diesen Parcours noch nie geritten war. Was hatte sie denn erwartet? Dass die Königin einen lahmen Gaul mit einem dickbäuchigen Stallknecht ins Feld führen würde? Luise hatte die Regeln doch selbst festgesetzt.

»Verzeiht, Mylady, ich bin ein Rüpel. Erlaubt, dass ich mich vorstelle. Ich bin Captain Harry Whalsam und stehe Roddy bei. Ich hoffe, Sie hatten eine angenehme Reise?«

»Alles bestens, danke der Nachfrage.«

»Wunderbar«, sagte Captain Whalsam. »Sie haben, was Sie benötigen? Ist Ihr Pferd gut untergebracht?«

Luise hätte nicht erwartet, ausgerechnet von der Gegenseite mit einer solchen Freundlichkeit empfangen zu werden. Vielleicht waren die beiden Männer aber auch nur gekommen, um der Gegnerin ein wenig auf den Zahn zu fühlen. Sollten sie doch. Und sollten sie ruhig glauben, dass sie ein leichtes Spiel haben würden.

»Mir fehlt es an nichts, meine Herren. Ich danke Ihnen sehr, dass Sie sich so um mich sorgen, und freue mich über den freundlichen Empfang.«

Die beiden Captains neigten leicht ihre Köpfe. »Nun dann, Lady von Seydell, wir sehen uns morgen«, sagte Whalsam. »Das Rennen wird unter Ausschluss der Öffentlichkeit stattfinden. Es beginnt um elf Uhr am Vormittag. Wir erwarten Sie spätestens um zehn Uhr dreißig am Start. Die Königin hat übrigens für dieses Rennen das Handicap ausgesetzt. Das heißt, Pferde und Reiter starten ohne Gewichtsausgleich, da wir ja keinen Vergleich zwischen Ihrem und unserem Pferd haben. Ich hoffe, das ist Ihnen recht?«

Das war eine gute Nachricht, denn Morgana war noch nie mit Gewichten geritten. Sie war im Vergleich zu den englischen Pferden eher zierlich, besaß aber eine überdurchschnittliche Bemuskelung. Man hätte ihr sicherlich fünf Pfund oder mehr umgehängt, um den Vorteil des leichten Gewichts im Verhältnis zu ihrer Kraft auszugleichen.

»Aber ja, das ist fair. So können wir sowohl unsere eigenen als auch die Fähigkeiten der Pferde direkt vergleichen.«

Die Captains hatten ihr zugestimmt und sich mit den besten Wünschen und einem weiteren Handkuss verabschiedet. Luise hatte ihnen nachdenklich hinterhergeschaut. Roddy Owen war nur ein paar Zentimeter größer als sie. Sein Pferd, Father O'Flynn, war ein beindruckender schwarzer Hengst mit langen, starken Beinen, wie sie einem Bild in der Zeitung entnommen hatte, und mindestens fünfzehn Zentimeter größer als Morgana. Ein wunderbares Tier von perfektem Exterieur, bestens trainiert und an die Schwierigkeiten der Rennstrecke gewöhnt.

Luise schüttelte die Erinnerung ab und ließ Morgana loslaufen. Vom Hotel aus führte eine unbefestigte Straße, die Melling Road, zum Parcours. Während des kurzen Ritts sprachen Sevenich und sie kein Wort. Erst kurz vor dem Ziel lehnte der Pferdemeister sich zu ihr hinüber.

»Ich habe Morgana, wie besprochen, eine gute Portion Hafer gegeben«, sagte er mit gesenkter Stimme.

Luise atmete tief ein und aus. Sie hatten es so vereinbart, ja, aber dennoch war ihr nicht wohl dabei. Hafer konnte ein Pferd zu mehr Leistung anspornen. Aber er machte es auch unberechenbar. Sie würde Morgana nur noch schwer kontrollieren können. »Hoffentlich war das eine gute Idee.«

»Das hoffe ich auch. Aber die Stute muss alles geben, wenn Sie überhaupt eine Chance haben wollen, gnädige Frau. Sie muss rennen, als wäre der Teufel hinter ihr her. Lassen Sie sie weitgehend in Ruhe, vertrauen Sie ihr. Sie werden mit einer sanften Trense und einem einfachen Halfter reiten. Zwar wird Morgana den Kopf ab und zu werfen, aber das soll sie auch. Sie muss ganz hart an der Panik entlangschrammen, nur dann haben Sie eine winzige Aussicht zu gewinnen. Der Hafer wird sie mit der nötigen Kraft versorgen und mit der nötigen Nervosität.«

Das letzte Stück zum Parcoursgelände ließ Luise die Zügel locker und stellte sich in die Steigbügel. Morgana schoss los, und Luise gewann an Zuversicht. Warum sollten sie nicht gewinnen können? Morgana besaß alles, was sie dazu benötigten. Kraft, Ausdauer, Können. Und sie beide waren seit Jahren ein eingespieltes Gespann. Als die Rennstecke in Sicht kam, nahm Luise Morgana in den Schritt zurück. Die Stute schnaubte zufrieden. Jetzt konnte es losgehen.

Luise wusste nicht, was sie erwartet hatte, aber sie war doch ein wenig enttäuscht, als sie auf das Gelände ritt. Einsam und fast ein wenig schäbig breitete es sich vor ihr aus. Zwar gab es in der Nähe einige Häuser, doch die wirkten verlassen, und auch sonst war weit und breit keine Menschenseele zu sehen. Natürlich würde es bei diesem Rennen keine Zuschauer geben. Zu unerhört war, was hier geschah. Dennoch hatte Luise heimlich gehofft, dass die Königin es sich nicht nehmen lassen würde, selbst anwesend zu sein und vielleicht noch einige Damen und Herren ihres Hofstaats mitzubringen. Doch bis auf drei einsame Kutschen am Rande des Geländes waren nur vier Männer zu sehen. Die Captains Roddy Owen und Harry Whalsam sowie zwei schwarz gekleidete Männer. Whalsam trug seine Uniform, Owen Reitkleidung.

Als Sevenich und Luise bei den Männern angekommen waren, lächelte Owen. »Lady von Seydell. Schön, dass Sie gekommen sind.«

Hatte er etwa gedacht, sie würde kneifen? »Haben Sie etwas anderes erwartet, Captain Owen?«

Er hob die Augenbrauen. »Aber nein. Ich bin mir sicher, dass Sie sich furchtlos der Gefahr stellen und Ihr Bestes geben werden.«

Vielleicht war Luise zu empfindlich, aber sie hatte das Gefühl, dass Captain Owens Höflichkeit ein wenig bröckelte. Zum ersten Mal dämmerte ihr, dass er bestimmt nicht freiwillig hier war. Die ganze Angelegenheit war mit Sicherheit unter seiner Würde. Nachdem er die besten Reiter des Königreichs besiegt hatte, sollte er nun gegen eine Frau antreten, die noch nie ein Rennen gewonnen hatte und noch dazu aus Deutschland kam? Aber einer Königin schlug man nichts ab.

»Ich hoffe, auch Sie werden Ihr Bestes geben, Captain. Sonst würde das Rennen für mich allzu schnell seinen Reiz verlieren.«

Captain Whalsam lachte kurz. »Nun, der Wettstreit hat anscheinend bereits begonnen, zumindest, was den Austausch von Höflichkeiten angeht.« Er deutete auf die beiden Herren in Schwarz. »Mr Johnson und Mr Jeffrey sind unsere Schiedsrichter. Sie werden den Sieger verkünden und sind absolut unparteiisch.« Er verneigte sich in Richtung Sevenich, der abgesessen war und den Wallach außerhalb des Parcours angebunden hatte. »Und Sie werden sicher auch ein Auge auf die Ziellinie haben wollen.«

»Und ob ich das will.«

»Gut.« Whalsam grinste zufrieden. Im Gegensatz zu seinem Freund schien er bester Laune zu sein. »Noch einmal die Regeln, bevor es losgeht. Es sind zwei Runden zu absolvieren. Die erste umfasst alle sechzehn Hindernisse, die zweite endet mit dem vierzehnten. Die Zielgerade führt vorbei an Hindernis fünfzehn und sechzehn, ›The Chair‹ und ›Water Jump‹, die beide nur in der ersten Runde zu nehmen sind. Wer versucht, den anderen zu behindern, wird disqualifiziert. Ansonsten gibt es nur noch eine Regel: Der Sieger muss als Erster auf seinem Pferd die Ziellinie überqueren. Und jetzt bitte ich die beiden Kontrahenten an den Start. Ich werde meinen Säbel senken. Wenn die Spitze den Boden berührt, kann es losgehen. Wer vorher startet, scheidet sofort aus.«

Die Schiedsrichter platzierten sich rechts und links der Startlinie, Captain Owen brachte Father O'Flynn in Position, Luise Morgana. Ihr Puls raste. Morgana tänzelte nervös an der Linie hin und her. Sie spürte Luises Angst. Das war kein guter Anfang. Sie musste ruhig werden. Doch ausgerechnet jetzt glaubte Luise, einen Schatten am Rand der Rennstrecke zu sehen, einen Mann, der dort stand und zusah. Ludwig! O Gott, nein!

Luise wandte den Blick ab und zwang sich zur Ruhe. Das war nicht Ludwig. Genauso wenig wie in Jesteburg am Bahnhof. Als der Zug angefahren war und sie noch einmal vorsichtig nach draußen gespäht hatte, war ihr klar geworden, dass der Mann, der ihr einen solchen Schreck eingejagt hatte, ein Fremder war, der Ludwig zwar ein wenig ähnelte, aber deutlich größer und schwerer war als dieser. Ihre Angst hatte ihr einen Streich gespielt.

Luise dachte an Robert. An Seydell, das Gestüt, das sie für sich und ihren Sohn retten wollte. Nur das zählte. Sonst nichts. Langsam kam sie zur Ruhe, und Morgana hörte auf zu tänzeln.

Whalsam hob den Säbel. Das Blut rauschte in Luises Kopf. Die Spitze senkte sich, Morgana schnaubte. Die Spitze berührte den Boden. Luise stieß Morgana die Fersen in die Seite, stellte sich in den Sattel und verpasste ihr einen Schlag mit der Gerte auf die Kruppe. Die Stute schoss los wie ein Pfeil von der Sehne. Father O'Flynn startete ebenfalls mit einem mächtigen Galoppsprung ins Rennen.

Das erste Hindernis war kein Problem. Morgana setzte

darüber hinweg, ohne auch nur einen Wimpernschlag zu zögern. Auch die nächsten vier waren eher geeignet, sich warm zu reiten, als dass sie eine echte Herausforderung dargestellt hätten. Doch jetzt kam Becher's Brook. Morgana war nicht darauf vorbereitet, hoch abzuspringen und mehr als einen halben Meter tiefer zu landen. Luise musste sie steuern.

Captain Owen lag bereits eine halbe Länge voraus, aber das hatte nichts zu sagen. Im Gegenteil. Luise nutzte ihn als Leittier, zu dem Morgana versuchen würde aufzuschließen. Das schonte ihre Kräfte. Becher's Brook kam immer näher. Noch zwei Galoppsprünge, noch einer. Luise legte sich nach vorn, hob die Zügel und richtete sich auf, damit Morgana steil absprang. Sobald sie in der Luft waren, lehnte Luise sich im Sattel nach hinten, damit Morgana beim Aufsetzen möglichst viel Gewicht auf die Hinterbeine bekam. Hätte Luise ihre Position nicht verändert, hätte sie sich mit Morgana überschlagen. So aber flogen sie über Becher's Brook und landeten sicher auf dem Boden.

Luise musste plötzlich daran denken, wie sie mitten im Winter im tiefen Schnee Ludwig und Alexander davongeritten war und mit Morgana die Hecke übersprungen hatte. Wehmut befiel sie, doch sie hatte sich sofort wieder im Griff.

Schon kam das nächste Hindernis in Sicht, das Morgana ohne Probleme unter die Hufe nahm. Schwierig wurde es am Canal Turn. Im rechten Winkel bog die Strecke nach links ab, man musste den Zaun ganz innen nehmen, um nicht hoffnungslos ins Hintertreffen zu geraten. Luise schwitzte bereits am ganzen Körper, aber Morgana schien das Rennen bisher nicht viel auszumachen. Zwischen den Hindernissen lief sie leicht und schnell. Stück für Stück schob sie sich neben Father O'Flynn.

Sollte Luise den Captain überholen? Wenn sie den Canal Turn innen nehmen wollte, blieb ihr keine Wahl. Anderenfalls müsste sie Morgana zurücknehmen, und dann könnte sie den Rückstand womöglich nicht mehr aufholen. Mit einem Gertenklaps auf die Kruppe spornte Luise Morgana an. Die verstand und zog an Father O'Flynn vorbei. Aus den Augenwinkeln sah sie das ungläubige Gesicht von Captain Owen. Er hieb auf sein Pferd ein, aber es war zu spät, Morgana überwand den Zaun am Canal Turn ganz innen mit einem mächtigen Sprung.

Luise konnte es fast nicht glauben, aber Morgana beschleunigte weiter. Sie musste aufpassen, dass das Pferd nicht zu schnell rannte und plötzlich tot umfiel. Aber Morgana hatte noch nicht einmal Schaum am Hals, also war sie noch lange nicht am Ende ihrer Kräfte angelangt. Luise hörte Captain Owen auf Englisch fluchen. Er beschimpfte sein Pferd als »lame bastard« und drosch mit der Gerte auf das Tier ein. Tatsächlich holte Father O'Flynn wieder auf. Seine Nüstern waren riesig. Jetzt waren sie gleichauf, doch Morgana schien nicht daran zu denken, wieder im Windschatten des Hengstes zu reiten. Sie hatte wohl begriffen, dass sie schneller sein musste als er.

Wieder stellten die ersten fünf Hindernisse keine Schwierigkeit dar. Doch jetzt kam zum zweiten Mal Becher's Brook in Sicht. Morgana hatte beim ersten Mal keine Scheu gezeigt, und auch diesmal hielt sie ohne Zögern darauf zu, Luise zog die Zügel, Morgana zögerte einen Wimpernschlag, sprang ab, landete und kam aus dem Tritt.

Luise konnte nicht mehr reagieren. Im hohen Bogen flog sie über Morganas Hals. Sie machte sich klein, dennoch war der Aufprall so hart, dass ihr die Luft wegblieb. Sie atmete einmal tief durch, dann fasste sie sich und sprang auf die Beine.

Zum Glück war Morgana stehen geblieben. Die meisten Pferde wären in dieser Situation durchgegangen, doch Morgana bewies, dass sie ein ganz besonderes Tier war. Ohne nachzudenken, stieg Luise wieder in den Sattel. Schmerz zuckte durch ihren rechten Knöchel, als sie sich vom Boden abdrückte, aber sie ignorierte ihn.

Morgana sprengte sofort wieder los und rannte schneller als je zuvor. Captain Owen lag jetzt mehr als sieben Längen voraus. Ihn einzuholen war so gut wie unmöglich. Trotzdem würde Luise nicht vor der Ziellinie aufgeben. Morgana spürte, dass es um alles ging, sie legte sich ins Zeug, langsam holten sie wieder auf, aber es würde nicht reichen, um Captain Owen zu schlagen. Sie nahmen den Canal Turn in weitem Abstand voneinander, vier weitere Hindernisse folgten, dann die Linkskurve zu den letzten beiden Hindernissen und der Zielgeraden. Luise wurde das Herz schwer. Sie war so nah dran gewesen. Sie hätte es beinahe geschafft. Wenn sie nur am Becher's Brook nicht diesen einen kleinen Fehler gemacht hätte. Morgana war gestolpert, weil sie etwas zu kurz gesprungen war. Luise hatte die Zügel zu hart angezogen und dann zu früh losgelassen, nur einen Sekundenbruchteil, aber es hatte genügt.

Noch zwei Zäune lagen vor ihnen. Captain Owen war uneinholbar. Noch immer bearbeitete er sein Pferd mit der Gerte. Wozu? Er hatte doch so gut wie gewonnen. Vielleicht wollte er auf Nummer sicher gehen, immerhin hatte Morgana den Abstand auf vier Längen verkürzt.

Sie flogen über die Nummer dreizehn, das letzte Hindernis stellte sich ihnen in den Weg. Captain Owen setzte an, doch Father O'Flynn hatte anscheinend genug von der Kasteiung mit der Gerte. Er blieb unvermittelt stehen, Captain Owen schaffte es gerade noch, sich im Sattel zu halten. Der Offizier musste einen kleinen Kreis reiten, danach erst gehorchte Father O'Flynn und übersprang das Hindernis ohne Mühe. Genug Zeit für Morgana aufzuholen. Jetzt lagen sie Kopf an Kopf.

Luise konnte ihr Glück nicht fassen. Sie war zurück im Rennen. Sie fegten vorbei an The Chair, die beiden Schiedsrichter tauchten vor ihnen auf, sie hockten rechts und links der Ziellinie, Sevenich stand hinter Mr Jeffrey auf der rechten Seite und reckte die Faust in die Luft.

Luise machte sich so leicht wie möglich und überließ den Rest Morgana. Die Stute bewies den Instinkt eines Rennpferdes, sie kannte jetzt nur noch eines: Schneller rennen, als sie je gerannt war. Nicht weil sie Angst hatte oder gequält wurde, sondern weil sie gewinnen wollte, genau wie Luise.

Captain Owen ging es nicht anders. Er wollte, ja er musste gewinnen. Was für eine Schande, gegen eine Frau zu verlieren, zumal durch einen eigenen Fehler. Er hatte Luises Sturz nicht genutzt, sondern den Vorsprung verspielt, weil er sein Pferd unnötig drangsaliert hatte.

Die letzten Meter erstreckten sich vor ihnen, weiterhin lagen sie Kopf an Kopf. Wie sollten die Schiedsrichter erkennen, wer zuerst durchs Ziel ging? Noch zwanzig, zehn, fünf Meter. Noch einmal beschleunigte Morgana, als wüsste sie, dass das Ziel direkt vor ihr lag. Sie donnerten über die Linie, Luise war schwindelig vor Anstrengung. Langsam ließ sie Morgana austraben. Sie hätte nicht sagen können, wer das Rennen gemacht hatte.

Als sie wendete, kam Sevenich auf sie zugestürmt. »Großartig, gnädige Frau. Eine unglaubliche Leistung!«

»Das Lob gebührt allein Morgana«, gab Luise atemlos zurück.

Sie ließ sich beim Absteigen helfen, klopfte Morgana dankbar auf den Hals und übergab dem Pferdemeister die Zügel. Dann wandte sie sich zu den anderen Männern um.

Roddy Owen würdigte Luise keines Blickes. Für ihn war das Rennen so oder so verloren. Eine Frau hatte ihm Paroli geboten, er hatte sein Pferd in die Verweigerung getrieben und damit den sicheren Sieg aus der Hand gegeben. Captain Whalsam stand neben ihm und hielt den schnaubenden Father O'Flynn am Zügel.

Die beiden Richter hatten die Köpfe zusammengesteckt, jetzt trat Mr Jeffrey vor. »Ich stelle fest, dass das Rennen regelkonform zu Ende gebracht wurde«, erklärte er mit emotionsloser Stimme auf Englisch. »Gewinner ist...«, er sah erst Captain Owen und dann Luise an, »Lady von Seydell.«

Am liebsten wäre Luise ihrem Pferdemeister um den Hals gefallen vor Freude und Erleichterung. Sie hatte es geschafft, sie hatte den schnellsten Reiter des Vereinigten Königreichs geschlagen! Sie hatte Seydell gerettet!

Sie wünschte sich plötzlich, Alexander wäre hier, hätte sie gesehen, wäre Zeuge ihres Triumphes geworden. Er wäre überglücklich gewesen und geplatzt vor Stolz. Aber er würde nie davon erfahren.

Luise zog ihre Handschuhe aus und blickte Roddy Owen hinterher, der sich abgewandt hatte und davongestapft war, sobald der Schiedsrichter den Sieger verkündet hatte. Nicht einmal die Größe hatte er besessen, ihr die Hand zu schütteln und zum Sieg zu gratulieren. Sein Kumpel Harry Whalsam zumindest hatte so viel Anstand bewiesen, sich mit einem militärischen Gruß vor ihr zu verneigen und sich zu verabschieden. Jetzt eilte er hinter Owen her, führte dabei den Hengst am Zügel.

Auch die Schiedsrichter verabschiedeten sich, und plötzlich standen Luise, Sevenich und Morgana allein auf der einsamen Rennstrecke.

»Wie geht es nun weiter, gnädige Frau?«, fragte der Pferdemeister.

Wenn sie das nur wüsste. »Vielleicht sollten wir ins Hotel zurückkehren und auf Nachricht warten.«

»Sehr wohl, gnädige Frau. Dann kümmere ich mich dort um Morgana. Sie sollte ein bisschen im Schritt laufen und dann abgerieben werden.«

»Und sie hat sich eine Extraportion Hafer verdient. Sie ist eine Heldin.«

»Ganz recht, gnädige Frau.« Sevenich schaute beim Sprechen an ihr vorbei und runzelte die Stirn.

Luise drehte sich um und stieß einen überraschten Laut aus. Ein merkwürdig gekleideter Mann kam quer über die Rennstrecke auf sie zugelaufen. Er trug ein knielanges rotes Gewand, das mit einer weißgoldenen Schärpe um die Hüfte gehalten wurde. Darunter lugten lange weiße Strümpfe hervor und Schuhe, die wie Pantoffeln aussahen. Am auffälligsten war jedoch seine Kopfbedeckung, die aus einem kunstvoll verschlungenen schwarz-goldenen Turban bestand. Der Mann hatte dunkle Haut, ein schwarzer Bart bedeckte die untere Hälfte seines Gesichts.

»Was in aller Welt…«, murmelte Sevenich.

»Ich nehme an, der Herr stammt aus Indien«, erklärte Luise. »Dort kleidet man sich so.«

Schon hatte der Fremde mit dem Turban sie erreicht. »Lady von Seydell?«, fragte er, nachdem er sich vor Luise verneigt hatte.

»Ja, die bin ich.«

»Kommen Sie bitte mit.« Er sprach Englisch mit einem harten, fremdartig klingenden Akzent.

Luise ließ den Blick suchend über das Gelände schweifen.

»Wohin denn?«

»Kommen Sie einfach, Mylady.« Der Mann wandte sich an Sevenich. »Wenn Sie so freundlich wären, hier zu warten.«

Sevenich sah fragend zu Luise hinüber. Er verstand kein Englisch, zudem war ihm der Mann eindeutig nicht geheuer. »Was will dieser Mensch von Ihnen, gnädige Frau?«

»Das werde ich gleich herausfinden. Ich nehme an, es wird nicht lange dauern.«

Sevenich wirkte nicht überzeugt, aber er fügte sich in sein Schicksal. »Dann führe ich Morgana in der Zeit einige Runden im Kreis herum, sie ist noch immer ganz verschwitzt.«

»Tun Sie das.« Luise wandte sich ab und folgte dem Mann zurück über das Parcoursgelände. Sie liefen bis zu einer großen Hecke, und als sie sie umrundeten, stellte Luise überrascht fest, dass dahinter die drei Kutschen standen, die sie bei ihrer Ankunft schon bemerkt hatte. Alle drei wurden von je vier weißen Rössern gezogen, waren elegant, schwarz und ohne jeden Hinweis darauf, wem sie gehörten. Kein Wappen am Schlag verriet etwas über den Besitzer.

Der Inder schritt zielstrebig auf die mittlere Kutsche zu, klopfte an, zog die Tür auf und sagte etwas. Dann drehte er sich zu Luise um und bedeutete ihr einzusteigen.

Luises Herz klopfte schneller. Wohin würde man sie bringen? An einen Ort, wo sich die Formalitäten der gewonnenen Wette regeln ließen, keine Frage. Ein diskretes Gasthaus vielleicht. Oder die Kanzlei eines Anwalts. Plötzlich wünschte sie sich, sie hätte die Gelegenheit gehabt, sich umzuziehen. Aber sie hatte nicht einmal ein Tuch dabei, um sich den Schweiß von der Stirn zu wischen. Ihre Planung hatte immer nur bis zum Rennen gereicht, bis zu dem Moment, wenn sie, so Gott wollte, die Ziellinie erreichte. Nie weiter.

Der Mann winkte ungeduldig. »Kommen Sie, Mylady.«

Also dann. Luise gab sich einen Ruck, lief die letzten Schritte zur Kutsche und stieg ein. Der Mann knallte den Schlag hinter ihr zu, noch bevor sie sich gesetzt hatte.

Erschöpft ließ Luise sich auf die gepolsterte Bank fallen, nur um im selben Augenblick erschrocken wieder aufzuspringen. Ihr gegenüber saß eine korpulente alte Dame in einem engen schwarzen Seidenkleid und mit einer Stola über den Schultern. Ihre Haare waren streng zurückgekämmt und zu einem Knoten hochgesteckt, darüber trug sie einen leichten Reisehut. Um den Hals hing eine Kette mit einem schlichten Medaillon als Anhänger, ganz ähnlich dem, das Luise selbst trug, einfache, aber kostbar aussehende Diamantstecker zierten ihre Ohrläppchen.

Luise brauchte einen Wimpernschlag, bis ihr klar wurde, wer mit ihr in der Kutsche saß. Die Königin musste das Rennen mit angesehen haben. Luise wurde heiß, kurz überrollte sie Panik. Gütiger Gott! Sicherlich stank sie fürchterlich nach Pferd und Schweiß. Und wie sollte sie in der engen Kutsche einen Hofknicks machen?

»Eure Majestät.« Sie beugte das Knie, so gut es ging.

»Setzen Sie sich wieder, meine Liebe«, sagte Victoria und deutete auf die Bank gegenüber. Die Königin sprach Deutsch ohne jeden Akzent, und Luise erinnerte sich, dass sowohl ihre Mutter als auch ihre Gouvernante und ebenso ihr Ehemann deutscher Herkunft gewesen waren. Tatsächlich war sogar der deutsche Kaiser, Wilhelm II., ihr Enkelsohn. Vermutlich war ihr das Deutsche vertrauter als die Muttersprache ihrer Untertanen.

Sie setzte sich und faltete die Hände auf dem Schoß.

Die Königin betrachtete sie eine Weile schweigend. »Soso«, sagte sie schließlich. »Sie haben also meinen besten Reiter geschlagen.«

Luise räusperte sich. »Es war ein knapper Sieg, Majestät.«

»Herbeigeführt durch einen Fehler von Captain Owen.«

Die Königin hatte also tatsächlich zugesehen. Luise senkte den Kopf, wartete darauf, dass Victoria weitersprach.

»Wissen Sie«, fuhr diese nach einer Weile fort. »Ich bin eine alte Frau, im kommenden Monat werde ich dreiundsiebzig, und mein geliebter Gemahl ist mir so viele Jahrzehnte vorausgegangen. Ich bin müde, aber ich kann mich nicht zurückziehen. Wenn ich sterbe, wird mein unfähiger Sohn Berti König.«

Luise hatte davon gehört, dass das Verhältnis zwischen

der Königin und ihrem ältesten Sprössling nicht sonderlich herzlich war. Dafür hatte sie ihren Ehemann über alles geliebt. Bei Luise war es umgekehrt, wie ihr jetzt auffiel. Sie verabscheute ihren Mann mehr und mehr, dafür liebte sie ihren Sohn.

»Sie haben einen starken Willen, Lady von Seydell«, sagte die Königin nun. »Meinen Glückwunsch, Sie haben sich Ihren Sieg hart verdient.«

»Danke, Eure Hoheit.«

»Ich bewundere Frauen mit einem starken Willen. Frauen, die sich für das einsetzen, was ihnen wichtig ist. Darin gleichen wir uns, meine Liebe. Wir würden alles tun für das, was uns am Herzen liegt, ist es nicht so? Ich kämpfe für mein Reich, Sie für Ihr Gestüt.«

Luise sah der Königin in die Augen. Aufrichtige Wärme flackerte darin, doch dann wanderte der Blick der Monarchin zum Fenster. »Es sieht nach Regen aus. Wir sollten uns sputen, damit wir nicht unterwegs im Schlamm stecken bleiben.« Sie sah wieder zu Luise. »Sie sind entlassen, meine Liebe.«

Luise schluckte. Die Königin hatte nicht ein Wort über die Wette verloren, über den Einsatz, das Versprechen, Seydell zum Hoflieferanten zu machen, falls Luise gewann.

Victoria klopfte an die Scheibe, sofort öffnete der Inder den Schlag.

»Wir sind fertig, Munshi. Lady von Seydell möchte jetzt gehen.«

Der Mann verneigte sich wortlos, zog die Tür weiter auf und streckte Luise seine weiß behandschuhte Hand entgegen, um ihr aus der Kutsche zu helfen.

Luise fasste sich ein Herz. »Majestät, die Wette...«

Victoria wedelte ungeduldig mit der Hand. »Keine Sorge, man wird sich darum kümmern. Sie erhalten einen Vertrag. Oder dachten Sie etwa, die Königin von England würde ihr Wort nicht halten?«

»Nein, Majestät, natürlich nicht«, stammelte Luise.

»Dann hinaus mit Ihnen.«

»Jawohl, vielen Dank.« Luise griff nach der Hand des indischen Dieners und taumelte nach draußen.

Der Mann verneigte sich, dann stieg er selbst in die Kutsche und schloss den Schlag. Augenblicklich setzten sich die drei Gefährte in Bewegung.

Luise stand mit zittrigen Knien da und sah ihnen hinterher, bis sie um eine Biegung verschwunden waren.

Kapitel 8

Navarra, August 1892

»Das ist doch nicht möglich.« Ungläubig starrte Alexander auf den Zaun. Drei Pfähle waren umgekippt, lagen nutzlos im Gras. Dabei hatte er erst vor wenigen Tagen jeden Abschnitt kontrolliert, und diese Koppel war neu, sie hatten sie erst im Frühjahr von einem Bauern gepachtet und frische Pfähle eingesetzt.

Das war jedoch nicht alles. Bereits in der vergangenen Woche war ein Stück Zaun auf einer anderen Koppel kaputt gewesen, und im Juli, vor etwa vier Wochen, hatte jemand vergessen, das Tor zu schließen, sodass fünf Stuten herausgelaufen waren und mühsam wieder eingefangen werden mussten. Seit Monaten ging das schon so, genau genommen sogar noch länger, seit mindestens einem Jahr verschwanden Dinge, oder sie gingen kaputt, obwohl sie am Tag zuvor noch problemlos funktioniert hatten. Es war, als läge ein Fluch auf Los Pinos.

Pedro, der Alexander auf seiner Kontrollrunde begleitete, sprang aus dem Sattel. »Ich sehe nach, ob noch alle Fohlen auf der Weide sind.«

»Mach das. Und beeil dich!«

Pedro rannte los. Die Koppel erstreckte sich über ein großes unübersichtliches Gelände, das mit Sträuchern und alten Eichen bewachsen war, sodass man sie von keinem Standort aus vollständig einsehen konnte. Kein ideales Weideland, aber sie mussten mit dem vorliebnehmen, was ihnen angeboten wurde. In den schlechten Zeiten hatte Ernesto einige gute Weiden verkauft, die jetzt, wo es wieder so viele neue Fohlen gab, fehlten.

Alexander stellte sich in den Sattel und ließ den Blick schweifen. Auf dieser Koppel weideten zehn ältere Fohlen, die bereits ohne ihre Mütter zurechtkamen. Die Stuten mit den Fohlen, die erst in den vergangenen Wochen geboren worden waren, hatten sie auf andere Weideflächen verteilt. Die Geschäfte liefen gut. Die Warteliste mit interessierten Kunden wuchs und wuchs. Rey del Vientos Nachkommen waren allesamt gesunde, lebhafte Fohlen, denen man ansah, dass sie zu kräftigen und doch eleganten Reittieren heranwachsen würden.

Und auch sonst war das Leben auf Los Pinos mehr als angenehm. Alexander hatte eine neue Familie gefunden, die ihn liebte und respektierte. Alles hätte perfekt sein können, wenn nur die Traurigkeit in Isabellas Augen nicht gewesen wäre. Seit der Fehlgeburt hatte sie sich verändert. Sie grämte sich, weil sie Alexander womöglich nie einen Erben schenken würde, und der Kummer darüber schien sie nicht loszulassen.

Pedro kam über die Wiese gelaufen. »Zwei Stutenfohlen fehlen, Señor. Der kleine Fuchs Canelita und der Apfelschimmel Triana.«

Verflucht! Hoffentlich waren die Tiere nicht zu weit gelaufen, und hoffentlich hatten sie sich nicht verletzt. »Du bleibst hier und passt auf, dass kein weiteres Pferd entkommt. Wenn möglich, reparier den Zaun notdürftig. Ich suche nach den Fohlen.«

Alexander wendete Rey. Wenn es irgend ging, nahm er den Hengst für die täglichen Kontrollritte, damit dieser ausreichend bewegt wurde. Allerdings mied er schwieriges Gelände. Nach ein paar Schritten zog Alexander an den Zügeln und schaute sich um. Die Koppel lag auf einem Hügel, eine schmale Fahrspur führt daran entlang zu weiteren Koppeln und ein Trampelpfad tiefer hinab in das Seitental, durch das sich ein kleiner Bachlauf schlängelte, der in den Río Erro mündete, jedoch um diese Jahreszeit kein Wasser führte.

Nach kurzem Zögern wählte Alexander den Pfad, ließ Rey vorsichtig im Schritt abwärtslaufen. Während des Abstiegs dachte er nach. Die Zaunpfähle waren nicht von einem der Pferde umgestoßen worden und erst recht nicht von einer Windböe. Jemand musste nachgeholfen haben. Jemand, der Los Pinos schaden wollte und dem das Wohl der Tiere dabei herzlich egal war. War es derselbe Mann, der vor einem Jahr das Feuer gelegt hatte? Seither hatte es keine größeren Zwischenfälle mehr gegeben, nur die unerklärlichen kleinen Missgeschicke. Auch hatten die Wachleute, die Alexander eingestellt hatte, keinen Fremden gesehen. Also hatte Alexander Anfang des Jahres drei von ihnen entlassen. Der Letzte patrouillierte noch immer nachts auf dem Gelände, doch etwas Größeres als einen Luchs scheuchte er nie auf.

Dennoch fühlte Alexander sich unbehaglich. Es war, als würde er einem unsichtbaren Feind gegenüberstehen. Er wusste, dass der Gegner da war, aber er konnte ihn nicht sehen. Andererseits war Alexander nach wie vor davon überzeugt, dass der Brandstifter es in Wahrheit auf Rey del Viento abgesehen hatte. Sollte der sich nun darauf verlegt haben, Zäune zu zerstören, so half ihm das nicht dabei, des Hengstes habhaft zu werden.

Als Alexander das Tal erreichte, entdeckte er zu seiner Erleichterung die beiden Fohlen, die genüsslich an einem Strauch knabberten. Langsam ritt er näher, sprach dabei beruhigend auf die Tiere ein. Als er nah genug herangekommen war, nahm er das Seil, das um seinen Sattelknauf gewickelt war, und band eine Schlaufe. Mit einem geschickten Wurf schleuderte er sie dem kleinen Fuchs über den Kopf. Die rotbraune Stute war, wie Alexander wusste, das forschere der beiden Tiere und hatte höchstwahrscheinlich das andere mitgezogen.

Canelita sprang erschrocken zur Seite. Doch Alexander war darauf gefasst und hielt das Seil fest. Das Tier bockte und wieherte aufgeregt, doch nach kurzem Protest beruhigte es sich, und Alexander konnte das Seil an einen Baum binden. Das Schimmelfohlen ließ sich noch leichter einfangen. Statt einen Fluchtversuch zu unternehmen, stupste es Alexander freundlich mit der Nase an, als er sich näherte. Alexander legte auch ihm eine Schlinge um den Hals und atmete auf. Das wäre geschafft.

Er saß wieder auf, das Seil, an dem die beiden Fohlen festgemacht waren, in der rechten Hand. In dem Augenblick hörte er ein lautes Knacken. Dumpfer Hufschlag näherte sich von hinten.

Alexander fuhr herum. Ein einzelner, hochgewachsener

Reiter bewegte sich auf ihn zu. Pedro war es nicht, der war ja noch ein halbes Kind, und auch keiner der anderen Knechte. Zudem kam der Fremde aus der entgegengesetzten Richtung, nicht vom Gestüt her, sondern aus den Bergen. Alexander kniff die Augen zusammen und versuchte, das Gesicht zu erkennen.

Erst jetzt bemerkte der Fremde auch ihn und riss erschrocken an den Zügeln. Für einen Moment glaubte Alexander, dass er ihn schon einmal gesehen hatte, doch er erinnerte sich nicht, wo. Da erwachte der Mann aus seiner Erstarrung, wendete sein Pferd und galoppierte in die Richtung davon, aus der er gekommen war.

»Halt!«, rief Alexander ihm hinterher.

Er wollte dem Reiter nachsetzen, doch im letzten Moment fielen ihm die Fohlen ein. Sie würden bei dem Tempo nicht mithalten können. Und bis er abgesessen und sie angebunden hätte, wäre der Unbekannte über alle Berge.

Wütend ballte er die Faust. Er war sicher, dass er gerade dem Mann in die Augen geblickt hatte, der den Zaun sabotiert und den Stall angezündet hatte. Was wollte der Kerl? Welchen Plan verfolgte er?

»Señor?«

Alexander drehte sich im Sattel um. Pedro hatte sich unbemerkt von hinten genähert. Ein Gedanke schoss Alexander durch den Kopf. War der Fremde gar nicht vor ihm, sondern vor dem Knecht davongeritten? Hatte er Alexander allein konfrontieren wollen? Doch warum?

Dann fiel ihm etwas anderes ein.

»Was willst du hier, Pedro?«, fuhr er den Knecht an. »Du solltest doch die Koppel nicht unbeaufsichtigt lassen!«

»Keine Sorge, Señor. Eduardo ist oben an der kaputten Stelle. Er ist uns nachgeritten, weil er einen Brief für Sie hat, Señor. Ich dachte, Sie könnten vielleicht Hilfe mit den Fohlen gebrauchen.«

Alexander nickte. Kurz überlegte er, ob es Sinn hatte, Pedro die Fohlen zu übergeben und dem Fremden zu folgen. Doch dann kam ihm ein anderer Gedanke. »Warum reitet Eduardo mir mit einem Brief hinterher? Hat das nicht Zeit, bis wir wieder zu Hause sind?«

Pedro zuckte mit den Schultern. »Eduardo sagte, Doña Isabella habe ihn geschickt. Der Brief kommt wohl aus Ihrer Heimat, Señor.«

Alexander fasste die Zügel fester. Ein Brief aus dem Kaiserreich! Wer hatte ihn geschickt? Und warum? Tausend Szenarien gingen ihm durch den Kopf. Ludwig hatte ihn aufgestöbert und ihm die Polizei auf den Hals gehetzt. Ludwig war tot. Oder Luise. Oder Robert.

Er rief sich zur Ordnung und lächelte Pedro an. »Dann los, machen wir uns an den Aufstieg.«

Eine Woche später, August 1892

Alexander stellte die Kaffeetasse ab und beugte sich über den Zeitungsartikel. Er saß allein am Frühstückstisch. Ernesto verbrachte einige Tage bei Don Alfonso und Doña Margerita. Isabella fühlte sich an diesem Morgen ein wenig unwohl und hatte sich ihr Frühstück ans Bett bringen lassen. Auf Alexanders besorgte Nachfrage, ob er etwas für sie tun könne, hatte sie jedoch mit einem Lachen reagiert.

»Mach nicht so ein todernstes Gesicht«, hatte sie ihn geneckt. »Mir geht es gut, ich will mir nur einen faulen Tag machen.«

Natürlich hatte er ihr das nicht abgenommen. Dennoch hatte er nicht insistiert. Er hoffte, dass sie nicht wieder schwanger war. Keinesfalls wollte er noch einmal so einen Schrecken erleben wie im Frühjahr. Aber das war wohl auf Dauer nicht zu verhindern, wenn sie nicht enthaltsam leben wollten. Außerdem gab es ja durchaus Grund zur Hoffnung, dass es beim nächsten Mal gut gehen könnte.

Alexander schüttelte die trüben Gedanken ab und vertiefte sich in den Artikel. *Cholera-Epidemie in Hamburg*, stand in großen Lettern darüber.

Nun ist es offiziell, las er. *Tagelang wiegelten die Behörden in Hamburg ab und sprachen von Brechdurchfall. Bis Berlin die Geduld verlor und den berühmten Arzt Robert Koch an die Elbe schickte. Der Mediziner bestätigte bereits am Tag nach seiner Ankunft, dass eine Cholera-Epidemie in der Stadt ausgebrochen sei. »Ich kann nicht glauben, dass ich in Europa bin«, soll Doktor Koch angesichts der Zustände in Hamburg gesagt haben. »Ich habe noch nie solche ungesunden Wohnungen, Pesthöhlen und Brutstätten für jeden Ansteckungskeim angetroffen wie in den sogenannten Gängevierteln.«*

Alexander ließ die Zeitung sinken. Er kannte die Viertel aus eigener Anschauung, dreckige, enge Gassen, düstere Hinterhöfe, Feuchtigkeit, Schmutz und Unrat überall. Kein Wunder, dass sich hier Krankheiten ausbreiteten. Er las weiter. Angeblich gab es bereits mehr als hundert Tote. Das öffentliche Leben stand still. Während die Wohlhabenden aus der Stadt geflüchtet waren, mussten die Armen ausharren und auf Hilfe hoffen. Hafenarbeiter hoben auf dem Ohlsdorfer Friedhof Gräber aus, Straßen und Häuser wurden mit Chlorkalk desinfiziert. Doktor Koch hatte angeordnet, die Schulen zu schließen und abgekochtes Wasser an die Bewohner zu verteilen. Außerdem forderte er Sanierungsmaßnahmen in den Elendsvierteln, um solche Epidemien in Zukunft zu verhindern.

Alexander war fassungslos. Kein Wunder, dass die Arbeiter überall in Europa auf die Straße gingen, um für bessere Lebensbedingungen zu kämpfen. Gleichzeitig spürte er Dankbarkeit und Erleichterung darüber, dass er hier in der gesunden Luft der Berge leben durfte.

Und dass Seydell weit genug von Hamburg entfernt war. Nur äußerst selten hatte jemand vom Gestüt etwas in der Stadt zu erledigen, und dann fuhr er meistens nach Lüneburg. Lediglich wenn Bankgeschäfte zu tätigen waren, ging es manchmal in die Hafenstadt. Luise und Robert waren sicher vor der Cholera, zum Glück.

Alexander musste daran denken, wie der Brief aus dem Kaiserreich ihn vor einer Woche aufgescheucht hatte. Was hatte er sich den Kopf zerbrochen, bis er den Umschlag von Eduardo entgegengenommen hatte. Er stammte von einem Züchter aus dem Großherzogtum Oldenburg, der an Fohlen von Los Pinos interessiert war. Alexander kannte den Mann nicht persönlich, und dieser hatte wohl auch nie Geschäfte mit Otto von Seydell gemacht. Also hatte er höchstwahrscheinlich nicht auf der Liste derer gestanden, denen Ludwig telegrafiert hatte. Gut möglich also, dass er von den Umständen, die dazu geführt hatten, dass Alexander nun in Spanien lebte, überhaupt nichts wusste.

Alexander erhob sich. Zeit für den täglichen Kontrollritt entlang der Koppeln. Bereits im Morgengrauen hatte er Pedro und Cayetano losgeschickt, die Zäune zu überprüfen, nun wollte er selbst noch einmal nach dem Rechten sehen. Zwar hatte der fremde Reiter, dem er vor einer Woche begegnet war, sich nicht mehr blicken lassen, und die Zäune waren unversehrt geblieben, zum Aufatmen war es jedoch zu früh.

Zehn Minuten später trabte Alexander durch die spätsommerliche Landschaft. Die Blätter der Pappeln am Ufer des Río Erro hatten bereits eine gelbliche Färbung angenommen, wie ein Schleier lag der letzte Hauch Frühnebel über dem Wasser, und die Luft schmeckte nach dem nahenden Herbst. Alexander hatte noch einmal nach Isabella gesehen, bevor er zu den Ställen geeilt war, und hatte sie schlafend vorgefunden. Ein leises Lächeln hatte ihre Lippen umspielt, und sie hatte gelöst ausgesehen wie lange nicht mehr. Er hatte sie sanft auf die Stirn geküsst und auf Zehenspitzen das Zimmer verlassen.

In gemächlichem Tempo trabte Alexander an den Koppeln entlang. Einige Pferde hoben neugierig den Kopf, andere schnaubten. Alexander nahm an, dass der Gruß gleichermaßen ihm wie Rey galt, der fröhlich zurückschnaubte.

Seine Brust weitete sich, als er seinen Blick über die Koppeln mit den Pferden und die Berge dahinter schweifen ließ. Wie glücklich er sich schätzen durfte! Wie wunderbar sich das Schicksal gefügt hatte! Ja, hier wollte er alt werden und sein Wissen und seinen Besitz eines Tages an seinen Sohn weitergeben. Den Sohn, den Isabella ihm, wenn Gott ihm gnädig war, doch eines Tages schenken würde.

Als Alexander die letzte Koppel am Fuß der Berge erreichte, sah er in der Ferne einen Reiter, der auf halber Höhe am Hang stand und zu ihm hinabschaute.

Alexanders Herz setzte einen Schlag aus. War es der Fremde? Auf die Entfernung war das unmöglich zu erkennen, aber etwas an der Haltung des Mannes gab ihm Anlass zu denken, dass es so war.

Ohne zu zögern trat Alexander Rey in die Seite. Das Tier sprang mit einem Satz in den Galopp. Schnell verringerte sich der Abstand zwischen Alexander und dem Fremden, der reglos an seinem Platz stand, den Blick unverwandt auf Alexander gerichtet.

Erst als Alexander den Fuß des Berges erreicht hatte, wendete der Mann und stob davon. Alexander trieb Rey zu mehr Eile an. Kurz darauf erreichte er die Stelle, wo eben noch der Reiter gestanden hatte. Ein Pfad schraubte sich von hier aus weiter nach oben und verschwand nach einer Weile zwischen zwei hoch aufragenden Felsen.

Alexander schoss der Gedanke durch den Kopf, dass es eine Falle sein könnte, dass auf der anderen Seite des Durchschlupfs nicht nur der Mann, sondern ein halbes Dutzend Komplizen warteten. Es wäre ein Leichtes für sie, Alexander aus dem Sattel zu stoßen und mit Rey del Viento auf Nimmerwiedersehen zu verschwinden. Angst legte sich wie eine kalte Hand um sein Herz, doch er drosselte das Tempo nicht. Er musste den Fremden stellen, was auch immer es kostete. Sonst würde er nie zur Ruhe kommen.

Der Spalt zwischen den Felsen kam näher und näher, was dahinter lag, konnte Alexander nicht erkennen. Er verlangsamte das Tempo, ließ Rey im Schritt gehen, achtete auf jedes Geräusch.

Dann war er hindurch. Auf der anderen Seite erstreckte sich ein kleines Plateau, an dessen Ende der Pfad weiter hinaufführte bis zum Gipfel. Doch Alexanders Blick war nicht auf den Pfad gerichtet, auch nicht auf den Abgrund, der sich an der linken Seite des Plateaus auftat, sondern auf den Reiter, der stehen geblieben war und ihn offensichtlich erwartete.

Jederzeit auf eine unangenehme Überraschung gefasst, ritt Alexander näher. Eine Pferdelänge von dem anderen Reiter entfernt blieb er stehen.

»Schön, Sie wiederzusehen, Monsieur«, sagte der Mann grinsend auf Französisch.

Und jetzt erinnerte Alexander sich, woher er ihn kannte. Es war einer der beiden Knechte von Matthieu Perrin, die bei der Suche nach dem kleinen Tino geholfen hatten. Alexander schwante nichts Gutes. »Was willst du hier, Bursche?«, stieß er hervor. »Schickt dein Herr dich?«

Der Mann lachte auf. »Sie haben Glück, Monsieur, dass er keine Ahnung hat, was Sie hier treiben. Bei ihm würden Sie bestimmt nicht so billig davonkommen.«

Das ungute Gefühl verstärkte sich. »Ich habe keinen Schimmer, wovon du sprichst, Bursche, aber ich weiß, dass du dich schon seit einer Weile hier herumtreibst. Ich will, dass du auf der Stelle verschwindest. Halte dich von meinem Land fern. Sonst könnte es sein, dass einer meiner Männer dich erschießt, weil er dich für einen Einbrecher hält.«

Der Knecht lachte auf. »Das würden Sie nicht wagen, Monsieur. Sie mögen zwar reich sein, aber Sie stehen nicht über dem Gesetz. Es gäbe eine Untersuchung, und da ich Franzose bin, würde man auch die französischen Behörden einschalten und Monsieur Perrin informieren.«

»Ja und?«, fuhr Alexander ihn an, obwohl er bereits ahnte, worauf der Kerl hinauswollte.

»Man würde sich fragen, warum Sie auf einen Mann haben schießen lassen, den Sie kannten, Monsieur. Man würde mit Monsieur Perrin darüber reden. Und dann würde die Sprache vielleicht auf einen Vorfall vor zwei Jahren kommen, auf die Suche nach dem kleinen Tino und auf den tragischen Unfall, bei dem ein Pferd zu Tode kam. Ein Pferd, das auf wundersame Weise auf der anderen Seite der Pyrenäen von den Toten auferstanden ist, wenn auch unter einem neuen Namen…« Der Mann blickte bedeutungsvoll auf Rey del Viento, der die Anspannung zu spüren schien und unruhig mit dem Huf scharrte.

Lähmende Taubheit erfüllte Alexanders Brust und verschlug ihm die Sprache. Er atmete einige Male schwer ein und aus, erst dann hatte er sich so weit gefasst, dass er sprechen konnte. »Was willst du, Bursche, spuck's aus!«

»Nur einen kleinen Anteil am großen Geschäft. Den habe ich mir verdient, finden Sie nicht, Monsieur?«

Ein Erpresser also. Dann hatte er mit den kaputten Zäunen vermutlich nichts zu tun. Es sei denn, er wollte damit seiner Forderung Nachdruck verleihen. »Ich habe nicht viel Geld«, erklärte Alexander so ruhig wie möglich. »All meine Finanzmittel sind an das Gestüt gebunden.«

»Es schert mich nicht, wie Sie das Geld lockermachen, Monsieur. Ich will fünfhundert Francs. In genau einer Woche. Ich erwarte Sie hier an dieser Stelle. Und versuchen Sie keine Tricks. Ich habe mich abgesichert. Wenn mir etwas zustößt, fliegt Ihr Betrug auf. Dann verlieren Sie alles, die Pferde, das Gestüt und Ihre wunderschöne Frau.«

Alexander musste sich beherrschen, um nicht aus dem Sattel zu springen, den Mann vom Pferd zu zerren und ihm seine Faust ins Gesicht zu rammen. Mühsam schluckte er seine Wut hinunter.

»Ich werde schauen, was ich tun kann«, presste er zwischen den Zähnen hervor. »Aber fünfhundert Francs in einer Woche kriege ich ganz bestimmt nicht zusammen.«

»Das sollten Sie aber. Also strengen Sie sich an.« Der Reiter lüftete seine Mütze und deutete eine Verbeugung an. »In einer Woche, Monsieur. Lassen Sie mich nicht warten!«

Lüneburger Heide, zwei Monate später, Oktober 1892

»Keine Sorge, sie sind alle bei bester Gesundheit.« Georg klopfte der Stute liebevoll aufs Hinterteil. »Nicht wahr, Aurora?«

Die Stute schnaubte, Luise lächelte zufrieden.

Es war ein trüber Oktobernachmittag, draußen dämmerte es bereits. Ein kalter Herbstwind fegte durch den Hof und wirbelte das Laub auf, im Stutenstall jedoch war es ruhig und warm. Aurora war eine der Stuten, die ein Fohlen für Königin Victoria austrugen. Die Monarchin hatte Luise einen Vertrag zukommen lassen, mit dem sich die britische Krone verpflichtete, in den kommenden zehn Jahren jährlich zwanzig Fohlen für das königliche Gestüt in Sandringham zu beziehen. Als Geschäftspartnerin war Luise in den Unterlagen genannt, was, ebenso wie die Umstände, die zu dem Vertrag geführt hatten, bei Ludwig einen Tobsuchtsanfall ausgelöst hatte. Nicht nur, dass seine Frau hinter seinem Rücken mithilfe einer absurden Wette Geschäfte mit ausländischen Monarchen einfädelte und ihn dabei der Lächerlichkeit preisgab. Jetzt sollte sie auch noch die Papiere unterzeichnen, als wäre er gar nicht mehr der Herr seines eigenen Gestüts.

Ludwig hatte geschrien und gewettert. Er hatte sich betrunken und in seinem Zimmer herumgewütet, Gläser zerschlagen, einen Stuhl gegen die Wand geschleudert und dabei ein Bild zerstört.

Am nächsten Morgen jedoch hatte er Luise neben seine eigene Unterschrift auch ihren Namen setzen lassen, ohne ein weiteres Wort zu verlieren. Luise wusste nicht, ob er von ganz allein zur Besinnung gekommen war oder ob der Verwalter sich ihn diskret zur Brust genommen hatte, und sie wollte es gar nicht wissen. Hauptsache, Ludwig sabotierte das Geschäft nicht, für das sie so hart gekämpft hatte.

Mit dem Vertrag war sie nach Hamburg gereist und hatte Kommerzienrat von Seggern aufgesucht. Dieser war zugleich überrascht und hocherfreut gewesen und hatte ihr ohne Zögern einen weiteren Kredit gewährt, mit dem sie einen Hengst mieten konnten, um die Stuten, die Sevenich zur Zucht der königlichen Fohlen ausgesucht hatte, decken zu lassen.

Ludwig hatte sich noch mehr aus den alltäglichen Geschäften des Gestüts zurückgezogen und hielt sich oft wochenlang in Hamburg auf. Luise hatte ein paar Erkundigungen eingezogen und erfahren, dass er nicht etwa seine Zeit mit leichten Frauen verbrachte, sondern spielte. Sie hatte daraufhin noch einmal mit von Seggern geredet, der versprochen hatte, Ludwig, soweit es in seiner Macht stand, an der kurzen Leine zu halten. Aber, so hatte er eingeräumt, Ludwig war Inhaber der Konten, und solange ein Guthaben verzeichnet war, konnte von Seggern es ihm nicht vorenthalten.

»Du sorgst doch dafür, dass es den Stuten an nichts mangelt, Georg«, sagte Luise nun. »Es ist sehr wichtig, dass die Fohlen kräftig und von guter Gesundheit sind.«

»Das weiß ich doch, gnädige Frau.« Georg trat aus der Box. »Wie Sie es den Engländern gezeigt haben, das war großartig.« Seine Augen leuchteten. »Ich wäre so gern dabei gewesen. Obwohl ich vermutlich vor Sorge krank geworden wäre.«

»Du hast doch hoffentlich niemandem davon erzählt?«, fragte Luise rasch. Auf sein Drängen hin hatte sie Georg berichtet, auf welche Weise sie den Vertrag mit Königin Victoria erstritten hatte. Er war aus dem Staunen nicht mehr herausgekommen, hatte sich wieder und wieder jedes Detail berichten lassen.

»Natürlich nicht.« Er ergriff ihre Hände. »Aber ich bin mächtig stolz auf meine Luise.«

»Du verrückter Kerl.« Sie stellte sich auf die Zehenspitzen und küsste ihn auf die stoppelige Wange.

»Ha!«

Luise fuhr herum. Hinter ihnen stand Ludwig im Gang zwischen den Boxen, die Hände in die Hüften gestemmt. »Dachte ich es mir doch. Verlogenes Luder! Miststück! Mein Vater hatte ganz recht, mich vor dir zu warnen. ›Die taugt nichts‹, hat er gesagt, ›die bringt nichts als Ärger und Verdruss.‹ Aber ich wollte es nicht glauben. Was für ein dämlicher Trottel ich war.«

»Ludwig, ich...« Sogar im Dämmerlicht des Stalls, der nur von wenigen Petroleumlampen erleuchtet war, erkannte Luise an Ludwigs glasigen Augen, dass er getrunken hatte. Mal wieder. Er musste eben erst aus Lüneburg zurückgekehrt sein, nach Hamburg fuhr er im Augenblick nicht, das wäre viel zu gefährlich. Noch war die Cholera-Epidemie, die im August ausgebrochen war, nicht ausgestanden. Wie dumm, dass sie die Kutsche nicht gehört hatte.

Ludwig torkelte auf sie zu. »Spar dir deine Ausflüchte. Ich weiß, was ich gesehen habe. Du widerst mich an, du schamloses Flittchen!«

»Gnädiger Herr, ich kann...«, begann Georg.

Doch Ludwig schnitt ihm das Wort ab. »Halt dich da raus, du dummer Bauerntrottel. Du redest nur, wenn ich dich anspreche, hat man dir das nicht beigebracht, dort, wo du vorher gearbeitet hast?«

Luise schob Georg sanft zur Seite. »Geh, ich kläre das.«

»Aber...«

»Bitte.«

Georg presste die Lippen zusammen und zog sich in den hinteren Teil des Stalls zurück. Weiter würde er sich nicht entfernen, das wusste Luise. Er würde sie nicht mit ihrem stockbesoffenen Ehemann allein lassen.

»Nun, Ludwig, warum gehen wir nicht ins Haus und...«

»Hure!«, brüllte Ludwig dazwischen. »Flittchen, Dirne.« Er wankte auf sie zu, stolperte über seine eigenen Füße und musste sich an der hölzernen Wand einer Box abstützen, um nicht der Länge nach hinzufallen.

Luise holte Luft. Er hatte mit jedem Wort recht und lag dennoch so falsch. »Weißt du, was, Ludwig«, verkündete sie mühsam beherrscht. »Ich gehe jetzt hinauf, um mich fürs Abendessen umzukleiden. Wir können reden, wenn du wieder nüchtern bist.«

Sie drehte sich zu Georg um, bedeutete ihm mit einem Blick, durch den Hinterausgang zu verschwinden. Dann streckte sie den Rücken durch und marschierte an Ludwig vorbei aus dem Stall.

Martha hastete über die Brücke auf das Seitentor des Gestüts zu. Gütiger Gott, sie würde einen solchen Ärger bekommen! Aber was hätte sie denn tun sollen? Frau Kottersen hatte sich um fast drei Stunden verspätet, den Zug verpasst, wie sie behauptet hatte, und Martha hatte nicht gewagt, den Treffpunkt zu verlassen.

Was, wenn Frau Kottersen in ihrer Abwesenheit gekommen und wieder gegangen wäre? Also hatte Martha gewartet, hatte immer wieder die Lindenallee hinaufgespäht, sogar erwogen, der Frau entgegenzugehen. Vor fünf Minuten war sie dann endlich aufgetaucht. Martha hatte nur rasch gefragt, ob alles in Ordnung sei, ob es Cäcilie auch gut gehe, dann hatte sie der Frau das Geld in die Hand gedrückt und war losgerannt.

Inzwischen war es dunkel, und im Haus suchte man sie bestimmt schon überall. Fräulein Kirchhoff würde schäumen. Oder, was wahrscheinlicher war, still triumphieren und der gnädigen Frau erklären, dass es nun endgültig vorbei sein müsse mit der Nachsichtigkeit.

In ihrer Verzweiflung hatte Martha sogar schon überlegt, sich selbst eine Verletzung beizubringen, um ihr langes Ausbleiben zu entschuldigen. Ein böse aufgeschlagenes Knie und dazu ein starkes Humpeln sollten wohl überzeugend wirken. Doch es erklärte natürlich nicht, was Martha überhaupt draußen bei den Koppeln gemacht hatte. Ihre Aufgaben, Kleider ausbürsten, Schuhe putzen, Knöpfe annähen und dergleichen, hatte sie im Haus zu verrichten. Nichts davon führte sie nach draußen. Wenn sie wie Lotte auch für die gröberen Arbeiten zuständig wäre, Wäsche aufzuhängen oder Nachtgeschirr zu leeren hätte, wäre es wohl noch angegangen. So aber gab es keine Entschuldigung für Martha, nur die Hoffnung, dass die Strafe nicht allzu hart ausfallen würde.

Martha erreichte das Tor, rannte hindurch und prallte mit voller Wucht gegen eine Person, die dort im Schatten an der Wand lehnte.

»Was zum Teufel ...« Alkoholgeschwängerter Atem schlug Martha entgegen.

Gütiger Gott, der gnädige Herr, ausgerechnet.

»Verzeihen Sie, gnädiger Herr«, stammelte Martha. »Ich habe Sie nicht gesehen.«

Sie wollte einen Schritt rückwärts machen, doch Ludwig von Seydell hielt sie am Saum ihres Kleides fest.

»Wohin so eilig, Mädchen?«, lallte er.

»Ich musste nur ...« Martha wurde heiß. »Fräulein Kirchhoff erwartet mich.«

»Dann lass sie warten.« Ludwig ließ das Kleid los, packte stattdessen grob ihren Arm und zog sie zu sich heran.

Martha erstarrte. Gerade noch hatte sie befürchtet, der gnädige Herr würde sie an Fräulein Kirchhoff verraten oder gar eigenhändig auf der Stelle hinauswerfen, weil sie sich während der Arbeitszeit draußen herumgetrieben hatte. Jetzt aber schnürte ihr eine andere Angst die Kehle zu.

»Gnädiger Herr, ich muss wirklich…«

»Blödsinn.« Er packte sie bei den Schultern, stellte sich breitbeinig vor sie und presste sie mit dem Rücken gegen die Mauer.

»Bitte nicht«, flüsterte Martha entsetzt.

Ludwig beachtete sie gar nicht. Er schob seine Hand unter ihr Kleid, beugte sich vor und vergrub sein Gesicht in ihrem Hals. »Du duftest wie eine Blume, wusstest du das?«

»Bitte!«, wiederholte Martha verzweifelt, als er sich daranmachte, ihr das Höschen herunterzuziehen. Tränen liefen ihr über die Wangen. »Bitte tun Sie das nicht, gnädiger Herr.«

Ludwig hob den Kopf, glotzte sie einen Moment lang an, als würde er sie zum ersten Mal sehen, und presste seinen Mund auf ihren. Obwohl sie die Lippen fest geschlossen hielt, gelang es ihm, seine Zunge hindurchzuschieben. Er stöhnte laut, drückte seinen schweren Leib so fest gegen ihren, dass sich die Mauersteine schmerzhaft in ihren Rücken bohrten.

Lieber Gott, hilf mir! Martha wollte schreien, doch selbst wenn ihr Mund frei gewesen wäre, hätte sie nicht die Kraft dazu gehabt. Angst und Entsetzen lähmten sie.

Mit beiden Händen riss Ludwig nun ihr Kleid hoch. Ein Wimmern entfuhr ihr, als sie etwas Hartes zwischen ihren nackten Beinen spürte. Sie schloss die Augen, versuchte, an etwas anderes zu denken, an etwas Schönes, das ihr half, diesem schrecklichen Ort zu entfliehen.

In dem Moment ließ der Druck auf ihren Körper plötzlich nach.

»Einhalten, sofort einhalten!« Jemand zerrte Ludwig von Seydell gewaltsam von ihr weg.

»Was fällt dir ein, Bursche!«, brüllte Ludwig zornig.

»Nimm deine dreckigen Finger von mir.«

»Nur wenn Sie Ihre von Martha nehmen, gnädiger Herr.« Georg Horitza funkelte seinen Herrn erbost an. Dann wandte er sich an Martha. »Lauf ins Haus, ich kläre das.« Martha zitterte am ganzen Körper, so sehr, dass es ihr kaum gelang, ihr Höschen wieder hochzuziehen.

»Du bist entlassen, Bursche«, fuhr Ludwig den Knecht an.

»Das werden wir ja sehen.« Georg, der einen halben Kopf größer als Ludwig war und zudem mit Muskeln bepackt, hielt seinen Herrn noch immer fest.

»Ich wollte nicht…«, begann Martha. Sie schämte sich, hatte das Bedürfnis, sich vor dem Knecht zu rechtfertigen. Was sollte er nur von ihr denken, wenn sie sich in einer dunklen Ecke des Hofs herumdrückte, wo sie nichts zu suchen hatte. Am Ende glaubte er noch, sie wäre hier mit dem gnädigen Herrn verabredet gewesen.

»Geh jetzt«, rief Georg ihr zu. »Mach schon.«

»Du gehst nirgendwohin, du dumme Hure. Sonst fliegst du ebenfalls raus. Mir erst schöne Augen machen und dann die Unschuld vom Lande spielen. Damit kommst du nicht durch.«

Jedes Wort traf Martha wie eine Ohrfeige. Sie zitterte noch immer, ihre Haut am Hals brannte, wo Ludwig sein stoppeliges Kinn an ihr gerieben hatte, und in ihrem Mund klebte noch der Geschmack seiner alkoholgetränkten Zunge. Mit so viel Abstand wie möglich drückte sie sich an Georg und Ludwig vorbei. Kaum hatte sie die Männer hinter sich gelassen, rannte sie auf wackeligen Beinen auf das Herrenhaus zu. An der Hintertür stieß sie auf Anni, die sie erschrocken ansah.

»Lieber Himmel, Martha, wo hast du dich denn herumgetrieben?«, fragte das Stubenmädchen. »Dein Häubchen sitzt schief, und dein Gesicht ist ganz rot. Hast du etwa …« Anni bekam große Augen.

Martha beachtete sie nicht weiter, stürzte die Hintertreppe hinauf in ihre Kammer und schloss die Tür. Jetzt würde ihr gekündigt werden, keine Frage. Nichts und niemand konnte sie mehr retten. Auch die gnädige Frau nicht. Der gnädige Herr würde sich für die Schmach rächen, und Fräulein Kirchhoff würde ihn tatkräftig dabei unterstützen. Und der arme Georg, der ihr zu Hilfe gekommen war, würde gleich mit fortgejagt werden.

Martha setzte sich aufs Bett. Sie fühlte sich schmutzig, erniedrigt. Scham glühte auf ihrer Haut. Am liebsten würde sie das Kleid verbrennen, am liebsten würde sie alles verbrennen, was sie am Leib trug, und all die Stellen ihres Körpers herausschneiden, die Ludwig berührt hatte.

Sie erhob sich, kleidete sich aus und goss mit noch immer zitternden Fingern Wasser in die Waschschüssel. Ein Gutes zumindest würde ihr Rauswurf haben, fiel ihr ein, während sie sich Gesicht und Hals schrubbte. Sie würde das Scheusal, das ihr das angetan hatte, niemals wiedersehen.

Luise bebte noch immer vor Zorn. Nach dem Streit mit Ludwig war sie in ihr Zimmer gestürmt, und seither lief sie zwischen Bett und Schrank hin und her wie ein Raubtier im Gehege des Zoologischen Gartens. Egal, wie sie es drehte und wendete, sie musste mit Ludwig über Georg reden, es ließ sich nicht länger hinauszögern.

Ungeduldig zog Luise an der Klingelschnur. Sie hatte schon zweimal nach Martha geläutet, ohne dass diese der Aufforderung nachgekommen war. Wo steckte das Mädchen nur? Luise wollte ein Bad nehmen und sich danach für das Abendessen umkleiden. Morgen in aller Frühe würde sie sich dann mit Ludwig auseinandersetzen. Bis dahin hatte er hoffentlich seinen Rausch ausgeschlafen.

Eilige Schritte waren auf der Galerie zu hören. Martha, endlich!

Es klopfte, die Tür flog auf, Georg stürzte in den Raum.

»Wir müssen reden, es ist etwas geschehen.«

»Bist du verrückt geworden? Schließ die Tür!« Luise starrte ihn an. »Großer Gott, was ist mit deinem Auge? Hast du dich etwa mit Ludwig geprügelt? Du solltest dich doch zurückziehen.«

»Das habe ich auch, glaub mir, Luise.« Georg machte die Tür zu, trat zu ihr und ergriff ihre Hände.

Wenn jetzt irgendwer ins Zimmer kommt, schoss es Luise durch den Kopf, ist die Katastrophe perfekt. Der Knecht im Schlafzimmer der gnädigen Frau – schlimmer als in einem der Romane von dieser Marlitt.

»Also, was ist passiert, dass du dafür verbotenerweise den Trakt der Herrschaften aufsuchen musst?«, fragte sie seufzend.

»Ludwig hat Martha…« Georg suchte nach den passenden Worten. »Er hat versucht, ihr Gewalt anzutun.«

Luise erstarrte. »Er hat was?«

»Ich habe etwas gehört, beim Seitentor. Also bin ich nachschauen gegangen. Als ich hinzukam, hatte Ludwig ... angefangen, Martha zu entkleiden und ...« Georg fuhr sich nervös durch die Haare. »Sie hat sich gewehrt, aber sie hatte ihm nichts entgegenzusetzen.«

»Großer Gott.« Luise ließ sich auf dem Bett nieder. Sie fühlte sich, als hätte ihr jemand mit der Faust ins Gesicht geschlagen. Martha war angegriffen worden, und es war ihre Schuld. Keine Sekunde zweifelte Luise daran, dass Ludwig aus Rache gehandelt hatte. Weil Luise ihm gegenüber nicht klein beigab, weil sie ihm die Stirn bot, hatte er sich an dem wehrlosen Mädchen vergriffen. Nicht zufällig hatte er ausgerechnet Martha ausgewählt, er wusste, wie er Luise treffen konnte.

»Ich glaube, ich bin rechtzeitig hinzugekommen«, sagte Georg leise. »Er hatte noch nicht ... Aber sicher bin ich mir nicht.«

»Wo ist Martha jetzt?«, fragte Luise tonlos.

»Ich habe sie ins Haus geschickt. Ich nehme an, sie hat sich in ihre Kammer zurückgezogen.«

»Gut. Sieh zu, dass du Lotte findest. Sag ihr, Martha sei krank, und die gnädige Frau hätte angeordnet, dass sie den Rest des Tages und auch den ganzen morgigen Tag in ihrem Zimmer bleibt, um niemanden anzustecken und recht bald wieder gesund zu werden. Sag auch Fräulein Kirchhoff Bescheid. Wenn sie Einwände hat, soll sie sich an mich wenden.«

»Das mache ich.« Georg setzte sich zu ihr aufs Bett. »Es ist nicht deine Schuld, Luise«, sagte er, als hätte er ihre Gedanken gelesen. »Ludwig ist ein Scheusal, dafür kannst du nichts.«

Es war vielleicht nicht ihre Schuld, aber ihre Verantwortung. »Wo ist er jetzt?«

»Ich habe... also, er ist auf mich los, ich habe mich nur gewehrt und ihm dabei wohl einen etwas zu festen Kinnhaken verpasst. Danach lag er bewusstlos auf dem Boden. Ich konnte ihn schlecht so liegen lassen, deshalb habe ich ihn mir über die Schulter geworfen und hoch in sein Zimmer getragen. Keine Sorge, niemand hat uns gesehen.«

»Sehr gut.« Luise stand auf. »Ich werde mit ihm reden. Sofort. Ich werde ihm die Wahrheit sagen über uns, bevor noch mehr geschieht.«

Georg sah sie erschrocken an. »Er wird mich rauswerfen.«

»Wird er nicht.«

»Ich habe ihn beschimpft und niedergeschlagen. Und dann auch noch... Warum sollte er mich dabehalten?«

»Weil ich ihm die Pistole auf die Brust setzen werde.«

Georg riss die Augen auf.

»Keine Sorge, ich meine es nicht wörtlich. Obwohl ich nicht übel Lust dazu hätte. Und jetzt los. Sieh zu, dass du Lotte findest. Sie muss sich um Martha kümmern.«

Luise verließ das Zimmer als Erste. Nachdem sie sich vergewissert hatte, dass die Luft rein war, winkte sie Georg.

»Sollte ich nicht besser mitkommen?«, fragte er mit besorgtem Blick. »Oder wenigstens vor der Tür warten?«

»Das wird nicht nötig sein.«

»Sicher?«

»Absolut.« Luise drehte sich weg, bevor Georg weitere Einwände erheben konnte, und marschierte die Galerie entlang, bis sie vor Ludwigs Tür stand. Sie holte tief Luft, dann trat sie ins Zimmer.

Ludwig lag breitbeinig auf dem Bett und schnarchte. Unter seinem linken Auge war ein Fleck, der bereits eine bläuliche Farbe angenommen hatte, und am Kinn hatte er einen hässlichen Kratzer.

Luise beugte sich über ihn. »Ludwig!«

Keine Reaktion.

»Ludwig, wach auf, wir müssen reden.«

Er grunzte im Schlaf, doch seine Augen blieben geschlossen. Luise holte aus und ohrfeigte ihn. Erschrocken riss er die Augen auf.

»Was ... wo?«

»Steh auf, wir müssen reden.«

»Nicht jetzt«, lallte er verschlafen. »Mein Schädel brummt, und mir ist übel.«

»Geschieht dir ganz recht.«

Ludwig starrte sie finster an.

Sie deutete auf die Waschschüssel. »Spritz dir Wasser ins Gesicht, damit dein Kopf klar wird.«

Sie erwartete, dass er protestierte, doch zu ihrer Überraschung wälzte er sich ächzend aus dem Bett, trat an die Kommode und tauchte den Kopf in die Schüssel. Wortlos reichte sie ihm das Handtuch.

Er trocknete sich ab und drehte sich zu ihr um. Sein Gesicht war gerötet, seine Augen noch immer glasig, aber seine Stimme war nüchtern und klar, als er sprach. »Willst du mir gestehen, was du mit Georg getrieben hast? Ein Stallbursche, wirklich! Wie kann man nur so tief sinken.«

Luise schluckte ihre Wut hinunter. Sie würde sich nicht provozieren lassen. »Du hast heute eine Grenze überschritten, Ludwig.«

Er machte den Mund auf, doch sie hielt die Hand hoch.

»Lass mich ausreden.«

Er kniff die Augen zusammen, sagte jedoch nichts.

»Du hast versucht, meine Zofe zu vergewaltigen.«

»Behauptet das Luder das?«

»Streitest du es etwa ab?«

Ludwig warf das Handtuch aufs Bett und zuckte mit den Schultern. »Sie hat mir schöne Augen gemacht, schon seit Wochen. Du solltest sie mal sehen, wenn sie mir das Frühstück bringt. Und eben unten im Hof…«

»Lüg mich nicht an!«

»Ich weiß gar nicht, warum du so auf dem hohen Ross sitzt, meine Liebe, du turtelst mit dem Stallknecht herum und machst mir Vorhaltungen, weil ich bei deiner Kammerzofe ein wenig Trost und Zerstreuung suche?«

»Ich turtele nicht mit ihm herum.«

»Ach nein?« Ludwig trat vor und packte sie bei den Schultern. »Ich habe gesehen, wie du ihn geküsst hast.«

Luise machte sich los. »Fass mich nicht an!«

»Ich bin dein Mann, ich fasse dich an, wann ich will.« Er streckte die Hand aus, legte sie ihr um den Hals. »Wenn dir ein Knecht gut genug ist, dann werde ich ja wohl…«

»Georg ist mein Bruder.«

Ludwig ließ den Arm sinken. »Was?«

»Georg ist mein Bruder. Oder, besser gesagt, mein Halbbruder.«

»Blödsinn.«

»Nein, Ludwig, es ist die Wahrheit.«

»Ich kenne deine Geschwister, Luise. Halt mich nicht zum Narren.«

Luise seufzte. »Das tue ich nicht.« Sie holte tief Luft. »Meine Mutter war schon sehr krank, als sie mit mir schwanger wurde. Eigentlich hatte der Arzt dringend geraten, dass sie keine weiteren Kinder bekommen sollte. Aber dann ist es doch passiert. Jedenfalls wurde sie immer hinfälliger, bis mein Vater eine Magd einstellte, die sie pflegen sollte. Diese Magd hieß Ewa Horitza.«

»Grundgütiger«, murmelte Ludwig kopfschüttelnd. »Der brave Pfarrer Capellan, wer hätte das gedacht?«

Luise ging nicht auf seine Bemerkung ein. »Mein Vater, nun ja, er tröstete sich mit der Magd, und sie wurde schwanger, noch bevor ich geboren wurde. Sie blieb im Haushalt, bis meine Mutter starb, wenige Wochen nachdem sie mich zur Welt gebracht hatte. Sechs Monate nach meiner Geburt wurde Ewas Sohn Georg geboren. Mein Vater bezahlte für das Heim, in das er gebracht wurde, und half Ewa, eine Stelle in einer Fabrik in Lüneburg zu bekommen. Damit war die Sache für ihn erledigt. Als Georg vierzehn war, fing er als Knecht auf einem Gestüt bei Celle an. Ich glaube, mein Vater hatte ihm den Platz besorgt. Weit weg von Birkmoor, um jegliche Komplikation zu vermeiden. Ungefähr zu der Zeit fand ich beim Aufräumen zufällig die Unterlagen. So erfuhr ich, dass ich einen Halbbruder hatte. Ich war neugierig, also besuchte ich ihn. Zu meinen anderen Geschwistern habe ich kaum Kontakt, sie sind so viel älter als ich, nichts verbindet uns. Mit Georg ist das anders. Ich mochte ihn auf Anhieb. Und ich bin sehr glücklich, ihn hier auf Seydell in meiner Nähe zu haben.«

Ludwig klatschte in die Hände, als säße er im Theater. »Was für eine rührende Geschichte.«

»Es ist mir egal, was du darüber denkst. Nur eins steht fest. Georg bleibt auf Seydell. Du schmeißt ihn nicht raus.«

»Ach nein? Weiß der Herr Pfarrer eigentlich, welch inniges Verhältnis seine Tochter zu seinem Bastard hat?«

»Ich glaube nicht, dass er es weiß. Aber es spielt auch keine Rolle. Du wirst uns nicht auseinanderbringen, Ludwig, ist das klar?«

Ludwig schnaubte.

»Und Martha lässt du ebenfalls in Ruhe.«

»Du hast mir nichts zu sagen. Das ist mein Gestüt, und ich mache mit meinem Gesinde, was ich will.«

Luise zwang sich, ruhig zu bleiben. »Wenn du sie noch einmal belästigst, verlasse ich dich, Ludwig. Und ich nehme Robert mit.«

Ludwig schnitt eine Grimasse. »Das darfst du nicht, meine Liebe. Er ist mein Sohn. Das Gesetz ist auf meiner Seite.«

Da hatte Ludwig leider recht. Wenn sie ihn verließ, würde man ihm das Sorgerecht für Robert zusprechen. Sie würde ihren Sohn nie wiedersehen. Aber so weit sollte es ja gar nicht kommen. Sie wollte Seydell nicht verlassen, sie wollte, dass Robert das Gestüt eines Tages erbte. Wichtig war allein, was Ludwig glaubte.

Luise verschränkte die Arme. »Dazu müsstest du mich erst einmal finden. Ich könnte nach Amerika gehen. Oder nach Australien.«

»Das würdest du nicht tun.«

»Bist du dir da so sicher?«

Ludwig blinzelte beunruhigt. Er legte die Hand auf den Bauch. »Mir ist schon wieder übel.«

»Ach ja?« Luise glaubte ihm kein Wort.

»Doch«, keuchte er. »Ich habe Krämpfe, schon den ganzen Tag. Sie kommen und gehen.«

Luise erschrak. »Schon den ganzen Tag, was soll das heißen? Bist du krank?«

Er war plötzlich schneeweiß, mit zusammengepressten Lippen sah er sie an, die eine Hand noch immer auf den Bauch gepresst, mit der anderen stützte er sich auf der Kommode ab.

Luise machte einen Schritt auf ihn zu. Was, wenn er tatsächlich krank war?

Er hob die Hand. »Komm nicht näher! Lass den Arzt rufen.«

»Aber was hast du denn?«

»Ich ...« Er schloss die Augen, öffnete sie wieder. »Ich war in Hamburg, ich fürchte, es ist die Cholera.«

Zwei Tage später, Oktober 1892

Martha nippte an ihrem Kamillentee. Sie saß in der großen Küche des Herrenhauses, die jedoch im Augenblick verwaist war. Wo Else, die Küchenmagd, hingegangen war, wusste Martha nicht. Die Köchin saß bei Fräulein Kirchhoff, um mit dieser den Speiseplan für die kommende Woche zu besprechen. Die Hauswirtschafterin hatte nicht ein Wort über Marthas unentschuldigte Abwesenheit vor zwei Tagen oder ihre angebliche Krankheit verloren. Im Gegenteil, sie war ausnehmend freundlich gewesen, als Martha am Morgen zum ersten Mal wieder aus ihrer Kammer heruntergekommen war. Das hatte sie sicherlich der gnädigen Frau zu verdanken.

Alle schienen froh zu sein, dass es Martha besser ging, dass sie nicht auch die Cholera hatte wie der gnädige Herr. Der lag seit dem schrecklichen Zwischenfall im Bett und rang mit dem Tod. So sehr Martha ihm gönnte, dass er litt, so sehr hoffte sie jedoch auch, dass er nicht starb. Niemand wusste, was aus ihnen allen werden würde, wenn der Herr nicht mehr da war und sein Sohn noch viel zu jung, um das Erbe anzutreten.

An dem Abend hatte Martha sich gewaschen, bis ihre Haut ganz wund war. Erst als Lotte hereinkam, von der gnädigen Frau heraufgeschickt, hörte sie notgedrungen damit auf. Das Hausmädchen kümmerte sich rührend um sie, brachte ihr Tee und Gebäck und las ihr sogar mit stockender Stimme aus der Zeitung vor, damit sie sich nicht so langweilte.

Irgendwann spätabends kam auch die gnädige Frau vorbei. Sie erklärte knapp, dass sie wisse, was geschehen war und dass der gnädige Herr sie in Zukunft nicht mehr anrühren würde. Martha hatte nichts erwidert, sich nur schrecklich geschämt. Es wäre ihr lieber gewesen, wenn Luise nichts davon erfahren hätte. Wie sollte sie ihrer Herrin je wieder ohne Scham in die Augen blicken?

Jedenfalls hatte sie gar nicht vortäuschen müssen, krank zu sein, denn noch an dem Abend wurde ihr speiübel, und es stand zu befürchten, dass der gnädige Herr sie angesteckt hatte. Doch am nächsten Morgen ging es ihr bereits besser, und inzwischen war sie wieder wohlauf, auch wenn sie sich noch immer schmutzig fühlte und den Drang unterdrücken musste, sich ständig zu waschen.

Die Hintertür knallte, Martha fuhr zusammen. Schritte polterten im Korridor, schon kam Käthe in die Küche gerannt, das Gesicht nass, die Augen rot geweint. Das Stubenmädchen ließ sich auf einen Stuhl fallen, vergrub das Gesicht in den Händen und schluchzte hemmungslos.

Martha rückte näher und legte ihr behutsam die Hand auf den Rücken. Sie verstand sich nicht sonderlich gut mit Käthe, von Anfang an hatte sie das Gefühl gehabt, dass diese sie nicht mochte. Dennoch tat sie ihr leid.

»Was ist denn los?«, fragte sie. »Kann ich etwas für dich tun?«

Käthes Kopf schoss hoch. »Du! Ausgerechnet!«

Martha zuckte zurück. »Lieber Himmel, was hast du denn?« Wusste Käthe etwa Bescheid über das, was der gnädige Herr ihr angetan hatte? Hatte Georg es herumerzählt? Großer Gott, nur das nicht!

»Du bist doch an allem schuld!« Wieder schluchzte Käthe, ihr hübsches Gesicht war schon ganz verquollen, das blonde Haar lugte zerzaust unter dem Häubchen hervor.

Ein schrecklicher Gedanke schoss Martha durch den Kopf. Was, wenn der gnädige Herr es auch bei Käthe ... weil er doch bei ihr nicht ... nein, Ludwig von Seydell lag todkrank im Bett. Er hatte mit Sicherheit nicht die Kraft, sich die Treppe hinunterzuschleppen und ein Mädchen zu schänden.

»Willst du mir nicht sagen, was dich bedrückt, Käthe?«, fragte sie mit sanfter Stimme.

Käthe nahm die Hände von ihrem verheulten Gesicht. »Der Fritz. Er ...« Käthe zog ein Taschentuch aus ihrer Schürze und schnäuzte sich. »Seit du da bist, will er nichts mehr von mir wissen. Schämst du dich nicht, einem Mann schöne Augen zu machen, der schon vergeben ist?«

Martha zwinkerte ungläubig. Der Fritz? Sie hatte doch kaum mit dem Kutscher zu tun. Sie mochte ihn nicht einmal sonderlich. Ja, er war immer sehr galant zu ihr, und auf dem Martiniausflug sorgte er stets dafür, dass sie oben bei ihm auf dem Bock mitfuhr. Aber das tat sie doch bloß notgedrungen.

»Ich habe dem Fritz keine schönen Augen gemacht«, sagte sie mit fester Stimme. »Ganz bestimmt nicht.«

»Und warum sieht er dich dann immer so an?«

»Ich glaube, er turtelt gern herum. Mit allen Mädchen, nicht nur mit mir.«

»Das ist nicht wahr«, stieß Käthe heftig hervor. Schon wieder glitzerten Tränen in ihren Augen. »Bevor du kamst, hat er sich nur für mich interessiert.«

Martha ergriff Käthes Hand. »Hat er dir denn etwas versprochen?«

Sie senkte den Blick. »Nein, aber...«

»Hast du etwa...« Martha brach ab. Sie dachte an das, was der gnädige Herr bei ihr versucht hatte, und es fiel ihr schwer, sich vorzustellen, dass es Mädchen gab, die das freiwillig über sich ergehen ließen.

»Natürlich nicht!«, zischte Käthe sie an. »Für was hältst du mich!«

»Aber dann ist doch alles gut.«

»Nichts ist gut.« Käthe zog ihre Hand weg. »Ich liebe ihn, und er will nichts von mir wissen.«

Martha seufzte. »Das tut mir wirklich leid. Aber ich versichere dir, dass ich ganz bestimmt nichts von ihm will.

Weder von ihm noch von irgendeinem anderen Mann. Ich werde niemals heiraten, so viel steht fest.«

Käthe sah sie mit großen Augen an. »Ist das dein Ernst?«

»Mein absoluter Ernst.«

Das Stubenmädchen biss sich auf die Lippe.

»Was denn noch?«

»Nichts.« Sie senkte den Blick.

»Ich sehe doch, dass du etwas auf dem Herzen hast, Käthe.« Martha schämte sich ein wenig. Natürlich wollte sie Käthe trösten, aber vor allem tröstete es sie selbst, mit dem Mädchen zu reden. Zwei Tage lang hatte sie über ihr eigenes Leid gegrübelt, es tat ihr unendlich gut zu sehen, dass andere auch unglücklich waren.

»Ich ... ich war so eifersüchtig. Wegen Fritz und auch weil ich doch dachte, dass ich als erstes Stubenmädchen zur Zofe aufsteigen würde, wenn der junge Herr heiratet.«

Martha drückte den Rücken durch. Mit dieser Wendung hatte sie nicht gerechnet. »Sprich weiter.«

»Die Sache mit der Brosche damals ...«

»Das warst du?«

»Ich wollte dich loswerden, ich wollte, dass du von Seydell verschwindest, dass alles wieder so wird, wie es vor der Hochzeit des gnädigen Herrn war.« Käthe sah Martha flehentlich an. »Das war dumm«, fügte sie tonlos hinzu. »Bitte verzeih mir.«

»Das war es allerdings.« Martha konnte es kaum fassen. Ihr kam ein schrecklicher Gedanke. »Hast du noch mehr gemacht? In meinen Sachen gewühlt? Mir nachspioniert?«

»Um Gottes willen, nein! Ich hab's nur das eine Mal getan.

Danach war ich so erschrocken, dass ich nie wieder auch nur daran gedacht habe. Bitte, glaub mir!«

Erleichtert atmete Martha auf. Sie glaubte dem Mädchen, ihre Bestürzung war echt.

Eine der Schellen am Klingelbrett läutete. Käthe sprang auf. »Ich muss in den Salon. Wie sehe ich aus?«

»Du solltest dein Häubchen richten.«

»Oh, natürlich.« Käthe benutzte eine der Kupferpfannen als Spiegel und schob die Haare zurück.

»Du bist klug und hübsch, Käthe. Lass dich nicht von Fritz herumschubsen.«

»Das mache ich nicht, versprochen.« Käthe lächelte. »Danke, Martha.«

Kaum war Käthe weg, ertönten schon wieder Schritte, und Georg trat zögernd in die Küche. Sofort schoss Martha das Blut in den Kopf. Vor ihm schämte sie sich am allermeisten. Er hatte sie gesehen, er hatte mit angesehen, wie …

Sie sprang auf, ging hastig auf die Tür zur Hintertreppe zu, stieß dabei gegen die Tischkante und schrie leise auf vor Schmerz.

»Bitte lauf nicht weg, Martha«, bat Georg. »Ich wollte doch nur fragen, wie es dir geht.«

Mit gesenktem Kopf blieb sie stehen. »Gut.«

»Wirklich? Ich habe gehört, dass du Magenschmerzen hattest.«

»Das war nichts.«

Georg machte einen weiteren Schritt in die Küche. »Das alles tut mir so leid.«

Martha wäre am liebsten im Boden versunken. »Ich muss die Schuhe der gnädigen Frau putzen.«

»Natürlich. Ich habe auch zu tun. Nur eine Frage noch, bitte.«

Martha sah noch immer zu Boden. Krümel vom Frühstück lagen unter dem Tisch. Else würde mächtig Ärger bekommen, wenn Minna das bemerkte. Ihre Küche musste immer blitzeblank sein.

»Stimmt es, dass du niemals heiraten willst?«

Martha schnappte erschrocken nach Luft.

»Bitte verzeih«, fügte Georg rasch hinzu. »Ich wollte nicht lauschen. Aber ich wusste nicht, wie ich verschwinden sollte, ohne dass ihr mich hört.«

Martha sagte nichts. Wenn sie sich doch nur in Luft auflösen könnte! Sie wünschte, sie wäre nicht heruntergekommen. Wie töricht von ihr zu glauben, alles könnte einfach so weitergehen wie zuvor.

»Entschuldige, das war dumm von mir«, sagte Georg. Er klang ehrlich beschämt. »Ich bin ein Trampel. Vergiss es. Ich lasse dich jetzt in Ruhe.«

Martha hörte Schritte, dann knallte die Hintertür. Erleichtert setzte sie sich wieder. Um die Treppe in den zweiten Stock hinaufzusteigen waren ihre Beine viel zu zitterig. Erst als sie ihre Teetasse zu sich herangezogen hatte, fiel ihr ein, dass sie sich hätte bedanken sollen. Georg hatte sie gerettet, er hatte seine Stelle für sie riskiert, und sie dankte es ihm, indem sie nicht einmal mit ihm sprach.

Eine Woche später, Oktober 1892

Luise stellte das Tablett auf dem Nachttisch ab. Ungeachtet Minnas Protests hatte sie es eigenhändig in der Küche geholt und hinaufgetragen.

»Ich bringe frischen Tee und salziges Gebäck«, sagte sie zu der Krankenpflegerin, die dabei war, Ludwigs Stirn abzutupfen. »Wie geht es ihm?«

»Besser, glaube ich. Heute hat er noch gar nicht erbrochen.«

Erleichtert atmete Luise auf. Nachdem der Arzt tatsächlich die Cholera diagnostiziert und erklärt hatte, wie der Kranke zu behandeln sei, hatte Luise erwartet, dass sie heimlich hoffen würde, Ludwig möge nicht überleben. Alles wäre viel einfacher ohne ihn. Es gab schließlich einen männlichen Erben, und solange dieser noch ein Kind war, würde Luise das Gestüt leiten, so wie sie es ohnehin schon tat.

Doch sie hatte überrascht festgestellt, dass sie Ludwig nicht verlieren wollte. Ob aus Stolz, Trotz oder schlechtem Gewissen, jedenfalls tat sie alles dafür, um sein Leid zu lindern und ihm die bestmögliche Behandlung zukommen zu lassen. Kannenweise hatte sie ihm süßen Tee eingeflößt, um den Flüssigkeitsverlust auszugleichen, und darauf geachtet, dass die Pflegerin regelmäßig Puls und Blutdruck maß. Und jetzt, eine Woche später, schien er tatsächlich über den Berg zu sein.

Es klopfte, Käthe trat ein und knickste.

»Was denn?«, fragte Luise ungeduldig. Sie hatte ausdrücklich angeordnet, dass außer der Pflegerin und ihr nur

Lotte das Zimmer des Kranken betreten durfte, um die beschmutzte Bettwäsche zu holen. Nicht auszudenken, wenn sich die Krankheit im Haushalt ausbreitete.

»Da ist ein Besucher, der unbedingt mit dem gnädigen Herrn sprechen möchte.«

»Hast du ihm nicht gesagt, dass der gnädige Herr krank ist?«

»Doch, aber er will nicht gehen.«

Luise schüttelte ärgerlich den Kopf. »Er soll mit Gustav Meinrath reden.«

»Das hat Herr Augstein ihm auch vorgeschlagen. Aber er will es einfach nicht einsehen.«

Seufzend erhob sich Luise. Ein Besucher, der sich vom Hausdiener nicht hinauskomplimentieren ließ. Da musste sie wohl selbst einschreiten. »Hat der hartnäckige Herr auch einen Namen?«

Käthe streckte ihr eine Karte entgegen.

Diego Moreno stand darauf, sonst nichts. Luises Herz schlug plötzlich schneller. Ein spanischer Name, konnte es sein…

»Du kannst gehen, ich kümmere mich darum.«

Luise überließ ihren Mann wieder der Fürsorge der Krankenpflegerin und eilte in ihr Zimmer. Vor dem Spiegel kontrollierte sie ihr Aussehen. Dann schalt sie sich eine Närrin. Selbst wenn der Mann aus Spanien kam, selbst wenn er tatsächlich aus Los Pinos hergeschickt worden war und selbst wenn Alexander tatsächlich auf Los Pinos lebte, war es völlig gleichgültig, wie sie aussah.

Sie drückte die Schultern durch und machte sich auf den Weg in den Salon. Der Fremde stand am Fenster und blickte nach draußen, wo der Wind an den letzten Blättern der Apfelbäume zerrte.

»Herr Moreno.«

Als er sich umdrehte, musste Luise einen erschrockenen Schrei unterdrücken. Es war der Unbekannte, mit dem Ludwig sich auf dem Friedhof getroffen und der ihn später noch einmal hier im Haus besucht hatte. Der Mann, der Alexander für Ludwig ausfindig gemacht hatte, davon war Luise überzeugt.

»Gnädige Frau.« Er griff nach ihrer Hand und deutete einen Kuss an.

Es war eine abgeschmackte, unechte Geste, Luise war sicher, dass in den Kreisen, in denen Diego Moreno üblicherweise verkehrte, niemand einer Dame die Hand küsste. Dafür sah der Anzug, den der Spanier trug, viel zu schäbig aus. Wer wusste, wo Ludwig ihn angeheuert hatte. Irgendwo im Hamburger Hafen vermutlich, wo man für Geld jede erdenkliche Art von Dienstleistung erwerben konnte.

Luise trat einen Schritt zurück und wischte ihre Hand unauffällig an ihrem Kleid ab. »Mein Mann ist krank, wie man Ihnen ja bereits gesagt hat. Sie müssen also mit mir vorliebnehmen.«

»Ich fürchte, das wird nicht gehen.«

Luise überlegte, ob sie den unverschämten Kerl hinauswerfen lassen sollte. Georg würde das mit Vergnügen erledigen. Aber zuerst wüsste sie gern, was genau Moreno für Ludwig getan hatte. Wäre es nur darum gegangen, Alexander ausfindig zu machen, wäre der Auftrag ja wohl längst erledigt. Bei seinem letzten Besuch vor einem halben Jahr hatte Luise durch die Tür gehört, dass es um Sturmkönig gegangen war. Und von einem Feuer war die Rede gewesen. Offenbar hatte Ludwig beabsichtigt, den Hengst zurückzuholen. Und gleichzeitig das Gestüt zu zerstören, auf dem Alexander Unterschlupf gefunden hatte. Und eine Ehefrau. In den vergangenen Monaten war es Luise gelungen, kaum an Alexander zu denken. Zu viele andere Dinge hatten sie beschäftigt. Die drohende Pfändung, das Rennen, Ludwigs Krankheit. Doch jetzt überrollte sie die Vorstellung von ihm an der Seite einer schönen Spanierin, umgeben von einer Horde schwarzhaariger Kinder. Das Bild, das sich vor ihr inneres Auge schob, zog ihr den Boden unter den Füßen weg. Sie musste ihre ganze Kraft aufbieten, um sich nicht am Sessel abzustützen. Ihr Besucher durfte keinesfalls merken, welche Bedeutung diese Sache für sie hatte.

»Sie wollen sich also mit der Cholera anstecken?« Luise machte eine einladende Handbewegung. »Dann folgen Sie mir doch bitte.«

»Mit der Cholera?« Der Mann schluckte, sein Adamsapfel hüpfte.

Luise zog die Brauen hoch. »Also doch nicht?«

Moreno zerrte an seinem Hemdkragen. »Verflucht.«

»Ich bin über alle Geschäfte meines Mannes im Bilde, Sie können sich vertrauensvoll an mich wenden.«

Moreno sah sie mit zusammengekniffenen Augen an.

»Sie glauben mir nicht? Dann kann ich Ihnen nicht helfen.«

»Selbstverständlich glaube ich Ihnen, gnädige Frau.« Moreno räusperte sich umständlich. »Ich bin nur nicht sicher, ob Sie in dieser speziellen Sache Bescheid wissen.«

»Sie meinen die Los-Pinos-Sache?«

Moreno stieß erleichtert die Luft aus. »Ebendie. Ich brauche neue Instruktionen.«

»Wie ist es denn in letzter Zeit gelaufen?« Luise hoffte, dass die Formulierung vage genug war, um auf Morenos Auftrag zuzutreffen.

»Ich habe den Kontakt zu meinem Mann verloren. Möglich, dass er aufgeflogen ist. Oder die Seiten gewechselt hat. Deshalb muss ich selbst nach dem Rechten sehen.« Der Spanier räusperte sich. »Und dafür, nun ja, sind Finanzmittel vonnöten.«

Luise versuchte, sich ihren Schreck nicht anmerken zu lassen. Er hatte den Kontakt zu seinem Mann verloren. Was denn für ein Mann, um Himmels willen? Wie viele Personen waren in diese Angelegenheit involviert?

»Ludwig hat Sie doch großzügig ausgestattet, soviel ich weiß«, sagte sie, um Zeit zu gewinnen.

»Das ist wahr. Aber solche Operationen verschlingen viel Geld.«

»Was genau haben Sie vor?«

»Ich muss nach Navarra reisen und nachsehen, was los ist. Und wenn mein Mann seine Arbeit nicht erledigt hat, muss ich wohl selbst Hand anlegen.«

Luise schnappte nach Luft, kaschierte ihre Reaktion jedoch rasch mit einem Hustenanfall. Ludwig hatte diesen zwielichtigen Kerl gedungen, um Alexander etwas anzutun, eine andere Erklärung gab es nicht. Großer Gott, wie konnte er nur? Seinem eigenen Bruder nach dem Leben trachten! Aber das würde sie zu verhindern wissen.

»Sie werden nichts dergleichen tun«, sagte sie. »Mein

Mann bat mich, Ihnen mitzuteilen, dass der Auftrag storniert ist. Beenden Sie die Operation und ziehen Sie Ihren Mann von Los Pinos ab.«

»Aber…«

Luise trat an den Sekretär, der in der Ecke des Salons stand. Sie schloss auf, entnahm zweihundert Mark, zögerte, verdoppelte die Summe und drehte sich wieder zu Diego Moreno um. »Das ist Ihre Abfindung. Nehmen Sie das Geld, und lassen Sie sich nie wieder hier blicken.«

Der Spanier starrte auf die Scheine in ihrer Hand. »Ich bin mir nicht sicher…«

»Ein besseres Angebot bekommen Sie nicht, weder von mir noch von meinem Gatten. Also nehmen Sie das Geld und verschwinden Sie. Aber vergessen Sie nicht, Ihren Mann zurückzupfeifen.«

»Wie ich schon sagte, habe ich derzeit keinen Kontakt zu ihm.«

Luise ließ die Hand mit dem Geld sinken. »Das ist wirklich bedauerlich.« Sie bezweifelte, dass Moreno tatsächlich keine Möglichkeit hatte, den Mann zu kontaktieren. Er wollte bloß mehr Geld herausschlagen.

»Aber bestimmt findet sich ein Weg«, versicherte er hastig.

»Können Sie das garantieren?«

»Ja. Sie haben mein Wort.« Moreno leckte sich über die Lippen.

Luise reichte ihm das Geld. »Ich verlasse mich auf Sie.«

Moreno schnappte sich die Scheine und ließ sie in seiner Tasche verschwinden. Er bewegte sich auf die Tür zu. »Hat mich wirklich gefreut, gnädige Frau.«

»Wenn Sie sich nicht an unsere Vereinbarung halten, erfahre ich davon.«

»Keine Sorge, gnädige Frau. Ich werde alles zu Ihrer vollsten Zufriedenheit erledigen.« Er tippte sich an die Stirn, zog seine Mütze auf und hinkte aus dem Raum.

Als die Tür hinter ihm zugefallen war, ließ Luise sich erschöpft in einen Sessel fallen. Was für ein widerlicher Kerl! Sie traute ihm nicht über den Weg. Und sie konnte nur hoffen, dass er das Geld lieber verprasste, als es für eine Reise nach Spanien auszugeben. Falls nicht, war Alexander in ernster Gefahr.

San Sebastian, Januar 1948

Der Hafen von San Sebastian lag in einer von grünen Hügeln gesäumten Bucht, die wegen ihrer Form Bahía de la Concha hieß, Muschelbucht. Anlegestelle und Hafengebäude lagen ganz im Osten der Muschel, der Rest bestand aus gelbem Sand, auf dem Fischerboote lagen und alte Männer trotz der winterlichen Kälte ihre Netze flickten.

Elisabeth stand an der Reling, ließ sich die schneidende Luft um die Nase wehen und bewunderte die prächtigen Häuser, von denen die Bucht gesäumt war. Erst beim Näherkommen erkannte sie, dass die Pracht in die Jahre gekommen war, der Putz bröckelte und einige Fenster mit Brettern vernagelt waren.

Das Schiffshorn ertönte dreimal. Elisabeth dachte an Margaret. Die Freundin hatte es sich nicht nehmen lassen, Elisabeth eigenhändig zum Hafen von Sunderland zu fahren, der an der Mündung des Wear lag. Elisabeth hatte es vorgezogen, gleich von dort aufzubrechen, statt das Risiko einzugehen, noch einmal nach London zurückzukehren und womöglich Mr Smith in die Arme zu laufen.

»Pass gut auf dich auf«, hatte Margaret gesagt und sie fest umarmt.

»Das werde ich, versprochen.«

Mr Saunders, dem sie am Telefon von ihren Plänen erzählt hatte, war alles andere als angetan gewesen. »Sie machen sich keine Vorstellung davon, was in Spanien los ist, Mrs Clarkwell«, hatte er gesagt. »Das ist kein Ort für eine allein reisende Frau. Nicht einmal ich würde derzeit einen Fuß in das Land setzen. Die Wirtschaft liegt am Boden, es fehlt am Nötigsten, es herrscht Hunger. Zumal die Weltgemeinschaft sich weigert, mit Spanien Geschäfte zu machen, um das Franco-Regime in die Knie zu zwingen.«

»Hunger sind wir doch alle gewöhnt, Mr Saunders«, hatte Elisabeth entgegnet und gedacht, dass es so schlimm nicht sein könne. Schließlich war Spanien nicht einmal am Krieg beteiligt gewesen. »Und auch bei uns sind die Lebensmittel rationiert. Stärker sogar als in den Kriegsjahren.«

»Es ist ja nicht nur die materielle Not«, hatte der Anwalt insistiert. »In Spanien ist ein Diktator an der Macht. Menschen landen zu Hunderten unschuldig im Gefängnis oder verschwinden gleich ganz.«

»Aber das hat doch nichts mit mir zu tun. Ich bin Engländerin, das Regime interessiert sich nicht für mich.«

»Ihr Wort in Gottes Ohr, Mrs Clarkwell.«

Mr Saunders hatte noch eine Weile versucht, ihr die Reise auszureden, doch all seine Argumente waren wirkungslos an ihr abgeprallt. Ihr Entschluss stand fest. Sie würde sich Señor de Castillos Unterschrift holen, egal, was es kostete.

Und dann würde sie nach Deutschland weiterreisen, um dort den Verkauf des Anwesens in die Wege zu leiten. Sie hatte darüber nachgedacht, es war die einfachste Lösung. Die Formalitäten von London aus zu erledigen wäre viel umständlicher und würde den Vorgang nur unnötig in die Länge ziehen. Zudem lag das Gestüt in der britischen Besatzungszone, was bedeutete, dass ihre Landsleute dort das Sagen hatten, nicht die Deutschen.

Auch Mr Drayton, Margarets Vater, hatte sie gewarnt. Er hatte ihr prophezeit, dass man sie gar nicht erst ins Land lassen würde, weil die Spanier ihre Grenzen ständig schlossen. Zudem gäbe es Räuberbanden, die das Reisen unsicher machten. Neben den Risiken und Gefahren hatte Mr Drayton ihr jedoch auch einen guten Rat mit auf den Weg gegeben: »Nehmen Sie ein Handelsschiff, Mrs Clarkwell. Einige dieser Dampfer verfügen über eine oder mehrere Passagierkabinen. Damit bessern sich die Kapitäne ihre meist magere Heuer auf. Man reist einigermaßen komfortabel und vor allem preisgünstig.«

Diesen Rat hatte Elisabeth beherzigt und war mit Margaret nach Sunderland gefahren. Nach zwei Tagen des Suchens und Fragens hatten sie einen kleinen englischen Frachter gefunden, der Elisabeth nach San Sebastian bringen würde. Von dort war es nicht weit bis Pamplona und zum Gestüt Los Pinos, wo Javier de Castillo y Olivarez lebte.

Der Frachter legte an, Elisabeth verabschiedete sich vom Kapitän, griff nach dem kleinen Koffer, den sie in Sunderland günstig gebraucht erstanden hatte, und ging von Bord. Am Ende der Gangway empfing sie ein Zollbeamter in Uniform, der sie bat mitzukommen und ihren Koffer an sich nahm.

Mr Saunders' Schwarzmalerei traf offensichtlich nicht zu. Der Beamte war ausgesucht höflich, die Arbeiter, die sich daranmachten, das Schiff zu entladen, das Medikamente brachte, für die die strengen Handelsbeschränkungen nicht galten, nickten ihr freundlich zu. Auch die Fischer am Strand und die Spaziergänger, die Elisabeth in einiger Entfernung auf der Promenade flanieren sah, wirkten vollkommen normal. Zwar trugen die Arbeiter stark abgenutzte, geflickte Kleidung und hatten verhärmte, vom Hunger gezeichnete Gesichter, aber diesen Anblick kannte Elisabeth aus England nur zu gut.

Der Beamte geleitete sie zur Hafenkommandantur, einem palastartigen Gebäude, dessen Fassade jedoch genauso bröckelte wie die der Häuser an der Strandpromenade. Er führte sie in einen Raum, bedeutete ihr zu warten und verschwand mitsamt ihrem Koffer. Elisabeth sah sich um. Der Raum war winzig, das einzige Möbelstück ein Schreibtisch, der lediglich aus einer abgegriffenen Holzplatte bestand, unter der vier Beine befestigt waren. An der Wand darüber hing das Bild eines Generals in Gardeuniform mit schmalem Gesicht, grau meliertem Haar, schwarzem Schnurrbart und strengem Blick. Generalísimo Francisco Franco, wie Elisabeth annahm, der Caudillo, wie er sich selbst gern nannte, der Führer des spanischen Volkes.

Die Tür öffnete sich, ein uniformierter Mann mit einem dreieckigen Hut auf dem Kopf trat ein. Er musste von der Guardia Civil sein, Elisabeth hatte schon einmal ein Bild von der Uniform gesehen. Der Guardia war nur wenige Jahre älter als sie, aber mindestens einen Kopf größer und trug einen Koppelgürtel über der Uniformjacke, an dem ein Pistolenholster befestigt war. Ohne das Wort an sie zu richten, schloss er die Tür hinter sich und drehte den Schlüssel.

Ein heißer Schreck durchfuhr Elisabeth. Warum sperrte der Guardia die Tür ab? Was ging hier vor?

Sie straffte die Schultern. »Gibt es ein Problem?«

Der Mann verschränkte die Arme hinter dem Rücken und ließ seinen Blick an ihrem Körper auf- und abwandern »Gepäck falsch, nicht dürfen in Land.«

Was in aller Welt war an ihrem Gepäck falsch? Der Kapitän des Frachters hatte ihr genau erklärt, was sie nicht mitbringen durfte, ohne es beim Zoll anzumelden, und sie hatte sich exakt an seine Vorgaben gehalten. Keine Lebensmittel, keine Waffen selbstverständlich, nicht mehr als den Gegenwert von zwanzigtausend Peseten in Pfund, keine lebenden oder toten Tiere. Keine Drogen, kein Tabak, keine Zigaretten oder Zigarren.

»Was ist denn mit meinem Gepäck?«

Der Guardia zauberte eine Stange Zigaretten hinter dem Rücken hervor. »Zigaretten. Verboten, müssen anmelden. Nicht gemacht. Gefängnis.«

Wieder rollte eine glühende Woge Panik durch Elisabeth. Der Kerl war ein Betrüger, wollte mit einer falschen Beschuldigung Geld aus ihr herauspressen. Aber so leicht würde sie sich nicht einschüchtern lassen.

»Ich will Ihren Vorgesetzten sprechen.« Sie hörte ihre eigene Stimme zittern.

Der Mann lachte. »Ich Vorgesetzter.«

Elisabeth erstarrte. Stumm leistete sie Mr Saunders Abbitte. Aber sie würde sich nicht entmutigen lassen. Wenn das der Preis war, den sie zahlen musste, um die Unterschrift von diesem Javier zu bekommen, dann würde sie das irgendwie hinkriegen.

»Sicherlich können wir das klären«, sagte sie und öffnete ihre Handtasche. »Ich habe ein wenig Geld dabei.«

»Geld?« Der Guardia schnaubte und warf die Stange Zigaretten auf den Schreibtisch. »Du! Ausziehen! Kontrolle.«

O nein! Elisabeths Knie begannen zu zittern. Lieber Gott, bitte, bitte nicht! Tränen schossen ihr in die Augen. Sie wich zurück in Richtung Tür. Der Schlüssel steckte, sie musste nur schnell genug sein.

Doch der Mann erkannte, was sie vorhatte. Er machte einen Schritt nach vorn und stellte sich ihr in den Weg. »Du still, sonst tot.«

Elisabeth zitterte am ganzen Leib. Sie wollte um Hilfe rufen, doch ihre Kehle war so eng und trocken, dass sie keinen Laut hervorbrachte. Und selbst wenn sie schreien würde, wer wusste, ob überhaupt jemand bereit war, ihr zu helfen?

Der Guardia schien sich köstlich zu amüsieren. »Du kalt? Brauchst warm? Komm her. Ich heiß.«

Elisabeth ballte die Fäuste. Niemals würde sie stillhalten, wenn dieses Scheusal es wagte, über sie herzufallen. Sie hielt nach etwas Ausschau, das sie benutzen konnte, um sich zu verteidigen. Aber es gab nichts.

Der Mann nahm den dreieckigen Hut ab und legte ihn auf den Tisch. Dabei ließ er Elisabeth nicht eine Sekunde aus den Augen. Mit einem Zischen fuhr der Gürtel aus den Schlaufen der grauen Hose, den Koppelgürtel mit der Waffe legte er jedoch nicht ab. Er wickelte sich das eine Ende des Gürtels um die Hand und ließ das andere mit der Schnalle durch die Luft knallen.

»Ausziehen! Kontrolle!«, brüllte er wieder.

Elisabeth zitterte noch immer, so sehr, dass sie ihren Mantel nicht hätte aufknöpfen können, selbst wenn sie es gewollt hätte.

»Bitte«, flüsterte sie. »Bitte tun Sie das nicht. Ich gebe Ihnen Geld, ich gebe Ihnen alles, was ich habe.«

Der Guardia lächelte. »Alles nur Scherz!«

Er ließ den Gürtel sinken, drehte den Kopf zur Seite.

Doch dann schoss seine Hand so schnell nach vorne, dass Elisabeth sie nicht kommen sah.

Schmerz explodierte in ihrem Kopf, sie keuchte, wankte, schnappte entsetzt nach Luft. Der Mann hatte sie mit voller Wucht an der Schläfe getroffen. Die Welt verschwamm vor ihren Augen, sie taumelte zur Seite, sank zu Boden, und schon war er über ihr.

Sie zappelte und trat nach ihm, aber er hielt ihre Beine fest und verpasste ihr eine Ohrfeige. Da endlich schrie sie, vor Schreck, vor Schmerz, vor Verzweiflung. Sie schrie und schrie.

Der Guardia presste seinen Mund auf ihre Lippen, sie biss zu, so fest sie konnte. Er jaulte, ließ von ihr ab, sprang auf.

Mit einer Hand wischte er über die blutende Wunde im Mundwinkel, mit der anderen zog er die Pistole aus dem Holster und richtete sie auf Elisabeths Kopf. »Muere, Puta!«

Todesangst lähmte Elisabeth. Sie konnte nicht einen Gedanken fassen, noch konnte sie sich bewegen. Sie starrte auf die Waffe in der Hand des Guardias und wartete darauf, dass er abdrückte.

In dem Moment splitterte die Tür, der Guardia duckte sich und fuhr herum. Männer drangen in den Raum, die ebenfalls Uniform und einen Tricornio trugen. Der erste hieb Elisabeths Peiniger einen Schlagstock in die Magengrube. Der knickte ein, seine Waffe polterte auf den Boden. Zwei andere Guardias rissen ihn hoch, Handschellen klickten, er wurde unter Schlägen hinausgeschleppt. Halb unterdrückte Schmerzensschreie drangen an ihr Ohr. Sonst nichts. Kein einziges Wort war gefallen.

Elisabeth setzte sich auf und zog die Knie an. Was hatte das zu bedeuten? War sie gerettet oder wurde jetzt alles noch schlimmer? Würde statt des einen Widerlings ein Dutzend Männer über sie herfallen?

Ein weiterer Guardia betrat den Raum. An seiner Uniform und dem Verhalten der anderen erkannte Elisabeth, dass er einen hohen Rang einnehmen musste. Er kam näher und streckte Elisabeth die Hand entgegen.

»Die Gefahr ist vorüber, Mrs Clarkwell. Kommen Sie, ich helfe Ihnen auf.« Sein Akzent war hart, aber er sprach fehlerfrei. »Ich bitte Sie tausendmal um Entschuldigung für das, was hier geschehen ist.«

Noch immer benommen ergriff Elisabeth seine Hand und stand mit seiner Hilfe auf. Sie nahm das Taschentuch, das er ihr reichte, und tupfte damit die Blutspritzer aus ihrem Gesicht.

»Sie sind eine mutige Frau«, sagte der Mann. »Sie haben Olio einen schönen Schmiss verpasst.«

»Danke.« Sie gab dem Guardia das befleckte Taschentuch zurück.

Er steckte es ein, ohne es anzusehen. »Verzeihen Sie, ich habe mich noch gar nicht vorgestellt. Ich bin Comandante José Alvarez und werde von jetzt an für Ihre Sicherheit sorgen. Ich bedaure zutiefst, dass Sie einen derart schlechten Eindruck von unserem Land bekommen haben.«

»Aber wie kann...«

»Bitte kommen Sie doch mit in mein Büro. Ich werde Ihnen alles erklären, und dann schauen wir, wie ich Ihnen am besten helfen kann. Ihren Koffer habe ich bereits sichergestellt. Niemand hat ihn angerührt.«

Elisabeths Misstrauen war noch lange nicht verflogen, aber was sollte sie tun? Alvarez schien hier das Sagen zu haben, also folgte sie ihm.

Sein Büro lag in der dritten Etage, durch die deckenhohen Fenster konnte man die gesamte Bucht überblicken. Alvarez zeigte auf einen Sessel, Elisabeth nahm Platz. Noch immer kam ihr die Situation unwirklich vor. Eben noch hatte ein Verbrecher mit einer Pistole auf ihren Kopf gezielt und sie umbringen wollen, jetzt saß sie im Büro eines mächtigen Mannes, der sie anscheinend unter seinen Schutz gestellt hatte. Er ließ ihr Tee bringen, den sie dankbar trank. Das heiße Getränk beruhigte sie. Trotzdem wollte sie so schnell wie möglich weg aus San Sebastian.

»Verzeihen Sie, Señor Alvarez, ich vergeude Ihre Zeit.«

»Aber nicht doch, Mrs Clarkwell.« Der Comandante ließ sich hinter seinem Schreibtisch nieder. »Ich schulde Ihnen alle Zeit der Welt und darüber hinaus eine Erklärung. Ich wusste schon seit einer geraumen Weile, dass es in der Hafenkommandantur immer wieder zu – verzeihen Sie den Ausdruck – Unregelmäßigkeiten gekommen ist. Leider hatten wir lange Zeit keine Ahnung, wer der Verbrecher in unseren eigenen Reihen ist. Seien Sie versichert, dass er hart bestraft werden wird.«

»Das freut mich zu hören. Aber jetzt sollte ich wirklich aufbrechen.«

»Wohin wollen Sie denn, Mrs Clarkwell?«

So einfach war es dann also doch nicht. »Auf ein Gestüt in der Nähe von Pamplona. Es heißt Los Pinos.«

»Was führt Sie dorthin, wenn ich fragen darf?«

Der Kapitän hatte ihr eingeschärft, stets darauf zu beharren, dass ihre Reise rein privater Natur sei, ein Familienbesuch erregte den geringsten Verdacht. »Der Herr von Los Pinos, Señor de Castillo, ist ein ... entfernter Vetter von mir.«

»Verstehe.« Der Comandante strich sich über das Kinn. »Ich werde sicherstellen, dass Sie heil bei Ihrem Vetter ankommen, und Ihnen einen meiner besten Männer als Fahrer zur Verfügung stellen. Bei ihm sind Sie ebenso gut aufgehoben wie bei mir. Und außerdem ...« Er zog eine Schublade an seinem Schreibtisch auf und nahm ein Blatt schweres gelbes Papier heraus, auf dem das Wappen des spanischen Staates prangte. »... stelle ich Ihnen einen Passierschein aus, der jeden treuen Bürger unseres Landes verpflichtet, Ihnen beizustehen.«

Das war mehr, als Elisabeth erwartet hatte. Sie hatte Glück im Unglück. Ein gutes Vorzeichen.

Alvarez schrieb einige Zeilen, ließ Siegelwachs darunter tropfen und drückte einen Stempel hinein, der ebenfalls das Wappen Spaniens trug. Er faltete das Dokument und reichte es Elisabeth. Dann begleitete er sie nach unten, wo bereits ein Automobil wartete, ein geschlossener Kübelwagen deutscher Bauart, nicht bequem, aber geländegängig und vor allem mit Verdeck und Heizung.

Elisabeth verabschiedete sich von Comandante Alvarez, stieg im Fond ein, wo auch ihr Koffer stand, und lehnte sich erschöpft gegen das Polster. Sie hoffte, dass dies der einzige unangenehme Zwischenfall in Spanien bleiben würde, und konzentrierte ihre Gedanken auf die bevorstehende Begegnung. Heute Abend schon würde sie endlich dem Mann gegenüberstehen, der die Schlüssel zu ihrer Freiheit in der

Hand hielt. Sie hatte einen hohen Preis dafür gezahlt, zu ihm zu gelangen, und sie würde auf keinen Fall unverrichteter Dinge wieder abreisen.

Navarra, eine Woche später, Januar 1948

Elisabeth zog an den Zügeln, die Stute schnaubte und blieb stehen. Elisabeth beugte sich vor und spähte den Hügel hinab. Von hier oben hatte sie den besten Blick. Seit einer Woche, seit sie in Navarra angekommen war, ritt sie jeden Morgen auf der gemieteten Fuchsstute Davina die Strecke von Urribate bis zum Gestüt Los Pinos, wo sie verlangte, den Hausherrn zu sprechen. Es war fast so etwas wie ein Ritual geworden, den Weg kannte sie inzwischen im Schlaf. Aus dem Dorf heraus bis zu einem vom Blitz gespaltenen Baum, links ab auf die Landstraße und den Hügel hinauf, auf der anderen Seite wieder hinunter und an einem wuchtigen Felsklotz vorbei, der eine knappe Meile vor Los Pinos am Straßenrand aufragte.

Am Tag ihrer Ankunft war es bereits dunkel gewesen, als der Guardia sie vor dem Tor des Gestüts aussteigen ließ. Sie hatte ihn gebeten, einen Moment zu warten, und war allein die lange Auffahrt hinauf durch die puderfeine Schneeschicht zum Herrenhaus gelaufen. Der Fahrer hätte sie auch bis vor die Tür gebracht, aber sie war nicht sicher gewesen, ob die Guardia Civil besonders willkommen war auf Los Pinos.

Sie war erstaunt gewesen, wie kalt es hier in den Bergen war. Spanien hatte sie sich immer warm und sonnig vorgestellt, selbst im Winter. Das mochte auf den Süden zutreffen, doch hier oben im Norden am Fuß der Pyrenäen war es kälter als daheim in England.

Noch bevor Elisabeth die Haustür erreicht hatte, war ihr ein Knecht in den Weg getreten und hatte sie auf Spanisch angesprochen. Sie hatte erwidert, dass sie Javier de Castillo sprechen wolle. Wenn der Mann auch kein Englisch sprach, so verstand er doch sicherlich den Namen seines Herrn.

Doch der Knecht hatte den Kopf geschüttelt und auf das Tor gedeutet. Elisabeth hatte ihre Bitte wiederholt, fest davon überzeugt, dass der junge Bursche sie falsch verstanden hatte. Ein Irrtum, wie sie schnell feststellte. Er beharrte darauf, dass sie das Gestüt verließ, geleitete sie sogar selbst bis ans Tor, wo seine Augen für einen winzigen Moment finster aufflackerten, als sein Blick auf das Fahrzeug der Guardia Civil fiel.

Da es schon spät war und Elisabeth vor dem Polizisten keinen Streit vom Zaun brechen wollte, gab sie nach und ließ sich ins nächstgelegene Dorf bringen, wo ihr Fahrer nach einigem Hin und Her eine Witwe ausfindig machte, die bereit war, der Fremden ein Zimmer zu vermieten.

Die Witwe Doña Babete Garrastazu verstand nicht ein Wort Englisch, genau wie Elisabeth kein Wort Spanisch sprach. Doch mit Händen und Füßen gelang es ihnen, sich über das Wichtigste zu verständigen. Sie einigten sich auf den Preis, der nur zwanzig Peseten pro Woche betrug, inklusive Verpflegung, was etwa einem Viertel Pfund Sterling entsprach. Dann führte die Witwe sie in den ersten Stock des Hauses, das wie die meisten in dem winzigen Dorf aus grauen Bruchsteinen gemauert war.

Das Zimmer war einfach, aber sauber. Allerdings gab es weder eine Heizung noch fließendes Wasser oder Strom. Eine

Petroleumlampe auf dem Nachttisch sorgte für Licht, daneben bestand die Zimmereinrichtung aus einem Bett, einem Stuhl und einem zweitürigen Schrank. Auf den Stuhl platzierte die Witwe eine Waschschüssel und eine Karaffe, die mit Wasser gefüllt war, das Handtuch legte sie über die Lehne.

Trotz des bescheidenen Komforts hatte Doña Babete Garrastazu sich als Glücksgriff erwiesen. Die alte Frau umsorgte Elisabeth wie eine Tochter, zauberte aus den wenigen Lebensmitteln, derer sie habhaft werden konnte, köstliche Mahlzeiten und beharrte darauf, dass Elisabeth alles aufaß. Sie hatte auch den Bauern ausfindig gemacht, der ihr die Stute vermietete. Nur als Elisabeth am ersten Abend versucht hatte, die Sprache auf Los Pinos und Javier de Castillo zu bringen, hatte sich ihr Gesicht verfinstert. Aus dem folgenden Wortschwall glaubte Elisabeth, das Wort »comunista« herausgehört zu haben. Doch später wurde ihr klar, dass sie sich getäuscht haben musste. Der Gestütsbesitzer war ohne Frage einer der reichsten Männer im Umkreis und ganz bestimmt kein Kommunist.

Elisabeth ließ den Blick schweifen. Das Gestüt lag am Fuß der Berge, eingebettet in die hügelige Landschaft und umgeben von weitläufigen Koppeln. Mehrere Dutzend Pferde weideten trotz der dünnen Schneedecke darauf und atmeten weißen Dampf in die kalte Morgenluft. Allesamt prächtige und gesunde Tiere, soweit Elisabeth es erkennen konnte, deren Anblick ihr Herz mit Sehnsucht erfüllte.

Hinter dem Tor lagen rechts die Stallungen, eine Zufahrt führte daran vorbei auf das zweistöckige Herrenhaus zu, die Zufahrt, die Elisabeth am Abend ihrer Ankunft vergeblich hinaufgelaufen war.

Elisabeth schnalzte mit der Zunge, Davina setzte sich in Bewegung, fiel in einen leichten Galopp. Wenige Minuten später erreichte sie das Tor. Trotz der Kälte war ihr warm vom Reiten, und ihre Wangen glühten. Der Knecht vom ersten Abend erwartete sie bereits. Sie saß ab und trat zu ihm.

»Don Javier?«, fragte sie wie jeden Morgen.

»No«, erwiderte der Bursche ebenfalls wie jeden Morgen. »Lo siento.« Es tut mir leid. Das hatte er gestern zum ersten Mal gesagt. Wenn Elisabeth noch ein wenig mehr Ausdauer bewies, würde er sich früher oder später erweichen lassen, da war sie sicher. Es war nicht zu übersehen, dass er die Unerbittlichkeit seines Herrn bedauerte.

Bisher hatte Elisabeth diesen Javier noch nicht ein einziges Mal zu Gesicht bekommen. Weder aus der Ferne noch bei ihren Besuchen am Tor. Konnte es sein, dass er nie das Haus verließ? Oder hielt er sich gar nicht auf Los Pinos auf? Nein, sie war sicher, dass er zu Hause war, dass er genau jetzt, in diesem Moment, hinter dem halb geöffneten Fensterladen im ersten Stock stand, zum Tor schaute und beobachtete, wie sie unverrichteter Dinge wieder fortreiten musste. Er war stur, keine Frage. Aber das war sie auch.

Gerade mal zwei Wochen war das neue Jahr alt, aber Javier kam es vor, als seien Monate vergangen, seit Jiménez seinen Pferdemeister verhaftet hatte. Und jetzt hatte er dem Verbrecher sogar ein fürstliches Mittagessen serviert, abgezwackt von seinen eisernen Reserven, unter den finsteren Blicken seines Gesindes, das zwar wusste, dass Javier das alles für Danel tat, seinen Hass auf das Regime dennoch nur schwer verbergen konnte.

Natürlich gab es auch Leute im Dorf, die große Anhänger des Caudillo waren. Fromme Katholiken, denen die Entmachtung der Kirche während der Republik ein Dorn im Auge gewesen war, glühende Nationalisten oder Menschen wie die Witwe Garrastazu, denen die Kommunisten großes Leid zugefügt hatten. Aber auf Los Pinos gab es niemanden, der auf General Franco gut zu sprechen war.

»Ein kleiner Spaziergang an der frischen Luft?«, schlug Javier vor, nachdem er sein Glas Branntwein geleert hatte. »Ich würde Ihnen gern die Koppeln zeigen, Comandante.«

»Mit dem größten Vergnügen.« Jiménez erhob sich.

Der Comandante wusste genau, dass es nicht darum ging, sich das Gestüt anzusehen oder die Beine nach dem schweren Essen zu vertreten, aber er spielte das Spiel mit. Ein gutes Zeichen, hoffte Javier.

Lorea beeilte sich, den Männern die Mäntel zu holen. Die Tür fiel hinter ihnen zu, Javier atmete auf.

Die Luft war schneidend kalt, ein eisiger Nordostwind fegte von den Bergen herunter. Die Wolken standen tief und drohend über den Gipfeln. Es würde noch heute Schnee fallen, kein feiner Puder, sondern dicke, schwere Flocken, der Geruch lag bereits in der Luft. Javier schlug den Kragen hoch und führte den Comandante um das Haus herum und einen schmalen Weg entlang, wo es zu einer Koppel ging, die geschützt in einer Mulde lag. Er hoffte, dass das Wetter ihm genug Zeit ließ für sein Vorhaben.

Sie erreichten die Koppel. Einige seiner prächtigsten Zuchtstuten standen hier. Normalerweise hätte Javier sie bei dem drohenden Schneesturm längst in den Stall bringen lassen, aber er brauchte sie hier draußen. Er musste dem Comandante zeigen, dass er ein Mann von Bedeutung war. Und zahlungskräftig.

Eine Weile standen sie da und bewunderten die Tiere. Jiménez interessierte sich besonders für Máxima, eine lebhafte Schimmelstute. Er wollte genau wissen, wie alt sie war und was ihr Stammbaum hergab. Er hatte ein gutes Auge, das musste Javier ihm zugestehen. Máxima war eine seiner prächtigsten Zuchtstuten, von edler Herkunft und ein Vermögen wert.

»Sie sind ein Mann nach meinem Geschmack, Don Javier«, sagte Jiménez. »Mit Leuten wie Ihnen wird es uns gelingen, ein starkes und gerechtes Spanien aufzubauen.«

»Das freut mich zu hören, und ich kann nur sagen: Sie haben recht. Ich liebe mein Land und tue alles, was in meiner Macht steht, um ihm zu dienen.« Javier holte Luft. »Aber dafür brauche ich gutes Personal. Mir fehlt ein Pferdemeister. Und diese prachtvollen Tiere leiden darunter.«

»Danel Arreola hat ein schweres Vergehen begangen, Don Javier.«

»Die Trauer um seine Schwester hat ihm das Hirn vernebelt. Und der Alkohol sicherlich auch.«

»Dennoch können wir ihn nicht einfach wieder laufen lassen. Was für ein Signal würden wir damit setzen? Dass wir uns auf der Nase herumtanzen lassen, dass jeder den Generalísimo beleidigen darf, wie es ihm beliebt? Und woher wollen wir wissen, dass nicht doch eine antipatriotische Gesinnung hinter seinen Worten steckt?«

Javier schob die Hände in die Taschen seines Mantels, damit der Comandante nicht sah, wie er die Fäuste ballte. »Danel ist ein Hitzkopf. Aber er ist kein Vaterlandsverräter. Ich kenne ihn schon lange. Ich weiß, dass er mit dem Widerstand, mit diesen abscheulichen Verbrechern, die unser Land ins Unglück stürzen wollen, nichts zu tun hat. Ganz im Gegenteil, er hat immer versucht, seiner Schwester gut zuzureden. Bedauerlicherweise hat es nichts gefruchtet.«

Der Comandante wandte seinen Blick von der Koppel ab und sah Javier an. »Worte haben bei diesem Ungeziefer noch nie etwas bewirkt. Die begreifen nur, was sie am eigenen Leib spüren.«

»Nur dass in diesem Fall auch Unschuldige mit gestraft werden.«

»Das lässt sich manchmal nicht vermeiden.«

Javier presste die Lippen zusammen. Der Comandante war ein harter Brocken. Hatte er diese ganze Scharade mitgespielt, nur um am Ende doch jedes Angebot abzulehnen?

»Denken Sie an die Tiere, Comandante. Meine Knechte sind brave, fleißige Männer, aber sie verstehen nicht viel von Pferden. Sie tun, was Danel ihnen sagt, sie befolgen Befehle, aber sie können nicht selbst entscheiden, wann ein Tier in den Stall muss, wann auf die Koppel, ob es ausgeritten werden sollte oder ob es vielleicht eine Krankheit ausbrütet.«

»Das ist in der Tat ein Problem«, räumte Jiménez ein.

»Und Danel Arreola ist ein guter Mann. Er wird Ihnen keine Schwierigkeiten mehr machen.«

Jiménez' Blick wanderte zur Koppel. »Prachtstuten. Sie wären es wert, den Generalísimo zu tragen.«

Javiers Herz schlug schneller. »In der Tat, Comandante. Es wäre eine Ehre für das Gestüt.«

»Máxima. Und dreißigtausend Peseten als Entschädigung für die Umstände.«

Javier unterdrückte einen Laut des Entsetzens. Eine seiner besten Stuten und dreißigtausend Peseten obendrauf. Máxima allein war mehr als hunderttausend wert. Für die dreißigtausend würde er an die eisernen Reserven gehen müssen. Der Comandante reizte sein Blatt wahrhaft bis zum Letzten aus.

Einen Moment lang überlegte Javier, ob er verhandeln sollte. Sicherlich würde Jiménez auch die Hälfte der Summe akzeptieren. Zumal er ganz gewiss nicht vorhatte, die Stute an Franco zu übergeben. Er wollte sie für sich selbst, daran bestand kein Zweifel. Doch das Risiko erschien ihm zu groß. Lieber das Angebot annehmen, bevor der Comandante es sich anders überlegte. Oder auf die Idee kam, weitere Forderungen zu stellen.

»Einverstanden«, sagte er. »Aber ich brauche meinen Pferdemeister sofort.«

»Er wird Ihnen noch heute gebracht. Von den Männern, die die Stute abholen.« Jiménez sah zu dem Tier hinüber, ein zufriedenes Grinsen auf den Lippen, dann streckte er Javier die Hand entgegen. »Es war mir eine Freude, mit Ihnen Geschäfte zu machen, Don Javier. Und danke für die Einladung.«

Javier hätte sich lieber die Hand abgehackt, als sie dem Comandante zu reichen, aber er zwang sich, sogar dabei zu lächeln. Denn sie waren noch nicht fertig, noch nicht ganz.

»Ich habe zu danken, Comandante«, sagte er. »Eine Frage hätte ich allerdings noch.«

 *Kapitel 9*

Navarra, März 1900

Unruhig lief Alexander vor der Zimmertür hin und her. Bei jedem Geräusch fuhr er zusammen, auch wenn die Hebamme ihm versichert hatte, dass alles bestens war. Der Arzt war nicht abkömmlich gewesen, deshalb war die beleibte Frau aus dem Dorf herbeigerufen worden, um Isabella beizustehen.

Sechs weitere Fehlgeburten hatte Isabella in den vergangenen acht Jahren durchstehen müssen. Sechsmal hoffen, bangen und verzweifeln. Mit jedem Kind, das sie verlor, war Isabella trübsinniger geworden. Die schöne, stolze Frau war verwelkt wie eine Blume.

Und dann, als niemand mehr damit rechnete, war das Wunder geschehen. Wieder wurde Isabella schwanger, die Wochen vergingen, ihr Leib schwoll an, das Kind wuchs. Der Arzt war einmal in der Woche gekommen, um nachzusehen, ob alles in Ordnung war. Neun Monate lang hatte Isabella das Bett kaum verlassen, obwohl Hebamme und Mediziner ihr dringend geraten hatten, Spaziergänge an der frischen Luft zu unternehmen, als nach den ersten Wochen die größte Gefahr vorüber war.

Doch Isabella hatte sich vor lauter Sorge kaum gewagt zu rühren. Zudem war der größte Teil der Schwangerschaft in den kalten, von Schneestürmen durchtosten Winter gefallen. Nun also war es so weit. Das neue Jahrhundert war gerade erst angebrochen und brachte Alexander schon die Verheißung seines größten Glücks: ein Kind, vielleicht sogar einen Erben für Los Pinos.

Ein Schrei ließ Alexander abrupt innehalten. Ein Schrei, gefolgt von einem kläglichen Jammerlaut. Das Weinen eines Säuglings! Alexander hielt es nicht länger aus. Er stieß die Tür auf. Am Fußende des Bettes stand die füllige Hebamme und hielt ein winziges schreiendes Bündel in ihren Armen. Missbilligend sah sie Alexander an. Hinter ihr warf Jorja, die der Hebamme geholfen hatte, schmutzige Tücher in einen Wäschekorb.

Die Hebamme öffnete den Mund, um zu protestieren, doch dann besann sie sich, und ein Lächeln breitete sich auf ihrem Gesicht aus. »Glückwunsch, Señor, Sie sind Vater einer gesunden Tochter.«

Alexander trat zu ihr und schaute in das kleine, runzelige Gesicht, auf den zappelnden blutverschmierten Körper. Ein unglaubliches Glücksgefühl überkam ihn, rieselte warm durch seine Brust. Sein Kind, seine Tochter.

Er schaute zu Isabella, die matt, aber übers ganze Gesicht strahlend zwischen den Kissen lag. »Cristina, ich möchte, dass sie Cristina heißt, nach meiner Mutter.«

»Was immer du willst, mein Liebling.«

Während die Hebamme sich daranmachte, den Säugling in einer Schüssel zu waschen, setzte Alexander sich zu Isabella auf die Bettkante.

»Bist du glücklich?«, fragte sie.

»Das bin ich, ja. Du hast mir das wunderbarste Geschenk gemacht, das ein Mann von seiner Frau bekommen kann.«

»Kein Sohn jedoch.« Sie sah ihn forschend an.

»Das ist mir vollkommen egal.«

»Sie sollten jetzt wieder gehen, Señor.« Die Hebamme wiegte den nun friedlichen Säugling in ihren kräftigen Armen. »Ihre Frau braucht Ruhe.«

»Natürlich.« Er küsste Isabella auf die Stirn. »Ich komme später noch einmal nach euch beiden sehen.«

Nachdem er die Tür hinter sich geschlossen hatte, blieb er einen Augenblick im dunklen Korridor stehen. Tiefe Dankbarkeit erfüllte ihn. Dem Gestüt ging es gut, die Geschäfte könnten nicht besser laufen, von den politischen Konflikten, von den Streiks und Protestkundgebungen der Anarchisten, Sozialisten und Separatisten bekamen sie hier in den Bergen nichts mit. Und nun hatte Isabella ihm auch noch ein Kind geschenkt, nach all den Jahren, als er schon nicht mehr darauf zu hoffen gewagt hatte. Zwar spürte er einen leisen Stich der Enttäuschung, weil es ein Mädchen war. Ein Erbe hätte sein Glück perfekt gemacht. Doch jetzt, wo der Bann gebrochen war, bekam Isabella vielleicht weitere Kinder. Sie war ja noch jung, gerade neunundzwanzig, sie konnte ihm noch einen ganzen Stall voller gesunder Jungen schenken.

Im Augenblick zählte bloß, dass sie endlich wieder Freude empfinden und lachen konnte, dass der Schleier der Traurigkeit, der ihr Leben so lange verdunkelt hatte, sich endlich lüftete.

Alexander stieg die Treppe hinunter und begab sich zu dem kleinen Zimmer, in dem Ernesto die meisten Stunden des Tages verbrachte. Es war schon spät, Alexander hatte alle Bediensteten bis auf Jorja und Flora bereits ins Bett geschickt, aber sein Schwiegervater war bestimmt noch wach. Der Alte war inzwischen vollkommen blind und zudem hinfällig. Das Laufen fiel ihm schwer, seine Knochen schmerzten bei jedem Schritt. Deshalb saß er meistens in einem der beiden Sessel am Kamin, wo sommers wie winters ein Feuer brannte.

Oft kniete Isabella zu seinen Füßen und las ihm vor. Dann leuchteten die blicklosen Augen des Alten glücklich. Wenn er allein war, hielt er häufig ein hölzernes Kästchen mit Erinnerungsstücken auf dem Schoß. Mit einigen Fotografien, die er nicht mehr betrachten, sondern nur ertasten konnte, einer Brosche, die seiner Frau gehört hatte, einer Haarlocke von Isabella, als sie noch ein Baby war, und einem Stein mit einem Loch in der Mitte, der ihn an seinen Jugendfreund erinnerte, der schon vor vielen Jahrzehnten im zweiten Carlistenkrieg gefallen war. Wie Ernesto selbst hatte der Freund auf der katholisch-traditionellen Seite von Don Carlos gegen die Liberalen gekämpft, die die Tochter des verstorbenen Königs auf dem Thron sehen wollten.

Alexander fand seinen Schwiegervater an seinem üblichen Platz. Er sah noch schwächer und eingefallener aus als sonst, doch ein glückliches Strahlen erhellte sein Gesicht.

»Alexander, mein Junge, bist du das?«

»Ja, Vater.« Er setzte sich auf den zweiten Sessel und ergriff Ernestos Hände.

»Habe ich richtig gehört, ist eben Kindergeschrei durchs Haus gedrungen?«

Im Gegensatz zu seinen Augen funktionierten Ernestos Ohren noch erstaunlich gut.

»Ja, es ist wahr. Du bist Großvater eines gesunden Mädchens. Auch Isabella ist wohlauf. Beiden geht es gut.«

Der Alte lächelte. »Meinen Glückwunsch, Sohn. Nun bist du also doch noch Vater geworden. Wenn es auch nicht der ersehnte Erbe ist.«

Alexander drückte Ernestos Hände. »Das spielt keine Rolle.«

Ernesto lächelte. »Natürlich spielt es eine Rolle. Irgendwer muss das Gestüt weiterführen. Du kannst es ja schlecht einer Tochter vererben.«

Alexander wollte protestieren. Wie konnte ausgerechnet Ernesto so etwas sagen, wo doch Isabella jahrelang Los Pinos am Leben gehalten hatte, wenn auch nur eben so, während ihr Vater die Augen vor der Realität verschlossen hatte. Sie war damals noch ein junges Mädchen gewesen, und trotzdem hatte sie es geschafft.

»Vater, ich glaube...«

»Schon gut, mein Junge«, sagte Ernesto versöhnlich. »Ich weiß, was du sagen willst. Aber wir können uns nicht gegen die Ordnung der Dinge auflehnen. Ein Gestüt wie dieses braucht einen starken, allseits respektierten Mann, der es führt, sonst ist es angreifbar und auf Dauer dem Untergang geweiht. Aber gräm dich nicht. Wenn du keinen Sohn hast, musst du es machen wie ich und dir einen guten Schwiegersohn suchen. Und jetzt lass mich in Ruhe, ich bin müde.«

Alexander seufzte ergeben, drückte noch einmal die Hand seines Schwiegervaters und ließ ihn allein. Als er eine Stunde später, nachdem er mit Flora in der Küche mit einem kräftigen Kaffee auf das neue Leben angestoßen hatte, wieder nach ihm sah, saß Ernesto de Castillo noch immer in der gleichen Position im Sessel. Die Augen waren halb geöffnet, die Hände hingen schlaff über der Lehne. Noch bevor Alexander seinen Puls gefühlt hatte, wusste er, dass der Alte nicht mehr lebte. Es war fast, als hätte er nur noch auf die Geburt seines Enkelkindes gewartet, um in Frieden gehen zu können.

Zwei Monate später, Mai 1900

Alexander ließ das Papier sinken. Ein Brief, anonym versandt, an ihn persönlich gerichtet. Die Nachricht bestand aus einem einzigen, in ungelenken Buchstaben auf das Papier gekrakelten Satz, ganz bestimmt von jemandem, der des Lesens und Schreibens nur gerade eben mächtig war.

Eduardo Ramirez ist ein Mörder.

Ein Mörder, Herrgott, wer behauptete denn so etwas? War es die Wahrheit? Hatte der Knecht wirklich einen Menschen getötet? Und falls ja, wen?

Alexander erhob sich vom Schreibtisch und trat ans Fenster. Eduardo war nun seit fast zehn Jahren auf Los Pinos, beinahe ebenso lange wie er selbst. Alexander hatte ihn persönlich eingestellt, es war eine seiner ersten Handlungen als zukünftiger Gestütsherr gewesen, noch vor seiner Hochzeit mit Isabella. Eduardo hatte immer gute Arbeit geleistet. War es wirklich möglich, dass er sich so in dem Knecht getäuscht hatte?

Müde rieb Alexander sich durchs Gesicht. Eigentlich hätte er glücklich sein sollen. Seine kleine Tochter war inzwischen zwei Monate alt, sie wuchs und gedieh und war der

Sonnenschein des Hauses. Isabella war noch immer schwach, doch auch sie strahlte wie seit vielen Jahren nicht mehr.

Zwar waren sie noch in Trauer, weil Ernesto gestorben war, ausgerechnet am Tag von Cristinas Geburt. Doch es war ein friedlicher Tod gewesen, und sein Schwiegervater war in dem Wissen aus dem Leben geschieden, dass sein Gestüt weiterleben würde.

Dennoch schienen die Sorgen nicht abzureißen. Nicht nur, dass der Franzose Alexander wie ein Stachel im Fleisch saß. Jedes Jahr pünktlich im August kam er, um sich sein Schweigegeld abzuholen. Und jedes Jahr schwor Alexander sich, dass dieses Mal das letzte sein musste. Doch was sollte er tun? Der Mann hatte ihn in der Hand. Es gab zu viele Personen, die bestätigen könnten, dass der wahre Sturmkönig seit zehn Jahren tot war. Dass der Zuchterfolg von Los Pinos auf einer Lüge aufgebaut war. Egal, wie prachtvoll und edel Rey del Viento sein mochte, er war nicht Sturmkönig, sein Stammbaum war gefälscht.

Seit vier Jahren hatten sie sich mit einem Sohn Reys ein zweites Zuchtstandbein aufgebaut. Zafiro war ein prächtiges, temperamentvolles Tier, das sich als Deckhengst äußerster Beliebtheit erfreute. Aber auch seine Karriere basierte auf einer Lüge. Also konnte der Erpresser noch viele Jahre so weitermachen, selbst wenn Rey del Viento eines Tages nicht mehr lebte.

Und jetzt bezichtigte irgendwer einen seiner Knechte des Mordes. Am liebsten hätte Alexander das schändliche Schreiben einfach verbrannt. Doch das konnte er nicht tun, nicht ohne zuvor in Erfahrung zu bringen, ob etwas an der Anschuldigung dran war.

Er öffnete die Tür. »Jorja!«

Atemlos kam die Magd herbei, wischte sich im Laufen die Finger an der Schürze ab. Auf Seydell hätte es das nicht gegeben, eine Küchenmagd, die zugleich die Herrschaft bediente und die Tür öffnete. Aber Seydell war weit weg, er hatte es aus seinen Gedanken und aus seinem Herzen verbannt und dachte nur noch selten daran zurück. Er fand es sehr angenehm, dass auf Los Pinos alles etwas weniger steif und vornehm ablief.

»Don Alexander?«

»Ich muss mit Eduardo sprechen. Sofort. Er soll herkommen.«

Jorjas Augen flackerten auf, nur einen winzigen Moment. Alexander beschlich das Gefühl, dass sie etwas wusste.

Fünf Minuten später stand der Knecht vor ihm. Er hatte sich offenbar hastig gewaschen, bevor er ins Haus gekommen war. Sein Haaransatz war feucht, und auch auf seinen Ärmeln waren Wasserspritzer zu sehen.

Eduardo war siebenunddreißig, sechs Jahre älter als Alexander, aber sein Gesicht war das eines großen Jungen, gutmütig und naiv. Kaum vorstellbar, dass er jemand anderen getötet haben sollte. Doch Alexander wusste, dass der Schein trügen konnte und Menschen viele verborgene Eigenschaften besaßen.

Er hätte sich gern gesetzt, um in Ruhe zu reden, aber Eduardo trug schmutzige Stallkleidung, und Alexander wollte nicht im Sessel sitzen, während der Knecht stehen musste. Also blieb auch er stehen.

»Ich habe heute einen Brief bekommen«, begann er. Eduardo reagierte nicht, er schien nichts zu ahnen.

Alexander nahm den Briefbogen vom Schreibtisch und las vor. »Eduardo Ramirez ist ein Mörder.«

Sofort sank der große Mann in sich zusammen. Sein Kopf kippte nach vorn, seine Schultern hingen plötzlich schlaff herunter. Ein Geständnis in Worten hätte nicht deutlicher sein können.

Alexander holte tief Luft. Also stimmte es. Er legte den Brief weg, zögerte, dann bot er dem Knecht doch einen Platz an.

»Setz dich, Eduardo.« Er deutete auf einen der beiden Lehnsessel, die vor dem Kamin standen. Auf dem anderen, in dem Ernesto zwei Monate zuvor gestorben war, ließ er sich selbst nieder.

Eduardo zögerte. »Ich würde lieber...«

»Setz dich. Ich möchte dir in die Augen sehen, wenn du es mir erzählst.«

Noch immer verunsichert nahm der Knecht Platz.

»Also, fang an«, forderte Alexander ihn auf. »Erzähl mir, warum dich jemand einen Mörder nennt.«

»Es ist viele Jahre her«, begann Eduardo zögernd. »Ich war erst sechzehn. Und ich habe meine Strafe abgesessen.«

»Du warst im Gefängnis? Warum weiß ich davon nichts?«

»Bevor ich herkam, habe ich monatelang nach Arbeit gesucht. Überall. Ich war bereit, alles zu tun, wenn man mir nur eine Chance gäbe. Aber niemand wollte einen Totschläger einstellen. Als ich hörte, dass hier auf Los Pinos ein Knecht für die Ställe gesucht wird, fasste ich die Gelegenheit beim Schopf. Der eine Herr war blind, der andere stammte aus dem Ausland. Mit etwas Glück würde ich meine Vergangenheit geheim halten können.«

»Das ist dir ja auch ziemlich lange gelungen.«

»Ja, Don Alexander.«

»Wen hast du getötet?«

»Es war eine Schlägerei, Señor. Ich wollte niemanden umbringen. Ich war in ein Mädchen verliebt, Celestina. Sie war wunderschön, wirklich. Und dieser Bursche hat sie beleidigt, hat behauptet, sie wäre eine Hure und würde mit jedem herummachen. Da habe ich rotgesehen. Ich wollte ihm nur eine Lektion verpassen, ehrlich. Aber er fiel gegen einen Steintrog und schlug sich den Schädel ein.«

»Und das Mädchen?«

Eduardo biss sich auf die Lippe. »Es hat sich herausgestellt, dass er recht hatte. Sie hat nur mit mir gespielt. Genau wie mit zahllosen anderen Burschen.«

»Hast du dir irgendetwas zuschulden kommen lassen, seit du aus dem Gefängnis entlassen wurdest?«

Eduardo sah ihn bestürzt an. Dann senkte er den Blick.

Alexander spürte Beklemmung in sich aufsteigen. Er war fest entschlossen gewesen, dem Knecht zu vergeben. Schließlich hatte er seine Strafe verbüßt und ansonsten nichts anderes getan als Alexander selbst, nämlich seine Vergangenheit geheim gehalten. Aber das schien nicht alles zu sein.

»Sprich«, forderte er Eduardo auf.

»Da war ein Mann«, begann der Knecht. »Vor vielen Jahren, als ich gerade erst auf Los Pinos angefangen hatte. Ein gewisser Diego Moreno. Der Kerl stammte nicht aus dieser Gegend, aber er wusste eine Menge.«

»Was war mit diesem Diego Moreno?«

»Er zwang mich, Dinge zu tun.«

»Was für Dinge? Lass dir nicht alles aus der Nase ziehen!«

»Ich sollte das Gestüt sabotieren. Kleine Schäden hier und da. Zäune umlegen, die Wagenachse kaputt machen, den Karren mit Heu im Regen stehen lassen. Solche Dinge. Falls nicht, würde er Sie informieren, dass ich im Gefängnis gesessen habe.« Eduardo knetete seine Hände. »Ich wollte meine Arbeit nicht verlieren.«

Alexander schnappte nach Luft. »Das Feuer im Stall? Warst du das auch?«

»Um Himmels willen, nein! Niemals hätte ich das Leben der Pferde aufs Spiel gesetzt!«

»Doch, das hast du. Du hast Fohlen aus den Koppeln entkommen lassen, sie hätten im Gebirge stürzen können oder von Wölfen gerissen werden.«

»Es tut mir leid, Señor. Ich habe versucht, den Schaden so gering wie möglich zu halten. Und immer in der Nähe zu sein, um schnell helfen zu können.«

Alexander stand auf und begann, im Zimmer hin und her zu laufen. Unfassbar, da hatte er Angst vor einem fremden Eindringling gehabt, nachts eine Wache auf dem Gelände patrouillieren lassen, dabei hatte sich der Feind in seinem eigenen Haus aufgehalten. Sicherlich hatte einer der Konkurrenten von Los Pinos diesen Moreno engagiert. Oder einer von Isabellas zurückgewiesenen Verehrern. Wie naiv und blind er gewesen war!

Eduardo stand ebenfalls auf. »Ich habe schon seit Jahren nichts dergleichen mehr getan, Don Alexander. Ich schwöre es. Und dieser Diego Moreno ist auch nicht mehr aufgetaucht. Aber ich war seinen Anweisungen schon nicht mehr gefolgt, als er noch in der Gegend war. Ich konnte es einfach nicht. Sie waren so gut zu mir, Sie und die Señora und Don Ernesto...«

Alexander betrachtete den Mann. Er war noch immer unglaublich wütend. Zwar waren all die Sabotageakte glimpflich ausgegangen, aber das war pures Glück gewesen. Er sollte den Knecht auf der Stelle hinauswerfen und dafür sorgen, dass alle anderen Gestütsbesitzer gewarnt waren. Andererseits hatte Eduardo sich letztlich als loyal erwiesen. Und er war ausgesprochen fleißig. So einfach wäre kein Ersatz für ihn aufzutreiben, zumal in diesen Zeiten nicht, wo sich die halbe Arbeiterschaft des Landes im Streik zu befinden schien.

»Hast du eine Ahnung, wer den Brief geschrieben haben könnte?«, fragte Alexander.

»Nein, Señor. Aber es gibt einige Menschen, die meine Vergangenheit kennen.«

»Jorja gehört auch dazu, nehme ich an?«

Eduardo sah ihn erschrocken an. »Sie würde mich nie... ich meine, sie würde mir nie etwas Böses wollen.«

Alexander nickte. Es behagte ihm nicht, dass er die Identität des Briefschreibers und damit auch dessen Absicht nicht kannte. Aber es sah sehr danach aus, als hätte es dieser auf Eduardo und nicht auf ihn oder das Gestüt abgesehen. »Du kannst jetzt wieder an die Arbeit gehen.«

Der Knecht starrte ihn an. »Sie werfen mich nicht hinaus?«

»Nein, Eduardo. Aber solltest du noch ein einziges Mal etwas tun, das dem Gestüt schadet, lasse ich keine Gnade walten.«

»Sehr wohl, Don Alexander. Ich danke Ihnen sehr. Sie werden es nicht bereuen, das verspreche ich.«

Als Eduardo bereits an der Tür war, rief Alexander ihn noch einmal zurück. »Falls dieser Diego Moreno eines Tages doch noch mal auftauchen sollte oder jemand anders, der von dir merkwürdige Dinge verlangt, dann kommst du sofort zu mir. Verstanden?«
»Jawohl, Señor.«
Nachdem der Knecht die Tür hinter sich geschlossen hatte, nahm Alexander den Brief, zerriss ihn, streute die Fetzen in den kalten Kamin und hielt ein Zündholz daran. Er hoffte, dass Eduardos Vergangenheit damit genauso begraben wäre wie seine eigene.

Paris, zwei Monate später, Mai 1900

»Ach, ist es nicht wunderbar hier? Die Sonne, das Grün, die vielen Geschäfte, Cafés und Menschen! Diese Stadt quillt förmlich über vor Leben!« Luise hakte sich bei Ludwig unter und zog ihn in Richtung der stählernen Bogenbrücke, die sich über die Seine spannte.

Die Pont Alexandre III war zur Eröffnung der Weltausstellung eingeweiht worden und galt schon jetzt als eins der prächtigsten Bauwerke von Paris. Je zwei Pylone an jedem Ufer, auf denen vergoldete Pegasusstatuen thronten, markierten den Zugang zu der kühnen Stahlkonstruktion. Gerade waren Luise und Ludwig über die Champs-Élysées geschlendert und hatten den Grand Palais besichtigt, der ebenfalls extra für die Weltausstellung erbaut worden war. Jetzt sollte es über die Brücke zu den Ausstellungspavillons der einzelnen Länder gehen, die entlang des Seine-Ufers errichtet worden waren. Und danach wollte Luise auf das Riesenrad. Angeblich übertraf der Blick von dort oben sogar noch den von der Spitze des Eiffelturms, was Luise allerdings für eine maßlose Übertreibung hielt, da doch der Turm um ein Vielfaches höher war.

»Eine Brücke mitten in Paris, die nach einem Zaren benannt ist«, brummte Ludwig. »Was für eine absurde Idee.«

Ludwig hatte an allem etwas auszusetzen, ständig verglich er Paris mit dem seiner Ansicht nach in jeder Hinsicht weit überlegenen Berlin, doch das störte Luise nicht. Sie war glücklich. So hatte sie sich ihr Leben vorgestellt. An der Seite ihres Gemahls in den Metropolen Europas, während sich in der Heimat das Gesinde um Haus und Gestüt kümmerte. Nach dem schrecklichen Tag vor mehr als acht Jahren, als der Bankier, der Richter und der Gerichtsvollzieher sie aufgesucht hatten, um ihr zu eröffnen, dass das Gestüt vor dem Ruin stand, hätte sie nicht gedacht, dass sich dieser Traum jemals erfüllen würde.

Aber dann hatte sie erst das Gestüt gerettet und dann ihre Ehe. Ihr Ultimatum, aber wohl auch die schlimme Krankheit, die Ludwig an den Rand des Todes geführt hatte, hatten ihn geläutert, zumindest so weit, wie das bei einem Mann von Ludwigs Charakter möglich war. Kaum war er genesen, hatte er sich mit Gustav Meinrath zusammengesetzt und sich auf den neuesten Stand bringen lassen, was die wirtschaftliche Lage des Gestüts anging. Und als dieser vorgeschlagen hatte, Luise zu der Besprechung hinzuzuziehen, hatte Ludwig nicht protestiert. Von da an hatten sie das Gestüt gemeinsam geführt. Ludwig kümmerte sich mit Meinrath um die Finanzen, Luise mit Sevenich um alles, was die

Zucht und die Pferde betraf. Und als sie ein Jahr später einen neuen Zuchthengst erstand, nahm Ludwig es kommentarlos zur Kenntnis.

Sie näherten sich abermals einander an, so sehr, dass Ludwig sie auch wieder regelmäßig nachts in ihrem Bett aufsuchte. Was nicht ohne Folgen blieb. Vor drei Jahren war ihre Tochter Anna-Maria zur Welt gekommen, im vergangenen Sommer ihr zweiter Sohn Bruno.

Der zehnjährige Robert hatte die Leidenschaft seines leiblichen Vaters für Pferde geerbt und verbrachte jede freie Minute im Stall. Und da nicht Ludwig, sondern Karl Sevenich und Georg Horitza ihm alles beibrachten, was es über die Pferdezucht zu wissen gab, besaß er bereits ein sehr gutes Händchen im Umgang mit den Tieren. Und er war ein hervorragender Reiter, auch wenn er, seit er in Lüneburg aufs Gymnasium ging, kaum noch die Gelegenheit hatte, seine Fähigkeiten weiterzuentwickeln.

Zwar hatte all das nicht das Loch gefüllt, das der Verlust von Alexander in Luises Herz gerissen hatte und das sie auch mit der zahllosen Folge von Liebhabern, die auf Baron von Hadern gefolgt waren, nicht zuschütten konnte. Aber es erfüllte sie mit großer Zufriedenheit. Sie hatte etwas erreicht. Aus der Pfarrerstochter war eine angesehene Gestütsbesitzerin geworden, zu der die Menschen aufblickten. Sie hatte drei gesunde Kinder und war noch immer begehrenswert. Selbst hier in Paris, wo es vor schönen Frauen wimmelte, zog sie so manchen Blick auf sich.

Luise zerrte Ludwig auf die Brücke. »Mach nicht so ein sauertöpfisches Gesicht, mein lieber Gemahl.« Sie küsste ihn auf die Wange. »Das steht dir nicht.« Für seine fünfunddreißig Jahre sah Ludwig noch immer jung und fesch aus. Er war nach wie vor schlank und hochgewachsen, und die wenigen grauen Haare, die in den letzten Jahren an seinen Schläfen aufgetaucht waren, verliehen seiner Erscheinung zusätzlich etwas Würdevolles.

»Du glaubst wohl, dass du immer deinen Kopf durchsetzen kannst.«

Ludwig verzog missbilligend das Gesicht, doch er folgte ihr ergeben. Um seine Mundwinkel entdeckte Luise sogar ein Schmunzeln. Sie wusste, dass auch er die Reise im Grunde genoss. Auch wenn er es nicht so zeigte wie sie.

Sie erreichten das andere Ufer der Seine und bewunderten die Pavillons, den riesigen italienischen Renaissance-Palast, das weiße klassizistische Bauwerk der Vereinigten Staaten, das mittelalterlich-maurische Gebäude Spaniens. Vor dem deutschen Pavillon, einem prächtigen gotischen Bauwerk mit einem hoch aufragenden Turm, blieb Ludwig besonders lange stehen.

»Wir haben den höchsten Turm von allen«, verkündete er so stolz, als hätte er ihn eigenhändig erbaut.

»Ach ja?«

»Er ist ein Symbol deutschen Strebens nach Größe und ein Beweis für die deutsche Überlegenheit.«

Luise sagte nichts dazu. Ihr gefiel der Pavillon des Osmanischen Reichs besser. Das strahlend weiße Bauwerk mit dem riesigen Eingangsbogen und den bunt bemalten Fliesen versprühte eine fremdländische Magie, die Luise von Reisen in den fernen Orient träumen ließ. Wie gern hätte sie noch mehr von der Welt entdeckt! Doch es war schon schwer genug gewesen, Ludwig nach Paris zu bekommen. Nur der

Hinweis darauf, dass jeder, wirklich jeder, der etwas auf sich hielt, sich die Weltausstellung nicht entgehen ließ, hatte ihn schließlich einlenken lassen. Keinesfalls wollte Ludwig, dass irgendwer dachte, er könne sich eine solche Reise nicht leisten, oder er wäre ein Bauerntrampel, der nicht an Kultur und wissenschaftlichem Fortschritt interessiert war. Tatsächlich hatte ihn die Straße der Zukunft sehr beeindruckt, ein rollender Fahrsteig aus Holz, mit dem man das Ausstellungsgelände umrunden konnte, ohne auch nur einen Schritt selbst zu tun. Luise hatte die Fahrt auf dem lauten, rappeligen Gestell weniger behagt, sie zog einen Pferderücken als Fortbewegungsmittel vor.

Ludwig sprach noch immer von der deutschen Vorherrschaft in allen Bereichen des Lebens. Luise zog ihn ungeduldig weiter.

»Schau mal«, sagte sie und deutete aufs Wasser. »Sollen wir morgen eine Bootsfahrt machen? Das wäre wunderbar, findest du nicht?«

Ludwig wirkte nicht sehr angetan. »Wozu sollte das gut sein?«

»Wir könnten den deutschen Pavillon noch einmal mit etwas mehr Abstand vom Wasser aus bewundern. Der hohe Turm kommt bestimmt aus der Entfernung ganz besonders gut zur Geltung.«

Ludwig zuckte mit den Schultern. »Wenn du darauf bestehst, meinetwegen.«

Sie setzten ihren Weg fort. Ludwig hielt weiter Vorträge, Luise ließ ihn reden und genoss das quirlige Leben um sie herum, die vielen Menschen, die prächtigen Bauwerke und das Gefühl, lebendig zu sein.

Seit etwa zwei Jahren engagierte Ludwig sich im Alldeutschen Verband, einer Vereinigung, die deutschnationale Ideen verbreitete und das Deutsche Reich als Führungsmacht in Mitteleuropa sehen wollte. Luise nahm das alles nicht sonderlich ernst, und es war ihr allemal lieber, dass Ludwig die Tagungen des Verbandes besuchte und sich Großmachtfantasien hingab, als dass er sein Geld in der Spielbank verschleuderte.

Der Nachmittag verging wie im Flug. Und die Fahrt auf dem Riesenrad war der krönende Abschluss. Selbst Ludwig konnte nicht umhin, von der beeindruckenden Technik und der Aussicht begeistert zu sein.

Müde, aber glücklich begaben sie sich mit einer Mietdroschke zurück ins Hotel, um sich für das Abendessen umzukleiden. Kaum hatten sie den Empfang betreten, eilte ein livrierter Portier auf sie zu.

»Monsieur Seydell, für Sie ist ein Telegramm eingetroffen.«

Erschrocken sah Luise ihren Mann an. War etwas geschehen? Mit dem Gestüt? Den Kindern? Großer Gott, alles, nur das nicht!

Ludwig nahm das Telegramm, das der Portier ihm auf einem silbernen Tablett hinhielt, riss den Umschlag auf und las.

Seine Miene verfinsterte sich. »Wir müssen sofort aufbrechen.«

»Lieber Himmel, Ludwig, was ist geschehen?«

Er zog sie bereits zum Fahrstuhl. »Wir packen die Koffer und versuchen, noch heute einen Zug zu bekommen.«

»Aber was ist denn passiert?«

»Unser Junge, Robert, er hatte einen Unfall. In der Schule.«

Lüneburger Heide, wenige Tage später, Mai 1900

Glücklich strahlte Martha ihren Bräutigam an. Wer hätte gedacht, dass ihr Leben eines Tages diese Wendung nehmen würde? Sie hatte nie wie andere junge Frauen von der Ehe geträumt, und seit dem Vorfall mit dem gnädigen Herrn hatte sie erst recht keinen Wunsch mehr verspürt, sich mit einem Mann zu vermählen.

Doch Georg Horitza hatte sie sanft und hartnäckig umworben, viele Jahre lang. Und heute war es endlich so weit gewesen. Am Vormittag hatten sie sich in der kleinen Kirche von Birkmoor das Jawort gegeben, der alte Pfarrer Capellan hatte sie getraut. Er hatte sich nicht anmerken lassen, dass diese Vermählung auch für ihn etwas Besonderes war, nur ein winziges Schimmern in seinen Augenwinkeln hatte Martha verraten, dass die Zcremonie den stets beherrschten Mann nicht völlig ungerührt ließ. Aber sie glaubte nicht, dass irgendwer außer ihr es bemerkt hatte.

Erst nachdem sie sich verlobt hatten, aber noch niemand sonst Bescheid wusste, auf der Zugfahrt nach Lüneburg, wo Georg sie seiner Mutter vorstellen wollte, hatte Martha erfahren, wer ihr zukünftiger Schwiegervater war. Sie war aus dem Staunen nicht mehr herausgekommen. Georg Horitza war mit der gnädigen Frau verwandt, er war ihr Halbbruder. Und Luise war ihm offenbar sehr zugetan, auch wenn sie sich nichts von der Verbindung anmerken ließ.

»Wie schön für Sie«, hatte Luise gesagt, als Martha ihr von ihren Heiratsplänen erzählt hatte. Und dann, nachdem Martha ihrer Herrin verraten hatte, dass sie die Wahrheit kannte, hatte sie hinzugefügt: »Dann werden wir also Schwägerinnen. Wer hätte das gedacht.«

Natürlich durfte auch jetzt niemand etwas über Georgs Herkunft erfahren. Und es war Martha ganz recht so. Sie hatte ein gutes Verhältnis zu allen, die auf Seydell arbeiteten, und sie wollte dieses nicht dadurch gefährden, dass sie plötzlich eine Sonderrolle innehatte, weil sie durch ihre Heirat mit der gnädigen Frau verwandt war. Und auch Georg war es lieber, wenn es ihr Geheimnis blieb.

Eigentlich wäre damals auch der Zeitpunkt gewesen, ihm ihr Geheimnis anzuvertrauen. Mehrmals hatte sie dazu angesetzt, mit ihm über Cäcilie zu sprechen, es aber dann doch nicht gewagt. Was, wenn er sie danach verachtete, wenn er sie voller Abscheu von sich stieß?

So lange sie gezögert hatte, seinen Antrag anzunehmen, so glücklich war sie nun, als sie endlich seine Braut war. Sie liebte Georg von ganzem Herzen, und sie wollte ihn nicht verlieren. Also würde sie das Geheimnis wahren und beten, dass er nie davon erfuhr.

Nach der Trauung waren sie zurück nach Seydell gefahren, der gnädige Herr hatte die offene Viktoriakutsche für das Brautpaar zur Verfügung gestellt, die von Anni, Else und Lotte mit Blumen und Girlanden geschmückt worden war. Fritz hatte in seiner Livree auf dem Bock gesessen, die Herrschaften waren mit dem Landauer, das übrige Gesinde in der Wagonette hinterhergefahren. Nur Georgs Mutter war direkt nach der Trauung wieder zum Bahnhof gefahren, um nach Lüneburg zurückzukehren. Den Rest des Tages hatten sie im Hof des Gestüts gefeiert, Musikanten hatten aufgespielt, und sie hatten getanzt, bis ihnen die Füße wehtaten.

Erst am späten Nachmittag hatte Georg sie ermahnt, dass es Zeit wurde. Da hatte sie ihr Brautkleid gegen ein schlichtes Reisekleid getauscht und Hut und Mantel angezogen. Nun würde Fritz sie zum Bahnhof in Jesteburg fahren, von wo es über Hamburg nach Travemünde ging. Eine Woche an der Ostsee, nur Georg und sie. Ein richtiger Urlaub! Und sie würde endlich das Meer sehen.

Martha winkte, als sich die Kutsche in Bewegung setzte. Die Familie und das Gesinde standen versammelt vor dem Herrenhaus und winkten zurück.

Erst vor wenigen Tagen waren Luise und der gnädige Herr überstürzt aus Paris zurückgekehrt, weil der älteste Sohn verunglückt war. Robert war auf dem Schulgelände von einer Mauer gestürzt und hatte sich so böse den Kopf aufgeschlagen, dass er eine Weile bewusstlos dagelegen hatte. Er hatte allen einen Heidenschreck eingejagt, doch am Ende war es glimpflich ausgegangen. Dennoch lag er noch immer in der Klinik, weshalb er als einziges Mitglied der Familie heute nicht anwesend war.

Käthe stand etwas abseits und trug den kleinen Bruno auf dem Arm. Sie war erst seit wenigen Wochen wieder auf Seydell. Sie hieß jetzt Hansen, aber sonst hatte sie sich kaum verändert. Vor fünf Jahren hatte sie Hals über Kopf einen jungen Fabrikarbeiter namens Kurt Hansen geheiratet und war mit ihm nach Lüneburg gezogen. Doch offenbar hatte ihr die Ehe kein Glück gebracht. Kurt war ein Trinker, der Käthe nicht nur schlug, wann immer er schlechte Laune hatte, sondern auch jeden Pfennig versoff, die sie beide mühsam verdienten. Schon morgens fing er an, ging angetrunken zur Arbeit. Eines Tages dann geschah das Unvermeidliche.

Kurt geriet mit einem Arm in die Walze, und noch bevor die Maschine gestoppt werden konnte, war er qualvoll verblutet.

Käthe blieb noch eine Weile in der Stadt, doch als sie von Martha erfuhr, dass die gnädige Frau eine Kinderfrau für ihre kleine Tochter suchte, kehrte sie nach Seydell zurück. Inzwischen brauchte auch der kleine Bruno keine Amme mehr, sodass Käthe neben Anna-Maria auch den Jungen betreute.

Die Kutsche fuhr auf das Tor zu, Martha schaute ein letztes Mal zurück auf Seydell. Ihr Blick fiel auf Luise, die sie verschwörerisch anlächelte. Ihre geheime Schwägerin. Martha lächelte zurück.

Als sie durch das Tor gerollt waren, wandte sie sich ab und strahlte Georg an.

Er drückte ihre Hand. »Bist du glücklich?«

»Ja, sehr.«

»Ich auch.« Sein Gesicht leuchtete. »Ich könnte die ganze Welt umarmen.«

»Es genügt, wenn du mich umarmst, Liebster.«

Er lachte leise. »Zu Befehl, Frau Horitza.«

Dann legte er ihr den Arm um die Schultern und hielt sie fest, bis sie den Bahnhof erreichten.

Lüneburg, eine Woche später, Mai 1900

Luise blickte verstohlen nach rechts und links, ob auch niemand in der Nähe war, den sie kannte, bevor sie die Straße rasch überquerte und das Hotel betrat.

Der Portier, ein kleiner feister Mann, der förmlich aus seiner Livree herausquoll, begrüßte sie mit einer Verbeugung.

»Wie schön, dass wir Sie wieder einmal bei uns begrüßen dürfen, Frau Müller. Der Herr Gemahl ist bereits oben auf dem Zimmer.«

Luise nickte nur kurz und machte sich daran, die Stiege in den ersten Stock hinaufzusteigen. Dabei ging ihr durch den Kopf, wie lächerlich dieses Theater im Grunde war. Natürlich wusste der Portier, dass sie weder Müller hieß noch mit dem Mann verheiratet war, der in Zimmer acht auf sie wartete. Es war wie ein Spiel, das alle mitspielten, um den Schein zu wahren.

Ohne zu klopfen, trat sie ein und zog die Tür hinter sich zu. Rittmeister Leopold von Arnim stand mit dem Rücken zum Fenster, die Arme vor der Brust verschränkt.

»Du hast dir ja ganz schön Zeit gelassen, mein Engel. Ich dachte schon, du kommst nicht.«

»Ich habe meinen Sohn im Krankenhaus besucht. Du weißt doch, dass er verunglückt ist. Du kannst von Glück sagen, dass Ludwig, der mich eigentlich begleiten wollte, es sich in letzter Minute anders überlegt hat, sonst hätte ich gar nicht kommen können.«

Leopolds Haltung entspannte sich. »Selbstverständlich, wie dumm von mir. Daran hatte ich nicht gedacht, verzeih mir, Liebste. Geht es dem Jungen gut?«

»Er ist schon wieder putzmunter und hofft darauf, noch ein paar Tage Erholungsurlaub zu Hause machen zu dürfen. Aber das wird sein Vater nicht erlauben.«

»Ich bin froh zu hören, dass er so rasch genesen ist.« Leopold trat zu ihr, nahm sie in die Arme und küsste sie. »Ich habe mich so nach dir verzehrt, Luise. Die vergangenen Wochen waren eine Qual für mich. Die Vorstellung, dass du mit deinem Mann in Paris bist, dass du mit ihm an der Seine entlangschlenderst und den Montmartre hinaufsteigst, hat mir fast den Verstand geraubt. Ich hätte dort mit dir sein sollen.« Luise machte sich von ihm los und zog ihren leichten Sommermantel und die Handschuhe aus. »Sei nicht albern, Leopold.«

»Was ist daran albern, Luise?« Er drehte sie zu sich um, sah ihr tief in die Augen. »Ich liebe dich, ich will mit dir zusammen sein. Wann verlässt du endlich deinen Mann? Bitte, Liebste, lass mich nicht länger zappeln.«

»Du weißt, dass das nicht so einfach ist.« Luise lächelte ihn an. Sie würde Ludwig nie verlassen. Wenn sie das täte, würde sie alles verlieren, für das sie so hart gekämpft, so viele Opfer gebracht hatte. Aber das würde sie Leopold nicht auf die Nase binden.

»Aber du liebst Ludwig nicht, du liebst mich.«

Eine Erinnerung blitzte in Luise auf, so plötzlich und so intensiv, dass ihr für einen Moment schwindelig wurde. August 1889. Ihr letztes unbeschwertes Stelldichein mit Alexander im Schaftstall in der Heide. Wie sie sich ein letztes Mal geliebt hatten, bevor sie ihm offenbart hatte, dass sie seinen Bruder heiraten würde. Jetzt stand sie wieder hier mit einem Mann, der mehr von ihr wollte, als sie zu geben bereit war. Allerdings gab es einen entscheidenden Unterschied. Alexander hatte sie geliebt. So sehr, dass es ihr fast das Herz zerrissen hatte, ihn zurückzuweisen.

Leopold hingegen war lediglich ein Zeitvertreib und ein nützlicher dazu. Über ihn hatte sie Kontakte zum Militär knüpfen können, aus denen bereits einige Aufträge für Seydell erwachsen waren.

Der Rittmeister, der ihren kurzen Schwächeanfall offenbar missdeutet hatte, hielt sie fest. »Schon gut, meine Geliebte. Ich weiß ja, dass du es auch kaum abwarten kannst. Und ich werde dich nicht weiter bedrängen.«

Luise machte sich los und betrachtete ihn. Wenn sie sich in dem Hotel trafen, trug er nie seine Uniform, sondern zivile Kleidung, die keine Rückschlüsse auf seinen Beruf oder Stand zuließ. Aber auch in dieser sah er unwiderstehlich aus. Er hatte einen drahtigen, jedoch muskulösen Körper, einen kleinen, akkurat gestutzten blonden Schnurrbart, ebenso kurz geschorenes blondes Haar und leuchtend blaue Augen. Er war der jüngste Spross eines ostpreußischen Gutsbesitzers und wie Ludwig von adliger Abstammung. Als Sohn eines Grafen war er sogar von höherem Stand als Ludwig, jedoch mit zwei älteren Brüdern ohne Aussicht auf das Erbe von Land und Titel.

»Was geht in deinem hübschen Köpfchen vor, Liebling?«, fragte er lächelnd.

»Ich stelle mir vor, was ich alles mit dir anstelle, sobald ich dir diese überflüssigen Kleider vom Leib gerissen habe.«

»Ich kann es kaum erwarten.« Er fasste sie am Kinn, strich mit dem Daumen über ihre Unterlippe. »Ein Glas Champagner vorweg? Um die Vorfreude zu steigern?«

»Sehr gern.«

Leopold öffnete die Flasche, die in einem Sektkühler bereitstand, und schenkte ein. Sie ließen die Gläser aneinanderklirren.

»Auf eine wunderbare Zukunft«, flüsterte er.

Darauf stieß Luise sehr gern an. »Auf eine wunderbare Zukunft und auf eine großartige neue Zeit in einem neuen Jahrhundert.«

Navarra, Januar 1948

Der Alfa Romeo Golden Arrow quälte sich die steinige Piste hinauf. Javier verfluchte sich nicht zum ersten Mal dafür, dass er dieses teure, für die Bergstraßen Navarras vollkommen ungeeignete Auto gekauft hatte. Aber sein Großvater hatte ihm eingeschärft, dass man als Gestütsbesitzer etwas darstellen musste, dass die Leute nicht einfach nur gute Pferde kauften, sondern auch einen Namen. Also konnte er als Herr von Los Pinos nicht mit einem Pferdewagen nach Pamplona fahren wie ein Bauer, auch wenn das viel praktischer wäre.

Heute ging es jedoch nicht nach Pamplona, sondern hinauf in die Berge, bis fast an die französische Grenze. Das wusste allerdings außer ihm bloß Danel, der mit versteinerter Miene aus dem Fenster starrte. Seit drei Tagen war er zurück auf Los Pinos. Das Gesinde hatte ihn mit großem Jubel empfangen, Belen hatte sogar einen Kuchen zur Feier des Tages gebacken, obwohl Eier knapp und kostbar waren und sie den Teig strecken musste.

Nur Javier war aufgefallen, dass Danel sein Hemd bis oben hin zugeknöpft hatte, wie er es sonst nie tat, und das linke Bein nachzog. Javier wollte gar nicht wissen, was die Guardias ihm im Gefängnis angetan hatten. Er hoffte lediglich, dass keine Schäden zurückblieben und er bald wieder der Alte wäre.

Auch hatte keiner gefragt, wie der Don es bewerkstelligt hatte, Danel freizubekommen. Der Pferdemeister war zurück auf Los Pinos, allein das zählte. Máxima war offiziell für einen guten Preis verkauft worden. Dass Danel dieser Preis war, ahnte nicht einmal er selbst. Allerdings begriff er genug, um zu wissen, dass der Comandante eine Gegenleistung verlangt haben musste.

»Ich werde Ihnen das nie zurückzahlen können, Don Javier«, sagte er nun, nicht zum ersten Mal.

Javier seufzte. »Alles, was ich verlange, ist, dass du dich in Zukunft mit dem vorsiehst, was du sagst. Und dich um die Pferde kümmerst.«

»Ich bleibe nicht gern etwas schuldig.«

»Du schuldest mir nichts.«

»Aber...«

»Genug davon«, unterbrach Javier, etwas ruppiger als beabsichtigt. Er fuhr den Wagen an den Wegesrand. »Ich möchte dir etwas zeigen.«

»Hier?« Danel spähte aus dem Seitenfenster.

Sie standen auf einer Anhöhe. Vor ihnen breitete sich ein Hochtal aus, dahinter schien die Straße vor einer Barriere aus schroffen Felswänden zu enden. Im Tal lag ein einzelner Hof. Ein Wohnhaus aus grobem Naturstein, Stallungen, Scheune, Weiden und Felder. Rauch stieg aus dem Kamin auf, Schneereste, zwischen denen grünbraune Grasflächen hervorlugten, umgaben das Anwesen.

Javier griff hinter sich und nahm das Fernglas von der Rückbank, das er vor ihrem Aufbruch dort deponiert hatte. Dann stieg er aus, trat an die Felskante und setzte das Glas an die Augen, stellte auf das Wohnhaus scharf. Die Fenster waren zu klein und zu weit weg, als dass er hätte hineinschauen können, aber das Licht hinter den Scheiben leuchtete warm und einladend.

Javier reichte Danel, der zu ihm getreten war, das Fernglas. »Versprich mir etwas.«

»Was denn, Don?«

»Dass du dich diesem Haus nie weiter näherst als bis hier oben auf diesen Berg.«

Danel runzelte die Stirn. »Warum sollte ich das tun, Don?«

»Versprich es mir.«

»Ich verspreche es, Don Javier. Nicht näher als bis hier zu dieser Stelle, das schwöre ich bei der unsterblichen Seele meiner Eltern und meiner Schwester.« Er legte die Hand auf die Brust.

Javier nickte. »Dort unten wohnt die Familie Garrido. Brave Leute. Vater, Mutter, drei Buben, eine Magd, zwei Knechte. Und seit Kurzem auch ein kleines Mädchen. Die heiß ersehnte Tochter. Sie haben sie Rosita genannt, wie ihre leibliche Mutter es sich gewünscht hat.«

Danel starrte ihn an. Tränen schimmerten mit einem Mal in seinen Augen. »Meine Nichte? Sie lebt hier?«

»Ja.«

Danel setzte das Fernglas an die Augen. In dem Augenblick öffnete sich die Tür, und eine Frau trat heraus. Sie hielt einen Säugling im Arm, der in eine warme Decke gewickelt war. Ein Mann folgte ihr. Ein Knecht trat aus dem Stall, der ein Pferd am Zügel führte. Der Mann küsste die Frau, strich dem Säugling über die Stirn, dann saß er auf und ritt auf die Landstraße zu.

Danel setzte das Fernglas ab. »Ich weiß nicht, wie ich Ihnen jemals danken soll, Don Javier.«

»Halte Wort, Danel, das ist alles, was ich verlange.«

Als Elisabeth in die Küche der Witwe Babete trat, stellte sie überrascht fest, dass ein weiterer Gast am Tisch saß. Monseñor Abilio hatte bereits eine Serviette auf seinem Schoß ausgebreitet und nickte Elisabeth zu. Sie kannte den Pfarrer aus der sonntäglichen Messe, in die Doña Babete sie mitgenommen hatte. Da hatte sie den hochgewachsenen Mann mit dem vollen grauen Haar und den buschigen Augenbrauen als feurigen Redner erlebt, der seine Schäfchen fest im Griff zu haben schien. Elisabeth, die eigentlich keine Lust auf einen katholischen Gottesdienst gehabt hatte, war in der Hoffnung mitgekommen, dass auch Javier in der Kirche auftauchen würde. Doch sie entdeckte nur den Knecht, der sie täglich am Tor abwies, sowie einige weitere Bedienstete des Gestüts.

»Setzen Sie sich, mein Kind«, sagte der Geistliche nun in tadellosem Englisch mit irischem Akzent.

»Sie sprechen meine Sprache, Monseñor?« Hocherfreut ließ Elisabeth sich auf ihrem gewohnten Platz nieder. »Das ist ja wunderbar.«

»Ich hatte als junger Mann das Glück, eine Zeit lang in Dublin verweilen zu dürfen. Das war vor dem Osteraufstand von 1916 und dem darauffolgenden Bürgerkrieg, als ganz Irland noch zum britischen Königreich gehörte.«

Doña Babete stellte Teller mit Eintopf auf den Tisch und setzte sich ebenfalls. Der Pfarrer sprach ein Tischgebet, Elisabeth griff nach dem Löffel. Obwohl alles in ihr danach drängte, den Geistlichen mit Fragen zu bestürmen, geduldete sie sich, bis die Mahlzeit beendet war. Schließlich trug Doña Babete ab, sagte etwas zu Monseñor Abilio und verließ die Küche.

»Ich möchte Sie um Ihre Hilfe bitten, Monseñor«, sprudelte es aus Elisabeth heraus, kaum dass sie allein waren. »Ich muss mit Señor de Castillo y Olivarez sprechen, dem Herrn von Los Pinos, es ist dringend.«

Der Alte nickte bedächtig. »Doña Babete deutete etwas in der Art an. Sie sagt, dass Sie jeden Morgen ausreiten. Ich nehme an, dass Ihr Ausritt Sie nach Los Pinos führt?«

»Ja. Aber Don Javier weigert sich, mit mir zu sprechen.«

Monseñor Abilio nickte. »Er ist kein einfacher Mann.«

»Doña Babete hat angedeutet, dass er Kommunist ist. Ist das wahr?«

»Ihr einziger Sohn wurde von Kommunisten ermordet, sie ist nie darüber hinweggekommen, die Arme.«

»Das tut mir leid, das wusste ich nicht. Hatte Don Javier damit zu tun?«

»Lieber Himmel, nein. Er war damals noch ein Kind. Sein Vater war Kommunist oder Anarchist, ich bin nicht sicher. Beide Eltern starben, da war der Junge noch ganz klein. Er wuchs bei seinem Großvater auf. Es gibt Gerüchte, dass während des Bürgerkrieges auf Los Pinos Republikaner versteckt wurden. Ich weiß nicht, ob an den Behauptungen etwas dran ist. Fest steht, dass Don Javier ein sehr eigenwilliger Mensch ist. Aber er gibt vielen Leuten hier Brot und Arbeit, deshalb drücke ich ein Auge zu, auch wenn ich ihn eigentlich melden müsste, weil er nicht regelmäßig die Messe besucht.«

Elisabeth spürte Beklemmung in sich aufsteigen. Zum ersten Mal kam ihr der Gedanke, dass Javier de Castillo y Olivarez womöglich gute Gründe hatte, den Kontakt mit ihr zu meiden, und dass sie ihm mit ihrer Hartnäckigkeit Schwierigkeiten bereiten könnte.

»Ich muss nur mit ihm reden«, sagte sie rasch. »Es geht um eine ... eine Familienangelegenheit.«

Monseñor Abilio hob die buschigen Brauen. »Sie sind mit Don Javier verwandt?«

Elisabeth überlegte fieberhaft, wie viel sie dem Geistlichen erzählen sollte, und entschied sich für die Wahrheit, zumindest einen Teil davon. »Ich weiß es, ehrlich gesagt, nicht«, antwortete sie. »Ich weiß nur, dass wir gemeinsam ein Anwesen geerbt haben und dass ich mich nur um das Erbe kümmern kann, wenn er mir eine entsprechende Vollmacht ausstellt.«

»Ein Erbe? In England?«

»In Deutschland.«

Monseñor Abilio nickte. Er wirkte nicht überrascht. »Also gut, mein Kind.« Er tätschelte Elisabeth die Hand. »Ich schaue, was sich machen lässt. Aber ich kann nichts versprechen.« Er erhob sich. »Üben Sie sich in Geduld. Und beten Sie. Vielleicht ist der Herr gnädig und schenkt Don Javier Einsicht.«

Zwei Tage später, Januar 1948

Der Schnee fiel so dicht, dass man die Hand nicht vor Augen sehen konnte. Zudem dämmerte es bereits wieder. Javier ließ den Wallach in den Schritt zurückfallen. Es war zu gefährlich, schneller zu reiten.

Belen war in wehleidiges Gejammer ausgebrochen, als er gesagt hatte, dass er noch mal nach Urribate reiten wolle.

»Aber doch nicht bei diesem Wetter, Don Javier«, hatte

sie entsetzt ausgerufen. »Es gibt einen Schneesturm, Sie werden in einer Schneewehe versinken und jämmerlich erfrieren.«

»Keine Sorge, bevor es richtig losgeht, bin ich zurück«, hatte Javier versichert, obwohl er genau wusste, dass es so schnell nicht gehen würde.

Aber er wollte die Sache hinter sich bringen. Monseñor Abilio wünschte ihn zu sprechen, und wenn der Dorfgeistliche rief, tat man gut daran, ihn nicht zu lange warten zu lassen. Auch wenn der Monseñor keiner von den ganz scharfen Hunden war, musste Javier vorsichtig sein. Die katholische Kirche hatte einen guten Draht zur Staatsmacht. Tatsächlich arbeiteten die Pfarrer und die Guardia Civil Hand in Hand, hielten die Bevölkerung gemeinsam im Würgegriff. Javier forderte das Schicksal mehr als genug heraus, indem er nicht regelmäßig zur Messe ging, weil die Predigten von der großen katholischen Nation ihm die Galle hochtrieben. Da durfte er den Monseñor nicht zusätzlich erzürnen, indem er seine Einladung missachtete.

Javier senkte den Kopf und überließ es dem Pferd, den Weg zu finden. Topacio war die Strecke Tausende Male geritten, er brauchte keine Straße.

Endlich tauchten aus dem Schneegestöber die ersten Häuser von Urribate auf, er hatte es geschafft. Vor der Kirche band er den Wallach an, ganz in der Nähe einer Fuchsstute, die mit stoischem Blick der Kälte trotzte. Drinnen war es nicht wärmer als draußen, aber es ging kein Wind, und eine Kerze auf dem Altar kämpfte tapfer gegen die zunehmende Dunkelheit.

Monseñor Abilio wartete bereits. Er trat ihm entgegen.

»Don Javier. Viel zu selten darf ich Sie im Hause Gottes begrüßen.«

»Monseñor.« Javier nahm die Mütze ab. »Sie wissen, dass ich ein gottesfürchtiger Mann bin. Aber die Verantwortung für so viele Menschen und Tiere ermöglicht es mir nicht immer, pünktlich am Sonntag zur Messe zu erscheinen. Die Stute fragt nicht, welcher Tag ist, wenn das Fohlen kommt, das wissen Sie ja.«

Der Geistliche winkte ab. »Ich habe Sie nicht hergebeten, um mit Ihnen über die Bedeutung der heiligen Messe zu reden, Don Javier. Ich habe ein anderes Anliegen.«

»Wie kann ich helfen?«

»Es geht um die junge Frau aus England, Sie wissen, wen ich meine. Hören Sie sie an. Sie hat diese beschwerliche Reise auf sich genommen, nur um mit Ihnen zu reden. Also sträuben Sie sich nicht länger.«

Javier schluckte die Wut herunter, die augenblicklich in ihm hochwallte. Der Pfaffe mischte sich schon genug in ihrer aller Leben ein. Jetzt wagte er es auch noch, sich auf die Seite dieser impertinenten Person zu stellen. Er schaute sich um, dem Monseñor war zuzutrauen, dass er die Frau gleich mitgebracht hatte. Doch die Kirche war leer.

»Das geht Sie nichts an«, stieß er zwischen den Zähnen hervor.

»Wenn eins der mir anvertrauten Schäfchen Sorgen hat, geht mich das sehr wohl etwas an.«

»Ich habe keine Sorgen.«

»Aber die junge Dame.«

»Die ist wohl kaum eins Ihrer Schäfchen, Monseñor.«

Der Geistliche trat näher, das Licht der Kerze flackerte

auf seinem faltigen Gesicht. »Sie wollen doch, dass sie verschwindet, nicht wahr?«

»Ich will sie nicht sehen.«

Der Monseñor schien zu überlegen. »Hat es mit einem Zwist in Ihrer Familie zu tun, mein Sohn?«

»Hat sie das behauptet?«

»Sie glaubt, dass Sie verwandt sein könnten, weil Sie gemeinsam ein Anwesen geerbt haben.«

Javier schnaubte ärgerlich. »Ach, glaubt sie das?« Er baute sich dicht vor dem Monseñor auf. Am liebsten hätte er ihn am Kragen gepackt und geschüttelt, aber er beherrschte sich. »Bestellen Sie der Dame, dass sie nicht erwünscht ist. Ich werde nicht mit ihr reden, ich will mit keinem von denen etwas zu tun haben. Niemals.« Er wandte sich ab und stürmte auf die Kirchenpforte zu. Zorn brodelte in ihm wie glühende Lava. Nicht einmal, als sie Danel verhaftet hatten, war es ihm so schwergefallen, sich zu beherrschen.

»Don Javier«, rief Monseñor Abilio ihm hinterher. »So warten Sie doch! Nehmen Sie Vernunft an, Sie können nicht vor Ihrer Verantwortung davonlaufen!«

Javier fuhr herum. »Erzählen Sie mir nichts von Verantwortung«, stieß er hervor, außer sich vor Wut. »Ich habe mich noch nie vor meinen Pflichten gedrückt. Ich will diese Frau nicht sehen, sie soll verschwinden. Das ist mein letztes Wort!«

Erst als er Monseñor Abilios verständnisloses Gesicht sah, wurde ihm bewusst, dass er die letzten Worte auf Deutsch gesagt haben musste.

Vorsichtig stieß Elisabeth die Tür zur Sakristei ein Stück weiter auf. Seit einer Weile schon redete Monseñor Abilio mit Don Javier, leider verstand sie kein einziges Wort.

Die Nervosität trieb ihr den Schweiß auf die Stirn. Ob der Geistliche wirklich etwas erreichen würde? Ob er den dickköpfigen Javier erweichen konnte, sie anzuhören? Immerhin war er eine Autoritätsperson, eine moralische Instanz. Wer, wenn nicht er, konnte dem sturen Gestütsbesitzer ins Gewissen reden und ihn dazu bringen, das Dokument zu unterschreiben, das es ihr ermöglichte, Seydell zu verkaufen? Es gab ja auch keinen Grund, es nicht zu tun. Don Javier würde keinen Handschlag tun müssen und zudem auch noch eine Stange Geld erhalten.

Elisabeth beugte sich vor und spähte durch den Spalt. Jetzt endlich konnte sie einen Blick auf Javier erhaschen. Er war groß, überragte sogar den für einen Spanier ungewöhnlich hochgewachsenen Geistlichen noch um einige Zentimeter. Kantiges Gesicht, breite Schultern, dunkle Haare. Und etwas, das Elisabeth nicht hätte benennen können. Etwas Vertrautes, als hätte sie ihn schon einmal gesehen.

Gerade sprach Monseñor Abilio. Elisabeth glaubte das Wort »Familie« zu verstehen. Das Gesprochene löste eine wütende Reaktion bei Javier aus. Der Monseñor hielt dagegen. Javier sagte etwas, wandte sich ab und lief auf die Pforte zu.

Elisabeth wurde das Herz schwer. Wie konnte es sein, dass nicht einmal der Pfarrer diesen Mann dazu bringen konnte, mit ihr zu reden? Sie schob die Tür weiter auf, zögerte. Monseñor Abilio hatte ihr eingeschärft, keinesfalls die Sakristei zu verlassen, egal was geschah. Sie hatte es ihm in die Hand versprochen.

Der Geistliche rief etwas, woraufhin Javier mit wutverzerrtem Gesicht herumfuhr.

»Erzählen Sie mir nichts von Verantwortung«, hörte Elisabeth ihn sagen. »Ich habe mich noch nie vor meinen Pflichten gedrückt. Ich will diese Frau nicht sehen, sie soll verschwinden. Das ist mein letztes Wort!«

Elisabeth schnappte schockiert nach Luft, dann blinzelte sie verwirrt. Sie hatte jedes Wort verstanden. Javier de Castillo y Olivarez hatte Deutsch gesprochen.

In dem Augenblick wurden ihr gleich mehrere Dinge auf einmal klar. Javier sprach Deutsch. Sie konnte sich mit ihm verständigen, sie brauchte keinen Vermittler, keinen Dolmetscher. Er musste Vorfahren in Deutschland haben, genau wie sie. Also waren sie womöglich wirklich miteinander verwandt.

Elisabeth stürzte aus der Sakristei. »Warten Sie!«

Monseñor Abilio hob die Hände. »Señora, no!«, rief er, doch es war zu spät.

Javier, der sich bereits wieder abgewandt hatte, drehte sich noch einmal um und musterte sie mit kaltem Blick. Dann sagte er etwas auf Spanisch zu dem Monseñor, der den Kopf schüttelte und beschwörend auf ihn einsprach.

»Bitte, Señor de Castillo, Don Javier, hören Sie mich an!« Elisabeth öffnete ihre Handtasche.

Der Spanier blitzte sie wütend an. »Was erlauben Sie sich?«, zischte er auf Deutsch. »Sie wagen es, meinen Priester gegen mich aufzuhetzen und mir hier aufzulauern? Was fällt Ihnen ein? Sie sind genauso selbstsüchtig und rücksichtslos wie der Rest dieser verfluchten Familie.«

Die Worte hallten von den Wänden wider, prasselten, in

hässliche kleine Silben gehackt, von allen Seiten auf Elisabeth ein.

Sie war sprachlos. Auch der Monseñor war verstummt.

»Ich fordere Sie auf, sich nicht mehr auf meinem Grund und Boden blicken zu lassen«, sprach Javier weiter. »Wenn ich Sie noch einmal in der Nähe von Los Pinos sehe, hetze ich die Hunde auf Sie! Oder besser noch, die Guardia Civil.«

»Don Javier!«, raunte der Geistliche, der seine Sprache wiedergefunden hatte. Dann etwas, das Elisabeth nicht verstand.

Elisabeth kramte in ihrer Handtasche nach dem Umschlag. Javiers Worte mussten etwas mit dem Zwist zu tun haben, von dem in Roberts Brief die Rede war. Vielleicht ließ er sich besänftigen, wenn er die Zeilen las. Als sie den Kopf wieder hob, den vergilbten Umschlag in der Hand, sah sie gerade noch, wie die Kirchentür krachend zufiel.

Elisabeth rannte los, warf sich gegen die Tür, war sekundenlang blind von Schnee und Dunkelheit.

»Javier!«, rief sie und lief weiter, auf die Straße zu.

Der Wind heulte, verschluckte alle Geräusche, blies Elisabeth den Schnee fast waagerecht ins Gesicht. Sie sah einen Schatten, der dicht an ihr vorbeischoss, hörte dumpfen Hufschlag, dann wieder nur den Wind. Tränen der Verzweiflung schossen ihr in die Augen, sie umklammerte den Brief, der allmählich nass wurde.

Sie hatte versagt, sie hatte die Gelegenheit gehabt, mit Javier zu reden, aber sie war es falsch angegangen. Es hatte keinen Sinn, länger hierzubleiben, eine zweite Chance würde sie nicht bekommen. Aber nach Hause konnte sie nicht zurück. Sie konnte Mr Smith nicht mit leeren Händen gegenübertreten. Er würde seine Drohung wahrmachen und dafür sorgen, dass sie Hughs Schulden Penny für Penny abzahlte.

Langsam schob sie den Umschlag zurück in die Handtasche. Dabei berührten ihre Finger den kleinen Vogel. Sie nahm ihn heraus, strich über den kaputten Flügel.

»Was soll ich nur tun, mein Freund?«, flüsterte sie. »Wohin soll ich gehen?«

 *Kapitel 10*

Lüneburger Heide, August 1906

Martha deckte den Kuchen mit einer Haube ab und knotete die Schürze auf. Ein Blick auf die Küchenuhr verriet ihr, dass es zwanzig vor drei war, höchste Zeit, sich auf den Weg zu machen. Heute war ihr freier Tag und zudem Georgs Geburtstag. Vierunddreißig Jahre wurde er alt, und noch immer war er ein stattlicher junger Mann, dem die Frauen hinterherschauten.

Sie würden später ein wenig feiern, ganz in Ruhe die Zweisamkeit genießen. Martha hatte in der vergangenen Woche in Jesteburg eine Zigarre gekauft und einpacken lassen, das Geschenk lag neben dem Kuchen auf dem frischen Tischtuch. Sie hatte das gute Tuch mit den Stickereien aufgelegt, das sie zur Hochzeit geschenkt bekommen hatten. Georg rauchte keine Zigaretten, aber hin und wieder genoss er eine gute Zigarre, wenn er es sich erlauben konnte.

Seit ihrer Hochzeit lebten Martha und Georg in einem kleinen Häuschen an der Straße nach Egestorf in Birkmoor, einer ehemaligen Schäferkate, die Georg eigenhändig ausgebaut und renoviert hatte.

»Mit Kindern wird es ein wenig eng werden«, hatte er da-

mals gesagt, nachdem sie das Häuschen besichtigt hatten. »Aber dann rücken wir eben zusammen. Hauptsache, wir haben ein eigenes Heim.«
Martha hatte ihm mit einem mulmigen Gefühl im Bauch beigepflichtet. »Das sehe ich genauso. Wo Platz für zwei ist, ist auch Platz für drei oder vier.«
»Oder fünf oder sechs!« Lachend hatte er sie herumgewirbelt und auf die Stirn geküsst.

Sechs Jahre waren vergangen, und sie waren noch immer zu zweit. Anfangs hatten sie noch darüber gesprochen, dass es normal sei, dass es häufig ein wenig dauere und sie sich nicht grämten, wenn der Kindersegen auf sich warten ließ. Inzwischen jedoch mieden sie das Thema. Martha wusste, wie sehr Georg sich eine Familie wünschte, weil er selbst im Heim aufgewachsen war. Und wenn sie ihn mit den Kindern der gnädigen Frau herumtollen sah, wenn er Anna-Maria aufs Pferd setzte oder den kleinen Bruno in der Schubkarre herumfuhr, wurde ihr ganz elend vor Kummer.

Sie selbst wünschte sich ja auch Kinder. Ganz tief in ihrem Herzen jedenfalls. Dennoch war sie unendlich froh, dass sie nicht schwanger wurde. Und noch immer wurde ihr jedes Mal bang, wenn ihre Blutung ein oder zwei Tage auf sich warten ließ. Dann dachte sie an Cäcilie, an all den Kummer und das Leid, und sie weinte fast vor Erleichterung, wenn mit dem Blut auch die Entwarnung kam.

Unzählige Male war sie in den vergangenen Jahren drauf und dran gewesen, Georg die Wahrheit zu erzählen. Aber sie hatte sich vor seiner Reaktion gefürchtet und es immer wieder hinausgezögert. Solange ich nicht schwanger bin, muss ich ihn damit nicht behelligen, hatte sie sich gesagt. Aber das war natürlich nicht der wahre Grund für ihr Schweigen.

Seufzend hängte Martha die Schürze an den Haken und nahm den Umschlag aus der Schublade im Küchentisch. Das Geld für Frau Kottersen. Noch immer traf sie sich alle zwei Monate bei den Koppeln mit ihr. Ein Wunder, dass sie nie wieder dabei beobachtet worden war. Denn die Erklärung, die sie damals der gnädigen Frau gegeben hatte, konnte sie längst nicht mehr vorbringen. Ihre Eltern waren seit vielen Jahren tot, offiziell hatte sie keine Familie mehr, die ihre Unterstützung brauchte.

Martha öffnete die Tür und trat in den warmen Augustnachmittag hinaus. Gerade kam der neue Pfarrer vorbei, ein junger Mann mit rotem Haar und rundem Gesicht. Er lüftete seinen Hut und grüßte sie.

»Ein schöner Nachmittag, nicht wahr, Frau Horitza? Wie geschaffen für einen Spaziergang.«

»Ja, wunderbar.« Sie lächelte höflich und wandte sich hastig ab.

Im Frühjahr war der alte Theodor Capellan mit viel Pomp beerdigt worden, nachdem er im stolzen Alter von zweiundsiebzig Jahren friedlich im Schlaf dahingeschieden war. Die Leute hatten seine Gottesfürchtigkeit und seine Charakterstärke gepriesen, ohne zu ahnen, dass auch dieser Mann, der so streng über seine Schäfchen gewacht hatte, ein dunkles Geheimnis mit ins Grab genommen hatte.

Martha verscheuchte die trüben Erinnerungen und schritt die Lindenallee entlang. In einer Stunde würde Georg nach Hause kommen, und dann wollte sie ihm einen schönen Geburtstag bereiten. Er war ein guter Mann, sie liebte ihn aufrichtig, und sie war dankbar für das Glück, das sie teilten. Anfangs war er dagegen gewesen, dass sie weiter auf Seydell arbeitete, doch mit Unterstützung der gnädigen Frau hatte sie ihn überredet, wenigstens so lange Zofe bleiben zu dürfen, bis sich Nachwuchs einstellte. Schließlich konnten sie das Geld gut gebrauchen. Wie froh Martha war, dass Georg eingelenkt hatte. Unvorstellbar, wie lang ihre Tage in dem kleinen Haus geworden wären, ganz allein, ohne Kinder, ohne eine Aufgabe.

Tief sog Martha die warme Luft ein, die schon ein wenig nach Herbst roch, nach Stroh, nach welkendem Laub, nach reifen Früchten. Der Spaziergang tat ihr gut, vertrieb die Schwermut, die manchmal von ihr Besitz ergriff. Die Koppeln kamen in Sicht, dann die roten Mauern des Gestüts. Martha bog von der Straße ab, bevor sie die Einfahrt erreichte, und lief um die Mauer herum auf die Brücke bei der Mühle zu.

Sie erreichte den Treffpunkt, Frau Kottersen war noch nicht da. Hoffentlich kam sie pünktlich. Mit einem Kribbeln im Nacken erinnerte Martha sich an den Tag vor vielen Jahren, als sie fast drei Stunden gewartet hatte. Und an das Schreckliche, was danach geschehen war. Wie sie sich geschämt hatte, vor allem vor Georg. Noch Monate später hatte sie ihm nicht in die Augen schauen können. Doch der Zwischenfall war auch der Anfang von etwas Gutem gewesen, denn Georg hatte nicht aufgegeben, sich nicht abwimmeln lassen. So waren sie erst Freunde geworden und dann ein Paar.

Neben der Koppel lagen einige frische Holzpfähle, offenbar sollte der Zaun ausgebessert werden. Martha ließ sich auf dem

Stapel nieder und genoss die wärmende Sonne auf ihrem Gesicht.

»Es ist alles gut«, sagte sie sich. »Ich habe einen wunderbaren Ehemann, ich habe ein Haus und genug zum Leben, es gibt nichts, wovor ich Angst haben sollte.«

Eine Weile gelang es ihr, einfach nur den Augenblick zu genießen, dann hörte sie Schritte. Frau Kottersen, endlich! Martha sprang auf.

Doch es war nicht die stämmige Frau, die sich auf dem Pfad zwischen den Koppeln näherte, sondern ein junger Knecht. Martha erschrak. Walter König war der Ersatz für Jakob, der vor einigen Wochen geheiratet hatte und weggegangen war. Er war ein gutmütiger, immer fröhlicher Bursche, aber Martha mochte ihn nicht. Er stammte aus dem gleichen Dorf bei Buchholz wie sie selbst, und er kannte mit Sicherheit ihre Familie. Vermutlich wusste er gar nichts über Cäcilie, denn er war nur halb so alt wie sie selbst und damals noch gar nicht auf der Welt gewesen. Trotzdem bereitete ihr seine Anwesenheit Unbehagen.

»Frau Horitza, nanu? Haben Sie nicht heute frei?« Er nahm die Kappe vom Kopf und nickte ihr zu.

»Ich mache einen Spaziergang, und ich dachte, ich könnte bei der Gelegenheit Georg abholen.«

»Natürlich.« Walter lächelte. »Er ist bei den Ställen. Soll ich ihm Bescheid sagen, dass Sie auf ihn warten?«

»Nein, bitte nicht.« Martha hätte sich am liebsten die Hand vor den Mund geschlagen. Sie hatte viel zu erschrocken geklungen.

»Ah.« Walter grinste. »Sie wollen ihn überraschen, er hat doch heute Geburtstag. Keine Sorge, ich verrate nichts.«

»Danke.«

»Dann einen schönen Tag noch.« Walter setzte die Kappe wieder auf und stapfte weiter auf eine Koppel zu, die in einiger Entfernung lag.

Martha atmete auf. Walter war sie los, allerdings konnte sie nicht länger hierbleiben, wo der Knecht sie sehen konnte. Also schlenderte sie langsam zurück in Richtung Lindenallee, wartete an einer Stelle, wo sie sowohl die Straße als auch den Treffpunkt im Blick hatte.

Die Zeit verging, Frau Kottersen tauchte nicht auf. Dafür sah sie Georg durch das Tor kommen, die Hände in die Hosentaschen geschoben, ein freudiges Strahlen auf dem Gesicht. Rasch trat Martha hinter einen Baum und wartete, bis er an ihr vorbeigegangen und außer Sichtweite war. Es ärgerte sie, dass sie Georg nicht zu Hause in Empfang nehmen konnte, so hatte sie sich das nicht vorgestellt. Aber sie hatte keine Wahl.

Wenig später kam ein Einspänner die Allee hinaufgefahren. Bestimmt die gnädige Frau. Martha wusste, dass sie heute nach Lüneburg gefahren war, um Besorgungen zu machen. Was in Wahrheit bedeutete, dass sie sich mit Leopold von Arnim getroffen hatte. Mit keinem hatte Luise es bisher so lange ausgehalten wie mit ihm, doch Martha hatte das Gefühl, dass sie seiner allmählich überdrüssig wurde, sich lediglich aus Gewohnheit noch mit ihm traf. Oder weil sie sonst wenig Abwechslung hatte. Martha verstand nicht, warum Luise alles aufs Spiel setzte für einen Mann, an dem ihr im Grunde nichts lag. Sie selbst würde nie auf die Idee kommen, Georg zu betrügen. Dafür liebte sie ihn viel zu sehr. Und selbst wenn sie ihn nicht lieben würde, könnte sie ihn nicht derart hintergehen. Andererseits, tat sie nicht genau das? Ihn hintergehen? Genau jetzt, in diesem Augenblick?

Als die Kutsche durch den Torbogen verschwunden war, spähte Martha erneut die Straße hinauf. Keine Spur von Frau Kottersen. Sie schaute in Richtung Treffpunkt. Auch dort war niemand zu sehen. Bestimmt war es inzwischen halb fünf. Georg musste sich wundern, wo sie steckte. Hätte sie ihm doch einen Zettel hingelegt, dann müsste er sich keine Sorgen machen! Nun war es zu spät, und sie durfte ihren Posten nicht verlassen, durfte die Kottersen nicht verpassen.

Martha wartete noch eine halbe Stunde. Dann gab sie auf. Sie eilte die Allee hinunter nach Hause, wo Georg besorgt vor der Tür wartete.

»Wo bist du gewesen, Liebes?«, fragte er und küsste sie.

»Ich dumme Pute.« Martha schnitt eine Grimasse. »Ich wollte dich abholen an deinem Ehrentag. Aber ich hatte vergessen, dass du früher freibekommst. Wie blöd von mir. Ich bin im Bogen über die Koppeln gelaufen, weil doch so schönes Wetter ist, und habe dann am Tor gewartet, bis es mir wieder eingefallen ist. Wir müssen uns knapp verpasst haben.«

Einen winzigen Augenblick lang flackerte Misstrauen in Georgs Augen, dann zog er sie in die Arme. »Jetzt bist du ja da, mein Engel. Kommt rein, ich bin schon halb verhungert, und der Kuchen duftet verführerisch!«

Martha folgte ihm ins Haus. Auf der Türschwelle warf sie einen letzten Blick zurück. Angst schnürte ihr die Kehle zu. Frau Kottersen hatte ihr Treffen noch nie platzen lassen, in all den Jahren nicht. Es musste etwas geschehen sein. O mein Gott, was, wenn Cäcilie etwas zugestoßen war?

Wenige Tage später, August 1906

»Wie viele Gäste bleiben über Nacht?«, fragte Käthe.

»Alle, die von weiter her anreisen«, antwortete Luise. »Das sind etwa dreißig Personen. Ich habe Fräulein Kirchhoff angewiesen, genügend Gästezimmer bereitzuhalten, auch für den Fall, dass irgendwer spontan hier übernachten möchte.«

»Gut, dann richte ich mich auf Frühstück für rund vierzig Personen ein.« Käthe machte sich Notizen.

Die beiden saßen im Salon und gingen die letzten Vorbereitungen für den Sommerball durch, der am nächsten Tag stattfinden würde. Seit das neue Jahrhundert begonnen hatte, wurde auf Seydell jedes Jahr im August ein prächtiges Fest veranstaltet, zu dem alle bedeutenden Familien des Umkreises eingeladen waren. Der große Salon und die Obstwiese, die vom Salon aus über eine breite Treppe zu erreichen war, wurden mit Lampions und Girlanden geschmückt, eine Musikkapelle spielte auf, und um Mitternacht wurde ein prächtiges Feuerwerk abgebrannt.

Für Käthe, die im Frühjahr die Küche von Minna übernommen hatte, die sich zu ihrer Schwester und ihrem Schwager aufs Altenteil zurückgezogen hatte, war es das erste Mal, dass sie als Köchin die Verantwortung für das leibliche Wohl der Gäste trug. Bislang machte sie ihre Sache gut, wie Luise mit Freuden festgestellt hatte. Während ihrer kurzen Ehe mit Kurt Hansen hatte sie in Lüneburg als Küchenhilfe in einem Restaurant gearbeitet und dabei einiges gelernt. Das machte sich nun bemerkbar. Zudem hatte Minna sie gründlich eingewiesen, bevor sie fortgegangen war. Else, die langjährige Küchenmagd auf Seydell, hätte diese Aufgabe niemals übernehmen können. Sie war ehrlich, fleißig und eine Seele von Mensch, aber sie stieß schon an ihre Grenzen, wenn sie ausrechnen musste, wie viel Mehl und Eier sie benötigte, wenn sie statt einem drei Kuchen backen musste.

»Dann wären wir mit allem durch.« Luise erhob sich und ging zum Sekretär, wo das Geld bereitlag, mit dem Käthe die zusätzlichen Lebensmittellieferungen bezahlen sollte. Sie reichte der Köchin den Umschlag.

Diese steckte ihn in ihre Schürze. »Eins noch, gnädige Frau.«

»Ja?«

»Es geht um ... ach nein, vergessen Sie es.«

Luise kniff die Augen zusammen. »Was ist los, Käthe?«

»Nichts, wirklich, es war dumm von mir, davon anzufangen.«

»Käthe.«

Die Köchin senkte den Blick.

»Wie lange bist du jetzt auf Seydell?«

»Seit ich fünfzehn bin, gnädige Frau. Im Dreikaiserjahr habe ich angefangen.«

»Ein Jahr länger also als ich selbst.«

»Ja, gnädige Frau.«

»Und hast du in all den Jahren jemals erlebt, dass irgendwer hier Ärger bekommen hätte, weil er freiheraus geäußert hat, was ihn bedrückt?«

»Nein, gnädige Frau.«

»Also?«

»Es geht um Fräulein Kirchhoff. Ich habe den Verdacht, dass sie vergesslich wird. Vergangenen Monat, als der Herr

Kommerzienrat von Seggern und seine Gemahlin zu Besuch waren, hat sie den Rotwein nicht rechtzeitig aus dem Keller holen und öffnen lassen. Da dachte ich noch, dass sie sich einfach nur noch nicht daran gewöhnt hat, dass das nun zu ihren Aufgaben gehört, wo es doch keinen Hausdiener mehr gibt.«

Luise nickte. Arthur Augstein war 1902 verstorben und nicht ersetzt worden. In fast keinem Haushalt gab es noch Hausdiener, männliches Hauspersonal war ein kostspieliger Luxus. In der Stadt war es ohnehin gang und gäbe, dass ein Mädchen die Haustür öffnete und bei Tisch bediente. Schon vorher hatte Luise mehrfach darüber nachgedacht, wie sie Augstein diskret loswerden könnte, zumal der Mann in den letzten Jahren zunehmend schlecht gehört hatte.

»Aber?«, fragte sie ungeduldig.

»Es gab noch mehr Situationen. Erst gestern schickte Fräulein Kirchhoff am Nachmittag die Anni hoch, um die Gästezimmer zu lüften, obwohl sie ihr diesen Auftrag bereits am Vormittag erteilt hatte.«

Luise seufzte. Eine zerstreute Hauswirtschafterin konnte sie nicht gebrauchen, erst recht nicht so kurz vor dem großen Fest. Fräulein Kirchhoff und sie waren zwar noch immer keine Freundinnen, aber sie hatten sich in den vergangenen Jahren zusammengerauft, und seit Martha verheiratet war und nicht mehr auf Seydell lebte, hatte sie keinen unangenehmen Zusammenstoß mehr mit der Hauswirtschafterin gehabt.

»Gut, dass du mir Bescheid gesagt hast, Käthe. Bitte rede mit niemandem sonst darüber. Vielleicht hatte Fräulein Kirchhoff nur einen schlechten Tag. Wir sollten kein Drama daraus machen. Aber lass mich wissen, falls es weitere Vorfälle gibt.«

Sie entließ Käthe und setzte sich an den Sekretär, um die Ausgaben für das Fest ins Kassenbuch einzutragen. Es ging ihnen gut, die Geschäfte liefen hervorragend, zumal der neue englische König, Victorias Sohn, ein Jahr nach dem Tod seiner Mutter, als der Vertrag auslief, diesen um weitere zehn Jahre verlängert hatte. Bis 1912 würde Seydell Hoflieferant der Britischen Krone bleiben, vielleicht sogar darüber hinaus.

Trotzdem mussten sie sparen, wo es ging. Es war nicht mehr so einfach wie in früheren Zeiten, ein Haus von dieser Größe zu führen. Personal war schwer zu bekommen und teuer, seit es in den Fabriken so viel besser bezahlte Arbeit gab. Und diese neumodischen Automobile machten den Kutschen Konkurrenz, es wurden nicht mehr so viele Pferde gebraucht. Ludwig sprach davon, auch eins anschaffen zu wollen. Und Fritz, der Kutscher, war ganz heiß darauf, ein solches Fahrzeug zu steuern. Luise war es bisher gelungen, Ludwig diese Flausen auszutreiben, zumal nun auch noch eine sogenannte Kraftfahrzeugsteuer erhoben wurde, mit der der Kaiser seine Flotte finanzieren wollte.

Luise verstand nicht, was die Männer mit ihren Kriegen hatten. Auch Ludwig sprach ständig davon, dass das Reich stark und wehrhaft sein müsse, dass man es den anderen zeigen würde. Wenn es nach Luise ging, sollten sie lieber Geschäfte machen, als Kriege zu führen, aber zum Glück sah es ja auch nicht danach aus, als würde es bald einen geben.

Sie trug die Zahlen in das Buch ein, schloss die Schublade auf und legte das Buch zu der Geldschatulle. Gerade als sie die Schublade wieder schließen wollte, fiel ihr ein winziges weißes Dreieck aus Papier auf. Ein Umschlag, wie es aussah, der aus dem Fach über der Schublade zwischen die Rückwand und den Einlegeboden gerutscht zu sein schien.

Luise zog daran, aber er saß fest. Sie öffnete das Fach darüber, wo Tinte, Briefmarken, Umschläge und dergleichen aufbewahrt wurden. Von dem eingeklemmten Brief keine Spur. Irritiert spähte Luise erneut in die offene Schublade, versuchte, das Stück Papier hochzudrücken.

Dann bemerkte sie es. Die Schublade war tiefer als das Fach darüber. Luises Herz schlug plötzlich schneller. Eine Zwischenwand. Ein Geheimfach womöglich?

Sie drückte gegen die Wand. Nichts geschah. Sie klopfte, dahinter war eindeutig ein Hohlraum. Kurz entschlossen räumte Luise das Fach leer und stapelte den Inhalt auf dem Sekretär. Danach tastete sie alles systematisch ab, bis sie auf einen kleinen Metallstift in der oberen Ecke des Fachs stieß. Als sie ihn drückte, klappte ihr die Rückwand entgegen und gab einen kleinen Hohlraum frei. Er enthielt eine Schatulle und den Briefumschlag, dessen Ecke von der Schublade aus zu sehen war.

Zuerst nahm Luise die Schatulle heraus. Sie war nicht verschlossen und enthielt Schmuck. Eine Perlenkette, ein paar silberne Ohrringe mit Rubinen, eine mit Diamanten besetzte Brosche. Nachdenklich betrachtete Luise die kostbaren Stücke. Bestimmt hatten sie Clara von Seydell gehört, Ludwigs und Alexanders Mutter.

Luise schloss die Schatulle und stellte sie zurück. Dann zog sie den Umschlag heraus. Als sie sah, was darauf stand, schnappte sie erschrocken nach Luft.

Mein letzter Wille, war mit akkurater Schrift auf das leicht vergilbte Papier geschrieben worden. Luise strich über die Buchstaben. Sie hatte niemals darüber nachgedacht, ob Ludwig sein Testament gemacht hatte und was darin stehen mochte. Nicht einmal, als er an der Cholera gelitten und mit dem Tod gerungen hatte, war ihr ein solcher Gedanke in den Sinn gekommen.

Mit zitternden Fingern drehte Luise den Umschlag um. Er war zugeklebt, unmöglich, ihn zu öffnen, ohne Spuren zu hinterlassen. Sie betrachtete erneut die Schrift auf der Vorderseite. So gestochen, so sauber. Ganz anders, als Ludwig sonst schrieb. Dann plötzlich fiel ihr auf, dass oben in der Ecke ein Datum stand, und ihr wurde schlagartig klar, dass es gar nicht Ludwigs Testament war.

Navarra, am selben Tag, August 1906

Wie in einem Albtraum bewegte Alexander sich durchs Zimmer, schüttelte Hände und bedankte sich für die Beileidsbekundungen. Jorja lief mit einem Tablett herum und bot Wein und Brote an, damit die zahlreichen Menschen, die zur Totenwache erschienen waren, sich stärken konnten. Alexander selbst hätte nicht einen Bissen heruntebekommen.

Die Nacht war bereits weit fortgeschritten, noch bis zum Morgen würde die Wache andauern, dann ging es zum Friedhof, wo sie Isabella, seine geliebte Isabella, zu Grabe tragen würden. Obwohl sie in den vergangenen Monaten immer hinfälliger geworden war und sich ihr Tod lange angekündigt hatte, fühlte es sich an, als wäre sie abrupt aus seinem Leben gerissen worden. Alexander konnte noch immer nicht fassen, dass sie nicht mehr da war, dass er sie nie wieder in seinen Armen halten, nie wieder ihr duftendes Haar küssen würde.

Er trat zum Fenster und blickte nach draußen. Die Zufahrt, die von den Stallungen zum Wohnhaus führte, war mit Laternen erleuchtet, damit die Menschen, die Isabella die letzte Ehre erweisen wollten, den Weg gut fanden. Zahlreiche Kutschen standen vor dem Haus, Reitpferde waren am Zaun angebunden.

Alexander erinnerte sich daran, wie er vor vielen Jahren genau diese Zufahrt hinaufgeritten war, auf Ernesto und seine Tochter zu, die vor dem Haus gestanden und den Fremden willkommen geheißen hatten. Sie hatten ihn mit offenen Armen aufgenommen, nicht nur ins Haus, sondern auch in die Familie. Nun waren beide fort, nur noch er selbst, der Fremde, war übrig. Und Cristina. Sechs Jahre war sie alt, viel zu jung, um ihre Mutter zu verlieren. Was sollte er ihr bloß sagen? Wie sollte er sie trösten, wo er doch selbst kaum Trost fand?

Alexander presste die Stirn gegen die Scheibe. Seit der ersten Fehlgeburt vor mehr als vierzehn Jahren war Isabella nicht mehr wirklich glücklich gewesen. Selbst nach Cristinas Geburt nicht. Der Verlust dieses ersten Kindes und die damit verbundene Überzeugung, das Leiden ihrer Mutter geerbt zu haben, hatte etwas in ihr zerbrochen, das auch ihre kleine Tochter nicht zu heilen vermochte. Der Arzt hatte gesagt, dass der Krebs Isabella von innen her aufgefressen habe. Doch Alexander wusste, dass es nicht nur die Krankheit war, sondern auch die Trauer um all die Kinder, die nie das Licht der Welt erblickt hatten.

»Papa?«

Eine kleine Hand schob sich in seine, und Alexander fuhr erstaunt herum.

»Du solltest doch schlafen, Liebling.« Er kniete vor seiner Tochter nieder und strich ihr über das zerzauste Haar.

»Aber ich kann nicht.« Sie verzog das Gesicht. »Ist es wahr, dass Mama nie wieder aufwacht?«

Alexander schluckte. »Sie wird im Himmel erwachen, an Gottes Seite. Von dort wird sie auf dich herabblicken und achtgeben, dass es dir gut geht.«

»Sie soll aber hierbleiben.« Tränen schimmerten in Cristinas Augen.

Alexander nahm sie in den Arm. »Mir wäre es auch lieber, wenn sie bei uns bliebe, mein Schatz. Ich vermisse sie jetzt schon.«

»Don Alexander?«

Er blickte auf. Vor ihm stand Flora. Die treue Köchin war in den vergangenen Jahren merklich gealtert. Graue Strähnen durchzogen ihr pechschwarzes Haar.

»Es tut mir leid, Señor, ich habe nicht bemerkt, wie sie aus dem Zimmer geschlüpft ist.«

»Schon in Ordnung, Flora. Sie will nicht allein sein. Keiner von uns will das heute.«

»Soll ich sie nehmen?«

»Nein, ich kümmere mich um sie.« Alexander nahm seine Tochter auf den Arm. »Komm, wir schauen, ob wir eine Sternschnuppe sehen. Dann wissen wir, dass Mama gut im Himmel angekommen ist.«

Er trug sie nach draußen, froh, der bedrückenden Stimmung des Zimmers zu entfliehen, wo Isabella aufgebahrt war. Sie liefen zu einer der Koppeln und legten sich ins Gras, den Blick in den Himmel gerichtet.

Eine Weile lagen sie stumm da, Hand in Hand, und verloren sich in den glitzernden Weiten. Um sie herum raschelte es, hin und wieder schnaubte ein Pferd, und in der Ferne bellte ein Fuchs.

»Da, Papa!« Cristina riss den Arm hoch und zeigte nach oben.

Tatsächlich, ein gleißender Punkt rutschte über den samtschwarzen Himmel, zog einen glühenden Schweif hinter sich her und verlosch.

»War das Mama?«, flüsterte Cristina.

Alexander drückte ihre Hand. »Ja, mein kleiner Engel. Sie ist jetzt bei Gott.«

Cristina warf Handküsse in den Himmel. »Mach's gut, Mama! Ich hab dich lieb!«

Als sie kurz darauf über den Zaun zurück auf die Zufahrt kletterten, war das erste Grau des Morgens über den Bergen zu erkennen, und eine schwarze, von vier Rössern gezogene Kutsche näherte sich. Der Bestatter.

Alexanders Herz krampfte sich zusammen. Er wünschte, er wäre sechs Jahre alt wie Cristina und könnte glauben, dass Isabella als Engel im Himmel ihren Frieden gefunden hatte.

Lüneburger Heide, am nächsten Abend, August 1906

Atemlos schüttelte Luise den Kopf. »Nein, ich brauche eine Pause. Außerdem muss ich mich auch meinen übrigen Gästen widmen.«

Leopold von Arnim verzog das Gesicht. »Ich ertrage es nicht, dich in den Armen anderer Männer zu sehen. Es raubt mir den Verstand. Ich halte es ja kaum aus, dass sie dich auch nur ansehen.«

»Lenken Sie sich mit anderen Damen ab, Herr Rittmeister«, entgegnete Luise mit einem spöttischen Lächeln. »Die kleine Isolde von Gerstorff macht Ihnen schon den ganzen Abend schöne Augen. Sie ist eine gute Partie, mein Lieber.«

»Ich will aber keine gute Partie.« Er küsste ihre Hand. »Ich will dich, Luise.«

Luise schaute sich hastig um, ob auch niemand die allzu vertrauliche Geste gesehen hatte, dann beugte sie sich vor. »Gedulde dich bis heute Nacht.«

Seine Augen leuchteten auf. »Oh, der Himmel wartet auf mich. Mit dieser Verheißung stehe ich alles durch. Bis später, meine Liebste, ich kann es kaum erwarten.« Er verneigte sich und stapfte davon.

Luise sah zu, wie er über den Rasen schritt, sich artig vor der ältesten Tochter des Grafen von Gerstorff verneigte und sie zum Tanzboden führte. Erleichtert atmete sie auf. In letzter Zeit wurde ihr Leopold zunehmend lästig. Er war nützlich gewesen, in vielerlei Hinsicht. Ein angenehmer Zeitvertreib mit guten Verbindungen, doch im Grunde wäre sie ihn gern los. Zwar schien er schon vor einigen Jahren begriffen zu haben, dass sie Ludwig niemals verlassen würde, doch das hatte seinem Werben lediglich eine schwermütige Note verliehen. Ganz aufgegeben hatte er es nie.

Dass sie ihn zum Sommerball hatte einladen müssen, bereitete ihr einerseits ein heimliches Vergnügen, andererseits Magenschmerzen. Er war ein vollendeter Kavalier, dennoch war sie nie sicher, ob er sich genug unter Kontrolle hatte, um nichts Unbedachtes zu tun oder zu sagen.

Von diesem kleinen Problem abgesehen war das Fest jedoch ein voller Erfolg. In den Obstbäumen hingen Laternen, die die reifen Äpfel, Birnen und Pflaumen geheimnisvoll schimmern ließen, im Gras darunter steckten Fackeln. Ein Teil des Gartens war mit einem großen Dach aus Segeltuch versehen, unter dem die Tische standen. Gemietete livrierte Kellner trugen Tabletts mit Champagner, Punsch und kleinen Speisen herum. Eine Musikkapelle hatte sich neben der Freitreppe zum Salon platziert und spielte fröhliche Tanzmusik. Der Tanzboden war direkt vor der Kapelle errichtet worden. Weiter hinten im Garten, dicht am Ufer der Seyde, hatte Luise einen künstlichen Springbrunnen errichten und Bänke darum aufstellen lassen.

Sogar das Wetter spielte mit, es war ein warmer, windstiller Augustabend, der blauschwarze, mit Tausenden winziger Sternenpunkte gesprenkelte Nachthimmel verhieß ein prachtvolles Feuerwerk.

Stolz ließ Luise den Blick schweifen. Alle waren gekommen, die Adehusens, die Borchs, die Elstorps, die Sebeckes, die Weyhes und wie sie alle hießen. Keine Familie von Rang und Namen ließ es sich nehmen, zum Sommerball der Seydells zu erscheinen.

Auch Ludwig schien bester Laune zu sein. Er hatte sogar einige Male mit Luise getanzt. Jetzt stand er mit einigen anderen Herren in der Nähe der Treppe zum Salon, rauchte und diskutierte. Bestimmt ging es mal wieder um Politik, um den Kaiser, um die Flotte und die unvergleichliche Größe des Reichs.

Luises Blick wanderte durch den mit Lampions geschmückten Garten auf der Suche nach Robert. Der Sechzehnjährige durfte heute zum ersten Mal mit den Erwachsenen bis zum Feuerwerk aufbleiben. Er schien es zu genießen, obwohl Luise den Verdacht hatte, dass er lieber bei den Pferden auf der Koppel wäre. Sie verstand ihn nur zu gut. Sosehr sie es liebte, Gastgeberin zu sein, für einen wilden Geländeritt im Mondschein hätte sie das Fest mit Freuden eingetauscht. Früher hätte sie das vielleicht sogar getan, hätte sich weggeschlichen, Morgana gesattelt und wäre heimlich in die Heide galoppiert.

Sie entdeckte Robert, der sich mit Kommerzienrat von Seggern und dessen Frau und Tochter unterhielt. Die junge Agnes von Seggern schien ganz angetan von Robert. Luises Herz schlug höher. Das Mädchen wäre eine großartige Partie. Mit dem Bankier als Schwiegervater würde ihr Sohn sich nie Sorgen um die Finanzen des Gestüts machen müssen.

Doch Robert schien die Blicke des Mädchens gar nicht zu bemerken. Luise lächelte, er war noch so jung, ein halbes Kind, ein Junge, dem der Gedanke an Ehe und Verantwortung völlig fremd war. Sie würde morgen bei Tisch ein paar Andeutungen fallen lassen, vielleicht konnte sie ein wenig nachhelfen und Ludwig mit ins Boot holen.

Luise lief in Richtung des Brunnens. Die Bänke waren

leer, ein paar Minuten Ruhe würden ihr guttun. Sie ließ ihre Hand durchs Wasser gleiten, lauschte dem leisen Plätschern, das hier hinten am Ende des Gartens sogar lauter war als die Musik, und betrachtete den Sternenhimmel.

Bis zu diesem Augenblick hatte sie nicht mehr an das Testament gedacht, das sie gestern gefunden hatte, zu sehr hatten die Vorbereitungen für das Fest sie in Atem gehalten. Aber jetzt überrollte sie die Bitterkeit. Sie hatte den Umschlag geöffnet, ganz vorsichtig. Es war einfacher gewesen, als sie gedacht hatte, der trockene Leim hatte nicht lange standgehalten. Nachher hatte sie den Umschlag vorsichtig wieder zugeklebt und das Dokument an seinem Platz verstaut.

Noch immer war sie fassungslos. Benommen. Wütend. Ungläubig. Und da war eine Frage, die in ihrem Hirn hämmerte. Wusste Ludwig von dem Testament? Kannte er den Inhalt? War er womöglich sogar derjenige gewesen, der es vor Jahren in dem Fach versteckt hatte?

Luise hörte Schritte im Gras und erhob sich von der Bank.

»Robert!«

»Hier hast du dich versteckt, Mutter. Einige Gäste haben nach dir gefragt.«

Sie lächelte. »Ich musste ein wenig verschnaufen.«

Er stellte sich neben sie und legte ihr den Arm um die Schultern. Er war dürr und schlaksig, aber bereits einen halben Kopf größer als sie. »Ist es nicht wunderbar hier?«

»Das ist es.«

»Ich bin so stolz auf Vater, auf das, was er aus Seydell gemacht hat, obwohl sein Bruder, dieser Verräter, ihn beinahe in den Ruin getrieben hätte. Aber Vater hat nicht aufgegeben, hat das Gestüt groß gemacht, auch ohne den geraubten Hengst.«

Luise keuchte entsetzt auf und sah ihrem Sohn in die Augen. »Wer hat dir das erzählt?«

Sie hatte Alexander ihm gegenüber nie erwähnt. Robert wusste, dass er einen Onkel hatte, der die Lüneburger Heide vor vielen Jahren für immer verlassen hatte. Mehr nicht. Das zumindest hatte sie gedacht.

Robert lächelte. »Vater. Schon vor Jahren. Er hat mir das Versprechen abgenommen, dir nichts davon zu sagen, weil er wusste, dass du wütend sein würdest. Aber er meinte, ich müsse wissen, was damals geschehen ist. Wie böse und verschlagen sein Bruder war. Wie er aus Neid versucht hat, Seydell zu zerstören. Und wie Vater es ihm gezeigt hat.«

Luise machte sich von Robert los und trat einen Schritt zurück. Unbändige Wut pulsierte durch ihren Körper. »Alles Lügen!«, stieß sie hervor.

Robert runzelte die Stirn. »Mutter?«

»Gemeine, hässliche, niederträchtige Lügen.« Noch während sie die Worte aussprach, wusste sie, dass es ein Fehler war. Aber sie konnte nicht anders. Vielleicht war es das Testament, vielleicht die Ungeheuerlichkeit von Ludwigs Behauptungen, vielleicht der Schmerz darüber, dass Robert so über Alexander sprach, über seinen Vater, von dem er so viel Gutes geerbt hatte. Sie hätte Roberts Worte auf sich beruhen lassen sollen. Aber das konnte sie nicht. Zu viel war zu viel.

»Du hast ja keine Ahnung, Robert. Es war Ludwig, der beinahe alles zugrunde gerichtet hätte. Alexander hat versucht, ihn davon abzuhalten. Zum Dank hat Ludwig ihn vertrieben.«

»Das ist nicht wahr.« In Roberts Gesicht mischten sich Zweifel und Empörung.

»Doch, es ist wahr. Ludwig hat sich nie für das Gestüt interessiert. Alexander war derjenige, der wusste, wie man mit Pferden umgeht. Die Tiere haben ihn geliebt und die Menschen auch. Er war...« Tränen brannten in Luises Augen. »Du hast so viel von ihm.«

Robert starrte sie an. »Du glaubst, ich bin wie mein Onkel?«

»Nein, mein Junge. Nicht wie dein Onkel.« Sie zögerte einen Moment. »Alexander von Seydell ist dein Vater.«

»Nein!«

»Doch. Ich war schwanger mit dir, noch bevor ich Ludwig geheiratet habe. Alexander und ich...«

»Du lügst!«

Luise streckte die Hände nach ihm aus, aber Robert stieß sie weg.

»Du lügst, weil du Papa nicht liebst, weil du nicht zu schätzen weißt, was er für uns alle getan hat. Ich hasse dich!« Er drehte sich um und stürmte davon.

»Robert! So hör doch zu, bitte!«

Doch er lief einfach weiter, als hätte er sie nicht gehört. Gerade als er zurück bei der Festgesellschaft war, krachte es, und im selben Augenblick war der Himmel mit einem Regen aus blutroten Funken bedeckt. Das Feuerwerk.

Luise wandte sich ab und stützte sich auf den Brunnenrand, weil ihre Beine sie plötzlich nicht mehr trugen. Großer Gott, was hatte sie getan?

Robert stürmte über den Rasen auf die bunten Lichter zu. Ihm war schwindelig, sein Herz hämmerte wild in seiner Brust. Die Tränen in seinen Augen ließen ihn nur verzerrte Schemen sehen, das Brüllen in seinem Inneren übertönte das Krachen des Feuerwerks.

Es konnte nicht stimmen, es war eine Lüge. Seine Mutter hatte ihn belogen, weil sie wütend war, weil sie aus irgendeinem Grund einen Narren an Vaters Bruder gefressen hatte und nicht wollte, dass man schlecht über ihn sprach. Vater hatte ihn gewarnt, er hatte ihm das Versprechen abgenommen, mit niemandem über das zu sprechen, was er ihm über Onkel Alexander erzählt hatte. Vor allem nicht mit seiner Mutter. Warum hatte er nicht auf Vater gehört? Hätte er bloß den Mund gehalten, dann wäre jetzt nicht dieser hässliche Gedanke in seinem Kopf.

Robert versuchte, seinen Vater zwischen den vielen Menschen auszumachen, er musste mit ihm reden, sich von ihm bestätigen lassen, dass Mutter Blödsinn erzählt hatte. Aber er sah ihn nirgendwo. Vage nahm Robert wahr, wie Agnes von Seggern sich von der Seite näherte. Er hatte ihr versprochen, das Feuerwerk mit ihr gemeinsam anzuschauen. Rasch senkte er den Blick und drehte in die andere Richtung ab. Wenn sie ihn jetzt anspräche, würde sie seine ganze Wut abbekommen, und das wäre nicht fair.

Endlich entdeckte er Ludwig, der mit Baron von Gerstorff und Freiherr von Adehusen auf der Treppe stand, die Augen gen Himmel gerichtet, von wo gerade ein Schauer aus goldenem Flitter herabregnete.

Robert drängte sich zwischen den Gästen hindurch zur Treppe. »Vater!«

Ludwig schaute zu ihm herab. »Mein Sohn, komm zu mir. Wir schauen uns das Feuerwerk gemeinsam an.«

»Ich muss dich sprechen, sofort.«

Ludwig runzelte die Stirn. »Hat das nicht Zeit, Junge?«

»Nein.«

Der Baron und der Freiherr tauschten einen Blick. »Wir lassen Sie mit Ihrem Sohn allein, mein lieber Seydell«, sagte Adehusen. »Offenbar geht es um eine Angelegenheit, die keinen Aufschub duldet.« Er zwinkerte Robert zu. »Wir alle wissen doch, wie es sich anfühlt, wenn das Herz noch jung und ungestüm ist.«

Die Männer verdrückten sich, Robert stieg die Stufen hinauf zu seinem Vater.

»Na, mein Junge, was eilt denn so sehr?« Ludwig klopfte ihm auf die Schulter. »Hast du dich unsterblich verliebt? In die Kleine von Seggern etwa?«

»Nein, darum geht es nicht.« Robert schluckte.

Sein Vater runzelte die Stirn. »Was ist los, Robert?«

»Mutter hat …« Robert stockte, wie sollte er das Entsetzliche, das Unaussprechliche in Worte fassen?

»Was ist mit deiner Mutter?« Ludwigs Stimme hatte mit einem Mal einen alarmierten Unterton.

»Sie hat gesagt … sie behauptet, du wärst gar nicht mein Vater, sondern Alexander, dein Bruder.«

Trotz der Dunkelheit sah Robert, wie sein Vater erst bleich und dann rot wurde. »Diese Hure!«, stieß er hervor. »Diese dreckige kleine Hure.«

Robert fasste Ludwig am Arm. »Sag, dass es nicht wahr ist, Vater!«

Ludwig starrte ihn an. Auf seiner Stirn glitzerten Schweißperlen, seine Augen waren glasig, er hatte dem Alkohol reichlich zugesprochen.

»Bitte, Vater!«

»Lass mich los.« Ludwig schüttelte ihn ab. »Bastard.«

»Aber, Vater...«

»Nenn mich nicht so.« Ludwig blickte über Roberts Schulter hinweg in den Garten, als würde er etwas suchen. »Ich habe es immer gewusst. Dieses Flittchen. Aus der Gosse habe ich sie geholt, die Pfarrerstochter. Dankbar hätte sie sein sollen. Aber nein! Betrogen hat sie mich, all die Jahre. Ausgerechnet mit meinem Bruder, diesem Dreckskerl.« Er sah Robert an. »Und du bist genau wie er. Lieber im Stall als im Haus. Immer dreckig, immer nach Mist stinkend. So war er auch. Ich wusste es, aber ich wollte es nicht wahrhaben. Du bist nicht mein Sohn, du bist der Bastard dieses Verräters.«

Mit einer ohrenbetäubenden Salve holte das Feuerwerk zum großen Finale aus. Es krachte und donnerte, der Himmel glühte in allen Farben des Regenbogens.

Robert taumelte benommen rückwärts. Er öffnete den Mund. »Das kann doch...«

Ludwig ließ ihn nicht zu Wort kommen. Ungeduldig wischte er mit der Hand durch die Luft. »Ich werde dich enterben. Bruno wird alles bekommen, und dich schicke ich zum Militär. Morgen früh wirst du Seydell verlassen. Eine Laus im Pelz habe ich mir da herangezogen, einen Parasiten. Aber damit ist es vorbei. Ich nehme dich vom Gymnasium, du kommst auf die Kadettenanstalt, irgendwo weit weg von hier. Am besten in Pommern oder in Lichterfelde. Falls man einen Weichling wie dich dort nimmt. Eine militärische

Laufbahn ist genau das Richtige für dich. Du wirst deinem Land dienen und mir nicht mehr in die Quere kommen.«
»Aber Vater, das kannst du doch nicht...«
Ludwig stieß ihn von sich. »Nenn mich nie wieder so. Ich bin nicht dein Vater. Ich habe nur einen Sohn, und der heißt Bruno.«

Navarra, eine Woche später, August 1906

Alexander saß auf und warf einen Blick zurück zum Haus. Die Fenster waren noch immer mit schwarzen Gardinen verhängt, die im warmen Morgenlicht wie leere Augenhöhlen aussahen.

Seit einer Woche war Isabella tot, und das Gefühl der Taubheit in Alexanders Innerem wurde nicht schwächer. Er wandte sich ab und ließ Rey durch das Tor traben, schlug den Pfad in die Berge ein. Es war, als hätte man ihm einen Arm abgeschlagen. Ein Teil von ihm fehlte, war unwiederbringlich verloren. Mit wem sollte er von nun an seinen Kummer teilen, wenn ein Pferd krank wurde, mit wem seine Freude, wenn ein neues Fohlen zur Welt kam?

Alexander hätte nicht sagen können, ob er Isabella geliebt hatte. Auf eine gewisse Art ganz bestimmt. Als Freundin, als Gefährtin, als Mutter seiner Tochter. In den ersten unbeschwerten Monaten ihrer Ehe war er leidenschaftlich in sie verliebt gewesen. Da hatte er geglaubt, dass ihr Glück vollkommen wäre. Doch dann hatte sie die Fehlgeburten gehabt und sich verändert, sich innerlich von ihm entfernt.

In den vergangenen Monaten hatte Alexander wieder

häufiger an Luise gedacht. Während er am Bett seiner todkranken Frau gesessen, ihre Hand gehalten und in ihr vom Schmerz zerfressenes Gesicht geschaut hatte, ein Schmerz, den selbst das Morphium nur unzulänglich lindern konnte, waren seine Gedanken manchmal in die Vergangenheit gewandert. Er hatte sich gefragt, wie sein Leben verlaufen wäre, wenn Luise sich für ihn entschieden hätte. Wären sie glücklich geworden? Oder hätte der Alltag ihre Liebe zerstört, hätte er sich ewig Vorwürfe gemacht, weil er ihr nicht den Luxus bieten konnte, den sie sich erträumt hatte?

Alexander ließ Rey galoppieren. Der Pfad war hier breit und eben, der Hengst konnte nach Herzenslust laufen und genoss es sichtlich. Im Osten trat die Sonne über die Gipfel und ließ die Felswände in goldenem Licht erstrahlen, und Alexander wurde bewusst, wie sehr er diesen Landstrifen liebte, die rauen Berge, die karge Vegetation, die Schluchten, die felsigen Pfade, die kleinen Dörfer mit ihren Häusern aus grauem Bruchstein. Er liebte Los Pinos, mehr vielleicht, als er je einen Menschen geliebt hatte. Womöglich war das sein Schicksal.

Die Berge kamen näher, der Pfad wurde steiniger und stieg an, Alexander musste Rey in den Schritt zurücknehmen. Er blickte nach oben, aber von hier aus war die Stelle, wo er sich mit dem Erpresser traf, nicht zu sehen. Dennoch wusste er, dass der Mann da sein würde. So sicher, wie die Sonne jeden Tag aufging, wartete der Franzose jedes Jahr am gleichen Tag im August auf Alexander, um sein Geld entgegenzunehmen. Er hatte Ernesto überlebt und jetzt auch Isabella. Trotzdem konnte er ihm noch immer gefährlich werden. Wenn die Wahrheit herauskäme, würde Alexander im

Gefängnis landen. Er würde Los Pinos verlieren, und seine kleine Tochter würde von fremden Menschen großgezogen werden.

Es ging immer steiler bergan. Die zwei hoch aufragenden Felsen kamen in Sicht, hinter denen das Plateau lag. Alexander ritt hindurch und erblickte den Franzosen, der mit dem Rücken zu ihm Position bezogen hatte, sein Pferd am Zügel hielt und seinen Blick über die weite Landschaft schweifen ließ. Als Alexander ihn so nah am Abgrund stehen sah, durchzuckte ihn unwillkürlich der Gedanke, dass ein einziger, winziger Stoß genügen würde, um ihn in die Tiefe zu stürzen. Mindestens zweihundert Meter ging es dort hinab. Der Mann wäre sofort tot.

Alexander saß ebenfalls ab, der Franzose hörte ihn und drehte sich um.

»Mein Beileid, Monsieur, zum Verlust Ihrer Frau.«

Alexander erwiderte nichts.

»Nun sind Sie der alleinige Herr von Los Pinos. Der Alte weg, das Weib weg. Niemand mehr da, der Ihnen das Gestüt streitig machen könnte.«

Alexander presste die Lippen zusammen. Er wollte sich nicht mit dem Kerl streiten, sondern ihn einfach nur so schnell wie möglich wieder loswerden und für ein weiteres Jahr vergessen.

Einen Moment lang fragte er sich, was für ein Leben der Franzose führen mochte. Arbeitete er noch immer als Knecht für Monsieur Perrin? Alexander hätte gern gewusst, was aus dem kleinen Tino geworden war, ob er inzwischen den Hof übernommen hatte, doch er hätte sich eher die Zunge abgebissen, als diesen Verbrecher danach zu fragen.

Vielleicht lebte der Mann auch inzwischen ganz woanders. Von dem Geld, das er jährlich von Alexander erhielt, hätte er ein bescheidenes Auskommen, ohne je wieder arbeiten zu müssen. Natürlich war es ebenso gut möglich, dass er es innerhalb kürzester Zeit im Wirtshaus oder beim Glücksspiel verprasste. Aber das glaubte Alexander nicht. Der Franzose hatte die Summe in all den Jahren nicht erhöht, und er war auch kein einziges Mal vor dem Termin aufgetaucht, um einen zusätzlichen Betrag einzufordern.

Alexander nahm den Umschlag aus der Weste und reichte ihn dem Mann. Der steckte ihn ein, ohne nachzuzählen.

»Zu schade nur, dass Sie keinen Sohn haben«, fuhr er unbeirrt fort. »Aber Sie stehen ja noch in vollem Saft. Und jetzt, wo Sie die faule Frucht los sind, können Sie sich eine junge, gesunde Frau nehmen, die Ihnen einen Stammhalter gebiert.«

»Was sagen Sie da?« Alexander packte den Mann am Kragen. »Wagen Sie es nicht, schlecht über meine Frau zu reden, Mann! Sonst lernen Sie mich kennen.«

Der Franzose, der im ersten Moment erschrocken zusammengezuckt war, fasste sich schnell wieder. »Nichts für ungut, Monsieur, ich sage nur die Wahrheit.«

»Sie sagen gar nichts!« Alexander schüttelte ihn. »Halten Sie Ihr verdammtes Maul und machen Sie, dass Sie verschwinden, bevor ich mich vergesse!« Er stieß den Mann angewidert von sich weg.

Der Franzose taumelte rückwärts, hob dabei entschuldigend die Hände. Er stolperte über einen Stein, kam aus dem Tritt, machte zwei weitere Schritte.

Alexander bemerkte zu spät, wie nah der Mann dabei

dem Abgrund kam. Er sprang vor und streckte die Arme aus, doch er griff ins Leere. Ohne ein Wort kippte der Erpresser über die Felskante und verschwand.

Endlose Sekunden lang verharrte Alexander vollkommen reglos und starrte auf die Stelle, wo der Mann gerade noch gestanden hatte. Dann fasste er sich. Vorsichtig trat er an den Abgrund und spähte hinab, fuhr jedoch im gleichen Augenblick erschrocken zurück.

Nur etwa fünf Meter unterhalb der Kante stand eine kleine Felsnase heraus, auf der der Franzose lag. Er rührte sich nicht, aber es war gut möglich, dass er lediglich bewusstlos war.

Alexanders Kiefer mahlten, sein Herz schlug wild und schmerzhaft in seiner Brust. Er konnte den Mann retten, sich mit einem Seil hinablassen und ihm helfen. Er konnte aber auch einfach wegreiten, so tun, als hätte er nie in den Abgrund geblickt, als wäre er sicher, dass der Franzose tot war. Er wäre ihn los. Für immer.

Alexander drehte sich um, griff nach Reys Zügeln und betrachtete nachdenklich das Pferd des Fremden. Es war ein Unfall. Schicksal. Nicht seine Schuld. Der Mann war gestolpert.

Der Gedanke verflog so rasch, wie er gekommen war. Der Sturz war ein Unglück gewesen, doch wenn er den Verletzten jetzt hier hilflos zurückließ, wäre es Mord. Er ließ die Zügel los und streckte die Hand nach dem Sattelknauf aus, wo wie immer ein Seil hing, um entlaufene Pferde einzufangen.

Er schlang die Schlaufe um einen hervorstehenden Felsen und zog sie fest. Mehrere Male prüfte er, ob sie auch hielt, dann ließ er das Seil über den Abgrund fallen. Es endete etwa einen Meter über dem Felsvorsprung.

Vorsichtig machte Alexander sich an den Abstieg. Er prüfte jede Stelle auf Festigkeit, bevor er sein Gewicht darauf verlagerte. Mehrere Mal lösten sich Steine und kollerten in die Tiefe. Alexander zwang sich, ihnen nicht hinterherzuschauen.

Schweißnass und mit zitternden Armen erreichte er den Vorsprung. Der Franzose lag noch immer in derselben Position auf dem Rücken, die Augen halb geöffnet. Alexander beugte sich über ihn. Tatsächlich, er atmete flach und kaum hörbar.

Alexander zog seine Weste aus und platzierte sie behutsam unter dem Kopf des Mannes. »Können Sie mich hören?«

Der Franzose schlug die Augen ganz auf und murmelte etwas Unverständliches.

»Haben Sie Schmerzen?«, fragte Alexander. »Wo?« Er tastete den Körper nach gebrochenen Knochen ab, wie er es bei einem Pferd tun würde. Der linke Arm war schlaff, ansonsten fand er keine offensichtlichen Verletzungen.

Dennoch schien es dem Franzosen schlecht zu gehen. Er stöhnte unter Alexanders Berührungen und schloss mit gequältem Gesicht die Augen.

Alexander schlug ihm auf die Wange. »Nicht in Ohnmacht fallen, Mann, bleiben Sie wach!« Ihm fiel auf, dass er nicht einmal seinen Namen kannte. In all den Jahren war er nicht auf die Idee gekommen, ihn danach zu fragen.

»Non, laissez-moi«, stieß der Franzose nun ächzend hervor. »Lassen Sie mich in Ruhe.«

»Sie müssen durchhalten«, beschwor Alexander ihn. »Ich

versuche, Sie nach oben zu tragen. Aber das kann ich nur, wenn Sie mir helfen. Sie müssen sich an mir festhalten.«

Der Franzose schlug die Augen auf. »Sie haben gewonnen, Seydell«, krächzte er. »Sie sind mich los.«

»Unsinn.«

»Doch, Monsieur.« Er hustete, röchelte.

»Wenn ich es nicht schaffe, Sie hochzutragen, hole ich Hilfe.«

Er würde schon eine Erklärung finden. Er war ausgeritten, hatte das reiterlose Pferd entdeckt und einen Blick in den Abgrund geworfen. Der Erpresser würde ihn nicht verraten, er wollte ja weiterhin sein Geld bekommen.

»Sie werden keine Hilfe holen, Sie werden mich hier verrotten lassen, und ich habe es nicht besser verdient.« Er packte Alexander am Ärmel. »Ich habe Sie belogen, Monsieur. Es gibt keine Sicherheiten. Niemand wird mich vermissen, Sie sind frei.« Wieder hustete er, Blut spritzte aus seinem Mund. Er murmelte noch etwas, das klang wie »Priez pour moi«, beten Sie für mich. Dann erschlaffte sein Körper.

Alexander lehnte sich mit dem Rücken gegen die Felswand. Seine Hände zitterten, der kalte Schweiß auf seiner Haut ließ ihn frösteln. Er war den Erpresser los, doch er spürte keine Erleichterung. Ein Mensch war tot, das hatte er nicht gewollt. Und egal, was er der Polizei erzählte, der Vorfall würde Fragen aufwerfen. Fragen, die Alexander nur unzureichend beantworten konnte. Und man würde Monsieur Perrin informieren, der sich mit Sicherheit auch nach all den Jahren noch an den Mann erinnerte, der seinem Sohn das Leben gerettet hatte. Und an das Pferd, das er diesem aus Dankbarkeit geschenkt hatte.

Der Franzose hatte gelogen, sein Tod machte Alexander nicht frei. Ganz im Gegenteil. Nun war er nicht mehr nur in Gefahr, wegen Betrugs angeklagt zu werden, sondern wegen etwas viel Schlimmerem. Wenn herauskam, dass der Verunglückte ihn erpresst hatte, würde niemand mehr glauben, dass sein Tod ein Unfall war. Man würde ihn des Mordes bezichtigen. Er musste darauf hoffen, dass der Leichnam nie gefunden wurde, nur dann wäre er sicher.

Alexander schloss dem Mann die Augen und bekreuzigte sich. Er zögerte kurz, dann rollte er den toten Körper auf den Abgrund zu. »Vergib mir«, murmelte er, »aber ich habe keine Wahl.«

Er wälzte den Leichnam über die Kante und verharrte reglos, lauschte. Nichts. Kein Kollern von Steinen, kein Aufprall. Als Alexander sich diesmal über den Abgrund beugte, war nichts mehr zu sehen. Die Schlucht lag am Ende eines schwer zugänglichen Talschlusses. Niemand verirrte sich dorthin. Mit etwas Glück würden die sterblichen Überreste des Franzosen nie gefunden werden.

Noch immer halb benommen vor Schreck machte Alexander sich an den beschwerlichen Aufstieg und kam völlig entkräftet oben an. Die schwarze Trauerkleidung war voller Dreck und Staub, ein Riss zog sich über das linke Hosenbein. Er würde sich eine glaubwürdige Geschichte ausdenken müssen, um den Zustand seiner Kleidung zu erklären.

Mit letzter Kraft untersuchte er die Satteltaschen des fremden Pferdes, um sicherzustellen, dass sie keinen Hinweis auf ihn enthielten, bevor er dem Tier einen Klaps auf das Hinterteil gab, damit es davonlief. Es würde den Weg nach Hause finden, wo auch immer das sein mochte. Und dort würde man davon ausgehen, dass sein Reiter in den Bergen verunglückt war. Was ja auch stimmte.

Schweren Herzens begab Alexander sich auf den Heimweg. Erst als er die in goldenes Sonnenlicht getauchten Gebäude von Los Pinos vor sich auftauchen sah, fiel ihm auf, dass er seine Weste vergessen hatte. Ein glühend heißer Schreck durchfuhr ihn. Er wusste nicht einmal mehr, ob sie noch auf dem Felsvorsprung lag oder ob er sie versehentlich mit dem toten Körper in den Abgrund geworfen hatte. So oder so war es zu spät zurückzukehren und nachzusehen. Noch einmal hätte er die körperlichen Strapazen der Kletterpartie nicht bewältigt. Ihm blieb nichts anderes übrig, als sein Schicksal in die Hände eines Gottes zu legen, an den er längst nicht mehr glaubte.

Nachwort

Jede Geschichte ist eine Gratwanderung zwischen Realität und Fiktion, eine Mischung aus erfundenen Ereignissen und Figuren, die in Zeiten und Orte eingebettet sind, die es tatsächlich gibt oder gegeben hat. So auch die unsere.

Das Gestüt Seydell existiert wirklich, aber wir haben es umbenannt und in die Lüneburger Heide verpflanzt, in die Nachbarschaft eines Ortes, den es ebenfalls tatsächlich gibt, der aber von uns auch einen neuen Namen bekommen hat: Birkmoor.

Auch unsere Figuren sind erfunden, die meisten jedenfalls. Wobei sie uns so sehr ans Herz gewachsen sind, dass wir meinen, sie müssten doch gelebt haben. Einige historische Persönlichkeiten sind hingegen real, wie etwa Königin Victoria und ihr Diener Abdul Karim, genannt Munshi.

Auch das Grand National, das Pferderennen in Aintree bei Liverpool, haben wir nicht erfunden. Es wird seit 1839 ausgetragen und gilt noch heute als gefährlichstes Hindernisrennen der Welt. Dutzende von Pferden haben bei Stürzen ihr Leben gelassen, die meisten am Becher's Brook. Einige Hindernisse wurden im Laufe der Jahre modifiziert, um die Zahl der Unfälle zu senken, jedoch nur mit mäßigem Erfolg. Erst seit 1977 sind Frauen als Jockeys zugelassen.

Hin und wieder haben wir auch ein wenig bei den Daten geschummelt, damit sie sich besser in unsere Geschichte einfügen. So hat etwa das Distanzrennen von Berlin nach Wien, über das Ludwig und Alexander beim Frühstück streiten, erst drei Jahre später stattgefunden. Aber der erwähnte Premierleutnant von Kronenfeldt kam tatsächlich als dritter deutscher Reiter ins Ziel, wenn auch, soweit wir wissen, nicht auf einem Pferd des Gestüts Seydell.

Wenn es irgend ging, haben wir uns jedoch so genau wie möglich an die historischen Daten und Fakten gehalten, etwa bei der Cholera-Epidemie in Hamburg, einschließlich des Zitats von Robert Koch, das genau so überliefert ist, wie Alexander es in der Zeitung liest.

Eine ganze Reihe Menschen haben uns bei der Recherche zu dem Buch geholfen. Unser besonderer Dank gilt Alexa von Baath und Dr. Roland Wörner vom Ausbildungszentrum für Reitsport Luhmühlen sowie Christoph Neddens von der Bibliothek des Deutschen Pferdemuseums in Verden an der Aller. Sie haben uns Dinge über Pferde gelehrt, die wir ansonsten nie erfahren hätten. Ferner bedanken wir uns bei Elke Homann-Peper vom Heimatverein Egestorf, die uns bei unserem Besuch im Dorfmuseum »Dresslers Hus« wertvolle Informationen über das Leben in der Lüneburger Heide in früheren Zeiten gegeben hat.

Auch wenn wir uns bemüht haben, die Ereignisse möglichst passgenau in den historischen Kontext einzubetten, war unser wichtigster Anspruch nicht historische Korrektheit, sondern eine Geschichte zu erzählen von Menschen, denen das Leben übel mitspielt, die aber dennoch den Mut besitzen, ihr Schicksal selbst in die Hand zu nehmen.

Wir hoffen, dass die Lektüre unseres Buchs unseren Leserinnen und Lesern ebenso viel Freude bereitet wie uns das Schreiben. Und dass wir Neugier darauf geweckt haben, wie es mit den Erben von Seydell weitergeht. Denn noch ist ihre Geschichte nicht zu Ende erzählt.

Düsseldorf, April 2020
Sophie Martaler

Die Geschichte um das Gestüt Seydell geht weiter

1914: Nach einem erbitterten Streit mit seinem Bruder hat Alexander von Seydell seine Heimat verlassen und sich in Navarra eine neue Existenz aufgebaut. Als der Erste Weltkrieg ausbricht, scheint ihn das nichts anzugehen, doch wegen einer Verwechslung muss er sich der französischen Armee anschließen. Auch sein leiblicher Sohn Robert muss an die Front, wo seine Vaterlandstreue auf eine harte Probe gestellt wird. Und dann stehen sich Vater und Sohn als Feinde auf dem Schlachtfeld gegenüber. Zur gleichen Zeit kämpft Alexanders große Liebe Luise in der Lüneburger Heide um das Gestüt und das Glück ihrer Tochter…

 Auch als E-Book erhältlich.

Band 2 der großen Saga erscheint im Januar 2021

Lesen Sie hier schon die ersten Kapitel

Lüneburger Heide, Mai 1914

Der Tag war kühl gewesen, und ein frischer Wind hatte Sprühregen über das Land geweht. Jetzt aber war die Wolkendecke aufgerissen, und die Abendsonne ließ die roten Backsteinmauern von Seydell warm leuchten. Auch das Innere des großen Herrenhauses war hell erleuchtet, nicht nur von der untergehenden Sonne, die durch die hohen Fenster in den Salon fiel, sondern auch von den unzähligen Kerzen, deren Flammen sich in den Kristallprismen des Kronleuchters spiegelten.

Luise lächelte den Gästen zu und nippte an ihrem Champagner. Die Musik, die Gäste, das Essen, der Wein und nun sogar das Wetter, alles war perfekt für die Verlobung ihrer Tochter. Es gab nur zwei Wermutstropfen: Der eine war das Fehlen ihres ältesten Sohnes Robert, der andere die Anwesenheit dieser Dirne Rebekka Stein, die in ihrem geschlitzten Kleid nach der neuesten Tango-Mode nicht einmal versuchte, den Schein zu wahren. Doch davon würde Luise sich den Abend nicht verderben lassen, dafür war sie viel zu dankbar.

Luise fing Anna-Marias Blick auf, die selig lächelte. Wie sehr hatte Luise sich in den vergangenen Jahren gewünscht, ihre Tochter so glücklich zu sehen, doch meistens vergeblich. Sie wusste nicht mehr, wann Anna-Maria das Lächeln verloren hatte. Eines Tages jedoch war ihr aufgefallen, dass das Mädchen an der Schwermut litt und immer trübsinniger wurde. Luise hatte alles versucht, um sie aufzumuntern. Sie war mit Anna-Maria nach Berlin gereist, wo sie Konzerte und Ausstellungen besucht und im Kaufhaus Wertheim Kleider und Hüte nach der neuesten Mode gekauft hatten. Vergeblich. Luise wollte ihre Tochter auch nach Paris schicken, fest davon überzeugt, dass diese Stadt jedes Mädchen glücklich machen musste. Doch Anna-Maria hatte sich strikt geweigert. In ihrer Verzweiflung suchte Luise sogar einen Arzt auf, der ihrer Tochter Medikamente verschrieb, doch die hatten das Leiden bloß verschlimmert.

Und dann waren sie im vergangenen Sommer bei der Familie Klimmeck zum Abendessen eingeladen gewesen. Lothar Klimmeck war Staatsanwaltschaftsrat in Lüneburg, er und Ludwig kannten sich von den Treffen des Alldeutschen Verbandes. An dem Abend hatte Anna-Maria Klimmecks Sohn Enno kennengelernt, der in Jena Jura studierte, und seither war sie wie ausgewechselt. Plötzlich konnte sie wieder lachen, ihre Wangen schimmerten rosig, und ihre Augen glänzten.

Deshalb hatte Luise ihren Mann Ludwig dazu gedrängt, sofort der Verlobung zuzustimmen, obwohl Anna-Maria erst siebzehn war. Mit der Heirat würden die beiden ohnehin warten, bis Enno das Studium beendet hatte.

Luise trat zu ihrer Tochter. »Glücklich?«

»Ich könnte die ganze Welt umarmen!« Anna-Maria strahlte Luise an. »Ist Enno nicht wunderbar, ist er nicht der beste Mann, den eine Frau sich wünschen kann?«

Luise lächelte. »Das ist er, mein Kind.«

In ihren Augen war Enno Klimmeck ein eher unscheinbarer junger Mann, schmal gebaut und mit einem kindlichen Gesicht, dem man nicht ansah, dass er bereits zweiundzwanzig war. Seine äußere Erscheinung passte zu seinem Wesen. Er war ein gutherziger, friedfertiger Bursche, nicht so laut und wild wie viele seiner Altersgenossen. Zwar gehörte Enno der schlagenden Studentenverbindung Corps Thuringia an, doch Luise hatte den Verdacht, dass er dieser vor allem seinem Vater zuliebe beigetreten war. Lothar Klimmeck war heute in seiner Hauptmannsuniform erschienen, die noch immer perfekt saß. Überhaupt schien ihm alles Militärische überaus wichtig zu sein, mehr noch als Ludwig, der den Alldeutschen zwar nach dem Mund redete, jedoch mehr Lebemann als Militarist war.

Klimmecks Frau Dorothea war das genaue Gegenteil ihres Mannes. Üppig, warmherzig, redselig. Für die Warmherzigkeit war Luise Dorothea Klimmeck unendlich dankbar, denn sie hatte die Eigenschaft offenbar auf ihren Sohn übertragen und diesen so zu dem Mann gemacht, der Anna-Maria von ihrer Schwermut erlöst hatte.

Außer den Klimmecks hatten Ludwig und Luise ein halbes Dutzend Familien eingeladen, mit denen sie regelmäßigen Umgang pflegten. Darunter auch Kommerzienrat von Seggern und seine Frau, deren Tochter im vergangenen Jahr einen ostpreußischen Großgrundbesitzer geheiratet hatte. Es gab einmal eine Zeit, da hatte Luise gehofft, die Bankierstochter würde ihren Sohn Robert heiraten. Aber das war, bevor Ludwig seinen Erstgeborenen enterbt hatte.

Eben wegen dieses Zerwürfnisses war Robert heute nicht anwesend. Vor den Gästen hieß es, dass der junge Rittmeister in Berlin unabkömmlich sei. Tatsächlich war Robert seit jenem fatalen Sommerabend vor acht Jahren, als die Wahrheit über seine Herkunft ans Licht gekommen war, kaum ein Dutzend Mal auf Seydell gewesen, und das auch nur, weil Luise ihrem Mann mit Scheidung gedroht hatte, sollte er es nicht erlauben.

Meistens war Robert zu Weihnachten für ein paar Tage in die Lüneburger Heide gereist, außerdem im Februar vor zwei Jahren zu Luises vierzigstem Geburtstag sowie zur Beerdigung der Hauswirtschafterin Agnes Kirchhoff, die im Herbst 1910 mit sechsundsechzig Jahren tot umgefallen war. Zuvor war sie immer vergesslicher geworden, doch trotz ihrer jahrelangen Feindschaft hatte Luise es nicht übers Herz gebracht, der altgedienten Angestellten zu kündigen. Seit ihrem Tod stand das ehemalige Stubenmädchen Anni Mälzer dem Hausstand vor, die jetzt zu Luise trat.

»Es ist alles gerichtet, gnädige Frau, wir können jederzeit mit dem Auftragen der Speisen beginnen.«

»Danke, Anni.« Obwohl ihr als Hauswirtschafterin die Anrede Fräulein Mälzer zustand, nannte Luise die Frau, die genauso alt war wie sie selbst, noch immer beim Vornamen. Anni selbst hatte darauf bestanden.

Gerade wollte Luise die Gäste ins Speisezimmer bitten, wo das Diner eingenommen werden sollte, als die Türglocke einen weiteren Gast ankündigte.

Einer der Diener, die sie für den Abend gemietet hatten, eilte in die Eingangshalle. Wenig später drehten sich alle Gäste zur Tür des Salons um, wo der Neuankömmling stand. Luise entfuhr ein leiser Schrei. Anna-Maria eilte ihrem Bruder entgegen.

»Du hast es geschafft, Robert. Wie wunderbar!«

»Ich habe es dir doch versprochen, Näschen.« Er hob sie hoch und wirbelte sie herum. »Glaubst du, ich lasse mir die Verlobung meiner Schwester entgehen?«

Luise warf einen hastigen Blick zu Ludwig, der mit erstarrter Miene neben Rebekka Stein stand. Zum Glück schenkte ihm niemand Beachtung.

»Ich nehme an, das ist der Herr Rittmeister, der Erbe von Seydell«, sagte Lothar Klimmeck und streckte die Hand aus. »Hocherfreut. Klimmeck, Hauptmann der Reserve.« Er drehte sich um. »Bringt dem Mann ein Glas Champagner!«

Nun setzte das Gemurmel wieder ein. Robert wurde begrüßt und mit Fragen über die Lage in Berlin bestürmt. Ob die Gerüchte stimmten, dass es bald Krieg geben würde, ob es ihn an die Front dränge, ob man es den Franzosen wieder zeigen würde.

Robert wehrte alle Fragen mit einem Lächeln ab. »Heute geht es nicht um mich und auch nicht um das Reich, sondern einzig und allein um meine Schwester und ihren Zukünftigen«, verkündete er.

Luise wartete, bis der Trubel sich ein wenig gelegt hatte und Robert sich zu ihr gesellte. »Hallo, Mutter.« Er küsste sie auf die Wange.

»Mein Junge.« An jenem schrecklichen Tag vor acht Jahren, als sie ihm eröffnet hatte, wer sein leiblicher Vater war, hatte Luise befürchtet, dass er nie wieder ein Wort mit ihr reden würde. Tatsächlich war es schwierig gewesen, sein Vertrauen zurückzugewinnen. Umso erleichterter war sie, dass er ihr offensichtlich vergeben hatte.

»Näschen sieht glücklich aus.«

»Du sollst sie nicht so nennen, Robert. Sie ist kein Kind mehr.«

»Erinnerst du dich noch an die Zeit, als sie so neugierig war, dass sie überall ihr Näschen reingesteckt hat?«

Luise seufzte.

Robert blickte sich suchend um. »Wo steckt mein kleiner Bruder?«

Luise zuckte mit den Schultern. »Eben war er noch hier.«

Robert presste die Lippen zusammen. »Er hat sich meinetwegen verdrückt.«

»Unsinn«, widersprach Luise, obwohl sie den gleichen Verdacht hatte.

Bruno kam nach seinem Vater. Er war egoistisch, durchtrieben und missgünstig, und er hasste seinen großen Bruder. Es war fast wie damals bei seinem Vater und seinem Onkel. Bruno und Robert waren ebenso Feuer und Wasser, wie Ludwig und Alexander es gewesen waren. Als würde das Schicksal sich wiederholen.

Ein Klirren riss Luise aus ihren Gedanken. Enno Klimmeck stand in der Mitte des Salons und klopfte mit einem Silberlöffel an sein Champagnerglas. Die Gespräche verstummten, alle sahen ihn erwartungsvoll an. Er winkte Anna-Maria, die zögernd neben ihn trat. In ihrem eleganten engen Kleid mit Schleppe sah sie wunderschön aus, wie Luise voller Stolz feststellte.

»Verehrte Gäste«, begann Enno, »vor Ihnen steht ein sehr glücklicher Mann. Vor fast genau einem Jahr habe ich Anna-Maria zum ersten Mal gesehen und mich auf der Stelle unsterblich in sie verliebt. Zu meinem großen Erstaunen hat sie meine Gefühle erwidert.«

Einige der Umstehenden lachten leise.

»Vor sechs Wochen habe ich es nicht länger ausgehalten und um ihre Hand angehalten, und heute steht sie hier neben mir als meine Verlobte.«

Applaus brandete auf, Enno hob die Hand und sah seiner Verlobten in die Augen. »Als dein Ehemann möchte ich dir die Welt zu Füßen legen, meine liebe Anna-Maria, doch heute Abend ist mein Geschenk bescheidener. Sicherlich erinnerst du dich, dass alles mit einem kleinen Vogel begann.«

Luise bemerkte, wie ihre Tochter errötete.

»Diese bezaubernde junge Dame hier stieß in unserem Haus versehentlich an einen Beistelltisch, als wir einander vorgestellt wurden, und ein kleiner Vogel aus Porzellan fiel herunter. Ich konnte ihn rechtzeitig auffangen, bevor er auf dem Boden zerbrach. Liebste Anna-Maria, das hier ist der Vogel, der unser Glück begründet hat.« Er zog eine kleine Porzellanfigur aus seiner Westentasche. »Dieses Geschöpf ist wunderschön, wenn auch nicht annähernd so schön wie du, Liebste, und ich werde dich ebenso hüten und beschützen, dich auffangen, wenn du fällst, das verspreche ich dir.«

Er drückte ihr die Figur in die Hand, schloss ihre Finger darum und küsste sie sanft.

Wieder applaudierten die Gäste.

»Schön gesagt, mein Junge«, sagte Dorothea Klimmeck mit einem Seufzer und tupfte sich die Augen mit einem Taschentuch ab.

Ludwig räusperte sich. »Dann sollten wir jetzt zum Essen schreiten. Wenn Sie mir bitte folgen wollen!«

Auf dem Weg ins Speisezimmer kamen Anna-Maria und Enno an Luise und Robert vorbei.

»Ich hoffe, Sie haben nicht vor, meine Schwester wie einen Vogel in den Käfig zu sperren«, neckte Robert seinen zukünftigen Schwager.

»Um Himmels willen, nein«, erwiderte Enno erschrocken. »Das würde ich niemals tun.«

»Dann ist es ja gut.«

»Hör nicht auf ihn, Enno.« Anna-Maria blitzte ihren Bruder ärgerlich an und zog ihren Verlobten weg.

»Robert«, schalt Luise ihren Sohn, als die beiden außer Hörweite waren, »musst du den jungen Mann so verschrecken?«

Sie wollte noch etwas hinzufügen, doch in dem Augenblick bemerkte sie Bruno, der aus dem Dienstbotentrakt in die Eingangshalle schlüpfte. Etwas an der Art, wie er sein Jackett richtete, beunruhigte sie. Hastig wandte sie sich wieder Robert zu und hakte sich bei ihm unter, bevor sie gemeinsam das Speisezimmer betraten. Heute war ein glücklicher Tag, und den würde sie sich von nichts und niemandem verderben lassen.

Martha Horitza stand mit zitternden Knien neben der Hintertür im Hof und atmete tief ein und aus. Langsam flaute die Übelkeit ab. Sie lehnte sich gegen die Hauswand. Diesen Abend hatte sie sich wahrhaft anders vorgestellt. Dabei hatte alles so wunderbar begonnen. Kurz vor Ankunft der Gäste hatte Martha erst der Herrin und dann der Tochter beim Ankleiden und Frisieren geholfen. Obwohl die Kleider für die vornehmen Damen längst nicht mehr so schwierig anzuziehen waren wie zu der Zeit, als sie angefangen hatte, auf dem Gestüt zu arbeiten, gab es noch immer genug für sie zu tun. Vor allem beim Frisieren war Martha eine wahre Meisterin, und die gnädige Frau wusste das zu schätzen. Luise war bester Laune gewesen und hatte fröhlich mit Martha geplaudert. Die beiden waren trotz ihrer ungleichen Stellung so etwas wie Freundinnen. Mehr noch, sie waren sogar heimliche Schwägerinnen, Martha war mit Luises unehelichem Halbbruder Georg verheiratet. Das jedoch wussten nur Martha, Georg und die Herrschaften.

Martha hatte sich von Herzen über den heutigen Tag gefreut, sie wünschte Anna-Maria alles Glück der Welt. Dennoch verspürte sie auch einen schmerzhaften Stich in der Brust, wann immer sie daran dachte, dass auf Seydell bereits die nächste Generation heiratete und bestimmt auch bald Nachkommen in die Welt setzen würde, während sie selbst niemals ein eigenes Kind in den Armen wiegen würde.

Vierzig Jahre war sie nun alt und würde mit Sicherheit nicht mehr schwanger werden. Anfangs hatte sie jeden Monat um die Regel gebetet, hatte Angst davor gehabt, ein Kind zu empfangen, das sein würde wie Cäcilie. Doch dann waren die Jahre gekommen, in denen es ihr egal gewesen wäre und sie sich nichts mehr gewünscht hatte als ein Baby. Hauptsache, Georgs Augen hätten nicht mehr diesen kummervollen Ausdruck, der sogar in den glücklichsten Stunden nicht ganz verschwand.

Er hatte sich damit abgefunden, dass er nicht Vater werden würde und das kleine Haus in Birkmoor vergeblich ausgebaut hatte, um Platz für eine Familie zu schaffen. Und er liebte Martha nicht weniger, weil sie kinderlos waren. Dennoch war seine Trauer mit Händen zu greifen. Als uneheliches Kind war er in einem Heim aufgewachsen, in dem

Strenge und Lieblosigkeit geherrscht hatten. Er wollte es gern besser machen, wollte einem Kind ein echtes Zuhause und die Liebe eines Vaters schenken.

Nachdem die Herrschaften nach unten in den Salon gegangen waren, hatte Martha sich darangemacht, Luises Zimmer aufzuräumen, ihre Arbeit jedoch unterbrochen, um vom Fenster aus zuzusehen, wie die Kutschen vorfuhren und die Gäste das Haus betraten. Kurz nachdem alle eingetroffen waren, kam ein Reiter die Lindenallee heraufgesprengt, und Marthas Herz machte einen Satz. Es war Robert. Bestimmt hatte Anna-Maria das eingefädelt, sie liebte ihren Bruder abgöttisch, er war der Einzige, in dessen Gegenwart sie unbeschwert war und lachen konnte. Zumindest war es lange Jahre so gewesen. Bis Enno Klimmeck aufgetaucht war.

Martha hatte ein Stoßgebet zum Himmel geschickt, dass der Hausherr keine Szene machen würde, und sich abgewandt, um den Schmuck ihrer Herrin wegzuräumen. Luise trug heute Abend lediglich das Medaillon mit dem Foto ihrer Mutter, an dem sie sehr hing. Martha verstaute die übrigen Stücke in der Schatulle, die Robert seiner Mutter zum vierzigsten Geburtstag geschenkt hatte. Sie war wunderschön, aus dunklem Holz gefertigt und mit Intarsien in Form von silbernen Schwänen verziert.

Als Martha mit dem Aufräumen fertig war, ging sie über die Dienstbotentreppe nach unten. In der Schuhkammer stand noch ein Paar schlammige Reitstiefel, die Luise am Morgen bei ihrem Ausritt getragen hatte. Als Martha auf dem Treppenabsatz ankam, hörte sie Tuscheln und Kichern. Bestimmt die Stubenmädchen. Hatten die etwa nichts zu tun? Martha machte sich bereit, die beiden zurechtzuweisen und an die Arbeit zu schicken, als sie eine Männerstimme vernahm.

»Du machst mich noch verrückt, weißt du das?«

Martha erstarrte. Das war der junge Herr.

Jetzt schrie das Mädchen auf. »Au, du tust mir weh, Bruno.«

Großer Gott, es war Gerti, die Neue. Die arme Kleine, Martha musste eingreifen, Bruno in seine Schranken weisen. Aber sie fürchtete sich vor ihm. Er war erst fünfzehn, ein Jahr jünger noch als Gerti, doch er war groß und kräftig. Und er war wie sein Vater.

Während Martha noch fieberhaft überlegte, was sie tun sollte, sprachen die beiden wieder.

»Ist es so besser?«, fragte Bruno mit rauer Stimme.

»Viel besser.«

Gütiger Himmel! Martha fasste sich ein Herz und spähte um die Ecke in den Korridor.

Gerti stand mit dem Rücken zur Wand, Bruno vor ihr. Er hatte ihr die Bluse aufgeknöpft und seine Hand hineingesteckt. Gerti blinzelte ihn keck an und schien zu genießen, was er mit ihr tat.

Martha wurde übel. Eine Erinnerung blitzte in ihr auf, die sie in die hinterste Ecke ihres Gedächtnisses verbannt hatte. Sie wollte wegrennen, doch ihre Beine versagten ihr den Dienst.

Jetzt schob Bruno dem Mädchen den Rock hoch. Gerti wehrte sich nicht, im Gegenteil, sie griff nach seiner Hose und öffnete den Gürtel.

»Warte«, raunte Bruno. »Lass uns von hier verschwinden, bevor wir erwischt werden.«

»Die Schuhkammer ist leer«, flüsterte Gerti.

Ohne sich voneinander zu lösen, bewegten sie sich auf den Raum zu, der ein Stück weiter den Korridor hinunter lag. Das Letzte, was Martha sah, bevor die Tür hinter den beiden zufiel, war Gertis Hand, die in Brunos Hosenschlitz verschwand.

Der Anblick war wie ein Faustschlag in die Magengrube. Martha schaffte es gerade noch, die Hintertür zu erreichen. In hohem Bogen erbrach sie sich auf das Kopfsteinpflaster des Hofs, wieder und wieder, bis nur noch Galle kam.

Navarra, am selben Abend, Mai 1914

Die Nacht war lau und vom Geruch nach frisch gemähtem Gras erfüllt, unter den sich der Duft der Rosen mischte, die Isabella vor vielen Jahren entlang der Einfahrt gepflanzt hatte. Der Himmel war mit Milliarden von Sternen übersät, funkelnd wie Strasssteine an einem Brautschleier.

Doch Alexander von Seydell konnte sich nicht an ihrer Schönheit erfreuen. Es musste bald Mitternacht sein, und seine Tochter war noch nicht zu Hause. Obwohl er ihr verboten hatte, das Gestüt zu verlassen, hatte sie sich heimlich davongeschlichen, wie so oft in letzter Zeit. Aber nicht, um auszureiten. Dafür hätte er Verständnis gehabt, das würde er ihr auch nicht verbieten. Ganz im Gegenteil. Früher waren sie häufig gemeinsam in die Berge geritten. Es waren schöne, unbeschwerte Stunden gewesen, eigentlich die einzigen, in denen er seiner Tochter nahe gewesen war, denn er tat sich schwer damit, Cristina Vater und Mutter zugleich zu sein.

Viel zu oft hatte er sich in den vergangenen Jahren im Stall verkrochen oder Arbeit auf den Koppeln vorgeschützt und es seinem Gesinde überlassen, sich um seine Tochter zu kümmern.

Flora, die alte Köchin, hatte sich sehr um das Mädchen bemüht. Aber auch ihr war Cristina schon vor langer Zeit entglitten. Alexander wusste, dass er seiner Tochter nicht so viel hätte durchgehen lassen dürfen. Doch wie hätte er streng gegenüber einem Kind sein können, das so früh seine Mutter verloren hatte?

Nun hatte sich vor einigen Wochen auch noch der Hauslehrer, den Alexander für seine Tochter eingestellt hatte, in den Ruhestand verabschiedet. Einen Ersatz hatte er noch nicht gefunden. Im Frühjahr gab es immer viel auf dem Gestüt zu tun, sodass Alexander das Problem vertagt hatte. Seit der Lehrer fort war, ließ sich Cristina noch weniger bändigen. Mehrmals in der Woche schlich sie schon früh aus dem Haus, sattelte ihre Stute und blieb den ganzen Tag verschwunden. Anfangs hatte Alexander noch angenommen, dass sie lange Ausritte unternahm, und lediglich darauf bestanden, dass sie auf sich achtgab und vor Einbruch der Dunkelheit zurückkehrte. Doch dann hatte einer der Knechte ihn darauf hingewiesen, dass Cristina nicht einen der Wege in die Berge, sondern die Straße hinunter ins Tal nahm. Also war Alexander ihr eines Morgens gefolgt und hatte herausgefunden, dass sie nach Urroz ritt, einem Ort, der etwa auf halber Strecke zwischen Los Pinos und Pamplona lag, wo sie sich mit einem jungen Mann traf.

Der Bursche hieß Felipe de Olivarez, war der Sohn eines Milchbauern und nach allem, was Alexander über ihn in Erfahrung gebracht hatte, ein anständiger Bursche. Ein wenig sehr temperamentvoll vielleicht, ein wenig zu radikal in seinem Kampf für die Rechte der Arbeiter, aber kein schlechter Mensch. Doch Cristina war erst vierzehn, viel zu jung für die Liebe und erst recht für einen Kerl, der bereits achtzehn war. Mal ganz abgesehen davon, dass eine Frau sich nicht einfach ohne Begleitung mit einem Mann treffen durfte, wenn sie ihren Ruf nicht aufs Spiel setzen wollte. Und Cristina würde noch ganz anderen Männern begegnen, sobald die Zeit gekommen war, Männern von ihrem Stand, gebildet und mit dem nötigen Vermögen, um ihr das Leben zu ermöglichen, das sie gewohnt war.

An jenem Abend hatte Alexander lange mit Cristina gesprochen und ihr erklärt, warum er sich Sorgen machte und ihr verbieten musste, Felipe weiterhin zu treffen, warum er darauf bestehen musste, dass sie Los Pinos nur noch in Begleitung verließ. Sie hatte zunächst heftig protestiert, dann aber eingelenkt und zu allem, was er sagte, brav genickt, und das hatte ihn in falsche Sicherheit gewiegt.

Alexander horchte auf, als Hufschlag ertönte. Endlich. Im nächsten Augenblick sah er Cristina auf ihrer Stute. Als sie durch das Tor trabte, stellte er sich ihr in den Weg und griff nach den Zügeln.

Cristina schrie auf. »Du hast mich erschreckt, Vater.«

»Du mich auch. Wir hatten ausgemacht, dass du nicht allein ausreitest.«

»Ich bin kein kleines Kind mehr.«

»In der Tat. Du bist eine unverheiratete junge Frau und solltest auf deinen Ruf achten. Absteigen!«

Cristina rutschte aus dem Sattel. »Das ist albern, Vater.

Weder eine Bäuerin noch eine Arbeiterfrau geht in männlicher Begleitung aus. Niemand verurteilt sie dafür. Wie auch? Sie müssen Geld verdienen und sich zudem noch um den Haushalt und die Familie kümmern.«
»Du bist aber keine Bäuerin. Und du musst auch keine Familie ernähren. Oder willst du bei Flora in die Lehre gehen, so wie Belen?« Alexander schob die Stute zur Seite, um seiner Tochter in die Augen zu sehen. »Du kannst gleich morgen in der Küche anfangen. Deine Mutter war sich auch nie zu schade, mit anzupacken, wenn Not am Mann war.«
»Meine Mutter, die Heilige.« Cristina verschränkte die Arme. »Ich kann es nicht mehr hören.« Sie stapfte trotzig ein paar Schritte von ihm weg, drehte sich dann um. »Mutter ist tot, hörst du? Tot! Tot! Jetzt hast du nur noch mich, die dumme, faule, ungehorsame Tochter.«
Alexander schluckte hart. »Ich bin sehr froh, dass ich dich habe, Cristina. Genau deshalb möchte ich dich beschützen. Du weißt so wenig von der Welt.«
»Ich weiß mehr, als du denkst. Ich weiß, dass die Welt ungerecht ist, dass einige wenige alles besitzen, obwohl sie nie etwas dafür getan haben, und dass andere sich kaputtrackern und es dennoch nicht zum Leben reicht. Und du...« Sie zeigte mit dem Finger auf ihn. »Du bist einer von denen, die auf Kosten der Armen in verschwenderischem Prunk leben, einer von diesen Schmarotzern, die das Land aussaugen, bis nichts mehr da ist als unfruchtbare, vertrocknete Ödnis.«
»Du hältst mich für einen Ausbeuter?«, fragte Alexander fassungslos. »Du weißt, dass ich genauso hart schufte wie jeder Knecht auf Los Pinos, dass ich mir für keine Arbeit zu schade bin, dass ich abends oft der Letzte im Stall bin und

morgens der Erste. Du kannst mir vieles vorwerfen, Cristina, meinetwegen auch, dass ich ein schlechter Vater bin. Aber das nicht.«

»Trotzdem ist es nicht gerecht.«

»Redet er dir das ein?«

»*Er* hat einen Namen. Er heißt Felipe. Und er muss es mir nicht einreden, ich sehe es überall. Wusstest du, dass Belen nicht einmal ihren eigenen Namen schreiben kann? Sie hat von klein auf zu Hause geholfen und nie eine Schule von innen gesehen.«

»Belen ist Analphabetin?« Alexander vergaß für einen Augenblick seine Wut auf Cristina.

»Flora hat es gut vor dir verborgen, nicht wahr? Sie wollte ihrer Großnichte etwas Gutes tun, aber sie hatte Angst, dass du sie nicht einstellst, wenn du davon erfährst.«

»Das wusste ich nicht.«

»Natürlich nicht. Für dich gibt es nur deine Pferde, Vater. Etwas anderes willst du nicht sehen. Da draußen leben Tausende wie Belen, die Hälfte der spanischen Bevölkerung kann nicht lesen und schreiben.«

»Und das wirfst du mir vor?«

»Männern wie dir, die Reichtum anhäufen, während andere nicht genug haben, um ihre Familie zu ernähren, selbst wenn sie noch so hart arbeiten. Für diese Menschen kämpft Felipe. Niemand soll etwas besitzen, alles soll allen gehören.«

»Dann will dein Felipe uns also Los Pinos wegnehmen.«

Cristina stemmte die Hände in die Hüften. »Du willst es nicht verstehen, Vater.«

»Ich verstehe sehr wohl. Geh auf dein Zimmer, sofort. Wir sprechen morgen darüber.«

Cristina rührte sich nicht von der Stelle.

»Auf dein Zimmer«, wiederholte Alexander. Er war verärgert, aber vor allem war er müde. Und schockiert über das, was seine Tochter zu ihm gesagt hatte, über das, was sie über ihn dachte.

»Du kannst mich auf mein Zimmer schicken, du kannst mich einsperren«, verkündete Cristina. »Es wird nichts daran ändern, was ich denke.« Sie wandte sich ab und stapfte auf das Haus zu.

Das werden wir ja sehen, dachte Alexander und führte die Stute in den Stall.

Lüneburger Heide, am selben Abend, Mai 1914

Es war spät, als Luise endlich ihr Nachthemd überstreifte. Sie hatte Martha, die sich anscheinend den Magen verdorben hatte, nach Hause geschickt und sich allein umgekleidet. Der Abend war ein voller Erfolg gewesen, selbst Bruno und Robert waren nicht aneinandergeraten, ganz im Gegenteil, Bruno hatte sogar mit seinem älteren Bruder gescherzt. Vielleicht bestand ja doch noch Hoffnung, dass die beiden sich zusammenraufen würden.

Gerade als Luise ins Bett gehen wollte, wurde die Tür aufgestoßen, und Ludwig marschierte ins Zimmer.

»Das hast du ja wirklich schlau eingefädelt, meine Liebe«, bemerkte er sarkastisch.

Natürlich. Wie hatte sie so dumm sein können anzunehmen, er würde die Sache auf sich beruhen lassen.

»Wenn du Robert meinst, damit habe ich nichts zu tun.«

Luise trat vorsichtshalber ein paar Schritte zurück. Ludwig hatte reichlich dem Alkohol zugesprochen, das machte ihn unberechenbar.

»Blödsinn.« Er knallte die Tür zu. Immerhin schien auch er nicht zu wollen, dass jeder im Haus ihren Streit mitbekam.

»Ich war genauso überrascht wie du«, erklärte Luise so ruhig wie möglich. »Deine Tochter hat ihn eingeladen. Du weißt, wie sehr sie an ihm hängt.«

»Die dumme Pute. Wenn sie wüsste …«

»Fang nicht damit an, Ludwig.«

»Warum nicht? Ist es dir etwa unangenehm? Vielleicht haben wir noch viel zu wenig darüber geredet. Vielleicht kenne ich noch immer nicht die ganze Wahrheit. Vielleicht ist Anna-Maria ebenso ein Bastard wie Robert.«

»Das ist blanker Unsinn, Ludwig. Als sie geboren wurde, war Alexander schon Jahre fort.«

»Ach, glaubst du wirklich, dass ich nicht weiß, dass mein verkommener Bruder nicht der Einzige war, mit dem du ins Bett gestiegen bist? Hältst du mich für so dämlich?«

Luise erschrak. »Anna-Maria ist dein Kind, Ludwig. Und Bruno ist es auch.«

»Ich habe lediglich dein Wort dafür. Das Wort einer Hure.«

»Rede nicht so mit mir, Ludwig! Ich jedenfalls habe immerhin noch so viel Anstand, meine Liebschaften nicht zu Familienfeiern einzuladen.« Das stimmte nicht, wie Luise im selben Moment einfiel. Auf dem folgenschweren Sommerfest vor acht Jahren war ihr damaliger Geliebter Rittmeister Leopold von Arnim unter den Gästen gewesen. Doch niemand hatte etwas von der Affäre gewusst oder auch nur geahnt, während Ludwigs Techtelmechtel mit Rebekka Stein ein offenes Geheimnis war.»Du jedoch hast keinerlei Hemmungen, dieses Flittchen zur Verlobung deiner Tochter mitzubringen.«

»Rebekka ist kein Flittchen. Sie ist eine seriöse Schauspielerin.«

Luise lachte bitter. »Ich kann nicht glauben, dass wir dieses Gespräch führen.«

Ludwig baute sich vor ihr auf. Seine nächsten Worte waren in eine Alkoholwolke gehüllt.»Wage ja nicht, Rebekka zu beleidigen, hörst du? Sie ist eine anständige junge Frau, die sich ihren Lebensunterhalt mit harter Arbeit verdient.«

Luise presste die Lippen zusammen. Ludwig schien es wirklich ernst zu sein. Er hatte die Schauspielerin vor einigen Monaten bei einer seiner zahlreichen Berlinreisen kennengelernt. Wo und wie genau, wusste Luise nicht. Rebekka Stein hatte in einer Reihe von Filmen mitgewirkt, hatte junge Frauen in Not gespielt, die um ihr Glück kämpften und dabei in allerlei absurde Situationen gerieten. Bisher hatte Luise sich nicht an Ludwigs Affäre mit ihr gestört, sie war der Frau sogar dankbar gewesen, weil sie ihren Mann bei Laune hielt. Doch offenbar machte Ludwig sich mehr aus ihr, als Luise geahnt hatte.

»Was sagen denn deine Freunde von den Alldeutschen zu deiner Liaison?«, fragte sie mit schneidender Stimme.»Einer der Ihren steigt ins Bett mit einer Jüdin, wie kann das angehen? Sind für euch die Juden nicht schuld am gesamten Elend dieser Welt?«

»Pass auf, was du sagst, Luise!« Ludwig packte sie an den Armen und schüttelte sie.

»Schon gut.« Sie machte sich los, erschrocken über seinen Ausbruch.

»Nichts ist gut«, fuhr er sie an. »Ich lasse mir deine Unverschämtheiten nicht länger bieten. Morgen früh begleite ich Rebekka nach Berlin zurück. Und du sorgst dafür, dass dein Bastard dieses Haus ebenfalls verlässt.«

»Ludwig, bitte.«

»Ich habe eine arme Pfarrerstocher geheiratet, ohne dass mich irgendwer daran gehindert hätte. Niemand hat mich deswegen geschnitten oder nicht mehr mit dem gebührenden Respekt behandelt. Ich bin Ludwig von Seydell, ein Mann von Stand, ein angesehener Gestütsbesitzer, ich verkehre in den besten Kreisen. Warum sollte ich mich nicht von der armen Pfarrerstochter wieder scheiden lassen, wenn sie mir nicht mehr gefällt? Gründe hat sie mir jedenfalls genug geliefert. Ich könnte sogar deren Namen aufzählen.«

Luise fuhr der Schreck in alle Glieder. »Ludwig, das kannst du nicht machen!«

»Ach nein? Warum denn nicht?« Er wandte sich ab und schlenderte zur Tür. Die Klinke in der Hand, drehte er sich noch einmal um. »Sieh dich vor, Luise. Sonst stoße ich dich in die Gosse zurück, aus der du gekrochen bist.«

Navarra, in derselben Nacht, Mai 1914

Cristina blickte sich im Zimmer um. Sie wollte nur das Nötigste mitnehmen, der Weg war lang, außerdem würde sie nicht viel brauchen. Sie wollte nicht mehr besitzen als die Menschen, mit denen sie von nun an zusammenleben würde. Nach einigem Zögern nahm sie die Schatulle vom Frisiertisch, in der sie einige Erinnerungsstücke an ihre Mutter aufbewahrte. Eine Brosche, die Isabella bei ihrer Hochzeit getragen hatte, eine verblichene Fotografie, die sie im Sattel zeigte, und eine Postkarte, die sie Cristina aus San Sebastian geschickt hatte, als sie Alexander zu einer Hengstschau begleitet hatte. Cristina erinnerte sich, wie der Knecht Eduardo ihr stockend den Text vorgelesen und wie viel Mühe er gehabt hatte, die Buchstaben zu entziffern. Und wie sehr Cristina ihn dafür bewundert hatte, dass er aus diesen sinnlosen Zeichen richtige Wörter zaubern konnte.

Sie trat ans Fenster, doch es war zu dunkel, um viel von den Stallungen und Koppeln zu erkennen. Sie würde Los Pinos vermissen, vor allem die Pferde. Auch wenn sie es ihrem Vater gegenüber ungern zugab, sie liebte diese wunderbaren Tiere ebenso wie er. Vor allem ihre Stute Gitana. Doch wie alle anderen auch musste sie Opfer bringen für die große Sache. Sie konnte Gitana nicht mitnehmen, sich nicht einmal von ihr verabschieden, das wäre zu riskant. Ihr Vater bemerkte vielleicht nicht, wenn sich seine einzige Tochter heimlich fortschlich, aber wenn in den Ställen etwas vor sich ging, schien er das zu spüren.

Cristina unterdrückte ein Seufzen. Sie würde auch ihn vermissen, keine Frage. Warum musste er nur so stur sein! Ausgerechnet er sollte es besser wissen. Hatte er nicht am eigenen Leib erfahren, wie ungerecht es war, wenn die einen alles besaßen und die anderen nichts?

Ihr Vater hatte ihr nie viel von seinem früheren Leben erzählt, von seiner Kindheit in Deutschland, von dem Gestüt in der Heide, wo er aufgewachsen war. Er schien auch nichts aus jener Zeit zu besitzen, bis auf eine Taschenuhr, die er ständig bei sich trug. Als Cristina eines Tages all ihren

Mut zusammengenommen und ihn gefragt hatte, warum er Deutschland verlassen habe, hatte er erklärt, er habe keine Wahl gehabt, weil sein älterer Bruder das Gestüt geerbt und er mit leeren Händen dagestanden habe. War das nicht ein himmelschreiendes Unrecht? Ihr Vater hatte alles verloren, bloß weil er vier Jahre zu spät zur Welt gekommen war. Wie konnte er sich da so sehr an seinen Besitz klammern?

Nicht, dass er seine Leute ausbeuten würde, das tat ihr Vater nicht. Er war bei seinem Gesinde beliebt wie kein anderer Don im ganzen Umkreis, und es war richtig, dass er immer selbst mit anpackte. Dennoch bestimmte er allein, was auf Los Pinos geschah, und er konnte seine Bediensteten jederzeit auf die Straße setzen, wenn ihm danach war.

Doch das würde sich bald ändern. Immer mehr Arbeiter wehrten sich gegen ihre Ausbeutung, in der Stadt und auf dem Land. Und ab sofort würde Cristina eine von ihnen sein. Felipe würde ihr eine Anstellung in einer Fabrik in Pamplona besorgen, und dann würde sie Seite an Seite mit ihren Brüdern und Schwestern für Gerechtigkeit kämpfen.

Cristina spähte erneut nach draußen. Alles war dunkel und still, es musste weit nach Mitternacht sein. Vorsichtig öffnete sie einen Fensterflügel. Sie wagte nicht, durchs Haus zu schleichen, die alten Dielen knarrten zu laut. Also musste sie springen. Sie hob die kleine Reisetasche hoch und stellte sie auf das Sims. Die Tasche gehörte einst ihrer Mutter, hatte die Form einer Arzttasche und bestand aus einem festen, mit einem Muster aus Schienen und Eisenbahnen bestickten Stoff, der schon ein wenig abgewetzt war.

Nachdem Cristina sich versichert hatte, dass niemand unter dem Fenster stand, ließ sie die Tasche fallen. Mit einem dumpfen Laut landete sie auf dem Boden. Cristina lauschte, doch im Haus blieb alles still.

Vorsichtig kletterte sie auf die Fensterbank und setzte sich. Es gab weder einen Baum in der Nähe noch Efeu, das an der Mauer emporgerankt wäre. Immerhin wuchs das Gras auf dieser Seite bis an die Hauswand. Cristina zählte bis drei, dann drückte sie sich ab. Der Aufprall war hart, sie knickte um, stürzte. Rasch stand sie auf und klopfte ihr Kleid ab. Im gleichen Augenblick schalt sie sich eine Närrin. Das Kleid einer Arbeiterin war nicht makellos sauber. Es war allerdings auch nicht von so feinem Stoff und Schnitt wie das ihre. Cristina hatte ihr einfachstes Kleid angezogen, dennoch war es noch immer viel eleganter als alles, was eine Arbeiterin sich leisten konnte.

Cristina nahm die Tasche, bog um die Hausecke und lief die Einfahrt entlang bis zum großen Tor. Es war nicht verschlossen, nur verriegelt. Sie schob den Riegel zur Seite und schlüpfte hinaus. Erst als sie das Tor wieder hinter sich zugezogen hatte, wagte sie einen Blick durch die Gitterstäbe zurück zum Haus.

Im Zimmer ihres Vaters brannte Licht. Cristinas Herz krampfte sich zusammen. Sie wollte ihm nicht wehtun, aber sie hatte keine Wahl. Vielleicht würde er es eines Tages verstehen, vielleicht würden sie sich eines Tages wiedersehen, und er würde sie in den Arm nehmen so wie früher, als sie noch ein kleines Mädchen gewesen war, und sie ganz fest halten.

»Ich bin stolz auf dich, mein Engel«, würde er sagen, genau wie damals.

»Und ich bin stolz auf dich«, würde sie antworten.

Alexander hatte unruhig geschlafen. Die halbe Nacht hatte er im Schein einer Petroleumlampe dagesessen und gegrübelt. Warum hasste Cristina ihn so sehr, dass sie sich auf die Seite der Menschen schlug, die alles vernichten wollten, was er aufgebaut hatte? Was hatte er falsch gemacht?

Alexander hatte durchaus Verständnis dafür, dass die Arbeiter für ein besseres Leben kämpften, und er wäre der Erste, der sie unterstützte. Aber Cristina wollte mehr, sie wollte das System umstürzen, allen ihren Besitz nehmen und ihn neu verteilen. Dafür hatte er kein Verständnis. Wenn alles allen gehörte, wie sollte dann dafür gesorgt werden, dass die Arbeit getan wurde? Und wer würde noch um etwas kämpfen, bis zum Umfallen dafür rackern, wenn es gar nicht ihm gehörte?

Irgendwann war Alexander dann doch vor Erschöpfung eingeschlafen. Als er aufwachte, ging die Nacht gerade in die Dämmerstunde über. Er stand auf, wusch sich, kleidete sich an und eilte zu den Stallungen. Inzwischen waren zu dem großen Stall, den sie nach dem Feuer neu gebaut hatten, zwei weitere hinzugekommen. Los Pinos ging es gut.

Um diese Jahreszeit waren die Ställe jedoch leer, die meisten Pferde blieben auch über Nacht draußen auf den Koppeln. Nur einige Reittiere standen in ihren Boxen und eine Mutter und ihr Fohlen im Stutenstall. Das Kleine war krank und musste unter Beobachtung bleiben.

Nachdem Alexander nach Mutter und Kind gesehen hatte, warf er einen Blick in den Stall mit den Reitpferden und atmete erleichtert auf, als er Gitana erblickte. Er würde später noch einmal mit Cristina reden, ganz in Ruhe.

Zurück im Haus bemerkte Alexander sofort, dass etwas

nicht stimmte. Vom ersten Stock drang Floras klagende Stimme zu ihm herunter, Schritte polterten über die Holzdielen, ein Fenster wurde krachend zugeschlagen.

Cristina! Alexander nahm zwei Stufen auf einmal. Im Korridor prallte er mit Flora zusammen.

»Sie ist fort«, schluchzte die alte Köchin. »Sie hat uns verlassen.«

»Hat sie nicht«, sagte Alexander beruhigend und tätschelte ihr die Schulter. »Ihre Stute steht im Stall.«

Er blickte auf und sah den Knecht Eduardo, der in Cristinas Zimmertür stand. Sein Blick war ernst.

Alexander ließ Flora los und trat zu ihm.

»Das Fenster war offen, Don Alexander. Und ein paar Sachen fehlen, sagt Jorja.«

Alexander stürzte ins Zimmer, wo die Magd gerade den Schrank durchsuchte. Als sie ihn bemerkte, richtete sie sich auf und knickste.

»Was fehlt?«, fragte er knapp.

»Ein paar Kleidungsstücke, Don Alexander. Außerdem die alte Reisetasche von Doña Isabella. Und eine kleine Schatulle, die immer auf dem Frisiertisch stand.«

Alexander musste sich an den Türrahmen lehnen, ihm war plötzlich schwindelig. Cristina war fort, und sie hatte nicht vor zurückzukommen. Seine Gedanken begannen zu rasen. Wenn sie die Stute nicht genommen hatte, musste sie ihre Flucht schon länger geplant haben, dann hatte dieser Felipe sie mitten in der Nacht abgeholt.

Unbändige Wut wallte in ihm hoch. Der Dreckskerl, wie konnte er es wagen! Keinen Funken Ehre hatte dieser Bauernbursche im Leib.

»Ich weiß, wo sie ist«, sagte er mit gepresster Stimme. »Ich hole sie zurück.«

»Ich komme mit, Don Alexander«, sagte Eduardo hinter ihm. Er stockte. »Wenn Sie erlauben.«

Alexander drehte sich zu ihm um. »Das muss ich allein tun.«

Eduardo senkte den Blick. »Mit Verlaub, Don, aber das halte ich für keine gute Idee. Ich kenne diesen Felipe und seine Freunde.«

Alexander schnappte nach Luft. »Woher weißt du …«

»Ich habe einmal gesehen, wie er die Señorita nach Hause gebracht hat. Seine Familie besitzt einen kleinen Hof im Tal. Milchvieh. Die beiden saßen auf dem Milchkarren, Gitana hatten sie hinten angebunden.«

Alexander starrte ihn an. »Und du hast kein Wort gesagt?«

»Ich dachte, es wäre nur dieses eine Mal gewesen.«

Alexander beherrschte sich mühsam. Er schlug mit der Faust gegen den Türrahmen, einmal, zweimal. Dann sah er wieder zu Eduardo. »Sattle zwei Pferde. Beeil dich!«

Der Knecht eilte davon.

Alexander wandte sich Jorja zu. »Du bist dafür verantwortlich, dass kein Wort von dem hier nach außen dringt. Niemand erfährt etwas davon, verstanden?«

Die Magd nickte. »Ja, Don Alexander.«

»Und jetzt beruhige Flora, ihr Gejammer ist ja nicht auszuhalten.«

Zehn Minuten später ritten Alexander und Eduardo auf der Landstraße ins Tal. Sie hatten sich ihre Gewehre umgehängt, doch Alexander hoffte inständig, dass sie die nicht würden benutzen müssen. Schon allein wegen Cristina. Aber bei den Anarchisten wusste man nie. Manche riefen nur zum Streik auf, andere legten Bomben und erschossen Menschen, die ihnen im Weg standen.

Je näher sie ihrem Ziel kamen, desto unruhiger wurde Alexander. Cristina würde sich mit Händen und Füßen wehren, so viel stand fest. Und wenn dieser Felipe ein paar seiner Freunde dabeihatte, wären Eduardo und er hoffnungslos in der Unterzahl. Alexander war plötzlich sehr froh, dass er nicht allein losgeritten war. Noch wohler wäre ihm, wenn er seine anderen Knechte ebenfalls mitgenommen hätte. Aber auf den Gedanken war er gar nicht gekommen. Zu sehr war er daran gewöhnt, der Herr zu sein, dem alle gehorchten und der seinen Willen nicht mit Gewalt durchsetzen musste. Aber Männer wie Felipe de Olivarez akzeptierten ihn nicht als Herrn. Sein Wort galt bei ihnen nichts.

Endlich tauchte der Hof vor ihnen auf. Er lag am Rand von Urroz am Ufer des Río Erro. Ein alter Mann trat ihnen entgegen, kaum dass sie vor das Haus geritten waren.

Er nahm die Mütze ab. »Was kann ich für Sie tun, Don Alexander?«

»Sind Sie Señor de Olivarez?«

»Der bin ich, Don.«

»Wir suchen Ihren Sohn Felipe.«

»Da sind Sie nicht der Einzige. Darf man fragen, was Sie von ihm wollen?«

Alexander zögerte. »Das geht nur ihn und mich etwas an.«

Der Alte nickte nachdenklich. »Ich weiß nicht, wo der Bursche steckt, Don Alexander.« Er ließ den Blick über den Hof schweifen. »Ich weiß überhaupt nichts über ihn. Er kommt und geht. Sieben Kinder haben meine Hilaria und ich großgezogen, Don Alexander. Alle sind gut geraten. Nur Felipe macht Schwierigkeiten. Zu viel Wissen hat er in sich hineingestopft, das hat noch niemandem gutgetan, davon erledigt sich die Arbeit auf dem Hof nicht. Der Arzt war es. Er hat gesagt: ›Schickt den Jungen zur Schule, er ist klug, aus ihm wird etwas werden.‹ Vom Mund haben wir es uns abgespart, obwohl wir seine Hilfe dringend hier gebraucht hätten. Ich dachte, dann wird er vielleicht auch Arzt. Oder Anwalt. Aber nein, nichts als verrückte Ideen hat er im Kopf, wirft mit Namen herum von Menschen, die ihm das Hirn verdreht haben. Marx. Kropotkin. Bakunin. Haben Sie von denen schon mal gehört?«

Das hatte Alexander in der Tat. Allesamt Fanatiker, die die bestehende Ordnung der Welt gewaltsam umstürzen wollten. »Haben Sie eine Ahnung, wo er stecken könnte?«

»Bei seinen Freunden von der CNT, nehme ich an.«

Die »Confederación Nacional de Trabajo« war die verbotene anarchistische Gewerkschaft, die vor vier Jahren in Barcelona gegründet worden war.

»Danke, Señor de Olivarez.« Alexander wendete sein Pferd.

»Was hat er denn angestellt?«, rief der Alte ihm nach.

Doch Alexander antwortete nicht. Er sprengte so schnell vom Hof, dass Eduardo Mühe hatte mitzukommen.

»Wohin reiten wir?«, fragte der Knecht, als er aufgeschlossen hatte.

»Nach Pamplona. Ich werde diese Ratten schon aufstöbern.«

»Tun Sie das nicht, Don Alexander!«

»Niemand wird mich davon abhalten.« Alexander trat

dem Pferd in die Seite, es machte einen Sprung nach vorn und galoppierte noch schneller.

»Denken Sie an Cristina«, rief Eduardo ihm hinterher.

Was glaubte dieser Bursche, warum er das tat? Alexander preschte weiter, doch Eduardos Worte hallten in seinem Kopf wider. Verunsichert ließ er das Pferd in den Trab fallen. »Wie meinst du das, Eduardo?«

Der Knecht ritt neben ihn. »Sie helfen ihr nicht, wenn Sie das Büro der Gewerkschaft stürmen und die Herausgabe Ihrer Tochter fordern. Im Gegenteil.«

Alexander zog an den Zügeln und sah Eduardo auffordernd an. »Red weiter.«

»Es wird sich herumsprechen, dass Señorita Cristina mit einem jungen Mann...«

»Das genügt.« Alexander hob die Hand. »Du hast ja recht, Eduardo. Aber ich muss sie finden, das verstehst du doch. Jede weitere Nacht, die sie mit ihm verbringt, macht es schlimmer.«

»Lassen Sie uns heimlich nach ihr suchen. Wenn niemand erfährt, was geschehen ist, kann es vielleicht vertuscht werden.«

Alexander nickte nachdenklich. »Also gut. Ich kehre nach Hause zurück. Zum Glück habe ich Jorja bereits darum gebeten, nichts zu erzählen. Ich werde es nochmals allen einschärfen. Du reitest nach Pamplona und siehst, was du über die CNT und die Anarchisten herausfindest. Und über Felipe. Er muss ja irgendwo übernachten, wenn er nicht zu Hause ist. Und dort finden wir auch Cristina. Auf, beeil dich, wir dürfen keine Zeit verlieren. Aber sei vorsichtig, diese Männer sind gefährlich.«

»Das bin ich. Sie können sich auf mich verlassen.« Der Knecht schickte sich an weiterzureiten.

»Eduardo?«

»Ja, Don Alexander?«

»Ich danke dir. Du hast mich vor einer großen Dummheit bewahrt.«

Lüneburger Heide, eine Woche später, Mai 1914

Dunkle Wolken drängten sich am Himmel, ein kühler Wind blies und wirbelte trockene Blätter auf, die sich in einer Ecke des Bahnhofsgebäudes gesammelt hatten. Obwohl es erst kurz nach sieben war, drängten sich mehr als zwei Dutzend Menschen auf dem Bahnsteig.

Luise trat unruhig von einem Fuß auf den anderen. »Mach schon, Martha, wir müssen uns beeilen.«

»Ich komme, gnädige Frau.« Martha löste sich von Georg, der seine Frau zum Abschied umarmt und geküsst hatte. Er sah besorgt aus, doch zum Glück konnte sich Luise blind auf ihn verlassen. Es würde ihm nie in den Sinn kommen, sie zu verraten.

Da Luise ihrer Zofe die Wahrheit über ihr Reiseziel hatte anvertrauen müssen, war sie nicht umhingekommen, auch ihrem Halbbruder reinen Wein einzuschenken. Schließlich wollte sie seine Frau mitnehmen. Außerdem hätte Martha ihm ohnehin alles gebeichtet. So gut sie darin war, Geheimnisse zu wahren, ihren Georg mochte sie nicht anlügen. Er wusste also, was sie vorhatten, und machte sich natürlich Sorgen.

Für alle anderen auf Seydell fuhr Luise mit ihrer Zofe für ein paar Tage nach Hamburg, um Einkäufe zu erledigen, den Schneider und den Frisör aufzusuchen und Cléo de Mérode tanzen zu sehen, die im Hansa-Theater gastierte. Ihr wahres Reiseziel jedoch war fast zweitausend Kilometer weiter entfernt.

Eine Pfeife schrillte. Luise stieg in den Waggon, Martha folgte ihr hastig. Sie betraten das Abteil, in dem der Träger bereits ihre Koffer abgestellt hatte. Kaum saß Luise, da setzte sich der Zug auch schon in Bewegung. Martha ließ das Fenster herunter und winkte Georg, bis sie ihn nicht mehr sehen konnte. Dann nahm sie Luise gegenüber Platz und schaute sich um.

»Das ist das erste Mal, dass ich in der zweiten Klasse reise«, sagte sie und strich über das Polster.

»Warte ab, bis du die erste Klasse siehst«, erwiderte Luise mit einem leisen Lächeln. »Dagegen ist das hier ein Viehwagen.«

Der einfache Personenzug von Lüneburg über Buchholz nach Hamburg verfügte über keinen Waggon erster Klasse, sodass Luise für diesen Teil der Reise mit der zweiten Klasse vorliebnehmen musste. Erst ab Hamburg würden sie im Schnellzug bequem erster Klasse reisen können. Luise hatte die Zofe nicht in der dritten Klasse untergebracht, wie es üblich war, sondern für sie beide im gleichen Abteil gebucht. So konnte Martha ihr auf der langen Fahrt Gesellschaft leisten, und Luise wäre nicht gezwungen, aus Höflichkeit im Speisewagen mit Mitreisenden Konversation zu pflegen.

Von Hamburg aus sollte es erst einmal bis Paris gehen, wo Martha und Luise eine Nacht im Hotel verbringen würden, bevor sie weiter nach Süden fuhren. Mindestens drei Tage hatte Luise für die Reise veranschlagt, je nachdem, wie schnell es mit den Zugverbindungen klappte. Vor allem der letzte Teil der Fahrt war ungewiss. Luise besaß nicht einmal die genaue Adresse ihres Reiseziels, doch das hatte sie ihrer Zofe wohlweißlich verschwiegen. Sie war sicher, dass sie finden würde, was sie suchte, sie hatte schließlich schon ganz andere Herausforderungen gemeistert.

Luise lehnte sich zurück und schaute aus dem Fenster, hinter dem die vertraute Heidelandschaft an ihr vorüberflog. In ihrem Bauch brodelte eine Mischung aus Nervosität und Vorfreude. Ein Gefühl, das sie an früher erinnerte, als sie die mittellose junge Pfarrerstochter gewesen war, die sich heimlich mit ihrem Liebsten, dem jüngeren Sohn des reichen Gestütsbesitzers, in der Schäferhütte traf.

Alexander. Wie es ihm wohl gehen mochte? Vor einiger Zeit hatte Luise die Frau eines Züchters aus Oldenburg kennengelernt, der mit dem Gestüt Los Pinos Geschäfte machte, und von ihr erfahren, dass Alexander seit acht Jahren Witwer war. Ebenso lange, wie Ludwig wusste, dass sein Erstgeborener gar nicht sein Erstgeborener war.

Luise hatte den Gedanken an Alexander immer verdrängt, die Zeit ließ sich schließlich nicht zurückdrehen. Doch vor einer Woche, als Ludwig ihr aus heiterem Himmel mit Scheidung gedroht hatte, hatte sich das geändert. Nach dem fürchterlichen Streit war Luise mitten in der Nacht aus einem Albtraum hochgeschreckt, in dem sie, mittellos und in abgerissenen Lumpen, durch die Gassen einer anonymen Großstadt stolperte und um einen Kanten Brot bettelte. Niemand gab ihr etwas, und in ihrer Verzweiflung bot sie sogar ihren Körper als Bezahlung an. Doch die Männer, die sie ansprach, wandten sich angewidert ab. Einer davon entpuppte sich als Ludwig, der mit seiner schönen jungen Ehefrau aus einem Theater kam. Die Frau war Rebekka Stein, die ihr ein mitleidiges Lächeln schenkte und einen Groschen in die Hand drückte, bevor sie an Ludwigs Seite forteilte.

Nass geschwitzt und am ganzen Leib zitternd, war Luise aus dem Schlaf hochgefahren. Obwohl es noch stockdunkel gewesen war, hatte sie ihren Morgenmantel übergestreift, war ins Erdgeschoss hinuntergelaufen und hatte sich im Salon eingeschlossen. Dann hatte sie im Licht einer einzelnen Kerze das Geheimfach im Sekretär geöffnet. Vor lauter Angst, Ludwig könnte den Umschlag zwischenzeitlich gefunden und vernichtet haben, hatte ihr Herz wild geschlagen. Aber er war noch da gewesen.

Kaum hielt sie ihn den Händen, fiel ihre Entscheidung. Sie würde tun, was sie vor acht Jahren, nein, was sie vor fünfundzwanzig Jahren hätte tun sollen, in jenem Schicksalssommer, als sie den falschen Bruder geheiratet hatte.

Um die ganze Welt des
GOLDMANN Verlages
kennenzulernen, besuchen Sie uns doch
im Internet unter:

www.goldmann-verlag.de

Dort können Sie
nach weiteren interessanten Büchern *stöbern*,
Näheres über unsere *Autoren* erfahren,
in *Leseproben* blättern, alle *Termine* zu Lesungen und
Events finden und den *Newsletter* mit interessanten
Neuigkeiten, Gewinnspielen etc. abonnieren.

Ein *Gesamtverzeichnis* aller Goldmann Bücher finden
Sie dort ebenfalls.

Sehen Sie sich auch unsere *Videos* auf YouTube an und
werden Sie ein *Facebook*-Fan des Goldmann Verlags!

www.goldmann-verlag.de
www.facebook.com/goldmannverlag